PALAVRA PERDIDA

OYA BAYDAR

PALAVRA PERDIDA

Tradução
Marco Syrayama de Pinto
e
Marina Mariz

© Oya Baydar/Kalem, 2011

Título original em turco: Kayip Söz

Capa
Lilian Queiroz / 2 estúdio gráfico

Foto de capa
Don Smith/Getty Images

Preparação de texto
Margô Negro

Revisão
2 estúdio gráfico

Projeto Gráfico (miolo)
Eveline Albuquerque

Impressão
Graphium Gráfica e Editora

A tradução deste livro, que recebeu o apoio do TEDA PROJECT/Ministério da Cultura e do Turismo da República da Turquia, foi feita a partir do original em turco por Marco Syryama de Pinto, e da tradução francesa *Parole perdue*/Valéri Gay-Aksoy, Editions Phebus, 2010, por Marina Mariz.

Notas de tradução da edição francesa.

Dados Internacionais de Catalogação na Publicação (CIP)
(Câmara Brasileira do Livro, SP, Brasil)

Baydar, Oya
 Palavra perdida / Oya Baydar; tradução Marco Syarayama de Pinto e Marina Mariz. – Barueri : Sá Editora, 2011.

 Título original: Kayip Söz
 ISBN 978-85-88193-57-4

 1. Romance turco I. Título.

11-04233   CDU – 894.35

Índices para catálogo sistemático:
1. Romance : Literatura turca   894.35

Todos os direitos reservados.
Direitos mundiais em língua portuguesa cedidos à
SÁ EDITORA
Tel./Fax: (11) 5051-9085 / 5052-9112
E-mail: atendimento@saeditora.com.br
www.saeditora.com.br

"É com balas pequenininhas
que eles matam as crianças, mamãe?"

"Eu procurava uma palavra; ouvi uma voz..."
"Estava buscando a palavra. A palavra que usei asperamente, que gastei extravagantemente, que assoprei em bolhas de sabão, que dilapidei. Aquela primeira frase com que começarei a história, para levá-la adiante e terminá-la. Aquela frase que seria impossível escrever, que desapareceu na leveza do pensamento fluido, exatamente quando eu senti que a tinha depreendido... A palavra perdida...
Mas ouvi uma voz. Esqueci a palavra e segui o grito."
O homem que brinca com as palavras, o acrobata da língua, o mago das palavras.
Rótulos de elogios cheios de clichês que estão colados em seu nome envolvem sua identidade... À pergunta feita somente pelos leitores admirados, bem-intencionados e um tanto inocentes, pelos zelosos e ambiciosos jornalistas literários e pelos críticos que determinam o destino do que nós escrevemos: "O que há de novidade no balcão, mestre?", há sempre uma resposta indiferente e fria como gelo, misturada com um riso hipócrita: "Há algumas coisas que já estão caminhando, estão bem adiantadas e você verá em breve".

Porém há um grande vazio interior: "O improdutivo e horrível vazio dos espelhos sem reflexo que se encaram".

Ficar cansado de lutar consigo mesmo dias e noites sem fim para poder criar a tão grande e esperada obra através dessa frase polida e vazia que ele ouviu em algum lugar. Debater-se na rede de relações chamada "amor" e que deixa para trás somente arrependimentos amargos. Os retornos que são fracassos em pequena escala: voltar para casa tendo dentro de si um vazio negro e melancólico; voltar para sua mulher, que sempre está ali, sempre querida, sempre comedida, sempre distante; voltar para seus antigos companheiros e para o ambiente da literatura com o medo de não saber onde, em qual mundo encontrar novas pessoas, evitando os sorrisos irônicos escondidos por detrás das demonstrações elogiosas dizendo: "Nós sabemos quem você é". Caminhos, países, cidades, hotéis, mares, portos, pessoas, tudo pelo viver. Com a sensação persistente de vazio e estupidez.

Ele estava atrás de uma palavra, a palavra que tinha perdido. Ouviu uma voz.

Uma voz que penetrou na opressiva escuridão da noite sobrepondo-se ao barulho da cidade; uma voz que bateu como ondas furiosas nas costas de sonhos e insônias atravessando tempo e espaço como um vento veloz.

"Será que eu a ouvi?"

Você consegue ouvir o zumbido, o sussurro, a fala, a música, o som e o silêncio da natureza, mas não é capaz de ouvir o grito. O grito o encobre e o cerca; tornando-se o sexto sentido que se soma aos cinco outros, ele penetra nas suas células. É diferente do grito que sua mulher soltou quando deu à luz o seu filho, do último grito inumano do homem que foi esfaqueado a seu lado uma noite, do grito que uma mulher de burca preta soltou ao mundo abrindo seu peito e rasgando a roupa – não se lembra em qual guerra, em qual luta nem onde –, abraçando seu filho morto. O grito sobrepuja a voz, a silencia. Não se consegue ouvir o grito, ele o cerca, o arrasta, o puxa para si. O grito... Os passageiros com cara, roupa e cheiro do povo dos ônibus da Anatólia que partem depois da meia-noite. A ordem falsa e sem gosto dos terminais de ônibus das cidades grandes, que pretendem imitar a elegância e o luxo dos aeroportos, sua confusa efervescência. Anúncios com uma voz relaxada com finais das palavras que se prolongam como um chiclete e com entonações erradas: "Atenção, prezados senhores, seu ônibus está pronto para partir na plataforma dezessete!". Os vendedores de *kebab*, frutas secas, lanches, raspadinha, camelôs de livros religiosos, fitas cassete e CDs, as lojas de doces e de *helva*, os toaletes cujos pisos sempre estão molhados, descargas quebradas, pias entupidas, privadas que cheiram a urina. O frescor das noites de junho, a melancolia amarela que se espalha através das luzes pálidas, as salas de espera que ficam cada vez mais vazias, as plataformas cada vez mais silenciosas.

Faltava mais de meia hora para seu ônibus partir. Para passar o tempo, ele estava olhando os passageiros que corriam para lá e para cá, as pessoas que vinham se despedir de seus entes queridos, as crianças pedintes vendendo lenços de papel ou chicletes, vendedores de fitas cassete e de frutas secas e a multidão a seu redor. De repente, enquanto bebia seu drinque no bar de um hotel que frequentava há tempos, bem antes de ter virado moda – para dizer a verdade ele tinha bebido mais do que devia –, sentiu que não podia aguentar essa cidade nem um dia mais e decidiu cancelar dois compromissos que tinha no dia seguinte e voltar de ônibus para Istambul naquela noite mesmo.

Estava comprando uma garrafa de água e um maço de cigarros no Quiosque da Capital, que ficava na esquina de um dos portões que abriam para as plataformas, quando percebeu que estava repetindo como um refrão a frase: "O Quiosque da Capital, o Quiosque da Capital". Às vezes uma palavra, uma frase ou um verso ficava rodando na sua cabeça como um disco riscado; especialmente quando sua mente estava enevoada pelo álcool. Foi quando compreendeu o sentido da palavra que estava repetindo – capital, a cidade-cabeça. "E onde estão as cidades-pés? As cidades também têm cabeça e pés. Mas será que a cabeça e os pés nunca mudarão? Devem mudar? Como mudam? Por que eu... por que uma vida inteira nós...? O que uma vida inteira? Ou melhor, 'uma juventude inteira'..." O esforço todo era para transformar os pés em cabeça ou as cabeças em pés? "Será que posso fazer um texto com esta pergunta absurda de quarenta anos atrás?"

"As perguntas e incertezas que tivemos e repetimos como o refrão das nossas vidas sem sentido por tantas gerações, mas nunca conseguimos respondê-las, resolvê-las! E especialmente a palavra 'incerteza' que usamos com ou sem necessidade toda hora... Você deve usar palavras assim para que o considerem um intelectual. Mas não, não sairá nenhuma obra útil daqui. Não sai nada mais de mim. O que de bom saiu até agora? Seja sincero, pelo menos consigo. Não deveria ser tão cruel. Talvez não seja aquilo que pensam de mim, mas não sou 'ninguém' tampouco. Droga! Minha mente está confusa, não está clara. O interior da minha cabeça está como 'o improdutivo e horrível vazio dos espelhos sem reflexo que se encaram'. Não devo beber tanto. Meu cérebro está ficando mole como uma esponja. Só quero que o ônibus chegue, que eu encontre o meu assento e durma. Em memória dos bons e velhos tempos quando éramos jovens e inocentes, quando viajar de avião era algo impensável, já que não cabia no nosso magro orçamento de estudante nem no estilo de vida de um revolucionário – uma passagem de avião valia o mesmo que um salário mínimo! Que vergonha! Como quero dormir profundamente encostando a minha cabeça no cheirando a suor."

Se não tivesse notado a mulher do chapéu estranho que estava sentada num banco da plataforma 8 enquanto ele esperava o troco em frente ao Quiosque da Capital, não teria se dirigido para lá. O chapéu de cor clara e com abas largas atraiu a sua atenção mais uma vez enquanto colocava a garrafa de água num dos bolsos externos da sua maleta. Deixou-se levar pela estranha força de atração dos objetos e caminhou na direção da plataforma 8. A mulher é baixa, gordinha e velha. Deve ter mais de 70 anos de idade. Ela está usando calças velhas de cor clara que descem até abaixo dos joelhos. Chamam-se bermudas? Na sua cabeça, um chapéu velho de palha com abas largas e uma fita verde, em suas mãos, luvas brancas. Deve ser uma professora aposentada que decidiu morar em Bodrum ou a mulher de um burocrata que passa metade do ano em estâncias balneárias. Ela lembra um pouco sua mãe. Elas pintam tecidos, fazem batique e tentam desenhar nas horas em que não estão jogando cartas. Elas também mostram interesse pela arte e pela literatura. A maioria delas são mulheres insuportáveis com atitude elitista, sabichonas e com jeitinho de professora. São mulheres que acreditam no absoluto das suas verdades, começam a falar com a frase "Nós somos filhas da geração republicana"; quando veem uma mulher coberta, viram um touro enraivecido, se entristecem e dizem: "Nem o Atatürk[1] conseguiu educar esse povo!", pronunciando a palavra "povo" de forma pedante. "Talvez esteja sendo injusto com a pobre mulher por tê-la comparado com minha mãe em razão da discordância entre nós, e meu pai e aquele grupo elitista que adora ser o dono da verdade."

---

1 Atatürk foi o primeiro presidente da Turquia republicana. (N. T.)

A mulher velha fala sem parar. Ele olha ao seu redor para ver com quem ela está falando, mas não vê ninguém.

– Não é verdade, meu senhor?

Ela pergunta isso com um sotaque de estrangeira e entonação estranha, mas com bastante gentileza. "Será que ela me reconheceu? Só pode ser isso. Até deve ter participado da minha noite de autógrafos. Só Deus sabe." O sentimento de satisfação e orgulho de si lambe docemente a sua alma. A satisfação que vem da fama, o prazer que surge da consideração. Portanto, ele faz o papel do cara que não dá importância à fama, que superou essas coisas vãs e está satisfeito com os elogios e um pouco cansado de tudo. Ele não responde à pergunta, faz que não a ouviu, nem quer falar com ninguém. Só quer que o ônibus chegue para poder dormir. Ele se lembra dos dias em que fazia a via-sacra entre Istambul e Ancara nos ônibus noturnos baratos, não só pelo amor, mas também pela revolução. Eram os dias de juventude, dias de inexperiência e inocência, eram dias maravilhosos.

A mulher não vai desistir até conseguir uma resposta. Ele fica com raiva de si mesmo. "Fui muito imbecil de vir até aqui só por causa de um chapéu ridículo. Eu me sinto obrigado a parecer interessado em objetos desde que aquele crítico jovem que gosta de dizer palavras importantes falou: 'Ele é um escritor que consegue sentir a magia dos objetos e colocá-la em palavras'. É um chapéu afinal, é o chapéu de uma mulher brega!..." Ele luta consigo: "Por que vim para cá, por que procurei encrenca?".

– O senhor também estava lá. Estávamos em Varsóvia. Não, acho que estávamos em Budapeste. A criança estava do meu lado quando embarcamos no navio. Eu não quis deixar a cidade, eles me forçaram. Eu lhe digo que a criança estava do meu lado. O senhor a viu. Diga-lhes que a viu. Eles vão acreditar no senhor.

"Será que devo responder?" A sua mente está confusa, seus

pensamentos são inconsistentes. Quando ele bebe sozinho, perde o controle. Na verdade tem tantos amigos antigos e novos nesta cidade que se quisesse poderia ligar para um deles para beberem juntos. Qualquer um dos seus amigos novos ficaria fascinado por aparecer em algum lugar com o escritor Ömer Eren. Os antigos... não se pode saber sua reação, talvez já o tenham eliminado da lista, "ou talvez fiquem muito felizes quando eu ligar". Porém não tem como saber... "Tenho muitos conhecidos, mas sobraram poucos amigos verdadeiros. Eu literalmente enterrei muitos deles. Não no sentido figurado, mas de verdade, enterrei muitos deles, os melhores."

A voz da mulher estranha interrompe seus pensamentos:

– Talvez não acreditem nem no senhor, mas deve falar assim mesmo.

É óbvio que a mulher é maluca. Ele puxa pela memória: quem foram os deportados da Hungria pelo Danúbio em 1956? Eu ouvi essa história no passado. Que droga! Não me lembro de nada. Minha memória está mais fraca a cada dia que passa. Não devo beber tanto, devo escutar as palavras da minha mulher, não devo exagerar na medida. Elif nunca exagera na medida. Medida? De quê? Medida de quem? As medidas da Elif? Por quê?

– Somente diga-lhes o que viu – repete a mulher, implorando. – Diga, meu senhor.

"Dizer o que eu vi? Eu vi alguma coisa? Será que tinha visto? Teria dito o que tinha visto? Será que diria se tivesse visto?"

Ele fica calado. Tem de fugir dali, se livrar dessa mulher.

– "A criança virá depois" – eles disseram. – Esperei por anos, ela não veio. Como pode uma criança do tamanho de um dedo atravessar aquele caminho! Quando o muro foi demolido, a noiva húngara guardou todos os documentos e os candelabros de prata. Não, talvez os candelabros tenham ficado em Peste. Não se deve falar pelas costas. Não é verdade, meu senhor?

Ela levanta do seu lugar e anda na direção de Ömer. Ele quer fugir, a mulher o puxa pelo braço. Ele se solta.
– Eu não estava lá. Não sei, eu não sei de nada – diz ele, enquanto tenta fugir, andando de lado como um siri.
– Todo mundo diz "eu não estava lá", "não sei". Então quem eram aqueles que estavam lá? Quem os conhece, quem se lembra deles? Quem era aquele que retirou a criança do navio? Pode ser a noiva. Ela começou a trabalhar para eles quando meu filho foi eliminado por ser traidor. É possível que tenha sido ela quem guardou os candelabros de prata. Eu não quis sair do leste. Eu ia esperar lá, eu não ia deixar a criança. Ela poderia me encontrar lá, poderia. Ela não conhece este lugar, não consegue encontrar ninguém aqui.

A mulher volta para seu lugar resmungando. Ele nem consegue ouvir nem entender mais o que ela está dizendo. Sente-se aliviado por ter se livrado daquela louca. Ele anda devagarzinho na direção da outra plataforma para que ela não perceba e venha atrás dele. "O filho eliminado, a criança perdida, o rio, a noiva húngara, os candelabros, os outros, o leste, o muro... As palavras que voam no ar e o furacão do século as leva para junto das pessoas. O que tudo isso tem a ver com essa mulher gordinha e comum? E por que não teria? Ninguém carrega as suas experiências no corpo, nas roupas nem no rosto. As pessoas as carregam no coração, na consciência e na loucura."

As palavras da mulher estranha se perdem em meio aos gritos, aos *slogans*, aos refrões de hinos conhecidos e ao barulho que ele não sabe de onde vem.

Ele olha na direção do barulho. Um ônibus, cujos vidros estão decorados com bandeiras vermelhas com lua e estrela de papel e com uma grande bandeira na frente e uma longa faixa do lado com a frase "O melhor soldado é o nosso soldado", se aproxima da plataforma 3. Trinta ou quarenta garotos estão marchando para o ônibus carregando nos ombros outros garotos jovens como eles; com penugens de bigodes, bochechas rosadas de tanto entusiasmo, fazendo o símbolo do grupo Lobo Cinzento com a mão, seus rostos sérios parecendo mais contraídos sob a pálida luz amarela e com olhos extasiados com a mágica da própria voz. É uma das cerimônias tradicionais e usuais de despedida dos jovens que vão para o exército. Tudo tem a maldita normalidade da rotina do dia a dia. Tudo está num círculo assustador de impotência e absurdo que magoa cada vez um pouco mais.

"Um terminal de ônibus à noite – antigamente se chamava garagem de ônibus –; através do rio Danúbio, de barco, quem sabe por que e onde, uma mulher que fugiu e sempre está fugindo –, será que era a Segunda Guerra Mundial ou a resistência húngara? – E a criança? Será que ela realmente existiu? Aqui há outras crianças gritando 'Ame-o ou deixe-o', 'Morte ao separatista', 'A bandeira não descerá, a pátria não será dividida', 'O melhor soldado é o nosso soldado', crianças que rasgam suas gargantas à noite. Elas são crianças de outro lugar, de outro tempo, de outra causa. São as crianças que sempre têm o mesmo papel – de figurantes – em todas as tragédias representadas em todos os palcos do mundo...

"Por que estou aqui? Estou cansado, exausto, e também bêbado; além disso, perdi a palavra, perdi a habilidade de escrever. Não gosto de mim, estou zangado comigo. A ideia de viajar para Istambul de ônibus não é mais atraente." É demais tanto para seu corpo que acusa seus 50 anos quanto para sua alma cansada. É uma decisão tomada no estado de embriaguez, numa noite horrível bebendo sozinho. "Será que volto para o hotel e durmo?... Amanhã posso ir para Istambul confortavelmente no primeiro voo que encontrar. Nem precisa ser o primeiro, não tenho nada urgente mesmo. O que me espera em Istambul além de Elif? Aliás, ela deve estar ocupada com suas experiências, seus alunos, os artigos que escreve para revistas estrangeiras. Esperar é o que as pessoas desocupadas fazem. Elif sempre tem mais trabalho do que consegue fazer."

Não, ele não ouviu o estampido. E, se ouviu, não percebeu. Mas o grito teve a violência de uma deflagração e bateu no seu peito com toda força. Um grito nu e sem nome, sem assunto, sem identidade desceu pelos morros de Çankaya, pelos vinhedos de Seyran, pela Cidadela, pelas ladeiras da cidade. Ele cobriu os bairros altos vestidos com a arrogância do governo e da capital, ruas mornas de funcionários públicos de terno e gravata, os barracos que adornam os morros junto com álamos, oleastros e pereiras, as favelas que se aproximam da cidade com passos firmes e silenciosos, as ruas com subidas que vão para a Cidadela, as avenidas, as ruas, os pontos de ônibus, as estações de trem e o terminal de ônibus. Ele se espalhou pela cidade, acertou o coração de quem está na sua frente e ecoou. Chegou até a mulher estranha e a Ömer.

Ele foi atraído pelo turbilhão da voz. Por quanto tempo girou naquele redemoinho? Como conseguiu sair? Mas conseguiu sair mesmo? A mulher chegou bem pertinho dele. Ou foi ele que se aproximou da mulher? Ele ouviu a mulher murmurar "Eles mataram a criança". E, dentro da sua cabeça, o grito se tornou voz, a voz se transformou em palavra, a palavra se tornou sentido: A criança! Eles mataram a criança!

Entre as plataformas 2 e 3, no meio do silêncio de morte que de repente se instalou no terminal, uma mulher está no chão. O sangue que escorre lentamente entre suas pernas está deixando manchas circulares cada vez maiores na sua saia longa de calicô. Ela é muito jovem, quase uma criança. Seu rosto iluminado por luzes sombrias está branco-azulado. Ela está bonita demais para ser verdade no meio desse pesadelo que acontece agora. Ela tenta sorrir enquanto vira sua cabeça para o garoto moreno a seu lado, que está de joelhos. Depois o seu rosto inteiro se contrai de dor, seus lábios se mexem, parece querer falar algo, e talvez até fale. O garoto coloca suavemente a mão debaixo da cabeça dela. Ele pega seu lenço bordado, o passa pelo pescoço dela e enrola os cabelos trigueiros no próprio dedo. Ele acaricia a barriga da menina sem parar e, inclinando-se bem perto do seu rosto, sussurra algo, palavras de amor...

O silêncio absoluto que para o tempo, o momento de surpresa e indecisão vivido noutra dimensão deve ter durado muito pouco. Dois dos garotos que até a pouco faziam barulho gritando *slogans* e acenando bandeiras turcas junto com bandeiras com vários crescentes estão fugindo e ninguém vai atrás deles.

Os passageiros noturnos do terminal, aqueles que vão para o exército e aqueles que se despedem dele, como na última cena de um balé trágico, aproximam-se devagarzinho e formam círculos conforme o ritmo do silêncio. Depois uma explosão de vozes, gritos, frases incompletas, perguntas, xingamentos, imprecações, lamentações... O jovem que está de joelhos ao lado da vítima, sussurra como se tivesse consumido todas as suas forças com o grito que soltou:

– Vocês atiraram nela, vocês mataram a criança! Vocês mataram a criança!

Essas palavras ecoam longamente: "Vocês mataram a criança, mataram! *We zarok kuşt! We zarok kuşt!*[2]".

Depois, pessoas correndo para lá e para cá... Vozes gritando "Alguém foi baleado, ajudem!" Vozes pedindo socorro. O zumbido que pulsa na cabeça: "Não tem ambulância? Não tem médico?". Homens correndo com uma maca, bandeiras de papel espalhadas pelo chão, seguranças perplexos... Uma voz levanta no meio da multidão agitada: "Mártires não morrem, a pátria

---

2 "Vocês mataram a criança", em curdo. (N. T.)

não se divide". "Irmãos" tentando pegar os que fogem. Procurando, após a algazarra, seguir com a rotina como se nada tivesse acontecido. Um assassinato infame em nome de uma causa desconhecida. A inocência infantil do assassino anônimo. O desespero nos olhos e a dor congelada no rosto do garoto grudado na maca onde a menina que fora atingida com uma bala perdida está sendo carregada. E as palavras gélidas da mulher velha que não se desgrudam dele, insensível ao que está acontecendo:

– Eles me forçaram, mas eu não colaborei. Eu sabia quem tinha matado a criança, mas não falei. Fingi acreditar que ela não tinha morrido. E não foi a noiva húngara quem escondeu os candelabros. Confesso... Eu vi quem matou a criança e quem roubou os candelabros: foi um de nós.

Ele pega a mulher pelos ombros e a sacode de raiva, desespero e espanto.

– Que criança, qual criança, sua mulher louca?! Quem você viu?

– Tire suas mãos de mim! Aqueles que atiram são sempre os mesmos, assim como aqueles que são baleados. Eu não falei então, eu não dedurei ninguém. A criança é sempre a mesma, a mesma criança. Você atirou nela, eu vi!

Ele empurra a mulher-fantasma rudemente e corre atrás daqueles que se distanciam com a maca.

Ouve a mulher gritando atrás dele:

– Aonde estão indo esses barcos? Diga-me se souber. Onde eu deveria ter descido, em qual porto? Eu não direi a ninguém que foi o senhor que atirou na criança. Para onde corre este rio?

Um pano sujo está jogado em cima da ferida, os olhos dela estão fechados, seu rosto e corpo estão se contraindo e tremendo ao mesmo tempo. A moça ferida geme sem parar como um gatinho doente. Os gemidos se transformam em soluços profundos de vez em quando. Ömer põe sua mão nas costas do garoto que está tentando segurar uma ponta da maca e diz: "Eu sou médico". Não há sentido em ser honesto e dizer "sou escritor". Quem liga para um escritor? Nesse momento, o que importa é um médico. Eles colocam a maca no chão. Ele põe a mão na testa da garota: está fria como gelo. Para parecer um médico, tenta sentir o pulso dela. Ela geme, fazendo com que ele se assuste e pare de contar o pulso. De longe se ouve a sirene da ambulância. O vigia vem junto com o chefe da segurança.

– Você viu o que aconteceu?

– Sim, vi, não sei quem atirou, mas deve ser alguém desse grupo que se despedia dos soldados. Dois homens fugiram. Eu sou testemunha.

Verificação da sua identidade, seu endereço... "Sim, amanhã passarei na delegacia."

O rosto do garoto está pálido. Parece que não restou nenhuma gota de sangue no seu corpo. Ele tem dificuldade para achar sua identidade. Por um momento, Ömer fica com medo de o garoto estar sem identidade e ser levado, criando confusão para ele. "Se precisar eu entro no meio. Conto quem eu sou e salvo o garoto." Ele observa que algumas lágrimas escorrem pelas bochechas e desaparecem entre os fios da barba de vários dias do garoto.

– Ela vai se salvar – ele diz. – Ela vai se salvar, não se preocupe.

Eles tentam fazer um Boletim de Ocorrência na mesma hora. A menina ferida sangra mais e mais.

– A criança era a nossa vida – repete sem parar o garoto. O resto não lhe importa.

Naquele momento, Ömer percebe que a garota ferida está grávida.

– Fique calmo, vamos ver, talvez a criança também se salve.

Ele se lembra do sangue escorrendo entre as pernas da moça e se espalhando pela saia e pelo chão de concreto da plataforma. Nem ele acredita no que fala.

A sirene se aproxima cada vez mais.

– Para onde eles vão levá-la? – pergunta o garoto com uma voz assustada e desconfiada.

– Para o hospital.

– Não temos dinheiro algum – sussurra o garoto. Sua voz está tão embargada, oprimida, triste... – Não vão nos deixar sair vivos. E além disso...

Ouvindo isso, Ömer percebe o sotaque forte de alguém do leste na voz do garoto. Ele se lembra do grito em curdo. Pela primeira vez olha para o rosto do rapaz com atenção. Ele vê a solidão, o medo, o desespero, o olhar de um animal ferido que foi encurralado. "Eles estão fugindo", pensa. "Devem estar fugindo de alguém. Ainda bem que o policial que estava tomando o depoimento dele não ouviu suas palavras."

A ambulância para bem diante deles. Enquanto ajuda a levantar a maca, ele diz:

– Não tenha medo. Vou com vocês, eu resolvo a parte do hospital e todas as formalidades. Sei de um hospital onde alguns médicos são meus conhecidos. Não tema, se houver problemas nós resolvemos.

Ele fala com a segurança e a autoconfiança de ser Ömer Eren.

O garoto olha para ele com olhos desconfiados e receosos como se perguntando por que ele faz tudo isso.

A noite está sombria, o céu, azul-escuro. A lua não brilha. As luzes da cidade encobrem as estrelas. Lá adiante está a Cidadela. A bandeira iluminada com luzes azuis ondula levemente por cima da Cidadela. Ele grita para abafar o som arrepiante da sirene. "De onde estavam vindo? Para onde estavam indo?"

No mesmo instante, a mulher ferida grita de dor. O sangue escorre para o lado da maca. Ele não consegue ouvir a resposta.

Talvez não haja uma...

*

Enquanto Elif olhava com amor para as cobaias sem pelo, de olhos e rabos cor-de-rosa dentro das gaiolas pequenas, ela se lembrou, sentindo saudades da sua juventude e também com um pouco de melancolia, do quanto havia chorado quando matou sua primeira cobaia. Isso aconteceu há trinta anos, talvez mais. "Foram minhas primeiras cobaias mortas, foi o meu primeiro crime."

Ela chegava ao laboratório bem cedinho, antes de todo mundo, para poder acabar sua tese de doutorado que começou com muita esperança, entusiasmo e pretensão. Os professores brincavam dizendo que ela seria a primeira mulher turca a ganhar o prêmio Nobel. "E por que não? Vou conseguir, vocês vão ver."

Não se podia dizer que era humilde. Era a segunda filha de uma família modesta de professores com três filhos. Não era muito bonita e descobriu quando ainda era criança que a única maneira de sair desse círculo vicioso de família pobre, de se livrar dessa vida comum, de ser respeitada e conhecida, era o sucesso. Sua ambição alimentava sua força de vontade, sua personalidade estudiosa compensava o que lhe faltava em genialidade. Elif não queria ser e viver como sua mãe, suas tias e vizinhas. Ela odiava estar presa aos quartos e cozinhas, odiava costurar, cozinhar e encontrar amigas em casa, odiava as casas com cheiro de pessoas e vidas comuns. Nem quando era criança brincava de casinha, não gostava de casa de boneca, nem mostrava interesse por bonecas chamativas. Somente gostava dos brinquedos de pelúcia: ursinhos, coelhos, gatos, cachorros, camundongos. Melhor seria se pudessem ser de verdade, mas não era permitido ter animais de estimação em casa. Ela alimentava um camundongo tímido – nem os irmãos sabiam disso – com pedaços de queijo, pão e sementes e chorou tanto quando o pai o matou com um pedaço de queijo numa ratoeira que ele teve que jurar-lhe depois que tinha soltado o bichinho.

Ao vestir as luvas do laboratório, ela se lembra do olhar doloroso e desmaiado do camundongo pego na ratoeira. "Que estranho! Tantos anos se passaram, mas isso ainda está tão vívido nos meus olhos." Abre a gaiola que fica em cima da mesa grande do laboratório e pega uma cobaia com dois dedos. Ela a deita sobre a mesa de experimentos coberta por um papel esterilizado, tentando não machucá-la. "Agora vamos fazer você adormecer e ver o que aconteceu nas suas entranhas!" Um sorriso triste aparece no seu rosto quando percebe que evita olhar nos olhos da cobaia. "É bom ter lembrança da época em que chorei pelo meu primeiro camundongo morto." Ela se acha misericordiosa, sensível, e fica feliz por isso. Espeta a agulha no pescoço do animal. Ouve o som fino e desesperado com o qual não conseguiu se acostumar com o passar dos anos: o grito fraco de um camundongo que está morrendo. O animal se contrai, seus pés tremem um pouco. Ela sente o corpo pequeno relaxar nos seus dedos. É só isso. "Quem sabe quantas vidas pequeninas eu levei durante todos esses experimentos?" De repente começa a chorar. Ela mesma fica surpresa por estar chorando. "Será por que matei o camundongo?" Sente um prazer estranho nas lágrimas quentes que escorrem pelas suas faces.

Não foi fácil se acostumar a matar cobaias. Seu professor dizia que se deve ser um pouco cruel para alcançar os resultados. "Pense que tem nas mãos um pedaço de tecido e não um animal. Pense em quantas vidas humanas podem ser salvas matando-se uma cobaia!"

Elif queria obter resultados, queria ser bem-sucedida. Havia pensado e concordado com o que seu professor dissera. Porém tinha um lado seu que se incomodava com esse trabalho. Pode-se considerar um animal um pedaço de tecido? Milhares de almas em troca de uma alma, milhares de vidas em troca de uma vida. Mas quem vai prestar contas por aquela única alma, única vida? O princípio do "benefício da maioria" não legitima todos os crimes? Ela passou a pensar mais em assuntos de ética na genética e na filosofia e ética da ciência. Talvez por causa do peso dessas perguntas, além de ser madura o suficiente para não sonhar com o prêmio Nobel, a professora Elif estava gradualmente ficando mais distante dos estudos de laboratório que antigamente amava de paixão.

Enquanto analisa o pedaço que tirou do cérebro da pequenina e peluda criatura no microscópio ligado a um computador, ela tenta esquecer o barulho do telefone tocando sem parar na sua cabeça e se concentrar em seu trabalho, ou seja, no camundongo morto. Mas não adianta. Tudo que faz e pensa resulta no som alto e metálico do telefone que tocou de madrugada. O toque do telefone gira na sua cabeça como uma terrível música de fundo que ela não consegue parar.

Acordou suando de madrugada, havia sonhado que estava tentando fugir de uma flecha de fogo numa rua enevoada. Primeiro, ela não entendeu o que estava acontecendo e ficou assustada quando percebeu que a flecha de fogo era o toque do telefone. Aprendera com experiências dolorosas desde sua infância que os telefones que tocam de madrugada sempre trazem notícias ruins. Na sua mente de criança a morte do seu pai se dera quando chegou uma ligação à meia-noite em uma pequena cidade da Anatólia, onde ele fora apontado como vítima da ira do governo. Nos dias do golpe militar, eles vieram na madrugada para levar seu marido, chutaram a porta até a quebrarem, penetraram na casa, foram até o dormitório com armas pesadas. Ela estava grávida de três meses naquela época, assistiu a tudo silenciosamente e com uma expressão de desprezo no rosto à retirada de Ömer, enquanto tentava proteger sua barriga – afinal, eles poderiam machucar o bebê se a empurrassem. A dor do seu filho – ou seria melhor dizer a perda? – foi um toque de telefone perfurando seu sonho profundo na madrugada; uma ligação do hospital: "A senhora conhece Deniz Eren? Ele está em estado grave, por favor, venha rápido". Também foi o toque do telefone em plena noite que anunciou que o incêndio no laboratório tinha matado suas queridas cobaias e reduzido a cinzas todos os esforços de meses a fio em uma experiência importante. Elif tinha medo dos telefones e das campainhas que tocavam de madrugada.

Ela atendeu o telefone entrando em pânico, com aceleramento das batidas cardíacas, e ficou mais nervosa ainda ao ouvir a voz de Ömer. Com certeza algo ruim acontecera. Ele é da noite, não acorda tão cedo. De vez em quando ele trabalha até de manhã, escreve sem parar, e bebe ao mesmo tempo. Talvez esteja bêbado, muito bêbado para não achar que ela estaria dormindo, ou talvez pior...

– Aconteceu algo, meu amor? Por que está ligando? Você está bem?

Ela se esforça para não deixar transparecer ansiedade.

– Estou bem. Não aconteceu nada. Estava pensando em voltar amanhã, mas não deu certo. Depois conto. Estarei na estrada por um tempo, estou indo para o leste. Vou demorar a voltar; quis avisá-la.

"De onde saiu isso agora? A essa hora da manhã... Ele nem tinha avisado quando ia chegar e agora está avisando que vai demorar. Talvez só quisesse ouvir minha voz. Um pequeno controle: para ver se estou aqui, meu corpo, sim, mas será que o meu coração ainda está aqui? Acaso estou esperando o meu marido com uma paciência infinita?

"O que sobrou do amor? O que sobra após trinta anos? O medo de não encontrar o que foi deixado, a preocupação que se

sente das separações que minam os relacionamentos, a angústia da perda. O doce e seguro hábito que começa onde o fogo da paixão se apaga e onde termina a sedução do inacessível. Uma espécie de conforto de vida, o sentimento de que 'tem alguém aí'. Um laço que nenhum de nós dois quer perder."
 – Você vai para o leste? Que coincidência! Eu vou viajar também na semana que vem, mas no outro sentido, para a Dinamarca. Haverá um simpósio sobre a dimensão ética e filosófica da tecnologia genética.
 – Eu vou para o leste e você para o oeste... Nossos caminhos se separam cada vez mais.
 "Foi Ömer quem disse essas palavras ou fui eu que as pensei? É verdade que temos ficado juntos muito pouco ultimamente. Nossos trabalhos, nossos interesses são muito diferentes, sem querer o nosso ambiente se diferencia também. Mas não tinha pensado que nossos caminhos tinham se separado. Vivemos tantas coisas juntos... Que coisas? Uma juventude inteira... Nossos esforços ambiciosos que transformaram as tristezas e dificuldades em esperança de futuros dias melhores, a certeza de ter segurado em nossas mãos as chaves do brilhante futuro não somente deste país, mas da humanidade, o sonho da revolução que ardia em nossos corações, aquecia o nosso sangue. Éramos crianças inocentes e alegres que pulavam no meio do fogo sorrindo, que não sabiam que ele queimava. Não é somente isso; os sabores, os prazeres, os cheiros que compartilhamos, as tristezas, alegrias, felicidades que vivemos juntos, os nossos amigos, conquistas e sucessos em comum. Há as perdas e derrotas. E também a derrota sobre a qual não podemos falar, verbalizar, com medo de que, ao quebrar o silêncio, romperemos também o laço entre nós... Eu disse derrota? Não, é cumplicidade."
 – Já que você vai até lá, vai vê-lo?

Ela entende o que seu marido quis dizer, mas para se vingar de "nossos caminhos se separam cada vez mais", ela pergunta, só para magoá-lo:

– Vou ver quem?

– O menino... Você vai ver o menino também?

O tom inseguro e oprimido da voz ao telefone, que não consegue enunciar o nome da criança, mortifica Elif. "Os homens são mais fracos, mais desprotegidos comparados às mulheres? As mães são mais fortes diante da dor? Acaso isso é o reflexo no cérebro da fisiologia do parto? Ömer nunca se acostumou, nunca perdoou, nem a si mesmo nem a criança, nem a vida. E eu? Eu consegui me acostumar sendo 'eu', consegui aceitar?"

Ela se instala diante do computador. Por um momento é atraída pelas imagens coloridas do monitor. Se lembra dos caleidoscópios que não cansava de olhar quando era menininha. O caleidoscópio de papelão era seu brinquedo favorito porque permitia que ela visse as flores do paraíso, as borboletas dos contos de fadas, as estrelas coloridas caindo do céu cada vez que o encostava aos olhos e girava. Ela não conhecia a palavra caleidoscópio e chamava aquele tubo mágico de papelão de "telescópio dos contos de fadas". Um dia, não aguentou e tirou a mica transparente com uma faca bem fina. Ela queria ver aquelas cores e formas maravilhosas, queria tocar nas estrelas e nas flores sem precisar do tubo barato. E também tinha curiosidade, a curiosidade de ver o que havia dentro do tubo, como funcionava essa mágica.

Ela se recorda com tristeza no coração dos pedaços coloridos de papel e vidro enquanto vê as formas coloridas e complexas que aparecem no monitor. "Nunca tente alcançar a realidade das belezas que você vê. As imagens paradisíacas podem também ser feitas de restos. Assista, curta e fique feliz. A verdade é sempre verdadeira? É possível quebrar a corrente 'verdade-correto-sentimento-atitude'? Qual é o sentido dessas perguntas nos dias em que o virtual predomina?" Ela deve tocar nesse assunto no discurso que apresentará no simpósio de ética na ciência. Pode ser útil para aprofundar e colorir a relação entre a verdade e o virtual, o virtual e a ética.

Ela anota as fórmulas das imagens que aparecem no monitor junto com seu parecer. Todas as reações das células do cérebro do camundongo são compatíveis com suas hipóteses. O experimento está sendo bem-sucedido. De quantos camundongos mais ela precisará? Depois será a vez dos gatos? E as pesquisas nos humanos? "Na aula de hoje devo trazer os alunos para o laboratório. Eles verão com seus próprios olhos como uma hipótese é autenticada passo a passo. É claro, se alguém se interessar por isso." Ela sabe que a maioria dos alunos entrou nessa faculdade por não ter alcançado pontuação suficiente para outras instituições. Que utilidade têm as ciências exatas? Especialmente na Turquia. Embora nem sempre ela goste de lecionar, é por essa razão que ela está satisfeita que tudo esteja indo bem e as hipóteses estejam sendo autenticadas passo a passo, está contente com as imagens e os valores que vê no monitor. Os resultados talvez não tragam o prêmio Nobel, mas podem significar uma recompensa mais modesta, o prêmio Cientista da Europa, por exemplo. "E por que estou chorando agora? Não foi porque matei o camundongo, isso era antigamente."

Ela reflete sobre a pergunta: "Você visitará o menino também?". Desde que fora convidada ao simpósio em Copenhague para dar uma palestra, essa pergunta está na sua cabeça. A Noruega fica pertinho de Copenhague. Claro que ela pode visitar a criança. O mais estranho é Ömer ter perguntado isso ao telefone. "Será que ele quis dizer 'vá vê-lo'? Era um jeito de lembrar, sugerir ou era uma ordem? Ele mencionou a criança pela primeira vez após um bom tempo. Será que o assunto se apagou, machuca menos agora?" Quantas horas interiores devem passar para a tristeza tornar-se melancolia? Ela se lembra das palavras de um escritor que gosta: "A melancolia é a projeção das tristezas". "Com o tempo minha tristeza se transformou em melancolia, não está tão inflamável como antigamente, mas está mais profunda. O que não aguento é isso: tudo acaba, tudo passa, tudo se acostuma, tudo se torna normal... Como Ömer viveu sua dor, como a carregou? Nunca falamos sobre isso. Sempre tememos e fugimos do assunto. Não conseguimos compartilhar a nossa dor comum. Se a dor tem a mesma raiz, se ela atinge duas pessoas com a mesma flecha, ela fica impossível de ser dividida, nem diminui conforme é compartilhada. Você disse 'eu vou para o leste, e você vai para o oeste' com uma voz chateada e triste. Se você sempre for para o leste e eu, para o oeste, talvez um dia encontremos numa ilha pequena e remota o nosso amor."

Uma ilha remota e pequena: a ilha do filho perdido. Aquele ponto minúsculo no mar do Norte que ela preferia esquecer para superar sua dor, mas que luta para não esquecer, porque isso quer dizer esquecer a criança; um ponto que ela não sabe se é uma terra de verdade ou se é parte de um pesadelo do qual nunca se acorda.

A ilha era um ponto tão pequeno no mapa turístico quanto a cabeça de um alfinete que ela mal podia enxergar por falta de luz dentro do carro. Era um daqueles dias de dezembro quando anoitecia às quatro horas da tarde. Eles estavam a caminho do norte da Noruega após partir de Bergen. Os locais de acomodações marcados no mapa estavam fechados. Não havia ninguém na rua. Como último recurso, foram para um farol cujo guarda também tinha uma pousada. Mas o guarda explicou em inglês, alemão, norueguês e em língua de sinais que não trabalhava na noite de Natal porque passaria a ceia com a família na aldeia e sugeriu que eles tentassem achar um lugar na ilha que ficava

quinze quilômetros ao norte. "Estamos a um pulinho do polo Norte", disse Ömer com sua fleuma habitual. "Vamos acelerar para chegar nessa ilha do diabo antes que escureça."
Estavam viajando desde a manhã. O menino era pequeno; estava cansado e com fome, dormiu após reclamar um pouco.

– Ainda bem que é uma criança boazinha, senão teríamos muito trabalho!

– O meu filho puxou ao pai. Eu também não reclamo, como você pode ver – gabou-se Ömer.

"Ele tem razão", ela pensou. "Foi ideia minha vir ao norte em pleno inverno. Mas fizemos bem. Vamos voltar à Turquia no verão, não sabemos se teremos outra oportunidade de ver este lugar."

Seu contrato com a instituição de pesquisas genéticas na Dinamarca, onde havia trabalhado por dois anos, acabaria no final do semestre. A bolsa temporária que Ömer ganhava do PEN Club Internacional, oferecida a escritores que sofrem ameaças e pressão nos seus próprios países, fora interrompida. Queriam retornar ao país natal. "Sim, tudo será muito difícil, nós sabemos disso, mas, ainda assim, lá é o nosso país. As nossas raízes, os nossos amigos, a nossa luta estão lá. Ainda podemos fazer algo, podemos ser úteis lá. Nós somos estrangeiros aqui, ninguém precisa de nós." Assim eles respondiam quando perguntavam por que eles queriam retornar à Turquia. Além disso, a Turquia estava mudando dia após dia. As trevas do golpe de Estado de setembro de 1980 estavam clareando pouco a pouco. Uma canção estava colada em suas bocas: "Não perca a esperança no seu país". A canção que Ömer de vez em quando cantava como "Não perca a esperança na humanidade".

Eles ainda não tinham perdido a esperança na vida, no mundo, no país, na humanidade. "Éramos jovens. O mundo que estava queimando por dentro não tinha sido envolvido pelas chamas. Mesmo que os castelos desabassem um a um, pensávamos que isso acontecia porque eles não foram construídos fortes o suficiente, porque foram feitos de uma mistura de cimento com muita areia. Acreditávamos que íamos construir outros mais sólidos em seu lugar.

Não sei se o tempo estava bom naquele ano ou se a região era sempre protegida pelas montanhas contra os ventos do polo, mas o clima estava cálido."

– É por causa da corrente do Golfo – disse Ömer. – Dizem que a corrente quente quebra o frio das costas da Noruega.

De um lado do caminho havia um mar interior sem ondas, calmo como uma lagoa, do outro lado havia pedras com algas e plantas curtas e bem verdes, semelhantes ao junco. "Que aventura!", pensaram enquanto atravessavam de uma ilha à outra que ficava a uns 25 metros de distância, dentro de uma balsa onde cabia somente um carro e era impulsionada por polias. Tentavam não demonstrar preocupação de que essa viagem não acabaria.

No lugar onde terminava a estrada – literalmente no mar – havia uma doca velha onde estava ancorado um barco que lembrava um pequeno navio, com sua chaminé, casa do leme e seus conveses. Uma mulher enrolada num xale e carregando duas cestas pesadas em cada braço olhava para o barco bem da ponta da doca. Por um momento eles não souberam o que fazer, mas depois decidiram que era melhor deixar o carro lá mesmo. Um homem fumando um cachimbo sinalizou como se estivesse dizendo "Venham rápido!". A mulher das cestas pulou para dentro do barco. Eles se dirigiram para o carro para pegar seus pertences e a criança. O menino estava acordado, com olhos inquietos. O pai pegou o filho após soltar o cinto de segurança.

– Estamos indo para a ilha do diabo do livro que sua mãe leu para você. Poderá contar isso para seus amigos na volta.

– Ninguém volta da ilha do diabo – disse o menino com voz sonolenta, mas determinada. – E nem tenho amigos para contar. Ela se lembrou da dor que penetrou em seu peito. Um sentimento desagradável, sem fundamento. Não sabia se era a solidão da criança ou sua circunspecção mesmo estando no colo do pai que a comovia... E depois o sorriso de Ömer, suas piadas que faziam a criança rir, a volta à normalidade feliz e costumeira... Não havia ninguém pedindo as passagens no barco, estavam somente a mulher com as cestas, dois passageiros e eles. A ilha ficava bem à frente. Podiam enxergar luzes fracas e um castelo enorme semelhante àqueles dos contos de fadas onde viviam gigantes maus. Ömer continuava brincando com o filho:
– Eu não te disse? Olha o Castelo do Diabo.
A criança esqueceu seu cansaço e sono e entrou na brincadeira.
– Vamos ver o diabo amanhã, pai. Se eu desembainhar a minha espada...
Não havia ninguém nos arredores quando pisaram na ilha. O capitão e os três passageiros subitamente viraram fumaça. Depois viram a mulher das cestas. Não parecia que ela tinha descido do barco, mas que surgira do mar. Que estranho – parecia que ela sempre estevera lá e a mulher que eles viram na outra margem era o vulto dela.
– Hotel? Pousada?
Eles tentam explicar o que querem com um pouco de dinamarquês, um pouco de inglês e um pouco de alemão para a mulher das cestas. Ela mostra a estrada margeando a costa.
– Fica no final, bem no final.
Eles entendem somente estas palavras. Andam ao longo do caminho com casas pintadas de amarelo, cor-de-rosa, verde, lilás e outras cores diferentes, onde as janelas têm cortinas cur-

tas, mas não aparece ninguém. Deixando para trás portas abertas, luzes ligadas, bistrôs e cafés com balcões vazios, eles chegam à porta de um chalé de madeira pintado de branco. Na porta está escrito em alemão "Gasthaus"[3].
– Por que em alemão?
– A primeira pergunta sobre este lugar não deve ser essa. A porta está aberta e as luzes da entrada e dos corredores estão acesas. Eles entram furtivamente, com um pouco de receio. "Tem alguém aí?" dizem primeiro em alemão e depois em outros idiomas dos países do norte dos quais eles sabem somente algumas palavras. Ninguém responde, ninguém vem recebê-los. Abrem a porta que fica no final do corredor, bem diante deles. É uma cozinha ampla, semelhante à de uma casa. A imensa mesa de madeira rodeada por cadeiras no meio da cozinha indica que o local é utilizado como sala de jantar também. O fogão está aceso e a sala está quentinha. Eles percebem que estavam com frio quando sentem o calor da sala e as chamas do fogão lambendo seus rostos. "É final de dezembro e, para piorar, estamos no norte!" Há um prato de queijos apetitosos e um bolo. "Bolo!", grita a criança com entusiasmo.

Somente então eles notam o homem sentado no cantinho ao lado do fogão, numa cadeira de balanço com um cobertor de lã feito à mão sobre os joelhos.

– Todo mundo saiu – diz em alemão. – Todo mundo foi à missa. Eu não consigo percorrer trajetos longos. Mesmo que pudesse andar, eu preferiria ir a um bar.

Ele fala um alemão que respeita as regras complexas de gramática, uma língua exageradamente livresca. Começa a rir produzindo sons estranhos parecidos com soluços.

---

3 Hospedaria. (N. T.)

— Os quartos são em cima e as chaves estão nas portas. Podem ficar onde quiserem, não temos outros hóspedes além de vocês. Se estiverem com fome, isso é ruim. Queijo, café, bolo... Só tem isso.
— O senhor fala o alemão perfeitamente.
— Eu já fui alemão. A língua é o país perdido do homem.
— A língua é o país do homem – repete Ömer em alemão.
— O país perdido! – insiste o velho. E depois com uma voz irônica, alta e um tanto irritante, diz:
— *Deutschland, Deutschland über alles*[4], estendendo o braço e fazendo uma saudação nazista.

Ele solta um xingamento que eles não entendem muito bem, mas, pelo som, parece bem forte.

— Senhoras e senhores, estão diante do desertor desconhecido. *Deutschland, Deutschland über alles!* A única maneira de não ser um soldado anônimo é ser um desertor desconhecido.

E ele novamente começa a rir com aquele jeito engraçado.

— Por mais estranho que pareça, em todos os países do mundo há monumentos aos soldados desconhecidos, mas não há monumentos a desertores desconhecidos.

— Qual guerra foi essa? – pergunta Ömer para parecer interessado. Ao mesmo tempo, ele se lembra do monumento ao desertor desconhecido em Postdam, Berlim, que foi esculpido por um escultor turco. Ele ouviu dizer que alguém destruiu o monumento. Disseram que foram os neonazistas.

— Não importa qual guerra foi. As guerras nunca acabam. Eu sou desertor de todas as guerras do mundo.

O homem velho fala enquanto eles saem da cozinha para ir para o quarto e descansar, pelos menos para deitar o menino.

---

4 Alemanha acima de tudo. (N. T.)

– Os quartos devem estar frios, acendam a lareira para quebrar a frieza do ar e esquentar a criança. Talvez eles tragam bebida alcoólica quando voltarem da missa. Isso, claro, se eles voltarem... Vocês têm bebida? Quero dizer alcoólica.

Ömer abre a mala e tira a garrafa de conhaque que tinha pegado para qualquer eventualidade e a dá ao velho.

– Os cálices estão dentro dos armários – diz o homem sem se levantar. – E cortem um pedaço de bolo para a criança.

Ömer tira três cálices do armário de madeira maciça, corroído por cupins, e os enche com conhaque. Os três tragam suas bebidas. Ele deixa a garrafa em cima da mesinha ao lado do homem.

– Amanhã cedo vamos partir. Estamos viajando para o norte.

– Eles vêm, ficam por uma noite e partem cedo de manhã./ Não sei aonde eles vão, não sei se há onde se refugiar./ Não existe nenhum outro lugar a não ser você mesmo./ Sempre o segue a violência do século./ A ilha que tem dentro de si é o último refúgio./ Eu estou aqui há mil anos; anônimo e desertor.

Mesmo com seu alemão básico, eles sentem a cadência nas palavras do homem velho.

– Eu estou aqui há mil anos; anônimo e desertor – repete o homem.

– Se não me engano, isso parece um poema – diz Ömer.

– Sim, é um poema. É um poema que uma vez foi lido por milhares de pessoas. Porque eu sou um desertor poeta ou um poeta desertor.

Ele traga o resto do conhaque sem colocar no cálice.

A ilha era de verdade? Ou será que era uma miragem, um pesadelo?

Aquele pedaço de terra rodeado por um mar tão calmo quanto uma lagoa no meio da estação de tempestades no mar do Norte, a ilha de pessoas invisíveis onde as ruas são isoladas, as janelas emitem uma luz rosa claro, as casas azul anil, verde-

-claro, amarelo quente parecem estar abandonadas, onde não há ninguém além do vulto da camponesa com as cestas e o desertor desconhecido de mil anos que não consegue se levantar por causa de suas pernas; o castelo que, ao se subir em suas torres destruídas, o mar aberto que se estende até o infinito e o vento gelado fazem a pessoa ficar arrepiada, a pequena pousada onde não há ninguém para recepcioná-los, mostrar os quartos e dar as chaves, o quarto com teto de madeira onde eles tentam se esquentar abraçando-se uns aos outros na cama, o velho, o desertor anônimo...Tudo isso era de verdade?

Quando acordaram pela manhã, o mar e o céu estavam azul-claro. O homem tinha dormido na cadeira em que estava sentado na noite anterior ou talvez tivesse desmaiado. A garrafa, na mesinha ao lado, estava vazia. Havia café no bule em cima do fogão, leite quente na jarra, pãezinhos no balcão da cozinha, um prato de queijo, peixe salgado e o bolo da noite anterior. Tomaram o café da manhã enquanto esperavam que alguém viesse para fechar a conta. A criança gostou do leite e do bolo, Ömer gostou do peixe salgado com molho doce e Elif gostou do café. O homem velho estava num sono profundo. Novamente não havia ninguém por perto. Deixaram uma quantia de dinheiro em cima do balcão e saíram. A ilha tinha se livrado do mistério assustador da escuridão e estava vestida de azul. Tudo parecia normal e comum lá fora. O barco que ia levá-los ao outro lado estava amarrado na doca. A mulher das cestas novamente estava lá. Não havia alma viva nem ao longo do caminho, nem na doca, nem na praça.

– Quem vai acordar cedo na manhã do Natal? – perguntou Ömer querendo explicar a situação.

O menino queria subir no Castelo do Diabo.

– Olha, não tem ninguém na aldeia, até o diabo deve ter tirado férias de Natal.

– Talvez todo mundo tenha ido ao castelo para desejar um feliz Natal ao diabo – disse a criança. – Mesmo que vocês não me deixem agora, eu vou voltar para cá quando crescer para conhecer o diabo.
– Tudo bem, faça isso mesmo. Mas agora vamos entrar no barco para chegar ao outro lado. Vamos ver se o nosso carro está onde o deixamos.
Elif segurou a mão pequeninha do seu filho. A criança não tinha vestido suas luvas, suas mãos estavam geladas, seu nariz minúsculo estava vermelho por causa do vento gelado. Ela abraçou-o com a onda de amor que crescia dentro de si.
Agora ela estava no laboratório, com um camundongo branco e morto nas mãos pensando naquela pequena ilha que ficou no passado. A ilha do desertor desconhecido, do velho poeta maluco. A ilha do filho desertor...

*

"Quando eu falei 'vou para o leste', Elif respondeu 'e eu vou para o oeste'. Não perguntou para onde, nem por quê. Não disse como sempre 'estou com saudades, dessa vez você ficou mais do que o normal'. Não tinha traços de frustração, raiva, nem repreensão na sua voz. No máximo, a preocupação de receber uma ligação àquela hora da madrugada.
"Sua voz não mudou nem quando falei a bobagem de 'nossos caminhos se separam cada vez mais'. Ela deve ter guardado para si, eu a conheço, ela nunca mostra seus sentimentos. Na verdade eu queria falar uma coisa bem diferente. Essas palavras eram o lamento pelas coisas que perdemos. Era a tristeza que eu sentia por não poder andar no mesmo caminho, na mesma direção junto com ela. Era uma reclamação das nossas separações. Foi a reação, a recriminação que eu sentia contra o tem-

po que destruiu e arruinou tudo, tornando tudo comum. Não consegui me expressar, não encontrei as palavras certas." Ömer amava sua mulher; sempre e ainda, após tantos anos. Ele primeiro se convenceu de que amava sua mulher, com quem estava casado há trinta anos, para depois poder convencer seu círculo de amigos de que não tinha atitudes de um homem comum. Ömer sempre esteve rodeado de fãs, a maioria mulheres, nos coquetéis de lançamento de livros, nas aberturas de exposições, nas reuniões onde ele tinha a obrigação de marcar presença, nas celebrações, nos pontos de encontro dos "intelectuais", mas tinha que amar sua mulher para provar que ele não tinha mudado, que seu coração e sua alma ainda pertenciam àqueles dias de fé e de inocência, para mostrar que ele era diferente dos outros homens, mesmo sendo um escritor famoso e muito lido – não gostava da palavra "muito vendido" – ao contrário dos homens que se separam de suas mulheres rapidamente quando ficam ricos. Para confirmar tudo isso, ele tinha que amar sua mulher "sempre" e "ainda". Outras relações, outras mulheres, outros homens, separações longas, viagens a uma aldeia isolada que ele fazia escondido com a desculpa de escrever um livro, refúgios... Tudo isso era como a guarnição do prato principal que vem após a entrada. Mesmo que ele não gostasse de se questionar e refletir sobre seus sentimentos, quando pensava nesse assunto ele imaginava um peru assado num prato grande e oval. Um peru que ganha mais atração com as guarnições ao redor, um peru que é obrigatório nas mesas de véspera do ano-novo.

Um sentimento sombrio envolve seu interior. "Que comparação! Eu, Ömer Eren, considerado um perito nas palavras, a quem a palavra foi concedida, na verdade não sou porcaria nenhuma. Os franceses dizem *médiocre*. Ou seja, mediano, comum, trivial. 'Padrões e clichês, um pouco de molho de nostalgia, uma pitada de tempero de revolução, bastante amor e suficiente tristeza: as obras do famoso escritor Ömer Eren'... Aquele crítico sabichão estava totalmente errado quando escreveu críticas semelhantes sobre mim? Enquanto alguns de nós negavam o passado, apagavam as suas crenças, xingavam os deuses que no passado adoravam, eu o transformei em palavra escrita e fiz da escrita fama e dinheiro." Ultimamente, sua insatisfação consigo mesmo tinha aumentado conforme o vazio dentro de si e o medo de não conseguir escrever bem cresciam. A bebida era uma válvula de escape; outra era viajar de uma cidade a outra, escondendo-se atrás das desculpas das noites de autógrafos, discursos, reuniões. Chamava-se andropausa? A famosa crise da meia-idade. A ansiedade de saber que sobrou pouco tempo para viver, a preocupação de ter desperdiçado os anos, a tristeza de saber que é impossível recuperar aqueles momentos. "Elif costurou todos esses anos que ficaram para trás, dia a dia, passo a passo, folha a folha, ela me recorda que esses anos realmente foram vividos. Minha mulher me une ao passado que deixei para trás, do qual sinto saudades. Não deveria ter dito 'nossos caminhos se separaram cada vez mais', mas sim, 'que os nossos caminhos nunca mais se separem."

Como "nossos caminhos se separam cada vez mais", a pergunta "você vai vê-lo?" era para expressar sua revolta contra o tempo que desgastou o amor, a paixão, o desejo sexual, contra a Elif que aceitava a distância e a ausência do marido tanto quanto suas traições, refugiando-se em seus camundongos queridos, nas pesquisas científicas e em suas conquistas; contra a perda de paixões, amores, emoções, esperanças e contra a realidade de que nunca poderão voltar ao país maravilhoso da juventude. Ele quis magoar sua mulher. Não sabia a razão, talvez porque ele mesmo estivesse magoado lá no fundo.

"Eu vou para o leste, para o sudeste", ele disse, parecendo estar se vangloriando. Na sua voz havia a arrogância de um ocidental e o orgulho de um intelectual pronto a pagar qualquer preço. Ele esperava que sua mulher quisesse saber por que ele estava indo para lá. Ela não perguntou nada. Ele queria que ela tivesse perguntado, pois tinha coisas a dizer, a contar. Uma palavra que, se tivesse sido dita, faria ele se sentir mais leve, em paz. Um conto de fadas esquecido que faria bem para o seu coração se fosse lembrado...

"Era uma vez, há muito tempo, quando tínhamos dezoito ou dezenove anos e fomos para o rio Zap no trem da revolução para construir uma ponte. Naquela época, este país pertencia a nós de uma extremidade a outra; como nos poemas que aprendemos na infância, desde Edirne até Ardahan[5]. Quando crescemos, passamos a não acreditar em frases típicas dos livros de escola como 'elas são nossas aldeias, mesmo não tendo ido ou visto pessoalmente'. Começamos a entender que, se não fôssemos para ver e não construíssemos pontes, nenhum lugar pertenceria a nós. Não sabíamos ainda que, além de construir pontes da amizade, precisávamos atravessá-las, mas nossas pontes não eram fortes e largas o suficiente. Aprenderíamos isso com o tempo. Quando tínhamos 20 anos, acendemos a chama da revolução nas montanhas de Nurhak, nos vales de Söke, nas áreas rurais de Çukurova. Depois surgiu o leste em nossa agenda, como uma canção primeiro cantada com medo e precaução, depois em voz alta. Aquelas pessoas que viviam por lá eram o nosso povo; o povo que nos fazia sentir vergonha porque o mantivéramos pobre, que nos fazia sentir orgulho porque resistia à perseguição, o povo por quem fomos para a cadeia após usar a pala-

---

5 Edirne e Ardahan são cidades que ficam nos extremos oeste e leste da Turquia, respectivamente. (N. T.)

vra 'curdo'. Eles faziam parte de nossas esperanças e de nossa revolução, a nossa salvação era mútua. Eles falavam a nossa língua com entonações fortes e cortadas, parecidas a montanhas rochosas. Secretamente, nós sabíamos que eles falavam outra língua, mas eles nos pertenciam, eram dos nossos. Eram misteriosos, não se revelavam tão facilmente. Tinham segredos guardados, sentíamos isso. Tentávamos respeitar seus segredos e compartilhar suas dores. Éramos revolucionários, nossos amigos e inimigos eram os mesmos. Reclamávamos da polícia, do governo, do senhor, do patrão e do imperialismo. Éramos oprimidos, orgulhosos, rebeldes. Tudo o que éramos, eles eram em dobro. Na cadeia nossos companheiros veteranos diziam: 'Ai de você se for um três Cs': curdo – cabeça vermelha – comunista[6]. Isso era verdade. Se nos queimávamos uma vez, eles se queimavam três vezes mais. Por isso nos sentíamos incompletos. Cantávamos canções do leste, líamos seus épicos, entendíamos a palavra que eles não entendiam. E sempre nos sentíamos inferiores."

Se Elif tivesse perguntado, ele contaria essa história de lembranças para ela. Se fosse para escrever, ele queria escrever isso. Sim, é melhor escrever. Escrever o que realmente se quer contar sem ter medo de quem vai ler, de quem vai se interessar. Nesses tempos pós-modernos em que pobreza, opressão, rebelião, revolução, o operário, o camponês, o povo, o verdadeiro ser humano feito de carne, osso e emoção são considerados arcaicos e decadentes – continua com essa cantilena, amigo –, ele gostaria de lembrar aos outros sobre as pessoas, falar sobre seres humanos.

"Queria, mas será que tenho coragem? Estou pronto para ser considerado ninguém, embora não o seja? Estou pronto para

---

6 Apelido dado aos alevitas. (N. T.)

perder meu círculo de amigos, os avisos educados da minha editora, zerar a minha carreira que construí tijolo por tijolo em quinze anos, ouvir as palavras 'sim, ele era muito famoso tempos atrás, era bastante, depois quis se aprofundar, voltou-se para assuntos enterrados no passado, adaptou um discurso revolucionário anacrônico, um humanismo barato. E claro que perdeu sua popularidade. Que pena...' Eu gastei a palavra. Desgastei, usei e esvaziei as palavras. A palavra que foi esvaziada e perdeu sua alma morre."

Ömer Eren sabe perfeitamente que não consegue escrever tão bem quanto antigamente. Ele percebe o vazio, a falta de sentido nas linhas que aparecem no seu monitor, percebe que são somente formas pretas alinhadas uma depois da outra. A palavra morre quando a voz interior de alguém se cala, ou quando a falta de sentido leva o escritor para onde a palavra se cala?

Ele se sente numa armadilha quando começa a pensar como perdeu a palavra passo a passo, como a fonte vigorosa que a alimentava, a palavra secou. A única maneira que ele conhece para escapar da armadilha é se refugiar no álcool e na aura falsa que o rodeia. Nos anos em que brilhou com seu primeiro romance e surpreendeu o circuito literário, um famoso crítico dissera: "O escritor a quem a palavra foi concedida", referindo-se a ele. Ele que traiu a tal palavra mágica ou foi traído pela palavra? Ele não sabe.

Agora, olha mais uma vez para fora da janela do veículo que foi parado pela polícia pela segunda vez, surpreendendo-se como chegou aqui e por que está nesse ônibus. Tenta parecer desinteressado e tranquilo e pergunta ao passageiro a seu lado, um senhor de meia-idade vestido como camponês e que parece desassossegado:

– É sempre assim ou é por causa dos últimos acontecimentos?

– É sempre assim, mas piorou bastante nos últimos dias – responde o homem com voz embargada.

Entraram no ônibus homens assustadores com armas pesadas, uniformes de camuflagem, máscaras nos rostos e começaram a fazer o controle de identidade cutucando os passageiros com a ponta das suas armas. Dentro do ônibus há um silêncio tenso, a ponto de estourar. Estão acostumados ao medo ou estão com medo de revelar seu medo? Ele já sabe; vão tirar alguns passageiros do ônibus. Depois vão pegar, abrir e mexer nas malas, nas caixas de papelão amarradas com cordas, nos sacos. Os sacos de cebola e batata – "Por que o nosso povo sempre leva cebola e batata de um lugar para o outro?" –, os jarros de mel, os pacotes de *lokum* comprados numa doceira do interior, as roupas íntimas, as caixas de remédio, as latas de queijo, os conjuntos de bordados para dote, as flores artificiais, as ceroulas e outras tranqueiras vão ser espalhados por todo canto. Depois tudo que foi espalhado e revistado será recolhido num silêncio de morte. A vergonha sentida pelas roupas íntimas e a pena pela perda das coisas vão se refletir nos rostos. Quantos daqueles que foram tirados do ônibus retornarão? O assento do lado de quem ficará vazio? O motorista retomará o volante pedindo paciência a Deus. Ele acelerará com uma canção curda nos lábios. O ônibus partirá com suspiros, maldições em voz baixa, xingamentos sibilados entre os dentes. As maldições serão em curdo, os xingamentos em turco, a revolta afogada no medo será na língua humana.

"As pontes que construímos acima do rio Zap foram demolidas", dissera um dos seus velhos amigos que visitava a região frequentemente para fazer negócios. Ele calcula: trinta e sete anos... "Não pode ser. É tão antigo, tão distante? Não pode ser." Um cansaço de trinta e sete anos recai sobre ele. Enquanto o ônibus atravessa o caminho sinuoso rodeado por montanhas de um lado e por um vale profundo do outro, ele observa o entorno atentamente. Não adianta... Ele não consegue se lembrar do local da ponte após tantos anos. Na parada para o chá pergunta ao motorista:

— Você é jovem, mas talvez tenha ouvido dos seus antepassados. Anos atrás jovens de Istambul e Ancara vieram para cá e construíram uma ponte junto com seus companheiros da região. Sobre o rio Zap. Todos juntos, carregamos pedras, misturamos a argamassa. A ponte ainda está de pé? Ouvi dizer que foi demolida, por isso pergunto.

— Eu já ouvi falar dessa ponte — diz o motorista. — Meu tio também trabalhou na construção. Estava lá até o Deniz Gezmiş[7]. Sei tudo isso pelo que meu tio me contou. Acha que uma ponte resistiria tantos anos assim nesta região? Foi derrubada anos atrás. Alguns dizem que foram os militares, outros, que foram os guerrilheiros. Na minha opinião, foram as águas do rio Zap. Ela é mais forte que todos. A base da ponte ainda está lá. Vou mostrá-la quando passarmos em frente.

"O Deniz estava mesmo na campanha da ponte do Zap? Eu me lembraria se ele realmente tivesse estado. Talvez ele tenha passado por lá rapidamente. Naquela época, o Deniz não tinha condições de ficar muito tempo num lugar só. Mesmo que ele não estivesse no Zap, os heróis sempre estão presentes em todos os lugares. As pessoas precisam de lendas e heróis."

O motorista grita sem virar para trás — A ponte do Zap! —, enquanto eles atravessam uma passagem rochosa. O ônibus reduz a velocidade.

---

7 Deniz Gezmiş: figura emblemática da esquerda revolucionária na Turquia dos anos 60, ele tornou-se o líder carismático de toda uma geração influenciada por Atatürk, Marx, Lênin e Che Guevera, ao qual ele costuma ser comparado. Em 6 de maio de 1972, aos 25 anos, após seis anos de ativismo e de múltiplas prisões, foi enforcado com dois de seus camaradas do exército de libertação do povo turco, do qual era um dos fundadores. (N. T.)

Somente algumas pedras sobraram da ponte. Ömer se lembra que viu pedras e colunas assim durante o caminho. "Acho que a nossa ponte estava mais para a frente e tinha um vilarejo pendurado na rampa rochosa no outro lado. Não era aqui, deve estar mais adiante. Na verdade, o local exato não tem importância. A melhor parte é que ainda há pessoas que se lembram dela e a conhecem." – Obrigado! –, ele responde ao motorista. "Deixe que pensem que a ponte era aqui. O importante é o fato de haver alguém que se lembra dela. Não se deve mexer com as lendas, desfazer a magia, criar dúvida."
As águas do rio Zap correm enlameadas e agitadas. O nível da água parece ter diminuído. Nesses dias quentes de junho, o rio parece ter se esquecido da fúria dos dias de inverno, mas no fundo ainda está irado. Ele está como era anos atrás, sempre o mesmo. Os flancos rochosos e cinzentos nos dois lados do rio também são os mesmos. Na hora em que a luz esmaece e o sol se retira para trás das montanhas, o caminho longo que se estende à frente, o céu, as montanhas menores, o rio, tudo está vestido da mesma cor amarelo-acinzentada. "E agora, exatamente nesse momento, tudo, com sua nudez, sua natureza selvagem, sua simplicidade e solidão, é incrivelmente lindo. Muito mais lindo do que o azul dos mares, o verde das florestas e dos vales, a brancura das montanhas com neve, o vermelho e o roxo do pôr do sol. Ou talvez eu ache assim. Embora enxerguemos com os olhos, vemos com as lentes da nossa saudade, da nossa fé e dos nossos sonhos. Éramos assim também quando acreditávamos que íamos construir a unidade da revolução, a amizade entre povos com uma ponte periclitante. A ponte era o símbolo das mãos estendidas dos jovens do oeste aos jovens do leste. O bonito era acreditar nisso, era a esperança que nascia com essa fé."
A aflição por pensar ter passado por esses caminhos anos atrás, o desespero ao ver que todas as pontes que ele construíra

tinham sido demolidas, o cansaço infecundo e sem esperança de Sísifo quando carregou pedras para o topo, o desespero de saber que não há como voltar a ser esperançoso. Ele olha para as ruínas da base da ponte. "Mesmo que o local não seja exatamente aqui, é bom que haja alguém que se lembre. Um menino do leste que nem tinha aprendido a falar quando Deniz Gezmiş foi enforcado o conhece. Para que as memórias permaneçam belas e os heróis, vivos, alguém tem que morrer jovem!" Ömer Eren segue para o leste. Para o leste além do leste. O título do seu último livro era *Porque a luz nasce no leste*. Uma frase emprestada da Bíblia, da fé ocidental. O livro subiu rapidamente na lista dos mais vendidos, os círculos literários e filosóficos o elogiaram exageradamente. Ele admite para si que escolheu o título do livro pensando numa referência que pudesse ser traduzida para o inglês e o francês. "Nós escrevemos sobre o leste baseando-nos no oeste. Nós somos orientalistas ocidentais." Ele acha inteligente o jogo de palavras que fez. Ele deve usar essas palavras numa obra. Com dor no coração, ele se lembra do filme *Sur,* do diretor argentino Solanas. Ele também estava exilado na Europa nos anos 1980. Eles se conheceram em Paris na exibição do filme *Tangos,* sobre exilados políticos da Argentina. Solanas estava filmando *Sur* naquela época. O filme mostra a esquina de uma rua na Argentina, em frente ao Café Sonhos Perdidos, entre neblina e fumaça – não se sabe se é um sonho ou realidade –, três homens velhos que tocam tangos melancólicos no *bandoneón*. Eles contam a história de pessoas que se apaixonam, se revoltam, traem, resistem, perdem, abraçam a esperança e a vida.

A caaba deles é no sul, onde as guerras e a liberdade começam, onde a esperança da revolução está escondida. A Patagônia, com seus gelos, seu vento fatal, sua solidão, esquecida, refúgio para os fugitivos, cemitério dos prisioneiros que nunca voltarão. O tango melancólico de María indo para o sul à procura de seu amado que foi morto na tortura. "Sul: terra das nossas esperanças, o nosso sonho maravilhoso, os companheiros que morrem silenciosamente. Sul: a última parada do nosso amor, nosso caminho infinito...". Dentro de um caminhão, indo para os pampas, a jovem María cujo amado foi assassinado está ao lado do companheiro motorista como um novelo de sofrimento, indo para o sul para dar continuidade à guerra.

Ömer Eren segue para o leste. Ele vai murmurando a canção da María: "Sul: terra da nossa solidão, a última parada do nosso amor, o nosso caminho infinito...". Ele está passando pelas montanhas cinza-amareladas, atravessando a luz amarelo-acinzentada, respirando o ar pesado com odores de respiração e suor do ônibus; perguntando para si, mais uma vez, por que está nesse caminho, cantando a canção de María em sua própria língua: "Leste: a última parada da nossa consciência, o refúgio da nossa derrota, a terra da luta que nunca acaba, é o leste...".

"Leste: a terra distante onde os nossos pais funcionários públicos e nossos pais soldados cumpriram o serviço obrigatório. A terra onde as famílias dos militares vivem em guarnições ao longo da fronteira e nos postos de guarda remotos acham que está acontecendo o ataque dos inimigos quando ouvem o uivo dos chacais; onde as crianças se escondem debaixo dos cobertores com medo; onde sempre há neve no norte e escorpiões morrendo no calor do deserto no sul; onde os pratos singulares têm o sabor picante das línguas mágicas e impossíveis como o curdo, zazaki, armênio, siríaco, árabe, georgiano e são acompanhados com *boğma rakı*; onde contrabandistas pobres, bandidos corajosos e inocentes dos tempos antigos, soldados turcos e guerrilheiros são assassinados ou nos campos de minas ou nos confrontos – continuamente e em grande número –, a terra das rebeliões, das deportações, das guerras e das migrações. A terra distante que não é somente uma região, um clima, mas onde testamos os nossos medos, inimizades, amizades, a nossa fé na vida e nos humanos, onde preferimos culpar em vez de sermos acusados. Uma fonte onde temos a esperança de lavar nossas consciências intelectuais feridas e desgastadas. O último refúgio para pensar as feridas das derrotas, para esconder o nosso desânimo e cansaço desde que a classe trabalhadora esmagada abaixo das ruínas do século nos abandonou – ou fomos nós que a abandonamos?"

Ele tinha de escrever isso; escrever numa linguagem mais poética, com pensamentos mais profundos e um coração infinitamente maior, mas também distante da artificialidade e próximo da verdade. Não importa quem vai ler, o quanto venderá, quem o condenará, ele precisa correr o risco da ruína, entregar-se, encontrar a palavra novamente e escrever. Não o Oriente desejado pelo Ocidente que está cansado de si mesmo, sobrecarregado até a última gota, fracassado na felicidade; o Ocidente que busca a serenidade no misticismo, nos desertos e cumes de montanhas, em altares budistas e templos hindus... Não a ficção sintética exigida pelo mercado literário que funciona segundo a lei da oferta e da procura; nem histórias sem gente, nem contos de fadas relatando o abandono de riquezas na busca pela felicidade em terras áridas, histórias engendradas pelo rico e indiferente Ocidente... Ele deve escrever a história verdadeira do homem.

Ele sabe que precisa questionar com sinceridade e sem medo o motivo de ter sido incapaz de escrever, porque perdeu a palavra já faz algum tempo. Ele tem medo de decair ainda mais, de não encontrar lugar na lista dos mais vendidos, de perder seus leitores e seu mercado. Ele esconde seu temor atrás da frase: "Quem se interessaria por nossa história a não ser um punhado de dinossauros?". Mas ele pressente que isso é uma mentira, uma ilusão. Ele pensa no correspondente de guerra alemão que cometeu suicídio, cujo bilhete de despedida dizia: "Nada mais me resta para escrever". Teria ele sido incapaz de escrever por causa de toda a dor que presenciara ou estava seco por dentro?

O velho ônibus desconjuntado se arrasta sob a luz amarelada nos altos passos da montanha, cruzando com tropas à procura de minas – as vidas dos soldados à mercê do comandante, da milícia das montanhas e do diabo – e ele começa a duvidar de que será capaz de encontrar a palavra – a palavra verdadeira que ele quer expressar – e contar a história real que ele deseja contar. Ele não está muito certo de ter pegado a estrada certa quando acompanhou um grito que cortou a noite, de que encontrará o que está procurando ou até mesmo que sabe o que está buscando. Ele quase se arrepende de ter tomado esta estrada. Ele quer uma bebida. "Droga! Eu sempre estou prevenido. Mas não pensei nisso dessa vez. Agora o *boðma raký* e o resto não passam de lembranças que ficaram para trás, nos velhos tempos."

Não há bebidas alcoólicas visíveis nas prateleiras ou balcões das lojas mambembes que vendem de tudo, de legumes a trigo, de queijo a poções, de pregos e parafusos a tapetes de oração. Ele não consegue reunir coragem para perguntar. Ele consulta o motorista mais uma vez.

– Não, amigo, nem procure! Não vai conseguir isso aqui. Mas, se quiser o pó branco, é fácil de arranjar em qualquer esquina. Os policiais sabem onde conseguir, os guerrilheiros também. Se precisar...

– Eu não me meto com o pó branco. Eu queria uma bebida... por causa da minha garganta; minhas gengivas estão inflamadas, devo ter pegado uma gripe, é isso.

O motorista não parece ter engolido essa história. Ele sorri simpaticamente. Arrependendo-se da mentira, Ömer compra

uma garrafa de água e volta ao ônibus, como um estranho e tímido turista nestas terras, para onde ele veio seguindo um grito. "'Ser diferente daqueles que tornamos diferentes.' Bonito, preciso anotar isso." De vez em quando ele anota as frases bonitas que faz. Mas todas elas são vazias, nenhuma é a que ele está buscando. "Quem sabe tudo o que eu escrevi até agora não passe de palavras vazias."
Enquanto ele procura o bloco nos bolsos da sua jaqueta de caçador com muitos bolsos, se lembra do celular. O sinal não pega muito bem nessas paragens. Está fora da área de cobertura, especialmente quando eles passam por estreitos ou cânions; do mesmo modo que esta região continua fora da nossa área de cobertura. Na tela do celular, o ícone do envelope: nova mensagem. A primeira é de Elif: "Eu vou visitar o menino". Ele sequer olha para as mensagens da editora, do seu editor, da PEN e da associação a quem ele prometera uma palestra. Ele lê diversas vezes a mensagem da esposa: "Eu vou visitar o menino". Palavras comuns cujo peso, veneno e dor ambos conhecem bem.

"Mataram a criança", sussurrara a mulher fantasma no terminal. O sussurro se transformara no grito do rapaz, que penetrou na noite e na paz furtiva do esquecimento: "Mataram a criança! *Zarok kustin!*"

Qual criança? Teria sido naquele momento que ele decidiu se lembrar da criança? Não, foi depois, no abarrotado corredor do pronto-socorro mal iluminado por uma luz fraca, onde os pacientes jaziam em bancos quebrados enquanto seus parentes, preocupados, se viravam esperançosos cada vez que uma porta se abria; e ele encostado a uma parede com o rapaz que fumava um cigarro atrás do outro, esperando notícias da mulher que estava sendo operada.

Esse negócio era para ter acabado depois que ele preencheu os requisitos do hospital e providenciou para que a paciente gravemente ferida fosse imediatamente operada, dando seu próprio nome e o do professor que ele conhecia e de ter deixado algum dinheiro. No máximo, deveria ter dado o número de seu celular e retomado seu caminho, como um cidadão consciente e responsável. Teria sido a coisa mais natural a fazer, adequada ao seu caráter. Mas lá estava ele, andando para cima e para baixo no corredor do hospital, esperando pelo resultado da operação junto com Mahmut – finalmente ficara sabendo o nome do rapaz –, cujo rosto estava mais escuro ainda de cansaço e dor.

Mahmut parecia ter 20 e poucos anos. Ele era esbelto, moreno, com um rosto aberto apesar da barba; bonito, a despeito da aparência descuidada; e quieto, assustado e alheio. Quando falava, ele não olhava para o rosto de seu interlocutor, mas para um ponto à frente, como fazem pessoas culpadas ou tímidas. Era óbvio que ele era do leste. Mas, embora ele pronunciasse os a's longos como breves, os g's de maneira gutural e com uma entonação que cortava as sílabas, não havia um sotaque forte do leste em sua fala que comprometesse sua compreensão. Ömer levou um tempo para perceber que o silêncio do jovem, seu olhar evasivo e seu desconforto deviam-se à sua insegurança.

– Por que está fazendo isso, irmão?

Sua voz denotava gratidão, misturada à desconfiança e uma certa surpresa.

Ömer não sabia. "Por causa do grito, por causa da criança."

– O que mais eu poderia fazer? Como poderia deixá-los ali, daquele jeito? – ele disse com uma voz afetada e pouco convincente.

– Você não é médico.

– Tem razão, não sou. Só disse aquilo para poder ir na ambulância com vocês dois. Na verdade, sou escritor. Talvez me conheça de nome, meus livros são muito lidos.

Por que ele conheceria seu nome? Estava se gabando de novo. Como se o país inteiro, de uma ponta a outra, lesse os seus livros! Como se fosse uma obrigação! Enquanto tirava da carteira um cartão de visita, ele acrescentou: "Às vezes escrevem sobre mim nos jornais. Talvez por isso...".
– Faz muito tempo que não leio jornais. Me perdoe.
O rapaz estava se dirigindo a ele de maneira formal. Seria por respeito ou porque estavam se distanciando, se alienando mais?
– Está na cara que tem um problema. Se eu puder ajudar em alguma coisa... Você não precisa desconfiar de mim. Na juventude tudo pode acontecer. Não se preocupe, eu não sou policial.
– Por favor, senhor. Não me entenda mal. Eu, quero dizer nós, nós estamos desesperados.
As palavras jorraram, livrando-se das garras do medo e da desconfiança, saíram de sua boca aos borbotões. Ömer olhou detidamente para o rosto do rapaz e viu nele o mesmo desespero, o medo e a solidão do olhar de seu filho.
– Há momentos em que todos ficam desamparados. Tenho um filho da sua idade. Ele também parecia indefeso e desesperançado na última vez que o vi.

*

"A última vez que vi você seus olhos refletiam a dor de um animal ferido. E quanto à primeira vez, eu tinha acabado de sair da prisão. Naquela época, ficar fora dela era mais difícil do que ficar dentro. Quando eu pensava naqueles que foram executados, que morreram sob tortura, naqueles condenados à prisão perpétua, meu caso não tinha importância, chegava a ser constrangedor falar nele. Peguei dezoito meses por causa de um artigo forte que havia escrito em uma das centenas de revistas esquerdistas que surgiram antes do golpe de setembro. Um terço da minha pena foi comutado e eu fui solto após cumprir um ano. Você estava na barriga da sua mãe quando eu fui embora e tinha seis meses quando o reencontrei. Você estranhou o seu pai. De onde saiu este estranho? Em seus olhos havia interrogação, medo, suspeita... Já tinham me falado, mas eu não acreditei muito; segurar meu filho nos braços era um sentimento sem paralelo, superior ao primeiro beijo ou ao prazer do orgasmo, ao deleite diante de uma obra de arte ou a uma maravilha da natureza. Uma alma indefesa, pequenina contra este mundo assustador, uma alma entregue a mim, pertencente a mim; um pedaço de mim... Eu sempre amei a sua mãe, mas agora eu a amava ainda mais por ter você. Batizamos você de Deniz[8] em homenagem a outros de mesmo nome. Não, não fizemos isso para que você levantasse a bandeira e a levasse para o futuro, muito embora você assim pensasse depois que cresceu e por isso se rebelou contra nós. Nós demos esse nome a você para que os laços com a juventude que perdemos não se rompam, para que nos lembremos com fidelidade e nostalgia da amizade e fraternidade dos nossos dias de juventude, quando nos rebelamos com tantas esperanças. Mas sempre o chamei de filho, do mesmo modo que gato era gato. Criei um nome próprio de um substantivo para demonstrar que você era único.

Na última vez que Ömer vira o filho, o rapaz tinha nos olhos um olhar derrotado, desesperado e louco. O olhar de Mahmut. Ele dissera ao filho:

– Não vá, fique. Não há para onde fugir, filho.

Ömer tinha os olhos baixos. Não conseguia olhar para o filho, cujo corpo se tornara pesado e desajeitado com a gordura

---

8 *Deniz* é uma palavra turca que significa "mar" e que também é usada como nome próprio tanto masculino quanto feminino. (N. T.)

prematura. Seu rosto estava desfigurado pelas cicatrizes profundas da cirurgia e os pontos, o inchaço e as contusões ainda estavam ali.

– Não posso fazer isso, pai. Não posso ficar aqui, na fronteira com o inferno, ou melhor, bem no meio dele. E tem mais, com Björn e com este corpo e este rosto!

– As coisas vão melhorar, isso não é grave. Björn ficará mais feliz aqui, conosco. Sua mãe também precisa de você. Eu também preciso – ele acrescentou, timidamente.

– Ninguém precisa de mim aqui, nem minha mãe nem você. Minha mãe está feliz com seus experimentos, suas cobaias, suas reuniões científicas, suas aulas e seus alunos. E você está envolvido com seus livros e artigos, seu mundo, seus amigos e fãs. Não tem nada para mim aqui; eu sou um nada aqui, eu, eu – ele procura a palavra certa – eu sou um fracasso aqui. Este lugar me amedronta.

Ele queria abraçar o filho; não com amor, mas com pena e desespero.

– Você não é o único que perdeu algo; todos nós perdemos. Se pensar bem, todos somos um fracasso de certa maneira. Talvez... Eu não sei, quem sabe podemos recomeçar tudo.

Estou falando frases feitas iguais às das novelas ruins de televisão. Mas não são palavras superficiais, elas vêm do meu coração. Talvez as palavras mais sinceras e naturais sejam aqueles diálogos comuns de personagens normais de novelas que costumamos ridicularizar. Sempre essa doença incurável do intelectual: desprezar tudo, falar diferente, dizer coisas que pareçam importantes e profundas, para assim ter um ar diferenciado e superior.

– Sejamos realistas, pai. Nunca poderemos recomeçar tudo. Eu nunca poderei nascer de novo e não poderei ser o filho dos seus sonhos. Não posso fingir que não aconteceu nada. Eu vi

Ulla ser despedaçada, vi seu sangue jorrar pra todo lado e ser absorvido pelo asfalto. Não se passaram nem quatro meses ainda. Conheço bem o sangue e a violência. Você me mandou para o centro da batalha para eu ser correspondente de guerra, lembra? Havia muito sangue naqueles desertos, nos campos de luta. Mas eram terras estrangeiras. As pessoas que morriam, queimadas ou destroçadas, não eram minha mulher, meu filho ou alguém próximo. Eram apenas o tema das minhas fotografias, meros objetos que nelas apareciam. Mesmo assim, depois de um tempo eu já não suportava mais fotografar a agonia. Eu odiava o que estava fazendo. Imagine sangue escorrendo e pessoas morrendo enquanto eu tento refletir a dor, a violência e a morte da melhor maneira, do ângulo mais impressionante possível. Quanto mais violência e sangue eu mostrasse, mais sucesso eu supostamente teria. Eu tirei centenas, milhares de fotografias. Fui elogiado. Até você ficou impressionado. Então eu percebi que não podia mais continuar fazendo aquilo e fugi de lá. Eu estou falando demais, eu sei. Mas o que estou tentando dizer é que eu, que não aguentava ver sangue e o sofrimento de pessoas que nem sequer conhecia, vi a mulher que amava, a mãe do meu filho, ser destroçada diante dos meus olhos. Se tivéssemos trazido Björn para que vocês vissem seu neto, provavelmente ele teria morrido do mesmo modo que Ulla. Este lugar me assusta. Tente entender, por favor.

Ele não conseguiu dizer nada. Uma dor silenciosa e uma profunda sensação de culpa tomaram conta dele.

– O que posso dizer? Você está certo. Contudo, apesar desse pavoroso incidente, este lugar... é mais...

Deniz interrompeu o pai, dizendo em tom agressivo:

– O que tem este lugar, pai? Você ia dizer que ele é seguro, tranquilo? O que você ia dizer? Aconteceu aqui, na fabulosa cidade que você tanto menciona nos seus romances. Eu tinha trazido minha mulher para conhecer vocês, para mostrar a ela o meu país. Você queria tanto que nós viéssemos, lembra? Por instantes, tive a esperança de começar uma vida aqui, num vilarejo ou numa ilha. Uma vida nova, sossegada, sem sangue ou mentiras. Mas... mas veja isso...

Ele acaricia as cicatrizes e os cortes em seu rosto.

– Você nem consegue olhar para o meu rosto e está certo. Eu não era nenhum Apolo antes, mas também não era tão horroroso. Você disse recomeçar? Mesmo que fizesse isso, teria como trazer Ulla de volta? Ela era a única pessoa que me amava sem pedir nada em troca, sem querer que eu fosse importante ou bonito. A única que me queria do jeito que eu era, que me amava de verdade. Foi com ela que me senti em paz pela primeira vez na vida, eu não precisava contar mentiras e ser alguém que eu não era. Ela era a bobinha camponesa nórdica que vocês desprezaram, que não consideraram boa o bastante para vocês, não eu. Um cadáver sem túmulo ou um túmulo sem cadáver...

Ömer sentiu uma pancada no peito com as palavras "um cadáver sem túmulo".

– A violência não acontece só aqui, está em todo lugar. O mundo inteiro está em chamas, filho. Oriente Médio, Iraque, tudo em chamas. Você viu esses lugares com os seus olhos. Onde podemos estar a salvo? Não há para onde fugir.

– Aqui estamos muito mais perto do fogo. As chamas estão nas fronteiras. Não sente o calor? É como se o povo desta terra guardasse em sua alma os incêndios, as bombas e as balas. Sempre prontas para explodir, para pegar fogo... Björn e eu estamos muito mais seguros na nossa ilha do que estaríamos aqui. Lá ele vai crescer em meio à natureza e ao mar, feliz consigo mesmo, sem ser desprezado, sem que esperem milagres dele. E eu... lá eu não sou o Deniz; sou um estrangeiro que veio de longe. Não tenho contas a acertar com ninguém. Não preciso ser um herói ou um gênio, posso ser eu mesmo. Lá, eu sou ninguém e todo mundo, sou como todo mundo. Isso me faz feliz. Pai, você consegue entender mesmo estando com raiva? Ele entendia. Ficou surpreso ao ver que Deniz conseguia expressar sua derrota, seus medos, sua necessidade de se refugiar com palavras tão claras.

– Na minha cabeça eu entendo, mas é difícil aceitar com o coração. Você sabe o que significa um filho, filho?

– Eu também tenho filho, por isso agora eu sei. Eu quero protegê-lo. Não quero que ele seja um fracasso. Você se lembra do velho na Gasthaus? O velho alemão que disse: "Eu sou o desertor desconhecido"? Eu era pequeno na época, mas não me esqueci da ilha nem do velho. Quando voltei lá, muitos anos depois, tentei explicar no meu norueguês capenga e através da linguagem de sinais que eu tinha estado na ilha quando era criança. Eu disse a eles que tínhamos ficado numa pousada onde um velho sentado numa cadeira de balanço me deu um pedaço de bolo. Naturalmente eles sabiam de quem eu estava falando. Parece que ele havia morrido poucos anos antes; deu fim à própria vida. Ele era sozinho, não tinha herdeiros. Ele deixou a pousada para a família de Ulla, que trabalhava para ele há muitos anos. São eles que a administram agora. Foi assim que eu conheci Ulla.

– É mesmo? Eu não sabia.

– Claro que não sabia. Vocês nunca perguntaram, como poderiam saber? Vocês dois estavam mais interessados no meu sucesso do que no meu modo de viver. Quando vocês descobriram que eu tinha me abrigado lá, minha mãe só disse: "A ilha do diabo? Que destino estranho!" Bom... Eles deixaram o quarto do velho do jeito que era, eu fiquei nele. Na verdade minha mãe tem razão. Que destino, que coincidência estranha. Na parede havia umas palavras em alemão, escritas com lápis de cor: "Foi mais fácil fugir da guerra do que da vida. Finalmente estou cumprindo a parte difícil. Assinado: Desertor anônimo".

Ömer venceu a resistência de seu coração e olhou para o rosto do filho. Ele viu seu olhar derrotado, cansado, assustado. Ah, se ele pudesse abraçá-lo e nunca mais soltá-lo, se pudesse apagar aquele olhar, se pudesse apoiá-lo e salvá-lo. Se pudesse impedir que seu filho fosse um desertor anônimo da vida em uma ilhota esquecida do mar do Norte.

– Me deixe voltar para casa o quanto antes. Não quero que Björn espere mais. Ele deve estar sentindo a minha falta. E também não posso deixar a família de Ulla sozinha. Eu tenho responsabilidades. Afinal, eu que a conduzi para a morte.

– A culpa não foi sua. Isso teria acontecido em qualquer lugar do mundo. O terror está em toda parte: Espanha, Nova York, Iraque, Índia, Londres, Líbano... Foi uma coincidência terrível um homem-bomba entrar em pânico e puxar o pino da granada justamente na hora que vocês estavam passando. Vocês não foram escolhidos como alvo. O que quero dizer é...

– Essa é a pior parte. Não é preciso ser escolhido como alvo. Qualquer um pode ser um alvo a qualquer momento. Eu sei que o terror está à espreita em toda parte. Você tem razão, podia ter acontecido em qualquer lugar, só que se passou aqui.

Aconteceu aqui, nesta cidade lendária e mágica, onde a tragédia humana ocorre de diferentes formas, com mais intensidade e brilho, a qual é o cenário invariável dos romances de Ömer Eren. Em Istambul, cidade cujos folhetos e guias turísticos citam as palavras de Ömer Eren: "Istambul inspira lendas e poemas, não história".

Deniz queria mostrar para sua esposa a cidade onde nascera e fora criado. Queria exibir sua cidade e compartilhar com Ulla as lembranças de sua infância e juventude... Mas ela insistiu em ver a Sultanahmet, o Grande Bazar e Hagia Sophia antes de qualquer coisa. O guia turístico em norueguês dizia que era necessário visitar todos esses lugares "para penetrar na alma do Oriente e conhecer Bizâncio e o Islã". Eles fizeram compras no Bazaar. Ela comprou um cinto de prata adornado com miçangas e lantejoulas para si, um cachimbo de espuma do mar para seu avô, um xale florido para sua avó, um camelo de brinquedo adornado com sinos, contas e fitas para Björn e um olho turco bem grande contra mau-olhado. Ela parecia uma criança de tão feliz que ficou com suas aquisições. Ela pôs o cinto na hora e abraçou o camelo de Björn. De mãos dadas e alegres, eles chegaram diante da Hagia Sofia após andar por Nuruosmaniye e Sultanahmet. Decidiram começar pela praça Sultanahmet onde havia a Mesquita Azul, que decepcionou Ulla por não ser azul de verdade como ela imaginava, e depois ver Hagia Sofia. Não havia nenhum motivo específico nessa ordem, foi uma escolha feita ao acaso. Talvez fosse pelo grande grupo de turistas esperando à porta de Hagia Sophia, ou quem sabe Ulla tenha sentido o chamado irresistível da morte diante das tulipas vermelhas no parque.

– Como são bonitas essas flores! – ela murmurou em admiração. – São tulipas; quando eu era criança meu avô lia a história de uma menina holandesa. A menina com tamancos de madeira andava pelos canteiros de tulipas, colhendo flores de todas as cores para sua mãe.

Ao falar isso ela deu um pulo. Ulla era assim; primeiro ficava calma como uma lagoa parada e, de repente, se encrespava como um mar agitado.

– Vou tirar fotos delas agora. Quando voltarmos para casa, eu vou pintar tulipas vermelhas, amarelas e brancas nos dois lados da porta de entrada. Mas primeiro, tire uma foto minha em frente das tulipas.

Ela começou a correr como uma criança levada, parou por um momento e virou para olhar para o sorridente marido.

– Tire uma foto bem legal de modo que as tulipas e eu fiquemos bonitas. Vamos mostrá-la para meus avós e Björn. Quero que vejam como é bonita a sua cidade!

Deniz a viu pela última vez pelo visor da câmera, enquanto ela segurava o camelo nos braços, usando um vestido comprido azul e o cinto colorido na cintura. Seu longo cabelo loiro estava solto e as tulipas estavam atrás dela, como ela queria. Ele apertou o obturador, ou será que não? Ele não consegue se lembrar. Mas a foto sorridente de Ulla diante das tulipas cor de sangue, com a Mesquita Azul ao fundo, sua saia esvoaçando ao vento, o camelo de brinquedo que ela apertava contra si como uma criança, tudo isso está gravado na memória dele como se pretendendo ali ficar para sempre. Depois, uma explosão ensurdecedora e estonteante, gritos, fumaça, sangue nas tulipas e em tudo mais... Braços, pernas, um pé de sapato e um camelo de brinquedo voando pelos ares entre todo aquele sangue, a fumaça e os gritos... Primeiro, ele sentiu uma dor ardente no rosto, na cabeça, no corpo inteiro. Depois, a queda em um poço escuro e sem-fim. E então...

Quando recuperou a consciência, ele se viu num quarto de terapia intensiva. De início, não conseguiu entender por que tinha tantos tubos de borracha cobrindo seu corpo como se fosse uma teia de aranha. Alguns pendiam de seu nariz e sua boca, outros estavam ligados a agulhas presas em suas mãos com esparadrapo. Ele ficou semanas no hospital, mas nunca falou, jamais disse uma palavra quando voltava a si depois de todas as cirurgias pelas quais passou, nem depois, quando jazia na cama com a cabeça, o rosto, braços e dedos enrolados em bandagens grossas. Quando vieram interrogá-lo como parte de uma investigação formal, ele pronunciou uma frase apenas:

– Eram tulipas vermelhas e Ulla estava parada diante delas.

Ömer percebeu que tinha sido insensível e cruel quando disse ao filho: "Não vá embora, fique". Para Deniz, Istambul agora era o túmulo do corpo despedaçado de Ulla e seu sangue estava espalhado nas tulipas, nas ruas, na cidade inteira. Ele sentiu profundamente o sofrimento do filho e não insistiu mais. Quando chegou a hora de partir, Deniz não quis que seus pais o levassem ao aeroporto. Sua mãe estava preocupada com sua saúde. Ele ainda mancava muito, provavelmente teria de fazer outra operação. As queimaduras em seu rosto estavam curadas, mas as cicatrizes eram profundas demais para sumir sem cirurgia plástica. Ele se sentiu incomodado com o olhar fixo de Elif em seu rosto.

– Vai passar, tudo passa com o tempo – disse ele, tentando parecer casual para consolar a mãe. – Minhas feridas só se aprofundam mais em Istambul e estou com muita saudade do meu filho. Não posso mais deixá-lo sozinho. Sei que está sendo bem tratado, mas com certeza ele precisa de mim.

Ele não conversou muito, não abriu seu coração, não compartilhou sua dor. Educadamente, experimentou um pouco dos seus pratos favoritos que Elif havia preparado para ele com carinho, falou algo sobre sua ilha e depois ficou em silêncio até a hora da partida. Mãe, pai e filho tentaram abafar a dor profunda que, como punhos de ferro, apertava suas gargantas, com observações do tipo "Você amava este prato, adorava *börek*". O rapaz contou-lhes sobre a pesca de arenque, qual a melhor maneira de salgar peixe; que ele ainda não tinha encontrado o diabo, embora subisse ao castelo quase todo dia; que tinham pintado a Gasthaus de um amarelo brilhante; que a mulher fantasma das cestas ainda estava viva, mas talvez aquela fosse a filha; que a ilha continuava calma e tranquila como sempre; que os poucos turistas que apareciam por lá para passar a noite ou alguns dias se hospedavam na pousada.

– Se forem para aqueles lados, apareçam. Vão ter uma verdadeira sensação de *déjà vu* e poderão ver Björn – disse ele só por gentileza.

Aí chegou a hora de ir e ele repetiu que não queria que eles fossem ao aeroporto. Saiu mancando sem olhar para trás, arrastando seu corpo desajeitado, de olhos baixos, a mochila pesada nas costas. Eles ficaram observando-o da sacada enquanto ele entrava no táxi. Elif cumpriu o ritual tradicional de jogar água, para que o viajante fosse e voltasse com a mesma serenidade da água. "O menino que nós condenamos à ilha do diabo porque ele não esteve à altura dos sonhos que não alcançamos, do entusiasmo que nos abandonou, as esperanças que ficaram no passado; porque ele não conseguiu vingar nossa derrota e nossa decepção na batalha que esperávamos ele fosse travar em nosso nome... O filho que deixamos sozinho, que quase abandonamos porque ele não quis ser um herói, negou-se a competir e foi esmagado pela crueldade do nosso tempo, não foi duro o bastante para lutar com a vida, não teve ambição, capacidade ou força.."

Quando ele se lembra do filho, a imagem é a daquele último dia. Sempre que pensa nele, ele o vê indo embora – se arrastando, vagarosamente. Cansado, derrotado, solitário. E aquele olhar, o olhar de Mahmut...

– Ele tinha o seu olhar na última vez.
– Como assim?
– Sofrido, derrotado, desesperado.
– O de um animal ferido? Como um guerrilheiro com o cano de um rifle na boca e a bota de um soldado sobre seu peito? Seu filho, os filhos de gente como você não têm esse olhar.

As palavras de Mahmut incomodam Ömer. Ele não responde. O lado esquerdo do seu lábio começa a tremer. Fazia tempo que isso não acontecia, ele até achara que esse tique horrível tinha passado. "Será que vai recomeçar? Os médicos disseram que o excesso de álcool podia enfraquecer o controle muscular. Eu preciso me cuidar." Ele está bravo com Mahmut. "Essa gente acha que só eles são oprimidos e desesperados. Pois é, nossos filhos não têm esse olhar, nunca se desesperam! Vocês acham que são os únicos que sofrem? Esse discurso sobre padecimentos até num canto de hospital, nessa circunstância tão estranha... Ideias decoradas e estereotipadas, clichês que nos colocam dentro do mesmo saco..." Sua raiva cresce: "Não adianta, eles não confiam em nós. E depois de tudo o que fiz para defender os seus direitos! Quase tive problemas pelo direito deles de usar sua língua nativa e por escrever sobre assassinatos sem solução. Se não fossem pelas normas da União Europeia, a preocupação com o que a Europa diria e a reação das ONGs, eu teria sido condenado nos processos abertos contra mim."

Ömer tenta parecer calmo.

– Cada um tem suas dores e suas derrotas – diz ele. – Tem uma hora em que todos têm medo e se sentem indefesos. Turcos, curdos, franceses, árabes, não faz diferença. Todos são oprimidos, são cruéis, todos sofrem.

Pode-se sentir em sua voz raiva, decepção e impaciência.

– Eu não quis dizer isso. Digamos assim... Eu pensei que seu filho fosse bem-sucedido, quer dizer, que tinha um bom emprego, que fosse culto e bom... Desculpe, mas costuma ser assim com os filhos de homens importantes e famosos...

O jeito inocente e preocupado do rapaz, sua ansiedade por ter sido mal interpretado amolecem o coração de Ömer. "Ele tem razão, costuma ser assim. Nossos filhos costumam ser bem-sucedidos, pelo menos é o que as pessoas pensam. A falácia do 'estamos todos no mesmo barco' não passa de um engodo. Não era assim que eu falava naqueles dias felizes e esperançosos da juventude, quando achávamos que estávamos lutando pela revolução e pelo povo?" De repente ele se sente sufocar. Já é madrugada, o sol está para nascer. "O que faço aqui numa hora tão estranha? O que tenho eu a ver com este corredor de hospital? Que dívida estou pagando?"

Os cirurgiões que fizeram a operação aparecem no fim do corredor com seus aventais azuis. Ele manda o garoto ficar ali e vai ao encontro deles. Espera que alguém da equipe o reconheça e lhe dê informações.

– Eu queria saber da mulher ferida que foi operada... Ninguém o escuta. Eles continuam a andar enquanto conversam entre si.

– Sou o escritor Ömer Eren. Queria saber o estado... Um homem jovem do grupo se vira para Ömer Eren.

– Se está perguntando pela mulher que foi ferida à bala, ela vai sobreviver.

– E a criança? Ela...

– A bala atingiu o feto. Era um menino, uma pena. É importante para essa gente ter um filho homem. Então você é Ömer Eren? Muito prazer. Eu comecei a ler um de seus livros. Esta história dará um ótimo material para você.

O médico não fica muito tempo ali, se afasta com passadas rápidas para encontrar o resto da equipe. Não parece impressionado por ter conhecido o autor. "Talvez seja orgulhoso ou esteja apenas cansado", pensa Ömer. "Veja só, ele começou a ler um livro meu; o filho da mãe não disse que o leu. Sei lá, talvez não goste do meu estilo. Provavelmente nem sabe ler. Esta geração nova não tem o hábito da leitura. Ele deve ser daqueles que compram um livro só para fazer gênero e o põe de lado sem nem abri-lo."

Ele se vira para Mahmut, que está se aproximando, e fala sem olhá-lo, como se repetisse frases de uma língua desconhecida que ele decorou sem compreender:

– Sua mulher está salva. O médico disse que o bebê a protegeu. Mas não conseguiram salvá-lo.

"Por que eu menti? Por que disse que o bebê a salvou? O médico não disse isso. Acho que inventei isso para consolá-lo, para ele pensar que a mulher teria morrido se não fosse pelo bebê, assim ele sentirá menos a morte da criança." Ömer não conta ao jovem que era um menino. "Uma bala perdida, um filho baleado no útero... O médico havia dito que a história daria um bom material para um livro. Seriam essas palavras um elogio desajeitado ou seriam sarcásticas?"

Mahmut dá dois passos para trás, se agacha e se encosta contra a parede. Ele abraça os joelhos, apoia o queixo e vira uma bola, como se quisesse ficar menor. Ele balbucia para si mesmo em curdo algo como um lamento, uma prece. Depois levanta a cabeça.

– A criança não ia ser como nós. Seu destino seria diferente do de Zelal e do meu. Ele não iria para as montanhas lutar, ele não seria sacrificado pelo código de honra ou pela organização. A criança teria uma educação, viveria como um ser humano. Era para nós sumirmos na cidade grande; ninguém iria nos encontrar, nem o Estado, nem a organização, o pai ou o chefe... A criança seria livre e destemida. Seu nome seria Hevi, esperança.

Ele continua a se lamentar mansamente enquanto balança o corpo com suavidade. Lágrimas escorrem por seu rosto e se juntam no queixo. "'Esta história dará um ótimo material para você!' É isso? Quem tem o direito de transformar a agonia em palavras se não se pode fazer nada para impedi-la?"

– Eles mataram a criança. Hevi morreu. Por que continuar a fugir? Para salvar quem? *Zarok kustin. Hevi mir, edi hewceyi reve nake?*

Ele volta ao curdo. Talvez esteja repetindo a mesma coisa em seu próprio idioma, para si mesmo, para seu coração, para sua lembrança. Ao falar na própria língua, o que ele diz deixa de ser uma narração dolorosa e se torna propriedade sua; se torna ele mesmo. Palavras não são mais necessárias; a dor se livra da palavra e se instala em seu coração definitivamente.

– Como assim, de quem estavam fugindo, filho?

Ele se dá conta de que chamou o rapaz de "filho" e se surpreende. Eu só chamo Deniz de "filho"!

– Da morte – ele responde como se cuspisse as palavras. – Dos soldados, dos policiais, da organização, do Estado, do código de honra... De tudo o que há em nossa terra, porque tudo traz a morte.

– Que terra é essa?

– São aldeias queimadas, campos arrasados, minas, assassinatos não solucionados, código de honra, montanhas, principalmente as montanhas. Tudo significa morte.

O rapaz agora fala com a entonação típica do camponês das montanhas do leste. "Ele voltou para suas montanhas", diz Ömer Eren para si mesmo. "Sua dor o fez voltar para suas raízes. Ele não tenta mais esconder sua identidade ou sua língua."

– Como chama seu vilarejo?

Ele diz o nome do lugar. Depois, volta a falar como se lamentasse os mortos.

– Nossa aldeia foi queimada e seus chefes levados para as montanhas. Eu era criança na época, tinha uns oito ou nove anos. Abandonamos os animais, as pastagens, as plantações, a casa de dois cômodos: deixamos tudo para trás. Os velhos, os aleijados, as crianças e as mulheres iam em carros de boi; nossos poucos pertences em um velho trator, o cachorrinho de nariz preto ia nos meus braços... Eu chorei e berrei, não o larguei nem quando meu pai me esbofeteou. Descemos para a planície. Quando nos viramos, vimos a aldeia, a nossa casa e nosso estábulo em chamas.

Ele usa o sotaque pesado do sudeste e parece outra pessoa falando assim. A dor perfurou o seu silêncio; as palavras fluem como água de um cano quebrado. Já não faz mais sentido ficar calado, resistir e não se entregar. Ele não tem mais nada a perder. É como se ele não conseguisse parar de falar. "É como confessar sob tortura", pensa Ömer. "Nessa hora você põe tudo pra fora, até coisas que nem perguntaram."

– Nós viemos para a cidade e nos refugiamos com a família do meu tio em um leito seco de rio. Primeiro moramos numa tenda, depois construímos um barraco de lata. E então eu fui para a escola. "Este meu filho, o caçula, será letrado", meu pai costumava dizer. "Eu não vou sacrificá-lo nem para o Estado nem para as montanhas." Mas as montanhas cercavam a cidade, elas nos chamavam. Os professores ensinavam em turco. No começo não entendíamos, pedíamos a tradução em curdo. Alguns deles nos diziam delicadamente que o curdo estava proibido, que não havia uma língua curda. Crianças que éramos, não compreendíamos por que a língua na qual falávamos não existia de verdade. Alguns professores nos batiam e foi assim que aprendemos o turco. Nos estágios avançados aprendíamos história; nos ensinaram principalmente sobre Atatürk. Nós lamentávamos que os curdos não tivessem um Alp Arslan[9], um conquistador, um Atatürk, que todos os grandes homens fossem turcos. Seriam os curdos idiotas ou covardes? Seria por isso que não havia heróis nem grandes homens entre os curdos? Isso nos deixava tristes e humilhados, olhávamos para nossos traseiros para ver se tínhamos rabo como diziam as outras crianças. À medida que crescíamos, olhávamos para as montanhas e era a elas que ouvíamos e não aos professores. Paramos de tentar ver se tínhamos rabo. Para contrariar os que não tinham rabo chegamos até a desejar que tivéssemos um. As montanhas nos cercavam onde quer que estivéssemos. Se não havia nenhuma, nós as criávamos. As montanhas entendiam a nossa língua e nós compreendíamos a linguagem delas. Tudo bem não ter-

---

9 Alp Arslan (1030-1073) foi o sultão seljúcida que abriu as portas da Anatólia aos turcos ao derrotar os bizantinos na Batalha de Manzikert (1071). "Conquistador" (*Fâtih*, em turco) é o epônimo de Mehmed II (1432-1481), conquistador de Constantinopla em 29 de maio de 1453. (N. T.)

mos heróis. Mas também não tínhamos a mínima dignidade, nem nome ou valor. Ao menor erro, éramos acusados de não termos honra. E caso você objetasse ou tentasse se defender, a desonra seria maior ainda. Se fôssemos para as montanhas, já não seria assim, ganharíamos um nome. Construiríamos o futuro que não tínhamos. Ouvimos a voz das montanhas e para lá partimos. Então... então...

De repente, ele se cala.

– E o que aconteceu então, rapazinho?

Ömer está perdido nos túneis de suas próprias palavras: rapazinho... Um poema, uma melodia, um sentimento vago, uma lembrança que brota do fundo da sua memória.

"– Meu caro, você está com medo " diz o piloto para o Pequeno Príncipe, que tem um encontro com a cobra no meio do deserto.

– Eu estarei com muito mais medo esta noite. Não venha à noite " diz o Pequeno Príncipe.

– Eu não o abandonarei, rapazinho.

– Mas irá sofrer. Devo fingir que estou morto e não será verdade. Não tenha medo.

– Eu não o abandonarei, meu jovem."

"Por que eu o chamei de 'rapazinho'? O que Mahmut tem em comum com o menino que veio de um planeta minúsculo, onde só cabia uma roseira, para conhecer a terra e fazer amizades? Mahmut não tem nada a ver com o Pequeno Príncipe. Mas talvez tenha, com sua solidão, sua melancolia, seu amor por sua rosa, seu anseio pelas montanhas e seu planeta distante... O piloto estava com o menino na noite em que ele se deixou morder pela cobra para se libertar do corpo que o impedia de voltar ao seu planeta?" Ele não se lembra. Ele se recorda de que o piloto não conseguiu convencer o menino a ficar na Terra. Ele não conseguiu impedir o Pequeno Príncipe de sair voando para reencontrar a rosa que o esperava em seu planeta, seu cordeiro e o pôr do sol.

– Rapazinho – ele repete com um sentimentalismo do qual não gosta, mas que não consegue controlar. – E então, rapazinho?

– Então eu vi, eu compreendi. Também há sangue e crueldade na montanha. Não há futuro, exceto a morte. Enquanto eu via, comecei a desacreditar do que sempre havia acreditado. Eu não tinha um norte. Passei a questionar o que é ser humano, viver como ser humano, o que é matar e ser morto. Zelal fugiu das tradições e eu, da montanha. Nunca tínhamos visto o mar, mas mesmo assim sentíamos falta dele. Meu pai dizia: "O mar suaviza o homem, a montanha o deixa duro e cruel." Zelal e eu partimos em direção ao mar. Queríamos chegar até ele. O bebê nasceria, se chamaria Hevi, esperança. Ele veria dias felizes, viveria como um ser humano. Então... o que restou? Nada.

– Algo restou. Tem de ser! Novas esperanças irão nascer. Zelal vai sobreviver e vocês irão até o mar. Prometo que os levarei até o mar, assim que Zelal melhorar.

– Obrigado.

Ele se recompõe. Deixa a terra natal e seu idioma, surge das profundezas do próprio ser, veste uma vez mais a máscara da fantasia que tirara por instantes em sua dor insuportável.

– Obrigado, mas não podemos mais fugir. As montanhas nos seguirão aonde formos. Mas, mesmo assim, obrigado.

Ele tira um lápis e um pedaço de papel do bolso da camisa que se gruda ao seu corpo suado e empoeirado e rabisca alguma coisa.

– Se um dia for para minha terra, diga ao meu pai que eu estou bem. Peça que ele me perdoe depois de tudo o que fez por mim. Ele até me mandou fazer cursos para que eu passasse no exame para a faculdade e eu passei. Diga para o meu pai não me apagar da sua vida. Eu não fui para a faculdade porque preferi a

montanha. Diga que não fui porque eu era um vagabundo que não queria estudar. É outra coisa. Se um dia eu o encontrar de novo, eu contarei o que aconteceu. Não fale sobre Zelal e a criança. Se o bebê não tivesse morrido, nós pretendíamos ir vê-lo assim que os problemas acabassem. Já não é mais necessário. E, tem outra coisa, vou lhe dar outro nome. Se você vai fazer tudo isso, eu não sei. Quer dizer, por que se daria a esse trabalho?
– Pode dizer. Se eu puder fazer algo...
– Se algo me acontecer e acharem a pista de Zelal, não a deixarão viva. Só conheço uma pessoa que poderia ajudá-la. Ela é da nossa região, é farmacêutica e trabalha numa organização de mulheres. Ela é uma mulher experiente e destemida. Vem de uma família grande, um clã muito respeitado. Só ela pode proteger Zelal na minha ausência. Vou anotar o endereço da farmácia. Se eu precisar de ajuda, ligue para ela, por favor. Certifique-se de que ela protegerá Zelal.

Ömer se pergunta se foi um bebê natimorto que uniu esses dois jovens. Suas esperanças parecem ter morrido com a criança. É como se este rapaz estivesse pronto para abandonar a mulher que ama e voltar para a montanha de onde escapou. Talvez seja por desespero, dor, desesperança... Ou quem sabe apenas por ser jovem...

Ele sente que há algo nessa história que não consegue entender direito. História de pessoas que pertencem a um mundo ao qual ele não está familiarizado, do qual ele nada sabe... Outros amores, outras esperanças, outros temores... Ele sabe que não será capaz de contar essas histórias se decidir escrever sobre elas, que ele sempre será um estranho, mesmo que todo mundo pense que escreve bem, ele e aquelas outras pessoas saberão que ele não conseguiu se aproximar do outro lado. Ele diz:
– Não saia daqui.

A fadiga e a pressão da estranha noite maldormida caem sobre ele. Foi exatamente isso que ele disse a Deniz: "Não vá embora, fique". Com a mesma voz, a mesma impotência.

O rapaz fica quieto.

– Você não tem para onde fugir, filho.

Ele olha dentro dos olhos do rapaz. Dessa vez, o jovem não desvia o olhar.

– É verdade. Quando você está sonhando com o mar, abraçado à pessoa amada nos vales escondidos entre as montanhas ou em cavernas isoladas, tem a sensação de que existe um lugar, como se fosse possível escapar. Mas, quando você desce para a planície, entende que não tem para onde ir. E, se tiver, não sabe para onde; nós nos perdemos totalmente quando viemos para cá, perdemos toda a esperança.

Vozes nos corredores, nas escadas. Faxineiras limpando o chão com esfregões molhados; o cheiro de desinfetante, penicos sendo esvaziados; enfermeiras abrindo portas ruidosamente, funcionários com jalecos azuis, médicos com aspecto sonolento no final do turno da noite; parentes de pacientes que conseguiram entrar cedo... O hospital está acordando.

Ömer se encosta à parede do corredor. Ele sente o frio em suas costas. Está cansado, exausto. Sua boca está seca e com gosto de ferrugem. Ele gostaria de se agachar como Mahmut, mas não consegue. Gente da cidade também não consegue sentar com as pernas cruzadas. "Preciso escrever alguma coisa sobre a linguagem corporal nas diferentes regiões e classes". Ele procura o telefone nos vários bolsos do seu colete de caçador. Como sempre, está no último bolso. Ele disca o número de casa, o telefone toca por um bom tempo. É óbvio que Elif ainda não acordou. Que pena, mas ela que acorde. Um alô entorpecido no outro lado da linha... "Bom dia, querida." (...) "Vou para o leste" (...) "Eu vou para o leste e você, para o oeste. Nossos caminhos

estão se distanciando." (...) "Já que vai para lá, você vai vê-lo?" (...) "O menino."
A pergunta não respondida pairando nas ondas do som...

O MENINO QUE ESPERAVA A PRINCESA ULLA

O menino está brincando entre as ruínas do velho castelo. Ele se ocupa construindo casas com as pedras que pega do chão enquanto Deniz observa o filho. O sol envia flechas de luz sobre as torres do Castelo do Diabo que vão do amarelo ao laranja, do rosa ao púrpura. O sol está se pondo sobre o oceano. O horizonte se pinta de laranja, lavanda, violeta. Depois o crepúsculo de um cinzento esmaecido... É a estação das noites brancas.

Deniz gosta deste lugar. Essa sensação de infinito, o som das ondas brancas se quebrando contra as rochas sem jamais afogar o silêncio, o ar misterioso do castelo, esse isolamento, como se estivesse além do mundo e do tempo. Ele vem aqui com Björn com frequência.

– Eu era pouco maior do que você quando vim aqui pela primeira vez " ele explica ao filho em seu norueguês capenga. " Meu pai disse que este era o Castelo do Diabo. Eu queria ver o diabo então eu... como se diz mesmo? Quando você fica repetindo que quer uma coisa?

– Insistir. Viu, sei mais do que você. E você viu o diabo, papai? O castelo já estava em ruínas nessa época?

– Sim, ele sempre foi assim. Os diabos gostam de castelos decadentes. Meus pais só pensavam em atravessar de volta e continuar viagem. Não me deixaram subir até aqui. E então eu prometi a mim mesmo que viria para este lugar quando crescesse para conhecer o diabo.

– Você cumpriu a promessa e veio mesmo, não é, papai?

– Sim, cumpri minha promessa.

O menino quer que o pai lhe conte a bonita história da qual ele não se cansa de escutar.

– Vai, papai, me conta. O diabo trancou a linda princesa no seu castelo. A pobrezinha chorava toda noite. Conta, papai.

– A princesa chorava à noite, suas lágrimas se misturavam às ondas do mar e os peixes liam suas lágrimas como se fossem cartas. Um dia, um peixe que foi pego pela minha rede me deu notícias dela: quando a lua cheia batesse no topo da torre mais alta do castelo, a princesa iria se jogar da janela daquela torre.

Bem neste ponto da história que ele já ouviu centenas ou milhares de vezes, os límpidos olhos azuis do menino se arregalam de medo e excitação.

– E quando a princesa pula, você chega para salvá-la.

– Isso. Eu chego no barco de pesca do tio Jan e paro perto dos rochedos. Mas, antes que ela caia nas pedras e morra, eu a pego em meus braços.

– O cabelo dela é muito comprido, da mesma cor que o meu e seus olhos também são azuis.

– Sim, os olhos dela são iguais aos seus.

– E o nome dela é...

– E o nome dela é Ulla.

– Aí você zarpa e foge do diabo. Leva Ulla para a Gasthaus. Vocês dois se amam muito, se casam e eu nasço. Depois...

Nesse momento, Deniz sente um desconforto, uma mistura de saudade, sofrimento e impotência. Mas a criança não percebe; os olhos azuis do menino estão bem abertos e ele espera pelo final da história que ele já conhece de cor.

– Depois você nasce. Nós te chamamos Björn. Como a princesa Ulla é linda e muito boa, o diabo se apaixonou por ela e não consegue esquecê-la. Ele se disfarça de bandido, com armas e bombas, e a tira de nós. Ele quer trancafiá-la de novo no castelo.

– Naquela torre, papai?

O menino aponta o dedinho para a torre que se ergue entre os restos do castelo.

– É, aquela.

– Mas minha mãe... Me diz, papai, e o que a mamãe faz?

– A princesa Ulla não... como é aquela palavra que se diz quando você levanta as mãos e fala "tudo bem, eu perdi"?

– Render-se. Você quer dizer "não se rende ao diabo". Você já tinha perguntado na última vez que contou a história. Por que não aprende, papai?

– Isso, a princesa Ulla não se rende ao diabo. Ela levanta os braços e se agarra a uma estrela do céu. E vai saltando de uma estrela a outra...

– Olha lá, papai!

O menino aponta para a estrela-d'alva que começa a aparecer no céu, cuja tonalidade está assumindo um cinza mais escuro.

– É ela, meu filho.

– E o diabo?

O menino se abandona à emoção da história se refugiando no colo do pai, desfrutando, assim, mais do prazer do medo, enquanto seu coração de criança bate mais depressa. Deniz acaricia os cachos dourados do cabelo do filho.

– O diabo não suporta a perda da princesa e vai para o Oriente, para lugares muito distantes.

– Ele não vai voltar pra cá, vai?

– Não, não tenha medo. Ele não pode voltar.

– O Oriente é longe mesmo, papai?

– Muito, muito longe.

– A minha *bestemor*, minha avó, disse que você veio do Oriente. Ela disse que no Oriente tem guerras e homens maus. Que lá não se vai à igreja e que cortam a garganta das pessoas. Você foi ao Oriente para procurar o diabo e cortar a garganta dele?

Ele não sabe o que dizer, pois não gosta das palavras da avó. Ela não deveria dizer tais coisas a uma criança. Mas a avó tem razão, do seu ponto de vista. Ela acha que sacrificou a neta para a violência cruel do Oriente, para os selvagens que vivem lá. Nesta ilhota que é distante até do Ocidente, o que dirá do Oriente, como ele pode esperar que uma camponesa pense de modo diverso? Mesmo assim ele fica bravo.

– O Oriente era uma terra de gente boa e histórias lindas. Mas os diabos vieram do Ocidente e destruíram as pessoas boas, os belos países e as histórias lindas. Eles os eliminaram da face da terra com bombas e armas.

Ele está com raiva de si mesmo, mas não consegue se controlar. "Merda! O que estou dizendo ao meu filho? Uma discussão ideológica indireta com a avó..."

– Você lembra onde o sol se escondeu, Björn?

O menino aponta na direção onde uma réstia de luz rosada resiste ao crepúsculo no horizonte.

– Muito bem, garoto! Agora fique de costas para esse lugar. Você está olhando diretamente para o Oriente. O sol nasce ali.

– Então, todo mundo que chega à ilha vem do Oriente, porque o cais está bem na minha frente.

Deniz ri, o menino o acompanha, suas almas estão mais leves. O menino abraça o pai com carinho.

– Eu falei pra vovó: "Meu pai é muito bom, mesmo sendo do Oriente". E ela respondeu: "Seu pai é diferente. Ele é um estrangeiro bom". O que é estrangeiro, papai?

– É quem chega à ilha vindo de outro lugar, quem não é ilhéu.

– Também existem estrangeiros maus?

– Há estrangeiros maus e também há ilhéus maus. Venha, vamos para casa.

Enquanto pai e filho caminham entre as ruínas do castelo em direção à aldeia, Deniz pensa na mensagem deixada na se-

cretária eletrônica da Gasthaus. "Deniz querido, é Elif. Estou em Copenhage para uma reunião. Gostaria de vê-lo, se estiver disponível. Ligue no meu celular."
Uma mensagem fria e sem emoção... Ela não consegue mais dizer "sua mãe". Faz tempo que ela não fala assim. E palavras afetuosas na forma de nomes e sons de animais há muito foram esquecidas. "Deniz querido, é Elif." "Deniz querido..." Minha mãe acrescenta "querido" ou "querida" ao nome das pessoas de quem ela não gosta muito, despreza ou com as quais ela não se sente à vontade. Na linguagem dela, "querido" é uma palavra traiçoeira que mascara a falta de amor e coloca distância entre as pessoas. Então agora estou na categoria de "querido"! Não há razão para adiar meu telefonema. Posso deixar uma mensagem curta no seu celular dizendo: "Estamos melhor assim. Não tem por que dificultarmos as coisas". Essa é a coisa certa a fazer. "Querido..." Tão distante, tão estranho...
Quando ele era pequeno, ele inventava jogos com a mãe. A lembrança disso dói. Sua brincadeira favorita era o gatinho perdido e seu dono. Pela manhã, ele adorava subir na cama de seus pais e enterrar a cabeça no colo da mãe, ronronando, sentindo o calor da proximidade dela; e a mãe o abraçava e o acariciava, como se ele fosse um gatinho. Momentos de felicidade, com sua mãe fazendo cócegas no pescoço dele ou nos pés. E ele jamais reclamava, nunca pediu para ela parar. Ele era o "gatinho", "minigato", "gatinho da mamãe". Ele não se lembrava da mãe chamando-o de Deniz quando era pequeno. Depois, com um tapinha no bumbum, ela dizia: "Preciso levantar para ir trabalhar. O gatinho tem de ir à cozinha tomar seu leitinho".

– Me leva com você, mamãe.

– Não dá, onde trabalho está cheio de camundongos. Gatos não podem entrar lá.

Ela o levou àquele lugar mágico só uma vez. Elif teve de passar no laboratório para pegar algo que tinha esquecido. Depois eles iriam ao cinema juntos para ver *E.T.* Uma das raras ocasiões felizes em que ele iria a algum lugar com sua mãe.

– Não vá machucar os camundongos, gatinho.
– Por que você tem camundongos aqui, mamãe gato?
– São para minhas experiências.
– O que são experiências?
– Bom, para procurar um remédio novo que salvará a vida de crianças doentes ou acabar com a dor, primeiro nós o damos para os animais. Se for bom para eles, se não fizer mal, poderá ser dado a humanos. É isso, nós "experimentamos" em animais.
– Por que tem tantos camundongos aqui?
– Porque a estrutura deles é parecida com a das pessoas.
– Mas eles não sentem dor?

Elif ficou em silêncio. Deniz ainda se lembra daquele silêncio. Então ela disse:

– Quando você crescer e for à escola, vai se tornar um cientista famoso e fará experiências. Vai descobrir coisas que farão bem às pessoas. O meu filho gatinho será um grande cientista.

– Mas não vou machucar os camundongos. Sou um gatinho bom, sou amigo dos camundongos. Você sempre diz que até cães e gatos podem ser amigos. Quando os meninos do jardim de infância fazem piada de mim e me batem, você sempre me diz: "Seja bom para eles; tente dizer que o que eles fazem é errado".

– É verdade. Tem razão, gatinho. Mas, mesmo assim, fique longe dos animais de teste até eu terminar. Nunca se sabe o que um gatinho pode fazer!

Toda vez que ele relembra a infância e pensa na mãe, sente uma dor no meio do peito, como se fosse arranhado por um gato; uma sensação de culpa, de inépcia, de inferioridade. Ele ainda ouve a voz de sua mãe: "Não fique bravo, eu não disse que seu boletim está ruim. Mas suas notas de biologia e química podiam ser melhores. E se tivesse prestado mais atenção às perguntas da prova, sua nota de física teria sido dez e não nove".

Ele se lembra de ter arrancado o boletim da mão de sua mãe dizendo: "Eu não sou nenhum Einstein e não pretendo ser!". Depois se trancou no quarto, remoendo raiva e revolta. Querendo magoá-la, ele gritara: "Continue matando seus camundongos!".

Seu pai costumava ficar fora dessas discussões. Ele dizia à mulher: "Não pressione o garoto, deixe estar. Ele tem a vida toda pela frente. Além do mais, ele não é mau aluno mesmo não sendo o primeiro da classe. Eu também não fui um aluno modelo. Nunca se sabe como a pessoa será quando crescer, que direção sua vida tomará, se terá sucesso ou não. Basta ele ser humano, um homem interessado no mundo, que assuma suas responsabilidades para com os outros".

A dor dos arranhões no peito piora. Esse sentimento detestável que ele conhece tão bem desde a infância, a dor de apanhar sem ser capaz de se defender, descobrir-se repentinamente nu no meio da multidão... A imagem patética do cachorro que pede afeto enquanto apanha ou da cobaia cujo cérebro é aberto enquanto continua viva... Culpa, remorso, impotência, desejo de morrer... "Só que não sou culpado, não fiz nada de que possa me arrepender."

Ele tem vontade de abraçar o filho que saltita alegremente à sua frente; de se purificar através dele, de banhar-se em sua inocência, de refugiar-se nela. Mas ele não se atreve. Ele tem medo de contagiar o filho com essa sensação indefinida de degradação. "Björn jamais deverá sentir isso, nunca sentirá. Ele compreenderá o significado verdadeiro da felicidade e se contentará em ser ele mesmo. Sabendo que este é o único significado da vida, ele viverá cercado pela natureza; em paz, satisfeito consigo próprio, saberá se respeitar."

"Eu tenho de protegê-lo da violência. Não deixarei que ele seja nem o torturador nem a vítima. Não permitirei que lhe imponham valores alheios ou a obrigação de conquistar a Lua. Talvez ele seja um simples e pacato pescador ou dirija uma pensão com clientes apenas na temporada das noites brancas. Não permitirei que ninguém maltrate Björn ou o obrigue a nada. Acho que deixarei a seguinte mensagem para Elif: 'Não venha'. Ou talvez seja melhor nem responder."

Palavras, frases e conversas que surgem do intrincado labirinto de sua memória e transpassam sua alma como espinhos, avivando sua angústia e a impressão de que está sufocando: carregar o nome Deniz com honradez... ser digno do nome... eles morreram por suas crenças. Mesmo que o mundo mude, os valores básicos humanos são os mesmos. O homem não pode e não deve ficar indiferente ao seu tempo. Qual é o significado da vida para você? "Eu preciso ser executado como os seus Deniz para que você goste de mim, papai? No fundo, a essência da questão da existência humana é bem isso. Os porcos também são felizes, mas você prefere morrer pelos direitos humanos, por justiça e liberdade, ao invés de viver satisfeito como os porcos. E também ver seu filho morrer? 'Meu filho será um cientista...', 'Você tem tudo para alcançar a excelência; nós te demos as melhores oportunidades... Pode estudar nas melhores escolas no exterior, se quiser. Ser digno.' Do quê, de quem? 'Já que você não sabe o que fazer da vida, vá para o Iraque fotografar a miséria humana. Eu arranjei um trabalho de correspondente de guerra no Iraque para você. Guerras são abomináveis, as pessoas morrem... Seria bom para você conhecer a realidade do mundo... o estofo de um Deniz... os cadafalsos... os meios científicos, os laboratórios... Um pouco de ambição faz bem; obriga a pessoa a seguir em frente... O que você quer da vida? A felicidade dos porcos... Dormir, dormir para sempre... Com aquela camponesa, na ilha onde você se enterrou vivo... O sentido da vida? Diga você... O eterno fugitivo, o eterno perdedor... Não vá, vamos tentar recomeçar tudo de novo... Foi difícil para você quando era pequeno até aprender a andar de bicicleta. Aquela psicóloga idiota disse que seu QI era quase de gênio; ela tinha de ver você agora...' Eu não quero ser um gênio, eu quero ser 'qualquer um', 'um ninguém'... Me deixe em paz, eu quero dormir... Seus valores, seu valor, meu valor... 'Não vá, filho... Perder um filho...' O que é o amor? Ulla me amava; ela foi a única pessoa que me amou... Eu sou invisível? As garotas que entram na classe toda manhã beijam todos os meninos, mas nem me veem... Eu sou sozinho, muito sozinho... Eu estou muito, muito, muito bem... Tudo o que eu te disse era mentira... Tudo o que eu te disse era verdade... Estou com medo, mamãe... Estou com medo, papai... Estou com medo, Ulla... O desertor desconhecido... O desertor desconhecido da vida...

"Preciso mandar uma mensagem para o celular de Elif, tenho de fazer isso imediatamente."

Ele se recorda de que não tem celular. "Isso significa estar conectado com o mundo. Você pode ser encontrado onde estiver. Vou usar o telefone do Jan quando ele voltar da pescaria. Não adianta, vou ligar da Gasthaus. Uma mensagem curta: 'Não precisa vir, estou bem'".

O menino desaparece entre as rochas. É a brincadeira costumeira de esconder, mas hoje Deniz entra em pânico.

– Björn – ele grita –, por favor, venha. Não quero brincar.

"Perder Björn... Pai, na última vez que nos falamos, você me perguntou se eu sabia o que era perder um filho. Você estava sofrendo, até eu percebi isso. Eu, quem você considera insensível... Por instantes, pensei em tentar de novo, fazer as coisas que você queria que eu fizesse, ser o homem que você gostaria que eu fosse. Mas você não pensou no risco de perder seu filho quando me mandou ser correspondente de guerra? Ou quando não aguentei mais e voltei, você me olhou com desprezo e disse: 'Esse trabalho também não deu certo?' Ou quando você lamentava que eu não era como os outros Deniz, não imaginou o risco de perder seu filho?"

– Vamos, Björn, saia daí. Escute, está tarde, vou voltar para casa.

O menino todo sorridente sai de trás da pedra onde tinha se escondido.

– Eu assustei o papai, eu assustei o papai!

– Não faça mais isso. Você é o único filho que o papai tem. Além do mais, estamos com uma fome de lobo. Vamos voltar para casa. Vejamos o que a *bestemor* preparou para nós.

O menino olha o mar cada vez mais escuro e aponta para o barco que se aproxima do cais.

– Olha, nosso barco chegou. Vamos ver se tem algum passageiro.

Essa é outra brincadeira: esperar os misteriosos estrangeiros que Björn sonha ver descendo do barco que liga a ilha ao continente. Deniz sabe que na verdade o menino está esperando a princesa Ulla. No mundo da fantasia que eles criaram, Ulla pode sentir saudades deles e descer da estrela um dia, voltando para a Terra. O barco costuma voltar vazio na última viagem, principalmente nos meses de inverno, quando escurece cedo. Os passageiros ocasionais são alguns camponeses que se atrasaram ou – raramente – um ou dois estranhos que preferem passar a noite na ilha antes de prosseguir viagem. Há mais visitantes no verão, principalmente nesta época do ano. Eles se hospedam na Gasthaus, mas o menino não se satisfaz. Deniz ouve a decepção, a solidão e a tristeza em sua voz fraquinha quando ele pergunta por que ninguém vem.

– Nossa ilha é longe. Não é todo mundo que tem coragem de se aventurar até aqui.

— Mas como você fez para vir, papai? Você é muito corajoso? Não teve medo dos piratas ou do diabo, não é?

— Não, não tive, garoto.

"Como posso dizer a ele que, sim, tive muito medo, que virei uma bola de medo e vim rolando para cá justamente por causa disso?

"Aliás, como foi que eu vim para cá? Como posso contar a ele da minha covardia, da minha exaustão, da minha deserção? Como explicar a ele que eu sou um desertor da vida? As palavras que o velho escreveu na parede da Gasthaus pouco antes de se suicidar foram: 'Fugir da guerra foi mais fácil do que fugir da vida'. E assinou: 'O desertor anônimo'. Não o soldado desconhecido, mas o desertor, o desertor da vida..."

O menino corre até o embarcadouro. A mulher das cestas sai primeiro, seguida de dois estudantes, certamente voltando das provas. Depois... Björn para. O barco tem outro passageiro: enfim, um estranho de verdade!

Dirigindo-se ao píer para pegar o menino, Deniz se dá conta de que a silhueta que ele vislumbra na penumbra é de uma mulher. Ela leva uma bolsa grande, usa calça jeans e uma camiseta clara. Ela caminha com passos decididos.

"Eu conheço esse andar e essa bolsa de algum lugar, do mesmo modo que conheço a mulher das cestas de longe, mesmo sem ver seu rosto." Por uma fração de segundo – aquele lapso de tempo infinitamente breve e ainda assim infinitamente longo, repleto de tudo o que a pessoa é: tudo o que ela vivenciou, sentiu e pensou – ele se pergunta o que fazer.

Tarde demais. Passando pelo garotinho sem sequer notar que ele está imóvel, como se estivesse encantado, a mulher se aproxima de Deniz com passos resolutos. Seu rosto está pálido e as linhas de expressão parecem mais profundas à luz amarelada do cais. Pendurado nos lábios, um sorriso artificial que Deniz conhece bastante bem; um sorriso que ele teme e do qual não gosta.

Ele não sabe, ele não sente que esse sorriso é a máscara da insegurança de Elif, de seus temores e sua ansiedade febril. Ele desconhece que o coração dela está batendo forte em seu peito, que seus maxilares estão doendo de tão apertados, ele ignora quantas noites insones ela teve antes de finalmente decidir vir e o enorme esforço que está lhe custando não voltar atrás e fugir.

– A mulher das cestas não mudou nada em vinte anos – diz Elif num tom de voz calmo e natural, como se eles tivessem conversado pouco tempo atrás. – Este lugar é mesmo a ilha do diabo, onde vivem zumbis. E então, como vai a vida?

Deniz percebe o tremor da voz dela, a tristeza que transparece por trás de seu sorriso artificial.

– Mamãe! – diz ele, estupefato e perplexo.

*

"'Então, como vai a vida?', ela perguntara, num tom desenvolto de seriado de televisão. Boa pergunta. Como vai minha vida? Como pode estar minha vida nesta ilha do diabo onde vivem zumbis?"

A mulher das cestas não mudou nada em vinte anos, de fato. Será a mesma mulher ou a filha dela? Deniz se espanta por nunca ter parado para pensar nisso. Casinhas de madeira coloridas, um cais repleto de redes de pesca, um barco miniatura com uma ponte de comando e uma chaminé para ligar a ilha ao continente, mulheres com cestas nos braços, pescadores barbudos e barrigudos, rochedos escarpados, ruínas de um castelo antigo... "Assim é este lugar, não vale a pena ponderar sobre ele, onde as pessoas vivem calmamente suas vidas simples, naturais e objetivas e morrem da mesma maneira simples. Do jeito que deve ser, como eu quero que seja... Então, acho que a vida está boa."

Após tantos anos, o que o teria trazido de volta à ilha do diabo de sua infância? O destino? Absurdo! O que é o destino senão os passos que damos nos caminhos que escolhemos? Talvez fosse mais correto chamar de coincidência. Quando ele acompanhou ao Iraque o amigo de seu pai – célebre correspondente de guerra, figura iminente da mídia –, não sabia que iria alcançar a pequena ilha no mar do Norte por caminhos tão longos e tortuosos.

Seria melhor dizer que ele foi "enviado" ao Iraque. Foi ideia de seu pai que ser fotógrafo de guerra serviria a ele, com certeza isso não partira dele. Ömer Eren dissera ao amigo: "Vamos mandar Deniz ao Iraque com você. Eu cuido da parte burocrática, do visto, das credenciais e tudo mais. Será um novo começo para ele; ele vai aprender o ofício com você. Deniz é um bom fotógrafo, confio em meu filho". Ele sabia que o pai estava mentindo, que, depois daqueles dias horríveis que ele queria esquecer, seu pai não confiava mais nele; e, o que era pior, Deniz concordava com ele. Por constrangimento, não conseguiu recusar. De todo modo, ele nada tinha a perder.

Nessa época, sua indiferença e letargia entraram no círculo vicioso do fracasso: o fracasso virou desesperança, a desesperança se converteu em medo e o medo em vergonha. Ele se sentia sozinho, incapaz, impotente. Inventara para si um mundo imaginário onde ele brilhava, se destacava. Ele era tudo o que sua mãe queria dele e tudo o que seu pai esperava que ele fosse. Ele deixava todos para trás, corria como um puro-sangue, assumia a dianteira e passava pela linha de chegada em meio a aplausos clamorosos. Seu único refúgio era este mundo fictício onde sonhos se confundiam com mentiras. Ele tinha amigos nesse mundo, amigos fantasmas que o amavam, respeitavam e admiravam. Com eles, fazia viagens fabulosas. Ali ele tinha uma amiga adorável, com quem andava de mãos dadas, cujos lábios cálidos ele sentia sobre os seus; uma amiga que o amava, que o levava a sério, que não o ridicularizava nem o reprimia. Uma amiga que só existia em seus sonhos...

Se não fossem os outros com os quais ele deveria ser simpático, aos quais precisava mostrar seu valor, se eles não esperassem que ele conquistasse o mundo, não teria havido mentiras. Eram mentiras inocentes, sonhos anunciados em voz alta. Ao sonhar acordado, ele colecionava alegrias e amores, voava de vitória em vitória com um sorriso infantil que lhe emprestava uma expressão um tanto idiota. Seus passos eram leves como uma pluma e seu coração era um céu sem nuvens. Mas um dia ele foi obrigado a voltar a este mundo impiedoso pela palmatória de reis e príncipes orgulhosos que tinham em suas mãos a balança do certo e do errado, do verdadeiro e do falso. Quando ficou claro que ele não passava de um "fazedor de chuva" perdido em suas quimeras, quando a cortina finalmente desceu no fim da peça, ele vestiu sua armadura de fria indiferença e se fechou no silêncio. Ninguém mais poderia alcançar seu coração e feri-lo.

Finalmente, chegou o dia da verdade e ele declarou, em tom glacial, que todos os grandes sucessos que ele apregoara não eram mais que mentirinhas, ficou surpreso ao ver que ninguém acreditava nele. Por sua vez, os outros ficaram pasmos ao vê-lo tão calmo e distante. Ele não resistiu quando sua mãe insistiu que ele consultasse um psicólogo; nem sequer sentiu necessidade de se retirar para sua concha. Ele nada tinha por dentro; era um buraco negro infinito que engolia todas as emoções, dores e alegrias. "Eu não sentia nada mesmo ou estava apenas reprimindo meus sentimentos? Não, eu não tinha emoção, estava vazio por dentro."

O último psicólogo de quem sua mãe esperava algum milagre, pontificara: "Esta é sua válvula de escape, seu mecanismo de defesa. Você não seria capaz de seguir em frente se sentisse alguma coisa. Seu instinto de sobrevivência continua resistindo e isso é bom sinal".

Viver. Viver como o capim, as árvores, as flores, um roedor, um gato, uma tartaruga ou um peixe... Ser uma parte harmoniosa da natureza, da vida e do universo... Ele sabia que essa filosofia de vida não era uma escolha voluntária, mas um consentimento resignado. Só que ele estava tentando fingir que era uma opção própria, como se vivesse no fio da navalha. Sempre sozinho, sem deixar transparecer nada...

Ele voltou para casa – "para encontrar o quê? Minha mãe, meu pai, o gato, plantas ornamentais, prateleiras cheias de livros não lidos?" – da universidade estrangeira para onde os dois o haviam mandado, como um soldado ferido de um exército conquistado. O que mais o magoou foi que eles nunca pediram nenhuma explicação. Em vez de acusações e reprimendas, ele foi envolvido pela compreensão e pelo afeto, coisa que secretamente considerava embaraçosa e artificial. Não foi o retorno do filho pródigo, mas do filho doente e derrotado. Sua mãe, que sempre criticava e esperava pelo seu êxito, se calou e olhava para o seu rosto com olhos tristes e úmidos. Seu pai agiu como se nada tivesse acontecido; era como se o filho, que ficara anos estudando no exterior, tivesse terminado com sucesso a sua formação e agora procurava um emprego. Ele chegou ao fundo do poço. Os três participavam de uma grande mentira familiar, como se fossem os atores de uma peça ruim tentando desempenhar seu papel do melhor modo possível.

Deniz ficou aliviado quando Ömer Eren disse: "Tudo bem, nós entendemos. Você não vai ganhar o Nobel. Mas, pelo menos, testemunhe as misérias humanas com a sua câmera". Ele falou isso com uma voz bem-humorada, mas nada convincente; suas palavras carregavam a tristeza, a desilusão e a traição que haviam se instalado em seu coração. Talvez essas não tenham sido suas palavras exatas. Não, ele não foi duro, mas foi por aí. De qualquer ângulo que Deniz analisasse, ele via que os dois tinham desistido dele. Mais uma carga insuportável que ele imediatamente atirou em seu buraco negro... Ele não conseguia dizer: "Eu não quero ser testemunha do sofrimento do mundo. A dor não pode ser testemunhada, só pode ser combatida e eu não estou preparado para essa luta, para nenhuma luta". Por instantes, ele até imaginou que poderia voltar ao seu mundo fantasioso e ser bem-sucedido, que poderia se tornar um fotógrafo de guerra de estatura internacional. Foi um breve momento que se partiu em pedaços e se desintegrou adiante da realidade... "Na pior das hipóteses, você pode ser um escudo humano." Será que sua mãe... Não, não, mães não dizem essas coisas, principalmente a mamãe gato. "Não, ela não falou isso, mas tenho plena certeza de que esse pensamento passou pela sua cabeça."

Triunfo ou morte... Mire o triunfo, mesmo que a morte esteja à espera no fim. Eles preferiam um filho morto a um derrotado. Um filho que se sacrificara pelas causas que eles tinham como certas – ciência, revolução, paz, quaisquer que fossem elas – não teria sido perdido. "Só que em seus corações eu sou o filho perdido."

Ele sabe que está exagerando. É através do exagero que ele se liberta da humilhação, da culpa e da vergonha. Culpar os outros permite que sua humilhação vire cólera, e ele passa de culpado a vítima e a vergonha se transforma em autoconfiança.

"Quando ainda usávamos calças curtas éramos a esperança deles – e não os filhos perdidos – e éramos arrastados a cursos particulares como cavalos de corrida, sem pausa ou descanso, a fim de nos prepararmos para os exames de admissão nas escolas mais seletas." "Investe-se muito na formação de crianças como você, especialmente numa sociedade como a nossa", Elif dizia. "Você tem de se mostrar à altura desses esforços. Não se esqueça de que você está entre os privilegiados." Ela tomava como exemplo certos estudantes, falava com inveja das crianças desfavorecidas que iam bem nos estudos contra ventos e marés. Deniz se lembra como essas palavras o deprimiam, mesmo sendo ainda criança.

É claro que ele não queria ser um "nada", como dizia sua mãe. Contudo, ele não entendia direito o que ela queria dizer com isso. Ele receberia de bom grado o que eles chamavam de "sucesso" se este viesse naturalmente, mas ele não tinha força de vontade suficiente para lutar por ele. Ele era bom aluno, estudava bastante e decorava tudo para tirar as notas altas que eram necessárias para que fosse amado pelos pais. Mas eles sempre zombavam de seus esforços e queriam mais. Até seus professores diziam que esperavam mais do filho de Elif e Ömer Eren. No começo, ele foi incapaz de compreender isso. Depois, achou injusto e cruel e se revoltou.

Elif costumava dizer: "Ambição demais não é bom. Mas a total ausência dela deixa a pessoa preguiçosa e passiva, afastando-a do sucesso". "Eu não tinha ambição, não tinha paixão. Jamais quis ser melhor do que os outros. Talvez eu soubesse que não conseguiria ou talvez não quisesse me forçar a isso, não tinha essa força. Meu desejo não era ser o melhor; o que eu queria era ser o mais amado. Ter amigos devotados e leais que gostassem de mim, garotas que me dessem atenção. Eu queria uma vida pacata, repleta de amor e afeição."

A guerra estava apenas começando quando ele partiu para o inferno que era o Iraque. Ele tinha consigo o equipamento fotográfico mais moderno e mais caro. Era um presente de seu pai que o deixava constrangido entre os correspondentes profissionais que usavam câmeras bem mais simples. Bagdá esperava o bombardeio anunciado. Para alguns, era a guerra; para outros, um ataque; mas, para Deniz, era o inferno. O mundo ainda não tinha certeza da guerra no Iraque. Ainda havia esperança de que o fogo pudesse ser apagado, que essa loucura pudesse ser impedida. Ao redor do mundo, centenas de milhares de vozes se levantavam: "Não à guerra no Iraque! Não à agressão!" Jovens de vários países europeus vinham defender Bagdá, mesmo simbolicamente, tornando-se escudos humanos em hospitais, creches, escolas e instalações petrolíferas. Hoje Deniz certamente estaria em outro lugar se, por causa de uma reportagem, ele não tivesse conhecido um jovem albino norueguês que falava um inglês perfeito. Seria um simples acaso ou o destino?

Ele começara conversando com uma inglesa muito jovem para ver se poderia fazer uma matéria. Mas logo percebeu que não estavam na mesma sintonia e que a entrevista não caminhava bem. Estavam parados diante da porta do hospital infantil, cujas paredes estavam crivadas de buracos de balas, as vidraças, estilhaçadas e faltavam os medicamentos mais básicos. Cada leito comportava três crianças feridas e as cirurgias eram feitas sem anestesia. Ele notou o jovem albino sentado nos degraus, observando-os com um olhar um tanto cínico. Virou a câmera para o rapaz e lhe perguntou o que ele estava fazendo em terras estrangeiras. O rapaz respondeu:

– É muito simples. Estou aqui para que as pessoas não sejam massacradas e que tudo seja destruído. Estou aqui para aplacar minha consciência e, sobretudo, porque isso me deixa feliz. Não é o seu caso?

– Eu sou fotógrafo. Estou fazendo um estágio como correspondente de guerra.

– De onde você é?
– Da Turquia.
– Há mais jovens do seu país aqui. Eu ouvi dizer que os pacifistas turcos impediram o governo de aderir a esta guerra suja.

– Eu participei desses protestos, mas não faço parte de nenhuma organização – balbuciou Deniz depois de desligar o microfone, mortificado por não ter estado naqueles eventos.

Nas noites sufocantes e tensas em que a voz de Saddam prometia ao povo a vitória absoluta enquanto se esperava o bombardeio a Bagdá sentindo-se um frio na barriga, ele teve várias oportunidades de conversar mais com Olaf – esse era o nome do norueguês. Deniz ficou tão impressionado quanto estupefato pelo périplo de Olaf, que fora instigado por um impulso profundo – ou uma espécie de crença – que ele chamava de "minha consciência". Tal périplo já o levara ao Sudão, onde crianças eritreias famintas eram raptadas e obrigadas a lutar e morrer na guerra; à Bósnia, onde as pessoas estavam se matando por diferenças de raça e religião; e ao Iraque, que estava gradativamente se tornando um inferno. E continuaria a levá-lo, sem hesitação, a outros cantos do planeta. Olaf não contava essas coisas com o ar de alguém que achava que estava se sacrificando por uma causa digna, como se tivesse feito um ato grandioso. Ele discorria sobre elas como se fossem fatos corriqueiros da vida, no mesmo tom que diria "Eu saí com tal garota"; "Esta é minha marca de cerveja predileta"; "Viajar é fantástico"; "Estou falido, preciso ganhar uma grana". Sem se gabar, sem heroísmo, sem retórica ou discursos sobre grandes valores: Olaf era assim, esse era o seu estilo de vida. Deniz gostava do modo de falar de Olaf, direto, simples e vívido. Não havia vestígios da atmosfera pesada e opressiva que Deniz sentia no círculo de amigos de seus pais desde que era criança, o discurso de soldados de grandes ideais e gloriosas revoluções, o anseio artificial e mórbido pelo passado e seus anos de juventude, suas queixas sobre este mundo terrível. Ele gostava de Olaf. Sua presença era como um bálsamo que aplacava o vazio que crescia dentro dele, aquela sensação de insignificância e inferioridade.

Foi com pesar que Deniz deixou Olaf em Bagdá, quando sua missão ao lado do famoso correspondente o levou mais para o sul, na direção de Bassora e do golfo Pérsico. Ele sabia que iria se sentir mais solitário ainda no deserto. Assim como a câmera em suas mãos, tudo o que acontecia ao seu redor estava adquirindo um peso insuportável. Toda aquela situação afligia sua alma e seu coração. Aquilo era demais para ele. Sua câmera pesava menos do que as imagens que ela captava.

Quando Ömer Eren o equipou com material fotográfico de última geração para enviá-lo ao coração do braseiro, nos desertos mortais de fogo e sangue, sem dúvida ele amava seu filho único. "Eu jamais duvidei desse amor, mas achava difícil compreender a sua natureza. Não era um amor introvertido que irrigava seu coração de calor e felicidade ao simples pensamento da minha existência, e sim um sentimento voltado ao exterior, submetido à aprovação de terceiros, um amor nutrido pelo orgulho que ele sentiria por minhas vitórias. Bagdá e o deserto iraquiano eram os lugares para os quais eu fui enviado para reviver e alimentar esse amor que eu mesmo feri e consumi. Não, meu pai não queria me sacrificar, não seria justo dizer isso. Ele só queria cauterizar as feridas que eu abri, sentir mais amor por seu filho, ser capaz de confiar nele novamente. Eu sei disso.

"Havia muito sangue. Eu vi muito sangue, muita dor e morte. Tanta gente reduzida a nada, pessoas de cócoras contra paredes, jogadas atrás de arame farpado, prisioneiras, cegas, as cabeças cobertas com capuzes pretos... Mães que tentavam fazer mortalhas dos seus xadores pretos manchados de sangue e das suas roupas rasgadas para os filhos mortos que carregavam nos braços. Árvores mortas, cadáveres de gatos, cães e pássaros misturados ao lixo pútrido que se acumulava nas ruas... Cidades em chamas, casas demolidas, prédios arruinados, barracos desolados perfurados de balas, corpos flutuando sobre as águas... Eu vi mais do que um coração humano pode suportar, mas eu estava vazio por dentro. Eu olhava tudo desinteressado, sem reação. Como disse o psicólogo, eu colocava tudo aquilo nas profundezas insondáveis do meu buraco negro. Eu não tinha medo; os que temem são os únicos que têm esperança, que têm algo a perder. Eu cheguei perto para fotografar; eu entrei muito mais fundo na terra da morte do que os correspondentes de guerra mais temerários e ambiciosos; eu senti seu cheiro nas minhas narinas e seu zumbido nos meus ouvidos. Pressionei o obturador da câmera continuamente para saciar as massas fascinadas pelo sangue e pela violência, ávidas pelas imagens de horror e da carnificina que elas mesmas criaram, para satisfazer a mídia que se alimentava de sangue e o oferecia à multidão insaciável. Eu transformei o verdadeiro sofrimento humano em imagens estáticas ao fotografar aldeias em chamas e seus destroços, pessoas com ferimentos sangrando, meninos se retorcendo de dor no chão, bebês queimando de febre antes de morrer por falta de cuidados e remédios, mães rasgando seus xadores pretos e batendo no peito ao chorar a morte de seus filhos, soldados feridos sobre os quais volteavam abutres em vigília. Todos os horrores da guerra e o extermínio da humanidade eu fiz caber no *chip* minúsculo da minha câmera digital."

Em serviço, ele permanecia calmo como se estivesse fazendo fotos de uma paisagem, de pássaros, flores ou crianças. Seu único interesse era captar o melhor ângulo, obter o melhor resultado. Seu vazio interior e sua indiferença beiravam a esquizofrenia, sua apatia e seu desprendimento passavam por coragem. Seu talento foi elogiado. Suas fotografias foram publicadas em jornais – graças ao célebre jornalista com quem ele trabalhava – e apareceram diversas vezes na tela da televisão.

Dessa vez, e para variar, ele foi bem-sucedido. Finalmente o gatinho conseguira. Eles passaram pelo deserto e voltaram para uma Bagdá em chamas. Pouco antes de a imprensa estrangeira ser evacuada da cidade pesadamente bombardeada, ele conseguiu uma ligação para Isrambul e teve a chance de falar com seus pais. Pelas vozes e palavras deles ele sentiu no coração que estava perdoado. Até que enfim eles se orgulhavam do filho. Ele quase podia ouvi-los falando um para o outro: "Bom, nem todo mundo pode ser cientista. Ser um bom correspondente de guerra, um fotógrafo brilhante é melhor que nada". Em vão ele esperou que dissessem: "A guerra está se espalhando, as coisas estão ficando sérias, está muito perigoso aí, volte imediatamente". Mesmo que o tivessem feito, ele estava tão envolvido pelo trabalho e tão intoxicado pelo sucesso que provavelmente não teria voltado. Mas eles não tinham pronunciado a palavra "volte", eles não o exortaram a retornar para casa. Seu pai havia dito: "Muito bem, Deniz, continue assim. Está realizando grandes coisas. Esse é o meu garoto!". E sua mãe: "Tenha cuidado, gatinho. Ligue sempre que for possível". Foi principalmente a palavra gatinho que o afetou mais. As gatas protegem os filhotes, elas os levam para longe do perigo. Sua solidão ficou insuportável. Ele queria chorar, mas nem isso ele conseguia, porque a solidão apertava sua garganta com mãos de ferro.

Ao empreenderem a viagem para o norte, ao lado de tropas americanas e protegidos por tanques, eles passaram por uma aldeia em ruínas. Se não tivesse visto os prisioneiros cercados de arame farpado e os soldados americanos armados, ele não teria saltado do jipe. Teria ele feito isso pelo impulso de obter algumas boas imagens ou sua motivação seria sua necessidade de amor, de reconhecimento e admiração?

Depois ele disse a si mesmo, centenas ou milhares de vezes, que se ele não tivesse visto "aquele homem" sua vida teria tomado outro rumo, um caminho totalmente diferente.

"Aquele homem"... o que estava com um capuz preto – ou saco – na cabeça, sentado de pernas abertas sob o sol de chumbo do deserto, o sangue escorrendo pelo braço direito ferido, manchando de vermelho a manga do manto branco com listas amarelas, chinelos de plástico rasgados... apertando com força o filho contra o peito: ferido, cativo, pai, humano, vítima.

Nos dias seguintes, com dolorosa consciência e vergonha infinita ele se lembraria do pensamento que lhe atravessou o espírito enquanto ele disparava o obturador: "Esta bem que pode ser a Foto do Ano". O homem encapuzado segurava o filho fortemente em seu braço ferido enquanto sua mão esquerda, suja de poeira, pousava sobre a fronte do menino quase desfalecido de medo ou febre. Todo o amor do mundo parecia estar naquela mão de dedos finos; um toque suave, quase uma carícia, temendo causar dor...

Sua cabeça estava abaixada, o queixo pousado sobre os cabelos do menino, que se grudavam à sua testa pelo suor; mesmo sem ver seus lábios sob o maldito capuz negro, símbolo da humilhação, da derrota e da morte certa, era possível adivinhar que ele murmurava palavras afetuosas. Talvez estivesse dizendo: "Não tenha medo, é só um jogo". Com o braço ferido, ele abraçava o filho tão apertado contra seu coração que parecia estar protegendo-o do mundo inteiro, como se isso fosse possível, louco de tristeza e desespero por saber que nada poderia fazer. Nenhum receio, nenhuma lágrima nos olhos entreabertos da criança ou no rosto manchado com o sangue do pai; nenhum lamento, nenhum grito em seus lábios; somente o silêncio, como se nunca mais fosse falar ou chorar...

Ele pressionava o obturador sem parar, tirando fotos do mesmo ângulo, às vezes aproximando a imagem, sem pensar, sem ver. O rosto do prisioneiro não estava visível; ele estava cego, mudo, sozinho e impotente sob o apavorante capuz. A imagem encarnada da vítima contemporânea, uma caricatura sórdida de uma Pietá, um dos maiores tesouros da cultura ocidental: a representação da Virgem tendo sobre seus joelhos o Salvador após ter sido crucificado, sobreposta à do pai prisioneiro, ferido, condenado à morte e incapaz de proteger o filho.

O homem sabia que em breve lhe arrancariam o menino e o levariam dali à força. Quanto a ele... qual seria a sua sorte, seria abatido com uma única bala? Ele não fazia a menor ideia. Ele não sabia do que era culpado nem por que os soldados haviam apontado as armas para ele e enfiado o saco em sua cabeça. Ele e o filho estavam indo de mãos dadas até a casa do avô para pegar uma xícara de açúcar quando foram parados pelas tropas com suas armas ameaçadoras, seus gritos e insultos numa língua que ele não entendia. Que mal os dois tinham feito? Sinceramente, ele ignorava. Por puro terror, pai e filho se agarraram com tanta força que os soldados acharam mais fácil jogar ambos atrás do arame farpado do que separá-los.

De repente, sob um lampejo de luz providencial, Deniz pôde perceber o rosto do pai cativo através do tecido grosso do capuz. "Se restar apenas uma representação humana para os milênios futuros, será o rosto do pai iraquiano e não o de Jesus Cristo", ele pensou. Depois, das profundezas nubladas e misteriosas de sua alma, onde o coração encontra o cérebro, uma imagem esquecida veio à tona de sua consciência e se impregnou em suas retinas. Muitos anos atrás, quando ele era criança, uma equipe do departamento de controle de zoonoses fora até seu bairro e envenenara uma cadela e seus filhotes. Ele se lembrou como a cadela moribunda se lançou contra os homens quando percebeu que eles se aproximavam dos cachorrinhos, como ela olhou para eles com olhos suplicantes, tentando lamber as mãos de seus assassinos como se implorasse por misericórdia. Deniz então gritou: "Não, não os matem!" e despencou no chão, inconsciente e espumando pela boca. Depois sua mãe lhe contou que os homens entraram em pânico, achando que ele estava tendo um ataque epiléptico.

Enquanto ele continuava a apertar o botão como se estivesse em transe, os olhos suplicantes da cadela e a dor indescritível do pai prisioneiro se confundiram como fotografias sobrepostas. A imagem do pai impotente, a cabeça coberta por um saco, estreitando o filho desesperadamente contra seu corpo – como a cadela lambendo a mão de seus carrascos na tentativa de proteger seus filhotes –, ficaram gravadas para sempre na memória e no coração de Deniz.

Nos últimos meses, ele havia tirado uma infinidade de fotografias – imagens insuportáveis – sem piscar o olho. Atirara todas em seu buraco negro. Mas o sofrimento do pai cativo e impotente com um capuz negro cobrindo-lhe a cabeça, à beira da morte, pressionando o filhinho contra si atrás do arame farpado não coube em sua alma. Talvez o buraco negro não fosse tão fundo quanto ele pensava, talvez já estivesse cheio. Ele nunca enviou essas fotografias, nunca as mostrou para ninguém e jamais olhou para elas de novo. Ele as apagou do cartão de memória da máquina. Ele desejou poder apagá-las da mente também, mas em vão. Ele chegou a pensar que tirar fotos de atos de crueldade era uma forma de cumplicidade com os carrascos, que fotografar os assassinatos cometidos diante de seus olhos ao invés de tentar impedi-los equivalia a participar do crime. Fixar o sofrimento humano em fotos que o perpetuariam no tempo e espaço não faria mais do que banalizar a dor. Ele passou a sentir desgosto e receio pelas notícias, fotografias e entrevistas televisivas que traziam tanta fama e dinheiro quanto o sangue, a morte e a devastação que eram exibidas. Quanto mais expusesse a crueldade, a violência, o desespero e a vergonha dos seres humanos, melhor... Queriam que ele tivesse sucesso, pois bem, aqui estava ele! Seria possível derrotar os opressores meramente mostrando a dor? Não haveria outro meio? A única resposta que ele achou foi fugir. Justamente na hora que teve a chance de passar para o lado dos ganhadores, ele perdeu de novo. "Dessa vez eu também não consegui, não pude pagar o preço do sucesso. Sou um idiota, um incompetente."

Deniz sabia que existia outra solução, ele a sentia no fundo: era combater a violência, a crueldade e a dor. Mas ele não tinha forças para isso. Não acreditava na libertação do homem. O que ele tinha visto no Iraque reforçara sua descrença na salvação da humanidade, de que a humanidade era capaz de vencer o mal, a crueldade e a guerra. Era com certa admiração que ele observava e tentava compreender seus pares – homens e mulheres, do norte, do sul, do Oriente Médio, europeus, americanos, australianos, japoneses, turcos, loiros, morenos –, que voluntariamente vinham se jogar nesse turbilhão de fogo e sangue por solidariedade humana. Eles diferiam entre si, mas todos tinham algo de Olaf. Mesmo que parecesse que estavam lá pelo bem de outros, na realidade faziam isso por si mesmos. Um dia, ele estava fotografando crianças no hospital, algumas sem braço, outras sem perna, todas embrulhadas em trapos, deitadas umas em cima das outras nos leitos da enfermaria repleta de besouros e baratas atraídos pelo sangue. Ele topou com uma jovem francesa do Médicos Sem Fronteiras e perguntou por que ela estava naquele inferno.

– Porque me sinto responsável pelo que acontece aqui, porque não posso aceitar passivamente um mundo assim, porque me recuso a colaborar com bandidos e ser cúmplice de seus crimes.

– Você só está salvando a si mesma, aplacando sua consciência, só isso.
– Deixa de ser um problema se você identificar sua consciência com a da humanidade. Acho que consegui fazer isso.
– Que poder tem a consciência? O vencedor sempre é o que usa a violência, o que é forte. Vemos isso aqui o tempo todo.
– Está enganado. A longo prazo nós ganharemos. A força bruta vai se consumir, o mundo vai mudar.
– Como?

Com o cabelo desgrenhado, há várias noites sem dormir e obviamente sem tomar banho – a água da cidade tinha sido cortada, ela ajudara a carregar várias latas de água para o hospital –, perto de adoecer por tentar curar os doentes, a jovem francesa parecia ter solucionado esse problema. Se ela não tivesse uma resposta na qual acreditasse, não seria capaz de desempenhar seu trabalho. Deniz teve medo de se medir pela escala dessa resposta. Ele teve o cuidado de fazer a pergunta apenas mentalmente, não a expressou em voz alta.

Ele deu seus objetos de valor a uma criança que mendigava entre as ruínas e partiu para Bagdá com pouco dinheiro no bolso, sem falar nada a ninguém. Quando alcançou a cidade, após assumir todo tipo de risco nas estradas perigosas, inclusive a morte, a maioria dos estrangeiros já tinha partido. Os jovens que tinham vindo por solidariedade, os escudos humanos, tinham se dispersado. Ninguém estava em posição de se ocupar deles ou dar-lhes qualquer tarefa nessa Badgá que estava à beira da derrota. Alguns haviam desistido, outros estavam convencidos da inutilidade da luta passiva e se armaram para organizar a resistência. Deniz encontrou Olaf em um hotel que alojava os correspondentes estrangeiros. O jovem norueguês se preparava para voltar.

– Não há mais nada que eu possa fazer por aqui. Sou um pacifista, me recuso a tocar numa arma. Só que aqui é o reino da violência, você só encontra armas e morte. Vou voltar para casa.

Deniz acompanhou Olaf e eles fugiram dessa região do apocalipse. Depois de tantos desertos, sangue, dor e caos, ele precisava de um oásis para descansar sua alma cansada, um lugar onde pudesse se abrigar e lamber suas feridas. Mas dessa vez, ao invés de se refugiar no mundo dos sonhos e das mentiras, ele se retiraria para o esquecimento, teria o anonimato do estrangeiro.

Ele topou com a misteriosa ilha do diabo da sua infância por acaso. Estava trabalhando como porteiro noturno em um hotelzinho dirigido por um turco que viera para Oslo como operário anos antes. Uma fotografia estava pendurada na parede da escada que conduzia aos apartamentos: rochedos escaparados batidos pelas ondas do mar tendo um castelo no topo e um céu azul límpido. Uma imagem nebulosa começou a se agitar em sua memória, uma sensação de *déjà-vu*, as brumas se dissipando num canto... Eu conheço este lugar. Depois, um passo mais: quero ir para lá.

Sentado olhando para a parede diante dele para matar o tempo durante as compridas noites nórdicas, a cena norueguesa banal de uma das centenas de ilhas, um local rochoso igual a milhares de outros espalhados pela costa do mar do Norte, primeiro tornou-se um sonho e depois virou obsessão. Um sonho que surgiu brilhando das profundezas de sua mente, a lembrança distante de uma ilha e do que ele disse, ainda criança: "Quando eu crescer eu vou voltar aqui para conhecer o diabo".

Um refúgio onde ninguém poderia encontrá-lo e abalar sua serenidade. Uma terra onde bombas não explodem, onde não há cadáveres pelas ruas empesteadas pelo cheiro de sangue. Uma ilha de verdade onde ele poderia ter uma vida natural e aprazível, sem pretensões, como os peixes, os gatos, o vento e a terra. Um lugar onde os adultos bem-sucedidos e pretensiosos

não apontarão para ele seus dedos ameaçadores nem o olharão de maneira acusadora e condescendente. "Eu serei feliz ali, serei livre, serei eu mesmo."
    Ele não sabia o nome da ilha nem sua localização. Será que ela tinha um nome só? "Foi há tantos anos, eu era criança, como é que fui me lembrar?" Casas de boneca coloridas com enfeites de Natal vistos pelas janelas, ruas desertas pelo crepúsculo precoce, o velho estranho sentado na cadeira de balanço, a mulher das cestas que desaparecia tão rápido quanto aparecia, as ruínas do castelo no alto do rochedo, o Castelo do Diabo, o céu azul-marinho, o barco de brinquedo que ligava a ilha ao continente...
    "Minha mãe deve saber, preciso ligar para ela." Ele discute consigo mesmo por um momento. "Se eu ligar, ela vai me interrogar de novo. Vai perguntar por que abandonei minha brilhante carreira de correspondente de guerra e fugi. Terá aquele tom de voz de novo, acusador e frustrado. Ela vai se preocupar mais uma vez."
    Ele acaba decidindo ligar, sentindo uma saudade que não quer admitir. Está impaciente e receoso de ouvir a voz dela, mas tenta não demonstrar. Sua voz soa calma e natural, como se tivessem se falado na véspera.
    – Bom dia, mamãe. Lembra-se daquela ilha na Noruega onde estivemos quando eu era pequeno? Passamos uma noite nela. Sabe, onde tem o Castelo do Diabo. Você lembra onde fica?
    – Você é inacreditável, Deniz! Faz quase dois meses que não nos dá notícias... Que bom que se lembrou da ilha. Agora sabemos que pelo menos você está vivo.
    – Não comece, mamãe. Eu falei para o papai que saí do Iraque e vim para a Noruega.
    – E acha que isso é suficiente, não é?
    – Acho, mamãe. E não creio que você precise saber mais do que isso. Você lembra o nome da ilha e onde ela fica?

– Eu não lembro o nome, mas posso situá-la mais ou menos. O que vai fazer lá?

Ele mente:

– Falei da ilha para a minha namorada e ela quer passar as férias ali.

Ele não tem namorada, está sozinho. Ele sabe que sua mãe ficará feliz achando que ele está com uma garota. "Minha solidão sempre feriu minha mãe." Ele se sente culpado e triste; sente pena de si mesmo e da mãe. E a única forma de se livrar desse sentimento é se refugiando no mundo onde sonhos e mentiras se entrelaçam e se confundem.

– Minha namorada é linda, mamãe. Acho que você gostaria dela. Seu filho não está mais sozinho, não se preocupe. Ela trabalha no jornal do partido socialista norueguês. Vou começar a trabalhar nele como fotógrafo no mês que vem.

Com a voz magoada, Elif descreve a localização da ilha do diabo pelo que ela se lembra.

– Você vai encontrá-la. É uma região bem tranquila, qualquer um a quem perguntar vai saber indicar o caminho. Como sua namorada é norueguesa, não terão problemas de comunicação e acabarão achando a ilha. Divirta-se.

Ele percebe a dúvida na voz da mãe e a tristeza que voltou bem quando as feridas estavam cicatrizando e o passado estava para ser enterrado.

– Obrigado, mamãe. Dá um oi ao papai por mim. Eu estou bem, não se preocupem comigo. Não, não preciso de nada. Estou ótimo.

*

Ele não precisava de nada, exceto de um refúgio deserto e longínquo. E um veículo velho que o levasse até lá; uma moto, por exemplo... Bastava que o levasse até a ilha do diabo. Ele não ia voltar de lá mesmo.

Ele reconheceu a ilha quando a viu de longe. Ele não se surpreendeu por sua mãe se lembrar tão bem da localização mesmo após tantos anos, e ficou com raiva. A impecável professora Elif Eren, sempre tão esperta, sempre certa, sem nunca errar! "Não dá pra cometer um erro pelo menos uma vez? Não pode ter uma falha, pra variar? Pare de fazer as pessoas se sentirem como vermes diante de você, não as transforme nas cobaias cujos cérebros e barrigas você abre e corta!"

Ao se aproximar da ilha, ele viu o barco atracado. A doce lembrança dos braços de sua mãe surgiu das profundezas da sua mente e dissipou a raiva. A mulher das cestas apareceu como se saísse das brumas da memória e caminhou em direção ao barco. Havia neblina e mal dava para divisar o Castelo do Diabo, mas Deniz sabia que ele estava lá.

Ele subiu a bordo com a motocicleta que comprara por uma bagatela de um homem que vendia veículos de segunda, terceira ou quinta mão. E recordou as palavras do pai: "Nós vamos até a ilha do diabo daquele livro que sua mãe leu para você". Uma sombra passou por seu coração, algo como remorso. "Não vá, fique", dissera o pai. "Não tem para onde fugir, filho." Os olhos do pai estavam nublados, cheios de lágrimas. "Eles acham que eu não percebo, que sou frio, insensível, mas isso é falso. Eu sinto, eu compreendo, mas nada posso fazer, então dou de ombros e finjo indiferença, lanço tudo para dentro do meu buraco negro sem fundo."

Ao chegar à ilha, ele não se demorou no embarcadouro. Foi com a moto diretamente até a Gasthaus. Será que ele se lembrava onde ficava a pensão ou seria porque a única opção era a estrada que passava diante das casinhas coloridas e continuava para o leste até a última parte habitada da ilha?

No ponto onde a estrada encontra o mar, a casa apareceu diante dele, próxima aos rochedos escarpados. "Sim, é aqui mesmo." Ele também se recorda do velho estranho sentado na cadeira de balanço e que o quarto onde dormiram era frio, que ele aqueceu o corpo e o coração deitado entre os pais. Seu pai estendera o braço para sua mãe e acariciara docemente as mãos dela. Deniz ficou tão feliz com esse gesto terno como se a carícia fosse para ele.

Tinha neblina, mas o dia não estava escuro. Uma névoa azulada desceu sobre a ilha. A casa branca, as pedras cinzentas, o mar prateado... tudo lembrava um quadro sereno e um tanto triste de um artista nórdico mais propenso a retratar as sombras do que a luz.

O portão da frente da Gasthaus estava fechado. Ele bateu algumas vezes, mas ninguém atendeu. Lembrou-se da porta ao lado que dava para o mar. Ele tinha escapado por ela para escalar as rochas e levara uma bronca da mãe. Deu a volta na casa. Sim, estava aberta, como há tantos anos.

Uma garota rechonchuda, de cabelo loiro comprido e olhos azuis, estava encostada no batente da porta olhando para o mar. Ele perguntou se tinha algum quarto vago, primeiro em inglês e depois no seu norueguês sofrível. A garota o convidou com um gesto para entrar. Ele pegou sua mochila na motocicleta e acompanhou a menina. Graças às poucas palavras que conhecia, entendeu o que ela gritou: "Vovô, tem um estranho aqui que quer um quarto". Ele se perguntou se teria conhecido o avô anos atrás, mas o homem não lhe pareceu familiar. Eles subiram a escada. Deniz pensou reconhecer o quarto com uma cama de casal e teto de madeira, com vista para o mar. Ele aprovou com a cabeça.

– Perfeito – disse o homem, sorrindo com ar amigável.

– Quanto é? Quantas coroas?

Ele não entendeu o valor que o homem falou. "Eu sempre confundo as dezenas com as centenas nesta língua." O homem sorriu e mostrou a cifra com os dedos.
– Está certo!
– Quantos dias vai ficar?
– Eu não sei, talvez fique bastante.

Passou uma sombra fugaz pelo semblante do homem, uma lembrança, um ponto de interrogação. Depois ele sorriu de novo. Abriu as persianas e lhe dirigiu algumas palavras que queriam dizer algo como "este é o seu quarto. Sinta-se em casa" e saiu, deixando a porta aberta. Os velhos degraus de madeira rangeram sob seus pés e depois, silêncio.

Deniz se deitou na cama e olhou para o painel de madeira no teto. Adormeceu poucos minutos depois. Dormiu como se não o fizesse há dias, como se estivesse extenuado de fadiga, como se tivesse chegado à extremidade do mundo e de sua vida.

Já era quase noite quando acordou. O vento soprava e uma das persianas não parava de bater. Ele não despertou de todo, estava totalmente desorientado e se perguntou o que fazia naquele lugar.

A garota estava parada, imóvel, a porta aberta sob a pálida luz amarela do corredor. Ela estava com um vestido branco longo, talvez uma camisola, descalça, com o cabelo solto que ia até a cintura. Vendo que Deniz tinha acordado, saiu correndo. Os degraus rangeram e uma porta no andar de baixo foi fechada suavemente. No quarto ficou apenas o barulho do vento e da persiana que ainda batia contra a parede.

Ele se levantou. Enquanto lavava o rosto, sentiu o cheiro da sua transpiração e lembrou que não havia trocado de camiseta a viagem inteira. Desceu para perguntar onde ficava o chuveiro. A garota estava no cômodo que tinha lareira e fogão e também servia de sala de jantar. Ela estava sentada na cadeira de balanço vendo televisão e acariciava um ursinho de pelúcia que tinha no colo.

– Com licença, onde fica o chuveiro? Ele imitou com as mãos os movimentos para lavar o cabelo.

Sem parar de balançar a cadeira, ela indicou o andar de cima:

– Lá em cima, segunda porta à esquerda, duas portas antes do seu quarto.

A segunda, ela repetiu, mostrando dois dedos. Este jogo de sinais continuaria nos dias seguintes. Eles não o abandonaram nem mesmo quando Deniz melhorou seu norueguês e começou a se fazer entender.

Não aconteceu naquela noite, mas também não foi muito depois de sua chegada à ilha. Teria ele deixado a porta entreaberta por uma intuição instigada pelo desejo? Estaria esperando Ulla? Ele não ficou surpreso quando a garota apareceu à porta em sua camisola branca. A tensão que ele sentiu na virilha transformou-se numa flecha de fogo. Ele ouviu a porta se fechando. Deitado na cama, imóvel, os olhos fechados, ele esperou a moça se aproximar. Pela vibração do ar e pelo calor sobre seu rosto, ele adivinhou que ela estava perto dele. Sem abrir os olhos e com um gesto quase imperceptível, ele estendeu a mão e a puxou suavemente. Ele sentiu o fremir do corpo dela, primeiro com a ponta dos dedos, depois nos lábios e, finalmente, pelo corpo todo. Ele não sussurrou palavras doces enquanto faziam amor. Ele não sabia as palavras que deveria dizer na língua dela e Ulla não conhecia o idioma dele. Foi uma paixão muda, liberada dos entraves do pensamento e das palavras, uma exaltação dos sentidos e das emoções, uma exultação animal que carregou ambos como uma onda que se quebra na praia.

Quando a magia do estranho vindo de longe se uniu ao mistério da ilha do diabo, real ou imaginário, esta banal história de amor se tornou um mito. Eles se transformaram nos heróis misteriosos de uma antiga lenda nórdica ao passearem de mãos dadas nas cavernas vazias, ao se sentarem sobre as pedras ou caminharem pelas ruínas do castelo, que, para Ulla, também passou a ser do diabo. Ulla já não era mais a camponesa rechonchuda e Deniz não era o jovem deprimido de barba malfeita. O amor entre Ulla, que caminhava com suas saias longas brancas, azuis ou cor-de-rosa, com seu cabelo loiro voando ao vento, e o misterioso estrangeiro que fora trazido pelo mar – alguns diziam que ele era filho de um *sheik* árabe, outros afirmavam ser ele um conde italiano – era o milagre esperado há muitos anos.

Quando abraçava Ulla e sentia a pele dela sobre a sua e o coração dela sobre o seu, quando passava os dedos sobre os longos cabelos claros, quando descansava a cabeça no calor reconfortante dos seus seios, quando punha os braços em torno da sua cintura, Deniz se embriagava com uma felicidade e uma satisfação inéditas para ele. Os sinais amargos de suas experiências anteriores com garotas – desajeitadas, frustrantes, asfixiadas por pensamentos e preocupações – desapareciam gradualmente toda vez que eles faziam amor, durante seus longos silêncios, sempre que entravam no mar ou escalavam os rochedos. Pela primeira vez ele abraçava o corpo de uma mulher com confiança, pela primeira vez seu coração não se obscurecia com angústia e culpa. Pela primeira vez, ele conheceu o equilíbrio. Sua permanente sensação de timidez e inferioridade se perdeu nas brumas azuladas dos olhos de Ulla. Ele trocou sua identidade de criança que não conseguia lidar com a vida e recorria ao mundo dos sonhos como remédio.

"Ulla foi a primeira pessoa que me amou pelo que eu sou e não sou. Parecia que ela me esperava há uma eternidade nesta ilha. Tudo o que ela queria era fazer amor comigo e viver ao meu lado; ela nada mais exigia de mim. Nós éramos como duas focas brincando e copulando entre as pedras de baías isoladas; éramos como os golfinhos e as gaivotas... Éramos mar, pedra, nuvem... Dávamos sorte aos pescadores quando saíamos com eles em mar aberto.

"Nós nos tornamos a alegria, a risada, a felicidade da casa onde hóspedes eram raros, seus habitantes quietos e o ar pesado. Nós ríamos o tempo todo, tudo nos fazia gargalhar: as palavras erradas que eu empregava, a falta de jeito de Ulla, as esquisitices do avô, os clientes que vinham de tempos em tempos, as conversas dos pescadores que partiam, o sol, as nuvens, a chuva e as tempestades. Falávamos pouco porque não tínhamos necessidade e nos faltava vocabulário. Eu, por ser estrangeiro e ter medo de falar, Ulla, porque não precisava de palavras para se exprimir..."

Eles eram duas crianças que se amavam, que venciam seus medos juntos. Ulla esqueceu sua solidão de órfã e a agonia de sua alma infantil com o príncipe de contos de fada que um dia apareceu à sua porta, trazido pelo mar. Quando o estranho chegou ao seu refúgio onde ansiava ser "ninguém", ele encontrou a princesa Ulla, para quem "nada" se tornou "tudo" e isso a fazia feliz. Ele já não tinha mais a obrigação de criar sonhos que eram muito pesados para ele, inventar mentiras que não tinha mais como sustentar, porque esta mulher nunca perguntou, nunca quis outra coisa que não estar com ele. Ela não esperava nem queria que ele fosse diferente do que era. Eles eram duas crianças que não questionavam o sentido da vida nem paravam para pensar no resto do mundo. Para eles, a vida simplesmente era bela e valia a pena ser vivida. Com esta convicção, eles transformaram sua existência, a ilha, a pensão silenciosa e melancólica em algo suportável, bonito e alegre.

Ulla decorou a porta da casa e os muros do jardim com desenhos coloridos: sereias loiras e gorduchas, peixes japoneses de todas as cores e rabos de tule, flores jamais vistas na ilha, galhos de árvores floridos, fadas, casinhas azuis, verdes, amarelas e rosa... Ulla e Deniz conseguiram vencer a resistência do avô e pintaram a casa de amarelo-ouro. Deniz primeiro embarcou nos barcos de pesca como convidado, depois foi ajudante e, finalmente, se tornou um marinheiro respeitado, trabalhador, forte e eficiente. No restante do tempo, ele ajudava os avós na Gasthaus, onde, a despeito de sua boa vontade, ele se revelaria bem menos competente.

Os bons pescadores da ilha, que eram rudes e taciturnos no mar, alegres e barulhentos em terra, adotaram esse estranho misterioso que viera compartilhar de suas vidas. Os avós de Ulla se tomaram de afeição por esse homem surgido do nada que resgatara sua neta da solidão e melancolia. Ela jamais conhecera o pai e sua mãe partira para longe em um barco de pesca quando Ulla tinha três anos. Eles tinham curiosidade de conhecer o segredo que levara o estranho para a ilha deles, mas jamais lhe perguntaram ou tiveram dúvidas a seu respeito. Quanto a ele, simplesmente lhes dissera: "Eu visitei a ilha com meus pais quando era criança. Não pude ir às ruínas do castelo naquela época e prometi a mim mesmo que voltaria para conhecer o Castelo do Diabo quando crescesse. E cá estou". Para dar mais credibilidade à sua história, ele contou a eles sobre o velho alemão, o Desertor Desconhecido, de quem ele mal se lembrava, mas sua mãe mencionara diversas vezes. Eles se surpreenderam e gostaram de ver que ele se lembrava.

Ele procurava uma toca, um abrigo onde pudesse se esconder como um animal ferido, mas encontrou bem mais que isso. Ele nunca tinha sentido que pertencia a algum lugar até então. Ele amava a gente dali: os pescadores, os camponeses, o velho padre da igrejinha de madeira que conhecera o Desertor Desconhecido, o jovem professor curioso sobre a religião muçulmana e a civilização oriental, Jan, que se orgulhava de produzir a melhor bebida ilegal da ilha, os avós de Ulla...

"Eu os amei com sinceridade, sem medo ou obrigação, porque eles me aceitaram como eu era e não esperavam nada mais de mim. Porque, quando estava com eles, eu não tinha vergonha do que não podia fazer ou ser. Talvez lá no fundo eu me sentisse superior a eles.

"Não sei se 'amar' é a palavra certa, mas eu me senti à vontade, leve e feliz pela primeira vez desde a minha infância. Mamãe chamaria isso de 'felicidade dos porcos'. Aqui, a felicidade nada tinha de aviltante. Essa ilha onde as pessoas se contentavam com pouco era um refúgio distante do mundo implacável dos adultos."

Seria neste porto de paz que nasceria e cresceria o bebê dos dois, abrigado contra o mundo em chamas e daqueles que pudessem feri-lo. O filho deles não teria o destino do menino iraquiano atrás do arame farpado, cujo pai cativo, encapuzado, ferido, tentava protegê-lo com a energia do desespero. Ele não seria esmagado pelo peso da tristeza do mundo, não teria de prestar contas dos pecados da humanidade. Ninguém iria forçá-lo a sobrecarregar sua consciência com esse peso. Ele seria livre como um animal, seria simplesmente ele mesmo.

Björn nasceu três dias depois que a *husky* de cara branca e olhos azuis da Gasthaus pariu dois lindos cachorrinhos. Foi no dia em que os pescadores conseguiram levar de volta ao mar filhotes de baleia que tinham encalhado na praia. *Bestefar*, o avô de Ulla, esperava com ansiedade o nascimento do bebê quando ouviu seu primeiro choro. O velho gritou alegremente: "Pronto! Outro bebê foi salvo hoje!". Ele ficou mais feliz ainda quando soube que era um menino e, sem consultar ninguém, decretou que se chamaria Björn. Foi então que Deniz percebeu que ele não tinha pensado em um nome para o bebê. Björn era um bom nome; "urso" em norueguês, simboliza a força e a natureza. Então, por que não?

Björn chegou com a primavera, na época em que as campânulas brancas começavam a florir, as gaivotas chocavam seus ovos e as lobas amamentavam seus filhotes. Quando os dias estavam ficando mais longos e as noites mais claras, quando o sol se preparava para visitar o norte... Ulla aninhava o filho entre seus seios enormes e o alimentava. Deniz pegava o filho com toda a delicadeza, como se ele fosse a coisa mais preciosa do mundo. Ulla e Deniz sentiam a alegria vertiginosa de possuir um ser que era só deles, a quem eles dariam todo o seu amor e ele também os amaria.

"'Então, como vai a vida?', perguntou minha esquisita mãe que dissimulava o semblante e os sentimentos sob uma máscara, que ocultava o tremor da voz com um tom desenvolto de um dublador. Boa pergunta! É verdade. Como estou nesta ilhota longínqua e isolada, uma dentre centenas de ilhas norueguesas, pequenas ou grandes, banhadas pelo mar do Norte? A ilha de Ulla. Ulla, que foi destroçada, tendo nos olhos o alegre reflexo das tulipas vermelhas."

*

Elif está olhando para o estranho parado diante dela, tentando reconhecê-lo, temerosa de saber quem ele é, esperando que tenha se enganado... O estranho bem podia dizer: "Deve estar me confundindo com outra pessoa" ou "Não entendo a sua língua", virar-se e ir embora... Mas ele fica ali com um ar surpreso, seus olhos tristes e interrogadores. Com aquele olhar que ela conhecia desde que ele era um menininho...

"Este é o meu filho? Este camponês barbudo e rústico, vestido como um pescador é meu filho? Este pesadelo jamais acabará? Este pesadelo do qual não consigo despertar, que gruda em minha pele e se imprime em meu coração como um papel carbono... 'Vai ver a criança?', você perguntou quando me telefonou pela manhã. Pois bem, a criança está aqui, à minha frente. Não, não lhe direi tudo. Direi que a doença não é perceptível, que ele está bem, que está feliz. Talvez esteja.

"Meu filho, nosso filho está diante de mim e eu não consigo abraçá-lo e sentir seu cheiro, seu calor. Eu o amo como um animal ama seus filhotes, com um amor irrepreensível, instintivo e animal. Mas sou incapaz de demonstrá-lo ou exprimi-lo em palavras. O filho que nós perdemos está diante de mim e eu não consigo devolvê-lo à vida, à nossa vida, ao lugar que lhe pertence, não consigo alcançá-lo."

Deniz abraça a mãe. Ele a sente tremer em seus braços. E o menino, com os olhos arregalados, se aproxima deles com um estranho andar de caranguejo. Deniz acaricia o cabelo loiro do filho e fala no tom mais natural que consegue imprimir à sua voz:

– Este é Björn, mamãe. – Depois, em norueguês: – Esta senhora é minha mãe, Björn.

O menino encara a mulher com olhos maravilhados.

– O que disse a ela, papai? Que língua é essa?

– Eu te apresentei a ela. Eu falei em turco.

– Ela não conhece a nossa língua? Ela também é estrangeira?

– É, ela é estrangeira, mas é boa. Ela não fala a nossa língua, como poderia falar?

– Tá, bom, mas como é que eu vou falar com ela?

– Os netos e as avós conseguem se compreender não importa a língua.

Ao caminharem pela estrada, tendo o mar de um lado e a fileira de casas coloridas de outro, Elif diz:

– Faz mais de vinte anos que estivemos aqui. Quem diria que...

"Quem diria o quê? Que nosso filho veio se perder aqui? Qual palavra se encaixa melhor, se perder ou se enterrar? Não, não..."

O menininho de cabelo loiro encaracolado e grandes olhos azuis a puxa pela mão e tenta lhe contar alguma coisa.

– Ele disse que esperava a princesa Ulla, mas que está contente por você estar aqui.

– Quem é a princesa Ulla? Um personagem de um conto infantil? As crianças daqui ainda leem as histórias infantis clássicas? Que bom.

Repentinamente, ela se recompõe.

– Oh, me desculpe. Eu não me lembrei, sinto muito mesmo.

– Não precisa se desculpar, mamãe.

Precisa, sim. Elif sabe melhor do que ninguém. Ela deveria se desculpar por sua arrogância, por sua falta de amor e compreensão. "Eu teria entendido se ele tivesse dito Ulla apenas. Eu não entendi porque não consigo pensar nela como uma princesa. Ela não tinha muito a ver com uma princesa de conto de fadas. Quando nos conhecemos, eu fiquei tão confusa que não sabia o que dizer, como agir. Ela era uma garota nórdica gordinha, deselegante e sem graça, cabelo loiro desbotado e olhos de um azul mais claro que os do menino, quase cinza. Em vez de abraçá-la e beijá-la, eu pus a mão em seu ombro, por pura educação. Percebi que ela estava tremendo. Estávamos à porta de nosso apartamento de Bebek. Não tínhamos ido ao aeroporto buscar nosso filho e nossa nora. Da varanda, eu os observei quando saíram do táxi e atravessaram a rua em direção ao prédio, ambos caminhando com o mesmo passo pesado e oscilante, carregando suas mochilas velhas, com suas roupas amarfanhadas e aspecto negligente. Esperei que tocassem a campainha para abrir a porta e demorei bastante. Em parte por causa da raiva, mas também por não saber que atitude tomar."

Em vez de um abraço amoroso, Elif se contenta com um tapinha no ombro. Ela nota que a moça está tremendo como um camundongo preso na ratoeira, um coelho petrificado pelo medo. A garota está angustiada com a ideia de não agradar e ser rejeitada. Ela está intimidada pelo aspecto majestoso do *hall* de entrada coberto de mármore, ornamentado com plantas luxuriantes e bibelôs de bronze; inquieta com a reação do célebre escritor Ömer Eren e da respeitada cientista, professora Elif Eren. Sozinha e desamparada neste país estrangeiro onde Deniz a arrastou, neste mundo de adultos orgulhosos. A expressão de seu rosto de boneca sem atrativos demonstra que ela está prestes a irromper em lágrimas.

Elif pressente de maneira quase palpável o medo, o pânico e a solidão da garota. "É o mesmo tremor das cobaias quando eu as pego na mão. Eu dou fim ao tremor com o golpe da graça; com a ponta de uma agulha ou, às vezes, com um bisturi que não as mata de imediato, prolonga suas convulsões por alguns minutos. Todas as vezes, o mesmo sentimento insidioso de culpa, o odor da agonia, um remorso absurdo... Dizem que a gente se acostuma, que vira rotina, que não é diferente de matar uma mosca, mas eu nunca me habituei a isso. Mesmo assim eu continuo. Eu afago delicadamente o pelo dos meus bichinhos, discretamente, e, ao acariciá-los, eu os mato."

Subitamente, ela abraça a moça e a beija. Ela mesma se surpreende com esse gesto. Nesse momento Ulla não consegue mais reter as lágrimas, seu corpo sacode com os soluços, ela se desmancha em desculpas com as poucas palavras que ela conhece em inglês: "*Sorry, sorry...*"

– É o cansaço da viagem, a emoção, a apreensão. Ulla estava muito tensa, vai passar depois que ela descansar um pouco – diz Deniz como se quisesse justificar a reação dela.

Elif percebe a palidez de seu filho. Com a barba de vários dias, as maçãs do rosto rosadas de emoção e os olhos baços que ficaram mais fundos por ele ter adquirido mais peso, este é seu rosto familiar que há muito ela conhecia. Uma caricatura grosseira dos belos traços do seu filho.

Se a garota não tivesse tremido daquele jeito no primeiro encontro, talvez Elif não se sentisse tão culpada. Ela disse a si mesma: "Afinal, de todos nós ela é a mais inocente". Duas crianças atormentadas e indefesas que escaparam do impiedoso mundo dos adultos e se apoiavam mutuamente, vulneráveis e ansiosas por amor e reconhecimento. Foi por isso que o coração de Elif derreteu, que ela quis consolar a moça e abrigá-la sob suas asas. O motivo para seu sentimentalismo excessivo foi o remorso vívido e indefinível que ela sentiu quando se perguntou se não teria responsabilidade sobre o estado da moça.

Apesar de tudo, sua proximidade e sua compaixão tiveram apenas uma curta duração.

O que levou vantagem foi a raiva que sentia do filho, de seus fracassos, sua falta de coragem, foi por ter causado tantas decepções e tê-los feito sentir que o haviam perdido. Ele havia desaparecido em outro mundo, sentenciado a si próprio à prisão, se enterrado vivo e recusado o futuro brilhante que os dois haviam preparado para ele. A presença de Ulla – e agora havia uma criança – apertara suas amarras, tornando a situação ainda mais inextricável.

Naquele dia, eles tentaram conversar metade em inglês, metade em alemão e com os esforços de tradução de Deniz. A moça, que obviamente não era de falar muito, fez um esforço sobre-humano para fazer uma pergunta que mais parecia saída de um roteiro de filme ruim:

– Vocês acham que eu estraguei a vida do seu filho?

Ömer, temendo que sua mulher respondesse sem rodeios, respondeu prontamente:

– Não, pelo contrário, temos de agradecer a você. Nosso filho passou por momentos difíceis e você ficou ao lado dele.

Ele pensaria assim mesmo ou foi só uma frase educada pronunciada para salvar o dia, diminuir a tensão?

– Não foi um pouco cedo para ter um bebê? – Elif não conseguiu deixar de perguntar. – Vocês chegaram a pensar como é difícil criar um filho, principalmente no lugar onde moram, tão pequeno e afastado?

– Depende do que se espera de um filho – respondeu Deniz –, depende do que ele representa para os pais. Seus pais esperam realizar os próprios sonhos e satisfazer seus egos através dele? Ou eles querem criar uma pessoa cuja felicidade será para eles motivo de alegria, cujos valores e escolhas eles saberão respeitar?

A insinuação em sua voz, a vingança secreta e a amargura não escaparam a ninguém. Nem a Ulla, que não compreendia o que falavam. Sentindo que algo não estava bem, ela olhou para o marido com olhos inquietos.

– Björn já está com dois anos – ela disse. – Não é nada difícil, ele nos dá muita alegria.

– Ele é um menino muito tranquilo, nunca o obrigamos a nada. Ele se dá muito bem com a avó. Não lhe dará trabalho enquanto estivermos fora, tenho certeza disso.

– Que pena que vocês não o trouxeram para nós o conhecermos.

– Seria complicado. E você não está muito habituada com crianças, mamãe. Está sempre muito ocupada com seu trabalho.

Findo esse assunto, eles passaram a falar de banalidades, evitando pisar em terreno escorregadio. Depois se sentaram à mesa. A cozinheira tinha recebido ordens de fazer não apenas pratos turcos, mas comidas – com ênfase em peixe – que a nora, vinda de uma remota ilha norueguesa, pudesse apreciar. Vendo que Ulla mal tocava nos pratos preparados meticulosamente para ela, eles atribuíram isso à falta de educação e de modos à mesa.

Por um lado, aquela profunda sensação de culpa; a necessidade de abraçá-los e gritar "se as coisas são assim, que seja, deixe estar. Viva da maneira que quiser. Não se force, não fique tão tenso. Não exigimos mais nada de você, apenas seja feliz. É tudo o que queremos". Por outro, raiva e tristeza. Sua incapacidade para aceitar a maior derrota de sua vida... E a pergunta que a incomodava; a artificialidade e a falsidade das palavras "apenas seja feliz. É tudo o que queremos", o significado relativo de felicidade... a consciência de que o modo de vida que Deniz chamava de "felicidade" não passava de derrota e escapismo.

Um dia, quando Deniz era bem pequeno – ele era menor e mais fraco do que os colegas, mas estava sempre sorrindo –, as crianças não deixaram que ele entrasse no jogo. Os meninos o empurraram, dizendo: "Você é muito pequeno, não pode brincar com a gente". Ele ficou parado no meio da caixa de areia, vendo as crianças brincarem, com um sorriso triste demais para uma criança daquela idade. Quando a bola rolava na sua direção, ele a pegava e devolvia sem muito ânimo. Ele parecia tão abatido, tão pronto a fazer qualquer coisa para ser amado e aceito, que ela correu até ele e o abraçou apertado. Naquela hora, ela percebeu que as lágrimas desciam pelo rosto dele, embora ele mantivesse o mesmo sorriso estranho nos lábios. "O que saiu errado? O que faltou desde o começo e nós nem sequer percebemos? Por que ele não se defendia, por que não brigava? Nós sempre interpretamos isso de maneira positiva; ficamos felizes em ter um filho com um caráter tão pacífico e conciliador."

Ao caminharem ao longo da costa para a Gasthaus no fim da estrada, Elif se fez a mesma pergunta de novo. Nessa ilha nórdica, que era uma recordação interessante de uma viagem de vinte anos antes e que agora era um pesadelo, a pergunta é mais pesada ainda: o que saiu errado?

A casa de madeira surge repentinamente onde a estrada termina flanqueada pelos rochedos escarpados. A mesma coisa que aconteceu na primeira vez. Eles viram a casa branca na hora que pensaram que tinham se perdido, sem esperança de encontrar um hotel ali.

– Lembra-se da Gasthaus, mamãe?

– Naturalmente, como não iria me lembrar? Se não me engano, ela era branca na época. Agora...

– Nós a pintamos de amarelo. Ulla achava o branco triste.

Na interminável penumbra das noites brancas, o prédio amarelo-ouro se destaca contra o azul-acinzentado do mar. Sob a porta de entrada à qual se chega por um caminho de pedras, uma placa de neon chama a atenção de Elif. A palavra Gasthaus está decorada com motivos coloridos de peixes, sereias e flores, como um desenho infantil. Uma excentricidade lúdica e luminosa entre o cinza do mar do Norte e os impressionantes rochedos atrás da casa.

– Foi Ulla quem pintou a placa e o muro do jardim. Ela gostava desse gênero de imagens: peixes multicoloridos, sereias, fadas, cirandas de crianças... Lá dentro tem outras pinturas dela. A pintura *naïf* não é o seu estilo, mas ela gostava.

– É verdade que não gosto da arte *naïf*, mas achei isso interessante. Contrasta com a falta de cor do ambiente, o ar pesado. Na Turquia temos um método de pintura chamada *camaltı*, ou "sob o vidro". Tem o mesmo gênero de temas decorativos, sereias, flores, rosas, pintados em cores vivas e brilhantes sobre uma placa de vidro.

A camponesa que adorava cores vivas, flores, a alegria de viver... Elif sente a mesma emoção que sentiu quando percebeu que a moça tremia como uma cobaia que pressente a morte. De

repente, ela se dá conta de que logo vai conhecer a família da moça. "Como é que eu não pensei nisso? Eu podia pelo menos ter me preparado, ter refletido no que iria dizer, que atitude iria adotar."
– A mãe de Ulla também mora na Gasthaus?
– Ulla não tem mãe nem pai. É como se seus pais nunca tivessem existido. Ela tem uma avó e um avô: *bestemor* e *bestefar* em norueguês. Eles moram aqui. E também ficarão surpresos com a sua presença, eles não estão esperando.
– Eles te culparam pelo... pelo que aconteceu à filha deles, quer dizer, à neta?
– Pela morte de Ulla? Eu não sei. A culpa não foi minha, foi uma coincidência terrível, eles entendem isso. Jamais tocamos no assunto. Eles se consolam com Björn. Mas talvez no fundo eles me condenem por ter levado Ulla. Na verdade, eu também me condeno. Foi um erro sair daqui. Ela tinha medo de sair da ilha para ir a outro país, não queria viajar, foi por minha causa. Nunca vou me perdoar.

"Eles perderam a neta e eu perdi meu filho", pensa Elif. "Estamos empatados. Não sei qual tristeza é maior. Como se mede o sofrimento? Isso eu também não sei."

Quem disparou a bala que me feriu?

Mahmut acompanhou com o olhar Ömer Eren caminhar vagarosamente pelo corredor da terapia intensiva até ele desaparecer na escada atrás da porta envidraçada. Ele permaneceu assim por um bom tempo, tentando alinhar seus pensamentos para compreender o que se passara naquela noite. Estava tudo misturado em sua cabeça em um caos indescritível. Tudo lhe parecia absurdo e incoerente. Aquele escritor, por exemplo... havia algo nele que Mahmut não conseguia entender. Ele aparecera repentinamente ao lado deles quando a arma foi disparada e Zelal caiu ao chão. Veio junto com eles para o hospital e cuidou de tudo, sem ao menos perguntar quem eram ou o que tinha acontecido. Sua voz tremeu quando ele disse "filho", com os olhos cheios de lágrimas, foi tudo muito bizarro. Bom, vamos admitir que ele agiu por pura humanidade. Nesse caso, ele os teria conduzido a este hospital onde dizia conhecer alguns médicos, teria lhes dado algum dinheiro e ido embora. O que lhe importava o resto? "E tem mais, está na cara que estamos encrencados. Somos fugitivos, descemos das montanhas, sujamos nossas mãos de sangue, estamos na ilegalidade. Tudo isso é bem óbvio. Ömer sentiu isso, compreendeu e não teve medo, não se mandou. Que tipo estranho. É um escritor renomado. Se não fosse tão famoso, eu poria minha mão no fogo que ele é um agente secreto que está nos seguindo."

Ao se agachar de cansaço no corredor, ele ficou constrangido com seus pensamentos. A montanha deixa o homem desconfiado, transforma os outros em inimigos. Você começa a ter medo de tudo, a duvidar até dos seus camaradas. Seu pai costumava dizer: "A montanha endurece o homem, a planície o amolece e suaviza". Não que ele não goste da montanha, isso seria um sacrilégio. "De onde eu venho, as montanhas são quase nossos ancestrais, nossos santos. Cada uma tem seus fantasmas e alma própria, seus nomes não existem nem em mapas ou livros de geografia. Nós falamos com as montanhas, desabafamos com elas, imploramos, nelas buscamos refúgio; mas também podemos amaldiçoá-las por reclamarem nossos filhos e nossas filhas. Meu pai não dizia essas coisas por desgostar das montanhas, mas por ser sábio e experiente, por desejar que seus filhos tivessem dias melhores. Ou talvez por ter perdido a esperança de uma existência digna nesta terra, sem fome e medo. Talvez por querer que seus filhos tivessem outra sorte."

Mahmut se põe de cócoras outra vez, exaurido pela fadiga e pela falta de sono. Seus olhos estão fechados, mas sua mente está alerta... Ele pensa em sua epopeia amorosa com Zelal na montanha. Uma história de amor diferente de qualquer romance, de qualquer série de televisão ou filme que ele tenha lido ou visto, algo que só poderia ser relatado pelos *dengbej*[10] nas longas noites de inverno. Será que um dia eles acrescentarão a lenda de Mahmut e Zelal ao seu repertório? As epopeias heroicas dos *dengbej* sempre terminam em glória, mas os contos de amor costumam ser recheados de sofrimento. Personagens malvados se interpõem entre os amantes, que se unem só na morte. Mahmut se arrepia. "Nossa história terá um final feliz, vai dar tudo certo. Não faz mal se ela não virar uma lenda, não importa se os *dengbej* não contarem nossa história desde que a minha Zelal se salve e me ame."

Ele relembra a descida da montanha e a multidão da cidade grande. Depois... seus pensamentos o remetem ao momento que ele quer esquecer, mas que cresce à medida que se esforça para tirá-lo da cabeça, deixando-lhe uma sensação horrível, pegajosa como alcatrão. O momento que ele não sabe se é o fim ou o começo.

Ele parece estar girando em um túnel escuro. Sente uma dor aguda no ombro esquerdo, intensa como uma facada, como a mordida de uma cobra venenosa ou a picada de um escorpião. Ele ouve o eco de sua própria voz e se lembra do seu grito, do túnel negro e infinito do qual ele sai, sempre girando, para a claridade. Depois ele se precipita colina abaixo. Se quisesse, poderia fazer um esforço para se agarrar a uma moita ou uma pedra, poderia deter sua queda e pedir ajuda. Mas ele não faz isso e se deixa cair. Ele não sente mais a dor. Seu corpo parece um trapo feito de esponja e borracha e não de sangue, carne e ossos.

---

10 *Dengbej*: trovadores curdos. (N. T.)

Sua mente está mais veloz e clara do que o habitual. Ele se pergunta se atirarão nele. Se sente um estranho observando de lado, como um *cameraman* da televisão – igual àquele que ele vira uma vez, quando a equipe de um canal estrangeiro visitara o acampamento – ou como um espectador vendo um filme de aventura. Não sente medo, está apenas curioso. O sangramento em seu ombro aumenta enquanto ele vai caindo. O sangue deixa manchas no capim e nas pedras. Se quiserem encontrá-lo, bastará seguir o rastro de sangue. Se pudesse parar e se levantar, ele poderia rasgar um pedaço do *shutik* em sua cintura ou, na pior das hipóteses, da sua camisa e amarrá-lo bem apertado em volta do ferimento à bala para estancar a hemorragia. Mas ele não pode, não deve parar. Tem de rolar até alcançar os carvalhos, depois se embrenhar no bosque, encobrindo seu rastro.

Ele conhece a região como a palma de sua mão, cada canto, cada buraco onde se esconder. Os prados, os pastos, os lugares das brincadeiras de sua infância; os ninhos de amor secretos, onde os jovens precoces da aldeia dissimulavam suas escapadas inocentes; as encostas que já foram verdejantes, que enegreceram com as queimadas e estão ficando verdes novamente... Quem pode deter a vida que brota da terra, destruir as sementes ocultas nas profundezas do solo, impedir que surjam e desabrochem como um desafio à morte?

A intensidade do combate deve ter diminuído lá em cima, mas provavelmente continua. Os tiros são menos frequentes e os sons estão ficando mais fracos, mais distantes. No estranho silêncio que se instala entre dois tiros, se ouve o bater das asas dos tordos assustadiços e o zumbido monótono das vespas, que parecem confundir a noite e o dia. Hoje a operação se prolongou até o alvorecer; isso não é muito comum. Às vezes, o embate acontece simplesmente pela exigência do dever; é uma questão de vida e morte, é matar para não morrer. Outras vezes, se luta com fúria e paixão pela causa, pela vitória. Naquele dia foi assim. Os novos recrutas recém-chegados à frente de batalha – muitos mal saídos da adolescência, algumas mulheres inclusive – lutaram ainda com a crença intacta na liderança, na organização e na causa. Eles estavam prontos para dar suas vidas e sua fé tão sólida quanto uma rocha. Mesmo sabendo que iriam morrer, eles não recuariam, não se entregariam. A morte fazia parte da saga; não era o fim, mas o preâmbulo indispensável para se tornar herói. Eram tão jovens, tão distantes da morte, tinham tão pouca coisa a que se agarrar, que temiam a dor, mas não a morte. Era por isso que os combates duravam tanto tempo.

"E eu? O que eu fiz? Empreendi a fuga? Aquela sensação horrível, pegajosa... Não, eu não fugi, eu fui ferido. Estou dizendo que fui baleado! Não era o meu primeiro combate para me fazer entrar em pânico e fugir. Se eu tivesse de fugir já o teria feito há tempos, quando eu ainda tinha chance, e não foram poucas as oportunidades. Eu não fugi, fui ferido." Se não tivesse se contido, ele teria gritado a plenos pulmões: "Eu fui ferido! Baleado, ouviram? Ferido!"

Na hora de recuar, os soldados usam a vertente norte da montanha e nós, a sudeste. Como se houvesse um acordo tácito entre eles, os soldados se retiram para a caserna, os guerrilheiros vão para as montanhas, as armas se calam, o instinto de sobrevivência prevalece e a vida derrota a morte... Dizem que, findas as operações, soldados e guerrilheiros que venham a se encontrar pelo caminho não sacam as armas. Pode ser só um boato, mas é reconfortante.

Ninguém abre fogo em sua direção. Ele se deita de barriga para baixo e se agarra aos arbustos espinhosos com o braço são. Enterra as unhas na terra e olha para o cume da colina. Não, ninguém está em seu encalço. Será que ninguém o viu resvalar encosta abaixo? Será que tentarão salvá-lo? "Terão visto quando despenquei e me tomaram por morto, ou será uma armadilha?" A pergunta que dói mais do que o ferimento e o corrói por dentro se instala em seu coração: "Quem atirou em mim? Eu fui pego no fogo cruzado. Eu cheguei a pensar em desertar, mesmo que brevemente? Não... sim... Sim! Não. Eu não sei. Eu estava na linha de frente. Não por heroísmo, mas por erro de cálculo. Eu não deveria ter me aproximado tanto das linhas inimigas. O que deu em mim? Foi por ser o mais intrépido ou porque estava correndo para os soldados? Não, é sério, eu não sei."

Ele ignora a resposta, nem quer saber. Espera que a bala seja de um soldado. Só de pensar que pode ter sido baleado por um *heval*, por um companheiro, é um pecado. Só pode ter sido uma bala inimiga, ela veio de frente. Ela deve ter passado de raspão pelo meu ombro. Ou estará alojada lá dentro? Ele apalpa o ombro; foi ferido por trás. Ele estremece. "Eu estava encarando o inimigo, mas posso ter me virado quando percebi que tinha me distanciado dos outros."

O inimigo: um fantasma sem nome, sem alma, sem corpo e sem rosto, uma ideia... Ele não consegue evitar chamar os soldados de "inimigos". "Meu primo Mamudo – ele também herdou o nome do nosso bisavô Mahmut –, meu homônimo, meu amigo, ele está no exército e eu estou aqui. Igual à família Zaho: Hýdýr é soldado, o primo dele é guerrilheiro. Por isso que seu coração estremecia toda vez que ele punha uma bala no rifle, sempre que atirava, principalmente no começo. "Devemos empregar o termo 'inimigo' com os *kekos*, os manos? Claro que devemos. Quando você se acostuma a pronunciar essa palavra, aquele que você classifica como 'inimigo' acaba sendo um inimigo. À força de tanto repetir, você se convence disso. Você vai atirar naqueles que qualifica como inimigos, você vai feri-los, terá sua revanche, se tornará um grande guerreiro, será um herói." Mahmut sente a que ponto a consciência pode aguçar a força agressiva das palavras e transformar a língua numa arma. O que ele não entende é por que tem tamanha dificuldade em identificar o dito "inimigo" como tal. "Quando você fica cara a cara com ele, quando olha dentro dos seus olhos, você não vê o inimigo, vê um ser humano. Se tiver uma fração de segundo para pensar enquanto aponta sua arma para o outro, não vai compreender por que aquele homem é seu inimigo. Uns mandaram as tropas para as montanhas, outros soltaram os guerrilheiros em cima dos soldados e dos protetores das aldeias. Em vez de fumar juntos um cigarro, de jogar conversa fora e mostrar fotos dos filhos, eles atiram e se matam. O que for mais rápido e tiver mira melhor, aquele cuja mão não treme quando puxa o gatilho e não se deixa levar por esse tipo de reflexão idiota é quem continuará vivo."

Ele foi o primeiro a perceber que estava ficando cada vez menos audacioso em combate, que muitas vezes errava o alvo de propósito ou, pior, que permanecia atrás nos enfrentamentos. Tudo isso por causa de sua incapacidade de ver os soldados como "inimigos", de sua obsessiva ansiedade de que o sujeito diante dele pudesse ser seu primo. Ele temia que seus camaradas percebessem isso e informassem o comandante do grupo. Sabia que seria criticado por ser tão mole e fraco, que teria de fazer uma autocrítica e tratar de se reabilitar aos olhos dos outros; mas nunca mais seria como antes, sempre persistiria uma dúvida no coração dos companheiros. Ele até poderia ser acusado de ser um traidor, um agente infiltrado e então... Quando Seydo entrou em pânico durante um combate e tentou se render aos soldados, ele foi executado na primeira hora de uma manhã com neve. O destacamento inteiro recebeu ordens de assistir à execução, para aprender a lição. Mahmut fingiu que olhava. Tudo o que ele viu foi o sangue quente se espalhando pela neve enquanto escorria do peito do rapaz que jazia no chão com o rosto virado para baixo. Depois, quando carregavam o corpo ainda quente até as rochas geladas para atirá-lo no fundo do vale, ele percebeu que os pés do morto estavam roxos e inchados pelo frio. O que mais o afligia depois, quando ele pensava no ocorrido, não era a morte do jovem, mas seus pés roxos.

"Do jeito que estão as coisas, se é para eu morrer com um tiro, prefiro que a bala seja de um soldado e não da facção. No primeiro caso, você vira mártir, no segundo, você é um traidor. A morte é a mesma, só difere no nome."

De início, o privilégio de ter feito faculdade e mais particularmente medicina – não foram mais que três semestres – lhe deu uma certa confiança. Corria o boato de que os líderes abrigavam as pessoas cultas e os estudantes sob suas asas. "Você se sentia seguro e protegido. Só que uma parte da resistência e notadamente certos comandantes não nutriam simpatia alguma pelos 'pensadores' da cidade. 'Essa gente não consegue se concentrar, não aguenta o tranco. Tende a semear conflitos com suas contradições e acabar com o moral das tropas.'" Tais palavras circulavam aos sussurros ou, às vezes, abertamente. Bastaram uns poucos incidentes para Mahmut entender que estava sendo recebido friamente. Ele podia sentir o que pensavam dele pela atitude das pessoas próximas ao comandante. Ele sentia que foi levado com eles no último combate não por ser necessário, mas talvez para ser testado.

"Eu não sou traidor, nunca fui. Acontecia de crianças serem levadas à força das aldeias para serem treinadas na guerrilha, mas ninguém me obrigou a vir. A maioria está aqui por opção própria. Nós sentimos dentro do coração a voz, a poesia, a lenda da montanha. Nós nos fundimos a ela com as histórias heroicas que ouvimos desde a infância. Nós fortalecemos a lembrança de nossas vilas pilhadas e incendiadas com a revolta que sentimos contra a pobreza, a opressão e a exclusão. Entoamos as tristes canções de companheirismo que ressoavam nas planícies, nos vales e nos planaltos: *Dur neçe heval/ Na na! Tu dur neçe!*[11]. Dedicamos nossas idas esquálidas e sem futuro à luta pela libertação silenciosamente, sem precisar de grandes palavras. Estávamos prontos para crer e acreditamos. Estávamos prontos para lutar e lutamos."

Seu pai dizia: *"Dahati ne li çiyanan e*: o futuro não está na montanha. Você pode lutar na montanha, matar e ser morto nela, mas não pode construir um futuro com armas, não pode conseguir seus direitos na montanha. Só estudando você conseguirá se esclarecer e se salvar. Somente assim poderá fazer alguma coisa por você e pelos curdos". "Ninguém me obrigou a vir para as montanhas. Pelo contrário, sempre me disseram para não vir. Eu não fui coagido a entrar para a organização.

"Eu acreditava no meu pai, achava que conseguiria me salvar. A família toda recolhia lixo para pagar meu curso em uma escola particular. Meu pai, esse homem orgulhoso, sábio e digno, advindo de uma tribo venerável, foi reduzido a fazer a triagem dos dejetos. Ele sempre amarrava um *keffiyeh* no rosto, não pelo cheiro pútrido, mas para evitar a vergonha de ser reconhecido."

Mahmut estudou com afinco. Naquele ano, entre todos os alunos da escola particular, apenas dois ingressaram na universidade. Ele foi aceito na faculdade de medicina, sua primeira opção, na universidade da sua região. Algumas más línguas gostavam de repetir: "Não será numa faculdade provinciana que você se tornará médico. No máximo vai aprender a fazer curativos. Não vai conseguir um emprego decente. Só vai ajudar parteiras e aplicar injeções em centros médicos públicos". Isso não impediu a família de celebrar dignamente o evento. Seu pai o presenteou com um tapinha nas costas e sua mãe jogou os bra-

---

11 Não vá, camarada / Não, não! / Não vá longe. (N. T.)

ços ao redor do filho e chorou. Os vizinhos foram parabenizá-lo e eles lhe ofereceram refrescos e doces que sua mãe produziu do nada. "Minha mãe sempre foi uma mulher econômica e criativa. A última das cinco peças de ouro que as mulheres tradicionalmente recebem quando se casam, e que todos achavam já terem sido gastas há muito tempo, ressurgiu como que por milagre." Graças a esse dinheiro que ela havia deixado de lado para uma emergência ele pôde comprar um bom jeans, uma calça social, algumas camisas e um par de sapatos. O filho deles iria aparecer em público, não podia se sentir envergonhado. Todo mundo acreditava que as coisas dariam certo, até o próprio Mahmut.

Ele tinha acabado de completar o terceiro semestre e passado nos exames quando foi suspenso por um semestre por ter dançado o *Halay*, uma dança folclórica turca, no feriado do *Newroz*[12] no *campus*. Depois o oficial militar do *campus* – Mahmut ignorava por que ele não gostava dele – fez uma denúncia contra ele e outros membros do clube cultural de alunos, dizendo que eles tinham cantado canções curdas e encenado uma peça muda sobre a liberdade e por isso ele acumulou mais uma suspensão por dois semestres. Sem essas sanções ele teria continuado seus estudos e se tornado médico. E não importava se fosse trabalhar em clínicas públicas ou em centros médicos de uma cidadezinha. Ainda assim ele estaria servindo ao povo de seu país. E o salário não era de todo ruim. Pelo menos ele saberia que teria dinheiro no banco todos os meses.

Não deu certo. Não foi possível cursar o quarto semestre. Se ele tivesse algum dinheiro ou arranjasse um emprego, poderia esperar e continuar de onde tinha parado, apesar de todas as dificuldades. Ele não tinha os meios, não trabalhava e seu pai

---

12 *Newroz*: ano novo no Irã, Azerbaijão, Afeganistão, Paquistão, partes da Índia e entre os curdos. (N. T.)

não era rico. Assim que ele recebeu a sanção disciplinar, o choque foi tal que uma descarga elétrica passou por seu cérebro e rompeu um vaso dentro do olho, que se injetou de sangue imediatamente.

"De onde eu venho, do Curdistão, quando você fica tão aflito assim por causa de uma dificuldade, quando um raio flameja em seu cérebro e você vê tudo vermelho de raiva, não há lugar onde se refugiar, exceto nas montanhas que circundam sua terra e seu coração. Você olha para as montanhas e do alto delas vê um horizonte aberto; é a voz delas que você ouve para cantar em sua própria língua. No começo, as montanhas não passavam de montanhas; elas não eram sinônimo de guerra, traição, guerillha ou separatismo curdo. Nessas paragens, onde todas as portas estão fechadas, todos os gritos abafados, onde sua voz não sai por mais que você grite e nunca é ouvida mesmo que saia, as montanhas são esperança, liberdade, uma tribuna elevada onde você pode fazer sua voz ser ouvida, onde seu grito encontrará eco."

Sangrando, ele desce a encosta aos trambolhões, estupefato com a rapidez de seus pensamentos e suas lembranças, o cérebro enevoado como se ele tivesse fumado maconha.

Uma noite, a aldeia deles foi atacada, as portas das cabanas e dos celeiros arrombadas a golpes de porrete e as pessoas alinhadas contra a parede. Sua mãe, sua avó e sua tia foram obrigadas a se deitar com o rosto no chão, botas pressionando suas nucas contra o solo, enquanto outros soldados revistavam as casas. Os homens adultos foram tirados das casas – alguns vestindo roupas de baixo, outros, nus –, sendo empurrados brutalmente para a praça do vilarejo sob um dilúvio de xingamentos em turco e curdo, tapas e chutes. Ele era pequeno, estava agachado sob a única janela da casa de teto baixo, cor de lama e cheirando a esterco. Ele se lembra – como poderia esquecer? – de ver seu avô manco, seu pai de ceroula, seu primo e seu irmão andando aos saltos, como sapos. Lembra dos homens armados usando máscaras para a neve e uniformes manchados que se fundiam à noite, enquanto cutucavam com as armas os avós, os pais, tios e irmãos rastejando pelo chão. Ele se lembra de que alguns dos homens foram empurrados para dentro de caminhões entre gritos e insultos – curdos imundos, traidores da pátria – e levados embora; que seu pai e seu avô, mesmo em estado lamentável, tiveram a sorte de poder voltar para casa. Ele também se recorda de que seu pai não saiu da cama por três dias, o rosto voltado para a parede, não por dor ou doença, mas por vergonha e tristeza.

"Temos de ir embora daqui", disse ele quando finalmente se levantou. "Temos de ir para longe, onde as casas não são invadidas no meio da noite. Não quero ouvir ninguém dizendo que esta é a nossa terra natal. Bela terra natal! De um lado, ataques da guerrilha exigindo comida, abrigo, nossos filhos para irem lutar nas montanhas. De outro, os ataques do Estado querendo que você renuncie à sua vida, sua honra. Temos de ir para a cidade grande onde ninguém se conhece. E tanto faz o que dirão os outros, este menino tem de estudar para se tornar um homem civilizado. As montanhas não são mais seguras. No momento, a morte está à espreita, irmão mata irmão."

No dia em que a aldeia foi evacuada e queimada, eles tentavam chegar às terras baixas com seus objetos nas costas; mulheres, crianças, miseráveis tocados como se fossem gado. Quando pararam e olharam para trás, algo incrível estava acontecendo: seu pai estava chorando. Ele se ajoelhou voltado para a aldeia, como se orasse olhando para Meca, as lágrimas escorrendo enquanto murmurava para si mesmo. Vendo-o daquele jeito, as mulheres se agruparam ao redor dele e se despediram do lugar com soluços e ululando, como se lamentassem um morto. Para não ser ouvido pelos soldados que os escoltavam, seu pai, como uma fera ferida, murmurou entredentes: *"Ma li serê çîyan mirin ne ji rezilbûyina li vir bastir bu?* Seria melhor morrer na montanha do que sofrer esta desronra. O berço de nossos ancestrais arde em chamas. De que vale viver se você não é forte o bastante para apagar o fogo que devasta a sua pátria? *Ger mirov ji boy tefandina sevata welat xwedi hêz ne be, jîyan çi re di be?"*

E todos choraram juntos, dessa vez em silêncio. Sua terra natal não passava do cheiro de capim queimado, de esterco seco; cor de fogo e brasas incandescentes, o gosto acre das lágrimas, dor e nostalgia. Aldeias queimadas, colinas queimadas, montanhas queimadas... O que lhes restava que não estivesse queimado?

Ele não está mais descendo aos trambolhões. Ele desce escorregando cuidadosamente sobre o traseiro. Apenas o som de capim amassado e pedras rolando... E o silêncio, que ele não sabe se é sinal de calma ou perigo. Bem perto dele – uma centena de metros à frente – a densa copa das árvores que parece um tufo de cabelo numa cabeça careca.

Ele se arrasta na direção oposta para despistar. Ele precisa avançar mais um pouco; ali embaixo tem uma cova, ele tem de deixar rastros ali. Ele tenta espalhar um pouco de sangue no capim e nos pedregulhos. Seu ombro está sangrando bastante, o sangue não para de sair; mas a bala não está alojada nele, ela deve ter passado de raspão, ele tem certeza. Ele estaria se sentindo pior se a bala continuasse no ombro. "Afinal, eu estudei medicina durante três semestres!" Ele ouvira dizer que era por isso que tantos fugitivos feridos eram alcaguetes. O que você pode fazer quando é um fugitivo e, ainda por cima, muito ferido? Você bate à porta do Estado. E, se não quiser passar o resto de seus dias na prisão, você se torna um informante.

"Eu dou conta deste ferimento. Cão que ladra não morde, ferimento que sangra não mata. Mas, se o osso quebrou, aí é outra coisa." Ele vai entrar na gruta e deixar um pedaço da camisa e uma ou duas balas da sua cartucheira. Vai tentar estancar o sangramento e depois correr para o bosque.

Ele sabe que tudo isso não é grande coisa; se estiverem determinados a encontrá-lo, eles o farão. "Eu não era ninguém, era um simples combatente das montanhas entre os outros, só isso. Eles não me teriam deixado escapar se eu fosse especial. Os que foram executados ou eram camaradas com alguma patente ou rapazes como Seydo, por exemplo. O que me faz pensar que a bala veio do nosso lado? Como se pode saber de onde provém uma bala numa tal confusão?"

Ele alcança a entrada da caverna e, com um último esforço, se arrasta para dentro. O lugar é calmo e fresco. Mahmut sente o sono invadi-lo pouco a pouco, chegando lentamente, mas ele o afasta de pronto. "Devo ter perdido muito sangue. Esta cova não é segura, não posso dormir aqui, tenho de chegar ao bosque. Tem uma parte no meio dele, com moitas espinhosas, carvalhos-anões e bétulas que impedem a passagem. Nem os guerrilheiros nem os soldados usam esse lugar. É o melhor lugar para se esconder, é seguro, mas não tem saída. Se você for cercado, está frito."

Reunindo suas últimas forças, ele saca a cartucheira, desamarra o cinto de pano e tira a camisa que gruda ao seu corpo. Passa o cinto pela axila e pelo ombro por trás, amarrando-o firmemente sobre a ferida. Pela primeira vez ele percebe a dor em toda sua intensidade. É uma dor profunda, que desce até o osso. Sua omoplata está em carne viva... para não dizer em fragmentos. Obviamente ele ficará aleijado. "Ainda bem que é o braço esquerdo", ele diz para si mesmo. Ele se sente desmaiar. Preciso ir para o bosque, aqui não é seguro. Vão me caçar como um coelho neste lugar. Enquanto se esforça para levantar, sua cabeça bate em um travesseiro morno e macio. Ele se abandona.

"Preciso chegar ao bosque... Eu... preciso... chegar..." No frescor úmido da caverna, a cabeça descansando sobre o travesseiro macio, ele vê miríades de estrelas no céu azul-marinho: estrelas cadentes que colidem como bolas de fogo...

*

"Você colocou a cabeça no meu colo e desmaiou de sono. Eu não conseguia distinguir seu rosto. Você estava ferido, sangrando. Eu passei a mão na sua cabeça, no seu peito, meus dedos roçaram seu cabelo. Um tremor estranho percorreu meu corpo. Não, não senti medo de você. Quando percebi que alguém entrou na caverna, eu recuei para o canto mais afastado e escuro. Pela luz que se filtrava do exterior, pude ver que estava ferido. Nós temos o costume de ajudar os feridos. Quando um homem ferido se refugiou em nosso campo, minha mãe e *kuma*, a segunda esposa do meu pai, não lhe fizeram perguntas nem quiseram saber de que lado ele estava. Às vezes, meu pai lhe perguntava e minha mãe o defendia dizendo: 'Que diferença faz ele ser da montanha ou do exército? Ele é um ser humano que nasceu de uma mãe, como todo mundo'. A *kuma* a apoiava: 'Seu filho está nas montanhas e dois valentes rapazes do meu vilarejo estão no exército turco, e daí?'."

"Os homens que me violentaram, eram soldados ou guerrilheiros? Francamente, eu não sei. Estava escurecendo. Eu tinha levado o rebanho para o vale e estava procurando a ovelha preta que estava perdida nas rochas da colina. Saltando de pedra em pedra, devo ter me afastado. Fui pega por trás. Não deu para ver seus rostos. Eles me jogaram no chão, levantaram minha saia, arrancaram meu calção, abriram minhas pernas e se jogaram em cima de mim. Eu gritei não de medo, mas de dor – não sei quantos homens eram nem quantas vezes me violentaram.

Eu resisti, chutei, dei socos e tentei fugir. O último homem disse: 'Não tenha medo'. Não lembro se falou em turco ou curdo, mas eu compreendi. Ele acariciou meu corpo de maneira apressada. Também me beijou antes de me penetrar e enquanto estava dentro de mim. Ele roçou a barba com suavidade no meu rosto, nos meus lábios, meus seios, meu ventre e meu sexo. Eu percebi que ele não queria me fazer mal. A dor entre as minhas pernas cresceu. Eu estava sangrando, estava ferida por dentro. Mas o medo em meu coração diminuiu um pouco. Uma dor lancinante como uma flecha de fogo subiu pelas minhas pernas, passou pela minha barriga, meus mamilos, minha garganta e meus lábios. Eu relaxei os dedos que agarravam a relva e os crivei nas costas do homem sobre mim. Não com a intenção de machucá-lo, mas para prendê-lo ali. Eu queria que ele ficasse onde estava; não queria que me deixasse. Queria que ficasse sobre mim como um escudo protetor. Não queria que ele jogasse meu corpo ensanguentado para os outros canalhas. Não sei se ele entendeu ou não. Os outros assobiaram, chamando-o. Quando ele se ergueu, pronunciou algumas palavras. Não entendi, não sei que língua era aquela. Minha mente parecia anestesiada. Então eles partiram precipitadamente. De onde eu estava, via seus rifles balançando sob seus braços. Eu estava exausta, mas não totalmente arrasada; nem sentia mais medo. O que poderia acontecer de pior? Fui até o riacho ali perto e me lavei. Purifiquei meu corpo e olhei para meu reflexo na água. Como me puniriam se soubessem! Eu tinha sido deflorada, maltratada, desonrada. Mas eu continuava a mesma, eram os meus traços que se desenhavam na superfície da água. A sujeira que maculara minha honra fora lavada pela água límpida. Meu rosto parecia brilhar mais do que o normal. Era o meu olhar interior que me dizia, não o espelho ondulante da água. Eu estava mais bonita, mais madura: mulher. A parteira da aldeia, que não perdia a chance de contar histórias obcenas às jovens noivas, de acariciar os mamilos das adolescentes e, sempre que podia, verificar se continuávamos virgens nos apalpando com os dedos, dizia rindo para minha mãe: 'É bom vigiar sua filha. Ela é fogosa como uma puta'. Minha mãe vivia de olho em mim. Eu não podia brincar de médico, de papai e mamãe não só com os meninos, mas com as meninas também. Não que ela temesse que algo pudesse me acontecer ou que eu perdesse a virgindade. Ela tinha pavor do código de honra e queria me proteger.

"Quando você adormeceu com a cabeça pousada no meu colo, eu podia ter me levantado devagar e fugido, mas não fiz isso. Quando acariciei seu torso nu, aquela flecha de fogo partiu da minha virilha, subindo pela minha barriga, meus seios, meus mamilos, minha garganta e meus lábios. Eu fui invadida por uma doce sensação de pecado. Será verdade que sou fogosa como uma puta? Serei como uma cadela que abana o rabo, serei a última das vadias como pensam sem ousar dizer, se não pelas costas da segunda esposa do meu pai? Será que eles têm razão?"

Tudo isso lhe passa pela cabeça enquanto ela está deitada num leito do hospital de paredes brancas, sentindo uma dor pesada no ventre, um gosto de fel na boca. Zelal também se recorda da longa caminhada que empreendia para ir à escola quando era pequena. Os meninos que a acompanhavam beliscavam seus seios e abaixavam sua calça. Ela pensava na mãe e ficava com medo. Ela adorava a escola, mas, por causa disso, às vezes ela se recusava a ir, só iria se o irmão a levasse. A estrada passava por uma campina coberta de neve no inverno e relva alta até os joelhos e flores no verão, antes de cruzar um regato. Havia uma ponte de madeira decrépita, com parapeito de corda onde o riacho era mais raso e calmo, não muito longe da cascata de águas espumantes. Quando a água subia, não restava ponte nem pedras onde colocar os pés. Uma vez, quando ela atravessava a ponte com a mãe e o irmão, a corda se rompera e as duas caíram na água. Por sorte a água não estava no nível mais alto e elas saíram do acidente com alguns machucados e contusões. Por isso Zelal passara três dias em um quarto parecido com este, com paredes e camas brancas, no posto médico municipal. O leito ao lado do seu estava ocupado por um menino. Ele se chamava Süleyman. Ela jamais o esqueceu. Tinham amputado uma perna e um braço dele no hospital da cidade. Estava no posto porque seus ferimentos não cicatrizavam. Todo santo dia a mãe do menino se desfazia em lágrimas e imprecações. "E eu, eu chorava feito doida, apavorada com a ideia de cortarem fora meus membros." Sua mãe a consolava:

– Foi porque ele fez bobagem. Foi passear onde não devia e pisou numa mina. Seu caso não tem nada a ver com minas, não tenha medo.

E depois, um dia lhe disseram:

– Você não é mais criança, está quase na idade de casar. Não pode mais andar por aí com meninos e muito menos sair sozinha. Na escola, alguns meninos estão criando bigode. E também há professores homens. A menina que começou a menstruar não frequenta mais a escola.

Ela jamais contara a quem quer que seja, nem à segunda esposa do seu pai, que os meninos há muito tempo apertavam os seios dela, arriavam sua calça, olhavam para seu sexo dando risada. Era gostoso ir à escola, não fosse a estrada. Na escola se aprendia o turco, a ler, a escrever, ensinavam sobre Atatürk, a bandeira... Sua matéria preferida era aritmética. Era fascinada pelos números. Por que 1 vira 10 quando se acrescenta o zero? Por que 2 mais 2 são 4? Se 5 dos 15 ovos que você tem na cesta quebraram, como você sabe que restaram 10 ovos sem contar um por um? No decorrer dos quatro anos que frequentou a escola, ela se via como um mágico capaz de decifrar o sentido de sinais enigmáticos. Enquanto as outras crianças coçavam a cabeça com o lápis e contavam com os dedos, ela resolvia um problema de cabeça e dava imediatamente a resposta. Uma vez, o professor chamou o pai de Zelal para conversar. Quando ele não apareceu, o professor fez questão de ir até ele.

– Esta menina tem cabeça, é muito diferente dos outros. Eu vou pesquisar sobre a possibilidade de mandá-la para um pensionato da região. Ela tem capacidade para continuar, pode vir a ser professora, cursar a faculdade.

Mas o pai dela não deu muita atenção a essa proposta.

– Tenho certeza de que o senhor está certo, professor. Meu filho caçula também era assim. O senhor não estava aqui na ocasião. Seu antecessor também veio me procurar. É um dom de Deus que meus filhos herdaram do meu avô. Ele mal sabia ler e escrever, mas fazia as contas da família de cabeça. Eu teria enviado o menino à escola se tivesse meios. A menina já passou da idade, tem de parar. Uma mulher muito instruída torce o nariz para o marido.

Quando o professor saiu caminhando devagar com a cabeça baixa, apoiado na bengala, ela sentiu uma grande necessidade de sair correndo e ir embora com ele. Bem que ela gostaria de aprender mais sobre a magia dos números e o mistério das palavras, descobrir como as mesmas coisas podiam ser ditas em línguas diferentes, entender por que o curdo não podia ser falado, conhecer os países longínquos – principalmente os mares – sobre os quais o professor discorria; queria saber mais sobre a Lua e as estrelas, saber como essa imensa e ligeiramente achatada esfera chamada Terra podia girar suspensa no espaço, descobrir onde estavam os limites desse espaço que diziam ser infinito... Outra coisa que ela desejava saber era por que a língua que falavam em casa e na aldeia era proibida na escola, por que recebiam castigo se falassem curdo – não, seu professor não os punia, ele apenas dizia que os alunos precisavam aprender o turco. Mas o diretor da escola era impiedoso. Ele usava a palmatória em qualquer um que se exprimisse na língua natal. Por que as pessoas não falavam a mesma língua? Você podia dizer mãe ou *yadê, dayê*; podia dizer cordeiro ou *berx*. Dava na mesma, era tudo a mesma coisa. Então por que era proibido dizer *dayê* e *berx* na escola? Ela tinha sede de aprender e ensinar, como o professor. Mas eram coisas que ela só aprenderia na cidade grande, não na escola da aldeia vizinha.

Ainda bem que não a tinham obrigado a se casar aos doze ou treze anos. "Não faz parte da nossa tradição as meninas se casarem tão cedo. E, se for uma mocinha bonita com muitos pretendentes, a família espera o preço da noiva subir. As filhas dos *beys* e dos *aghas*[13] são difíceis de conseguir. Meu pai não era de uma linhagem senhorial, mas tampouco era pobre. Parece que nossa família tinha muitas terras e gado antes da guerra. O meu bisavô era um *sheik*, um homem santo. As pessoas vinham beijar sua mão, oferecendo-lhe galinhas, doces ou o que tivessem na sacola." Ela tem uma vaga lembrança disso. Eles comiam muitos doces. Balas aromatizadas de limão ou morango em papéis coloridos, caramelos embrulhados com mensagens em forma de poemas... Os doces também eram distribuídos entre as crianças, que se amontoavam ao seu redor, esperando pelas guloseimas. Ela se lembra de uma casa comprida com cômodos separados que davam para um pátio. Uma casa grande e cheia, onde mulheres e crianças, avós e netos, esposas e segundas esposas viviam juntas... Um dia, eles saíram precipitadamente daquela casa e se instalaram no campo. Eles não comiam mais confeitos, seu rebanho não passava de algumas cabras e ove-

---

13 *Bey* e *agha*: senhor, grande proprietário de terras. (N. T.)

lhas. Ela se lembra da morte do avô *sheik*, da partida de cada um de seus irmãos, do desaparecimento do irmão predileto, Mesut, cujo nome nunca mais foi pronunciado em voz alta. Ela se recorda do pai como um homem bom, sempre carinhoso, que nunca bateu na sua mãe, embora tenha dado uma surra na segunda esposa uma vez – "na verdade, ela mereceu, pois desrespeitou minha mãe" –, que nunca bateu na filha e costumava lhe fazer carinhos quando ela era pequena – os pais não acariciavam as filhas quando elas cresciam – dizendo *"Keça min ja çawşina xweşik!* – Minha linda filha de olhos azuis!"

Um dia, seu pai bateu em si mesmo. Não foi um ato de lamentação, foi bater de verdade. As mulheres e crianças da casa se esconderam pelos cantos para não verem o que estava acontecendo. Tinham medo de serem cúmplices se testemunhassem a cena.

Um homem tinha vindo de longe, aparentemente. Não tinha nada nas mãos, mas portava um cinturão com uma arma. Sem ao menos olhar para ela, ele mandou que ela chamasse o pai. "Como ele sabia que eu era filha do meu pai?" Ela correu para chamá-lo. Ela só se recorda que fazia calor. Mesmo assim, os dois homem não se sentaram do lado de fora ou no pátio. Eles entraram na casa. Quando o homem saiu, todos ouviram o pai dizer aos berros: "O menino se foi, perdemos o menino!"

"O menino se foi", sussurrou sua mãe, nada mais. Em seguida, ela se pôs a orar silenciosamente pela alma do filho morto. Sua dor transparecia nos lábios que se moviam incessantemente, não em seus olhos.

O homem partiu como chegou, sem olhar ao seu redor. Tal qual um mensageiro sinistro dos contos e não um ser humano de verdade. Depois o pai dela saiu para o pátio e começou a golpear a própria cabeça. Ele parecia estar fora de si, inconsciente do que fazia. As mulheres saíram dali para não verem e não terem de contar o que estavam vendo. O pai começou a jogar tudo o que via no chão, até o filhotinho da cadela amarela que era a menina dos olhos dele. Naquela noite, sua mãe soube que o filho continuava vivo. Ela deu um suspiro de alívio profundo, começou a rezar e prometeu a Deus jejuar e oferecer um sacrifício.

– Você me assustou, eu pensei que o meu carneirinho estava morto. O que importa é que ele está vivo. Pouco se me dá que ele seja informante, soldado ou guerrilheiro, desde que esteja vivo!

– Eu não posso aceitar isso, a traição não existe nesta casa. Jamais tivemos um traidor ou espião na nossa família. Eu não mandei que ele fosse para as montanhas. Se ele fez isso, que aguente as consequências. Um traidor, hein? Um informante? Se ele voltar, filho ou não, eu o mato com as minhas mãos! Eu não posso tolerar isso, não posso! Seria melhor que estivesse morto, pelo menos seria um mártir. Mas um alcaguete? Não consigo aceitar, para mim isso é intolerável!

Ela ficou atônita ao ver o pai chorar abertamente. Ela não compreendia o que poderia ser pior do que a morte, por que seu pai preferia ver o filho morto.

– Olhe só pra você! – era sua mãe rugindo. – Olhe só! Um curdo adulto como você ganindo como uma raposa e se batendo! O seu clã inteiro não se tornou vigia da aldeia? Estou falando dos que ficaram lá. Eles não se salvaram por causa disso? Não enfiaram dinheiro no bolso? Vigia da aldeia ou informante, ambos não servem ao Estado? Esperemos um pouco para ver se a notícia tem fundamento ou não. Ou prefere saber que ele morreu? Acalme-se e espere até saber o que realmente aconteceu e por quê.

– Eu preferia que ele estivesse morto! Nosso código de honra não admite a traição. Na nossa família não existem traidores ou renegados. Quem se torna vigia da aldeia, permanece como tal até o fim. Quem entra para a resistência, fica na montanha. Mas agora estamos acabados!

Depois seu pai saiu, ninguém sabia para onde. Sua segunda esposa se alarmou. Mas sua mãe lhe disse: – Ah, eu o conheço. Ele perde a cabeça, mas quando se acalmar ele vai voltar. Não se preocupe. Pelo menos você vai descansar algumas noites.

Zelal se sentiu mal com a reprovação amarga que entreouviu na voz de sua mãe e a tristeza secreta que ela tinha enterrada no coração.

Sua mãe estava certa. Seu pai voltou dois dias depois. Ele não disse onde estivera ou quem fora ver. Todos fingiram que nada acontecera. Como se ninguém tivesse visto ou ouvido nada, Mesut não era um informante. As crianças foram instruídas a não comentar o assunto com ninguém, sob pena de serem penduradas ao teto pelas orelhas se abrissem a boca.

E um dia, perto do inverno, seu irmão Mesut passou por lá. Veio acompanhado de dois homens armados dos pés à cabeça. Mesut estava mais magro, mas continuava bonito. Estava cheio de si, como se tivesse se tornado comandante. Ao ver os homens armados, todo mundo sumiu de vista. Só Zelal ficou, os olhos azuis fixos nos homens. Apesar de sua vontade de se jogar nos braços do irmão, ela não conseguiu se aproximar. Ela ensaiou um passo na direção dele, mas se lembrou das palavras do pai no dia em que ele chorara: informante... *caş*... traidor... Ela estacou. Seu irmão abriu aquele belo sorriso que ele sempre tivera. Zelal era a irmã favorita dele e ele era seu irmão predileto.

– Você está da minha altura, já está pronta para casar! – disse ele, afagando o cabelo da irmã.

Ela nunca tinha ouvido o irmão falar em turco e isso causou um efeito estranho.

– Vá dizer à mamãe que Mesut está aqui e quer beijar a mão dela.

Incapaz de qualquer gesto, em lugar de dizer "seu desejo é uma ordem, meu irmão", ela se ouviu respondendo:

– Meu pai jurou matá-lo assim que o visse.

Ela se arrependeu dessas palavras no ato. Ficou apavorada, se perguntando como palavras tão graves tinham saído de sua boca.

– Meu pai está aqui?
– Não, ele foi até a vila.
– Ótimo. Quer dizer que ele vai me matar quando me vir?

A voz dele tinha um tom sarcástico, era óbvio que estava zombando do pai e da irmãzinha.

– Vá chamar a mamãe. Este lugar, apesar de ter quatro ou cinco casas, é minúsculo. Onde se enfiou todo mundo?

– Mamãe vai se assustar com estes homens armados.

– Pare de enrolar e vá chamá-la. Não me faça entrar assim e bagunçar tudo. Diga simplesmente: "Ele estava passando e parou para beijar a sua mão". Vamos, mexa-se! E sirva chá e *ayran*[14], ou o que tiver para seus irmãos.

Uma vez lá dentro, ela se dirigiu à mãe nestes termos:

– Seu filho está aí!

Ela não disse "*Kekê Mesud hatîye!* – O irmão Mesut chegou!". Seu irmão estava bem diferente do homem que ela conhecia. Até a voz dele tinha mudado. Ele falava com um ar altivo, como se estivesse dando ordens. Ela não estava gostando disso. Lembrou-se de quando o pai se jogou ao chão, como ele sofreu quando soube que o filho tinha se tornado um informante. "Acho que o meu pai tinha razão", pensou ela. Mesut perdeu seu lado amá-

---

[14] Bebida tipicamente turca, feita com iogurte, água e sal. (N. T.)

vel e afetuoso, até seu sorriso mudou. Seria para se impor aos homens que o acompanhavam ou por medo deles? Difícil dizer. Ele estava estranho, duro, distante, se dá um ar de importância, mas em seus olhos há medo. Por que esse olhar inquieto? O que quer dizer informante? Deve ser uma palavra feia, algo como *caş* ou canalha. No caminho para a escola, um dia ela viu o cadáver de um homem jogado no meio da rua. A palavra *caş* estava escrita na testa dele com tinta vermelha. "*Caş*, alcaguete", seu pai dissera entre dois soluços, alcaguete...

"Minha mãe se precipitou para a porta sem nem mesmo abaixar a saia que estava enfiada em torno de sua cintura. Eu saí saltando que nem um cabrito e fui me refugiar no flanco rochoso da colina, só para não ter de presenciar o abraço de mãe e filho e não ser obrigada a servir qualquer coisa para aqueles homens. Ao longo do caminho eu me distraí contando as pedras, somando e subtraindo. Eu queria esquecer meu irmão Mesut. Mesmo que meu pai não o matasse, era uma situação triste. De qualquer forma, era como se ele já estivesse morto. Meu coração se encheu de tristeza, tanto pelo meu pai quanto pelo meu irmão. Nessa época, eu não passava de uma criança."

"Você está dormindo com a cabeça pousada no meu colo. Quem é você? Como consegue dormir assim? Você está sangrando. Na aldeia dizem que um homem ferido não pode dormir. Sempre havia alguém ferido à bala, pelos soldados, pelos guerrilheiros, por causa de uma *vendetta* ou disputa de terras... Os feridos eram mantidos acordados. Eles não podiam perder a consciência. Chamavam isso de o 'sono da morte'. Você está dormindo o sono da morte? Como você foi baleado? Quem é você? Nessa penumbra eu mal consigo divisar os seus traços; com a ponta dos dedos, apalpo seu rosto para tentar saber como você é. Afago os seus cabelos. Eu não quero que você morra. Não quero ficar sozinha aqui. Eu tenho medo."

*

Quando ele acordou – ou voltou a si –, sua cabeça continuava enterrada naquele travesseiro macio e quente. Alguém afagava suavemente seus cabelos, exatamente como sua mãe costumava fazer. De início, ele pensou que estava sonhando. Mas a dor era tamanha, seu ombro o incomodava tanto que ele não sentia os dedos da mão esquerda. Ele tentou se endireitar e entender onde estava, sentiu uma agulhada de dor e gemeu. Foi aí que viu a moça.

– *Tu birîndarî, tu ji ser hişê xwe, çû û kete xewê.* – Você está ferido, desmaiou e dormiu –, ela disse em curdo, com uma voz límpida e cristalina de um regato ou da neve derretendo na primavera.

Mahmut se dá conta de que está onde não deveria estar. Eu não consegui chegar ao bosque, caí neste lugar. E quem é esta garota? Ela é deste mundo ou é uma criatura celestial? Mas eu não posso lhe perguntar ou ela vai pensar que estou com medo. Apoiando-se nela, ele tenta se levantar.

– O que está fazendo aqui?

– A mesma coisa que você.

Olha só! Mahmut sorri com um ar condescendente:

– Você também estava lutando?

– Não, estou fugindo e me escondi.

Ele se surpreende com o timbre imperturbável da moça e não sabe como interpretá-lo – intrepidez ou indiferença quanto à própria sorte?

– E você diz isso assim, sem saber quem eu sou? Não tem medo que eu te denuncie?

– Não... você também está em fuga, isso é evidente. Além do mais, você está ferido. Não pode me fazer grande coisa.

– Aonde vai? Está fugindo de quem? Vai virar presa dos lobos e dos abutres nessas montanhas e grutas.

– Os lobos e os abutres já tiveram seu quinhão. Eles vão me deixar em paz.

Ele não entende o que ela quer dizer. Seu braço dói, ele se sente prestes a desfalecer. Eu não posso desmaiar, não posso perder a consciência, não devo ficar aqui... E, para coroar, tem esta garota, que não sei se é real ou se veio de outro mundo. Na penumbra da caverna, ele mal consegue ver o rosto da moça que tenta passar o braço por trás de sua cabeça, para evitar que ele se machuque na rocha. Será que eu morri e estou no paraíso? Ele fecha os olhos deliberadamente e assim permanece.

– Você está ferido –, repete ela com a voz cantante como água correndo sobre seixos. Você é da montanha? Tem bastante tiroteio lá. Eu pude ouvir daqui.

– Sim, eu sou um *heval*. Fui baleado e despenquei montanha abaixo. Ele mente, incapaz de dizer que estava fugindo da resistência.

– Eu tinha um irmão nas montanhas – ela anuncia num tom repleto de tristeza e reprovação.

Apesar da dor que está sentindo, da exaustão e da opressão em seu coração, Mahmut percebe o tremor na voz da moça. Com certeza o irmão está morto, ele pensa, sem fazer nenhuma pergunta.

– Mas agora ele desceu de lá. Talvez você o conheça, ele se chama Mesut. Você também é um informante?

– Não, ele responde com o pouco de energia que lhe resta. Eu não sou informante e não conheço seu irmão. De qualquer forma, nós não sabemos o nome verdadeiro das pessoas nas montanhas. E não falamos nesse tipo de coisas a torto e a direito.

Ele piora cada vez mais. Se ao menos esta garota se ocupasse de seu ferimento em vez de ficar falando...

– Está certo, então não falemos mais. Tome um pouco de água. Fará bem ao ferimento e à sua alma.

Ele toma alguns goles da garrafa plástica que ela lhe estende. Uma garrafa d'água... Ela tomou algumas precauções antes de partir. E se eu caí numa armadilha? Uma armadilha de quem? Ele estremece.

– Dê uma olhada no meu ombro. Está sangrando demais.

– Sim, mas a hemorragia já diminuiu um pouco. Você até teve sorte. A bala roçou o osso, mas não se alojou na carne.

– Eu tentei fazer uma bandagem, mas não deu certo. Você pode tentar apertá-la um pouco?

– Primeiro eu vou lavar a área e colocar um pano limpo.

Ela levanta suavemente a bandagem embebida em sangue. Quando tenta lavar o ferimento com água, Mahmut geme de dor com os dentes cerrados.

– Não se mexa. Não é tão grave. Belo guerreiro você é.

– Pode falar o que quiser! Eu estudei medicina, eu sei tudo sobre ferimentos. E este aqui tem todo jeito de que vai dar complicações.

Depois, mudando de assunto, ele faz uma pergunta para encurralar a impertinente donzela surgida sabe-se lá de onde:

– Você ainda não me disse por que está fugindo. Tem um namorado ou o quê? Estão fugindo juntos?

Ele entra em pânico com a própria pergunta. Ah, por que eu não pensei nisso antes? Por que fui presumir que ela estava sozinha? Essa gente foge em duplas. Quem se importa com batalhas, operações, guerra, com gente como eu na montanha, matando e morrendo!

– Estou fugindo de um crime de honra – responde ela secamente, com um tom que não admite réplica.

O coração angustiado de Mahmut relaxa. Então não há perigo iminente! Ele tenta vislumbrar o rosto da garota na penumbra reinante na gruta. Um buquê de espigas de trigo, campânulas brancas, rosas selvagens, segurelhas, dentes-de-leão, riachos frescos e cascatas... Tudo o que ele conhece de bonito se reflete naquele rosto que se funde a uma nuvem de um branco azulado e evapora. Dessa vez, ele desmaia mesmo.

Quantos dias e noites eles passaram nesta gruta? A garota que conhecia os números contou cada amanhecer e cada ocaso. Uma manhã, pouco antes do alvorecer, na hora mais sombria, eles deixaram o esconderijo para se refugiar no bosque denso.

Como nas epopeias dos *dengbej* e nas histórias contadas pela mulher da aldeia, Zelal buscava água em uma fonte secreta e misteriosa que os gênios da montanha e as fadas da floresta teriam criado especialmente para os dois jovens. Ela aplicava a água benfazeja sobre o ferimento do rapaz para purificá-lo. Ela colhia toda sorte de ervas e as fervia, amassava e espalhava sobre a ferida. A despeito dos primeiros sinais de cura, Mahmut ainda não conseguia usar o braço. Eles riam, dizendo que só um braço era suficiente para se amarem.

Na verdade, era mais do que suficiente para o amor deles. Eles eram Medjnûn e Leyla, Tahir e Zühre, Yusuf e Züleyha, eram personagens de um conto de fadas... Eram um fogo que se alimentava do isolamento de ambos, envolvendo-os na intensidade do amor, queimando-os em sua própria paixão. Eram duas crianças inocentes banidas do inferno por sua inocência, mas condenadas a vagar longe do paraíso pelos pecados dos ancestrais. Toda vez que faziam amor, seus corpos se purificavam e seus corações se dilatavam a ponto de conter todo um universo. Eles estavam acima do mal, do pecado, do sangue e da morte. Fora do tempo e do espaço. As balas disparadas nos cumes das montanhas e nas encostas não os alcançavam; as chamas que assolavam bosques e campos mantinham distância. Nem soldados nem guerrilheiros vinham a essas partes. Era como se todas as estradas tivessem sido fechadas e este flanco da montanha tivesse se volatilizado no espaço. Os anjos velavam sobre eles, como sobre todos os inocentes, porque tal paixão triunfava sobre o pecado; porque, aos olhos do Criador, o amor purifica inocentes e culpados. Eles eram os heróis das lendas, viviam um milagre e não sabiam. Eles ignoravam o que fossem milagres. Eles conheciam apenas seus corpos, seus corações e seus espíritos.

Um belo dia, Zelal e Mahmut estavam sentados sob as árvores frondosas, quando ela contou a ele sobre a semente de vida que crescia em seu útero, a vida que estava desabrochando em seu ventre. Ela falou na língua dos livros sagrados, fascinante em sua simplicidade e despojamento. Mahmut guardou silêncio por um tempo. Depois ele colocou a mão sobre o ventre amado e chorou.

Após um embate em que seus camaradas perceberam que ele não lutara com o vigor que deveria e o delataram, durante sua autocrítica eles lhe disseram: "A guerra não aceita a ternura ou a piedade. É você ou o outro. Siga o exemplo dos nossos companheiros que puxam o gatilho sem hesitação. A guerra não aceita ternura ou piedade, um homem não chora. Mas ele estava chorando. Enquanto Zelal enxugava as lágrimas dele com os lábios e refazia a bandagem do ferimento com uma torrente de palavras amorosas, ele pensou: "Eu sou afetuoso demais. Se não fosse, não suportaria a ideia de vê-la carregando no ventre a semente do inimigo". Logo um grito silencioso subiu de dentro dele:

– Que bom que sou afetuoso! Que bom que não consigo matá-la, que não mato ninguém!

Estas palavras seriam dele ou de uma força sobrenatural que invadira Mahmut? Ele falou com a voz dessa força:

– Esta criança é minha. É nosso filho, seu e meu. Há dias que eu semeio a sua terra. A criança germinará desses grãos e dessa terra. Não será um filho da guerra, de soldado nem de guerrilheiro. É o nosso filho. Nós o levaremos para longe destas montanhas, iremos para o mar. Ele será um filho da paz.

O código de honra não existia nesse santuário verde a poucos passos da fonte que jorrava das rochas. Aqui, nem as leis do Estado nem as das montanhas valiam. Zelal e Mahmut viviam um sonho, se alimentavam de frutos selvagens, saciavam a sede com a água pura da fonte paradisíaca. Eles eram a boa-nova e o sonho deste mundo de sofrimentos, de inocência perdida.

No dia em que os gendarmes vieram inspecionar essas paragens, os dois amantes souberam que estava na hora de voltar à realidade. Do abrigo aninhado na parte mais remota de seu refúgio verde, apenas ouvindo, eles acompanharam a busca que os policiais fizeram na gruta onde eles haviam se escondido anteriormente. Armados de fuzis, avançavam com cautela. O santuário verde era tão inacessível, tão oculto, que Zelal e Mahmut não viam nem as armas pesadas nem os passos indecisos das botas. Mas eles ouviam os sons e compreenderam o que estava se passando, eram sons que eles conheciam bem desde a infância.

– Eles não vieram para combater – disse Mahmut. – Devem estar atrás de outra pista.

– É a mim que procuram – disse a garota. *Apê minan dû min xistine...* Provavelmente foi a família do meu tio que os enviou para me procurar. Essa gente não é de desistir. Quando minha morte foi decidida, meu pai não aguentou. Meu pai é um homem fora do comum. Eu tinha sido trancada dentro do estábulo. A corda estava pendurada do teto, o laço já estava pronto. Eu verifiquei a corda, ela era bem forte. Mas eu não tinha certeza se o teto suportaria meu peso. Eles não tiveram coragem de agir; não sei se por medo da lei ou porque não estavam seguros da atitude deles. Não sei. Eles me disseram para eu cuidar disso sozinha. Eu é que deveria assumir o pecado da minha morte e a da vida que eu carregava no ventre. Se este é o seu código de honra, eu pensei, se acham que estão agindo corretamente, façam vocês mesmos, não esperem que eu os ajude. Que estas duas vidas pesem em suas consciências. Vejamos quem terá a coragem de puxar a corda! Não contem comigo. Quando a sentença de morte foi pronunciada, minha mãe chorou, mas não opôs objeção. De que adiantaria? "Não é justo", falou a segunda esposa. "Você não pecou. É um filho de Deus. Seu pai também chorou em segredo, eu sei. É o seu tio, o protetor da aldeia, que insiste em dizer que esse é o costume. Ele saiu por aí falando que não pode ser o chefe da vila e não punir a vadia, que não pode deixar de cumprir o código de honra. Seu pai se submete ao seu tio, não ao código. Eu não sei como ele soube, mas parece que seu irmão Mesut também mandou dizer que não vai deixar 'essa vagabunda viver'." "Eles me disseram: 'Você tem até de manhã, apresse-se' e foram embora. Passava da meia-noite quando a porta se abriu. Meu pai entrou. Eu estava com o coração na boca de tanto medo. Eu achei que ele estava ali para acabar logo com aquilo e com sua dor. Eu não me escondi, fiquei parada no meio do estábulo, a cabeça sob o laço. Bastaria eu ficar na ponta dos pés para ele passá-lo pelo meu pescoço. Meu pai estava com uma sacola na mão. Ele disse: "Tome, pegue isso e suma daqui". Eu peguei a sacola e saí sem hesitar. A vida é preciosa quando se é jovem, sobretudo quando se carrega outra vida. Aquela noite foi bem estranha. Apesar da lua cheia, estava a maior escuridão, como se a mão de Deus tivesse colocado nuvens para obscurecê-la. Nem um cachorro latiu, não havia som algum e ninguém surgiu diante de mim. Será que todos sabiam que eu ia fugir ou seria a providência divina? Eu conheço bem a região, tenho um bom senso de direção, seria fácil encontrar o meu caminho. Caminhei dias a fio através das montanhas e dos rochedos, me afastando cada vez mais. Na sacola encontrei água, algumas provisões, um pouco de dinheiro e minha certidão de nascimento. Meu pai tinha orgulho por ter tirado nossas certidões. Imagine, até as meninas da minha família tinham. Eu andei, andei... e acabei chegando naquela gruta.

"Eu estava carregando outra vida dentro de mim. Minha cabeça estava enevoada. Eu caminhava como que num sonho, pulando sobre pedras e atravessando cursos d'água. Eu andava nas nuvens; meus pés descalços não tocavam o chão. Eu não sentia cansaço nem fome. Nem sequer abri o saco de provisões. Eu tinha voltado da morte e perdera todo o medo. Evitei os lugarejos e os campos vizinhos; eu andava na direção das montanhas, sempre as montanhas. Vi incêndios a distância; os ventos de leste trouxeram o cheiro de palha queimada e árvores carbonizadas. Uma vez ou outra eu ouvia tiros. Eu caminhava pensando na alma que levava na barriga, refletindo sobre essa coisa esquisita que chamamos de vida, me perguntando o que seria desse ser que estava por nascer, pensando no que tinha acontecido comigo, com minha mãe, minha irmã, até com meu pai, meu avô, meu irmão... o que eles tinham feito da vida deles? A minha tomava a direção errada. Eu me encaminhava para o cume das montanhas, enquanto deveria descer para a cidade. 'Passe a vila e vá para a cidade', dissera meu pai. 'A cidade a protegerá, você poderá sumir no meio da multidão. Pode mudar, ninguém a reconhecerá, poderá salvar a sua pele.' Mas eu tomei a direção oposta. Preferi a liberdade das montanhas ao anonimato da cidade grande. E depois encontrei você. Foi aí que compreendi que o tempo todo estava vindo até você, que tudo aconteceu para que nos encontrássemos."

Ela havia percorrido todas essas estradas pensando na vida que estava dentro dela. Enquanto escalava os blocos de pedra, quando descansava em uma gruta, sob uma árvore ou à sombra de um rochedo, aquele ser ocupava todos os seus pensamentos. Talvez ela estivesse inconscientemente tentando se livrar dele ao continuar por terreno tão inóspito. Para perder o bebê que não queriam trazer ao mundo, as mulheres grávidas que trabalhavam no campo carregavam cargas pesadas, saltavam fogueiras e tentavam alcançar cordas suspensas no alto. Se isso não desse certo, a parteira lhes dava algum remédio ou intervinha para que abortassem. Zelal podia tentar fazer a mesma coisa. Se quisesse viver, tinha de se livrar do feto. Ela tinha de expulsar essa semente ruim que se apossara de seu corpo se quisesse alcançar as águas intermináveis com as quais tanto sonhava. Mas o medo a impediu. A lembrança de Mizgin, seu rosto pálido, os lábios cada vez mais brancos, os olhos arregalados, o sangue que corria entre suas pernas e o último grito que ela soltou ficaram gravados para sempre em sua memória.

Ela estava remoendo esses pensamentos quando viu o estranho desmaiar na entrada da caverna, batendo a cabeça contra uma pedra. Ela estava justamente prestes a tomar a decisão de se livrar daquele fardo dentro de seu corpo. Depois iria até a vastidão do mar. Livre, coração e ventre vazios...

Iria até aquele mar que seu professor descrevia com paixão e nostalgia... ao descrevê-lo em detalhes, ele explicava que o mar não tinha nada a ver com o córrego Botan ou o rio Zap: "Comparados ao mar, estes cursos d'água não passam de poças, de um fio d'água", dizia ele. "Quem de vocês já viu o lago Van?", perguntou ele um dia, esperando ajudar as crianças a imaginarem melhor. Nenhuma resposta. Zelal quis saber a que distância se encontrava o mar mais perto da aldeia. O professor coçou a cabeça, e após refletir alguns instantes, falou com ar sério:

– Calculando pelo voo de um pássaro, cerca de 600 ou 700 quilômetros até o mar. Mas pela estrada será muito mais do que isso.

A menina que sabia tudo de números logo fez o cálculo de cabeça: trezentos e cinquenta vezes o caminho que eles faziam todo dia até a escola.

– Não é muito; é a mesma coisa que andar até a escola trezentos e cinquenta dias. E, se considerar a volta, são cento e setenta e cinco dias de escola. E a gente anda esse tanto de dias todo ano pra vir à escola.

O professor olhou para sua aluna não com orgulho e alegria, mas com desespero e aflição. Isso era um dom de Deus, um milagre. Ela ouviu o professor murmurar suavemente: "De que serve essa inteligência toda? Nem que fosse mil vezes maior. Que inferno de mundo é este!"

Depois desse dia, Zelal pensava constantemente no mar. Na escola não havia mapas grandes. O professor tinha trazido para a classe páginas tiradas de um livro velho de geografia ou de um atlas e mostrara aos alunos como a Turquia era pequena naquela bola infinitamente grande chamada Terra. As crianças quiseram ver o vilarejo e se surpreenderam quando não conseguiram. A aldeia deles não existia no mapa. Nem a capital do estado aparecia nele. O professor falou: "Imaginem que eu sou o mundo. A Turquia seria a unha do meu dedo mindinho". E que pedaço da unha caberia à aldeia? As crianças ficaram desapontadas. Aquelas montanhas enormes, os rios caudalosos que arrastavam as pessoas na primavera, montes e vales, a aldeia, as casas, a escola – eles não contavam para nada? De que adiantava existir se você não era nem um pontinho no mapa?

Esta questão não incomodava Zelal. Não que ela não ligasse, mas porque ela entendia que se o mapa fosse maior a Turquia também apareceria em tamanho maior; que a aldeia e até as casas estariam marcadas numa Turquia bem grande. O mar, sim, era a imagem na qual ela não conseguia parar de pensar e a fazia sonhar até mesmo na classe, quando estava absorvida em seu mundo em vez de ouvir o professor. O mar tão distante e ainda assim não mais que a um ano de escola...

A semente ruim que crescia dentro dela, apesar de todas as privações, estava atrapalhando a vida que lhe fora concedida às portas da morte. Estava impedindo-a de alcançar o mar. Nada iria detê-la, ela iria se livrar daquela coisa. Nada, nem os lábios exangues de Mizgin, nem o sangue sujo e escuro que escorria entre suas pernas ou o último grito que ela soltou.

"Eu te vi quando estava me preparando para me cortar e esvaziar minha barriga, quando ia provar a liberdade da vida ou da morte. Você estava ferido. Eu coloquei sua cabeça inconsciente no meu colo. Senti seu calor na minha barriga, onde germinava a semente. Imaginei um infindável mar azul; tépido, límpido, da cor do céu... Fiz um pedido: se o estranho fosse um homem bom, eu cuidaria de suas feridas, ele me levaria com ele e, juntos, iríamos até o mar, nos tornaríamos parte do mar. Calculei que estava no nonagésimo sexto dia. Ficaria visível a cada dia. Depois, calculei a posição da lua no céu; faltavam cento e oitenta e quatro dias lunares. Eu disse isso a você, mas não foi por medo. Por que eu deveria sentir medo se nada tinha a perder? Eu disse porque meu amor por você não comportava mentiras, porque acreditei estar limpa e inocente. Você acariciou minha barriga e chorou. Eram lágrimas de amor que vinham do seu coração, não dos olhos. Eu entendi isso. E você falou:

"– Talvez tudo, até as coisas ruins, tenham acontecido para que nós dois nos encontrássemos.

"Você tirou as palavras da minha boca. Naquela hora, eu acreditei que a criança era um presente dos céus. Os homens que me violentaram não eram soldados, vigias ou guerrilheiros. Eram espíritos que assumiram a forma de figuras masculinas cruéis para que eu encontrasse você, para que nos possuíssemos. Seres mágicos dos céus, das águas, das montanhas...

"Tanto você sabia disso que falou: 'A criança é nossa. Não é um filho da guerra, mas da paz e esperança' A semente dentro de mim, que eu achava ser maligna, naquele momento desabrochou como as rosas do paraíso e se tornou a nossa esperança. Meu bebê passou a ser seu porque nós o amávamos antes do nascimento dele. Nós dois nos amávamos pelo milagre da criança não nascida, para trazer *Hevi* a este mundo."

Eles observaram os gendarmes partirem apressadamente após uma busca descuidada. Eles não gostam de adentrar tanto a montanha para seguir uma garota ou um criminoso. Nunca se sabe quem ou o que pode sair de uma gruta ou detrás de uma rocha. Era óbvio que eles não queriam se demorar nessa região perigosa. Alguns se dirigiram ao bosque onde Zelal e Mahmut estavam escondidos, mas fizeram meia-volta.

– Há quantos dias estamos aqui? Mahmut fez a pergunta quando os soldados foram embora e o lugar ficou calmo novamente.

– Dezessete dias – disse a moça que conhecia os números.

Eles tinham uma ligação tal que parecia que viviam tão próximos há dezessete anos. E, ainda assim, sentiam como se estivessem juntos há apenas um dia.

– Qual a idade da nossa amada Esperança? – perguntou Mahmut.

– Completou cento e três dias – respondeu Zelal.

Eles sabiam que era chegada a hora. Sabiam que precisavam acordar e retornar ao mundo, despedir-se das montanhas e caminhar em direção ao mar aberto.

Duas almas sem refúgio ou abrigo, duas crianças inocentes carregando uma terceira como se fosse um talismã secreto desceram para a terra da esperança para salvar Hevi de ser condenado às cavernas nas montanhas, à devastação dos montes carbonizados, à assustadora solidão das aldeias desertas.

*

– Conte uma história de fuga para mim. Uma que não seja triste, na qual ninguém morre, ninguém chora. Se sabe contar histórias, conte uma em que os amantes ficam juntos, os irmãos fazem as pazes e todo mundo é feliz. Quero uma bonita história de fuga. Faça os fugitivos chegarem ao seu destino, não deixe as crianças morrerem, garanta que os amantes não se separem e que ninguém passe fome. Uma em que haja esperança e paz no fim. Conte para mim uma boa história com final feliz.

Foi Zelal quem pronunciou estas palavras para Ömer Eren quando ela finalmente recuperou a voz ou foi ele quem as escreveu enquanto observava a tristeza nos belos olhos azul-esverdeados da moça?

Quando Zelal foi transferida da terapia intensiva para um quarto normal, ela se deitou na cama virada para a parede, sem dizer nada. Eles não sabiam se era por raiva ou cansaço. De início, Mahmut também ficou quieto, para não cansar ou magoar sua amada. Mas as horas se passaram e ele não aguentava mais se refugiar no silêncio, fingindo que nada acontecera. Ele receava que Zelal tivesse perdido a memória, que não se lembrasse de nada. Estava apavorado, em pânico que ela não recordasse o amor apaixonado deles! E se ela não o reconhecesse, não se lembrasse daqueles dias de sonho? Ele falou com Zelal, mesmo que isso representasse uma agonia para ela. Ele lhe contou repetidas vezes tudo o que havia acontecido, na esperança de que ela se lembrasse. Mas Zelal não dizia nada. Será que ela entendera tudo? Ele não sabia. Ansioso e desesperado, ele perguntou aos médicos, que lhe disseram: "Será difícil para ela se recuperar do choque, mas ficará boa". No dia em que Ömer Eren veio fazer uma visita, a garota virou seu lindo rosto para a porta. Ela apontou para Ömer, que estava parado ali com um buquê de flores na mão, e perguntou com uma voz hostil:

— *Ew kî ye?* — Quem é ele?

— É o famoso escritor Ömer Eren. Ele está nos ajudando — disse Mahmut.

— *Çima?* — ela perguntou e depois repetiu em turco, para que o homem das flores também entendesse — Por quê?

Mahmut e Zelal olharam para Ömer e ele baixou os olhos. Todos ficaram em silêncio e imóveis. Por quê?

— É proibido ajudar o próximo?

O ar no quarto quente do hospital, cujas cortinas sintéticas de cor clara não impediam a passagem do sol, ficou mais pesado ainda com o silêncio.

— Bem, não... — responde Mahmut.

A garota virou a cabeça para o outro lado outra vez e não falou mais nada.

Ömer não desistiu. Ele tentou romper a carapaça da moça, a armadura que não deixava passar os sentimentos.

— Eu conheço a dor, sei o que é o desespero. As pessoas precisam umas das outras. Pode-se esperar tanto o bem quanto a maldade dos outros. Eu estava presente quando você foi baleada, estava esperando o ônibus. Eu devia ter entrado nele e ido embora? Você teria feito isso? Você estava sofrendo, eu quis ajudar a aliviar a sua dor.

"Seria só isso? Talvez eu não tivesse seguido essa gente e perdido o ônibus se não fosse a dor do meu filho e a lembrança horrível de Ulla, que veio lá do mar do Norte para ser morta em Istambul. Eu teria dado algum dinheiro ao rapaz, entrado no ônibus e tomado o meu caminho. Mas se o sofrimento de alguém, pelo qual você se sente responsável, feriu seu coração como se a dor fosse sua, você compreende o que é sofrer; você não tem como se afastar. Não fosse a dor do meu filho, eu não estaria parado ao pé da cama desta garota curda desconfiada, obstinada e zangada."

– Aconteceu com alguém muito próximo, alguém que era quase como um filho... Uma bomba explodiu perto de onde eles estavam passando, a esposa dele teve o corpo destroçado. Nem sequer encontraram todas as partes. Ela era estrangeira, veio de longe, deixou um filho pequeno.

– Disseram que facção foi? Alguém assumiu a responsabilidade?

A voz de Mahmut demonstra mais que preocupação. Ele está nervoso, ansioso.

– Que diferença faz? Foi uma dessas organizações armadas que alegam ser de esquerda. Um militante deles também morreu na explosão. Era uma mulher.

– Cheguei a temer que fosse um dos nossos!

Aproveitando a observação do rapaz, que escapou inadvertidamente, Ömer falou:

– Pode ter sido um dos seus. Pode até ter sido você. Quando se entra nisso, quando se procura a salvação pela violência, as armas se tornam a solução...

– Chega uma hora em que armas são a única solução. Se outros matam, não tem saída, você também mata. Se pisam em você, você se defende com armas.

Era a primeira vez que a garota falava tanto. Ömer não esperava essas palavras ou uma voz tão seca e dura naquele corpo esguio, naquele rosto pálido, suave, belo. Ele se surpreendeu e se decepcionou.

– Não se lava sangue com sangue – replicou ele sem muita força se dando conta de que estas palavras não eram dele. Ele fez um esforço para falar de modo que a garota entendesse – nós sempre "descemos" ao nível do povo! – e isso o deixou pouco à vontade. Uma tentativa artificial de empatia... A pretensão de falar na língua do outro em nome da correção política... Pior, sem realmente conhecer o outro lado ou receber uma resposta... O infindável e fútil esforço do intelectual turco ocidental...

– Se formos citar provérbios, também dizem que "o fogo queima onde cai". Não foi o seu filho que morreu, foi a estrangeira. Se tivessem matado o seu filho, você estaria ressentido, teria ido atrás deles, iria querer vingança.

– O nosso *Abi* escritor não guardaria rancor – falou Mahmut, tentando suavizar as palavras de Zelal. – O homem inteligente não pede sangue. Todas as mortes, todo o sangue por tantos anos... que diferença fizeram? Estamos aprisionados em nossos temores, nosso ódio. Nós nos matamos enquanto ouvimos as mesmas canções, algumas em turco, outras em curdo.

– Se quer mesmo ajudar, leve-nos para um lugar distante, onde ninguém nos encontre. Código de honra, organização, Estado, ninguém... Leve-nos até o mar – ela disse com uma voz rude e sem-cerimônia.

– Farei o que for possível. Mas primeiro você deve se recuperar para poder sair do hospital.

– O médico disse que ela deve ficar uns dez dias.

– Se me liberarem em dez dias, a coisa toda terá durado dezessete dias. Que dia é hoje?

– Quarta-feira.

– Então devo ter chegado na quinta-feira. Quer dizer que terei alta no domingo ou na segunda-feira, no máximo. Ainda falta bastante tempo.

Ömer contou nos dedos e ficou espantado. Sem parar para pensar ou calcular, a garota tinha dito corretamente o dia em que foi internada e quando sairia.

– Ela sempre faz cálculos rápidos de cabeça. É um dom de Deus – disse Mahmut com orgulho, rindo da cara espantada de

Ömer. – Peça para ela fazer alguma multiplicação ou divisão. Ela resolve na hora.

– Não quero cansá-la à toa. Quando as coisas melhorarem, podemos abrir uma lojinha para vocês, em algum balneário de verão. Zelal pode cuidar da contabilidade.

– Por que está fazendo tudo isso? Você não é da família, não é nosso amigo. Nem é curdo. Por quê? – perguntou novamente a moça, com a mesma voz cética e desconfiada.

Ele procurou algo para dizer, mas não conseguiu pensar em nada.

– Porque eu escrevo histórias. Talvez queira escrever a de vocês algum dia.

– Mesmo sendo um contador de histórias, pertence a outro mundo. Não pode escrever a nossa história. Você consegue entendê-la com a mente, mas não a sente no coração. Nem as crianças ouvem uma história que não venha do coração.

"Que garota estranha. Ela não tem a ingenuidade de Mahmut; pelo contrário, é esperta, firme, intransigente. Parece um gato bonito." Ömer Eren percebeu que passara da fase de sentir pena da moça e começara a sentir por ela um interesse estranho, respeito até.

– Talvez você tenha razão, Zelal. Você perguntou por que me preocupo com vocês. Tenho me feito a mesma pergunta desde a noite do tiroteio. Aquilo de ajudar as pessoas em dificuldades era verdade. Talvez meu principal objetivo seja escrever minha própria história, encontrar a minha palavra.

– Não seria melhor procurá-la na sua terra, entre sua própria gente?

"É verdade", pensou ele. "Talvez a moça não perceba a importância do que falou, mas esta pergunta precisa de uma resposta."

– Minha terra secou, minha gente mudou. Ou talvez eu tenha mudado. Eu me tornei um estranho para meu povo, para mim mesmo. Perdi minha história. Todo contador de histórias gosta de contar sua vida. Mas quando a fonte seca, você coloca suas esperanças em fontes novas para matar a sede. O que estou tentando dizer é: não se sinta obrigada a aceitar porque estou ajudando e também não fique desconfiada. Na verdade, estou fazendo tudo isso mais por mim do que por vocês.

– Já que é um contador de histórias, um guardião da palavra, por que não me conta uma história de fuga? Uma boa história com final feliz. Uma em que os amantes ficam juntos, os irmãos fazem as pazes, os fugitivos chegam ao seu destino em segurança, as crianças não são baleadas e mortas. Como será apenas uma história, não deixe ninguém ser injusto, ninguém oprimir ou matar...

Foi assim que Zelal falou, como se ela mesma contasse uma história ou recitasse um poema. Sua voz ficou mais suave, uma voz triste e cansada. Como se fosse a voz de uma criança pedindo para a mãe uma cantiga de ninar antes de dormir. Ömer ponderou sobre as palavras da moça. Ela o chamara de "guardião da palavra". Por incrível que pareça, esse era o título dado a Ömer; era conhecido assim entre os intelectuais. Como ela descobrira esse título? Que intuição era essa que vinha além da distância, da privação e chegava à sua mente e ao seu coração?

Ele e Elif eram os únicos que sabiam que o "guardião da palavra" não produzia um texto há muito tempo, que ele perdera as palavras. Elif lhe dissera sem piedade: "Quando você entrou no mundo dos *best-sellers*, rompeu com os sentimentos, com os recursos que o alimentavam. Quando seus leitores mudaram, o mesmo aconteceu com seus textos. Você está ocupado se exibindo para a sua plateia. É por isso que não consegue escrever o que quer". Subitamente, Ömer se encheu de esperança que Zelal lhe inspirasse alguma coisa mais terna, mais bonita, mais envolvente.

– Vou tentar escrever o conto que você quer – ele disse suavemente. Terá um final feliz, se possível. Sabe isso que você pergunta, por que estou interessado em vocês, por que estou tentando ajudar? Bom, é justamente por isso, para encontrar a palavra.

– Tinha uma velha na aldeia, uma contadora de histórias, que sabia se comunicar. Ela não contava apenas as histórias, ela usava palavras simples. Ela contava de maneira que pudéssemos passar as histórias para os outros. Eu era boa nisso. Ela gostava de mim, dizia que, um dia, eu ficaria no lugar dela. Então comecei a frequentar a escola e fui proibida de contar histórias na minha língua. O professor sempre contava histórias em turco. Eu aprendia rápido e consegui falar bem o turco. Mas perdi a língua dos contos antigos. Não conseguia mais contar histórias nem em turco nem em curdo. Tinha perdido a palavra. É por isso que me interesso tanto por números. Eles não têm idioma.

– Não foi exatamente como você, mas eu também perdi minha língua. Uma língua não consiste apenas de palavras. "A palavra" é mais do que a mera soma de palavras. Seja ela turca, curda, ou – sei lá – inglesa, francesa, árabe, tanto faz. Você pode conhecer todas as palavras e, mesmo assim, às vezes você estanca, não consegue expressar seus pensamentos. Sua "palavra" está gasta, vazia. Não basta ter o vocabulário. Você está certa, Zelal. Talvez não tenha captado a importância do que disse, mas é verdade.

O ânimo de Ömer melhorou; ele relaxou, abrandou. Talvez não houvesse necessidade de entrar em pânico. "Dizem que isso acontece com todo escritor. De repente você percebe que não consegue mais escrever. Algo similar à impotência temporária... O que será que me alimentava na época em que eu era feliz escrevendo e me satisfazia com meus escritos? Eu escrevia a nossa história. A história de homens e mulheres que queriam o mundo inteiro, que não se limitavam às próprias vidas, que acreditavam serem capazes de se superar, de mudar e criar um mundo melhor, mas que acabaram sendo derrotados. Eu escrevia sobre os pobres, os operários, os favelados, sobre aqueles que não precisavam ser heróis. Eu escrevia sobre a esperança de mudar o mundo, sobre a salvação. A nossa era uma geração que se nutria da esperança, cujos valores se baseavam na esperança. 'Você escreve tão bem sobre nós', um velho amigo dissera. Mas nós levamos a pior e tão poucos restaram que não há muita gente que queira ler sobre esses temas.

"Era verdade que eu escrevia bem sobre nós, mas, como disse meu amigo, éramos apenas um punhado de gente. Até nós estávamos cheios do nosso discurso grandioso que o mundo novo não queria ouvir, nossos grandes ideais fora de moda, nossa esmagadora salvação. Eu jamais rejeitei o meu passado, nunca o neguei, como algumas pessoas parecem pensar. Mas não fiquei preso a ele; eu busquei um caminho novo, uma abordagem renovada que tivesse sentido. Escrevi meu romance de transição, *O lado oposto*, que bateu recordes de venda e deu a maior trabalheira ao meu feliz e surpreso editor para produzir depressa edições extras. Eu não pensei nisso quando pus esse título, mas eu realmente passei para o lado oposto com aquele romance. Uma explosão no número de leitores, uma rápida ascensão em três semanas para o primeiro lugar dos mais vendidos, permanecendo nele durante meses... *O lado oposto* era um livro no qual eu usei todos os clichês nos quais eu me tornara especialista. Com a audácia do profissionalismo, eu me lancei em experimentos ousados na forma e estrutura. Também era um romance que eu imediatamente chamaria de 'insípido e superficial' se eu fosse um crítico. Eu despejei tudo o que eu tinha guardado, exaurindo inadvertidamente tudo o que eu possuía. Eu aprendera as regras do mercado e o gosto dos leitores. Depois, sem pensar muito, vieram romances semelhantes, um atrás do outro. Eu aumentei a dose de amor e acrescentei um pouco de suspense, mistério e misticismo. Vendi bastante. Quanto mais rotineiro meu trabalho se tornava, mais eu me aperfeiçoava em enfeitar ideias vazias com frases exibicionistas; quanto mais eu me distanciava de assuntos importantes e situações humanas reais sobre as quais ninguém queria ler, mais meus livros vendiam. Eu consumi minhas reservas, esgotei meu mundo interior: amor, fé, esperança, o homem... toda a riqueza interna que nos conduz à palavra verdadeira... Quando eu esgotei meu mundo interior, a palavra também se esgotou. Mas a palavra era tudo o que eu tinha. Agora estou totalmente vazio por dentro."

– Se você quer encontrar a palavra e a está procurando em nossos passos – disse Mahmut –, busque-a na origem, *hocam*. Não tem como alcançar a palavra certa de longe. Precisa ouvir a voz, precisa escutar para poder transformá-la na palavra.

Depois que eles saíram do quarto e estavam sozinhos no corredor, Ömer deu a Mahmut vários números de telefone para ele ligar no caso de uma emergência, o endereço de um lugar onde eles podiam ficar enquanto Zelal se recuperava – uma *villa* em Seyranbağları, cujo dono era um velho amigo que a usava como *garçonnière*, mas por estar morando no exterior não a usava muito – e um cartão de débito de uma conta que ele abrira para o casal no nome dele, só por via das dúvidas. Em troca, ele pediu só uma coisa para o rapaz:

– Espere por mim. Não tome decisão alguma antes da minha volta. Deixe Zelal sarar, reencontre seu equilíbrio. Depois você pode pensar, ou nós podemos pensar, com a cabeça fria. Qualquer coisa que eu diga agora, ou você, será inútil. Espere, está bem? Não vou demorar.

Ele falou isso com afeto, no tom de voz sincero que ele usava quando falava com o filho, Deniz. Ele acrescentou para si mesmo: "Voltarei quando encontrar a palavra".

Mahmut assentiu com a cabeça e manteve silêncio. Ele não prometeu nada, mas não disse "não".

E Ömer deu início à sua jornada. O caminho era somente uma intenção vaga, um desejo incerto poucos dias antes quando ele dissera a Elif "vou para o leste". Com as palavras de Mahmut "deve ouvir a voz para transaformá-la na palavra", tomar a estrada tornou-se um destino inevitável, uma aventura fantástica para encontrar a palavra perdida.

...NOS DEIXANDO COM NOSSAS NEVES, NOSSOS CHOUPOS E NOSSOS CORVOS

Ao perambular pelas ruas do povoado – "a cidade', como dizia Mahmut –, ele tentou colocar em palavras os pensamentos que oprimiam seu espírito e seu coração. As palavras que eram tudo para ele e que ele havia dilapidado e perdido em outro mundo agora ele procurava neste lugar cercado de colinas nuas, cujas casas pobres e suas fachadas ainda crivadas dos impactos de bala há anos não eram tocadas, onde o ar é carregado de pólen de choupo que gruda nos cabelos e entra pelas orelhas, onde corvos enormes, empoleirados nos galhos, mergulham sobre a cabeça dos passantes num concerto sinistro de grasnados.

Ele sente que, se foi até lá, não foi por desejar compartilhar a sorte de duas crianças pegas pela tormenta, pelo gosto da aventura, por humanismo ou por engajamento intelectual... foi por outro objetivo que ele é incapaz de formular claramente. Seria para fugir de sua própria terra que já não é irrigada por nenhuma fonte, para dar um rumo novo à sua vida nesses campos rebeldes que os rios fazem verdejar? Será por que ele vê o próprio filho fugitivo no espelho dos dois jovens em fuga? Ele busca a palavra ou Deniz, o filho perdido?

"Se você não ouvir a voz dentro do seu coração, nada restará a falar", Zelal dissera. Ela tinha razão. Quanto mais seu coração se atrofia pela cacofonia de um coro arrogante, egoísta e cruel, menos é capaz de perceber a voz humana. Se a palavra não reflete a voz e o grito dos homens, ela está condenada a permanecer vazia e oca. Como as últimas coisas que você escreveu... Ou você se cala definitivamente, incapaz de escrever, como é o caso atual...

Mas por que buscar a palavra nessas paragens? Como a voz que emana desse universo de ruínas e desolação poderia ser transformada em palavra? Ele não sabe. Mas ele precisa tentar, se não quiser se ver reduzido ao mutismo.

Ele deve reunir coragem e tentar.

O endereço que Mahmut tinha escrito num pedaço de papel – Bairro República, 17 – não indicava o nome da rua. Ele deve ter se esquecido de anotar ou quem sabe isso é inútil por aqui. A artéria principal – avenida da Bandeira – que corta a cidade de um lado a outro, termina numa pequena praça, no centro da qual se ergue o busto cinzento de Atatürk sobre uma base de cimento: a praça da República. A estátua está cercada de arame farpado e por um canteiro irregular de margaridas, algumas mortas, outras murchas... Em pleno meio-dia, neste dia quente no fim de junho, a praça está calma, quase deserta. As lojas ao seu redor estão fechadas. Só as portas e janelas de um prédio mal conservado, cuja placa indica Cybercafé, estão abertas.

Ele entra. Diversos adolescentes jogam nos computadores, se provocando e xingando uns aos outros.

– Oi, pessoal – cumprimenta ele. – O bairro República é por aqui?

– É aqui mesmo, tudo ao redor da praça da Obrigação. Que lugar procura, exatamente?

– O número 17, mas não sei qual rua.
Ele dá o nome escrito no papel, o do pai de Mahmut.
– Meu irmão mais velho deve conhecer, ele está chegando. Você é do governo? Quem o mandou?
– Eu não sou do governo. Tenho um parente aqui. Aproveitei que estava por essas bandas para lhe fazer uma visita.
Os meninos lançam um olhar desconfiado para ele.
– Você não é um de nós. O que quer? Por que seu caminho passaria por aqui?
– E por que não? O país não é seu e meu?
– É minha terra, mas para você é uma colônia.
Diante de outro computador, um rapaz mais velho e corpulento interrompe:
– Fique quieto! Vejamos o que o senhor quer. Vamos esperar meu irmão, ele não deve demorar.
– As lojas estão fechadas e não tem nem um gato nas ruas. Por acaso é feriado?
– Hoje as pessoas baixaram as portas de ferro. Além do mais, é sexta-feira. Alguns foram à mesquita, outros aproveitaram o pretexto de ser sexta-feira para que não pensem que estão participando do movimento.
– E por que baixaram as portas?
– Porque tem muita violência, tem um monte de mortos e atentados à bomba. A ordem para baixar as portas veio das montanhas.
– Mas então por que este lugar não fechou?
– Porque não é loja. Fica o tempo todo aberto. É aqui que todo mundo sabe o que deve fazer.
– Já mandei ficar quieto! – interpõe o garoto mais velho. – É melhor falar com o nosso irmão, *abi*.
Um rapaz aparece na soleira.
– Pronto, ele chegou. Pergunte a ele o que quer saber.

O recém-chegado olha para o estranho franzindo o cenho com suspeita e ar desafiador.
– Selam!
– *Aleykümselâm* – responde o irmão, com olhar hostil e interrogador.
– Procuro uma pessoa – diz Ömer, decidindo abrir o jogo. – Devo transmitir a essa pessoa os cumprimentos de um parente e boas-novas sobre sua saúde. Bairro República, número 17. Hüseyin Bozlak.
O jovem examina o estranho com desconfiança. Ele não usa óculos, mas dá a impressão de olhar por baixo deles.
– Que parente? Onde você o viu, como o encontrou?
– É o filho dele, eu o conheci no hospital.
Se até aí suas respostas foram verdadeiras, melhor seria dali em diante modificar um pouco os fatos.
– Ele estava ferido, foi levado para o hospital e foi ali que nos conhecemos. Ele me pediu para vir procurar seus pais para dizer que ele está bem.
– Você é médico?
– Não, sou escritor. Eu tinha ido ver um amigo médico que trabalha nesse hospital.
O rapaz continua com o mesmo olhar fixo e agressivo.
– Segundo as últimas notícias, o filho dele estava nas montanhas.
– Isso eu não sei. Só sei que o rapaz que encontrei no hospital me deu este endereço. Posso ver que desconfia de mim. Talvez meu nome signifique alguma coisa. Ele aparecia de tempos em tempos nos jornais e na televisão. Enfim, isso não é muito importante, mas eu dizia que quem sabe ouviu falar de mim...
– Como se chama?
– Ömer Eren.

O garoto fica pensando, com o polegar e o indicador apoiados na têmpora.

– Ah, você falou uma vez no nosso canal... Disse que o curdo deveria ser permitido, que nossa língua nativa deve ser ensinada.

"Eu realmente disse isso? Nós, intelectuais, fazemos declarações desse gênero, por retidão política e para ficarmos em paz conosco mesmos. Logo em seguida as esquecemos." Ele não se lembra de ter sido entrevistado pela rede que o rapaz chama de "nosso canal". "Mas pode ter sido a reprise de um programa transmitido por outra rede. É melhor não entrar em detalhes e não correr o risco de decepcioná-lo. O essencial é ganhar a confiança do rapaz."

– Eu não me lembro onde, mas eu disse isso mesmo. Porque é a verdade.

O rapaz parece emergir por trás de suas inquietações e suspeitas. Seu rosto se ilumina. Seus traços têm algo do semblante de Mahmut, um Mahmut feliz e sorridente.

– Por que não disse antes, *abi*? Ömer Eren! Mas é claro. Eu deveria ter reconhecido você!

Com certeza não é do escritor que o jovem se lembra, mas de alguém que defendeu sua língua e seus direitos num canal de televisão que ele chama de "nosso". Ele quer acreditar que o homem na sua frente é um amigo.

– Eu vou acompanhá-lo até a casa do tio Hüseyin. Um dos filhos dele morreu nas montanhas, nem sequer lhe entregaram o cadáver. E ele não cansa de se preocupar com o segundo. Que bom que veio trazer notícias boas sobre a saúde dele.

O coração de Ömer pesa como chumbo: ele não sabe se realmente é o mensageiro de boas-novas.

Eles saem para a rua. Dessa vez, ele olha ao redor com mais atenção. As lojas estão isoladas pelas portas de ferro e aquelas que não as têm parecem totalmente inanimadas. Papéis e sacos plásticos voam ao redor do busto de Atatürk no centro da praça, os corvos pousam no chão e alçam voo, criando uma sensação de abandono e tristeza...

– Por que os jovens chamam a praça de Obrigação?

– Porque não existe outro lugar para ir. Não tem outra avenida, não tem cinema, não tem parque de diversão... Antigamente vinham acrobatas, homens com pernas de pau, malabaristas e mágicos. Meu pai me contou que uma vez veio até uma sereia. Depois que a guerra começou ninguém mais veio. As crianças, os jovens, os desempregados, todo mundo se reúne aqui. É por isso que é chamada de praça da Obrigação. Quando eles têm alguma grana no bolso, passam um tempo na *lan house* ou ficam andando à toa ao redor da estátua.

– Quantos anos você tem?

– Vinte e dois. Fiz o serviço militar em Usak. Eu não fui para a montanha, me alistei no exército. Todo mundo nos culpou, a meu pai e a mim. Mas não disseram nada, por medo. Eu me alistei no exército, mas, francamente, se fosse refazer as coisas... Eu apanhei muito. Sabe, *abi*, nós somos fortes demais no manejo de armas. Veja os meus dedos.

Três dedos da mão direita dele estão curvados para dentro, inertes.

– Isso aconteceu por usar arma?

– Não, foi para eu não usar mais. Durante o treinamento de tiro, um sargento percebeu que eu nunca errava o alvo; ele meteu na cabeça que eu tinha aprendido a atirar nas montanhas, com os bandidos separatistas... Eu cansei de repetir que nunca tinha pisado lá, mas ele não acreditava. Um dia, ele estava bem irritado e queria porque queria que eu abrisse a boca. "Por que não confessa de uma vez?" Por pouco eu não disse que era um veterano da guerrilha, quase confessei o que não era verdade.

Mas fiquei com medo que me jogassem na prisão ou me acusassem de pertencer a uma facção. Eu continuei a sustentar que jamais tinha ido para as montanhas ou pertencido à guerrilha... Então, ele enfiou uma barra de ferro entre os meus dedos e bateu, bateu... Eu desmaiei de dor. Nunca mais recuperei o movimento dos dedos.

– Você não pode mais usar armas?

O garoto sorri, com ar maroto e ingênuo.

– Eu me viro bem com a outra mão. Se você tem coragem e boa visão, também consegue atirar no alvo com a mão esquerda. No campo de tiro do quartel está escrito: "mire, atire, orgulhe-se". Graças a Deus eu não fiz feio!

Atravessando as ruas empoeiradas, passando por casas térreas feitas de barro, prédios deprimentes de dois ou três andares com fachadas sem reboco, lojas vazias e vitrines quebradas, eles chegam a uma esplanada de terra batida rodeada de lixo acumulado.

– É aqui – ele diz mostrando uma casa caiada de azul. Depois, bate na porta de madeira: "Você tem visita, tio Hüseyin!"

O homem moreno de moletom azul e camiseta branca, que aparece à porta, se parece muito com Mahmut. Ömer o tinha imaginado bem mais velho, encurvado e decrépito. Ele não esperava se ver cara a cara com um quinquagenário tão robusto e vigoroso.

– Este senhor trouxe notícias do seu filho. Ele é escritor, é dos nossos.

Ömer sente uma fisgada no coração diante da candura do rapaz, tão desafiador e desconfiado quinze minutos atrás. Defender com meias palavras, com prudência e circunspecção, o direito de aprender uma língua materna em um programa televisivo fora suficiente para ganhar sua confiança e amizade. A inocência ainda preservada, apesar de tanto sangue...

– Seja bem-vindo – diz o homem, um pouco tenso.

Ele traz duas cadeiras de plástico e as coloca uma de cada lado da mesa coberta com uma toalha florida. O garoto que serviu de guia para Ömer senta à soleira da porta. Uma menina de cabelos pretos com uma túnica comprida passeia ao redor deles.

– Minha neta. Lembrança do mais velho. Mahmut é o caçula.

Sua voz e a maneira de falar lembram Mahmut.

"O que posso lhe dizer? Como explicar para ele o motivo da minha vinda?"

– Eu me chamo Ömer, Ömer Eren. Eu conheci Mahmut por acaso, em Ancara. Ele está bem. Eu tinha negócios a tratar na região e ele me pediu para lhe fazer uma visita, caso eu passasse por aqui. Ele disse para vocês não se preocuparem. Ele me contou um pouco sobre a saída de vocês da aldeia e os sacrifícios que fizeram para que ele pudesse estudar e se tornar um homem de bem.

Ömer percebe que suas palavras são secas, artificiais. "Essas palavras não vão abrir nenhuma porta, não vão alcançar ninguém, não vão revelar a verdade oculta, não vão tirar a palavra das profundezas nas quais ela está perdida."

A fim de ganhar um pouco de tempo, mais para seu interlocutor do que para si mesmo, o homem fala em curdo com a menina. Pelo que Ömer entende, ele pede para ela trazer chá. A menina desaparece correndo no interior da casa. Após alguns minutos, ela volta com uma garrafa de plástico com flores artificiais amarelas, vermelhas e verdes dentro. Ela põe o triste vaso no meio da mesa e fala algumas palavras em curdo. Seus olhos brilham. Seu olhar é límpido, vivo.

– Ela diz que as flores são para o senhor e que ela gosta muito do senhor "traduz o homem. "Desde que o pai dela se foi, sempre que um estranho entra em casa, é assim, ela não se contém.

Eles se calam de novo. O rapaz rompe o silêncio.

– Ela não fala turco. Nenhum de nós falava antes de ir para a escola. Depois aprendemos de tanto apanhar. E ficamos zangados com nossas mães por elas não falarem turco, por não serem turcas. Os professores proíbem o curdo. Ficamos mudos até que enfiamos o turco dentro da cabeça.

Com a fronte coberta pelo *besibiryerde*[15], a cabeça sob um lenço branco por onde descem as mechas do cabelo preto até os ombros, uma mulher jovem e alta traz o chá em uma bandeja de cobre. Ela diz alguma coisa para a menina sentada no colo de Ömer. Com certeza lhe diz para deixá-lo em paz. Deixando a bandeja sobre a mesa, sai arrastando no chão a longa saia multicolorida. Faz calor, a brisa balança as folhas das árvores, dispersando o pólen no ar. Os corvos não param de voar, emitindo sons horripilantes.

– Nossa árvore é o choupo – diz o homem. – Nenhuma outra cresce por aqui. E, mesmo que crescessem, não saberíamos cultivá-las. As nossas árvores são os choupos e nossos pássaros são os corvos. Não se veem outras espécies por aqui. E também temos a neve do inverno, que cobre o chão sete ou oito meses. Nesse período, todas as estradas ficam fechadas. Não dá para sair da vila, nem que alguém esteja gravemente doente...

Do lugar onde está sentado, Ömer contempla as colinas cinzentas e nuas que aparecem no horizonte. São colinas suaves que ondulam até se perder de vista, cheias de uma estranha sedução, muito diferentes das montanhas impressionantes e majestosas, de flancos escarpados, que ele vira ao longo do trajeto.

– São muito bonitas essas colinas, mas elas devem ser áridas, não é?

---

15 Adereço tradicional feito de cinco moedas de ouro que as mulheres casadas usam. (N. T.)

– São as nossas montanhas queimadas – responde o homem com uma voz resignada, destituída de raiva.

"Mas que idiota eu sou! Como não pensei nisso, como não me lembrei? É daí que vem a famosa expressão 'o fogo abraça tudo o que toca'. Tanta coisa já foi dita e escrita em diversas ocasiões sobre esses incêndios devastadores. Mas nós nos esquecemos, eu me esqueci. Os incêndios que assolaram aldeias, florestas e montanhas não passaram de meras palavras para nós, não chegaram até a profundeza de nosso coração e de nosso cérebro. Nada disso abalou nossa consciência para que passasse do estágio de uma ideia, de uma postura política, de simples reação." Ömer Eren sente um arrepio estranho até a raiz dos cabelos. A menina volta com flores de verdade desta vez, margaridas de caules finos e folhas amassadas, murchas antes mesmo de florescer por completo. Sem saber se exprimir na língua dele, ela tenta lhe falar com os olhos. O olhar pesado por todas as nostalgias, todas as esperanças da infância, ela estende as pobres flores ao estranho.

As montanhas queimadas a distância, as flores artificiais sobre a toalha de plástico, as margaridas pendentes na mão da menina, um sentimento paternal desconhecido no coração de Ömer, o trecho de terra batida que se estende diante da casa – "deve ser onde os jovens jogam bola" –, os choupos isolados e os corvos que gritam... Nele, a tristeza cada vez mais pesada à medida que contém as palavras, a vergonha – "vergonha de quê?" –, que enche seus olhos de lágrimas, um sentimento de impotência e revolta. Ele pega a menina no colo.

– Mas que menina bonita! Como se diz "obrigado" em curdo?

– *Spas dikim* – responde o pai de Mahmut.

– *Spas dikim* – repete Ömer, acariciando o cabelo da criança.

Ela ri. Depois, cantarolando uma canção, desce do seu colo e entra correndo em casa.

Aproveitando o momento, o rapaz que acompanhara Ömer inicia sem muita convicção um discurso meio gasto de tanto ser repetido:

– Se nossos intelectuais e a mídia se dessem ao trabalho de vir até nós, eles poderiam nos conhecer melhor, poderiam explicar que não somos gente "sem honra", como dizem, que não somos terroristas nem separatistas. Nós somos curdos, somos seres humanos, simplesmente reivindicamos nosso idioma e nossa identidade. Queremos viver da mesma maneira que se vive no Ocidente.

Ele se detém um momento, incerto do impacto de suas palavras. Querendo chegar logo ao fundo de sua ideia, continua:

– Estas terras... esta área geográfica não é apenas sinônimo de morte, de minas e de confrontos. Aqui tem um monte de cavernas para visitar, sítios históricos de dez mil anos. Seria ótimo se o turismo se desenvolvesse.

O pai de Mahmut guarda silêncio. Ömer o imita, os olhos fixos nos dedos quebrados do jovem. Sítios históricos de dez mil anos, cavernas turísticas, montanhas de desejos e insatisfações, a angústia do garoto, a indigência de sonhos... tudo isso lhe faz mal. Os dois homens emudecem. O chá é um pretexto para o silêncio.

Depois de um tempo, Hüseyin Bozlak retoma a palavra, a voz abatida sob o peso das palavras que pronuncia:

– Eu perdi um filho nas montanhas; o pai da menina. Agora, você vem me trazer notícias do caçula. Diz que ele está bem. Tomara. Você sabe o que é perder um filho?

O sotaque oriental e a entonação gutural de Mahmut quando ele dá vazão à cólera e às emoções são iguais na voz de seu pai.

– Deus é testemunha que eu nunca quis que nenhum deles fosse da resistência. Sempre os estimulei a que estudassem. Por aqui, alguns têm o Estado como inimigo e mandam os filhos combater nas montanhas. Eu sempre recusei que meus rapazes considerassem quem quer que fosse – turco, árabe ou armênio – como inimigo. Aquele que você tratar como tal fará o mesmo com você. Eu sempre desejei que meus filhos levassem uma vida digna, que formassem uma família, tivessem um ganha-pão e fossem felizes. Você sabe o que é perder um filho? Que grande causa pode ser mais sublime que a vida? Que guerra tem mais importância que uma criança? Eu já perdi um filho, terei de perder o outro também? Ssabe mesmo o que é perder um filho?

– Eu sei – deixa escapar Ömer.

Com estas palavras pronunciadas involuntariamente, talvez ele quisesse dizer que, se foi até lá, foi justamente para partilhar desse sofrimento com alguém na mesma situação, para se libertar desse fardo.

– Eu sei. Eu tinha um filho. Ele não morreu, mas eu o perdi. Não é apenas nas montanhas e nas guerras que as crianças desaparecem. O meu capitulou diante do estado do mundo, de si mesmo. Eu gostaria que ele conquistasse suas próprias montanhas, que me superasse. Eu queria que ele se tornasse soldado da minha guerra e retomasse os meus valores. Queria que ele se engajasse em vez de vegetar, que lutasse por suas convicções, que tivesse a coragem de morrer se precisasse.

Dando-se conta da dureza de suas palavras desprovidas de qualquer afeição, ele se interrompe. Inofensivos e ainda inocentes enquanto estão no santuário da mente, os pensamentos se tornam um crime quando se encarnam em palavras. Ele é tomado pelo pânico: "O que estou dizendo? Que preferia que Deniz estivesse morto? É isso que estou dizendo? Como pais aflitos no enterro de mártires da pátria: 'Eu ainda tenho um filho, que ele se sacrifique também por seu país'. Qual a diferença entre minhas palavras e essas declarações, esta mentalidade que gela o sangue?"

– Nossos filhos não são nossos espelhos para refletir nossos valores, senhor Ömer. Não há valor ou vitória que valha a vida de um filho.

Ömer percebe um traço de reprovação e de pena na voz do velho; ele sente vergonha do que disse. E se surpreende por ouvir isso da boca deste homem que, pela aparência, consideraríamos um pobre e ignorante camponês curdo. Difícil imaginar que ele possa se expressar assim, pois somos nós que temos o monopólio das grandes ideias! "Nossos filhos não são nossos espelhos para refletir nossos valores..." "Eu é que deveria pronunciar ou escrever tal frase, não são palavras à altura do pai de Mahmut, evidentemente. 'Que grande causa pode ser mais sublime que a vida?' Formulada por Hüseyin Bozlak, esta pergunta que deveria ser minha soa estranhamente aos meus ouvidos. Porque a palavra foi concedida a nós juntamente com o pensamento, é nisso que queremos acreditar."

– Qual vida tem mais valor, é superior às outras, qual vida é mais heroica?... Nós não sabemos nada. Tanto que seu filho não morreu, senhor Ömer – continua o pai de Mahmut como se lesse os pensamentos dele.

Eles conversam assim por horas, diante da porta dessa pobre moradia caiada de azul, sob um sol de chumbo que a sombra das árvores não consegue proteger. Refletindo sobre a ocasião, Ömer não se recorda de algum dia ter abordado tão aberta e sinceramente tantas questões pessoais e íntimas com um homem que via pela primeira vez. "Eu jamais falei de Deniz com alguém; nem com minha mulher consegui partilhar a dor que oprime nossos corações. A quem fizesse perguntas, eu respondia elusivamente: 'Ele está bem, decidiu morar no exterior, o danado!' Depois de um tempo, eu declarei meu filho como perdido, tinha muito medo de fazer confidências sobre minha dor. 'Os homens não se abrem com ninguém sobre seus problemas, nem com os melhores amigos', dizia Elif. 'Porque o sofrimento para eles é um defeito. Eles fazem tudo para jamais mostrar suas falhas. Os homens não confiam seus problemas a ninguém, pois ter problemas, aos olhos deles, é se rebaixar.' E aqui estou eu dizendo a este homem coisas que nunca falei nem à minha mulher. Porque eu sei que tudo o que eu disser ele guardará para si, levará com ele para o túmulo; nada tenho a temer dele, nem desdém nem desprezo; porque continuo sendo superior; eu não deixaria escapar uma palavra sobre meus fracassos com meus iguais, mas com ele eu posso compartilhá-los sem receios. Droga! Não passo de um canalha!"

No decorrer da conversa, ele se admira que o homem se expresse tão bem e tão claramente. As comparações que ele faz são simples, mas apropriadas, suas metáforas são pertinentes, suas frases são breves e diretas. Ömer se recorda de seus olhos lacrimejantes enquanto falava dos filhos, seu olhar ansioso quando perguntou pela enésima vez sobre Mahmut, o timbre vibrante de sua voz quando declarou: "A paz virá quando tivermos renunciado à ideia errada de que cada turco nasce soldado e cada curdo, guerrilheiro". E o tom quase suplicante quando acrescentou: "Se o vir novamente, diga a Mahmut para ir para a cidade grande, se puder, ajude-o, na medida do possível, a encontrar trabalho e a levar uma vida digna. Diga-lhe que são os últimos desejos do pai dele". E sua doce exortação: "Não que eu queira ensiná-lo, mas não sacrifique seu filho, não renuncie a ele usando o pretexto de que ele optou pela vida. O mundo está coberto de sangue e destruição. Nós não somos Abraão, que diabo, para sacrificar nossos filhos...". Ömer se lembra de como ele o olhara longamente, segurando suas mãos, pouco antes de entrar no ônibus na praça da República... E as palavras de despedida tingidas de reprovação que ficariam gravadas para sempre em sua cabeça: "Agora você parte... nos deixando com nossas neves, nossos choupos e nossos corvos".

O vazio gerado pela partida do estranho que viera trazer notícias do filho, a solidão que emana das últimas palavras do homem caem como um véu de bruma sobre a aldeia. Se a neve ainda demora, restam as árvores e os corvos, símbolos vivos do afastamento e da alienação. Pela janela do ônibus, vendo Hüseyin Bozlak dar adeus uma última vez, a mão direita respeitosamente pousada sobre o coração, Ömer crê adivinhar as razões que o conduziram até ali, o que está buscando, para onde os caminhos o estão levando. Ele compreende de súbito que seu périplo não termina aqui. "A voz que ressuscitará a palavra ainda não passa de um sussurro... eu ainda não ouvi o coro..." Para isso, ele precisa continuar para o leste, a leste do leste, onde a voz é um grito, onde ela é irresistivelmente atraente, como o canto das sereias seduzindo marinheiros.

*

Ömer continuou seu caminho, deixando para trás o pai de Mahmut, a menina que abraçava os joelhos de todo estranho na esperança de encontrar o pai, a aldeia que só deixava transparecer a melancolia para dissimular sua cólera; os corvos, os choupos e a neve que desaparecia na primavera, mas permanecia no coração. Ele prosseguiu a excitante viagem que o levaria a leste do Oriente, aos confins dos territórios interiores desconhecidos e ao limiar de uma nova partida. Um périplo que ele ignorava aonde iria dar e quando iria terminar, mas ele pressentia que, uma vez chegado ao seu destino – se é que chegaria –, ele não seria mais como era antes.

"Um só país, uma só bandeira, uma só língua." A inscrição aparecia no único acesso que levava à cidade, rodeada por um cinturão de montanhas, rochedos, tiros de advertência, comandos, medo e revolta. As palavras de Mahmut lhe vieram à cabeça: "Eu não sei se estou num sonho ou pesadelo. Na batalha, você mantém os pés no chão. Você atira, outros atiram. Ou, depois de algum tempo, o que eu vi não parece ter ligação com a realidade. Desde que resvalei colina abaixo e encontrei Zelal, desde que ela foi ferida pela maldita bala perdida e Hevi morreu antes de nascer, desde que você nos caiu do céu, nada mais é real. Você disse que é um contador de histórias, lembra? Pois bem, tem dias que eu passo o tempo me perguntando se tudo isso não será um conto, um sonho ou pura alucinação. Como vai acabar essa história? Estou com medo."

"Eu também não imagino como vai terminar esta história", pensa Ömer Eren, enquanto o ônibus velho, resfolegando pelo esforço de tantas paradas forçadas, passa pela entrada da cidade. Longe de gerar inquietude, essa ideia o agrada e deixa seu coração leve. Pouco importa aonde seus passos o conduzirão. Nesta cidade onde jamais pisara, e talvez servindo de mensageiro do destino, ele precisa procurar uma pessoa, uma farmacêutica cujo nome ele só se lembra ao olhar suas anotações, a fim de lhe confiar a guarda de uma garota desconhecida em caso de necessidade – que certamente surgirá – e passar as recomendações de um rapaz que a farmacêutica provavelmente não conhece.

A cidade está encastelada em um vale profundo, entre montanhas altas atrás das quais o sol desce rapidamente, mesmo nos dias mais longos do ano, dando passagem precoce ao crepúsculo. Ele se recorda de um lugar semelhante nas montanhas da Macedônia; ou seria no Tibete? O mesmo frescor tomando o lugar do calor tórrido do dia, a mesma cor lilás, o mesmo jogo de sombra e luz. Descendo do coletivo, valise na mão, ele pergunta ao motorista onde pode encontrar um hotel.

– Eu poderia lhe indicar mais de um – se gaba o motorista –, eles ficam um ao lado do outro. Visto que estamos num lugar de passagem, perto da fronteira, hospedagem é coisa que não falta.

Vá por ali, pegue a avenida e continue à direita. De qualquer modo, só tem uma avenida, não tem erro. Vai ver os hotéis de longe. Parece que o Yildiz é muito bom, é nele que ficam todos os estrangeiros.

Ele sente pelas costas o olhar curioso e desconfiado do motorista, pelo menos é assim que ele imagina. Será que primeiro ele deve procurar a Farmácia Hayat ou um quarto de hotel? Na rua ladeada de choupos, ele avança com passos indecisos em meio ao farfalhar das folhas e dos gritos dos corvos.

O Hotel Yildiz está bem à frente, no início do centro da cidade. Igual a todos os hotéis do interior. Ele passa pela porta dourada de ferro fundido e vê sofás velhos de couro cor de vinho, cortinas compridas da mesma cor, um estranho odor melado de *kebab*, mofo e fumaça. À esquerda da entrada, um canto revestido de lambris com uma placa: Recepção. Sobre o balcão, em um vaso de muito mau gosto, um buquê de rosas artificiais de um vermelho e um amarelo gritantes. Com o braço apoiado no balcão, ele espera que alguém venha atendê-lo. A espera se prolonga, ele toca a campainha. Um velho aparece na soleira da porta do fundo.

– Pois não?

– Tem quartos individuais?

– Sim, para quantas noites?

Boa pergunta! A bem dizer, eu não tenho a mínima ideia.

– Vai depender dos meus compromissos. Várias noites, provavelmente.

O homem lhe estende uma ficha grande.

– Por favor, preencha a ficha. Eles fazem um bocado de perguntas. Tem de responder com exatidão cada uma. E escrever também o número da sua carteira de identidade. Tem de deixá-la aqui, eu enviarei as informações para o posto de comando.

– Mas qual é a relação com eles?

– É obrigatório para todos os estrangeiros.
– Mas eu sou cidadão turco, não sou estrangeiro!
– Não foi isso que eu quis dizer. Eu quis dizer os que chegam do exterior, aqueles que não são da região. Aqui, todo mundo é estrangeiro.

"Melhor teria sido passar primeiro pelo posto de comando, pela prefeitura ou sei lá onde, para me apresentar e informar que estou trabalhando em um romance novo. Eles teriam facilitado as coisas."

Só para contrariar, Ömer estende a carteira de habilitação e não a de identidade. O velho a devolve com ar de enfado:

– Para mim dá na mesma, mas o comando exige a identidade.

Qual a necessidade de criar dificuldades ao homem? Quem não tem cão caça com gato. Ele entrega a carteira de identidade.

– A Farmácia Hayat fica perto daqui? – ele pergunta enquanto preenche a ficha.

– É pertinho. Fica à esquerda, na outra calçada. Dá até para vê-la da porta, fica bem ao lado da entrada do mercado. Assim que chegam, os estrangeiros perguntam pela Farmácia Hayat.

Ele sente na voz do homem um tom amistoso e aliviado.

– Por quê?

– A *abla*[16] Jiyan sabe falar com os estrangeiros e conhece bem a região, ela fala um pouco de inglês. É a única mulher que tem uma farmácia na cidade. Todos a respeitam e têm afeto por ela.

"Deve ser uma moça saída de um lugarejo que subiu na vida depois de estudar e abrir a farmácia", pensa Ömer. "Uma dessas mulheres que se acham muito sabidas e que metem o nariz em tudo. E é de um grande clã curdo. Todos os europeus

---

16 *Abla*: irmã, equivalente ao termo *abi* usado para os homens. (N. T.)

engajados na causa curda e membros dessa ou daquela organização forçosamente vão até ela."

Por um instante, antes de ir à farmácia, ele pensa em dar uma volta pela cidade e passar no posto militar e na prefeitura. Com certeza vai encontrar alguém que saiba quem é Ömer Eren. "Vou explicar que estou escrevendo um livro novo e que vim me impregnar da atmosfera local. Ninguém vai duvidar da minha palavra. Além do mais, é verdade. Não vejo motivo para desconfiarem de mim. Isso foi antes, há vinte e cinco ou trinta anos. Nós éramos revolucionários, éramos comunistas na época! Agora eu sou Ömer Eren, o célebre escritor. O luminar do sistema, autor de *best-sellers*, antagonista e trânsfuga na dose certa... Quem é esse filho da puta que escreveu essas sujeiras sobre mim? Elif daria pulos de raiva se me ouvisse dizer 'filho da puta'. 'Você finge ser feminista e defender os direitos da mulher, mas seus xingamentos se baseiam na degradação feminina.' Será que ela tem razão? E o filho da puta que me tachou de 'antagonista e trânsfuga na dose certa', terá razão também?"

– Venha comigo, senhor. Vou lhe mostrar seu quarto – diz o velho pegando a valise.

Eles sobem a escada coberta por uma passadeira gasta e param no segundo andar. Quarto número 204. "Como se o hotel tivesse duas centenas de quartos", pensa Ömer. "É sempre assim, acreditam que o prestígio aumenta à razão dos números."

Reina um calor sufocante dentro do quarto.

– Tem ar refrigerado – diz o homem.

De fato, tem mesmo, mas, a despeito de todos os esforços louváveis – e desesperados – do hoteleiro, o aparelho não funciona. Ele puxa a cortina e abre a janela com vista para um depósito de madeira, nos fundos do prédio. Veem-se casas de tijolos à vista e telhados planos, alinhadas lado a lado como se fossem caveiras, algumas árvores isoladas, pássaros silenciosos pousados nos galhos e, no fundo, as montanhas com cumes nevados mesmo em pleno verão, tão perto que quase poderiam ser tocados com a mão. "Agora você parte... nos deixando com nossas neves, nossos choupos e nossos corvos", havia dito o pai de Mahmut. Ele se lembra da tristeza na voz dele.

– Está bom para o senhor?

– Está bom. Desde que os lençóis estejam limpos, naturalmente.

– E como! O senhor é o quinto hóspede e eles aguentam mais uns cinco – diz ele com uma risada jovial e impudente, contente com seu senso de humor. – Não é todo dia, mas os lençóis são trocados regularmente. As camareiras merecem o salário que recebem. Não se preocupe, senhor.

Como se quisesse se assegurar de suas próprias palavras, ele desfaz a cama e examina os lençóis e a fronha. O lençol de baixo está gasto, com um furo bem no meio.

– Veja por si mesmo: brancos como a neve. Esse furinho é de tanto lavar. Também, aqui não é o palácio presidencial de Çankaya!

Depois que o homem sai do quarto, Ömer abre a valise, tira o barbeador, a escova de dentes, uma calça e algumas camisas, que ele pendura no armário. No banheiro, ele lava as mãos, passa uma água no rosto e observa seu reflexo no espelho sobre a pia. Sua barba está crescida; não faz mal, por aqui é inútil barbear-se todo dia. Seu semblante mostra cansaço; não é de admirar, dado o número de horas que ele levou na estrada, além de toda a tensão. Ele tranca a porta do quarto e desce. Hesita ainda em ir até a farmácia. Seria muito bom sair, ir até o centro, procurar um restaurante para experimentar as especialidades locais e, se possível, tomar um bom *raki* em vez de ficar no *lobby* deprimente do hotel. Lá fora, uns adolescentes sentados nos degraus e na calçada jogam conversa fora. Crianças pequenas, com caixas de papelão penduradas no pescoço, vendem lenços de papel, chocolates, balas e outras mil bugigangas. Uma loja ao lado do hotel oferece toda espécie de produtos para turistas, de mel a tapetes *kilim*, passando por objetos e bijuterias artesanais de prata até trajes tradicionais. Ele deveria dar uma olhada, Elif adora esse tipo de coisas.

A rua que leva ao centro da cidade é mais animada do que ele imaginou. Ele dirige seus passos para a Farmácia Hayat, esperando que já esteja fechada. As luzes ainda estão apagadas, só os cafés e algumas lojas estão iluminados. O neon vermelho da placa da farmácia está aceso. Tem luz no interior. A porta de ferro está meio abaixada. "Farmácia de plantão", indica o cartaz colado na vitrine. Ömer empurra levemente a porta de vidro protegida por uma grade de metal. A campainha que indica que a porta foi aberta toca longamente. A mulher que está de costas, arrumando alguma coisa nas prateleiras, se vira para a entrada.

– Boa noite. O que deseja?

A primeira reação de Ömer é de surpresa com a rara harmonia entre a voz desta mulher e seu rosto. A segunda é se perguntar se o preto intenso dos cabelos dela é natural ou não. Não, não pode ser tintura. Porque nesta luz amarelada, alguns fios brancos brilham como prata em sua testa.

Nos dias seguintes, ele relembraria este primeiro encontro: "Primeiro eu vi seus cabelos. Não vi nada mais, era como se eles estivessem enrolados na sua voz. Foi só depois que eu vi seu rosto", ele disse a Jiyan.

– Eu queria um analgésico que fosse mais eficaz que a aspirina para dor de cabeça. E também... acabo de fazer um longo trajeto, difícil, preciso de alguma coisa para dormir, algo que facilite o sono, um produto natural à base de ervas, se possível.

– É a primeira vez que visita a nossa cidade? – pergunta ela enquanto prepara o pedido.

Algumas mechas longas se soltam do cabelo abundante que foi amarrado com um prendedor de marfim e caem sobre seus nos ombros. Ömer se surpreende ao ver como ela é alta e magra. Quando ela estende as mãos para a prateleira, ele percebe as pulseiras de prata marchetada nos braços finos e punhos delicados e também os anéis enormes que ela usa em três dedos da mão direita. Os acessórios contrastam com a simplicidade de sua roupa – calça preta e blusa de algodão, preta e justa –, como se tudo fosse um prolongamento natural de seu corpo, uma parte dela impossível de disfarçar.

Quanto aos seus olhos, ele só os viu quando ela depositou os medicamentos sobre o balcão e olhou sorrindo para este estranho cansado, vindo não se sabe por quais razões para esta região.

– Pronto, creio que isso vai ajudá-lo. É verdade que a estrada para cá é longa e cansativa. Tranquilizantes e antidepressivos... é isso que eu mais vendo aos que estão de passagem. É difícil aguentar.

Seus olhos são de um negro profundo, emoldurados por longos cílios pretos. Tão grandes que dominam seu rosto. "Seus olhos não são olhos, mas o reino do olhar", como disse o poeta, mas qual?

"Teus olhos são um país longínquo, teus olhos são o espelho de tua cidade e tua terra. Como elas, eles são banhados de tristeza e melancolia, de medo, de mistério e revolta...", diria ele depois, em alusão ao poeta.

"Esta mulher é bonita ou não?", ele se pergunta enquanto tira o dinheiro da carteira para pagar a compra. Com isso, ele tenta ganhar tempo para pensar como abordar o assunto que o levou ali. Não, não se pode dizer que ela seja bonita. Ela transmite uma sensação que não tem nada a ver com beleza, leva a pensar que essa pergunta é absurda e não merece ser feita. Alguma coisa diferente, impressionante... Não, nenhum desses termos cabe. Mas o simples fato de que alguém que a vê pela primeira vez se faz essas perguntas é sinal de que esta mulher é fora do normal. A menos que, sob o efeito de tudo o que passei nos últimos dias, eu esteja meio confuso e só consiga ver coisas extraordinárias onde elas não existem.

– Desculpe, seu nome é Jiyan *Hanım*[17]?
– Sim, sou eu. Por que pediu desculpas? – pergunta ela ainda sorrindo.

Ele percebe a covinha que ela tem na bochecha esquerda e sua juventude, apesar dos fios brancos de sua cabeleira negra. Ela deve ter uns 35 anos, talvez menos.

– Eu vim visitar a região, mas também vim vê-la.

Ele não sabe por que tem dificuldade para pronunciar essa frase. As peripécias decorrentes daquela noite horrível no terminal rodoviário, o fato de estar ali àquela hora, tudo lhe parece totalmente surrealista de um só golpe. Não sabendo como continuar a conversa, ele se cala.

– Posso perguntar o seu nome? Tenho a impressão de que seu rosto me é familiar.

– Ömer Eren, sou escritor.

– Mas é lógico, claro que o conheço. Para ser sincera, eu não li todos os seus romances. Mas li os ensaios em que trata da questão Oriente-Ocidente. Quando comprei o livro, eu pensava que ele falava do lado oriental e do ocidental da Turquia. Mesmo assim, achei muito bom. E também o vi na televisão diversas vezes. Desculpe, eu devia tê-lo reconhecido antes. Quando a gente encontra uma pessoa num lugar inesperado, demora para cair a ficha.

---

17 *Hanım:* senhora. (N. T.)

– Na verdade, minha presença aqui me surpreende também. Foi o acaso. Mahmut... foi ele que pediu que a procurasse. Este nome lhe diz alguma coisa? Lembra-se dele?

– Lamento, não lembro. Sabe, há muitos Mahmut por aqui.

– Ele também é do leste, mas não desta parte. Não sei se é o nome verdadeiro dele, mas era o que estava escrito na identidade e ele se apresenta assim. Pelo que pude entender, ele passou um tempo na guerrilha, nas montanhas de Kandil, talvez até mesmo de Bekaa... Depois ele veio para cá. Em seguida, aconteceu de ele ser ferido, fugiu das montanhas, não sei exatamente. Eu não lhe perguntei detalhes.

– O primeiro nome que vem à cabeça quando fala na guerrilha é Kandil, não é? Eu não creio que ele tenha estado lá. Mas tudo bem... Não é fácil abandonar as montanhas. Mas se ele se rendeu ao exército e se transformou em informante, isso é outra coisa.

– Não, não, não é isso. Ele estava com uma garota, que estava grávida. Os dois estavam fugindo. Os irmãos e não sei quem da família dela estavam em seu encalço por causa de um crime de honra. Eles estavam juntos. Depois, a garota foi atingida por uma bala perdida.

Percebendo que suas frases estão alinhadas de maneira incoerente e absurda, como se fosse um menino recitando algo sem pé nem cabeça e sem tomar fôlego, ele começa a rir.

– Ah, me desculpe. Querendo encurtar a história, acabei misturando tudo. Vou recomeçar. Eu encontrei o tal Mahmut e a moça por acaso, no terminal de ônibus de Ancara. Houve um incidente e ela foi atingida por uma bala perdida. Por querer ajudá-los, acabei entrando nesta história. E cá estou eu na farmácia. Mahmut queria um local seguro para Zelal. É o nome da garota. Ele disse que a senhora poderia lhes dar uma mão, caso fosse preciso, e me deu o endereço da farmácia. O pai de Mahmut se chama Hüsseyin Bozlak, talvez este nome lhe diga alguma coisa. Eu fui vê-lo antes de vir para cá; é um homem sábio, filosófico e muito aflito...

– Acho que me lembro dele, na verdade. É um parente afastado da família do pai do meu marido. Nós estivemos na aldeia deles uma vez, antes da evacuação. Este tal Mahmut deve ser o filho caçula do tio Hüsseyin. Eu nunca o vi pessoalmente. Como eu disse, não éramos muito chegados, mas eu conheci o irmão dele, o que foi morto. Eu ouvi falar que Mahmut estava na universidade. O pai dele fazia questão que o filho mais jovem, pelo menos, estudasse e se tornasse um homem de bem. Que triste!

O que Ömer ouve sobre Mahmut chama menos sua atenção do que a maneira como ela mastiga as sílabas, como pronuncia as vogais longas, o "e" fechado, como ela diz "meu marido". Em momento algum a ideia de que ela poderia ser casada lhe passara pela cabeça.

– Esta noite a farmácia está de plantão. Meu assistente tirou uns dias de licença e eu preciso ficar aqui pelo menos até a meia-noite. Sente-se, por favor. Aqui poderemos conversar com tranquilidade – diz ela mostrando uma poltrona velha. – Onde está hospedado?

– No Hotel Yildiz, ali adiante.

– É um bom lugar, limpo, é onde fica a maioria dos viajantes. Os administradores se dão bem com as autoridades. Eles mandam para o posto de comando os documentos de identidade dos estrangeiros assim que eles chegam; assim, não há problemas e todo mundo fica em paz. Não me surpreenderia se o comandante o convidasse para tomar um *raki*. Não é sempre que temos a chance de receber a visita de um personagem tão célebre quanto o senhor.

– Duvido que o comandante me reconheça, mas um convite para tomar uma bebida será bem-vindo. Eu estou cansado, tenso, bem que preciso de um estimulante.

De repente, ele sente vergonha dessa atitude, que ele julga ser imprópria e pouco cavalheiresca. "Parece até que eu a estou intimando a me servir uma bebida! Está na hora de tomar um trago, as mãos do escritor bêbado começam a tremer!"

Conversas entrecortadas pelo barulho de coisas metálicas chegam até eles por trás da porta de vidro... Eles se calam e olham para fora. Os postes de luz ainda não estão acesos, apenas as luzes da farmácia atenuam a escuridão da rua. Vários homens armados, encapuzados e com uniformes de camuflagem, olham para dentro da loja, narizes e mãos colados contra a vitrine.

– Creio que o convite para tomar um *raki* chegou – diz Ömer, se esforçando para reprimir sua angústia e seu nervosismo.

Os homens não lhe são totalmente desconhecidos, ele já os viu na televisão e em fotos de jornal. Ele se lembra de ter escrito um artigo a esse respeito um tempo atrás, quando a primeira tropa de elite foi criada como medida excepcional na luta contra o terrorismo. Quando o editor-chefe lhe pediu para abrandar seu texto "em vista do contexto atual delicado e da suscetibilidade das autoridades" – o mesmo que não deixava jamais de lhe enviar uma nota de agradecimento assinada pelo diretor da publicação cada vez que Ömer escrevia para o jornal –, o grande escritor ficou fulo da vida e, recusando-se a revisar o texto, mandou que eles fossem passear.

Aqueles tipos eram assustadores com as máscaras para a neve na cabeça. "Em pleno verão, provavelmente a única função delas é semear o terror", pensa Ömer. Mas não deve ser desagradável para eles usá-las. Eles as colocam não apenas para não serem reconhecidos, mas também porque sabem que elas lhes dão mais poder. Todos eles são bem jovens. É a maneira deles de apimentar um pouco sua existência, tão morna e insuportável quanto este fim de mundo. Eles se veem como donos do terror e do sangue. Acham que podem ter a cidade toda à sua mercê, se quiserem. Disso eles tiram prazer e força.

Em vez de virar de costas e tentar esconder o rosto, Ömer olha direto para a vitrine, como se desafiasse o medo. Como se, impulsionado pelo instinto de romancista, ele quisesse ver e compreender quem se oculta por trás das máscaras e armas sinistras. Esses homens disfarçados e armados até os dentes parecem mais reais e apavorantes nas fotos de jornal e nas telas da tevê do que pessoalmente. Nas ruas escuras desta cidade sombria, estranha e distante – a mesma onde a presença deles é mais tangível e ameaçadora – eles perdem o sentido de realidade aos olhos de Ömer. O efeito que eles passam é o de figurantes se esforçando ao máximo para desempenhar seu papel em um filme de ficção científica ou de maus foliões de carnaval, disfarçados de Superman com cara de morto para dar medo nas crianças. A cópia aparenta ser mais real que o original, pois o original é terrível demais para ser verdadeiro.

– Fique calmo. É a cerimônia de boas-vindas oferecida pela tropa de elite ao visitante recém-chegado à cidade. Uma simples visita de rotina. É só para deixar bem claro que, por aqui, nenhum pássaro voa sem que eles estejam informados.

Ela se dirige para a porta. Seu porte grande e esbelto se torna mais evidente à medida que ela caminha, como se fosse um gato preto de raça, sensível e nervoso – não, ela tem mais de pantera que de gato. Ela abre a porta suavemente:

– Estou de plantão esta noite, precisam de alguma coisa?

Nenhum vestígio de tremor em sua voz, nem o mínimo sinal de nervosismo, temor ou o que quer que seja.

– Estarei aqui até a meia-noite e depois, em caso de necessidade, em casa.

Ela fecha a porta lentamente, sem pressa alguma. A melodia doce e alegre da campainha enche o ar.

– Eles também se pelam de medo – diz ela. – Eles dão uma de valentões, mas não se engane, aqui todos têm medo. A opressão gera medo nas pessoas, mas o medo também pode alimentar a opressão. Quanto mais se vive com medo, mais você se torna tirânico e cruel. Poucos meses atrás, nós estávamos mais tranquilos, a tensão tinha relaxado, as coisas tinham se acalmado, começamos a ter esperança de novo. Até as luzes das ruas ficavam acesas! Foi quando a iluminação pública voltou a funcionar que eu percebi a que ponto eu detestava as ruas mergulhadas na escuridão e o quanto eu queria poder passear pelas ruas iluminadas. Naquela época, as batidas no meio da noite não eram mais tão frequentes. As mulheres não eram obrigadas a deitar no chão a coronhadas e os homens não eram mais levados sabe Deus para onde. Pelo menos isso não acontecia todo dia, toda noite. O número de crimes sem solução diminuiu. Nós recuperamos a esperança, estávamos prontos a esquecer tudo...

– E depois?

– Depois? É simples... eu não sei se notou, talvez isso não seja grande coisa para você, mas, veja, as luzes estão apagadas, as ruas estão outra vez no escuro. Os homens encapuzados voltaram a controlar a cidade. Os combates, os tiros de advertência, os assaltos da guerrilha, o balé dos helicópteros Cobra... Os de fora não percebem, mas nosso ouvido é muito sensível a certos sons, nós somos capazes de ouvi-los bem de longe. Minas explodem, soldados morrem; conduzem operações, nossas crianças morrem. Em suma, a vida retomou sua rotina.

Eles veem os homens se distanciarem silenciosamente. Ela abre a porta do armário de parede. E da geladeira, onde ficam guardados frascos e caixas de medicamentos, além de vários utensílios e curativos, ela tira uma garrafa.

– Uma bebida será melhor que os remédios que pediu. Ainda tenho um pouco de uísque. Como quer tomá-lo?

Sob o efeito do relaxamento depois de toda aquela tensão, ele põe a cabeça entre as mãos e solta uma sonora risada.

– Acho que não tenho mais a obrigação de aceitar o convite do comandante.

– Pelo menos esta noite não. Eu confio inteiramente no meu uísque, é o melhor uísque contrabandeado. Com certeza já observou que se encontra numa das maiores rotas de tráfico do país.

Ao olhar para Jiyan, ele compreende subitamente o que endurece seus traços e altera sua beleza incomum: a espessura e a curva acentuada de suas sobrancelhas. Um defeito que poderia ser corrigido facilmente.

– Deve estar com fome, não pensei em perguntar. Não é aconselhável beber com o estômago vazio. Podemos pedir um pouco de *kebab* no restaurante em frente. Eu não como nada desde a manhã. Em outros tempos, eu o convidaria a comer uma truta em Soğukpınar, mas agora é proibido ir lá à noite. Era o único lugar bom que tínhamos nas redondezas.

"Será que ela vai continuar a reclamar da vida? Pode ser alguém instruído ou ignorante, da cidade ou do campo, essa gente toda tem o mesmo jeito de se exprimir: derrotista, infeliz e angustiado. Não que queiram incitar piedade ou pedir alguma coisa, pelo contrário, eles nos esmagam com suas tristezas, suas injustiças e a opressão que sofreram e, no final das contas, instilam em nós um sentimento de inferioridade." Ömer sente uma raiva surda crescer dentro dele. Tantos riscos corridos para defender os direitos deles, ser chamado de "traidor da pátria", processado em nome deste ou aquele artigo do Código Penal e nada disso faz diferença para eles. Eles não confiam em nós, nem sequer agradecem. Aos olhos deles, eu não passo de um colaborador da opressão, um turco ocidental; bom ou mau, mas um estrangeiro. Essa postura, essa língua dos oprimidos acabam sendo exasperantes e afastam aqueles que lhes estendem a mão...

"Porque esta língua incomoda aqueles que, como você, conservaram um vestígio de consciência e de senso de justiça. Vocês se sentem culpados, errados e, nos seus acertos de conta consigo mesmos, se veem na berlinda, aniquilados por sua consciência de intelectual. Então ficam furiosos conosco. Se refugiam nessa raiva como uma desculpa para sua indiferença e apatia", responderá Jiyan depois, quando Ömer lhe falar sobre essas coisas.

Ela lhe estende o uísque em um copo escuro de Coca-Cola, explicando que aqui ele será obrigado a beber "por baixo do pano".

– Seu marido também é farmacêutico? – pergunta ele dando um gole no seu uísque.

Mal ele faz a pergunta, morde a língua. Mas que descarado! No fundo, sua única preocupação é tentar saber se a mulher está livre e se eventualmente estaria interessada. É a única razão para perguntar isso porque você está pouco interessado na resposta.

– Meu marido era advogado. Foi assassinado há cinco anos.

Ömer se comove com a paixão palpável, o orgulho e o tom provocante na voz dela ao pronunciar estas palavras "meu marido", como se elas fossem uma linha de demarcação: "Pare aí, território particular, proibido entrar". A intensidade desse "meu marido" relega a segundo plano o termo "assassinado".

– Eu não sabia – sussurra ele, realmente constrangido. – Desculpe, eu não tinha como saber.

– Naturalmente, como poderia saber? Agora está informado. Bem-vindo à nossa cidade, Ömer *bey!*

Jiyan bate com o dedo médio no copo – o mesmo copo de Coca-Cola colorido, mas cheio de água – à guisa de brinde. Isso também deve fazer parte do código de "beber por baixo do pano".

"Que mulher estranha", pensa Ömer, "ela não se parece com ninguém que eu conheça. Uma mulher 'muito especial', para usar uma expressão da moda. Uma mulher muito especial de fato, a nossa farmacêutica... tão sedutora quanto perturbadora..."

– À sua saúde – diz Ömer sem levantar a cabeça e, evitando o olhar de Jiyan, ele engole mais um pouco de uísque.

*

As cidades têm voz, mas esta não tem. Cai a noite e ela fica totalmente afônica. Durante o dia, a cacofonia de sons toma conta do centro e das redondezas do terminal rodoviário. Ao longo da rua central, uma série de lojas, duas galerias. O lugar que chamam de centro executivo é um edifício grande e feio que abriga escritórios de advocacia, cartórios, um consultório odontológico e um médico. Há apartamentos também, sem nenhum senso de estética, cinzentos, e nos últimos andares, sem acabamento. E, como que caído do espaço no meio desses prédios construídos às pressas, um centro comercial de seis andares, fachada de vidro, com uma *lan house* no térreo. Todo desprovido de personalidade e cor local como qualquer centro comercial das cidades pequenas da Anatólia, mas mais medíocre e pobre.

O mercado fervilha de atividade: um movimento incessante de idas e vindas nas lojas: homens trajando roupas locais, usando turbantes, desempregados circulando à toa, mulheres fazendo compras, veículos militares passando e ninguém prestando atenção neles, carros modernos tão incongruentes nessas paragens quanto o centro comercial com fachada de vidro, charretes puxadas a cavalo, burros de carga... barulho, clamor, canções em curdo, em árabe e talvez em turco também, cânticos monótonos que se elevam das barracas dos vendedores de fitas cassete; buzinas, gritos de crianças, xingamentos, reclamações, chamadas à prece, ecos da *Marcha do décimo ano*[18] que vem da guarnição militar no fim da rua, discursos inflamados e poemas épicos sobre o tema pátria-nação-bandeira transmitidos por alto-falantes, *slogans* dizendo: "Um só país, uma só língua, uma só bandeira" ou "Eu destruirei o pássaro que passa sem te saudar[19]"...

A cidade é barulhenta durante o dia, como todas as cidades. Mas esta não tem uma voz que lhe seja apropriada. Sua própria voz desapareceu, submersa no tumulto ambiente. Todos os sons pertencem a outros. A cidade se fecha em sua concha e abafa sua música. Quando as montanhas aprisionam a claridade do dia e a luz se rende à noite, as ruas sombrias se esvaziam, deixando ouvir apenas os latidos de vira-latas, passos isolados, sons esporádicos de tiros e o uivo de sirenes que dilaceram o coração como uma punhalada. Mas nenhum desses sons é a voz desta cidade.

Quando Ömer tentou lhe explicar este sentimento, Jiyan replicou vivamente: "Nós perdemos a nossa voz", com uma reação de revolta e agressividade. "Nossa voz, assim como nossa palavra, foi reprimida e reduzida ao silêncio. Os milhares de vozes das planícies e dos planaltos, os tambores de núpcias, as sinetas das ovelhas, as lamentações fúnebres das mulheres, os tiros dos caçadores, nossas palavras de revolta, nossas alegrias, nossas tristezas e, principalmente, nossas esperanças... era tudo isso que dava cor à nossa voz. Ela subia as planícies, se elevava em direção às terras altas e repercutia nas montanhas. Ela se mesclava aos rios, atravessava os desfiladeiros, ricocheteava nos rochedos e voltava para a cidade para se tornar sua voz. Hoje, nossa voz não ultrapassa nossos lábios, nossos murmúrios

---

18 Hino composto a pedido de Atatürk para marcar o décimo aniversário da fundação da República, celebrando a superioridade turca. Até hoje ele é equiparado em importância ao hino nacional. (N. T.)

19 De um verso célebre do poema intitulado "Bandeira", de Arif Nihat Asya (1904-1975), conhecido por sua poesia nacionalista. (N. T.)

não alcançam mais as montanhas para voltar amplificados por seu eco, carregados de vigor e entusiasmo. No momento, outras vozes nos chegam das montanhas: a voz da morte, digamos, mas a morte não tem voz. É por isso que a cidade está silenciosa: vibrante, mas silenciosa."

A primeira vez que Ömer ouviu Jiyan falar com este tom enfático, como se recitasse um poema épico, ele achou isso estranho e afetado. Esta mulher se exprime como Manukyan[20] declamando seus versos. A bem da verdade, isso dá o resultado contrário ao desejado. Ao invés de sensibilizar, provoca um efeito de distanciamento. Depois ele se acostumou e quase se tornou fã. Quando ele perguntou por que ela adotava este estilo épico e pomposo, Jiyan respondeu:

— Ou falamos assim ou nos calamos. Pode ser um vestígio da tradição. Nossas mães e nossas avós se expressavam dessa maneira, como se contassem uma epopeia. Mas elas falavam em curdo, é muito mais bonito, parece mais natural. Quando eu conto alguma coisa em turco traduzido do curdo, meu coração, minha alma e meus pensamentos ficam um pouco perturbados. Esse é o motivo porque parece a você um pouco bizarro, artificial e afetado. Já ouviu falar na tradição dos *dengbej*? Eles seriam os trovadores, a nossa literatura oral, digamos. Talvez eu seja influenciada por eles. Isso não é voluntário ou calculado, me vem naturalmente. Na verdade, eu conto os fatos como eles são. Garanto que não floreio nada. Como você ainda não conhece os mistérios da língua deste lugar, como não fala o idioma nem sente as emoções daqui, isso parece esquisito, eu entendo. O estilo que você usa para escrever, eu emprego para falar. No seu

---

20 Mandiros Minakyan, também conhecido pelo nome de Manukyan (1839--1920): dramaturgo de origem armênia, fundador da Companhia Dramática Otomana, que foi um dos teatros mais importantes do século XIX. (N. T.)

último romance, suas frases também são enfáticas. Por exemplo, quando o homem diz para a moça: "Seus olhos são mais que olhos, eles são um mundo inteiro, uma vida inteira".

Ele sentiu vergonha. Vergonha por não ter sabido oferecer palavras mais originais a Jiyan, vergonha por bajular o leitor com tais clichês, vergonha por escrever romances repletos não de pensamentos profundos e instigantes, como ele fazia no passado, mas de frases batidas e rebuscadas, por ter adquirido notoriedade com esse gênero de prosa. E mais vergonha ainda porque Jiyan adivinhara as frustrações que ele tentava esconder de si mesmo.

Depois de atravessar o centro, ao subir a ladeira em direção à guarnição militar situada no fim da rua, Ömer Eren reflete sobre tudo isso. Refletir é exagero. Sua cabeça gira, ele está confuso, envolto em uma bruma persistente, numa espécie de estado de embriaguez do qual ele se nega a sair.

À sua esquerda, um grande terreno baldio cercado com arame farpado onde, tempos atrás, os jovens jogavam futebol. Onde o parque de diversões se instalava durante os festejos ou o teatro mambembe montava seu palco para os acrobatas fazerem suas evoluções e também local das apresentações de cantores de terceira classe. "Se a cidade está sem voz, ela tem uma cor", pensa Ömer. Uma cor cinza-amarelada, de bruma e poeira, sem alegria ou risadas, uma cor que dá uma vontade louca de dar o fora. Uma cor composta de neve de um branco leitoso, de rochas cinzentas e de terra escura. Mais adiante, à sua direita, blocos de concreto se misturam à cor deprimente da cidade e emprestam seu cinza a ela: são os alojamentos militares. E no alto, as paredes rochosas escarpadas que se erguem como uma fortaleza inexpugnável, uma fronteira intransponível.

– Esta cidade é uma prisão a céu aberto e para as mulheres um verdadeiro cárcere – dissera Jiyan.

– E você, Jiyan, onde você se situa nesta prisão?

– Eu sou a guardiã da entrada. Uma colaboracionista que foi condenada à prisão perpétua, mas cuja boa conduta lhe valeu uma promoção ao posto de guarda. Guarda com quem os prisioneiros e os dirigentes da prisão são obrigados a se dar bem, já que tanto uns como outros podem precisar dela.

As comparações e metáforas de Jiyan deixam Ömer estupefato. Ele tinha notado que, por trás da aspereza do sotaque, Jiyan e todos os outros com quem ele tivera oportunidade de falar encontravam a maneira exata de formular suas frases. Alguns, de forma épica e poética, como Jiyan. Outros, de modo claro e direto. Fosse como fosse, sempre apropriadamente, no sentido certo das palavras... Quem sabe fosse porque, na solidão das montanhas, eles falassem pouco e pensassem muito.

Ele mostra seus documentos aos soldados pesadamente armados na entrada da guarnição, explicando que o comandante o está aguardando. Pedem que ele espere enquanto ligam para o escritório. Alguns minutos depois, um suboficial chega e aperta calorosamente a mão de Ömer.

– Seja bem-vindo, Ömer *bey*. O comandante está esperando. Queira me acompanhar.

Como Jiyan previra, o convite do comandante não tinha demorado. Não foi no dia seguinte à sua chegada, mas alguns dias depois quando um oficial – sem dúvida, ordenança do comandante – se apresentou uma noite no hotel para informar cortesmente que o comandante ficaria extremamente honrado em conhecê-lo, que o esperava no dia seguinte às 19 horas no quartel-general e que mandaria uma viatura pegá-lo no hotel. Explicando que uma caminhada a pé lhe faria muito bem, Ömer declinou gentilmente da oferta. Fazia um bom tempo que ele queria dar uma olhada na zona militar, mas desistiu por temer levantar suspeitas e criar problemas. Este convite oficial era a ocasião sonhada de andar livremente por aqueles lados. Uma justificativa irrefutável, caso lhe perguntassem o que ele fazia por ali.

No decorrer das peregrinações que ele fez com Jiyan ou com as pessoas às quais ela o apresentara – ou o deixara sob a sua guarda, mais exatamente – em meio a essas terras pouco seguras e pouco inclinadas a desvendar seus segredos aos estranhos, andanças estas oficialmente batizadas de "excursões de pesquisa" e para cujo itinerário ele obtivera autorização da prefeitura e do comando militar, o sentimento de Ömer era o de quem parte para descobrir um continente totalmente novo. "E eu que julgava conhecer esses lugares como a palma da minha mão! Durante nossa juventude de revolucionários, no entanto, nós passávamos o tempo debatendo sobre a questão de saber se seria melhor investir contra as cidades e depois o campo ou transformar a classe operária em tropa de vanguarda para atacar as zonas rurais e libertar os camponeses. Os obreiros agrícolas, os lavradores de algodão das planícies de Söke e Çukurova, os sem-terra sob o jugo dos latifundiários do leste não esperavam impacientemente que viéssemos libertá-los? Será que nós é que mudamos? Fui eu, foi essa gente, o tempo, essas terras? Quem desses lugares ou que parte minha mudou para esperar o ponto de ruptura? Eu não me encaixo aqui. Sou um estrangeiro."

Nas estradas onde havia brigadas de busca por minas – compostas de meninos cujo coração batia acelerado a cada passo –, nos cruzamentos guardados por veículos blindados, nos postos de controle onde a sorte de cada um era decidida, durante as longas horas de espera motivadas sabe-se lá por qual motivo, diante dos cartazes "Desculpe-nos pelo transtorno" assinalando os canteiros de obras sempre no mesmo estado ano após ano, nos terrenos baldios que precisavam ser contornados porque era proibido entrar neles ou arriscado se aventurar mais longe, nas aldeias abandonadas, nas pastagens desoladas... o sentimento de solidão, de derrota e alienação só fazia crescer.

"Onde estou? Em qual país? Anos atrás, quando eu passeava pela Bósnia, pelo Afeganistão ou Iraque para fazer reportagens sobre a guerra e o povo, eu sabia perfeitamente em qual país eu me encontrava. Eu não precisava me fazer esta pergunta. Lá, eu era estrangeiro mesmo. Por isso eu não sofria e não tinha vergonha da minha condição de forasteiro. Eu não era responsável por nada daquilo que eu via. Eu não desempenhava papel algum naquela peça. Eu não passava de um mero observador, testemunha dos dramas dolorosos do século e das tragédias humanas. Mas no momento... que lugar é este? Onde se localiza este território perdido, representado na parte mais baixa do mapa da Turquia, onde ficam estas terras esmagadas sob o peso dos segredos, dos sofrimentos e da rebeldia das montanhas?"

No quartel-general, sentado a uma escrivaninha rudimentar diante de uma foto de Mustafa Kemal caminhando com ar pensativo em Kocatepe, antes do grande ataque contra as forças gregas em Izmir, em 1922, o comandante da guarnição não está sozinho. Ao ver Ömer entrar, ele se levanta, imitado pelos dois homens – um em roupas civis e o outro em uniforme de oficial.

– O prefeito e o comandante da unidade de comandos da montanha – apresenta ele enquanto estende a mão para cumprimentá-lo.

Ele indica a Ömer a poltrona de couro preto.

– Sente-se, por favor. Senhor Eren, ter o senhor na cidade é uma verdadeira felicidade.

Ömer observa o cuidado do comandante ao escolher as palavras. Serão sinceras ou puramente protocolares? "Será que ele me convocou aqui para me intimidar? Ou porque um oficial, deprimido com a tensão reinante e carente de distrações, precisa reciclar as ideias tendo um dedo de prosa com um escritor recém-chegado do mundo do qual ele sente saudades?" Não sabendo o que responder, Ömer se contenta em acenar com a cabeça e sorrir.

– Por aqui, no meio das montanhas, nós passamos os dias ocupados com minas, confrontos, mortos, operações. E, se topamos com alguém como o senhor, não deixamos a pessoa ir embora sem antes tomar chá conosco – diz ele rindo. – O chá não é obrigatório, naturalmente, temos outras bebidas mais atraentes a oferecer. Para nós, o senhor é uma janela aberta para o horizonte. Quanto a nós, bom, procuramos mostrar que este fim de mundo e sua gente, que cotidianamente anda lado a lado com a morte, podem se revelar de maneira bem diferente da ideia que faz. Recentemente – e ele diz o nome de um afamado jornalista – ele veio nos visitar. Logo depois do famoso caso do assassinato não elucidado. Ele já tinha opinião formada sobre a questão. O senhor deve ter lido os artigos dele na imprensa. Com certeza não ignora o fato de que ele não economiza críticas ao exército. Para que ele pudesse entender melhor a realidade do nosso contexto, fizemos com que visitasse a região, facilitando um pouco as coisas para que ele tivesse contato com a população. Acredite, em poucos dias ficamos amigos. Não digo que ele mudou completamente de atitude, mas questões novas germinaram em sua mente. Nada é totalmente branco ou preto, como os terroristas querem fazer crer.

Mais uma vez Ömer não sabe o que pensar. A intenção do homem é sincera ou carregada de más-intenções, de ameaças veladas?

– Alegra-me ouvir isso da boca de um militar, meu comandante. Tem razão, é diferente ver e analisar as coisas *in loco*. Não devemos julgar por antecipação. Mas certos fatos falam por si e não deixam lugar a eventuais preconceitos. Não podem ser abafados. Eu conheço bem esse jornalista, somos até amigos. Ele sempre sustentou a noção de que nada, seja por qual motivo for, pode transgredir os princípios de um estado de direito.

Consciente de que suas ideias são vistas como um ataque frontal, Ömer tenta suavizar o tom.

– Mas eu sou romancista. E se estou aqui é por causa de um livro novo que estou começando. Preciso me familiarizar com o ambiente em que meus personagens vão aparecer, conhecer melhor o povo. Escolhi mal a hora, aparentemente cheguei durante uma crise. Quanto ao jornalismo, não é o aspecto predominante da minha atividade. Faço reportagens às vezes, quando algum assunto chama minha atenção, mas paro por aí.

– O senhor está sendo modesto, Ömer *bey*. Li com muito prazer e interesse seus artigos sobre Bagdá à espera do bombardeio aliado e suas notas sobre o Afeganistão. Também o vi na televisão. Mas não li seus romances. Devo confessar que nós, militares, não somos grandes leitores de romances. Para ser sincero, não temos tempo.

– Ah, eu não leio mais do que você – intervém o prefeito. – Minhas últimas leituras devem remontar aos livros clássicos dos tempos de escola. Quanto aos novos autores da moda de quem tanto falam, bem que eu tentei ler alguma obra deles, mas não deu. Apesar da maior boa vontade, não consegui ir até o fim. Já minha mulher lê bastante. É uma das suas leitoras assíduas, adora seus romances. Creio que ela leu quase todos. Ela não quis acreditar quando eu disse que vinha encontrar o senhor. Ela gostaria muito de conhecê-lo.

– Será um prazer. Transmita meus cumprimentos à sua esposa, por favor. Mandarei um livro autografado para ela, com a sua permissão – responde Ömer, contente por ter conseguido se expressar com a devida gentileza e decência.

É melhor cair nas boas graças do Estado por aqui.

– Vai ficar algum tempo aqui ou pensa em nos privar logo da sua companhia?
– Ainda não marquei a data do meu retorno. Uma simples olhada não é suficiente. O trabalho de escritor exige respirar melhor a atmosfera do lugar, conhecer e sentir sua gente, falar com ela, olhar no fundo dos olhos. Acho que devo ficar um bom tempo.
– Fique à vontade, mas não encare demais as pessoas daqui. E não se fie em tudo o que dizem. Falando abertamente como um militar, toda essa gente é inimiga do Estado. Até aquelas que parecem ser leais e pacíficas – afirma, num tom abrupto, o comandante da unidade de comando.

Ömer se prepara para dar uma resposta quando o comandante da guarnição muda de assunto:

– Ficamos encantados quando nossos intelectuais vêm até aqui. É bom que eles vejam a realidade do lugar e tenham uma visão real do terrorismo. Para a população também, a vinda deles é da maior importância, mostra que ela não foi esquecida nem deixada de lado pelo pessoal do Ocidente.

O comandante, com razão, fala duramente. Ele está muito abalado pela perda de um suboficial e um soldado, baleados dois dias antes numa emboscada. O soldado era um rapazinho e, ainda por cima, curdo. Quanto ao suboficial, era um elemento dos mais valorosos. Veio por vontade própria, por amor à pátria. Deixou órfãos. Nessas condições, não há como ser sempre clemente, compreensivo e pacífico. Na verdade, essas pessoas não são más, é um povo corajoso, capaz de muitas coisas se o Estado se ocupasse dele, se a sociedade civil desse a ele trabalho e o que comer, se ele pudesse curar suas feridas. Mas é igual a todo lugar, sempre se encontra um punhado de traidores da pátria. E, dadas as condições reinantes, infelizmente é mais fácil enganar o povo.

– Eu compreendo suas dificuldades – responde Ömer de má vontade. – Todo mundo está cansado de guerra, terrorismo e sangue. Vocês sabem disso melhor do que ninguém, correndo perigo de vida todo dia. Mas, pelo que pude constatar nesses poucos dias, esse povo quer paz, quer justiça e o reconhecimento de sua identidade. Eles querem ser respeitados e não vistos como traidores, como gente desonrada. Talvez vocês tomem isso como uma quimera de artista, mas essas pessoas não perderam a inocência, a despeito de toda essa carnificina. Eu digo que ainda há esperança.

– Tente não se deixar impressionar pelas pessoas que conheceu desde que chegou, meu caro. Aqueles que servem de escudo para os militantes da facção terrorista em nome da luta pelos direitos humanos, ou aqueles que pregam o separatismo sob o manto da autodeterminação não podem ser bons guias – interpõe novamente o chefe dos comandos da montanha.

Ömer sente sua raiva crescer em face da animosidade e do tom autoritário desse homem. "Pelo amor de Deus, fique calmo", ele pede a si mesmo interiormente. "É inútil afrontar essa gente. De qualquer modo, eles é que são os donos do lugar. E é uma boa ocasião para exercer a empatia da qual tanto falo, é preciso entender o lado deles também. Eles estão cercados pela morte, pela guerra, pelo medo e por seus inimigos. Dois homens deles foram mortos, quem pode garantir que amanhã não perderão outros?"

Ömer está pronto para perguntar em quem ele pensa exatamente ao se referir "àqueles que pregam o separatismo", mas sente sobre si o olhar cordial e persuasivo do comandante, que parece querer proteger seu convidado da raiva deste oficial intratável.

– Vou tomar nota das suas recomendações – responde ele de maneira breve.

Quem quebra o silêncio tenso é o comandante:

– Não vou lhe oferecer chá. Eu creio que nosso caro escritor não diria não a um pouco de bebida alcoólica. E nós teremos prazer em acompanhá-lo. O que me diz, prefeito? Vamos perdoar nosso comandante por não se juntar a nós, mas ele se desculpou com antecedência e pediu licença. Os dois últimos dias foram particularmente difíceis para ele. Meus pêsames, comandante, nos vemos amanhã. Senhor Ömer, nossa humilde cantina não tem do que se queixar de nosso cozinheiro, ele prepara divinamente os pratos regionais.

Ao contrário do que Ömer esperava, a noite transcorreu às mil maravilhas. O comandante da guarnição e o prefeito são pessoas calorosas e agradáveis. Do tipo que deplora tal estado de coisas e sua obrigação de fazer a guerra. A conversa é impregnada de cordialidade, aberta e sincera. Os pratos regionais são realmente deliciosos e o *raki*, de boa qualidade.

Eles se observam mutuamente, bebem pouco. O prefeito se preocupa com a saúde e não consome álcool, por causa da hiperglicemia. Eles discutem um pouco sobre dieta alimentar, diabetes, pressão. À medida que se avaliam e se descontraem, também a conversa se torna mais aberta e relaxada: clãs, código de honra, *sheiks*, comunidades, situação da população, contrabando, terrorismo, problemas do exército, linhas vermelhas, temores, ódios, esperanças, ambições; até mesmo um pouco de política.

Quando tocam na situação das mulheres da região...

– A farmacêutica, Jiyan *Hanım*, é bem ativa na questão dos direitos da mulher, do mesmo modo que em outros assuntos – diz o prefeito. – Você já a conhecia antes de vir?

– Não, não conhecia, como poderia? Tive uma tremenda enxaqueca na noite em que cheguei, a viagem foi extenuante. Sabe como é a estrada. Normalmente, é um trajeto que se faz em duas horas, mas dessa vez levamos seis horas. Parei na primeira farmácia de plantão que encontrei para comprar um remédio e foi assim que nos conhecemos. Ela tem jeito de ser inteligente e lúcida.

– De fato, ela é, e é de um dos clãs mais poderosos da região. Uma tribo grande, que tem boas ligações tanto com o governo quanto com os separatistas, joga nos dois times. Devia se debruçar um pouco mais nessa questão dos clãs. É um mundo à parte. Extrapola tudo o que conhecemos. Eu não estava aqui quando o marido da farmacêutica foi assassinado, fui transferido depois, mas, pelo que entendi, teve uma ligação entre os clãs e o crime. Ele era uma figura importante da região. Escritor, intelectual, um homem respeitado.

– Ela só me disse que o marido dela tinha sido vítima de um assassinato, que não se sabe quem foram os culpados. Ela não se estendeu muito e eu não julguei apropriado ficar fazendo perguntas. Além do mais, não me diz respeito.

– Aqui, quando líderes intelectuais ou indivíduos chegados às facções terroristas são assassinados, o Estado é logo apontado como culpado. A organização separatista faz propaganda imediatamente – explica o comandante. – Geralmente, nos calamos. Mesmo não estando implicados, não contestamos as acusações. Porque contestar seria reconhecer oficialmente a organização terrorista como interlocutora. O exército não age assim, jamais. O acontecido a que o prefeito aludiu é bastante confuso. Ninguém reivindicou ou assumiu a culpa pelo atentado. Surgiram certos rumores de que a esposa estaria a par. Mas eu acho que não passam de boatos. Por aqui, as águas são mais turvas do que se pensa, senhor Ömer.

– A farmacêutica não poderia ser tão livre assim se não estivesse sob a proteção do clã. Os direitos humanos, da mulher... me desculpe, Ömer *bey*, mas tudo isso, pelo menos por aqui, só serve para jogar mais lenha na fogueira dos separatistas. Se esta senhora não fosse protegida pelos dois lados, ela não poderia se meter nesse tipo de coisa com tamanha intrepidez. Fazer recomendações ao senhor ultrapassa o meu direito, mas tome isso como um conselho de amigo. Esta região tem algo que atrai e envolve nossos intelectuais, mas, no instante em que eles cedem à sua magia, parecem marinheiros que, seduzidos pelo canto das sereias, abandonam o navio e se espatifam nas rochas.

Contente com a metáfora e por ter podido mostrar sua cultura mitológica, o prefeito se recosta na cadeira e mostra um sorriso sob o bigode. E nem percebe a cara amarrada do comandante, que vira a cabeça.

Ömer acha melhor fingir que não entendeu e muda de assunto. Virando-se para o comandante, ele pergunta que lugares e pessoas ele o aconselha a visitar. E se, apesar da falta de tempo, ele pode eventualmente esperar a ajuda deles. É preciso ter autorização especial para ir a certos lugares? Seria possível, se não for inconveniente, observar uma operação ou preparativos para uma delas na caserna pelo menos?

Ele dispara as perguntas ao mesmo tempo, essencialmente para ganhar a confiança deles. Não tem lugar algum ou qualquer pessoa que ele queira ver especialmente, muito menos assistir a uma operação. Ele nem mesmo está escrevendo um romance, ele está incapacitado para escrever o que quer que seja. Na verdade, exceto pelo apelo irresistível da voz das montanhas, como o canto das sereias, ele não tem motivos para se demorar na cidade.

Enquanto o carro do comandante o leva até o hotel pelas ruas escuras e desertas, Ömer pensa em ir ver Cihan – quer dizer, Jiyan, não Cihan[21], puxa. – Para se despedir dela ou li-

---

21 Cihan: nome turco que significa "mundo" ("c" pronuncia-se como "dj").
Jiyan: nome curdo que quer dizer "vida". (N. T.)

berar o desejo que está reprimindo há dias, o de deixar seu barco arrebentar contra os recifes das sereias, de ficar nesta ilha deserta e misteriosa como se jamais tivesse que voltar ao continente...

Perto do hotel, seu celular começa a tocar: um canto de galo... O soldado que dirige o carro primeiro fica desconcertado, mas depois dá risada. O convidado do comandante é um civil, não faz mal se soltar um pouco.

O canto de galo significa que é Elif. O miado de gato era para Deniz – antes que Ömer o perdesse. Ele tinha outros toques gravados no celular. Por exemplo, programou a *Internacional comunista* para seu editor, um ex-revolucionário e agora novo-rico, graças às vendas de Ömer. Era um jeito engraçado de brincar com os amigos. Quando Elif lhe perguntou por que ele atribuíra o canto de galo a ela, ele respondeu: "Porque você é a esposa que sempre vem me cutucar e me obriga a me manter alerta". E era verdade. Deniz era o gatinho adorado, antes que desaparecesse do universo deles. Quando ele telefonava, o miadinho de gato anunciava a boa notícia que o chamado vinha do filho. No momento, a milhares de quilômetros do galo, do gato e da *Internacional*, tanto pela distância geográfica quanto por aquela do coração, ele se dá conta do quanto tudo isso lhe parece estranho... Com um sentimento de surpresa e liberdade...

Ele não atende. Sem conseguir despertar ninguém desta vez, o galo canta longamente e acaba por se calar. Um galo intempestivo, por cantar muito tarde ou por cantar cedo demais. – É o alarme. Já é meia-noite –, diz ele ao motorista que ainda não deixou de sorrir. Uma vez diante do hotel, Ömer sobe diretamente para seu quarto.

*

Eu vim para cá em busca da palavra que perdi. Segui o que me falaram dois jovens sozinhos e perdidos no mundo: "Vá procurar a palavra onde ela está. Para encontrar a palavra, primeiro é preciso ouvir a voz. Ouça a voz para transformá-la em palavra". "Eu acreditei nos dois e tomei a estrada até aqui. Mas procuro apenas as palavras perdidas? Eu não sei."

Ömer sentia que o objeto de sua busca era aquela parte dele mesmo que ele havia deixado se esvair na tranquilidade do cotidiano e na morna apatia do egoísmo, essa coisa indefinível que já o preenchera de plenitude e que, com o tempo, acabou por dar lugar a um vazio frio e obscuro. Mas por que aqui? Por que procurar nessas terras longínquas e estranhas e não onde ele se perdera?

"Porque as fontes que irrigam minhas terras se esgotaram", respondera ele a Zelal, quando ela lhe fizera a mesma pergunta. "Acreditar que as fontes daqui são mais frescas e abundantes não será uma espécie de romantismo intelectual? Não será um mito que eu mesmo forjei para mim?"

– Se você pretende aprisionar a essência do sentimento que reina nesse lugar, precisa visitar a Casa das Lamentações – dissera Jiyan. – Eu apresentarei um dos meus amigos a você. Um advogado, ex-aluno do meu marido. Ele é daqui. Embora pudesse ter feito carreira na universidade ou ter aberto uma lucrativa banca em Istambul, ele preferiu ficar aqui e tornar-se um obscuro advogado do interior. Ele o levará à Casa das Lamentações."

– É a casa do rapaz que foi morto há alguns dias porque era suspeito de ser terrorista?

– Não é particularmente dele. É uma casa para todos nós, uma espécie de casa do povo. É lá que nos reunimos para apresentar os pêsames às famílias dos falecidos, rezamos, entoamos as lamentações fúnebres e elegias à memória do morto. É um lugar de socialização – continua ela com um sorriso cáustico – como se fosse uma mesquita ou um *Cemevi*[22]. É ali que bate o coração da cidade, onde ressoam as pulsações de suas dores mais profundas.

– Fica aberta sempre?

– O tempo todo, porque tem sempre gente morrendo. A morte é uma das nossas principais atividades sociais.

Quando ela apresentou Ömer ao amigo advogado que iria levá-lo à Casa das Lamentações, Jiyan dissera:

– Acho que não preciso lhe apresentar o senhor Ömer. Se não me engano, você disse que leu *O lado oposto*.

– Conheço Ömer Eren, naturalmente.

Ele aperta a mão do escritor amavelmente.

– Não dê muita atenção a Jiyan. Ela tem uma tendência ao pessimismo... Sempre deixa as coisas mais trágicas do que realmente são. Tenho certeza de que foi ela quem o convenceu a visitar a Casa das Lamentações. Não tenho nada contra, é claro, podemos ir, mas há outros lugares mais alegres para visitarmos: nossa associação cultural, a cooperativa feminina, a casa da vida para mulheres, passeios. Sabemos morrer, mas também sabemos viver. Sabemos dançar e festejar. Há dúzias de cerimônias numa noite, outros tantos casamentos em um dia, principalmente no verão.

– Acredito. Se for possível, eu adoraria ir a um casamento. Jiyan me falou da Casa das Lamentações porque eu queria conhecer os pais do rapaz que foi morto por engano, perguntar a eles se posso fazer alguma coisa... Mas não quero incomodá-lo.

– Não é incômodo algum. Hoje não tenho audiência e, aliás, preciso falar com os pais do garoto. É uma boa desculpa.

---

22 *Cemevi*: lugar onde se congregam os alevitas. (N. T.)

Numa rua imunda, com lixo amontoado pelos cantos, o vento levantando sacos plásticos e folhas de jornal, o advogado declara:

– O pior é a sensação de solidão que nos invade. Um sentimento de isolamento e desconfiança... Por isso é importante que pessoas como você venham para cá. Nossa solidão diminui. Mas logo em seguida vêm as esperanças e esperas. Acreditamos ingenuamente que aqueles que se deram ao trabalho de se deslocar até aqui não ficarão na simples constatação e compreenderão de verdade o marasmo em que vivemos. E, já que nos compreendem, darão seu apoio e encontrarão soluções. Mas não é assim. A solidão e a desconfiança só aumentam. Não me entenda mal, nós sabemos muito bem que vocês também estão desamparados. Que é preciso esperar, ter paciência, mas o povo não aguenta mais.

– O menino que seria um terrorista e foi morto. Você disse que ele tinha doze anos? Por que ele...

– Até mesmo você tem uma ponta de suspeita quando faz esta pergunta. A desconfiança está no coração de todos e não é fácil superar isso. O menino era realmente inocente. Mas até que ele poderia servir de correio, levando e trazendo mensagens ou escondendo armas para a organização. Os garotos dessa idade podem até tomar parte nos combates. Aqui não é a terra dos anjinhos, ninguém tem asas nas costas. É a guerra e a guerra destrói radicalmente a inocência. Mas eu garanto que esse menino não passava disso: um menino. Acho que o alvo era o pai dele. Daí a saber se foi um erro ou se foi para intimidar...

– A verdade aparecerá, espero. Segundo os jornais, o fato foi mal recebido pela opinião pública. Estão sendo preparadas comissões para vir esclarecer o caso.

– Era justamente isso que eu estava tentando explicar, Ömer *bey*. Eles vão despencar aqui cheios das melhores intenções do mundo, de sentimentos de revolta contra a injustiça e a falta de leis. Vão compartilhar a dor da família e da comunidade, igual a você daqui a alguns instantes. Eles prometerão, a nós e a eles próprios, que irão até o fundo da questão. Depois, voltarão para casa. Tentarão fazer todo o possível para logo se dar conta de que não podem fazer grande coisa, como sempre. E se dedicarão a missões mais importantes ou demasiado exaustivas para continuar, cruzarão os braços. Em seguida, as coisas cairão no esquecimento. Nesse meio tempo, as crianças continuarão a ser mortas a tiros. As suas, as nossas, todas as crianças da Terra...

Na voz do advogado não há reprovação nem amargura. Ele apenas se expressa com o tom da fria análise clínica.

– Foi para não ser desse jeito que você descreveu que eu vim para cá – diz Ömer, consciente de que esta reflexão em voz alta é mais dirigida a si próprio do que ao advogado. – Compreender não basta, é preciso vivenciar o que a pessoa está sentindo. Não se compartilha a dor, é preciso sentir a dor. Tem algum tempo que comecei a pensar que a solidariedade não passa de um engodo. Quanto ao que vou fazer, eu não sei.

Ele lembra esta conversa que teve com o pai de Mahmut. Das margaridas murchas que a menina lhe ofereceu, do tom de Hüseyin Bozlak quando ele perguntou: "Sabe o que significa perder um filho?", de tudo o que conversaram, a confiança com que ele abriu o coração e disse coisas que jamais contara a alguém... "Há algo nas pessoas daqui que dá luz à palavra pura. Alguma coisa que faz você falar sem receio. Porque talvez seja esse o único caminho para chegar ao coração desse povo. Talvez seja para dissipar essa tal desconfiança da qual o advogado falou."

A Casa das Lamentações é um salão grande parecido com uma casa de chá. As cadeiras ficam alinhadas ao longo das paredes. As que estão voltadas para a porta, aberta por causa do calor, estão ocupadas pela família do defunto. A mulher jovem sentada no meio provavelmente é a mãe. O pano branco que cobre o morto cai até o chão. "A cor do luto aqui não é o preto", pensa Ömer. Mas o luto é uma parte tão profunda deles que eles não precisam de símbolos para exprimi-lo. Aqui, as cores da vida e as da morte são iguais. Outras mulheres cercam a mãe. Mulheres idosas que recitam as litanias mexendo os lábios. A mãe não chora, não participa das preces. Ela fica ali, imóvel, os olhos marejados, fixos nos próprios sapatos, velhos e de plástico, as mãos cruzadas no colo. Um pouco adiante, separado do grupo de mulheres por algumas cadeiras vazias, o pai observa as idas e vindas.

Ao entrar, o advogado cumprimenta em silêncio a assembleia e se junta ao pai, com Ömer.

– Ömer *bey*, nosso escritor. Ele veio de Ancara para compartilhar a nossa dor. Ele gostaria de dar os pêsames – diz ele em turco antes de traduzir para o curdo.

O pai se levanta.

– Bem-vindo, *begim*. Meu filho foi morto. *Zarok kuştin! Zarok kuştin! Zarok kuştin! Zarok kuştin!*

O grito que rasgou a noite no terminal de ônibus em Ancara: a voz de Mahmut, as palavras de Mahmut. *We zarok kuşt! Ev zarok kuştin!*

Ömer tem a impressão de estar no ponto de partida de um círculo desenhado com compasso, de ser prisioneiro desse círculo que ele mesmo traçou. Não sabendo o que fazer, ele afaga o ombro do jovem pai. Ele pressente que todas as palavras que poderia pronunciar soarão falsas. "Eu não tenho nada a ver com a morte dessa criança, não tenho responsabilidade alguma nisso. Então, de onde vem esse sentimento de vergonha e culpa? Este não é o mesmo sentimento que me arrastou até aqui, no rastro da dor de Mahmut e Zelal?" À luz que emana das paredes e do sofrimento das pessoas presentes, seu coração e sua consciência se aclaram: não é o mesmo sentimento de vergonha e culpa que tomou conta de Deniz e o fez fugir, deixando tudo para trás?

Ele tenta dizer alguma coisa, uma bobagem do gênero: "Desta vez os culpados serão punidos, os assassinos não sairão impunes".

— Nenhum deles será condenado, nem sequer serão julgados. Nem o advogado, nem ninguém pode enfrentar esses bárbaros — diz o pai dolorosamente. — Eu agradeço por ter vindo. O advogado disse que você é escritor, que maneja a caneta. Dizem que a caneta é mais forte que as armas. Nós também acreditamos na força das palavras. Nós queremos a paz e o fim desses assassinatos. Mas, no momento, o único filho que eu tinha está morto. Pode escrever o quanto quiser, isso não vai trazer ele de volta. Aqui, as armas são mais fortes que a caneta. Que ninguém venha me aborrecer com a força das palavras e outras inutilidades.

Ele se cala. Eles se calam. Uma mulher traz chá em uma bandeja de plástico dourado. O retrato do defunto está afixado na parede: a ampliação de uma foto de identidade, sem dúvida tirada quando ele se matriculou na escola. A tristeza de seu olhar atinge Ömer em pleno coração. É como se o menino contemplasse a própria morte e assistisse à sua própria cerimônia fúnebre. Um buquê de flores artificiais amarelas, vermelhas e verdes repousa dentro de uma garrafa d'água sobre a mesinha colocada no meio da sala e ladeada de cadeiras. As mesmas flores que decoravam a mesa onde o pai de Mahmut e ele tomaram chá.

Depois que eles entraram, as mulheres pararam de murmurar as preces e de se lamentar. Todo mundo faz silêncio. Um silêncio tão denso que parece que vai se transformar em voz e tomar a palavra.

— Não leve a mal o que falou o pai — diz o advogado quando eles saem de lá. " Ele jamais falaria assim se não te considerasse um amigo e não esperasse sua ajuda. Ele abriu o coração a você.

É difícil explicar, mas ele confiou em você. Ele precisa de pessoas como você, de mim, de todos nós. Na verdade, todos precisam de todos. Quanto mais eu penso, mais tenho a impressão de que é essa necessidade que gera nossa raiva e nossa dor.

– Foi por isso que ficou aqui?

De início, o advogado não entende a pergunta.

– Eu quis perguntar se foi porque sabia que precisavam de você aqui que não foi embora. Jiyan *Hanım* me disse que você podia ter seguido a carreira universitária ou exercido a advocacia em Istambul ou Ancara, mas preferiu ficar aqui.

– Digamos que aqui é a minha terra. Como diz o ditado, quem muito se muda, pouco aproveita. Seja indo para as montanhas, seja ficando na cidade – certo ou não –, nós achamos que temos uma dívida com o povo, com estas terras, e tentamos pagar nosso débito.

– O que este lugar dá a vocês além de sofrimento? E esta cidade, onde as casas de lamentação parecem uma coisa normal?

– A causa do nosso sofrimento não é a terra nem o povo... Ele nos foi imposto pela violência da história e pelos poderosos. E nós, filhos da terra, temos vergonha desse sofrimento. "Se você não sente mais vergonha diante da dor do mundo e da sua gente, você perde a sua humanidade", dizia o falecido marido de Jiyan. Nós aprendemos muito com ele.

Embora confusos e díspares na casa das lamentações, seus pensamentos começam a aclarar e tomar forma. "Antes, eu era capaz de sentir a vergonha que outros tinham da sua dor. Eu me sentia responsável pelo sofrimento oriundo da exploração dos operários, da pobreza, opressão, guerras, crimes, da morte de crianças e todas as calamidades do mundo; eu tentava, nós tentávamos, expiar o pecado da humanidade. E ao esquecer esse sentimento, ao me preocupar apenas comigo mesmo, eu perdi minha essência e a palavra."

– E Jiyan *Hanım*? Ela também fez como você...
– Jiyan não pode ir embora daqui. Se ela partisse, seria como abater uma árvore frondosa sob cuja sombra as pessoas se refugiam. Se as pessoas como ela forem embora, toda a consciência e a esperança da cidade se esvairão. A ira cega das montanhas reinará absoluta. Não é só no sentido de mudar de lugar que eu uso a palavra partir. Você pode partir sem sair do lugar.
"Mesmo sem sair do lugar você pode partir... Talvez tenha sido assim comigo: fiquei, mas parti. Uma farmacêutica, um advogado do interior e outros como eles... ficam e resistem. Os últimos refúgios da consciência."
Sem conseguir refrear a curiosidade, ele pergunta:
– O marido de Jiyan *Hanım*, esse *hoca*, seu mestre... quem era ele?
– Era um pensador e escritor da região. Era advogado de formação, mas estudou nossa história e nossa língua. Ele gozava de muito respeito, não apenas aqui, mas no mundo curdo em geral. Ele morou exilado na Suécia antes dos anos 1980. O irmão mais velho da Jiyan morava em Estocolmo, foi lá que eles se conheceram quando ela foi visitar o irmão. A diferença entre eles era de pelo menos uns vinte anos. Eles se apaixonaram. Foi um amor digno de um romance. Um amor verdadeiro, capaz de superar qualquer obstáculo. No começo dos anos 1990, quando alguns exilados políticos foram anistiados, ele voltou para o país. Eles se casaram e passaram a morar aqui.
– E a morte dele?
– Jiyan não lhe contou?
– Nós conversamos muito pouco. Nenhum dos dois quis entrar no terreno particular. Mas eu ouvi dizer algumas coisas.
– Ouviu falar. Ouve-se muita coisa por aqui, salvo a verdade. Não dê crédito a tudo o que ouve. Quando se está no meio de uma guerra, cada lado tem a sua versão. Isso que chamam de

"crimes não resolvidos" é de longe o melhor exemplo. Eu sei o que estou falando, tenho em mãos dezenas de casos assim.

É compreensível que ele não queira dizer mais nada. Ömer tem um curioso sentimento de inveja e inferioridade. As portas que pareciam entreabertas se fecham novamente para o estranho. "Este homem sabe tudo sobre Jiyan. Eu não sei nada."

– Não foi muito difícil para ela continuar aqui depois da morte do marido?

– Difícil ou não, ela não tinha escolha. Antes de conhecer o marido, ela pensou em ir embora, quem sabe até fixar-se no exterior. Ela não tinha muita coisa em comum com as pessoas daqui e não parecia ser feita para viver na região. Mas tudo mudou depois de conhecer o *hoca*. Estas terras, este povo – falo de nós, dos curdos – e o amor que ela sentia pelo marido passaram a ser indissociáveis. Foi como se ela tivesse deixado de ser Jiyan, simplesmente, para se tornar a soma de todos esses elementos. Agora ela não pode mais partir. Jiyan não seria Jiyan se fosse embora.

Ömer sente uma inquietude indefinível, difícil de explicar. O advogado a descreveu perfeitamente bem com poucas palavras. Jiyan não seria Jiyan se fosse embora... "É isso, era essa coisa que me confundia, que não deixava eu me expressar claramente. Jiyan não é apenas uma mulher: ela é a soma de tudo isso que o advogado explicou. É daí que vem a sua singularidade, sua beleza, sua estranheza."

– A casa das lamentações acolhe igualmente os despojos e as famílias dos soldados turcos mártires? – pergunta ele para mudar de assunto.

Percebendo o ridículo da pergunta, ele se interrompe. E diz, igual a um aluno se desculpando pela inépcia de sua pergunta:

– Acho que falei uma besteira.

– Se fosse assim, não precisaríamos de casas de lamentação. Não haveria mártires rebeldes nem mártires soldados. Mas isso que disse não é besteira. É justamente o grande sonho de Jiyan, ultimamente. Ela brincou com a ideia de fazer cerimônias sem ostentações em memória dos soldados turcos mortos em combate, de reunir todo mundo – turcos, curdos, quem quer que fosse – num mesmo lugar, para que eles se unissem pelo menos no luto, já que, no momento, na alegria não é possível.

– Por que falou no passado? Ela desistiu da ideia?

– Digamos que ela não conseguiu, por enquanto. Jiyan não é do tipo que desiste. Principalmente porque, para ela, o projeto seria uma maneira de prestar homenagem às ideias do marido, de realizar seus últimos desejos. Aqui, o mais difícil não é guerrear, matar e morrer. O mais duro é poder prantear juntos os nossos mortos. Sinceramente. Os dois campos manifestam resistência. Isso não é vantajoso para aqueles que asseguram o poder através dos mortos, os que usam os mortos como arma. Imagine os soldados de dois exércitos morrendo uns nos braços dos outros. Qual comandante iria tolerar uma coisa dessas?

Quando, sempre conversando, eles chegaram ao centro da cidade, Ömer sentia que precisava refletir e colocar os pensamentos em ordem e desistiu de ligar para Jiyan. Decidiu telefonar para ver se o convite do prefeito, cuja esposa era sua leitora, ainda estava de pé. Sim, eles esperavam sua visita, ficariam encantados em jantar com ele esta noite.

Ele ainda tinha um pouco de tempo e foi até a *lan house* para verificar seus *e-mails*.

No encalço do desertor da vida

O uivo do vento e o estrondo das ondas a acordaram no meio da noite. Ela estava no último andar da Gasthaus, no quarto que tinha cama de casal, o teto alto de madeira, com vista para o mar: o mesmo onde, vinte anos antes, ela dormira com Ömer e Deniz.

"O tempo aqui continua imprevisível. Às vezes, o mar permanece calmo dias a fio, depois a tempestade cai de um só golpe. Dá pra ouvir mais as ondas dos quartos de cima; faz um barulho dos diabos, é impossível dormir", foi a advertência de Deniz, mas, por nostalgia ou masoquismo, foi lá que ela quis se instalar.

A persiana de madeira não para de bater. Ela se levanta e abre a janela para prender a persiana. O tumulto do vento e das ondas entra quarto adentro. Ela fecha precipitadamente o vidro. Lá fora, a noite é abalada por uma horrenda selvageria, que lembra a atmosfera dos filmes de terror ou as ilustrações dos livros infantis onde se vê a casa de uma bruxa malvada encarapitada no alto de um rochedo. Mesmo protegida ali dentro, ainda assim esta é a Noruega, é o mar do Norte. "Estamos a um passo do polo Norte" como diria Ömer.

Um vazio glacial a envolve; um sentimento de não pertencer àquele lugar, de solidão... Ela percebe que seu marido lhe faz falta, que ela adoraria que ele estivesse ao seu lado. Se as ligações do coração não estiverem totalmente rompidas, se os cônjuges não se tornaram perfeitos estranhos, não tem por que um casal viver assim tão longe um do outro, colocando essa distância entre suas vidas. Os mundos não compartilhados acabam por se dispersar.

"Você vai para o oeste e eu, para o leste. Nossos caminhos se separam cada vez mais..." O estômago de Elif se contrai: "Temos de fazer nossos caminhos e nossos corações se juntarem outra vez. Quando se trilha o mesmo caminho, os corações se unem. Temos de encontrar a mesma via juntos". Lá fora, a tormenta está enfurecida. Ignorando as janelas, ela preenche o quarto com seu uivo, semelhante ao de um animal sendo abatido.

Talvez sejam os gritos das gaivotas ou o assobio do vento se insinuando como uma serpente entre as rochas.

Ela pega o maço de cigarros na bolsa que deixou em cima da mesa e acende um. Ela fuma raramente, por prazer ou tédio. Mas neste instante ela tem uma necessidade imensa de um cigarro e uma bebida forte – um bom *schnaps*, como dizem os nórdicos.

Eles dormiram neste quarto, nesta cama, numa noite gelada no fim de um mês de dezembro, na véspera do Natal. A estufa de faiança que eles acenderam, pegando lenha da lareira, tinha sido de uma eficácia pífia. Eles colocaram o menino entre os dois para ele não sentir frio. Ele dormiu como uma pedra, entre os pais que se deram as mãos por cima dele, tentando mantê-lo aquecido. Foi uma noite fria, mas calma. Eles estavam felizes. Enquanto agora...

Contrariando sua apreensão, o reencontro com os avós de Ulla não foi de todo ruim. Claro que havia o obstáculo da língua, mas Björn facilitou muito as coisas. Apesar de sua dificuldade em crer que seu pai tinha uma mãe e que esta fosse justamente aquela estrangeira diante dele, o menino se afeiçoou de cara a ela. No jantar, o cardápio era composto essencialmente de peixe – cru, seco ou na salmoura –, acompanhado de molho agridoce e um prato de batatas com cebola frita. Tomaram também uma garrafa de uma bebida fabricada por eles. O fantasma de Ulla não foi convidado à mesa como ela temia. Quase se poderia dizer que ela jamais havia habitado esta casa, não fosse pelo seu retrato pendurado em cima da lareira, fechada por um pesado corta-fogo de ferro forjado. Ulla parecia ali bem mais moça do que a garota que acompanhara Deniz a Istambul – e onde perdera a vida. Ela devia ter uns 15 ou 16 anos na foto e já tinha aquele olhar vago, voltado para dentro, o mesmo sorriso triste... Para que ninguém percebesse que seus olhos se desviavam para a foto, Elif resolveu fixá-los no avô sentado à sua frente, dando um sorriso forçado. Bastaria pronunciar o nome de Ulla para abrir a caixa de Pandora e destampar culpas, tristezas e remorsos. Talvez fosse possível manter silêncio, mas os sentimentos dolorosos enraizados nos corações seriam soltos sob a forma de raiva e hostilidade.

No jantar, o menino estava muito excitado e não parava no lugar. Levantando-se a cada trinta segundos da cadeira, ele se aproximava de Elif, tentava pegar sua mão e ali ficava, admirando-a. "Ele gosta de você", dissera Deniz referindo-se a Björn, antes de traduzir para o norueguês o que estava falando. Elif sentiu um estranho temor na atitude, nos gestos e na voz do filho, um esforço para agradar essas pessoas que a deixaram triste.

Eles passaram a refeição relembrando sua primeira visita anos antes, a obstinação de Deniz em ver o Castelo do Diabo, o encontro deles com o alemão velho que se apresentara como o "desertor desconhecido" e a surpresa de não cruzar com ninguém, exceto com a mulher das cestas, a ponto de quase pensarem que a ilha fosse enfeitiçada. Deniz fazia o possível para traduzir a conversa.

– Nós, os nórdicos, temos um forte pendor para crer nos espíritos do mar, nas fadas das montanhas, nos gênios da madeira, nas lendas – diz o avô de Ulla. Sem dúvida por causa das tempestades, da penumbra que dura meses antes de dar lugar às compridas noites polares, do mar bravio e das florestas escuras.

– Isso já acabou. A vida moderna mudou tudo – replica a avó, chamada pelo menino de *mormor*. O mundo inteiro chega até nós pela televisão. Nem as crianças pequenas acreditam mais em gnomos e fadas. Elas fingem que acreditam só nas brincadeiras. Mas onde você vive, no Oriente, os contos e as lendas com certeza continuam vivos. Não há quem não conheça as *Mil e uma noites*, não é mesmo?

– Não é nada diferente daqui – responde Elif. – Infelizmente, o mundo encolheu. Como você disse, a tecnologia acabou com a magia. Além do mais, a Turquia não é tida como oriental. Nós nos sentimos mais perto da Europa, coisa que de fato estamos.

"Vá saber como esses camponeses noruegueses imaginam a Turquia! Eles devem imaginar que as mulheres vivem trancadas em haréns, que os homens usam um *fez* na cabeça e passam a vida fumando narguilé. É por isso que eles olham Deniz de cima. Eu preciso dizer pra ele não se deixar intimidar..."

– O mundo é mau – queixa-se o avô, evidentemente pouco interessado nas explicações sobre a Turquia. – A maldade tomou conta do mundo. Aqui, nós tentamos proteger a ilha das calamidades que assolam a humanidade. Mas até quando? Só Deus sabe. Até agora, não aconteceu nada de ruim. Se dois vizinhos brigam, eles se reconciliam na igreja. Vez ou outra perdemos alguns homens em um acidente de barco. Lamentamos especialmente se for uma pessoa jovem. Encontramos refúgio em Deus e protegemos os que ficaram. Mas aqui ninguém faz mal aos outros. As crianças têm segurança aqui.

Por um instante, Elif pensou ter ouvido o nome de Ulla. "Deniz não está traduzindo tudo o que o velho está dizendo", ela pensou. Talvez ele tenha evocado sua triste sorte, "a morte de Ulla, no seu país"... palavras que sem dúvida Deniz tinha preferido não traduzir, para não estragar a atmosfera do jantar. Em seguida, a conversa versou sobre os preparativos para o festival do peixe que aconteceria no dia seguinte.

– Amanhã é o festival do arenque – explicou Deniz. – Um monte de gente vai vir para a ilha, muitos do exterior. E vão passar pela Gasthaus para comer e beber alguma coisa ou até mesmo para dormir. *Bestemor* e *bestefar*, quer dizer... a avó e o avô, estão discutindo os detalhes da organização. É inútil eu traduzir, até porque acho que você não se interessaria. Essa não passa de uma das atividades banais de uma vila de pescadores.

O tom de condescendência que ela percebe na voz do filho acentua ainda mais seu mal-estar. Apesar de uns poucos contratempos, a noite tinha sido boa de um modo geral. Então, de onde vinha essa impressão de estar caindo num poço sem fundo, de ter o peito arranhado por um gato bravo?

Lá fora, a tempestade está ribombando pelo céu e pela terra, o clamor do vento se imiscui pelas janelas. Elif é tomada pelo pânico ao imaginar que as vagas podem alcançar a casa e engolfar seu quarto. Ela se lembra da bebida forte com gosto de tintura de iodo que tinha sido servida antes do jantar. "Eu preciso de um gole. Para quê? Eu não sei, mas preciso demais de uma bebida, de um cigarro e de todas as coisas que não servem para nada!" Sem acender a luz, nem fechar a porta do quarto, ela desce a escada mergulhada na semiescuridão. A porta do cômodo que serve de cozinha e sala de jantar está aberta e iluminada. "Droga! E como eu faço agora? Vou dizer que estava com sede e vim tomar água. Não estou a fim de passar por bêbada!"

Felizmente, os donos do lugar não estão ali. Sentado sozinho diante da comprida mesa de madeira maciça, Deniz está ocupado tentando prender peixes de diferentes tamanhos e forma, de plástico ou outro material semelhante, acumulados à sua frente, numa rede de pesca.

– Acordei com o barulho da tempestade e...

– Eu te avisei: quando chove assim, tem de cobrir os ouvidos para conseguir dormir naquele quarto. Foi por isso que eu preferi ficar com o outro.

Elif esquadrinha a sala à procura da garrafa. A mesa, o balcão da cozinha, o armário pesado de madeira entalhada...

– Você bem que podia me oferecer um copo daquela bebida que tomamos. Ou qualquer outra coisa que tenha, menos cerveja.

Ela se instala na extremidade da mesa, de frente para o filho.
— Está tudo bem, mamãe? Você não tem o hábito de beber.
— Hoje estou precisando.
Ela faz uma pausa e continua:
— É por causa da tempestade. Quando acordo a essa hora, não consigo voltar a dormir. Um cálice vai me fazer bem.
— Sabe, na Noruega é difícil encontrar bebida alcoólica e custa os olhos da cara. Mas aqui não falta nunca, já que a pousada é tida como um estabelecimento turístico, mesmo tendo poucos clientes. Você quer o que tomamos antes do jantar ou prefere *acquavita*?
— A segunda. Nunca tomei, mas deve ser melhor que a outra.
Ele enche o copo da mãe:
— É um pouco forte para mim, vou tomar uma cerveja sem álcool pra te acompanhar.
— O que é isso que está fazendo? São preparativos para o festival?
— Eu não sei se a chuva vai parar até amanhã de manhã, mas é tradição decorar a praça do embarcadouro para o festival do arenque. Tem de estar pronto para amanhã.
— E o trabalho fica por sua conta?
Consciente do tom de reprovação e do desprezo óbvio de sua pergunta, Elif se cala.
— Não sou o único, somos convocados para o trabalho. Antigamente, fazia isso com Ulla. Ela adorava esse gênero de atividade manual, tinha muita habilidade. Quanto a mim, sabe, eu não tenho a mesma destreza. Além do mais, errei na conta, falta um bocado de peixe. Mas isso me agrada. Fazer o quê? Seu filho gosta de se ocupar com essas ninharias.
— Eu não disse nada, não precisa se defender... É uma opção como outra qualquer. A sua opção. Para falar a verdade, não é a que eu teria preferido, mas se está feliz prendendo peixinhos de

plástico na cartolina ou sei lá o que para o festival do arenque numa ilha do diabo perdida no mundo...

— Eu me pergunto se você realmente se preocupa com a minha felicidade, mamãe. Mas eu fico feliz, sim, decorando as redes com peixinhos coloridos para um absurdo festival do arenque. Gosto de consertar as redes dos barcos que saem para o mar, de dar de comer e beber aos pescadores, de transportar as cestas de peixes e caixas de camarões. Peço desculpas por encontrar a felicidade desse jeito. O que você sugeriria?

Ele fala à meia-voz, esforçando-se para não alterar o tom enquanto seus dedos desajeitados continuam a passar a linha pelos olhos e rabos dos peixes, finalizando com um nó. Nesse seu corpo pesado, as mãos finas parecem os únicos vestígios do adolescente delicado que ele foi. Elif fica quieta, presa num turbilhão de sentimentos contraditórios. Deniz sempre foi desajeitado; aplicado, cheio de boa vontade, mas inevitavelmente canhestro sempre que tentava fazer qualquer coisa usando as mãos. E o modo como ele se submetia aos outros meninos com a esperança de jogar bola com eles... Ao recordar isso, ela fica mais consternada ainda. E ele faz a mesma coisa hoje! Ao preparar a decoração para um festival banal, aí está ele ainda tentando ser aceito e querido por esses aldeões nórdicos... Ela começa a chorar de repente, em silêncio. As lágrimas correm por seu rosto.

— Mamãe, mamãe gato... não chore, por favor. Olha, o gatinho está brincando com os peixes. Gatos adoram peixe.

Ele tem vontade de abraçar a mãe, de se refugiar nela, mas não faz nada. Por que é tão difícil para eles se comunicarem, superarem essa distância?

Um silêncio pesado se abate sobre eles. A única coisa que se ouve é o rugido do temporal e das ondas, e o tique-taque do velho relógio cuco preso à parede.

– Minha sugestão é que você saia daqui e volte à vida de verdade. Que abandone este refúgio ilusório para ficar conosco, por mais cruel e duro que o mundo seja.

– Tem certeza de que é isso que você quer, mamãe? O célebre escritor Ömer Eren e a grande professora Elif Eren, candidata ao prêmio de mulher cientista do ano, estarão prontos a assumir o peso de um filho deficiente da vida?

Elif fica petrificada com a revolta do filho. As lágrimas param de correr. A pergunta a atinge como uma bala no peito. Será que ela está pronta mesmo para carregar o filho? Um homem fracassado, desajeitado, perdedor... Este homem barbudo e cabeludo, gordo e negligente?

– Eu não sei, mas estou preparada pra pagar pra ver. Se você se decidir, seu pai e eu estamos dispostos a tentar uma vida nova juntos. Isso que você chama de felicidade não passa, na verdade, de um estado de sonolência, um subterfúgio. E não adianta usar seu famoso mecanismo de defesa: "o célebre escritor" ou "a famosa professora", como você diz, não quer dizer absolutamente nada. Não me lembro de jamais tê-lo depreciado ou olhado de cima.

Ela sente diminuir a sua dor à medida que cresce sua raiva. No final das contas, as pessoas sempre acham boas desculpas para justificar seus atos ou sua apatia. A opressão paterna ou materna é o melhor pretexto que os psicólogos já inventaram.

– Talvez vocês não tenham feito nada, mas, quando eu morava com vocês, sempre tinha a sensação de que esperavam algo de mim e que eu era incapaz de corresponder a essas expectativas. Aqui, ninguém me pede nada. Eu não preciso lutar contra mim nem afirmar ser o que não sou. Não fico agoniado. Seu filho é assim, seria melhor aceitarem isso. E o mais importante é: a que altura se deve chegar? Eu não tenho a resposta, mas acho que o ponto é aquele até onde você consegue subir. Mamãe, me escute pelo menos uma vez. Acredite, eu tenho opinião própria. Abra os olhos, os ouvidos... A tempestade que está lá fora não tenta ser diferente do que é, nem o mar, os peixes, os gatos, as rochas... A natureza não renega sua essência para procurar a felicidade, tudo nela está em concordância perfeita, em profunda harmonia. Harmonia esta que o homem corrompe e destrói com sua ambição insaciável. A pressão que ele exerce conduz à guerra, ao sangue, à barbárie. Eu só quero ser uma vibração da harmonia, não uma engrenagem da violência e selvageria.

– Não esperamos que você receba o Nobel, que fique rico e famoso ou seja um grande industrial. Sua posição é totalmente louvável, mas ao invés de viver em resignação passiva, você podia pensar em termos de lutar pela paz, pela justiça, para melhorar a condição humana. Você podia trabalhar para uma organização de ajuda alimentar às crianças da África, se engajar no Médicos sem Fronteiras ou algum movimento ecológico e pacifista. Você teria um objetivo, uma causa. Mas você preferiu a fuga, preferiu se anular, se enterrar vivo nesta ilha e ser um desertor da vida, como o velho alemão. Não espere aplausos nem pulos de alegria de nós. Para mim, para nós, você representa uma dor tão profunda que você nem imagina.

– Pois veja só. Até que conseguimos fazer de mim alguma coisa: uma dor profunda... Sinto muito, mamãe. Mas depois da morte de Ulla, depois de ter causado tantas decepções a vocês, depois que eu me refugio num mundo fantasioso para suportar isso, eu também conheço a dor. Ela parece atenuar quando estou num barco de pesca que luta contra as ondas à noite. Ela fica imperceptível quando estou servindo cerveja ou pregando esses peixinhos coloridos na rede. E ela desaparece por completo quando eu brinco com Björn e o vejo crescer, dia após dia. A dor abranda quando você a aceita. Se resistir, ela só vai aumentar. Eu não vou tentar opor a mínima resistência a ela porque não tenho forças. Não fiquem tristes por mim, me considerem um "filho perdido", se isso servir de consolo. Estou dizendo isso para deixá-la sossegada. Eu estou bem, mamãe. Estou muito bem.

"Eu estou bem, estou muito bem"... Essas palavras mentirosas que ele repete desde a infância, nas piores horas e quando está no fundo do poço, destacando cada sílaba como se primeiro tivesse de convencer a si próprio da veracidade delas... "Talvez ele esteja mesmo bem", pensa Elif. E se ele tivesse razão? "Eu não detenho o monopólio da verdade. Por que ele não pode ter convicções próprias?" Seu olhar pousa novamente sobre os dedos desajeitados do filho tentando dar um nó na linha. E daí? Preparar a decoração para um festival do peixe pode muito bem ter sentido, trazer felicidade e embelezar a vida. "E se eu me fizer a pergunta: O que é que eu faço? O que faço da minha vida, além de me fechar num laboratório e trucidar bichinhos para analisar o cérebro deles e sonhar com as recompensas que isso poderá me trazer?"

Para se livrar de seu sentimento de culpa, Elif adoraria acreditar que seu filho tem razão e que ele está "muito bem". Bem que ela gostaria de esquecer sua racionalidade e poder relaxar, finalmente.

– Sirva um pouco mais da bebida pra mim, eu vou te dar uma mão. Acho que não vou mais conseguir dormir.

Ela puxa para perto uma braçada de peixinhos. Inclinados sobre a rede estendida na mesa, mãe e filho se atêm juntos a uma tarefa comum, depois de anos. Silenciosos, mergulhados nos próprios pensamentos, eles enfeitam a rede.

*

Quando ela acordou no dia seguinte, para sua grande surpresa, a tempestade furiosa da noite anterior tinha se dissipado. Totalmente calmo, o mar do Norte parecia ter esquecido tudo. Eram quase nove horas. "Meu Deus, tomara que eu não esteja atrasada!" Estava quase amanhecendo quando ela voltou para a cama. Não estando acostumada com bebidas fortes e depois de tudo o que ela tomara, adormeceu assim que encostou a cabeça no travesseiro. Quando subiu para o quarto, por insistência de Deniz, ele ainda estava ocupado com a decoração.

– Vá dormir, mamãe. De qualquer forma, não falta muita coisa. Eu termino e depois também vou me deitar.

O rosto barbado do filho acusava a fadiga. Era principalmente em seus olhos, naquele olhar vazio e resignado, que se lia a derrota. Quase no fim da longa conversa que tinham tido durante a noite – talvez a mais longa, mais sincera e amigável que mãe e filho tiveram em toda a sua existência – Deniz tinha dito: "Para você, qual é a receita da felicidade? Estudar as mudanças nos cérebros dos camundongos? Ou, como meu pai, dar autógrafos e distribuir sorrisos aos leitores que fazem fila na frente dele? Enfrentar a morte, matar por uma causa? Talvez ela esteja em tudo isso. Mas eu, eu estou feliz desse jeito. Pare de se preocupar, seu filho está bem"; No entanto, o olhar dele refletia a derrota, a resignação e a rendição. Meu filho vencido sem lutar e que encontra na renúncia a felicidade que ele não teve força para ir buscar noutro lugar...

Na véspera, sob efeito do álcool ou em desespero de causa, ela tinha experimentado uma sensação de serenidade ao aceitar Deniz tal como ele era.

Ela também recordava ter se interrogado a um dado momento sobre a verdade, o bem, a felicidade, o sentido da vida. Mas agora, com este novo dia prestes a começar, todo o sistema de valores da vida real e cotidiana, com suas esmagadoras e peremptórias certezas que na noite anterior parecia estar abalado proclamava de novo sua soberania.

Ela se levantou da cama e se dirigiu para a pia situada em um canto do quarto para lavar o rosto. Seu reflexo no espelho a agradou. Desde a juventude, a tristeza e o cansaço me caem bem! "Pobre querida, não dá para sentir pena desse rosto", dizia Ömer, apertando a mulher em seus braços e afagando seu cabelo. Quando ele falava assim, suas ideias negativas evaporavam e suas tristezas acabavam. O que foi que fizemos do poder curativo do nosso amor? E o rio que irrigava nossos corações, quando ele secou? No momento em que percebemos que tínhamos perdido nosso filho? Ou bem antes, quando você começou a subir degraus feitos de bolhas de sabão para perseguir a magia das palavras? Ou quando, fascinada pelas imagens que o microscópio enviava para a tela do computador, eu me esquecia de voltar para casa? E se nossas respectivas fugas – a sua na escrita, nos seus livros e círculos de admiradores, e a minha nos halos caleidoscópicos de meus sonhos de criança –, fossem o resultado do nosso afastamento e não a causa?

Um leve toque de lápis nos olhos e nas sobrancelhas, um pouco de batom nos lábios, uma empoada discreta no rosto para atenuar as marcas de expressão cada vez mais profundas na testa e ao redor dos lábios... gestos tão naturais e indispensáveis quanto o ritual de escovar os dentes. Ao vestir o jeans – de marca e muito caro –, que lhe cai como uma luva, ela sorri satisfeita por ainda estar tão esbelta e dinâmica mesmo perto dos cinquenta – modo de dizer, porque ela já passou dessa idade! Ela repete o elogio que costuma ouvir: "Cinquenta anos? Incrível! Não parece ter mais de 40". Quando ela pensa em Deniz com seu corpo pesado, prejudicial tanto para os olhos quanto para a saúde, os versos de um poema vêm à sua cabeça como um refrão: "Ele não sabe a lição e, ainda por cima, é gordo". Ao se dar conta de que tem vergonha do físico de seu filho, ela mal se reconhece. Eu sou magra, elegante, impecável e além do mais, sou a professora Elif Eren. Qual a importância disso tudo aos olhos do Ömer, por exemplo?

Ela sabe que o marido a trai de tempos em tempos. Ela se detém nessa palavra. "Trair"... "Que vocábulo horroroso! Uma palavra clichê, vulgar e que não reflete a realidade. Ömer não confessa ter esse tipo de relação efêmera. Isso pertence à outra parte de sua vida. Uma parte que não me diz respeito, que não me diminui em nada. Menos ligada ao corpo, ao desejo e à sexualidade do que a um instinto masculino, à necessidade permanente de provar alguma coisa a si mesmo. É querer ser desejado, adulado, é o apetite pelas conquistas. Mas quem fica sou eu. Cada vez que ele vai embora, é para mim que ele volta. Não, isso é falso. Ele não volta, pois nunca se separa de mim."

Mesmo não sendo mais um amor com paixão, a união deles permaneceu sólida por ter resistido à passagem do tempo e às ligações passageiras dele que, no final, reforçaram ao invés de minar seu casamento. E para Elif era como um refúgio ser a esposa, a mulher de Ömer Eren...

"Como é ser a mulher dele?", perguntara a jovem crítica literária que fora entrevistar o famoso escritor e sua esposa na casa deles. Sem perder a pose, Elif respondeu com um toque de feminismo: "A pergunta podia ser feita nos seguintes termos: como é ser o marido de Elif Eren, mundialmente conhecida por seu trabalho sobre a transmissão genética da memória e do esquecimento?" A lição aprendida com essa feminista que não se deixava ludibriar foi suficiente para desestabilizar a jornalista pelo restante da entrevista. Mas a última pergunta que ela fez, conscientemente ou não, agora arranhava a alma e a mente de Elif.

Impelida pela ambição de abordar as coisas sob um ângulo inédito para ganhar projeção, a garota quis falar com Deniz, que por acaso estava em casa naquela hora. Só uma pergunta, ela insistiu, sem ligar para seu ar recalcitrante:

– O que significa ser o filho de Ömer e Elif Eren?
– É horrível – foi a resposta abrupta dele. – Eu não gosto. Sou sempre visto como o filho de alguém e, para ser eu mesmo, me sinto obrigado a plantar bananeira.

Elif ainda recorda o ar aturdido da moça. Felizmente, ela teve a delicadeza de não incluir a pergunta no artigo.

"Será tão terrível assim ser nosso filho? A ponto de preferir desistir da vida em uma ilhota nórdica, perder-se no fim do mundo? Qual entrevista, qual reportagem, qual fotografia consegue mostrar a realidade das pessoas? Elas poderiam explicar os motivos da minha vinda para cá e a minha aflição? Por que estou tão triste? E não faz mais de dois dias que eu fiz uma apresentação das mais interessantes no simpósio internacional – 'E, ainda por cima, ela é turca! Incrível! Então no país dela tem universidades, esses trabalhos científicos e tudo?' –, fui elogiada, comecei a criar um nome na comunidade científica internacional e fiquei a um passo de ganhar o prêmio de cientista mulher do ano. De onde vem esse sentimento sombrio de vazio? Eu me sinto totalmente sozinha esta manhã e tão desamparada... Por quê? Será por causa do meu filho ou de Ömer, que tanta falta me faz, ou de ambos?

"Eu preciso de você, da sua voz, preciso muito ouvi-lo. Quando eu voltar, nunca mais vou deixar você. E, mesmo que queira partir, vou me pendurar em você e impedir que vá. Eu sempre detestei a ideia de ser uma mulher pegajosa. Mas eu preciso grudar em você. Não podemos mais ir cada um para um lado. O Oriente e o Ocidente são suficientemente vastos para nós dois. 'Eu vou para o leste. Você, para o oeste... nossos caminhos se separam cada vez mais'... Estávamos tão estreitamente ligados no início do caminho, apesar de todas as suas ramificações, que sempre senti que nossas raízes, nossos troncos eram apenas um."

Sem dúvida, é porque as escapadas do marido, suas próprias deserções sob o pretexto de trabalhos acadêmicos, os distanciamentos e as separações não eram problema para ela. Como se a união deles fosse mais uma necessidade do que uma situação de fato. Como se Ömer não fosse um ser distinto, mas um prolongamento da sua cabeça, de seu corpo e seu coração. A existência do marido lhe parecia tão natural quanto o ato de respirar. Por excesso de autoconfiança, quem sabe. Ou então por medo de perdê-lo. Ou ainda por não ter força suficiente para evitar o desgaste e a erosão que o tempo causa.

"Estou envelhecendo. Os 50 anos pareciam tão longínquos e nebulosos, mas eis que cheguei lá. Eu te amo. Preciso de você mais do que nunca. Estou ao lado do nosso filho; do nosso filho ferido e que nos feriu. Ontem à noite, conversamos quase até o amanhecer. Nunca tínhamos falado tanto. Ele estava prendendo peixinhos coloridos de cartolina em redes de pesca para decorar a praça onde hoje vão ocorrer as festividades. Ele me falou que esse tipo de atividade o deixa feliz. E me perguntou que mal havia em levar uma vida pacata, em se dedicar a coisas inocentes e sossegadas neste mundo de fogo e sangue. Eu não soube responder. Estou cansada, querido; preciso de você, da sua voz, das suas palavras..."

Para se livrar da angústia, da sensação de asfixia que aperta seu peito, ela diz que precisa fracionar o problema, segmentar a pergunta em partes. É conveniente passar a adotar uma abordagem sistemática que permita analisar e resolver cada coisa ponto por ponto. Ao apoiar-se nas respostas que encontra, você estabelece correlações e avança passo a passo em direção à solução. Racionalidade, sistematização, método cartesiano... para facilitar a tarefa e evitar se perder nos meandros do labirinto da mente... Mas neste mundo terreno, onde até mesmo os conceitos fundamentais da física clássica foram pulverizados pela teoria da relatividade, a mecânica quântica e a teoria do caos, onde o positivismo, como as interpretações metafísicas, se vê relegado à lixeira da história, o racionalismo não parece ser a panaceia.

"O que me machuca tanto por dentro? Meu filho desertor enfiado nesta ilha solitária? Ou é o fosso entre mim e Ömer que, a despeito de toda a minha negação, se alarga cada dia mais? É o medo de perdê-lo? Ou a consciência das minhas limitações, que só eu conheço, apesar dos cumprimentos e aplausos que coroaram a minha apresentação e dos numerosos convites feitos por universidades de prestígio? Se eu contasse isso a alguém, seria visto como falsa modéstia com o intuito de receber mais elogios. Porém eu sei muito bem onde se situam os limites do meu sucesso e da minha 'genialidade'. Se eu me abrisse com Ömer, ele computaria isso como meu incurável perfeccionismo: 'Se você estivesse no meu lugar, não gostaria de nada que tivesse escrito, não teria editado um único romance'." A exemplo de todos os homens supostamente bem-sucedidos, Ömer não duvidava do próprio talento. "Bastava seus livros serem apreciados e seriam vendidos como pão quente! Estarei sendo injusta com ele? Por que ele não consegue escrever ultimamente? Com certeza ele também tem as suas preocupações. Nós partilhamos tão poucas coisas hoje em dia. Cada um pega a sua trouxa e segue seu caminho: eu vou para o leste. Você, para o oeste..."

Lá fora, o tempo claro promete um belo dia. "Que clima estranho! Nem no começo de julho dá pra confiar no tempo. Se a chuva de ontem tivesse continuado, teria estragado a festa. Depois de tanto esforço, teria sido uma pena. Bom para quem dá muita importância ao festival do arenque desta funesta ilha do diabo!" O que mais importa a ela é que seu filho não trabalhou a noite inteira em vão na decoração, feita com tanto carinho, e que o pequeno Björn não vai se frustrar com a tão esperada festa...

Ela vai até a cozinha para tomar café. Só acorda de verdade depois de tomar uma xícara grande de café preto sem açúcar; um prazer – ou um vício – não compartilhado por Ömer, que prefere chá ou uma boa sopa.

O desjejum está servido na grande mesa de madeira. Um queijo regional amarelo e meio sem sal, outro tipo de queijo parecido com ricota, geleia de morangos silvestres, peixe cru em pratinhos, pão preto numa tábua, uma faca ao lado da torradeira e uma garrafa térmica com café quente. Não tem ninguém ao redor. "Este lugar está deserto desde que pus os pés aqui pela primeira vez, naquele dezembro quando fomos surpreendidos pela noite."

Ela não tem o hábito de tomar café logo que acorda. Deixando de lado a fina xícara de porcelana, ela pega uma das canecas penduradas na parede e a enche de café. O odor suave exala várias lembranças. Com a caneca na mão, sai pela porta que dá para o mar. Respira o ar carregado de sal e do cheiro de algas, muito diferente daquele que ela conhece em seu país. Céu pálido e ligeiramente enevoado, mar de um azul leitoso, em alguns lugares com faixas cinzentas e azuis-marinhos, luz amarela ao alvorecer e, quando o sol se põe, ela se tinge de vermelho-alaranjado. Natureza aprazível e impassível, onde todas as cores se fundem num tom pastel harmonioso que não evoca violência ou excessos. Exceto pela tempestade que já passou, pelas montanhas severas e as rochas de granito, não há nada de austero nesta geografia. Ela é impressionante de tanta beleza, "mas eu ficaria sufocada se passasse mais de três dias aqui. Nós somos do Mediterrâneo e do mar Egeu. Precisamos do burburinho, do tumulto incessante, do calor do sol, da luz ofuscante. Não aguentamos esse isolamento e a falta de gente."

Passando pela porta da pousada que dá para o lado do mar, ela vê o filho, de costas contra um bloco de pedra, nos rochedos situados à esquerda da casa quando se olha para o mar. A cabeça entre as mãos, o rosto virado para baixo, como se falasse com alguém que Elif não consegue ver.

Ela se arrepia. Uma serpente quente e úmida percorre a sua coluna. Na solidão do deserto infinito, postado sobre uma velha parede em ruínas, o Pequeno Príncipe conversa com a serpente: uma dessas cobras terrivelmente venenosas que podem mandá-lo para a sua estrela com uma única mordida:

"Sim, sim! O dia é este, mas não o lugar... Não tenha medo, não vou sofrer, parece que vou morrer, mas, na verdade, não vou morrer... Você entende. Minha estrela é muito longe. Eu não posso levar este corpo para lá. Ele é pesado demais... Será bonito, sabe. Eu também vou olhar as estrelas. Todas as estrelas vão ter poços com uma roldana enferrujada. Todas as estrelas vão me dar de beber... Vai ser muito divertido! Você vai ter quinhentos milhões de guizos, eu vou ter quinhentos milhões de fontes..."

"Ele se calou porque estava chorando. E se sentou, porque estava com medo."

"Sabe, minha flor... eu sou responsável por ela!"

"Ele se ergueu. Deu um passo. Um clarão amarelo brilhou ao redor de seu tornozelo. Ele ficou imóvel por um instante. Não gritou. E caiu suavemente, como uma árvore que tomba. Nem fez barulho, por causa da areia..."

O *Pequeno Príncipe* era o livro preferido de Deniz quando ele era criança; não cansava de ouvir a cena derradeira que ela já tinha lido para ele dezenas de vezes: aquela em que o Pequeno Príncipe pede para ser mordido pela serpente que ele encontra no deserto, para voltar para seu planeta... Toda vez, como se fosse a primeira, o menino escutava a história com os olhos arregalados e prendendo a respiração; algumas vezes até chorava.

Elif é tomada pelo pânico, como se a serpente estivesse enrolada ali na rocha onde estava Deniz. "O dia é este, mas não o lugar... Minha estrela é muito longe. Eu não posso levar este corpo para lá. Ele é pesado demais..."

Elif dispara em direção às rochas. Mas a cerca do jardim da Gasthaus detém sua marcha. Ela não sabe como sair para ir até o rochedo. Provavelmente terá de dar a volta por trás. Ela se aflige. "Eu preciso chegar antes que a serpente cumpra a sua promessa, devo impedir que ela o morda! 'Eu não posso levar este corpo para lá. Ele é pesado demais...', diz o Pequeno Príncipe. Não é só o corpo dele, o coração também é pesado demais. Preciso deter a serpente, é necessário que Deniz pare de pedir a ajuda dela e fique um pouco mais no planeta Terra. Ele não pode partir tão depressa e abandonar sua amiga raposa. A raposa que lhe havia dito: 'O seu cabelo tem a cor do ouro. Então será maravilhoso quando você me seduzir! O trigo, que é dourado, me lembrará você...' E quando se aproximou a hora da partida: 'Claro, eu chorarei. Mas terei lucrado, por causa da cor do trigo'. E o piloto cujo avião tinha sofrido uma pane no meio do deserto, o que seria dele sem o Pequeno Príncipe? Não, ele não pode partir abandonando tudo."

Ela ouve a própria voz se elevar com um grito rouco: "Deniz, Deniz, Deniz..." O eco repercute nas rochas.

– Mamãe, o que foi?

É a vez de Deniz se afligir.

Diante da cerca que se interpõe entre ela e as rochas, Elif cai de joelhos. Ela nem vê Deniz pular do alto do bloco de pedra e pegar o filho, que brincava mais abaixo. Ele faz o menino passar por cima da cerca e se aproxima da mãe.

– O que está acontecendo, mamãe? O que foi?

Ela se aconchega entre os braços dele e começa a chorar, o corpo sacudido pelos soluços. Sem saber o que fazer, Deniz se agacha perto dela e tenta acalmá-la com carícias tímidas e desajeitadas.

– O que a *farmor* tem? – pergunta Björn em norueguês, surpreso e um pouco inquieto.
– Não é nada, já vai passar. Vá até o embarcadouro ver se está tudo pronto e se as redes foram instaladas. Se perguntarem por mim, diga que já estou indo.

Ele dá um tapinha no bumbum do menino, que se põe a correr.

– O que foi, mamãe gato? O que você tem?
– Eu não sei – ela responde entre dois soluços –, eu não sei. Quando te vi nas rochas, senti um medo súbito! Você estava falando com alguém, com alguma coisa, tive a impressão de que falava com a serpente, tive muito medo.
– Mamãe, que serpente? Björn estava lá embaixo, todo impaciente para ir para a festa e eu estava explicando que iríamos assim que a avó dele acordasse. Estava esperando você, só isso.
– Me desculpe – diz ela –, desculpe, estou com os nervos à flor da pele, estou tendo alucinações. Esta noite foi difícil para mim. Há muitos anos que tudo é muito duro, na verdade. Vá, não deixe o menino sozinho. Jamais deixe seu filho sozinho. Eu conheço o caminho, eu encontro vocês assim que estiver melhor.

Ele ajuda a mãe a se levantar. Ele a abraça e se aperta contra ela, com o mesmo abandono, a mesma ternura de quando era criança.

– Não tenha medo, mamãe. Por aqui não tem serpentes. Vamos, vá lavar o rosto e refazer a maquiagem. Eu quero que minha mãe esteja bonita para ser apresentada aos moradores da ilha. Eu não estou atrasado, não se preocupe. Não tenho nada urgente para fazer lá. Ainda é cedo para servir cerveja. Eu espero você, vamos juntos para a festa.

*

Desta vez o telefone de Ömer funcionou. Finalmente ele tinha encontrado um lugar civilizado onde seu celular pegava! "O número que você ligou está fora da área de cobertura. Favor ligar mais tarde." Ela estava cansada de ouvir esta mensagem e irritada porque ele não atendia, mesmo vendo o número dela aparecer no visor. "Eu vou para o leste, ele tinha dito. Onde, exatamente?" Van fica no Oriente, assim como Tunceli, Hakkâri, o Iraque, a Síria e o Afeganistão... Pode ser qualquer lugar. Até a Europa tem seu leste vista do mar do Norte.

Elif não tinha tido muito tempo para pensar em Ömer nos últimos dias. Ela teve de se concentrar no simpósio, que teria palestras extremamente interessantes, aperfeiçoar sua própria palestra chamada "Os problemas éticos da tecnologia genética" – a qual acreditava seria uma referência importante para o prêmio de cientista do ano, há tanto tempo visado por ela – e refletir sobre a pergunta que remoía seu cérebro: "Vai ver Deniz ou não?"... Na correria dos últimos dias, antes de sua partida, ela tinha recebido uma mensagem de Ömer no celular: "Às vezes não tem sinal aqui, não se preocupe, estou bem. Ainda estou por aqui". Uma desculpa perfeita para ambos: o telefone não pega, o que se pode fazer?

No momento, ela está um pouco afastada do lugar das festividades, num canto relativamente calmo, contemplando a praça enfeitada com redes cheias de peixinhos de papel, tecido ou cartolina brilhante, de estrelas do mar, cavalos-marinhos e grandes sereias. Sobre as compridas mesas cobertas com toalhas brancas, peixes de vários tipos, doces, bolos e guloseimas coloridas estão à venda e são feitos os últimos preparativos na barraca da cerveja... Postada perto de uma casa para se proteger do barulho, celular em punho, ela espera que Ömer atenda.

– Eu ia justamente te ligar, querida. Tentei várias vezes, mas não consegui completar a chamada. Onde está? Já voltou para Istambul?

– A culpa é desses malditos celulares! O meu também não estava com sinal. Você está nas montanhas e eu, na ilha do diabo... Não há celular que pegue!

Suas frases são cheias de subentendidos, mas sua voz não demonstra tristeza. Pelo contrário, está até alegre.

– Adivinhe onde estou!

– Está na ilha de Deniz.

– Como você sabe?

– Você acabou de dizer, ora. "Você está nas montanhas e eu, na ilha do diabo..." – ele faz uma pausa e, deixando de lado o tom infantil que estavam usando, continua:

– Obrigado por ter ido até aí, eu não me sentia preparado para isso. Eu contei com você e nem sequer dei uma ajuda.

Em sua voz aflora um leve sentimento de tristeza e remorso.

"Por que toda vez que falamos do nosso filho adotamos um tom circunspecto, um ar de desculpa? Será porque cada um se acha mais culpado que o outro e supõe que o sofrimento do outro seja maior que o seu? Ou porque nos sentimos simplesmente miseráveis?"

– Deixa isso pra lá – diz ela com descontração. – A ilha está fervendo hoje com a festa do peixe, o festival do arenque, sei lá o quê. Estamos na praça do embarcadouro. Lembra? Está tudo decorado com redes de pesca enfeitadas com peixes de todas as cores. Seu neto não para de correr pra lá e pra cá, está se divertindo um bocado.

– Meu neto! Tenho um neto de verdade...

Só então Elif se dá conta que disse "seu neto".

– Sim, você tem um neto e ele é adorável. O pequeno Björn, que espera a princesa Ulla e que se encosta na gente como um gatinho, para expressar afeição, pois para ele as palavras não são suficientes.

– Como está Deniz?

– Deniz... Deniz está bem. Todos estão bem.

Os dois pensam ao mesmo tempo no filme que tanto adoravam: *Estamos todos bem*... Um pai siciliano decide fazer uma visita aos filhos espalhados pelos quatro cantos da Itália. De volta à sua aldeia, ele dá a mesma resposta à sua mulher falecida, diante do seu túmulo, e a qualquer um que lhe peça notícias deles: "Todos estão bem." A filha se prostitui, o filho mais velho se suicidou e o caçula está preso por tráfico de drogas... Diante da morte e da existência de seus filhos, impregnada de mentiras e ilusões, a dor desse velho pai se resume em uma frase: "Todos estão bem".

– Falaremos nisso quando eu voltar. Eu contarei de Deniz, de Björn... Estou com saudade, senti a maior necessidade de ligar para você, não consegui resistir.

– Resistir a quê?

– Ao fato de você, com o pretexto de que seu celular não pega, não ter me ligado. Já estava na hora de você sair dessas montanhas e voltar aos lugares onde seu telefone funcione. Em poucos dias terei uma conferência na Suíça e logo depois eu volto. Você também podia voltar.

Ela se surpreende com essas palavras. Se tinha ligado para o marido, fora essencialmente para não deixá-lo sem notícias suas, mas era mais para aplacar a própria consciência do que para tranquilizar Ömer. Era no que ela menos pensava. Como uma pessoa pode pretender compreender os outros se mal entende os próprios sentimentos?

– Estarei lá quando você voltar. Teremos todo o tempo do mundo para conversar, meu bem. Cumprimente Deniz por mim... Diga o que julgar mais apropriado para reconfortar nosso filho...

Elif desliga e vê o menino chegar correndo. Ele a puxa pelo braço, falando alguma coisa que ela não entende. Seus olhos brilham de excitação, ele não para quieto. Ela o segue até o cais.

O menino mostra a ela os barcos de pesca, enfeitados para a festa, se aproximando. Pessoas em roupas tradicionais, homens, mulheres, jovens e velhos, vindas do continente ou das ilhas vizinhas, desembarcam cantando músicas alegres acompanhadas por um instrumento estranho, algo entre um violão e um bandolim[23]. A praça se anima. Essa ilha distante, cujo imobilismo, calma e silêncio beiram à melancolia, parece ter entrado numa crise de alegria e euforia.

Björn leva a avó até o meio da praça cercada de barracas de peixes, víveres, bebidas, enfeites, material de pesca, além das redes que eles tinham passado a noite enfeitando com peixes multicoloridos. O centro, espaço reservado à dança, aos jogos e às competições, ainda está livre. Björn fica ali, sem soltar a mão de Elif. Primeiro ninguém presta atenção neles, mas, pouco a pouco, todos os olhos se voltam para os dois. "Olhem todos, olhem bem!", grita Björn. Elif não entende com exatidão as palavras da criança, mas adivinha o sentido delas. Em seguida, o menino se põe a berrar com todas as suas forças: "Esta é a mãe do meu pai! *Farmor, farmor, pappamor!* Eu adoro ela!".

O estranho é que Elif entende, como se a fala fosse no seu próprio idioma. Ela tem uma súbita sensação de estar flutuando, suspensa em um espaço intemporal. O último instante de consciência antes da morte deve ser assim. Uma verdadeira cena de filme, de comédia musical: bem no meio de um cenário de festa erguido na praça de um cais banhado pelo mar aparentemente idílico, um garotinho de cabelos dourados como o trigo, com um ar que desafia o mundo inteiro, traz pela mão uma mulher de meia-idade, de semblante bem cuidado, mas cansado, trajando um jeans apertado e uma camiseta branca. Um grito que penetra

---

[23] *Haringfela:* tipo de violão originário da região do fiorde Hardanger, tido como instrumento nacional da Noruega. (N. T.)

nos ouvidos dos espectadores ao redor da praça, que abre caminho até seus corações, ultrapassa o cais e chega até o mar e os rochedos lá no alto, antes de se mesclar com as ondas do oceano: o grito de uma criança, cansada de esperar em vão pela princesa Ulla: "Esta é a mãe do meu pai! Minha avó! Eu adoro ela".

Ela tenta sentir a cena pelo lado de fora. Ela se vê como uma bruxa prestes a ser queimada em praça pública ou como a Santa Virgem que espera o anjo que a levará para o céu. Duas visões diferentes do mesmo sentimento, do mesmo acontecimento. Que coisa estranha! Ela se inclina para pegar o menino no colo. "Eu também pegava Deniz desse jeito e o apertava contra mim." Ela sente aquele coraçãozinho palpitando, como o de um passarinho. Na barraca da cerveja, Deniz os observa com um sorriso. "Minha nossa, só falta ele ter a ideia de se juntar a nós! Só serviria para completar esta cena piegas." Deniz não se mexe. Com o menino nos braços, ela anda lentamente em direção ao filho, enquanto gritos de alegria se elevam da multidão. Ela não entende as palavras, mas sabe que devem ser expressões de boas-vindas. Então vozes dissonantes são ouvidas de um canto da praça onde tem um grupo de motoqueiros jovens, vestidos de maneira esquisita – carros são proibidos na ilha, mas aparentemente não há nada contra motos. "A mãe do estrangeiro! É a mãe do estrangeiro." Ela compreende o significado do que dizem e também que não são palavras amigáveis. Ela se vira para eles e, com um ar de desgosto e reprovação, examina o grupo de rapazes com roupas de couro, tatuagens e, alguns, de cabeça raspada. Quando ela vai xingá-los em inglês, seu olhar cruza com o de Deniz. À vista da angústia estampada no rosto dele, ela vai rapidamente para o outro lado da praça.

– Nunca aconteceu uma coisa dessas aqui. Aliás, eles não são daqui, devem ter vindo de outra ilha – diz Deniz, parecendo querer desculpá-los.

– Eles são assim em qualquer lugar. Sejam turcos, norueguesas, alemães, ingleses, gregos... são todos iguais, uns imbecis, uns primitivos... Todo mundo é estrangeiro neste mundo! Um é inimigo do outro.

– Eles têm medo, mamãe, é sempre o medo. Eles estão desorientados, têm medo do futuro. E quanto mais medo sentem, mais agressivos eles ficam. Deixe estar, não se aborreça. A Noruega é o último país onde os *skinheads* e os fascistas proliferam. Essa gente não tem lugar aqui.

Ele afaga as mechas loiras do filho, que se abrigou entre eles.

– O certo é dizer "minha avó paterna" e não "a mãe do meu pai". É *farmor*, não *pappamor*.

– Mas ela é estrangeira. Você também é. Os motoqueiros disseram que era "a mãe do estrangeiro". Você não ouviu?

– Eu já disse. Todos somos estrangeiros para alguma outra pessoa. Os motoqueiros também são estrangeiros aqui, porque não são da ilha. E se nós formos para outro país, nós é que seremos os estrangeiros, porque não nascemos lá. Ser estrangeiro não quer dizer ser mau. Você acha que eu sou mau?

– Você é o melhor pai do mundo – diz o menino se jogando no colo dele. Quando a princesa Ulla chegar, ela vai se casar com você e nós três vamos ser muito felizes.

Princesa Ulla, papai e estrangeiro são as únicas palavras que Elif entende. A afeição entre pai e filho aquece e, ao mesmo tempo, entristece o coração. "Talvez fosse disso que Deniz precisasse: desse amor incondicional, desse abandono confiante, de existir por uma alminha e assumir a responsabilidade por ela."

Eles perambulam pelas barracas de peixe, balas, brinquedos, coisas fascinantes para a criança. Ela dá a Björn um navio pirata com controle remoto e um carro vermelho grande que funciona com uma pilha possante. Certamente os brinquedos estavam expostos não tanto para encontrar quem os adquirisse, deveria ser para dar um toque de opulência à quermesse. O menino mal pode acreditar no que vê.

— Lembra, papai, você dizia que o carro era só pra decorar, que ninguém ia comprar. Você viu, a vovó comprou pra mim! Será que ela é mágica?

— Ela não é mágica, talvez um pouco louca.

Correndo o risco de bancar o estraga prazeres diante do contentamento do garoto, Deniz tenta objetar:

— Não precisava, mamãe. Vocês nunca me compraram brinquedos tão caros. Eram contra esse tipo de coisa. Não acha que exagerou um pouco?

De súbito, Elif percebe que gastou tanto no carro não apenas para agradar o neto, mas para que esses caipiras do norte fiquem de boca aberta e passem a respeitar seu filho: vocês não passam de um bando de pescadores ignorantes e nos desprezam porque somos estrangeiros, ainda por cima orientais, somos turcos! Pois bem, tomem! Os brinquedos que ficam anos encalhados na prateleira, somos nós que compramos e sem ao menos barganhar!

Ela tem a sensação de que foi pega em flagrante: "Eu sou nojenta. Não sou melhor que os *sheiks* árabes que vão fazer compras em Londres ou Paris e imaginam que serão respeitados por esbanjar dinheiro".

O menino já se instalou a bordo do carro vermelho. Ele circula em todos os sentidos no meio da praça com esse carro mágico que sua avó-fada trouxe em seu tapete voador lá de terras fabulosas e distantes. Fazendo cara feia, Elif come um pedaço de arenque cru, temperado com limão e cebola, que seu filho lhe oferece, tentando engolir sem mastigar. Deniz coloca tábuas de madeira sobre tonéis para servirem de balcão à sua barraca de cerveja e *acquavita*. Daqui a pouco ele a deixará a cargo de outra pessoa e embarcará em um dos barcos de pesca para participar do concurso do maior peixe. É a festa do peixe, o festival de verão em uma ilhota perdida no mar do Norte. "Mas o que faço eu aqui? Por que Ulla morreu? Por que Deniz está aqui? É por que não importa a ilha, não importa qual povo tenha necessidade dos estrangeiros para afirmar sua identidade e reforçar sua autoconfiança? E Björn, exultante de felicidade, que passeia sua alegria dentro do seu carro vermelho? Onde estão as verdadeiras raízes? Em sua imaginação transbordante? Neste lugar encantado onde a princesa Ulla acabará aparecendo um dia para se unir ao seu pai, vencer o diabo e viver num palácio de cristal?"

Ela observa a multidão que aflui ao lugar, as redes de pesca penduradas na cabana amarela perto do embarcadouro, balões de todas as cores na forma de peixe, as embarcações decoradas para a ocasião, o mar cinzento, o céu azul salpicado de nuvens brancas, os vestígios da fortaleza no alto dos rochedos, o Castelo do Diabo... "Meu marido, meus amigos, meus alunos... aqui não tenho ninguém dos meus. Nem meus camundongos ou minhas cobaias. Meu filho está distante, é um estranho; meu neto não fala a nossa língua, nem eu falo a dele..." Ela se sente sozinha no mundo; não fosse pelo pudor, ela desataria a chorar, como uma criança perdida.

Deniz se aproxima dela. Com uma alegria genuína, ele explica o que é o grande concurso que está prestes a começar.

– Na verdade não é um concurso, é mais um costume para alegrar a festa. Nós nos divertimos jogando as redes ao mar, ou então varas. Às vezes pescamos um saco de pano ou um pedaço de madeira flutuante. O júri aponta um vencedor. Você vai ver, seu filho será o primeiro e você vai poder estufar o peito de orgulho.

Mal pronunciou estas palavras e Deniz percebe que sua mãe se ofendeu com a brincadeira. Não importa o que ele diga ou faça, só vai piorar as coisas. Ele fica ali, com seu eterno olhar de cachorro perdido.

Esse olhar que ela jamais suportara no filho e que ela já percebia nele desde que ele tinha seis meses. "Por que tamanha tristeza nos olhos de um bebê, mesmo quando ele não sentia dor alguma? O que faltava a esse triste coraçãozinho? Onde foi que eu errei?"

Esse olhar de novo. Um olhar que, com o tempo, se oculta mais e mais em profundezas inacessíveis. Ela desvia os olhos.

– Não vá se atrasar, vá com seus amigos. Vai sair em qual barco?

– Aquele do meio, azul e branco.

– É bonito. E bem grande!

– Você vai ver como seremos nós a pegar o maior peixe. Já conversei com meus companheiros. Este ano decidimos que vai ser pra valer, vamos aceitar o desafio. Björn faz questão que a nossa equipe ganhe. E esta noite vamos comemorar juntos.

Dessa vez, ela percebe nos olhos do filho a esperança da vitória. Elif também conhece esse olhar, com a doce chama do otimismo e do desejo de acreditar que só coisas boas acontecerão. Deniz dispõe ainda de outra nuance em sua paleta: o olhar brilhante do orgulho de vencer. Ele tinha uns sete ou oito anos a primeira vez que Elif o notou. Foi numa estação de esportes de inverno, no dia em que ele tirou segundo lugar numa competição de esqui – esporte no qual ele estava longe de ser exímio – e ganhou uma medalha de chocolate embrulhada em papel dourado; e outra vez ao receber o diploma no colégio reservado à elite e famoso por sua disciplina rígida, quando, contra todas as expectativas, ele tirou o terceiro lugar... O menino que desejava o sucesso que esperavam dele, mas que receava pagar o preço que ele exigia.

"Com força de vontade você pode conseguir. Não te falta nada, tem tudo para ter sucesso. Por que deu pra trás?", ela lhe

perguntara quando, tal qual um soldado em debandada, ele voltara ao ninho depois de mandar tudo às favas.
– Tem de acreditar que eu não tinha tudo para me dar bem. Nem sempre os trunfos que vocês me dão são o bastante.
– O que te faltou, Deniz?
– Eu já me fiz esta pergunta. Talvez, no fundo, eu não tenha muita ambição... Pra que os estudos, o sucesso? Você e papai, por exemplo, passam por pessoas bem-sucedidas. E o que vocês ganham com isso no final? Pra que serve o seu êxito? Quantas vidas você eliminou pra chegar até isso? Quantas coisas, quantas pessoas meu pai sacrificou para se tornar o famoso Ömer Eren, autor de *best-sellers*?
– Não diga besteira. O sucesso garante o reconhecimento e o respeito da sociedade. Além disso, é uma fonte de felicidade, de satisfação e de confiança em si mesmo.
– É porque a sua sociedade está condicionada pelo sucesso e a vitória. Para chegar lá, as pessoas passam o tempo se espezinhando, passando por cima dos outros, se matando para subir na vida. Eu não tenho nada a ver com esse tipo de êxito. Considere seu filho uma nulidade e não se fala mais nisso. Eu quero uma vida simples, de homem comum, não tenho a mínima vontade de sobressair.
– Deixe de conversa fiada, só está usando uma pseudofilosofia. Mas para filosofar é preciso ter um mínimo de experiência, de bagagem intelectual e uma visão de mundo – retorquiu ela com azedume.
Ao se lembrar desse episódio, ela se arrepende de ter sido tão dura e tão insensível. Ela espera ardentemente que Deniz tenha se esquecido dessa discussão. Mas, que diabos, ele toca justamente no assunto:
– Falando em peixe grande, concursos e ser o primeiro, eu me lembro de que trocamos umas palavras, um dia, a propósito

do sucesso. Você me disse que podia ser qualquer coisa que eu desejasse, mas que não me esforçava o suficiente. Aí, passaram-se os anos, muita água rolou sob a ponte. Olha, você tinha razão. Naquele dia, eu não soube dizer o que me faltava e fiquei desfiando um monte de idiotices. Mas hoje eu sei.

Ele se cala, esperando que sua mãe o questione.

– E o que era, meu querido?

– Eu creio que... faltava confiança em mim. Autoestima ou... como se diz? Que horror, aos poucos estou esquecendo o turco.

– Autoconfiança.

– Acho que eu não tinha suficiente autoconfiança. Mesmo agora eu digo "eu acho". Assim que eu abria a boca observava a expressão de vocês, principalmente a sua, porque tinha receio de dizer uma besteira e levar uma bronca. Desde pequeno me faltava confiança. Eu não queria demonstrar, mas tinha medo do mundo que me rodeava, achava que não seria capaz de enfrentá-lo. Depois constatei que o mundo realmente era de uma crueldade assustadora. A guerra, a violência, o sangue, a morte... Era um pouco demais para mim. Eu não tinha forças para me lançar numa batalha que até vocês tinham perdido.

Em seguida, para suavizar o clima e dissipar a tristeza desse vão e tardio remorso, ele dá uma risada:

– Você vai ver o que é sucesso quando seu filho ganhar o troféu pelo maior peixe!

Não, nenhum vestígio de rancor em sua voz, nenhum desejo de se vingar da ferida que sua mãe, com suas palavras azedas, lhe infligiu anos antes. Essa frase saiu naturalmente, ele só quer apanhar um peixe bem grande. Ele se regozija por antecipação com a ideia de chegar em primeiro lugar, de saborear a vitória e partilhar sua felicidade com Björn. A famosa felicidade da qual falaram durante a longa noite de vigília, quando ele perguntou qual seria sua definição para felicidade.

De repente, uma onda de amor a envolve, ela sente as lágrimas se formarem em seus olhos. Cerra as pálpebras e abraça o filho, como os aldeões que vêm encorajar seus homens antes de sua partida para o mar.

– Vá, boa sorte para vocês. Como se diz "boa pescaria" em norueguês?

– *Skitt fiske*.

– Nesse caso, *skitt fiske!*

Ela vê Deniz se afastar com seu passo pesado e oscilante, cumprimentar as pessoas reunidas no cais e subir a bordo do barco com ares de capitão se preparando para içar velas. Com o peito apertado, ela fica ali, perdida entre o céu e a terra nestas paragens estranhas, indiferente à festa, o coração surdo à alegria geral.

O menino que esperava a princesa Ulla, que supostamente venceu o diabo no mundo imaginário inventado pelo pai, continua a percorrer a praça com seu bólido, soltando gritos de alegria. "Que pena que não falamos a mesma língua. Se eu soubesse o idioma desta ilha, quem sabe eu compreenderia melhor o mistério da serenidade que Deniz diz ter encontrado aqui. 'A língua, como uma chave, dá acesso aos segredos de um país estrangeiro e abre o coração de um desconhecido', escreveu Ömer. Talvez ele também procure essa palavra-chave nos territórios onde se encontra.

"Eu preciso ir embora daqui", pensa Elif. "Tenho de ir antes que Deniz volte. Antes de vê-lo desembarcar como um comandante vitorioso brandindo seu troféu, de ser obrigada a assistir à cerimônia absurda e grotesca de acolhida, a todas essas bobagens que ele toma por felicidade, antes de ser novamente testemunha do seu naufrágio, da nossa derrota."

Ela sai discretamente e, de olhos esgazeados, empreende o caminho até a pousada pela estrada bordada de casas de madeira pintadas de verde-claro, rosa choqueou amarelo-ouro. Sem perceber que dois dos motoqueiros *skinheads* aglomerados diante da barraca de bebidas esvaziando uma garrafa de cerveja atrás da outra, se separam do grupo e começam a segui-la.

*

A porta não está trancada. Como também não estava, anos atrás, na primeira vez em que eles vieram. "Essa gente se sente segura tanto assim? Ao abrigo das catástrofes?" Ela se irrita profundamente com essa despreocupação, com esse egoísmo tranquilo e essa festa ridícula a dois passos dali, enquanto metade do mundo está em chamas e coberto de sangue, com bombas chovendo sobre a cabeça das pessoas, e em outros lugares só se colhe violência, morte, fome e barbárie! Mas aqui eles vivem isolados do mundo, camuflados em suas malditas ilhas do diabo. "Coma peixe cru, engula cerveja e vá dançar com um passo cadenciado. Deixe sua porta aberta, vanglorie-se de que aqui nunca acontece nada, gabe-se diante do resto do mundo – o mundo verdadeiro – zombe das calamidades!"

A casa está vazia. O avô, parecendo alguém saído de um quadro de Van Gogh, com sua barba e seu cachimbo, estava na praça. A avó teve de sair. Tanto melhor, assim não preciso explicar nada a ninguém. Aliás, em qual língua faria isso? Vou deixar um bilhete para Deniz: "Obrigada por tudo, um dia eu volto..." Ele vai se zangar até que a tensão se dissipe e a vida retome seu curso normal.

Ela sobe a escada, junta suas coisas e fecha a mala. Quando lança um último olhar ao redor para ver se não esqueceu nada, ela se enerva de novo. "Esta ilha absurda, essa garota idiota que partiu para outro mundo, esse bando de caipiras, meu filho imbecil que rejeitou as oportunidades que recebeu de bandeja para vir se enterrar vivo nesse lugar perdido... Por mais compreensiva que eu tente ser para não magoá-lo, não entendo absolutamente nada. Tudo o que faço é repetir clichês, a filosofia barata da cultura da televisão: 'Viva feliz! A felicidade é simples...' e outros *slogans* que declinam as palavras felicidade e prazer para todos os gostos... Mas isso não basta. Os humanos não podem se satisfazer com a felicidade dos porcos!"

Poucos minutos antes no embarcadouro, quando ela conversava com Deniz e contemplava, com olhos ligeiramente úmidos, a alegria transbordante do pequeno Björn, estava totalmente serena e compreensiva. Agora, ela espuma de raiva. Como uma válvula de segurança, sua cólera a impede de se resignar. "Por que tenho raiva dessa gente que não aferrolha as portas, que se sente segura e se satisfaz com coisas pequenas? Não é aspiração de todos estar num mundo em que as portas fiquem abertas? Mas que merda! Por que a tranquilidade tem de ser uma coisa ruim? Por que temos de pisar em brasas, nos acabarmos de tanto trabalhar e nos curvarmos sob o peso do dever?" Ela está confusa. Furiosa consigo mesma, com seus pensamentos venenosos e essa raiva incongruente que serve de anteparo à sua dor, ela se joga na cama.

"Nós dormimos nesta cama: Ömer, o pequeno Deniz e eu, numa noite fria e úmida de dezembro, encostados uns nos outros para nos aquecermos. Na verdade, em pleno inverno, poderia ter feito muito mais frio ainda. Mas nós sabíamos que às margens do mar do Norte fazia mais uns sete ou oito graus do que no interior do continente. Eu tentei aquecer os pezinhos de Deniz, aconchegados junto ao meu corpo. Ele adorava dormir na nossa cama, mas eu não deixava, para impor regras e não transformá-lo numa criança mimada. Ao saber que iríamos dormir juntos naquela noite, ele se pôs a pular de alegria em cima da cama, esta mesma cama...

"Esta cama, esta casa... Os lugares, as casas, os quartos, as camas permanecem. Sempre se pode voltar aos lugares. Os móveis e objetos continuarão lá, do mesmo jeito que você os deixou. Vinte anos depois, está tudo no lugar, as coisas resistem ao tempo. Mas o tempo... O que aconteceu com aquela que eu era vinte anos atrás, o que aconteceu conosco?

"Já que voltei a este quarto, eu adoraria fazer uma viagem de volta no tempo. Retornar àquela noite de dezembro em que não conseguíamos nos abraçar porque Deniz estava entre nós, que tentamos nos tocar, entrelaçar nossas pernas, ardentes do desejo que percorria nossos corpos e do amor por nosso filho, que dormia feito anjo. Não para recomeçar tudo, mas para ser capaz de saborear plenamente essa felicidade, de medir seu valor e compreender que todas as coisas belas que tínhamos nada tinham de banais. Para parar um instante e me perguntar o que eu pretendia ao longo dos dias, meses e anos em que sabotava o futuro com uma brutalidade sem par. Para me opor à obra destrutiva do tempo, impedir esse monstro devorador de despedaçar nosso amor, nosso filho, nossos valores comuns e tudo aquilo que compartilhávamos."

Sentada naquela mesma cama, a cabeça dolorida entre as mãos, Elif se esforça para espremer um lapso de vinte anos em alguns segundos. Ela tenta segurar a bola de fogo que Deniz lançou contra ela sem saber: "O que significa o sucesso? À custa de quais sacrifícios? Quantas vidas você eliminou pelo seu sucesso?".

Naquela hora, ela tinha ficado com raiva de Deniz. "Ele está se vingando de mim, de nós, do seu fracasso e de sua dolorosa derrota", pensara ela. Mas agora, ela revira a pergunta em sua cabeça. Qual o significado de tudo o que fiz? Ela constata que jamais se perguntara isso. "Aliás, eu não precisava buscar um sentido para o meu trabalho, ele se justificava por si só."

Será?

"Os camundongos soltam um fraco *iik* antes de morrer, quase imperceptível para quem não está acostumado. Em seguida, você os abre, disseca, observa ao microscópio, toma notas, elabora equações e redige fórmulas. A pobre criaturinha fica ali, inerte, antes de ser desinfetada e jogada numa lixeira especial. Nas cenas de guerra e violência que vemos na televisão, esse *iik* é amplificado. Os humanos guincham mais forte. Qual grande verdade eu descobri, qual valor criei ao dissecar animaizinhos? Em quê o sacrifício de suas existências contribuiu para melhorar o destino da humanidade, dos animais, para deixar o mundo mais saudável e suportável?" Ela conhecia todas as respostas clássicas. Ela não deixara de formulá-las na palestra que lhe valera toneladas de aplausos e cumprimentos no último simpósio. Agora, ela pensa que tudo isso não passava de um amontoado de clichês e que, no fundo, ela não respondera a nada, supondo-se que tenha realmente colocado boas perguntas. "Minha meta principal era apresentar um texto pomposo para garantir meu lugar na comunidade científica, para conquistar passo a passo a posição e a reputação que eu queria. Mesmo que ninguém saiba disso, eu não sou trouxa. Um dia, Ömer perguntou:

– Por que é tão dura com você mesma? Quando não faz concessões, acaba sendo intolerante com as pessoas. Tudo bem ser disciplinada, trabalhadora, inteligente... Dá pra entender isso. Mas os outros podem ser diferentes. Existem muitos bêbados joviais, vagabundos agradáveis... Eles caçoam do mundo e passam pela vida como simpáticos fantasmas. A impressão que deixam atrás de si é a do toque suave de um gato.

– Me poupe das frases literárias que você usa para impressionar seus leitores nas noites de autógrafo, Ömer Eren. Eles não deixam para trás "o toque suave de um gato", deixam rastros da miséria que suportaram em vida –, respondeu ela com uma lógica implacável e fria.

No entanto, ela tinha sentido uma onda de doçura surgir de um canto do seu coração e se propagar, como o doce ronronar de um gato. Sem se permitir parecer a Ömer, ela pensou: "Que sujeito impossível! Com certeza, isso é o que chamam de poder da literatura. O toque suave de um gato... que metáfora linda!".

"Nesta ilha, neste quarto, nesta cama... você me faz falta. Como não faz há muitos anos. Não sei mais onde estou. Ver nosso filho me confundiu completamente. Tenho pressa em voltar. Posso retardar por um semestre o curso que me convidaram a dar... posso até nem ir. O que ele mudaria, o que eu perderia se o cancelasse? Ao voltar, preciso dizer a você que quero ser um toque suave de gato. Preciso dizer agora mesmo, por telefone. E também preciso pedir que esteja em casa me esperando, sem orgulho, sem medo de bancar a mulher pegajosa."

Ela se levanta, se ajeita na frente do espelho e passa a mão pelo cabelo de corte moderno para dar-lhe mais volume. Ela se irrita com os pneuzinhos que saltam do jeans de cintura baixa. "Preciso começar um regime urgente, não é bom sinal ter barriga nessa idade." Ela coloca a escova de cabelo, os produtos de maquiagem e mais alguns objetos dentro da mala.

Elif desce a escada com corrimão de madeira, seu coração vai ficando mais leve a cada degrau. No térreo, ela se detém um instante diante da porta do quarto do Deniz e depois entra. O cômodo, escuro e fresco, era o do velho poeta que, vinte anos antes, se apresentara como "desertor desconhecido".

Nada mudou, exceto que Deniz substituiu o velho. Na escrivaninha em um canto do quarto, uma foto emoldurada de Deniz e Ulla, com o bebê nos braços. Ulla parece mais bonita do que na sua lembrança. A menos que seja fotogênica. Os dois sorriem, mas conservam no fundo dos olhos a tristeza que parece ser de nascença, que se tornou parte integrante de seus traços. Há dois cadernos em cima da escrivaninha. Um é velho e usado, com uma capa de couro; o outro é novo e comum, está aberto. Ela dá uma olhada no primeiro. Reconhece a caligrafia cuidadosa dos alemães instruídos da antiga geração. Com certeza são poemas do velhote estranho que se apelidara de "desertor desconhecido". Ela pega o segundo. Alguns versos estão alinhados na página: "Eu, mar desertor do oceano/ Escapando das ondas de sangue/ Fugindo das mentiras piedosas/ Para o porto sereno de sonhos vazios/ Eu, mar da nulidade"[24]... As últimas palavras estão riscadas. Embaixo, dois versos em norueguês " traduzidos do turco ou diretamente escritos naquele idioma. Ela volta à primeira página: "Diário de viagem de eu-mar". Está datado. É da época em que, após a morte de Ulla, surdo às nossas exortações, Deniz partiu para nunca mais voltar ao nosso universo. Ela folheia o caderno: notas grifadas, frases e versos esparsos, poemas... em alemão, turco e norueguês. "Dizem que a língua é o verdadeiro país de um homem. Onde se encontra o meu? Dia a dia, eu perco minha língua nativa, o que quer dizer que ela nunca pôde ser um país para mim. Onde estão minhas raízes? Não podiam simplesmente estar na terra? Mas, para isso, eu precisaria compreender a língua deste mundo. Ora, eu não a compreendo, não sei falar, tenho medo dessa língua. Poderei ser de parte alguma?"

Ela fecha o caderno e o coloca sobre o do velho poeta. Possuída por uma curiosidade irresistível, plenamente consciente de estar fazendo algo repreensível e estar ultrapassando seus limites, ela abre a gaveta do meio. Não está trancada e está bagunçada exatamente como a gaveta de Deniz quando era criança. Folhas de papel em branco, lápis de cor, que provavelmente pertenceram a Ulla, um monte de quinquilharias... Um envelope branco e dobra-

---

[24] O poema, escrito em turco, explora o duplo sentido da palavra *deniz* que, empregada como substantivo comum significa "mar". (N. T.)

do chama sua atenção. Ele traz uma inscrição em turco e em norueguês: "Para Björn, quando estiver crescido". O envelope não está lacrado; ele contém um CD. Ela jamais se permitira remexer nas gavetas e nos objetos pessoais do filho quando ele era criança ou adolescente. Era da opinião que devia respeitar a intimidade dele e que não tinha o direito de se meter nos seus domínios. Mas aqui a vontade de saber é mais forte. O que Deniz quer mostrar a Björn quando ele for grande? Ela crê que, se souber, poderá conhecer o segredo de seu filho e achar um caminho até ele.

O computador do Deniz – outrora, o aparelho era como um apêndice dele, igual à máquina fotográfica – está sobre uma mesa do outro lado do quarto. Ela liga o computador com o coração na mão e insere o CD. Elif se impacienta com a máquina, um modelo velho bastante lento para ela. Finalmente a tela começa a se iluminar. O CD contém apenas quatro fotos. A primeira é a do pai ferido no Iraque, a cabeça envolta por um saco de pano, que aperta tristemente o filho contra si. Uma das famosas fotos que Deniz dizia ter deletado "por recusa a ser cúmplice do crime". Elif não consegue desgrudar os olhos da foto. Ela aumenta a imagem e, como se procurasse gravar todos os detalhes na memória, fica contemplando esse homem que abraça desesperadamente o filho, o saco de pano preto na cabeça, as sandálias velhas de plástico, os pés nus e o rosto da criança, meio abatida pela febre ou por insolação, os lábios entreabertos e rachados pela sede. Ela vê ali o medo, o desespero e a resignação deste pai ensanguentado, caído atrás do arame farpado, consternado por não poder proteger o filho. Ela vê o sofrimento que Deniz tentou mostrar. Uma fotografia semelhante, sem dúvida a mesma, mas tirada de um ângulo diferente, havia sido eleita a melhor foto do ano. Ela se lembra bem dela.

Era isso que Deniz tentara explicar a ela, que era a mesma coisa que matar os camundongos para ganhar prêmios e recompensas científicas? "Será que meu filho tinha razão?" Se ela desligasse o computador e guardasse aquilo que viu, talvez pudesse sair incólume. Ela clica na segunda foto: os cadáveres do pai e do filho jazem sobre a areia amarela do deserto. O saco de pano preto na cabeça do homem está ligeiramente levantado, o sangue escorre por seu pescoço. O filho está recostado sobre o pai, como que adormecido, os pés nus, os lábios rachados ainda entreabertos... Esta foto não apareceu em lugar algum. Ele nos falou um pouco da primeira para explicar por que tinha fugido do Iraque, mas não mencionou nada sobre esta aqui. Sem dúvida ela o deprimia muito. Ela já tinha ido longe demais para parar. Ela clica na terceira: ao fundo, a Mesquita Azul em todo o seu esplendor. Em primeiro plano, postada diante de um canteiro de tulipas vermelhas, com um vestido azul esvoaçante – do maior mau gosto –, um cinto adornado de miçangas e lantejoulas, um camelo de pelúcia nos braços e o longo cabelo amarelo feito trigo voando ao vento, Ulla sorria, feliz e cheia de vida. E a última foto, como se tivesse sido tirada ao contrário: ao fundo, ainda as cúpulas e minaretes da mesquita; espalhados, irreconhecíveis, indistintos em meio às colunas de fumaça cinzenta, tulipas vermelhas, pedaços de papel, um camelo de pelúcia... e partes de corpos humanos: Ulla voa aos pedaços pelo ar.

Elif fica pregada diante da tela. Petrificada. "A última foto deve ter sido disparada automaticamente pela máquina. Ele deve tê-la colocado dentro do bolso ou agarrado firmemente na hora da explosão, antes de perder a consciência. Só bem mais tarde que ele deve ter percebido esta última foto. Emblema da violência, da selvageria e do sofrimento; um peso insuportável... Um peso que ele tem carregado todos esses anos! Sem compartilhá-lo com ninguém, sem deixar que nós o aliviássemos. Ele o enterrou, jogou dentro de seu buraco negro sem fundo."

Desliga o computador. Recoloca o CD no envelope, que ela guarda dentro da gaveta. "Quando Björn for maior e tiver idade para compreender, Deniz explicará a ele por que a princesa Ulla jamais voltará, por que ele não conseguiu suportar a dor do mundo... e o pesado, pesadíssimo fardo que ele não conseguiu compartilhar conosco partilhará com o filho."

Ela não pensa em contar nada do que viu ao marido. "Tudo o que eu disser não refletirá a realidade. Eu não creio que possamos viver com isso. Quando a dor atinge tais proporções, falar nela só a aumentará ao invés de minorá-la. Eu não tenho essa força. Deniz está feliz com o filho, o pequeno Björn é um amor. Eles acharam o equilíbrio. Quando eu os vejo, chego à conclusão de que não existe uma receita única para a felicidade."

Ela compreende que, doravante, tudo o que ela viver dependerá dessas quatro fotografias, que o filme de sua vida desfilará sobre esse perpétuo pano de fundo. Como Deniz...

Há vários lápis de cor em cima da mesa. Ela não mexe neles e tira da bolsa sua própria caneta. Ela escreve na primeira folha de papel que encontra:

"Meu querido filho de parte alguma. Não me queira mal por eu não ter esperado você voltar. Tenho certeza de que foi você quem pescou o maior peixe e que Björn ficará muito contente. Meu coração e minha cabeça estão muito confusos. Não tenho forças para ficar mais tempo nesta ilha do diabo, como você a chama desde a infância. Neste refúgio, longe dos oceanos e dos mares de sangue, eu espero que você possa descansar, lamber suas feridas – porque você é meu gatinho e sabe que os gatos curam as próprias feridas lambendo-as – e viver feliz com seu filhinho. Desta vez, eu acho que consegui compreendê-lo melhor, mesmo que um tiquinho. Tarde demais, talvez, mas sempre é melhor do que nada. Sem dúvida você tem razão. Não importa onde esteja ou o que seja, eu te amo.

Dê um beijo em Björn por mim. Diga que a *farmor* fada partiu no tapete mágico para a terra dos camundongos. Muitos miados e ronronados..."

Ela fecha a porta do quarto e depois bate atrás de si a que dá para a rua. "Que bom não ter de trancar as portas. Dá uma sensação de segurança. Sentimos a confiança dos que ignoram o medo, dos que não vivem sob ameaça ou dos inocentes que nada têm a temer. Mas, se eu soubesse onde está a chave, eu trancaria a porta assim mesmo. Meu filho e meu neto moram aqui, sou responsável por eles; igual ao Pequeno Príncipe e sua rosa, que tem só quatro espinhos para se proteger. Só que Deniz e Björn não têm espinhos."

O cachorro late sem parar. Ela olha uma última vez para os rochedos. Ela revê Deniz, sentado no alto das pedras e falando com alguém invisível – não, é o Pequeno Príncipe falando com a serpente que ela revê.

– Meu pequeno, não passa de um sonho mau esta história de serpente para voltar para a sua estrela – diz o piloto, assustado com a ideia do inevitável.

"Nos concursos do maior peixe, atrás das barracas de cerveja, num dos milhares de ilhas que nem sequer figuram no mapa, sob essa máscara de felicidade, você está verdadeiramente só, tão triste que me dá pena, meu pequeno."

O local está deserto e ela não entende por que o cachorro preso pela coleira está latindo tanto. "Está latindo para um estranho", pensa ela. "Será para mim?"

Ela anda rapidamente em direção à praça do embarcadouro, onde, com a ajuda do álcool, a festa segue animada. "Preciso ir para a outra margem antes que Deniz volte. Tenho de achar um barco bem depressa..."

Tocar o coração do outro

Casebres, choupos, pereiras em flor e ameixeiras prontas a dar frutos alinham-se nos dois lados da rua. Enquanto trilha o caminho de terra batida que leva até o cimo da colina, Mahmut não para de revirar os fatos na cabeça. Ele tem na mão o papel com o endereço e um mapa rabiscados pelo escritor; no bolso, a chave da casa onde ele vai se instalar... "Não, é bom demais para ser verdade. As coisas não dão certo assim, como se os anjos aparecessem diante de nós e nos perguntassem como podem nos agradar. Será por causa da pureza do coração de Zelal? Como é que o escritor surgiu como se fosse o profeta Hızır[25]? O que ele fazia no terminal, quem o enviou? Esse tipo de gente viaja de avião e não de ônibus noturno. Qual sortilégio o fez aparecer para nós no momento exato em que a maldita bala feriu Zelal e matou o bebê? Vamos admitir que ele tenha se compadecido de nossa sorte, agindo por humanidade. Nesse caso, ele nos teria dado algum dinheiro e ido embora. Ou poderia ter ido até o hospital... mas em seguida teria sumido. A troco de que um escritor famoso se preocuparia conosco?"

A curiosidade o levou a entrar em uma livraria para perguntar sobre os livros de Ömer Eren. O mais fininho custava 15 liras. Caramba! Ele saiu de mãos vazias. O homem até lhe dera dinheiro, abrira uma conta no banco. Mas era melhor fazer economia. Quem sabe o que poderia acontecer amanhã?

A *gecekondu*[26] que se estendia pela estrada era contornada por árvores, cercas e pequenos jardins. Água suja corria de um lado e outro do caminho de terra, os meninos chapinhavam na

---
25 Diz-se que o profeta Hızır aparece para ajudar aos servidores de Deus em dificuldades. (N. T.)
26 *Gecekondu*: favela. Literalmente "montada à noite". (N. T.)

imundície, cachorros sarnentos erravam em meio ao lixo acumulado pelos cantos, o rabo entre as pernas, sem ao menos ter coragem de latir... apesar de tudo, é um lugar bonito. Mais belo do que aqueles que Mahmut conhecia, muito mais bonito do que a cidade grande onde ele fora estudar.

A tristeza que ele traz no coração se suaviza um pouco. "A criança morreu, mas Zelal está viva, graças a Deus. Nós somos jovens, teremos outros filhos. O escritor também tinha dito isso, à guisa de consolo. É verdade: *Hêviyên nu derdikevin pêş, ji canê te, ji xwîna te lawikêk tê dinê*. Novas esperanças, novos Hevi nascerão. E depois esse será um filho do meu sangue, da minha própria linhagem. Talvez a roda do destino tenha virado e as coisas estejam entrando nos eixos. Talvez Deus tenha se dito: 'Essas criaturas infelizes já passaram por muitas provações, agora elas merecem o melhor'."

A dor que ele pensava que jamais chegaria ao fim se dissipa pouco a pouco. Uma mulher grávida passa por ele. Ela está usando um *salvar* com estampa de rosas e lenço pontiagudo na cabeça, carregando dois baldes, indo pegar água naquela fonte pela qual ele acabou de passar. "Então aqui também tem este costume! Na periferia – quase no coração – da capital, as mulheres vão buscar água até mesmo quando estão estourando de grávidas." Seu pensamento volta para a criança que não pôde nascer. O amor dele era tão impetuoso que, para ele, Zelal e o bebê eram uma pessoa só. "Eu amava os dois em um só corpo. Ao amar Zelal, o filho se tornou meu. Agora... agora o filho não existe mais. E é como se Zelal estivesse reduzida à metade." Como se uma parte dos dois tivesse sido amputada e em seu lugar tivesse se instalado um vazio. Ele não compreende, não consegue explicar. Minutos atrás ele estava se sentindo aliviado, mas agora está novamente angustiado.

Eles iriam até as águas azuis sem limites. "Zelal queria ver o mar que assombrava seus sonhos, pois ela nunca o vira. E o sonho exerce uma imensa atração, pois somos fascinados pelo desconhecido." Mahmut conhecia o lago Van. Quando era estudante, tinha ido lá diversas vezes com os amigos. Era tão bonito, tão vasto, tão azul... "O lago Van não passa de uma poça comparado ao mar! O mar é cem vezes, mil vezes o tamanho do lago Van", afirmara Zelal, como se falasse por experiência própria. Eles iam alcançar o mar, o filho deles teria sido criado perto do mar e não na montanha. O mar suaviza as pessoas, as montanhas as endurecem, tinha dito um dos professores da universidade. "Meu pai falava a mesma coisa. Sem dúvida, aí tem uma parte de verdade. As pessoas, como as plantas, enrijecem à força para enfrentar as dificuldades. Nos flancos das montanhas, nos meandros dos rios e no fundo dos vales, o capim é mais macio, as flores têm mais perfume e as folhas são mais finas. Quanto mais alto se vai, mais a vegetação endurece e se enche de espinhos. Ela fica mais resistente também."

O endereço indicado no papel estava situado logo depois da favela. Não eram mais do que doze casas individuais com jardim. Algumas estavam ainda em construção. Devia ser uma espécie de condomínio com toda a infraestrutura necessária, a julgar pelo número de cabos e postes de eletricidade. Uma rua asfaltada descia do outro lado do morro. Quem estivesse de carro não precisava passar pela favela. Era uma rua comprida exclusiva para os proprietários que possuíam carro. Tinha sido construída expressamente para essa gente!

Ele reconheceu logo o sobrado branco e o jardim florido descritos pelo escritor. Número 7. Ömer tinha dito que ela pertencia a um amigo que morava no exterior. Ele a usava uma vez ou outra, mas no momento ela estava vazia.

"Podem se instalar no térreo. Assim poderão cuidar da casa e do jardim. Não vão me criar problemas com o proprietário. Cuidem bem de tudo e, principalmente, não quebrem nada. Não tem muita coisa de valor, mas, de qualquer forma, prestem atenção. Se algum vizinho perguntar o que estão fazendo lá, digam que estão trabalhando como caseiros e deem meu telefone ou o do dono. Só não falem muito."

A confiança do escritor acalentava o coração de Mahmut. "É claro. Afinal, ele não nos conhece. E se fôssemos ladrões, aproveitadores ou gente da pior espécie? Ele não se preocupara com o que poderia acontecer. Lógico que ele era um homem de bem e conhecedor da vida."

Mahmut empurra o portão encoberto por rosas trepadeiras e entra no jardim. É bonito, mas a terra está seca. Assim que puder, ele vai regar o jardim e limpar o caminho. Quando Zelal tiver se restabelecido e se juntar a ele, ele fará deste jardim um verdadeiro recanto do paraíso. A porta de entrada tem duas fechaduras. Ele luta alguns instantes com as chaves para encontrar a certa. "Ah, pronto, agora abriu."

A casa está limpa e iluminada. De acordo com o que disse o escritor, os móveis são reduzidos ao mínimo necessário: um sofá, duas poltronas, uma mesa redonda com quatro cadeiras; uma cama de casal e um armário no quarto do fundo; na cozinha, uma geladeira, um fogão, algumas panelas, uma frigideira, pratos e talheres. Nenhum tapete de valor nem toalhas ou lençóis bordados. "Essa gente deve ser rica, mas que gosto mais esquisito! Aparentemente, há tempos a casa não é habitada."

Mahmut se surpreende de novo com a sorte que tiveram. Poucos dias atrás, sua vida estava um sufoco... Fugindo do Estado, da facção, dos costumes; sem eira nem beira, sem dinheiro, sem identidade... "E agora, olha só esta casa!" Ele se estende confortavelmente no sofá. Já é um grande luxo para uma casa usada de vez em quando – certamente como *garçonnière* ou sabe-se lá para quais assuntos escusos. "Imagine como deve ser a residência principal!" Ele lembra o que disse a camarada que ministrava os cursos de ideologia política nas montanhas, no dia em que ela foi falar sobre colonização, ao explicar os princípios do marxismo-leninismo: "As casas deles, os apartamentos, os iates, o estilo de vida, o dinheiro que gastam para comer e beber... isso é inconcebível para gente como nós. Os burgueses vivem da exploração das classes pobres operárias. Mas ricos e pobres, exploradores e explorados, no final se unem contra nós. Primeiro os trabalhadores e todos os explorados travam uma guerra de classes contra a burguesia e os exploradores, fazem a revolução para tomar o poder. Quanto a nós, visto que somos submetidos à exploração e opressão, ricos, pobres, latifundiários ou camponeses, lutamos juntos pela libertação nacional contra o Estado que nos oprime."

Com certeza! As casas e as mesas dos nossos homens ricos não têm como rivalizar com as daqui. De repente, ele sente fome e sede. "Felizmente eu tive a boa ideia de comprar um sanduíche no caminho." Ele vai até a cozinha e abre a geladeira: água, garrafas de uma bebida que ele não sabe o que é, alguns ovos e um pote de margarina. Não valia a pena deixá-la ligada por tão pouco. "Parece que aqui ninguém se preocupa com a conta da luz."

A água gelada lhe faz bem. "Será que estou fora de forma? Que nada! Subir aquela ladeira no calor de Ancara leva qualquer guerrilheiro a nocaute. Que guerrilheiro? Você quer dizer um desertor, um traidor que merece o pelotão de fuzilamento! Tomara que me tomem por morto, um mártir das balas inimigas. Quando me viram despencar colina abaixo, podem ter pensado que eu estava morto. Ou talvez nem tenham percebido... a menos que tenham preferido me ignorar porque tinham urgência em salvar a própria pele... Não, jamais um irmão faria semelhante coisa. Se tivessem notado que eu fui ferido, eles teriam se desdobrado para vir me salvar, não teriam abandonado um camarada à própria sorte. Nós compartilhamos muita coisa:

nossas convicções, nossas esperanças, nosso entusiasmo, a morte, o medo, a raiva, o sofrimento e desilusões... O cigarro que dividíamos contemplando o céu estrelado, nossas canções, nossos segredinhos..." O coração de Mahmut estremece ao recordar dos camaradas que ficaram nas montanhas. Coisas ruins também aconteciam, alguns homens eram maldosos, mas e os outros, seus irmãos de alma? "Eu os larguei lá e empreendi a fuga."

– Eu fugi –, diz ele em voz alta. Quem o escutará aqui? – Eu fugi. Pronto, eu fugi... É um fato. É bom sua consciência se acostumar e conviver com isso.

"Eu fugi porque tinha medo. Se não tivesse feito isso, eles teriam me mandado para o disciplinamento. E dessa vez não seria brincadeira, não seria como da primeira vez."

No segundo mês de instrução no campo de recrutas, ele tinha pegado duas semanas de disciplinamento. Eram uns vinte homens dentro de uma gruta; cheiro de suor e sujeira, autorização três vezes por dia para sair e fazer as necessidades, pão seco e água... "E o que foi que eu fiz? Qual foi minha falta?" Ele tinha pensado muito e até agora não entendia. Mandaram-no fazer sua autocrítica na frente de todo o pessoal. O militante incriminado deve reconhecer seu erro, com sinceridade, na frente de seus camaradas, reconhecer sua falta e aceitar se emendar. "Mas eu não era e não me sentia culpado. Eu não tinha do que me acusar. Eu tinha ido cumprimentar escondido um dos recrutas – um rapaz da minha região – e levei para ele um espelhinho e alguns cigarros. Não tínhamos o direito de manter contato, exceto quando autorizados. Mas o rapaz estava com medo e eu sabia que, para ter coragem, ele precisava mais de apoio do que de castigo. O disciplinamento ameaçava se prolongar. Mas a sorte virou a favor deles. Tinha surgido uma dissensão entre o Estado-Maior dos dirigentes rebeldes da região. Eles ignoravam a causa, mas pelo que tinham entendido a tensão chegou ao ponto de um embate interno. As anotações de treinamento que enfatizavam que a disciplina emanada da liderança e da democracia era inseparável e que uma ampla plataforma de debate democrático não excluía uma disciplina de ferro mudaram o ar do acampamento e puseram fim ao disciplinamento."

Era pouco provável que a sorte sorrisse uma segunda vez. Nenhuma acusação concreta pesava contra ele, mas ele sentia que estava sendo constantemente observado.

Nessa época, as operações e os combates tinham dobrado de intensidade. Uma jovem ferida foi levada para o acampamento, toda ensanguentada. Ela gemia de dor, precisava de um tratamento de emergência. Estupefato ao ver que ninguém fazia nada, ele saiu atrás da equipe médica e, quando lhe disseram que ela estava na gruta do comandante, ele se precipitou para lá. Falando sem parar para ganhar tempo, ele tinha pedido que a equipe fosse imediatamente ver a ferida ou que dessem permissão para ele mesmo examiná-la. Afinal, ele tinha feito três semestres de medicina. Na pressa, ele mal notara que a equipe estava cuidando do comandante, que estava com dor de estômago. Enquanto esperava, ele ficou ao lado da garota que gemia de medo e dor, segurando a sua mão para confortá-la. Quando a equipe chegou, a moça estava morta. Ele olhou para eles por instantes e se afastou sem proferir nenhuma palavra. Quando foi chamado diante do comandante, estava estranhamente sereno. O comandante lhe fez duas perguntas: Por acaso ele conhecia a garota? Por qual motivo ele não tinha dirigido a palavra aos enfermeiros? "Aqueles que não têm o coração forte para suportar a visão de sangue e admitir que nossas combatentes mulheres também sacrificam a vida pela causa não podem trilhar essa via difícil. E, se abandonamos esse elemento à própria sorte, existe uma razão: fomos informados de que a moça era uma espiã. Cada um faz o seu dever, camarada. E, ultimamente, as observações a seu respeito não são muito encorajadoras. Você não é muito inclinado a trabalhar em equipe, parece. Estamos passando por maus momentos. Tome cuidado." O sentido dessas palavras era bem claro: se não estivéssemos em plena luta, se não tivéssemos tamanha necessidade de homens para combater, seria o isolamento.

"Seria isso mesmo ou eu que imaginava as coisas? Deus sabe quantos camaradas vimos serem condenados ao disciplinamento ou até mesmo ao pelotão de fuzilamento! Todos os fugitivos seriam traidores? Não podemos sequer falar em fuga no meu caso. Eu fui ferido – se pelo menos eu soubesse de que lado veio o tiro: fui baleado e resvalei pela encosta. Eu não fugi, isso não pode ser considerado como fuga... Pare de mentir. Você não despencou ladeira abaixo, você se deixou rolar até embaixo. Além do mais, seu ferimento não era tão grave assim. *Xayin* – traidor!

"De que adianta pensar nisso, agora que as coisas estão começando a melhorar?" Ele tenta se tranquilizar: "Não sou o primeiro desertor, centenas de homens desceram as montanhas para se render. Eu só fiz de outra maneira."

Ele não quis tomar a via habitual. "Primeiro você passa para o norte do Iraque para se refugiar entre as forças de Barzani. Depois vai com elas até a fronteira e se entrega às autoridades da República da Turquia. Ou então entra na primeira delegacia que encontrar. *Aleykümselam*! Em seguida, vem a prisão, a delação... E isso, para mim, é impossível. Eu não sou um informante, os delatores são mortos-vivos. É melhor morrer do que ser um dedo-duro."

Enquanto os termos "informante" e "delator" giram em sua cabeça, ele subitamente se conscientiza de que está pensando em turco e se espanta. Na aldeia, na universidade e nas montanhas ele pensava em curdo. Mas depois daquela noite em que Zelal perdera o bebê, o turco tomou conta da sua cabeça. Por qual motivo? Isso também não é uma traição, uma perda da sua língua e sua identidade?

"Mais que a independência e a luta armada, o que conta é construir e consolidar nossa identidade nacional, ganhar confiança e edificar nossa identidade coletiva sobre a confiança individual", dizia o *heval* apelidado de Doutor que tinha vindo do Ocidente para se unir ao movimento. Era um sujeito bom, de grande probidade e uma cultura profunda.

Algumas de suas propostas permaneciam na memória de Mahmut: "Nenhuma identidade deve suplantar ou ocultar as outras. Evitemos designar como inimigos os turcos porque nós somos curdos, ou os curdos porque somos turcos. O nacionalismo é um vírus da pior espécie do qual é preciso se proteger a qualquer preço. É possível lutar pela identidade nacional, pela independência se necessário, mas sem eliminar o direito de identidade dos outros. Não nos esqueçamos de que o pior tirano nasce entre os oprimidos". Alguns o escutavam com a maior atenção, outros se afastavam desconfiados. "E um belo dia ele desapareceu sem a menor explicação. Disseram que havia sido promovido e mandado para a Europa. Mas também disseram que ele falava demais e que suas contradições semeavam a discórdia."

O que Mahmut guardou das lições do Doutor era a importância de ter confiança em si e estar em paz com sua identidade. Quando ele estava na escola, nos dias 23 de abril e 29 de outubro[27] eles eram obrigados a declamar: "Eu sou turco. Minha religião e minha raça são supremas". Ou toda manhã, antes do início das aulas: "Eu sou turco, sou honesto e trabalhador... Que minha vida seja oferecida em sacrifício à pátria"[28].

---

27 23 de abril: Dia da Soberania Nacional e Dia das Crianças. 29 de outubro: aniversário da fundação da República turca, que se deu em 1923. (N. T.)
28 *"Ben bir Türküm, dinim cinsim uludur"*: primeiro verso de um poema de Mehmet Emin Yurdakul (1869-1964), representante fundamental da literatura nacional turca à época republicana. (N. T.)

"Por que não podemos recitar um poema que diga: 'Eu sou curdo, minha religião e minha raça são supremas'? Ou: 'Eu sou curdo, sou honesto e trabalhador...'? A religião e a raça curdas não serão nobres? E os curdos não podem ser honestos e trabalhadores? Nas aulas de história e instrução cívica, os heróis, os grandes personagens, as tradições e as vitórias eram sempre turcos. Não haveria grandes homens entre os curdos? Estes não teriam alcançado vitória alguma? Por que Atatürk confiou a pátria à juventude turca? Ele não confiava na juventude curda?" Eles discutiam isso entre eles, mas, em seus corações de criança, eles não compreendiam a razão.

"'Todos nós somos turcos. Os curdos não existem, é uma invenção dos traidores separatistas', dizia o professor. Ele também foi morto um dia, quando estava voltando de férias. No fundo, era um homem bom. Nunca tinha dado uma bofetada em um aluno seu. Ele se esforçava para que aprendessem o turco, lido e falado, a história de Atatürk... Sua morte entristecera seus alunos... Mas, se todos nós somos turcos, então que língua é essa que falamos? Por que nos tratam de curdos sujos e gentalha armênia quando dão batidas nas vilas? Já que todos somos turcos, qual é o problema?"

Todas essas perguntas germinavam na cabeça dos alunos, mas eles não as formulavam. "Na nossa aldeia, ninguém falava turco até migrar para a cidade. Só se falava o curdo. As pessoas que falam essa língua não são curdas, professor?" Quem fizesse essa pergunta levava com a régua na cabeça. A família seria investigada para saber se nela havia membros do PKK[29] – nessa época, o irmão de Mahmut ainda não estava nas montanhas.

---

29 PKK: *Partiya Karkerên Kurdistan* em curdo, ou Partido dos Trabalhadores do Curdistão. Partido militante armado fundado em 1970 e que tem por ideologia o marxismo e o nacionalismo curdo. (N. T.)

Mahmut aprendeu que ser curdo era uma vergonha, que essa identidade não passava de uma vasta mentira propagada por certos traidores; aqueles que se pretendiam curdos eram de fato os turcos das montanhas, todos os que viviam nessas terras eram turcos e sustentar o contrário era cometer uma traição à pátria e à bandeira. Na realidade, a única coisa que ele realmente guardou desse assunto é que não devia fazer perguntas, que era preferível esquecer sua identidade curda, que era um castigo de Deus às suas criaturas rebeldes e a promessa de um destino negro.

Durante sua infância e adolescência, sobretudo depois que foram da aldeia incendiada para a cidade, Mahmut tinha pavor que sua mãe pusesse em prática suas ameaças: "Eu vou falar com seu professor, hein!". Ela não falava turco. Andava vestida com as roupas típicas das mulheres curdas. Ele sabia que se sua mãe fosse à escola ele seria humilhado. Tinha vergonha da mãe. E essa vergonha que sentia da mãe o fazia se envergonhar de si mesmo. "Você dizia que era preciso ter confiança em si e estar em paz com sua identidade, não é, camarada Doutor? Como estar em paz com uma identidade que para nós é um fardo infame? Como ter confiança quando nossa identidade é tão achincalhada? Por exemplo, se o dono desta casa me perguntasse de onde eu sou, que resposta eu daria? E se ele quisesse saber se eu sou curdo? Antigamente isso não acontecia, mas agora fazem a pergunta abertamente: 'Você é curdo? É alevita?'. Francamente, o que eu diria se me perguntassem?" Ele acaba decidindo: "Eu responderia que sou curdo, batendo no peito". E, por mais modesto que fosse seu esforço, ele defenderia sua identidade. "Eu fugi, mas não é por nada que tanta gente está lutando e morrendo. Isso seria traí-las..." Seu coração se aperta de novo. "Eu fugi porque tive medo? De jeito nenhum. O medo não é insuperável, uma hora você o vence. E, às vezes, você fica tão cansado que chega ao ponto de preferir a morte."

Não, não era por causa do medo. Morte, sofrimento, condições precárias... Tudo isso é insignificante se você tem confiança na causa, nos seus camaradas e seus líderes. Não era o medo, os combates ou a dureza da vida no acampamento que levava tantos indivíduos, jovens e menos jovens, a serem tachados de traidores, informantes ou renegados. Mas esta pergunta pérfida que consumia o entusiasmo dos primeiros meses: "O que estou fazendo aqui? E agora, o que mudou?" Uma vez que esta pergunta se insinua no seu espírito, esteja você nas montanhas ou na prisão, ela se transforma num tumor maligno que corrói sua alma e seu coração.

"Nós que vivemos sem esperança, sem futuro, pobres e destituídos em nossas aldeias ou nas tristes aglomerações que chamamos de *bajar* – uma vila constituída de uma avenida (avenida da República ou da Pátria), uma praça (praça Atatürk ou da República), de duas fileiras de lojas modestas e um rutilante centro comercial (também temos ricos), de imponentes prédios administrativos e uma guarnição militar – para escapar de nossa existência, para subir ao posto de seres humanos, para encontrar uma perspectiva qualquer, nós partimos para as montanhas. O fogo que ilumina a montanha – o fogo da revolta –, os cantos cujo eco repercute no vale – não são cantos românticos, mas apelos à guerra –, as lamentações fúnebres que se elevam nas aldeias – não são gritos de luto, mas de vida – para nós são como sinais sagrados que prometem um paraíso terrestre. Nós nos precipitamos como mariposas em direção à luz, nos lançamos na batalha para engrossar as fileiras e fugir da 'nulidade' que se cola à nossa pele. Nós escutamos a voz da montanha, respondemos ao seu apelo. E nos apresentamos tão simples e espontaneamente como se estendêssemos o fósforo a quem nos pede fogo. Para estarmos em paz conosco, para redescobrirmos a autoconfiança, para nos tornarmos humanos dignos desse nome e, principalmente, heróis para nós mesmos. Depois chega um dia em que, no disciplinamento, nós constatamos que cada passo que demos para reforçar nossa identidade e nossa autoestima, que todos os grandes valores defendidos e levados até a última consequência – liberdade para pensar, questionar e criticar – na prática se tornam um crime. É aí que o diabo sopra na sua orelha: 'Por que estou aqui? Para que estou lutando?' Alguns não se perguntam isso. Eles continuam assim, até o fim. Fim? Que fim?"

Não foi da morte que ele fugiu. Mesmo sem ousar formular claramente, uma vozinha murmurava: "Você não traiu, não é um traidor, é um ser humano". A verdadeira fuga – a traição, quem sabe – não foi despencando pelo morro; ela começou nos braços de Zelal. Juntos, eles sonharam com mares distantes. Enlaçados, eles imaginaram tons azuis desconhecidos, um ar doce, uma casinha com duas janelas, Hevi brincando na areia, nadando entre as ondas e crescendo como as crianças do lugar. Como novos Adão e Eva, Mahmut e Zelal viveram satisfeitos em seu paraíso, com a Esperança crescendo em seus corações e corpos. E eles não precisaram nem do embuste da serpente nem do fruto proibido para serem expulsos desse paraíso onde o universo inteiro cabia dentro de uma gruta, em um bosque que mal filtrava a luz, mas que se abria a horizontes infinitos. Isso que eles viveram era o fruto proibido, o pecado original, o primeiro passo para a traição às montanhas.

Agora, banido das montanhas, traidor da causa, tendo o amor como único refúgio – sem a esperança de oferecer ao filho a felicidade que a vida lhes privou, sem a perspectiva de se reerguer graças à criança –, numa casa estranha, em um bairro desconhecido, em uma cidade onde ele estava pondo os pés pela primeira vez... ele está sentado, sozinho e desorientado, um sanduíche numa mão, uma garrafa de água na outra, um peso de chumbo no coração e a cabeça enevoada. "É porque não estou acostumado com tanta tranquilidade! É dessa calma que vem esse pessimismo e essas ideias sombrias. Quando Zelal sarar e estivermos juntos de novo, tudo vai se arranjar, essa névoa vai se dissipar. É horrível ter perdido o bebê. Mas ainda somos jovens, temos a vida toda pela frente. Teremos nosso Hevi, nossa esperança comum, um filho meu e de Zelal."

*

O escritor tinha dito: "Não saia muito. Seja prudente. Você já tem problemas demais, sabe disso melhor do que eu. Esperem eu voltar para decidir o que vão fazer. É o tempo de Zelal sair do hospital e se recuperar e, na minha volta, vamos pensar em soluções mais duradouras. E, principalmente, não esqueça que de agora em diante você é responsável também por Zelal. O futuro não depende mais unicamente da sua decisão, mas de um acordo comum. No momento, vocês estão em segurança nessa casa. Se forem discretos, ninguém irá procurá-los ali. Qualquer coisa que aconteça, ligue para o meu celular".

Efetivamente, ele se sentia em segurança nessa casa, como jamais se sentira na vida. Ninguém viria incendiar o lugar nem revistá-lo à força. A casa não seria atacada à noite por homens pesadamente armados nem seria metralhada. Era a primeira vez que ele tinha dinheiro no bolso e, mesmo não estando em seu nome – o escritor não tinha nascido ontem, sabia que seria fácil rastreá-los pelas transações bancárias –, ele dispunha de uma conta e um cartão de crédito para um caso de urgência. Tinha até um celular.

O homem que lhe dera todos esses benefícios – um homem ou o profeta Hızır em pessoa? – tinha partido para as montanhas queimadas, as casas crivadas de impactos de bala, as aldeias e pastagens abandonadas, os lugares incendiados. Era justamente isso que Mahmut não entendia. Será que essa tranquilidade estava prejudicando seu cérebro? Quando, tentando entender, ele perguntou, o escritor respondeu assim:

– É difícil explicar, mas quem sabe você possa compreender. Zelal e vocês me disseram para procurar a palavra onde ela se encontra, não é? O motivo que me leva a ir até lá, no fundo, não é muito diferente, daquele que fez você ir para as montanhas. Faz um bom tempo que estou desorientado, preciso me reencontrar. Preciso ajustar as contas comigo mesmo, com a vida, com todo mundo.

– Mas por que na nossa região, *abi?* Não estou tentando desencorajá-lo, entenda bem. É o nosso país, nossa terra. Estamos prontos a sacrificar a vida por ela. Mas o que alguém como você encontrará por lá? Pobreza, desespero, aldeias incendiadas e em ruínas, campos minados, pastagens desertas onde não ressoa nenhum cantar, onde nenhum pastor leva seu rebanho para pastar... além de ser um lugar cheio de perigos. As operações foram retomadas recentemente, tem as minas e tudo... A guerra não deixou muita coisa para ser vista por gente como você!

– Pode ser que sim. Se existe uma réstia de esperança, ela pode estar lá. Quando éramos jovens, nós acreditávamos que podíamos salvar o mundo. Nós perdemos a batalha, a maior parte de nós acabou desistindo, cruzando os braços e acomodando-se no sistema. Mas essa derrota nos deixou um sentimento de frustração, de que falta algo. É isso que está faltando que eu busco.

– E acha que vai encontrar na nossa região... Espero que consiga.

– Não sei se já ouviu esta expressão, mas dizem que é no leste que nasce a luz. Alguma coisa ainda está viva no leste, um sinal de vida sob os escombros, uma esperança de mudança.

Pelo menos essa é a minha impressão. Talvez seja uma visão romântica de intelectual, uma doce quimera de escritor. Mas uma voz me diz que eu vou me sentir bem lá e que, mesmo que eu não encontre o que procuro, vou compreender melhor por que perdi. Tem a ver com meu filho. Ir para o leste seguindo as pegadas que você deixou pode me ajudar a entender melhor o meu filho, reencontrá-lo e recuperar o seu afeto.

Mahmut não entendeu tudo, mas seu coração sentiu, intuitivamente, o que o escritor queria dizer. A frequência com que ele empregava a palavra "talvez" não tinha escapado ao rapaz, que deduziu que ele também tinha um problema não resolvido. Ele ficou intrigado com o filho de Ömer, principalmente. Como viver, como não ceder a impulsos assassinos depois de ver a mulher explodir diante de seus olhos? "Se eu encontrasse o cara que atirou em Zelal, eu o mataria com minhas próprias mãos. Nas montanhas se mata e se morre porque é a guerra; mas não existe rancor contra aquele que você abate. Ali se mata mutuamente em nome de uma causa. É algo abstrato, um conceito que excede a matéria. Soldados e guerrilheiros não se conhecem. Se não fosse a guerra e eles se encontrassem no café da esquina, poderiam ser amigos. Muitos guerrilheiros têm um primo ou colega da aldeia que está no exército. Quando não é um irmão. Lá, no coração dos combates, sob fogo cerrado, você se torna uma máquina de matar, anônima, desprovida de alma e emoção, igual às balas, os morteiros ou as minas que disparam ao acaso. A partir do momento que você se põe a pensar, já não pode lutar como antes. Uma vez que a dúvida se instala, você já era como combatente. Primeiro você pergunta por que está lutando e isso parece um absurdo; em seguida, se esquece completamente das razões que o levaram até ali e mergulha na confusão. E, por fim, se torna ou um assassino ou um traidor; traidor de um lado ou de outro. Só que você iniciou esse caminho para ser um herói.

"Quem sabe o filho do escritor também desejasse ser um herói. Mas aparentemente ele perdeu a batalha e fugiu, vai saber por quê. Se a sua mulher é morta na sua frente, você dá no pé ou acaba com o tipo. Mas o filho do escritor não tinha ninguém diante dele... Foi um serviço sujo e pérfido. É só soltar a bomba, instalar a mina... hoje é fácil, é tudo por controle remoto. O destino decide quem será atingido." Ele treme só de pensar nas minas que ele mesmo colocara. "Você nunca sabe quem vai pisar nelas. É como as bombas que você põe em carros ou lixeiras para atos de terrorismo urbano. A bomba, as mãos e o coração de quem a colocou... são perfídia pura... Mas você faz mesmo assim. Pelo interesse superior do seu povo, por obedecer ordens superiores, pela vitória da causa. Alguém tem de fazer o serviço sujo. E você tem de aceitar que esse 'alguém' um dia pode ser você. Isso também é heroísmo e sacrifício. A questão é não duvidar de que essa sujeira contribuirá para o triunfo da causa; é não se interrogar sobre a natureza de uma vitória advinda da destruição e morte de inocentes; é nunca duvidar dos líderes e da organização. Se você começar a pensar, a criticar e a duvidar, não terá como continuar. Tudo foi organizado de modo a impedir que você pense e hesite. Não é a mesma coisa no exército? Se você fosse soldado, se vê – você, um soldado raso – discutindo as ordens de uma operação? Imagine o que aconteceria! Você não pode refletir e guerrear ao mesmo tempo. É a mesma coisa em casa. Quando uma criança pequena faz muitas perguntas, os adultos dizem: 'Pare de usar muito a cabeça, vai acabar fritando os miolos!'"

Ele pensa em tudo isso enquanto atravessa a favela com choupos frágeis, gerânios e brincos de princesa plantados em latas. Ele colhe discretamente algumas rosas amarelas de uma roseira ao longo da fachada de uma das casas para levar para Zelal.

"Nós não temos rosas em casa. A rosa é a flor dos romances, das lendas de amor. Zelal adora flores do campo. Campânulas brancas que anunciam a primavera, jacintos, margaridas, tulipas selvagens. Agora, estou levando rosas para ela, como as pessoas da cidade grande. Dá para pedir mais?"

Ao se aproximar da avenida, ele verifica os arredores. No ponto de ônibus, entre mulheres com véus e casacos compridos, garotas de jeans e homens pobremente vestidos, a camisa manchada de suor nas axilas, a calça de bolsos furados, dois indivíduos altos e magros chamam a atenção de Mahmut: ternos escuros, caras morenas e postura ereta. Ele se esconde atrás de um poste e fica observando os homens. Eles estão longe, é difícil distinguir seus traços, mas é evidente que não são dali. A grande maioria dos habitantes das favelas é originária de Sivas e do mar Negro. De um lado, moram os de Sivas e Çorum[30] e de outro, os de Kastamonu, Cide e Inebolu[31].

"Mas esses dois homens são da minha terra. Eu conheço meu povo pelo seu jeito de andar, sua postura e seu olhar; o modo como coordenam o balanço dos braços com o ritmo do passo, os olhos desconfiados, como animais emboscados. Estou desconfiando da minha gente e não dos outros, por causa de sua aparência oriental. Que coisa! E eu então? Eu também não tenho o mesmo olhar de animal assustado e prestes a fugir? Se eles me vissem, também adivinhariam de cara de onde eu sou."

Os dois homens altos ficam ali, lançando olhares perscrutadores ao redor. Um ônibus, duas lotações... o número de passageiros diminui, mas eles continuam esperando. "Vai ver o ônibus deles ainda não passou. Podem ser de Sivas, os alevitas

---
30 Sivas e Çorum são cidades da Anatólia central, situadas a leste e a nordeste de Ancara, respectivamente. (N. T.)
31 Cidades da região do mar Negro. (N. T.)

dessa região se parecem muito com os curdos. E eu estou ficando maníaco." Ele se recorda de uma frase que ouviu durante o treinamento nas montanhas: "'Ser paranoico não significa que você não está sendo seguido', afirmou um dos instrutores – um camarada vindo da cidade grande e que tinha feito faculdade. Talvez eu tenha razão para desconfiar." Ele passa em revista todas as possibilidades: "eles podem ser agentes do governo, da organização ou membros da família da Zelal...". Esta última possibilidade o deixa gelado, apesar do calor reinante em Ancara em fins de junho. Subitamente ele sua frio. Para não chamar a atenção, sobe lentamente pelo caminho por onde chegou e entra na primeira rua. Dentro dele, o mesmo sentimento forte que sentia ao partir para o combate. Como se milhões de insetos picassem seu coração, como se uma enorme bolha de ar frio se formasse e explodisse em seu peito. "Assim que as hostilidades têm início, o medo evapora, você não pensa mais e, para não morrer, se condiciona a matar. No calor do confronto, você libera toda a sua audácia. Se esses dois homens se aproximassem agora puxando suas armas, o medo se dissiparia. Esperar é pior. Quando você espera, você pensa; e pensando vem o medo." Mahmut se lembra que não está carregando uma arma. Depois que Zelal e ele deixaram as montanhas, ele nem sequer tem vontade de portar uma. Ele ri interiormente ao recordar o arsenal que tinha nas montanhas. Seria cômico zanzar pela cidade com tudo aquilo! Ele pousa o olhar nas rosas que traz na mão. Os espinhos estão cravados em sua carne, a palma da mão está toda ferida. À medida que caminha devagar pela favela, ele sente que estas rosas são a melhor arma e proteção nessas paragens. Ninguém suspeita de quem passeia com um buquê de flores na mão nem terá coragem de matá-lo. Seu pânico some pouco a pouco. Ele decide voltar para a avenida pelo flanco sul da colina, a fim de pegar o ônibus no ponto seguinte. Para não se cansar, ele toma o caminho transversal, esperando assim evitar confusões.

O ônibus está cheio, ele mal consegue entrar. Mantém o braço levantado, tentando proteger as flores. Tomara que elas aguentem até o hospital. Uma pessoa lhe dá uma cotovelada involuntariamente. Ele sente uma dor lancinante no braço estropiado. Para não suscitar perguntas, Mahmut não quis tratá-lo. Não falou nada nem para o escritor, que certamente teria feito um médico de confiança examiná-lo se tivesse se aberto com ele. Mas não, ele não queria complicar ainda mais a vida do homem, criar mais suspeitas. O ferimento já está quase curado. Um dia, ao trocar o curativo, Zelal disse, dando risada: "Atiraram por trás enquanto você fugia, a bala passou de raspão. Deixe de fazer manha". Essa Zelal era esperta como uma raposa. Era complicado lidar com ela. Mas ele ama tudo em Zelal, até seu caráter difícil.

A dor no braço não para, tomara que o ferimento não piore. Ele cerra os dentes e se concentra nas rosas. O ônibus está lotado, os passageiros se amontoam junto à porta. O veículo não para no ponto seguinte, onde os dois homens esperavam. "Eu fiz bem em ir para o outro ponto, os ônibus dessa linha são raros e eu não teria conseguido entrar se tivesse esperado aqui." Toda coisa ruim tem seu lado bom. Sem se preocupar com a dor no braço e com o risco de amassar as rosas, ele se estica até a janela para tentar olhar para fora. Ele crê perceber um dos dois homens apoiado contra o poste do ponto. "Posso estar enganado. Estou com os nervos à flor da pele. É porque estou com medo e o medo provoca alucinações."

Ele conhece esse sentimento desde a infância, sabe que o medo age como um espelho deformador que empresta dimensões monstruosas àquilo que nos amedronta. Uma frase, talvez um ditado, sobe das profundezas da sua memória: "O coelho não foge porque está com medo, mas tem medo porque está fugindo".

"Nós queremos fugir e superar o medo, pensamos em passar para o outro lado do espelho como que cruzando uma fronteira. E, quanto mais fugimos, mais medo temos..." O desespero toma conta dele. "Você acha que as coisas vão se arranjar, que a roda girou e o destino te sorri, e constata que a noite continua escura. Até seu amor, tão alto quanto uma montanha e vasto como o céu, não é suficiente para levá-lo para perto da claridade. Por mais forte que abrace sua bem-amada, não pode segurála e protegê-la; nem Zelal, nem Hevi. O que vivemos naquele canto escondido do bosque tão denso foi um sonho, uma ilusão, um conto ou uma fuga a outro mundo concedido a nós por um milagre divino. A vida de verdade está repleta de temores."

Ele se sente tremendamente cansado, sua cabeça está girando e só não se deita no chão por vergonha. Coisa perfeitamente impossível no meio dessa multidão; ele tem de ficar apoiado nas pessoas. É uma impressão de algo que já vivenciou: a mesma sensação de náusea que tinha na infância quando se amontoavam feito sardinhas no trator para trabalhar no campo. Uma sensação de opressão vinda daqueles dias... "Será isso a vida? Não haverá outra vida, outro mundo possível?"

Quando a aldeia deles foi evacuada e eles migraram para terras estranhas e céus desconhecidos, Mahmut se fez essa pergunta pela primeira vez, apoiando a bochecha sobre o cordeiro de nariz preto que ele apertava contra o peito. A aldeia tinha sido incendiada depois da partida deles. Nas chamas crepitavam gatos, cachorros, galinhas, cebolas, mandrágoras e pereiras. Algumas pessoas tinham conseguido levar algumas vacas e cabras, para terem o que vender em caso de necessidade. "Dizem que soluços atravessaram a aldeia para repercutir nos cumes das montanhas e voltarem amplificados até a caravana de migrantes; era uma lamentação que retinia nos ouvidos. Isso é a vida? E para que servirá? Se ela for assim, não vale a pena viver", foi o que ele decidiu de tanto ruminar a pergunta em sua cabeça de criança. Anos mais tarde, quando já era adolescente e se perguntou qual era a solução, ele compreendeu que a resposta estava longe de ser fácil.

"Estude e se torne homem. Eu dei tudo o que tenho. Eu vou mandar você para a escola, você vai estudar e se tornar médico ou então professor. Não pude fazer isso para seus irmãos mais velhos, não consegui arrancá-los da montanha, mas você vai escapar dela", dizia seu pai. "Não existe a libertação individual, você não conseguirá nada traindo seu povo, é com o povo que você será salvo", dizia seu irmão. No verão, quando eles iam colher algodão ou avelãs, os rapazes mais velhos que vinham da cidade diziam em voz baixa: "A revolução e o socialismo conduzirão à libertação da classe operária". Em suas bases nas montanhas, os camaradas instrutores falavam da libertação do povo curdo e explicavam, como seu irmão mais velho, que ele não tinha como obter a libertação individual. Quanto a saber como o povo curdo seria libertado, a resposta era evasiva e mudava em função do momento. O camarada Doutor era o único com um discurso diferente: "A chave da libertação está em cada indivíduo. Se você sabe verdadeiramente porque está aqui e pelo que está lutando, se acredita em si mesmo e no que faz, está perto da libertação. A libertação dos povos e dos indivíduos passa pelo reconhecimento da identidade deles, pela aceitação sem reservas do que são, pelo fato de se assumir com confiança e força". Dava para entender a importância do que ele dizia, mas suas propostas não eram totalmente compreensíveis. É por isso que alguns deles desconfiavam. Bastava alguém discordar da organização para ser olhado com suspeita.

Quando eles chegaram na cidade – um conglomerado de casas penduradas ao longo do rio por onde fluíam as águas do esgoto –, com suas roupas velhas nas costas, com utensílios e panelas, colchas e colchões enrolados nos *kilims* tecidos pelas mulheres, com sua pobreza, seu medo e sua revolta, ele já tinha a resposta. Uma decisão sem apelação; definitiva e irrevogável, um decreto do destino.

Quem lhe deu a resposta foi um coro polifônico composto das vozes terríveis da pobreza, da miséria, do desprezo e da humilhação. O que ele queria era não ser considerado um capacho e um separatista infame, mas um ser humano por inteiro, queria ser Mahmut, apenas Mahmut, um homem digno desse nome. Era tão claro, tão elementar e ingênuo... Mas havia as montanhas. As montanhas que pediam que ele fosse mais que Mahmut: um soldado do exército de libertação, um herói, um guerrilheiro, o *heval* Mahmut. As montanhas que levam até o cimo aqueles que perambulam pelas favelas e lixões das cidades grandes, de barriga vazia, sem trabalho e sem perspectivas, as montanhas que prometem um mundo livre da vergonha e do medo... As montanhas que sugam o sangue de um sem-número de pessoas e cospem seus restos, que martelam na sua cabeça a ideia de que não existe outra vida, outra existência possível. As montanhas das quais ele fugiu...

Agora, a bordo do ônibus, com seu buquê de rosas amassadas na mão, espremido entre pessoas amontoadas umas sobre as outras, como carneiros sendo levados para o abate, à medida que ele pensa que não soube responder à sua pergunta, treme com a ideia de ser reprovado de novo no exame da vida. Sua cabeça está confusa, seu coração, apertado; talvez sua angústia passe se ele entoar uma canção... "Mas isso é impossível nesta droga de ônibus!" Ele se sente sufocar. Sem se importar com o lugar onde está, pouco ligando se está sendo seguido ou não, ele junta as forças que lhe restam para avisar que vai descer. Sua voz soa como um pedido de socorro. O motorista freia bruscamente, os passageiros perdem o equilíbrio e caem uns em cima dos outros. Ao se precipitar para a porta, Mahmut não percebe o homem que desce atrás dele.

*

Enquanto espera a hora de visita para ver Mahmut, Zelal fecha os olhos. Ela finge dormir para não ser obrigada a conversar com a senhora idosa no leito ao lado. Há alguns dias a mulher foi operada e trazida para este quarto. No primeiro dia ela não estava consciente. No dia seguinte, começou a recuperar a consciência e depois, salvo quando dormia, ela não parava de reclamar e criticar: "O que vou fazer no meio desses camponeses curdos até que um quarto individual esteja disponível?". Ela amaldiçoava a direção do hospital e o convênio de saúde, perguntava a toda enfermeira que entrava quando ela poderia passar para um quarto digno de sua posição, fazia ameaças e, diante do pouco efeito causado pela frase "Sabe com quem está falando?", ela chorava. De tanto ouvir suas reclamações, Zelal acabou perdendo a paciência:

– O que tem contra camponeses e curdos? – perguntou ela com seu sotaque oriental. – E por que no plural? Só eu estou aqui. A não ser que veja dobrado, sua bruxa!

A outra não deixou por menos:

– Gente da sua espécie não tem nada a ver com este hospital particular. Se isso continuar, logo vocês vão nos expulsar do nosso país e dos nossos hospitais. Bando de separatistas do PKK! Mas a culpa não é sua, é daqueles que deixaram você entrar aqui...

Zelal não recuou:

– Não fale demais, porque o PKK vai acabar chegando e aí você vai ver o que é bom!

Quando Mahmut chegou com as rosas murchas – ele tinha aprendido com Ömer o costume de levar flores quando se visita um doente; "isso vai alegrar a minha Zelal, vai acabar com sua tristeza" –, a outra mulher estava com cara de medo, nojo, desespero... Nada descontente por vê-la nesse estado – afinal, ela bem que merecia –, Zelal piscou o olho para Mahmut, um tanto inquieto ao ver uma pessoa no outro leito, antes de falar em voz alta e num turco impecável:

– Esta senhora não gosta muito dos curdos.

– E daí? Curdos, turcos, árabes, não somos todos seres humanos? – respondeu Mahmut, estendendo-lhe uma rosa e, com uma voz doce e educada, desejou-lhe um pronto restabelecimento.

A mulher não rejeitou a rosa, mas, sem nem um obrigada, ela a colocou na mesa de cabeceira e virou de costas. Zelal sabia que ela ouviria a conversa tentando não perder uma palavra.

Mahmut descreveu em detalhes a casa que o escritor emprestara para eles. Ele recorria ao turco quando necessário para evitar levantar suspeitas da velha. Falou especialmente do jardim, para alegrar o coração da amada. Descreveu as rosas, os canteiros de amores-perfeitos e o gramado. Prudente, se absteve de mencionar o nome do escritor, chamando-o constantemente de *abi*. Ele não disse nada que deixasse adivinhar o local da casa. Por mais que a outra doente estivesse ouvindo, ela não tinha como saber se este palácio miniatura ficava no Magreb ou em Machrek. Um pouco triste e indiferente, Zelal perguntou em curdo:

–*Ya paşê?* – E depois?

– Depois? Vai dar tudo certo.

Talvez eles pudessem ficar lá como jardineiros, pelo menos

até as coisas se acalmarem, o escritor voltar e achar algo para eles perto do mar.

Zelal ouvia com os olhos fechados, um sorriso no bonito rosto. Mahmut acreditava que eles compartilhavam o mesmo sonho e ficou feliz. Desde a época em que viveram escondidos na gruta nas montanhas, lavando sua ferida com água curativa de uma nascente e envolvendo-a com o calor dos beijos de Zelal – quantos dias, quantas semanas foram? Talvez um mês, ele não sabe –, o que os fazia seguir em frente, o que lhes permitia ficar fortes e esperançosos era partilhar o mesmo sonho de libertação e felicidade. Até a maldita bala perdida ferir Zelal e matar a esperança que ela trazia no ventre, o sonho deles era de um vigor inalterável e tão palpável que parecia a ponto de se tornar realidade. Agora, quem sabe de novo... de novo... A luz que entrava pela janela banhava o rosto magro de Zelal, seus cabelos loiros como o trigo estavam espalhados e seu semblante irradiava esperança. Mahmut se animou e, com isso, voltou ao curdo:

–*Êdî çarenûsa me ji me re dikeni, tu saxbe bes e.* – O destino está do nosso lado, você vai ver. O principal agora é você sarar.

Zelal continua calada e de olhos fechados.

– O essencial é você sarar. Nós somos jovens, vamos trabalhar e ir até o mar. O escritor prometeu, ele disse que quando voltar vai nos levar até o mar. Ele também está ferido, parece que o filho dele partiu, que não se tornou homem. Ele me explicou que nos considera como filhos. Agora está na nossa terra. Você disse a ele para ir procurar a palavra onde ela se encontra, lembra? Pois bem, ele foi.

– O escritor é um homem bom, mas ele não sabe nada sobre nós. Ele não saberá nada a respeito da nossa terra, mesmo que ande de cima para baixo. Ele ficará triste e se preocupará conosco. Depois de nos conhecer, não será como antes. Mesmo assim, ele nunca nos entenderá. Não se zangue se eu disser que a promessa do escritor não basta para chegarmos até o mar. E, se chegarmos, logo sentiremos saudades da montanha. Agora estamos desorientados, confusos, sonhando. Assim que eu sair daqui, assim que começarmos como jardineiros nessa casa, nosso coração vai se dividir entre aqui e a nossa terra. As montanhas exercerão sua atração, mesmo que a morte esteja no final.

"Por que esta menina é sempre tão pessimista e azeda? Se ela tivesse morrido, se o escritor não tivesse nos socorrido... Por que ela é incapaz de mostrar gratidão? Minha amada não confia em ninguém, nem no destino. Nem em mim, pode-se dizer. Terá medo a esse ponto, o golpe foi tão duro assim?"

Ele está para responder quando a voz da velha é ouvida da cama vizinha:

– Em que língua vocês estão falando?

O tom da voz não é amável ou curioso, é ameaçador.

– Você sabe muito bem, por que pergunta? É curdo. É assim que falamos, é a nossa língua. E, se não gosta, é só pedir para mudar de quarto – responde Zelal sem rodeios.

Mahmut fica maravilhado com o atrevimento e a obstinação da sua mulher, mas entra em pânico com a ideia da confusão que isso pode causar.

– Isso é demais! Não conseguimos mais preservar a nossa língua. Vocês invadiram as nossas cidades e as tomaram de nós, não é mais possível andar pelas ruas, ir para o hospital ou ter paz – diz a mulher com voz abafada.

– Nós não fazemos mal a vocês, tia – intervém Mahmut, sem dar chance a Zelal de responder. – Essa é a nossa língua. Na nossa região falamos curdo e, em alguns lugares, o zaza. Entre nós, falamos o nosso idioma. Nossas mães a transmitiram para nós. Elas não conheciam outra língua, elas não têm culpa. Sempre nos expressamos melhor em nossa língua nativa. Se nossa fala é cheia de bondade e afeição, que diferença faz a língua que usamos?

A mulher se cala e lhes dá as costas novamente. Mahmut é invadido por um profundo mal-estar.

— Viu, é por causa disso — diz Zelal em curdo. — O que vou fazer no meio de pessoas que desprezam a língua que falo? A língua que ouvi desde que nasci, com a qual fui acalentada, amada ou insultada?

"Ah, essa menina é um poema", pensa Mahmut. "Ela é impagável. E o que diz é verdade. Seu coração e seu sangue se aquecem, ele a deseja." Seu amor por Zelal é tão grande que ele treme com medo de perdê-la. "Eu não posso deixá-la aqui ao lado dessa megera. Ela é uma rosa selvagem e bela. Seus espinhos não conseguem protegê-la. Se tentarem arrancá-la, ela pode murchar." Ele estava se achando um cavaleiro andante em seu cavalo da esperança, mas agora estava preocupado. "Eu sou o único tutor que pode apoiar a minha rosa. A que ponto consigo protegê-la? Eu mesmo preciso de proteção. Pena que o escritor foi embora antes de Zelal sair do hospital. Eu podia ter pedido para ele ficar. Não sei se teria me dado ouvidos, ele tinha pressa em chegar noutro lugar, ele também tem o coração repleto de preocupações e tristeza. Estará preocupado consigo mesmo, com o mundo? Eu não sei. Mas com certeza ele está triste."

Um casal carregando sacolas de plástico entra no quarto para visitar a outra doente. Ao passar pela cama de Zelal, eles estimam suas melhoras. A velha fala algo em voz baixa. Obviamente está reclamando da vizinha. Para ser entendido pelos visitantes, Mahmut diz em voz alta, em turco:

— Eu falei com seu médico e ele me disse que você poderá sair dentro de poucos dias.

Os dois sabem muito bem que ela ficará no mínimo uma semana. Com sua inteligência aguçada, Zelal não demora a entender o joguinho dele. Sua cara amuada cede lugar a uma expressão de criança travessa:

– Estamos incomodando a tia, tomara que eu saia logo para ela poder descansar sossegada. Além disso, ela deve se aborrecer ouvindo nossa conversa em outra língua.

– De jeito nenhum, irmã, não é incômodo algum. E por que sua língua a aborreceria? Toda língua tem sua beleza. Minha mãe é um pouco idosa e está meio abatida por causa da doença –, desculpa-se o homem jovem.

– Ele deve conhecer bem a mãe – sussurra Zelal em curdo.

– Não é nada demais – responde Mahmut. –A tia tem razão. Não é fácil dividir um quarto com uma estranha. Espero que tudo se arranje depressa para todos nós.

Depois outro ardil lhe vem à mente.

– Tivemos uma complicação inesperada. Estávamos esperando o ônibus no terminal para voltar à nossa terra e cumprimentar nossos pais. Um tiro partiu não se sabe de onde, a bala se alojou na barriga dela e nós perdemos o nosso bebê.

Ele se deixa levar pela própria conversa. Num instante ele se esquece que o drama que está contando para impressionar a senhora e seus filhos é sua própria história.

– Meu Deus – exclama a visitante. – Mas em que país estamos vivendo? Nunca se sabe o que pode acontecer na rua. Sinto muito mesmo. Graças a Deus você escapou. Vocês são jovens, que Deus lhes dê lindos filhos.

– Obrigada, irmã – responde Zelal.

Sua voz é sincera, agora ela não está brincando.

Os olhos de Mahmut se enchem de lágrimas. "Curdos, turcos, Oriente, Ocidente... como seria bom se os seres se unissem, podendo compartilhar suas alegrias e tristezas! Às vezes, uma única palavra é o suficiente. Um 'meu irmão', um cumprimento sincero, um olhar, um toque... certas vezes basta segurar a mão do outro para ajudá-lo a saltar sobre um riacho, pressionar o dedo ferido sobre uma planta para deter o sangue ou pousar a mão na cabeça do outro para que ele se torne seu amigo, mesmo que o considere um inimigo. Qual é o problema? O que tem este mundo passageiro que não conseguimos compartilhar?"

– Obrigado – diz ele. – Também desejo melhoras. Tudo se arranja quando o amor, a tolerância e a fraternidade reinam entre as pessoas. Também neste país as coisas acabarão por se acertar. As armas se calarão, as balas perdidas não matarão mais bebês na barriga de suas mães.

Mahmut avalia suas palavras. Primeiro ele gostaria de acreditar no que disse. "Será que esse dia chegará? Haverá um tempo em que não serão assassinados bebês, mulheres grávidas, meninas, meninos, turcos, curdos? Um dia em que deixarão de enumerar os mortos, de morrer em martírio e viver com medo?"

"'Esse dia chegará', tinha dito um camarada do acampamento, não a mulher do treinamento, mas o mais velho, o chamado Doutor. A instrutora não fazia mais do que repetir o que aprendera como se lesse um livro. Depois ela pedia que decorassem tudo. Ela não permitia perguntas. Ela repassava etapa por etapa da evolução da humanidade até nossos dias, explicando como ela tinha passado da sociedade primitiva à feudal, dali ao capitalismo, antes de se encaminhar para o comunismo. No princípio, a camarada expunha em detalhes a passagem ao comunismo pela revolução da classe operária – sem que ninguém compreendesse o que era isso –, mas com o tempo o programa mudou e essa história de comunismo caiu no esquecimento. Se alguém se arriscava a questionar, a resposta sucinta era: 'Deixemos esse assunto de lado por uns tempos, nossa prioridade é a libertação do Curdistão, falaremos da revolução do povo mais tarde'."

"O Doutor era diferente. Ele não recitava as frases de cor, não pedia que ninguém as repetisse como um papagaio. Suas aulas se desenrolavam como uma conversação livre: 'Um dia será possível construir outro mundo. Nós não o veremos, mas nossos filhos e netos, sim. Será um mundo justo, ninguém estará sob o jugo da opressão, ninguém exercerá a tirania sobre o povo, todos terão trabalho e comida, levarão a vida como bem quiserem, segundo suas aspirações e escolhas, sem prejudicar o próximo. A natureza, os animais e os homens viverão em harmonia. Há milhares de anos que a humanidade sonha em ver nascer um novo mundo. Sem a esperança de uma vida melhor, ela não teria consentido em lutar tanto. Quem perde a esperança e abdica de suas convicções, abandona a batalha e cede à resignação'. Ele falava muitas coisas bonitas desse gênero. Não falava de guerra, morte ou da facção, mas de vida e esperança. Todos gostavam de ouvir, de questionar, de receber suas respostas. Até o dia em que ele desapareceu. Ele era grande demais para as montanhas."

Mahmut emerge de suas lembranças para voltar ao quarto do hospital.

– Basta expulsar a animosidade e a intolerância de nossos corações.

Vexada por não encontrar apoio nos parentes, a velha fica amuada. Os visitantes concordam com a cabeça, tempos melhores virão. Uma enfermeira aparece à porta para lembrar que a hora da visita está terminando. O filho e a nora se despedem da doente e se preparam para sair. Ao passar diante da cama de Zelal, eles reiteram os votos de pronto restabelecimento e perguntam se ela precisa de alguma coisa. Não, muito obrigado, não se incomodem, ela não precisa de nada, graças a Deus.

Mahmut não está com vontade de ir embora e deixar Zelal sozinha. Ideias bobas passam por sua cabeça. E se eu a levar de táxi? Ela pode andar até a porta se apoiando em mim, não soltará um gemido de dor. Afinal, os médicos recomendaram que ela desse alguns passos por dia. Irão atrás de nós se fugirmos daqui? Tem tanta gente nos perseguindo que só faltam os médicos! Ele pensa nos dois homens no ponto de ônibus e treme. Está certo, me preocupei por nada, não confio nem na minha sombra. Mas e se...? Quase por instinto, ele vai até a cama da outra mulher.

– Confio Zelal à senhora, tia. Não ligue se às vezes ela for um tanto rude, pois a vida não tem sido fácil para ela. E se ela mostra as garras, é por medo, por apreensão. Ela se sente uma estranha aqui e, quando eu vou embora, ela fica totalmente só. Cuide dela, ela é muito jovem. Ela não conhece esse lugar, não conhece a cidade, ajude-a. A senhora também tem filhos, tem amor em seu coração. Por favor, tome conta dela.

Apoiada nos travesseiros, a mulher fica silenciosa, sem reação, como se não tivesse ouvido. Depois ela move a cabeça ligeiramente, um gesto que Mahmut interpreta como de aquiescência. Não tem certeza, mas adoraria que fosse, para apaziguar seu coração inquieto. Já está quase na porta, quando volta sobre seus passos:

– Eu li em algum lugar uma frase que diz que "o coração humano pode tocar o coração do outro". É de um escritor turco, eu acho. De que servem nossos braços e nossas mãos a não ser para estendê-los em ajuda ao outro?

Sua voz é doce, mas firme. Com mais sabedoria do que se poderia supor.

Debruçado sobre Zelal, com um gesto tímido e desajeitado, ele acaricia seus cabelos dourados espalhados sobre o travesseiro:

– Eu volto amanhã, à mesma hora. E, se o médico autorizar, vou pedir que liberem você mais cedo.

O corredor do hospital está cheio de gente. São os visitantes saindo. Ele olha para todos os lados com atenção; parece tudo normal, não há nada de extraordinário. Antes de ir para a porta principal, ele fica um tempo no corredor. Nada lhe parece suspeito. "Mesmo assim, tenho que tirar Zelal daqui o mais rápido possível", pensa ele. "Nós quase nos esquecemos de ser prudentes, pois estamos na maior encrenca. 'O ar da cidade faz você relaxar', diz a gente das montanhas. É verdade, estamos relaxados aqui, eu estou. Quase podemos ser confundidos com cidadãos normais."

Com um passo decidido, ele sai do hospital e se mistura à multidão.

*

Depois que Mahmut saiu, Zelal sentiu um enorme cansaço. Ela tomou uma porção de remédios, muitas injeções. "O lugar da operação vai ficar sensível um tempo, tome os remédios direito para não sentir dor", tinha dito a jovem enfermeira. Zelal gosta dela. Sua antena altamente sensitiva e constantemente ligada tinha captado as vibrações da enfermeira e Zelal compreendeu que a moça era do bem. Entre todos os médicos e enfermeiras que iam e vinham, foi ela que chamou sua atenção: a enfermeira Eylem, de rosto bonito e nome estranho[32]. A enfermeira Eylem, que sempre passava no quarto quando estava no plantão noturno, que lhe dava os remédios com suas próprias mãos, que falava com voz doce, que não fazia perguntas, mas sabia decifrar os olhares.

Como um gato, Zelal se fiava em sua intuição, capaz de distinguir entre amigo e inimigo. Ela jamais se enganava: o professor da escola era um homem bom; o diretor era malvado. Seu pai era bom, seus tios eram maus. A segunda mulher de seu pai era

---

32 *Eylem* quer dizer "ação" em turco. (N. T.)

boa, a parteira era má. Mahmut era bom, era ótimo. Seu irmão Mesut era bom antes de ir para as montanhas, ela o amava. Mas quando ele voltou à aldeia, não era mais o mesmo, tinha ficado malvado. E os homens sujos de rosto escuro e olhar cruel que o acompanhavam... Ela teve medo e fugiu... Quando seu pai se pôs a chorar e a bater no peito como uma mulher, repetindo que seu filho era um delator, ela não entendeu o que ele tinha feito de mal. Mas ela sentiu o mal com os cinco sentidos quando seu irmão Mesut lhe disse para avisar a mãe deles, rindo com um ar cruel e fazendo fanfarronadas com suas armas. Ela escapara de tão insuportável que era ver ou tocar o irmão que ela tanto amava. "Meu pai tinha razão em se estapear assim", ela pensou. "Então as pessoas podiam mudar, o bom podia se tornar mau e o mau podia se transformar numa pessoa boa, quem sabe..."

Zelal tinha total confiança em sua intuição. A enfermeira Eylem fazia parte dos bons, era amiga. Ela falava olhando direto nos olhos. Era preciso seguir seus conselhos e tomar direitinho a medicação. Ela disse que estaria de plantão esta noite. Com certeza passaria pelo quarto. E já que ela estava ali, não precisava se preocupar.

Ela empurra os travesseiros que Mahmut tinha ajeitado nas suas costas para ficar confortável e se estica na cama. Ela se deixa levar pelo torpor que sobe em ondas cálidas até seus olhos. Pouco a pouco, o torpor se transforma em sono e o sono, em sonho.

Eles estavam correndo por uma colina verdejante. Mas Zelal não tinha pernas. A partir da cintura, ela era uma nuvem vaporosa. Quem era a pessoa a seu lado? Mahmut? Era ele e não era. Ela tinha um bebê nos braços. O rosto da criança era o mesmo de Mahmut. Quanto a Mahmut, ele não tinha cara; seu rosto estava misturado ao capim verde. Eles suavam sangue e água na corrida, estavam fugindo. De quem ou do que, ela não sabia.

Atrás deles, trevas, trovoadas, tormenta. Apareceu uma floresta queimada ainda fumegante, os troncos negros calcinados, galhos retorcidos, um monte de cinzas. O corpo sem rosto de Mahmut arrancou o bebê de seus braços, a enlaçou e se deitou sobre ela. Zelal sentiu o calor do tapete de cinzas em sua pele. De repente, ela se deu conta de que estava totalmente nua e sangrando, cercada de homens, todos sem rosto. Depois, o bebê envolto em trapos se levantou, sua cabeça ficou enorme e Zelal viu o rosto de Mesut; não as feições belas e ternas do irmão que ela conhecia antes que ele partisse para as montanhas, mas a cara má e assustadora que ele tinha ao retornar à aldeia em companhia dos dois homens. Mahmut se levantou e evaporou no ar. Ela queria segui-lo, só que não conseguiu. Ela se pôs a gritar a plenos pulmões, mas a voz não saía. Quanto mais ela gritava, mais sua voz se afogava. Ela sufocava. E, por gritar em vão, ela se petrificou, um pedregulho entalou em sua garganta. Ela ouviu vozes, clamores. E então...

Ela acordou com o som da própria voz. Primeiro ela achou que fosse por causa da dor que sentia na barriga. Depois viu o rosto apavorado de sua vizinha, cujos olhos estavam arregalados. Movida por uma força estranha, ela virou a cabeça para a porta e, como se fosse uma continuação do pesadelo, ela percebeu um rosto, apenas um rosto sem corpo: o rosto de seu irmão Mesut... Igual a um coelho hipnotizado pelo olhar da serpente, ela congelou e ficou assim, imóvel, a cabeça virada para a porta.

Logo depois o rosto sem corpo sumiu. A porta foi fechada suavemente. Será que foi a enfermeira Eylem? Pode ter sido ela. Zelal prendeu a respiração, depois inspirou profundamente e tentou se acalmar. Ela estava molhada de suor e gelada, apesar do calor da noite de verão. Ela estava envergonhada, principalmente porque a velha bruxa a tinha visto com medo, a ouvira gritar e talvez até falar dormindo. De qualquer forma, teria falado em curdo, jamais em turco! Ela fechou os olhos para não ver a velha, mas mal cerrou as pálpebras e tudo começou a girar. Ela sentiu que caía num poço tão escuro que soltou um grito. Assim que se recobrou, ela viu novamente o rosto ansioso de sua vizinha. Subitamente, ela compreendeu que precisava dessa mulher. Mahmut tinha dito alguma coisa antes de sair: as pessoas se ajudam. Será que era disso que ele estava falando? Mas então, por que as pessoas temiam umas às outras?

– Você teve um pesadelo, não tenha medo.

Era a primeira vez que a mulher falava com suavidade, até com afeto, semelhante à sua mãe. "A voz da minha mãe, que me punha nos braços e me consolava quando eu tinha medo à noite, quando os chacais uivavam e eu chamava *dayê, dakilê*. Minha mãe que deu os filhos para as montanhas, que tinha em mim a menina dos seus olhos; minha mãe que não pôde proteger sua filha, que se escondeu sabe-se lá onde para não ser testemunha da minha morte quando prepararam a corda, depois de dar a sentença que me condenava. Minha mãe, de quem sinto tanta falta."

– Desculpe se a incomodei – diz ela, virando o rosto para sua companheira de quarto. – Tive um sonho ruim, é verdade. Eu gritava, mas minha voz não saía.

"Sim, você gritou. Foram gritos abafados. Foi a sua voz que a acordou.

Temendo ter se traído, ela perguntou com angústia:

– O que foi que eu falei, mãezinha? O que eu disse?

– Eu não entendo a sua língua! Não compreendi. Você chamava o nome de alguém, *aga* ou *abi*, não sei. Você parecia estar apavorada. O que houve? O que seu irmão te fez?

– Eu não sei... No sonho eu vi um homem parecido com ele. Vi um bebê que roubou o rosto de Mahmut, florestas queimadas...

— Já passou, foi só um sonho. Ainda tem água no copo ao seu lado, tome um gole que vai te fazer bem.

A voz da mulher estava bem meiga. Encorajada pelo tom amigável, Zelal perguntou aos cochichos:

— Você o viu, tia? Sabe, o homem que estava olhando pela porta.

— Eles a deixam entreaberta porque faz muito calor dentro do quarto e quem passa dá uma olhada. É possível que alguém tenha olhado mesmo, o que isso tem de anormal?

— Não, eu não falo disso, mas do homem moreno. Ele estava ali quando acordei.

— Você está um feixe de nervos, criança. Você devia estar com medo de alguma coisa. Eu não vi ninguém. Aqui é um hospital, mas mais parece uma praça pública. Todo hospital particular de segunda classe é assim. Se fosse um hospital público, e ainda mais um hospital militar, não aconteceria isso, não deixariam entrar quem quer que fosse. Quando uma enfermeira vier, vamos pedir que coloque sua cama perto da janela e a minha, ao lado da porta, para evitar seus temores.

Em silêncio, a cabeça enfiada no travesseiro para abafar os soluços, Zelal começou a chorar. Não mais de medo, mas de gratidão pela atenção afetuosa daquela senhora.

— Vamos pedir para a enfermeira te dar um calmante. Parece que sua aflição é grande, certamente você passou por coisas difíceis. A doença mexe com a gente. Veja, eu fui dura e injusta com você. Mas você também foi grosseira comigo. Mas não faz mal, deixe de se atormentar. Logo estaremos boas e sairemos daqui. Você é moça, vai se recuperar antes de mim. Teve um pesadelo: o bebê, as florestas queimadas, o rosto do seu homem... A perda do seu filho deve ter sido um duro golpe. Mas vocês dois são jovens... Terão filhos saudáveis, crianças que trarão coisas boas para o país e a nação... Não fique triste.

Se Zelal tivesse condições de se levantar e se movimentar, ela teria se precipitado para a cama da vizinha para abraçá-la. Teria até afundado a cabeça no colo dela e chorado à vontade. "Que saudades da minha mãe, essa mulher capaz de dividir seu homem com outra esposa e até se entender com ela. Minha mãe que deu os filhos para as montanhas e deixou a filha à mercê de estranhos. Minha mãe, que é mais jovem do que esta mulher, mas que parece muito mais velha."

Dentro do peito, um fogo consome seu coração, uma saudade da mãe e da terra natal que palavras não conseguiriam explicar, que nem o escritor nem os *dengbej* saberiam descrever. Como é possível relatar uma dor desconhecida? E quando atinge tamanha amplitude, a dor não cabe em palavras. Não dá para descrever a dor.

– Deus não devia mandar tanto sofrimento às suas criaturas, se ele é Deus mesmo.

– Não diga isso, Sua Sabedoria é indiscutível. Não se deve perder a fé.

A porta se abriu. Uma enfermeira finalmente tinha ouvido a campainha e veio perguntar o que elas queriam.

– Ela teve um pesadelo, está nervosa. Seria bom lhe dar um tranquilizante – diz a senhora antes de acrescentar: – Eu não quero dormir perto da janela, quero trocar de lugar com ela.

A enfermeira lançou um olhar inquiridor para Zelal:

– Para mim dá na mesma – respondeu ela.

Assim que a enfermeira foi chamar um auxiliar para trocar as camas de posição, Zelal perguntou em voz baixa:

– Tia, por que pediu para trocar de lugar?

– Eu vi que você está com medo, sei que está fugindo de alguém. Do seu irmão, sei lá, mas ficará com mais medo ainda se continuar perto da porta. E nenhuma de nós conseguirá dormir. Foi por isso que pedi a troca.

— Talvez tenha sido uma alucinação ou talvez ele tenha realmente olhado para cá. Você não viu mesmo? Ou viu, mas não quer me dizer?

— Tem gente que dá uma olhada para dentro do quarto quando a porta está entreaberta. Eu não notei ninguém em particular, ou então eu o vi, mas não guardei. Quem sabe o homem era um enfermeiro. Vamos, não pense mais nisso; se vier alguém, vai me ver primeiro e vai embora.

Zelal se fechou em seu silêncio. "Então é preciso perceber a dor do outro; será somente quando a sentimos no coração que somos capazes de amar? Se eu não tivesse gritado de medo enquanto dormia, se não tivesse chorado, ela não teria se aproximado de mim. Ela teria continuado a me considerar uma inimiga, me tratando de camponesa curda e suja. Mas, ao ver que eu estava triste, ela amenizou o tom. E também se abriu. Se existem pessoas totalmente impermeáveis à dor alheia, porque são incapazes de sentir que nutrem a animosidade, será por causa dessa insensibilidade que elas matam? Deus todo-poderoso não deu a elas o dom do amor? Quando aqueles canalhas me atacaram como animais selvagens, os meus uivos de medo e dor não furaram o tímpano deles? A menos que os gritos tenham lhes dado prazer. O último foi diferente. Ele tinha amor dentro dele, empatia. Há seres humanos bons e maus. Às vezes, o bom se deixa levar pelo mau e, como tem medo, faz o jogo dele. O diabo foi expulso do paraíso, mas seu poder é terrível; no mundo inferior, o demônio é mais forte que os anjos."

Ela contou os dias e os meses. "Quantos dias se passaram desde que a semente germinou no meu corpo, quantos meses teria meu bebê?" A menina que conhecia os números calculou sem errar. Ela mergulhou no doce calor do bebê que não existia mais. "É meu bebê, meu filho nascido da guerra, mas que trará a paz, será a esperança da paz, seu nome será Hevi", tinha dito Mahmut, acariciando o ventre de sua mulher.

"Muito bem, mas como a paz pode nascer da guerra? Como as florestas incendiadas podem voltar à vida? Como curar as feridas, deter o sangue? Agora, eu sinto uma doçura, um calor se espalhar em mim porque esta mulher foi gentil, mas meu mau humor e minha cólera não passaram. Meu medo foi um pouco apaziguado, minha solidão foi atenuada, mas minha sensação de ser uma estranha continua ali."

O carrinho da comida chegou e as bandejas foram depositadas sobre as mesinhas na cabeceira das camas. Nem a sopa, nem o arroz ou o iogurte lhe apeteceram.

– Faça um esforço para comer alguma coisa, precisa de forças para sarar – diz a companheira dela.

– Não consigo engolir nada, tenho a impressão de ter um nó na garganta – responde ela.

Ela toma umas colheradas do iogurte para agradar a senhora.

– De onde você é?

– De longe. Do leste, de uma aldeia perto de Van – mentiu Zelal num reflexo instintivo de defesa.

– Meu marido era militar, viajamos um bocado por aquelas bandas. Naquela época, dizíamos "serviço oriental". Erzurum, Ardahan, Dogubeyazıt, conheço bem tudo aquilo. Mas Van eu não conheço. Meu marido era militar. Num dado momento, o problema eram os comunas. As fronteiras com a Rússia eram vigiadas. E depois caçavam os bandoleiros. Eles fugiam para as montanhas e os soldados iam ao seu encalço. Nessa época, os bandoleiros não eram como hoje. Eram inocentes como cordeirinhos, comparados com os de hoje. Agora, o problema é o terror separatista que está acabando com o sudeste. Lá pelos lados de Van também tem isso, não é?

Zelal engoliu em seco.

– Ahn... também temos terroristas, mas não é gente conhecida. Saímos da nossa aldeia. Eu era pequena. Às vezes, era a guerrilha que descia para pegar víveres, as armas que tínhamos, ou gente jovem para combater. Outras vezes, eram os soldados. Sob o pretexto de que dávamos refúgio a guerrilheiros, eles juntavam os homens e os levavam. Entravam nas casas e nos maltratavam. Como vê, os dois lados agiam igualmente. Isso, para nós, era o inferno! Depois abandonamos a aldeia. Ouvimos falar que os habitantes tinham se tornado "guardiães de aldeia". Fomos para longe, para as terras dos meus tios.

– Os terroristas não sobreviveriam se o povo não os protegesse. Meu marido também dizia isso. Naqueles tempos, não tinha o PKK ou não sei o que mais, mas como eu falei, tinha bandidos. "O povo esconde e protege os bandidos", vivia repetindo meu marido. As pessoas daqueles lados sempre foram inimigas do governo. Agora, mais ainda. Porque existem muitos provocadores. Por outro lado, quando morávamos no leste, principalmente em Erzurum, eu tive excelentes vizinhos... Eu era jovem então. Um pouco perdida e angustiada, como você é agora. Meu marido se ausentava bastante para fazer batidas no campo. Ainda não existiam alojamentos e nós morávamos na cidade. Eu não conseguia ficar sozinha, tinha medo. As vizinhas vinham passar a noite comigo, me acudiam sempre que eu precisava. Os curdos não eram como são agora, não eram inimigos. Os oficiais mais fiéis estavam entre eles. Eram tão dignos de confiança que morreriam por você, mas agora...

"Agora, de olhos bem abertos, eles viram que sendo escravos fiéis todo mundo pisa neles. De tanto apanhar, o cachorro fica bravo." Zelal se absteve de dizer isso em voz alta.

– Agora a opressão é grande – responde simplesmente. – Opressão de um ou de outro, então as pessoas vão para as montanhas.

– Quando o professor e o Estado castigam, é para o bem. Para ensinar a lição. Sejam obedientes. Quando se rebelam, são castigados. As coisas não seriam desse jeito se não ouvissem os provocadores. Se você virar sua arma contra os soldados, pode esperar a revanche. O exército turco jamais vai entregar o país a um punhado de aventureiros.

Zelal não aguentou mais.

– Escute, tia! Tudo isso é muito bonito, mas se atacam sua aldeia de manhã, à tarde e à noite; se dão coronhadas no seu pai e seu irmão e o arrastam pelo chão, se te batem por falar curdo, se os policiais levam seus animais, se suas estradas são fechadas e você fica doente e não pode passar para ir à cidade, um dia você se dá conta de que a opressão e os castigos não são para o bem e você se revolta. Entende o que eu digo? No começo, você me tratou como um ser imprestável, me considerou uma inimiga, mas no fundo, você é humana, é mãe e tem amor para oferecer. Obrigada por cuidar de mim. Não se ofenda por eu não conseguir guardar para mim o que tenho no coração. Não me leve a mal, já passou. Mas saiba que ninguém gosta de ver morrer as pessoas que ama, um filho, o marido, pai ou irmão. Você falou em pátria. A pátria é o país daquele que morre e também daquele que mata. Mas, veja, aqui não é bem assim. A nossa pátria era a nossa aldeia. Nós sentimos medo, fugimos. Mataram meu filho na minha barriga, já conhece esta história. Nós não tínhamos para onde ir. Vamos ficar numa casa estranha. Você não disse que os curdos são fiéis? Pois bem, vamos ser servos fiéis.

Por falta de fôlego, Zelal se interrompeu. Falei desnecessariamente, ela vai ficar brava de novo. Ela se arrependeu do que disse. "Não me diminuiria em nada responder apenas: 'Sim, tem razão!'. Mas desde pequena eu sou assim. *Seri hişk* – cabeça-dura –, como diziam lá em casa. Só o professor falava que eu não era cabeça-dura, mas inteligente. Aquele era um homem bom e íntegro." Ela teve receio de ter contrariado a mulher, justo agora que estavam começando a se aproximar.

– Não ligue pra mim, tia. Você é mais velha, sabe melhor do que eu.

A emoção da conversa se somou ao efeito do calmante. A noite mal estava caindo e as luzes se acendiam a distância, mas ela se refugiou no sono, que tomou conta de seu corpo e seu coração feridos. Ela se pôs a correr pelas pastagens verdes atrás das cabras. Colheu tulipas, violetas e margaridas amarelas que cresciam entre as rochas. Chegou antes dos animais na nascente e mergulhou a mão. A água estava fresca e ela encheu as duas palmas da mão. Bebeu com sofreguidão. No país dos seus sonhos, o céu era de um azul límpido, o tapete verde que se estendia diante dela estava coberto de flores de cores maravilhosas. A felicidade serena do sonho envolveu Zelal, como um cobertor, como o abraço de Mahmut. Ela adormeceu.

Jiyan significa "vida", meu comandante!

Numa ficção romanesca ou na vida real, era inevitável que eles se amassem. Não somente com os olhos ou por meio de palavras e silêncios; fazer amor, unir seus corpos e seus corações ardentes – não uma brisa louca, não uma atração passageira – era seu destino inelutável.

Na noite em que se conheceram na farmácia – aliás, não era um sinal a farmácia Hayat estar de plantão? –, na hora de se despedirem após falarem da região e de Mahmut, quando seus olhos se encontraram, os dois compreenderam isso. Eles tinham recebido a mensagem. Não fingiram não ver, não ficaram na defensiva. Depois, como se nada tivesse acontecido, como se uma faísca não tivesse brilhado, eles passaram os dias seguintes numa expectativa que não combinava com sua natureza livre e apaixonada. Agora, estendidos lado a lado, eles sentiam vergonha, não por ter feito amor, mas por terem esperado; vergonha por seus questionamentos morais e pelos obstáculos de consciência. Eles tinham traído não os outros, mas a sua paixão, seus corpos e seu destino.

O cabelo preto e ondulado da Jiyan que, ao se livrar das fivelas e elásticos que são símbolos de uma mulher decente, caiu em cachos como rios impetuosos, era o único obstáculo entre seus corpos suados e o único pano que cobria sua nudez. Tudo o que tinha acontecido desde aquela noite alucinante no terminal de Ancara, cada evento, cada ocorrido parecia a Ömer ditado por um desígnio misterioso e imperioso. A mulher estranha, a que dizia ter perdido uma criança enquanto fugia por um rio da Europa central... A mulher ferida, Zelal atingida por uma bala perdida que matou seu bebê... Mahmut, que tinha fugido das montanhas: nem desprezível, nem renegado, nem delator; um homem desprovido do caráter de guerrilheiro ou de protetor de aldeia, desejando ganhar a vastidão do mar que ele jamais vira na vida... Sua esposa, Elif, sempre presente em seu coração mesmo quando ele estava com outra: indo para o oeste nas pegadas do filho perdido, curvada sob o peso da frase "nossos caminhos se separam cada vez mais..." Tudo, cada elemento era uma preliminar, um pretexto destinado a preparar seu encontro com Jiyan.

Agora, num instante sem antes nem depois, após fazerem amor de maneira selvagem ou doce, deitados lado a lado em silêncio, na cama improvisada no chão sobre um tapete que cobre o cômodo inteiro, nus, suados, cansados e satisfeitos, eles desfrutam do prazer voluptuoso do gato deitado ao sol.

O acesso à casa de Jiyan é por uma escada de madeira cuja porta é disfarçada por uma estante, no depósito nos fundos da farmácia. A entrada principal do imóvel dá para a rua de trás. Vendo o prédio por fora, não dá para imaginar que o interior é tão espaçoso e confortável. O apartamento não parece em nada com a casa das pessoas importantes do lugar. Embora ele esperasse ver poltronas forradas de veludo de mau gosto cobertas com toalhinhas rendadas, um conjunto de madeira dourada, bufês de madeira entalhada repletos de prataria e bibelôs de cristal, ele se surpreende com a estética sóbria e simples. A sala grande é bem despojada: num canto, um sofá todo branco; no meio, uma mesa com uma toalha creme, enfeitada com pérolas e bordados brancos; contra a parede, um móvel de madeira maciça com tulipas esculpidas nas bordas; na frente, grandes almofadas no chão com flores coloridas pintadas a mão sobre fundo branco; e entre as almofadas, jornais e revistas espalhados... "Deve ser o canto de Jiyan."

No quarto onde eles estão agora uma parede inteira é ocupada por um guarda-roupa imenso, de madeira, cheio de portas e lembrando os armários das casas antigas. No centro, na divisão concebida como penteadeira, um espelho com duas abas de madeira decoradas com elegantes motivos florais e, abaixo dele, uma prateleira larga onde Jiyan coloca cremes, maquiagem, pentes, escovas, objetos pessoais... na frente, um tamborete. E, por fim, uma cama de casal confortável, com lençóis de linho de um branco imaculado.

– Cama e almofadas no chão são essenciais para mim – dissera-lhe Jiyan quando o levou para visitar o apartamento na primeira vez que ele veio. Trouxe os *kilims* e as almofadas bordadas da nossa casa na cidade. As portas do guarda-roupa também. Você notou as abas do espelho? São de um rapaz da aldeia do meu pai. Ele desenhava e pintava em qualquer material que caísse em suas mãos. Papel, cartolina, madeira... Se não tivesse nada, ele traçava as formas na terra ressecada. Eu forneci a ele bastante material: guache, tinta a óleo, pastéis, lápis de cor... Foi ele que pintou as flores nas abas do espelho. Ficou bonito, não acha?

Ela fez uma pausa e esboçou um sorriso triste.

– Sinto falta da aldeia e da mansão de quarenta cômodos... Não tinha quarenta cômodos, lógico, mas parecia que tinha. Diziam que era um verdadeiro palácio na época do avô do meu pai. Por isso ela ainda é conhecida como "mansão" na região. Tenho saudades das pessoas de lá, dos animais, dos campos. Eu morei pouco na aldeia. Às vezes, eu me pergunto se tudo aquilo não é um sonho. Sabe, o tipo de sonho que você não quer que acabe e, quando você acorda, fecha os olhos para reter a imagem dele um pouco mais.

Quando ele lhe perguntou por que ela não ia com mais frequência à aldeia e o que era feito da mansão, ela explicou no mesmo tom doce e triste:

– A aldeia foi evacuada. Aliás, meu pai já tinha saído de lá por causa de uma desavença no clã. Nossa família tinha se mudado para cá. Mas íamos para lá de tempos em tempos, principalmente no verão. Lá no planalto, o ar é puro, a água... tudo é lindo. Depois, quando eclodiu a guerra, os nossos se negaram a ser protetores da aldeia. Não vá pensar que foi por estarem do lado da rebelião. Mas porque isso é considerado ser colaborador e é contrário aos costumes e princípios da tribo. E é uma posição muito mais perigosa do que se pensa. Após esta recusa, o governo aumentou a pressão. E o pessoal da montanha também começou a nos importunar. A situação ficou insustentável e a família inteira partiu. Em seguida, o exército evacuou a aldeia. Meu pai tinha casas na cidade, mas preferia a aldeia e os platôs altos. Lá era... como dizer... era o reino dele. Na cidade, tanto faz você ser chefe de clã ou líder religioso, você cai no anonimato. O sultanato está nas zonas rurais.

– O que aconteceu com o rapaz que pintava, o que decorou as abas do espelho? Diga alguma coisa boa, como: ele estudou artes plásticas, se tornou pintor, faz exposições.

– Que ele se tornou pintor? O que vivemos aqui é tão aflitivo que não dá nem para brincar com isso. Os contos de fadas jamais se tornam realidade, não existem finais felizes. Antigamente, antes da guerra, era melhor. Alguns conseguiam sair da aldeia e chegavam a algum lugar, mas agora...

Ele viu os olhos dela ficarem úmidos, seus lábios tremerem ligeiramente e se arrependeu de ter falado sem pensar.

– O garoto que desenhava não existe mais. Na nossa região ninguém se torna pintor. Dependendo do ponto de vista, vira guerrilheiro, terrorista, traidor, separatista, colaborador, delator, mártir... Ou então aparece na lista dos mortos. Você vai ficar bravo comigo outra vez, vai me dizer para não fazer a política da injustiça e da opressão, para não justificar tudo através delas. Mas então como reclamar nossos direitos? Não temos nada além dos nossos mortos, nosso sofrimento e nossa miséria.

O que impressionava Ömer era a sensibilidade exacerbada, a vulnerabilidade, a revolta, o ardor de vulcão prestes a entrar em erupção que Jiyan ocultava sob seu ar plácido e sua dura carapaça. Quando ela estava nervosa ou chateada – um evento corriqueiro, uma palavra dita ao acaso, um instante bastava para mexer com sua emoção –, uma sombra cruzava seu olhar, um tremor agitava seus lábios, seus longos e finos dedos ornados de anéis de pedras coloridas se punham a tremer. O que ela viu, o que ela deixou para trás? Ele ignorava. Seria ela cheia de segredos? Ou simplesmente uma bela e sedutora mulher a quem Ömer emprestava os mistérios que perturbavam sua alma e imaginação de romancista? Seu forte sotaque oriental que em outra pessoa soaria pouco atraente, suas tiradas teatrais beirando a afetação, seus silêncios que faziam pensar que ela estava bancando a "mulher insondável", tudo isso era parte integrante de sua personalidade. Quando as mulheres nativas vinham à farmácia para comprar remédios, tirar a pressão ou pedir conselhos, os homens em roupas tradicionais semelhantes às dos *peshmergas*[33], as moças usando véu ou não se punham a conversar na própria língua com a farmacêutica ou Jiyan *abla*, como elas diziam, Ömer media com surpresa a que ponto ela pertencia a esse lugar, a esse povo. Na rua, quando Jiyan passava, os homens levavam a mão direita ao peito e a cumprimentavam com o respeito próprio dessa região. Quando as mulheres lhe pediam um remédio para seus males, um bálsamo para suas feridas, elas a abraçavam e a beijavam ou então pegavam sua mão e a colocavam afetuosamente entre suas palmas. Não. Jiyan não era uma heroína de romance inventada pela imaginação de um escritor em petição de miséria. Ela era produto e resultado dessas terras indomáveis que guardavam zelosamente seus segredos, que impediam qualquer intrusão nas profundezas de sua alma. Um produto singular, belo, um resumo magnífico.

Quando ela o convidou a visitar seu apartamento, Ömer se surpreendeu com a naturalidade, a tranquilidade, a confiança dessa mulher. Numa cidade provinciana a leste do oriente, uma viúva jovem e bonita – e respeitada – convidando um homem estranho para conhecer sua casa! A descontração e segurança de quem sabe que nada pode atingi-la.

A casa de Jiyan... a sala espaçosa que dava a impressão de flutuar em uma nuvem, com suas cortinas de cor bege, sofás brancos, o carpete branco – os sapatos ficavam do lado de fora;

---

[33] De *pes* – "front" e *marg* – morte, ou seja "os que enfrentam a morte" em curdo: se refere a guerrilheiros curdos dispostos a se sacrificar pela causa nacionalista curda. Nesse sentido é semelhante a palavra árabe *fedayin*. (N. T.)

seu escritório com estantes de livros de portas envidraçadas, sua elegante escrivaninha, e o quarto onde estavam agora, estendidos lado a lado no chão, nus, satisfeitos e felizes.

Eles estavam no quarto, na frente do espelho com abas onde se entrelaçavam flores do campo e pássaros feéricos. Jiyan estava atrás do ombro direito de Ömer. Emoldurado pela espessa cabeleira negra, seu rosto estava refletido no espelho. Ömer virou a cabeça ligeiramente para a direita e encontrou os lábios dela, como se ela fosse sua mulher há anos e esta não fosse a primeira, mas a milésima vez que fazia isso. Enquanto um fogo ardente e doce se propagava de sua língua para a garganta, dali para o peito e descia até seu ventre, duas coisas atravessaram sua mente: Jiyan era da altura dele e não tinha afastado os lábios. Desapego ou desejo? Ele não sabia dizer por que pensou nisso. No momento, o cabelo preto e desarrumado parece a Ömer mais feminino, mais desejável e voluptuoso que o corpo nu embrulhado no lençol branco. Pequeno, travesso e inquisidor, um raio de luz se infiltra pelas pregas da cortina fechada e dardeja sobre a cabeleira de Jiyan, passeia por suas mechas. "Se o seu cabelo não fosse tão abundante e longo, tão preto e ondulado, seu rosto não seria tão atraente", pensa Ömer. "É por isso que ela fica diferente quando o solta, parecendo se transfigurar em uma deusa lendária. Todo o mistério desta mulher reside em seu cabelo. A magia desapareceria se ela o cortasse." Ele afunda sua mão entre os fios. As mechas se enrolam nos seus dedos. Ele tem vontade de lhe dizer "minha mulher", sem saber muito bem por quê. Toda mulher tem um nome amoroso que combina com ela e ele acha que "minha mulher" cai bem nela. Se ele tivesse voz para cantar, cantarolaria no ouvido dela a canção que adorava: "A murta diante das casas/ ah, minha mulher, a água não corre contra a corrente... Pega teu punhal, minha mulher, para me matar/ Pois eu sou teu escravo, minha mulher..."

Mas ele sabe que Jiyan não é sua mulher. "Ela sempre foi mulher de um único homem. Não é mulher de ninguém atualmente. É dona de seu corpo. Ela o usa para seu próprio prazer, mas não o oferece, ela não insinua a homem nenhum que seu corpo lhe pertence, é um lince negro que se torna feroz quando você crê que o aprisionou." Ele se lembra da inflexão de sua voz quando ela disse "meu marido". Aqueles que dão a entender que ela teve uma parcela de responsabilidade na morte dele com certeza não entendem a paixão com que ela pronunciou as palavras "meu marido". Está claro que eles não a conhecem. "Era um grande amor", dissera o advogado. O que alimentava esse amor, o que o fazia perdurar mesmo depois da morte? A união de Jiyan com o marido que ela perdera estava inextricavelmente ligada a esta terra, aos sofrimentos, às esperanças e à guerra que aqui reinavam. Era por isso que ele conservava sua força, mesmo que o objeto de seu amor não existisse mais. "Quanto a mim, sou um estrangeiro. Um homem bom, mas de fora. Sua relação comigo durará um tempo e chegará ao fim quando eu não estiver mais aqui."

Jiyan está deitada em silêncio e sem tocá-lo. Enrolada nos lençóis, sua pele nua não encosta na dele. Após o sexo, as mulheres gostam de ficar pertinho do homem, especialmente na primeira vez. Por sua vez, o homem gosta da liberdade de seu corpo e curte o sabor da solidão no seu canto. Jiyan fez a mesma coisa. "Eu é que preciso tocá-la, abraçá-la, acariciá-la. Que estranha inversão de papéis!"

A mulher é a primeira a se levantar. Ela vai até o banheiro contíguo ao quarto, puxando o lençol no qual está enrolada. Enquanto isso, Ömer se veste depressa. Ele quer conservar o que vivenciou em seu corpo, na memória, nas áreas sensitivas do cérebro. É ali que esses instantes devem ficar, não precisam existir no tempo presente ou a magia se romperá. Ele abre as abas do espelho e observa seu rosto. "Dizem que as mulheres ficam belas depois de uma relação amorosa satisfatória; eu também me aproveitei disso, não estou com cara de velho." Ele fica contente com sua imagem. Seu mal-estar desaparece. Se o pudor não o impedisse, ele começaria a assobiar ou cantarolar.

A noite cai; a luz que entra no quarto fica alaranjada e perde sua força aos poucos. O barulho da cidade decresce rapidamente. O chamado à prece ecoa de longe, mesclando-se às marchas e às ordens dadas na caserna para a cerimônia da bandeira. O vendedor de fitas cassete coloca a mesma música de todas as noites, *Vem para as montanhas*, na versão curda, aumentando o volume ao máximo. De início, Ömer achava que esta cidade não tinha voz. Agora, ele começa a entender como ela a perdeu. "Aqui, todas as vozes são inimigas entre si, todas tentam se suplantar, reduzir-se mutuamente ao silêncio. Quando a cidade se cala, só restam os ruídos, ou o vazio, de todos esses sons estranhos que se entrechocam."

"Seu cabelo estava molhado quando você saiu do banheiro. Os cachos caíam sobre sua testa, seu rosto e seus ombros. Eu tinha o ânimo do garoto que está com a amada pela primeira vez. Não tinha nada do arrependimento, do remorso sentido depois das relações esporádicas resultantes do efeito da bebida ou do impulso de um desejo efêmero, às vezes por preguiça de dizer 'não', às vezes para não magoar a pessoa.

"Ela se instalou na frente do espelho e, enquanto tentava arrumar o cabelo e se esforçava para apagar de seu corpo os vestígios visíveis do amor, eu a observava. Eu não sabia se devia me maravilhar com sua calma naturalidade ou me entristecer por nossa experiência parecer tão banal. A água lavou todos os traços, levou embora todas as sensações do nosso ato de amor. Será que não passaria de uma relação qualquer vivida por uma mulher jovem e lasciva com um estranho e por isso não teria nenhuma importância, não marcaria sua vida?

"Nos dias seguintes, você diria: 'Não podemos nos esquecer da atração que exerce a notoriedade de Ömer Eren'. No fundo, todas as mulheres adoram os homens fortes, famosos e detentores do poder. Admita que seus preconceitos a estimularam quando se aproximou de mim. As orientais são criaturas lascivas e voluptuosas que esperam seus homens como odaliscas, não é assim? Este Oriente não tem nada de extremo, está à nossa porta, a leste daqui... Mas vendo que eu me fechava na minha concha, você retificou suas palavras: 'O que nós vivemos foi uma fonte que surgiu no deserto árido em que eu estava. Eu agradeço por ter me desejado e me escolhido'.

"Você sempre insistiu em se dirigir a mim de modo formal. Quando perguntei por que, você explicou: 'Talvez eu tenha o hábito de manter distância, é uma maneira de me proteger'. Eu aprendi a dizer 'você' em curdo. Tentei ver a quem você dirigia o 'você'. Velhos, jovens, jornaleiros, comerciantes, prefeito, presidente do partido... toda essa gente do seu povo era 'você'. Nós, os outros, você quase sempre chamava de 'senhor'. Até quando fazíamos amor, dava para sentir a estranheza, a incomunicabilidade que existia entre nós. Quando falei que vocês criaram isso, parece até que você enfatizou mais a formalidade. Eu falei de casais que eu conhecia, casais curdo-turcos, turco-armênios. Repeti frases que você conhecia de cor: disse que as diferenças de língua, raça e religião não deveriam separar as pessoas nem fazer delas inimigas, como se você não soubesse. 'Tenho a impressão de ouvir os primeiros artigos da Constituição', você disparou em um tom zombeteiro, antes de acrescentar: 'Mas na prática, não acontece como nos livros, sabe disso melhor do que eu'. Você tinha razão, eu me calei. Eu comentei sobre outra língua: uma língua nova que não leva ao ostracismo, que não impõe discriminações, purgada de qualquer referencial político, de aspectos conflituosos. 'Como posso criar uma língua nova antes de encontrar a minha, antes de ser eu mesma?', você perguntou. Eu não tinha resposta, me calei. Fiquei com raiva porque você complicava tudo e me vinguei no sexo. À medida que eu compreendia que não poderia te possuir, tentei escravizar seu corpo. Em parte, eu consegui: explorei sua sexualidade, deixei você dependente do meu corpo. Mas, ao pensar nisso, percebi que era uma forma de violação e fiquei com vergonha. Mas eu a amava. A amei como amo minha mulher. Ela é uma parte de mim, e eu queria que com você fosse a mesma coisa. Eu acreditei que você e eu poderíamos nos encontrar na língua do amor. Nem você nem eu conseguimos. As línguas que falamos divergem tanto a ponto de não se encontrarem nem no amor?"

– Está tarde, é melhor ir agora – diz Jiyan acariciando o rosto dele.

Eles estão lado a lado, voltados para o espelho. O reflexo deles é como um quadro onde a aura de sedução da mulher sobressai ao homem de meia-idade. Igual àquelas fotos de lembrança onde vemos casais jovens ou soldados em licença posando diante de um fundo representando uma paisagem. Mas atrás deles não tem vista de Istambul nem flores paradisíacas e pássaros lendários, somente o vazio de uma parede branca. Jiyan canta com sua bela voz grave: "Que tirem uma foto nossa lado a lado..." Ele se lembra dessa canção. Não era a história de dois amantes que cometem um crime e são presos? Ele bate as abas do espelho e prende a jovem em seus braços.

– O que acontece se eu ficar?

– Não acontece nada, mas tenho uma reunião na associação esta noite. Além do mais, vou falar nela.

– Mais uma das suas associações separatistas, querida?

– Mas esta é inofensiva. É uma associação de mulheres, próxima ao governo. A mulher do prefeito apoia suas atividades. Por isso as mulheres estão com um pé atrás, mas hoje elas irão para me ouvir.
– Qual é o assunto?
– A saúde de mães e filhos. Na verdade, quem vai falar mesmo é a parteira que trabalha na clínica. Eu só estarei lá para dar uma força, vou fazer figuração para atrair as mulheres. A maior preocupação delas é a contracepção. As jovens não querem ter muitos rebentos, principalmente depois de terem um filho homem. Só que elas têm medo dos métodos anticoncepcionais, não confiam neles. Quando se fala em contracepção, elas imaginam que vão ser esterilizadas para que a população curda não aumente, essas coisas.
– Até hoje?
– Até hoje, Ömer Eren. Basta as pessoas perderem a confiança para se sentirem encurraladas e desamparadas, para acreditarem no verdadeiro e no falso. O medo gera pensamentos negativos. Eu compreendo as nossas mulheres. Na verdade, nenhuma quer fazer muitos filhos. Elas não se preocupam com o crescimento da população curda. Isso é problema dos homens que fazem política e correm atrás do poder. Mas se elas não tiverem nenhum filho, principalmente homem, o marido delas de imediato toma uma segunda esposa. E nenhuma mulher quer isso.
– Eu não entendo dessas coisas complexas. Mas, diga, como o governo confia em você?
– Ele não confia, ele precisa de mim. Ele me usa para poder estabelecer contato com os nativos. Avançamos pelo caminho a passos pequenos, nos apoiando mutuamente. Eles precisam de mim se não quiserem que a esposa do prefeito, a do comandante, as professoras transferidas para cá, as enfermeiras e as parteiras discutam a questão apenas entre elas. Quanto a mim, eu

preciso transmitir alguma coisa às nossas mulheres. Nós nos toleramos e assim vamos em frente, é isso.

Ömer percebe o cansaço que aflora na voz dela, a sensação de estar acuada.

– Em vez de dar a elas conselhos sobre contracepção e sei lá o que mais, vamos fazer um bebê, minha mulher. Uma criança curdo-turca que substituirá meu filho perdido: uma criança nascida da língua comum do amor, da esperança e do futuro.

– Por que diz "meu filho perdido"?

A voz dela está cheia de perguntas e, além de cansada, também está triste.

De repente Ömer entende o sentido das palavras que saíram de sua boca. Ele fica perturbado. Ele se vê como o último dos traidores. Tem a impressão de que agora, ao pronunciar aquelas palavras, ele realmente perdeu o filho. "Porém em parte foi para reencontrá-lo que eu vim até aqui. Ao falar com o pai de Mahmut, eu acreditei que, se seguisse o caminho que esse sábio traçou no meu coração, eu conseguiria reencontrar meu filho. E traí Elif, não por fazer sexo com Jiyan, mas pronunciando tais palavras. É como se a tivesse apagado de mim. Como se diz traidor na língua da Jiyan? *Caş*... Ao pedir para Jiyan um filho para substituir 'meu filho perdido' eu realmente perdi Deniz, eu o matei e matei Elif."

Será que ele vai se perder por completo nessa terra estranha onde ele veio procurar sua verdade, sua essência, seus valores e a palavra perdida, onde veio se purificar e regenerar? O prefeito preocupado em mostrar sua cultura tinha falado daqueles que se deixam seduzir pelo canto das sereias...

"Eu tenho de tomar cuidado para não me despedaçar nas rochas. Estou confuso, desnorteado e sozinho."

Ele não responde a Jiyan. Ele pousa suavemente seus lábios na testa dela.

*

"Eu nunca amei desse jeito. É como amar a terra, o céu, o mar, as montanhas, como amar a mim mesmo. De maneira tão natural, inevitável, indiscutível..." Não, essas não são frases para um livro que ele não pode escrever, não é um romance, é exatamente o que ele vive. Louca e perdidamente apaixonado como um garoto de 18 anos, a sensação permanente de que tem um pássaro palpitante dentro do peito, na garganta, na cabeça e na ponta dos dedos. Ele flutua num presente sem antes nem depois, fora do tempo e do espaço. Quando eles fazem amor, é como se seus corpos se dissolvessem e se aniquilassem. Uma sensação de miragem. Canção a duas vozes até que permanecem lado a lado em silêncio; ressaca de palavras quebrando contra as rochas quando falam. Depois o vazio, o abismo absurdo que ele sente quando está longe de Jiyan. A pergunta muda e intraduzível quando ele está com ela, mas que retine em todas as línguas e tons em seu cérebro e seu coração assim que ele se vê sozinho: "Por que estou aqui? Estou correndo atrás do quê? Aonde vou?"

Ömer se surpreende consigo mesmo. Ele tem vontade de pedir perdão a todas as mulheres que conheceu e amou, principalmente a Elif – a esposa que ele nunca pensaria em tirar de seu coração. Não porque ele está amando outra – Jiyan não é uma "outra" –, mas porque percebe que o que ele apresentou a elas como amor, paixão e desejo não passava de mentira. O que todas as mulheres que passaram por sua vida representaram, a não ser a satisfação de seu ego masculino, inchado pelo sucesso e o renome? "Mas Elif era diferente, ela era o porto seguro de nossa juventude passada correndo atrás de uma revolução da qual não duvidamos por um só instante sequer. Ela era a árvore forte que me apoiava, a mãe do meu filho. A paixão já se acabou faz tempo, mas essa relação era essencial, indispensável." Ele pensa em tudo isso com dor no coração, mas não se sente culpado. "Elif saberá compreender que esse sentimento não é contra ela e que não a diminui. Ela vai entender que a atração irresistível e indefinível que sinto por Jiyan vai fortalecer o seu lugar e o sentido de sua existência dentro de mim. Ela vai compreender mesmo? Não. Homem ou mulher, ninguém compreenderia. E mesmo que compreendesse, não aceitaria. Eu que estou inventando tudo isso para aplacar minha consciência e facilitar minha vida. É assim que eu quero amar e me recuso a aceitar a realidade. Jiyan não fez perguntas sobre minha mulher. Isso não importa para ela. Aliás, nem eu importo muito. Ela não tem ciúme porque não sente que precisa compartilhar algo. Ela vive o momento, se deixa levar por ele. Depois ela se esconde atrás de seus cílios negros, em seu próprio mundo, não deixando aberta nenhuma porta ou janela. O acesso à realidade, aos segredos, aos temores deste mundo é proibido aos estranhos. Eles não têm o poder de decifrar Jiyan. Exatamente como esta cidade.

"A única coisa a fazer antes de afundar de vez e dar um passo sem volta, é fugir o quanto antes da atração de Jiyan e desta cidade inquietante, fascinante e estranha." Ele sabe disso. Se ele pegasse a mala e entrasse no primeiro ônibus, no primeiro avião com destino ao seu próprio mundo, se ele voltasse a si mesmo... Se voltasse para sua mulher, para seu filho para quem nem toda esperança estava perdida, para seus leitores que faziam fila à sua frente nas noites de autógrafo, para o círculo de escritores satisfeitos com a própria imagem e estilo, para o consolo da bebida, a quietude do vazio e o absurdo da vida... Enquanto há tempo, antes que as rotas de retorno, internas e externas, sejam completamente fechadas.

Ele sabe que não voltará, que essas perguntas são um esforço desesperado para limpar sua consciência. Ele sabe que quer se enganar. E, se não for embora, a culpa não será de Jiyan, mas de Mahmut, Zelal, das montanhas, da região e da cidade que o seduziram. Às vezes ele se diz: "Se você puser Jiyan no meio de Istambul, ela não passará de uma bonita moça do interior. E, assim que ela abrir a boca, será apenas uma mulher de outro país. Mas neste solo, sob este céu, à sombra desses cumes nevados, com seus segredos que a envolvem como um véu, com a auréola invisível que ela traz como uma coroa, com a força das tradições seculares, ela se torna Jiyan, ela se transforma na vida". Ömer ama essa vida nova cuja porta ele entreabriu. Com ela, ele renasceu das cinzas. Como se voltasse décadas atrás, em direção à juventude, à esperança e, quem sabe, à palavra perdida. Ao tentar se infiltrar nas profundezas da cidade, para entender sua alma e ouvir seu grito, a cidade e Jiyan parecem se confundir e se misturar. O mistério que as circunda e deixa as duas inacessíveis não se revela ao estrangeiro, seja ele amante ou amigo. Justo no momento em que ele pensou ter levantado uma ponta do véu, a cidade e a mulher se fecharam em si mesmas. Elas voltam a se cobrir com a máscara da banalidade. O estrangeiro fica do lado de fora dessa concha que ele jamais conseguirá abrir. Pelo menos é o que Ömer pensa.

Porém tanto a cidade quanto Jiyan são tão afáveis, tão acolhedoras, que Ömer chega a duvidar de si mesmo. "Será que eu estou imaginando e escrevendo tudo isso? Eu, um cinquentão em plena crise da andropausa; Jiyan, uma viúva interiorana; uma cidadezinha do Oriente, pobre e atrasada. Estou a ponto de inventar uma história de amor, uma lenda oriental, a fim de vencer minha decrepitude, de superar a rotina da minha existência e de poder escrever de novo."

Ele perambula pelas ruas, afaga os cães errantes, troca cumprimentos com os comerciantes e para no café. O dono sabe que ele toma café sem açúcar e um copo d'água. Ele se alegra ao ver "o nosso escritor". Até aqueles que nunca ouviram seu nome nem leram um livro seu falam e ouvem falar do "nosso escritor". Os estudantes lhe pedem autógrafo. Como não têm seus livros, eles pedem que ele assine seus cadernos escolares, as meninas, seus diários. Eles se afastam alegres, rindo. Apesar de não ser um hábito seu, ele vai fazer a barba no barbeiro, só para conversar um pouco. Ele passa na prefeitura para falar com o prefeito, na associação cultural e de solidariedade e depois, para não criar ciúmes, vai tomar chá com o intendente e ouvir suas reclamações. Quando o comandante lhe "pede" para tomar alguma coisa e trocar umas palavras, ele não recusa o convite. Ao cair a noite, quando os homens armados da tropa de elite – mascarados apesar de estarem em pleno verão – começam sua assustadora parada cotidiana pelas ruas da cidade, ele não treme mais como no primeiro dia, ele vê que já se acostumou. Tudo é um fragmento da cidade e do segredo, uma chave necessária para desvendar a charada. Nesta cidade, só falta ele conhecer os gatos que estão por toda parte: nas ruas, nas lojas, nos muros, diante das portas... "Quando você se aproxima, eles desaparecem... 'Serão eles os depositários do segredo?'", ele se pergunta, rindo de si mesmo. Essa ideia teria agradado a Elif. Ela é uma verdadeira mamãe gato. "'Você não pode pretender conhecer um lugar e se inserir nele enquanto não conhecer todos os gatos das redondezas', dizia Elif. Eu ainda não sei reconhecer os gatos, eu ainda não sou daqui. Os gatos não deixam transparecer nada dos segredos da cidade e de Jiyan, eles os escondem atrás de seus bigodes."

Mesmo que todo mundo – do comandante ao hoteleiro, do prefeito ao vendedor de cassetes, da organização ao exército – pareça acreditar que ele veio escrever um livro sobre a região, Ömer sabe muito bem que ninguém é bobo e que cada um tem uma história diferente. "Eu também sou um mistério para eles. E Jiyan? Ela entende por que estou aqui e por que eu não fui embora depois de alguns dias?"

Ela jamais lhe perguntara os motivos de sua presença. Aliás, Jiyan não era de fazer muitas perguntas. Somente uma vez, quando não conseguia mais lidar com os acontecimentos, ele se perguntou em voz alta o que tinha ido fazer ali e ela respondeu:
– Buscar algo e purificar seu coração.
– Buscar o quê?
– O que lhe falta... algo que tinha e perdeu.

"O que eu tinha e perdi: minha juventude, meu entusiasmo, meu senso de sacrifício, meu ideal revolucionário, meu sonho de um mundo melhor – lembra, nós íamos salvar o mundo e toda a humanidade! –, meu filho vencido, um estranho que se perdeu para mim, e também... também a palavra."

– Por que eu iria querer purificar meu coração? De que sujeira?

– Não da sujeira, mas da ferrugem. Você se deixou fascinar pelos leitores, por seus livros, pela magia de ser famoso. Sua assinatura é seu casulo quente e confortável e você o afastou da dor humana. Eu folheei seus livros de novo, por curiosidade. Antes de ficar famoso, você escrevia sobre pobreza, fome, explorados, oprimidos, operários, sobre pessoas combativas. Agora não fala mais nisso. À medida que foi sendo reconhecido como "o romancista pós-moderno do amor e das profundezas da psicologia humana, o escritor da problemática Oriente-Ocidente", seus livros começaram a vender mais. Mas, ao mesmo tempo, você perdeu sua essência, sua fonte, se tornou um estranho para si mesmo. E então...

Uma raiva silenciosa o invadiu, mas, paralelamente, aumentou sua admiração por esta mulher temerária.

– Mas eu não escrevo só romances! Os temas de que você fala, eu trato constantemente nos meus artigos de jornal. Literatura é outra coisa. Eu não tenho de ter ideologia nos meus romances, os leitores não gostariam e se ninguém me ler, eu não vou mais conseguir transmitir as mensagens de humanidade e consciência que tento passar.

Um tanto envergonhado ao ver que estava se defendendo, ele retorquiu:

– Não está sendo injusta comigo, Jiyan? Eu nunca deixei de defender as verdades.

– Quando foi preciso. Mas, quando você pensa em termos de hora certa para falar das coisas, é aí que começa a abordá-las superficialmente, de maneira distanciada. Você se torna um árbitro. Podemos arbitrar entre fome e saciedade, entre morte e vida, amor e ódio? Você disse "defender as verdades". Defender as verdades é vê-las de fora. As verdades não são para serem defendidas, elas precisam ser vividas.

– É isso que você chama de sujeira no meu coração?

– Desculpe, minhas palavras excedem meu pensamento. Tenho um modo abrupto de falar, me expresso da maneira como as coisas me vêm, diretamente. Quanto mais gosto da pessoa, mais aberta eu sou. E eu amo você. É por isso que digo que seu coração pesa; ele precisa se livrar das coisas ruins e brilhar. É por esse motivo que está aqui e está no lugar certo, Ömer Eren. As fontes do Ocidente secaram; lá não é fácil purificar o coração. Mas aqui, a água flui aos borbotões. Uma água refrescante, benéfica, mesmo quando se mistura ao sangue de nossos irmãos. Se apenas pudéssemos limpá-la do sangue... É nesta fonte que você veio se lavar, conscientemente ou não.

– É verdade que busco uma fonte de vida, uma água fresca onde eu possa me banhar, me purificar. Claro, você tem razão, foi a água que eu vim buscar, mas agora não estou muito certo de que a fonte esteja aqui. Esse clima é muito severo e, sobretudo, parafraseando você, o sangue se mistura à água.

– Dizem que a água que flui não contém sujeira.

Vendo que a conversa estava pesada, ela acrescentou:

– Já que estamos falando de nascentes e fontes, vou levá-lo à nossa, para degustar uma truta. As estradas para o planalto foram fechadas, mas durante o dia ainda dá para chegar em Soğukpınar[34]. Um cidadão de espírito empreendedor instalou umas mesas e fez um tanque de trutas ao lado do curso d'água. Nossa gente gosta desse tipo de coisas e tem interesse no turismo. Mas hoje deve estar meio deserto. As pessoas não se aventuram no campo, não se afastam do centro. Podemos ir junto com minha meia-irmã e meu cunhado, se não se incomodar. Uma viúva não deve passear com um homem, não é? Mesmo que ele seja o "nosso escritor"!

Dois detalhes chamaram a atenção dele: o fato de ela dizer meia-irmã e não irmã, sublinhando a diferença, e sua voz repleta de ironia ao falar "nosso escritor".

Durante o trajeto, a meia-irmã e o cunhado não pararam de falar nas belezas de Soğukpınar:

– É um pedaço do paraíso, uma maravilha da natureza... Ah, tomara que essa guerra acabe e nós possamos reencontrar a paz e a tranquilidade! A nossa região é um jardim do Éden, Ömer *bey*. Se descobrisse todas as suas facetas, consagraria um romance a ela, pode crer. Se o turismo se desenvolvesse, o povo poderia respirar um pouco. Nós não temos indústrias e não sobrou nada da agricultura. A guerra também acabou com a pecuária. Só nos restaram o tráfico, a máfia e o terrorismo. O homem faminto não tem esperança nem honra. O que ele pode fazer? Ele vira guerrilheiro ou protetor de aldeia ou traficante.

Jiyan estava quieta, pensativa e triste. Ela parecia ter se arrependido do passeio. Sentada no banco de trás, tinha ar de exaustão, como se não dormisse há dias. Dias depois, com os olhos

---

[34] Literalmente, "fonte gelada". (N. T.)

cheios de lágrimas ela diria: "Eu sabia que não ia compartilhar do nosso paraíso, que nossas diferenças só iriam aumentar e que você sentiria pena de nós, mesmo sem deixar transparecer".

    Mesmo assim o dia estava lindo. O céu tinha um azul intenso, salpicado de nuvens brancas que não escondiam o sol. O jipe preto do cunhado, cuja ocupação ele não tinha entendido qual era, saiu da estrada principal e entrou num caminho de terra cheio de pedras. Desde o dia de sua chegada, Ömer se surpreendia com a abundância de jipes – blindados, com vidro fumê ou de luxo – que circulavam naquela cidade de aspecto miserável, negligenciada e devastada. "É uma questão de segurança e, ao mesmo tempo, de prestígio e símbolo de poder", foi a explicação de Jiyan. "Mesmo em cidades grandes, é pouco provável cruzar com tantos veículos de luxo e jipes moderníssimos com não sei quantos cavalos. É difícil crer que se está numa das regiões mais pobres e menos desenvolvidas da Turquia", disse o comandante durante uma de suas conversas. Agora, enquanto eles rodam num jipe assim em uma estrada cercada pelo mato, o cunhado diz:

    – Há dez anos, este lugar estava coberto de bosques e florestas.

Pego desprevenido mais uma vez, Ömer indaga:

    – E o que aconteceu depois?

Silêncio.

"Que merda, eu devia ficar de boca fechada!"

    – Ah, entendi. Eu vivo me esquecendo, desculpe.

    – Você não esquece – replica Jiyan que não tinha dito uma palavra até então. – E não adianta se desculpar. Não, não é esquecimento. Para esquecer, é preciso saber. Você jamais registrou o fato. Há coisas que a pessoa nunca sentirá se não vivenciá-la. O que se mostra na televisão, no fundo, são imagens virtuais. Se para nós essa é a nossa vida, para vocês são apenas acontecimentos tristes que se passam em locais distantes.

Depois, quando estavam sozinhos, ela disse: "Desculpe, eu não suporto essa... essa linha de demarcação entre nós. Eu não consigo aceitar, ela me deixa furiosa".

As palavras agressivas de Jiyan caem como um peso dentro do carro. Um silêncio mais longo do que é na verdade...

– Uma menina nasceu – diz a meia-irmã.

– Nós dizemos que o diabo passou por aqui – responde Ömer.

O jipe sai do caminho de terra e passa pelo leito de um riacho seco.

Homens armados, Ömer não sabe dizer se são civis ou militares, os fazem parar. Exceto por ele, ninguém se assusta. Todo mundo aqui está habituado a tudo. O extraordinário caiu na banalidade do ordinário. De toda forma, a situação está constantemente no limite do surrealismo.

– Não se preocupe, é um controle de rotina – diz o cunhado.
– Para eles também não é uma tarefa fácil. Todo mundo se preocupa com sua vida. Eles nos conhecem, mas se fosse um carro desconhecido, eles ficariam com o coração na boca. Somos todos humanos, Ömer *bey*. Todos temos alma. Todo mundo tem medo, todos nós temos.

– Eles nos tratam bem – avisa Jiyan. – O assunto se resolverá com uma troca de cumprimentos e pronto. Nós somos tidos como gente importante da região. Fomos até levados a trabalhar com o governo e o exército. Mas, se um pobre coitado passar montado no seu burro, ele não terá direito a nenhuma gentileza.

O jipe para, os homens pesadamente armados se aproximam.

– Estamos levando nosso hóspede até Soğukpınar. É o nosso escritor, ele veio descobrir a nossa região e é amigo do comandante – declara o cunhado. – Depois ele acrescenta algo em curdo.

Eles dão uma olhada rápida nos documentos deles.

– Tudo bem, podem passar. Ninguém está com passaporte estrangeiro, está?

– Ninguém aqui é estrangeiro. Este senhor é o nosso escritor. Talvez o conheça de nome: Ömer Eren. Ele veio visitar a região e escrever. E foi confiado a nós.

O homem não parece nada impressionado.

– Nunca se sabe. Para o comandante está tudo bem, mas, se acontecer alguma coisa com vocês, nós é que seremos responsabilizados, não o comandante. A região está ficando agitada, voltem antes do anoitecer.

A atitude autoritária do homem que parecia ser o chefe da brigada, seu jeito de olhar de cima como que dizendo "aqui quem manda sou eu" irritam Ömer. O ar submisso do cunhado e o silêncio de Jiyan o deixam revoltado. Aqui, tudo tem um preço, até ir se refrescar no riacho...

Alguns choupos, alguns salgueiros, um curso d'água límpida passando pelas rochas: Soğukpınar. Uma cabana com sacolas plásticas fazendo as vezes de porta e janela. Na frente, bem diante da água, três mesas com toalhas de plástico e cadeiras quebradas de madeira.

Ao ouvir o ruído do motor, um homem moreno sai da cabana, com um pano sujo na mão. Sua esperança é que os visitantes inesperados sejam clientes ricos. Dando as boas-vindas em curdo e convidando-os a sentar, ele limpa as mesas e cadeiras com o mesmo pano imundo.

– Eis a nossa famosa Soğukpınar – diz Jiyan. – Era mais bonita antigamente. Também é bonita na primavera, quando a neve está derretendo e as campânulas brancas começam a despontar.

Em sua voz aflora a tristeza angustiada de uma criança temerosa de que seu desenho não seja apreciado ou da menina pobre que de repente percebe que o lindo vestido que está usando para se exibir para as outras meninas é uma roupa velha e barata. Ela sabe o que Ömer vai pensar: "Este é o lugar de recreio de que tanto falaram?". Sabe que ele vai compará-lo com outros lugares semelhantes e vai desprezá-lo. E que, mesmo que ele guarde sua opinião para si mesmo, tais reflexões atravessarão sua mente e ele vai mentir: "É muito bonito". Ela sabe que Soğukpınar é um lugar miserável com seus três choupos e alguns salgueiros; que nessas terras os critérios de beleza e do bem mudaram; que a região foi rebaixada a uma medida liliputiana aos olhos de gigantes. Tudo isso a consome de raiva e revolta. É isso que ela dirá mais tarde para Ömer, numa tentativa para se explicar.

Ela se inclina para a água translúcida do riacho que corre ao lado da mesa deles e colhe um narciso de pétalas de um amarelo polido, a flor que orna as bordas de todos os rios. Ao tentar colocá-lo nos cabelos, a fivela cai e sua cabeleira se solta e pende sobre a água como uma crina espessa e negra. Nesse instante, Ömer mal consegue reprimir seu desejo louco de tomá-la nos braços, colar os lábios aos seus e apertá-la contra o coração. Quando ela se ergue com a graça de um gato de raça ou um lince selvagem e volta para a mesa, ele compreende, pelos olhos úmidos e o rubor que colore as maçãs do rosto, que Jiyan partilha do mesmo desejo. "O elemento condutor são os cabelos dela", ele pensa. "Quando seus cabelos se liberam, nós caímos em sua rede." Os olhos dos dois se encontram e fazem amor, seus olhos pecam.

A paixão, o amor e o respeito que Ömer sente pela mulher que não pode beijar nem abraçar ele exprime em uma frase bem pequena. Frase que ele murmura por dentro, sem passá-la no açúcar, sem mergulhá-la no molho do respeito e sem confeitá-la com virtude: "Quando eu for capaz de ver este lugar com seus olhos e acolhê-lo em mim com o seu coração, eu terei encontrado o que busco. Quando meu coração souber que Soğukpınar não se resume apenas e tão somente a alguns choupos e salgueiros".

No lugar da frase que ele não soube enunciar, diz em voz alta:

— Eu vou aprender a amar este lugar.

Jiyan se senta perto dele, na cadeira balouçante. Ela se diverte ao comparar o narciso amarelo que traz na mão com as flores impressas na toalha de plástico.

— O simples fato de se esforçar para isso é importante, Ömer Eren. São muitos os que nos compreenderam com suas cabeças, que nos elogiaram em seus discursos; muitos políticos, intelectuais e escritores como você... Não podemos esquecer isso. Mas como não nos compreenderam com seus corações, como não souberam abrir caminho até nós, continuaram sendo estranhos. Talvez tenhamos sido injustos com eles e não tenhamos aberto nosso coração como devíamos. Não é a mesma coisa no amor? É fácil amar e confiar quando você tem toda sua força. Mas para o frágil e oprimido é difícil amar e confiar.

Trutas na manteiga, salada com muita cebola e antepasto à base de iogurte e alho são trazidos para a mesa. O homem que anda com o pano na mão e se esforça para satisfazer seus clientes diz alguma coisa em curdo.

— Ele diz que o pão não está fresco. Que não esperava ninguém hoje. Mas a mulher dele está fazendo *kete*, um tipo de pastel, lá dentro — Jiyan traduz.

— As trutas deste viveiro não têm iguais — orgulha-se a meia-irmã.

— Se for pela nossa opinião, nada do que temos tem igual — completa Jiyan em tom jocoso.

Ömer se lembra de ter ouvido as mesmas palavras em todo lugar onde servem truta. Ainda mais se a truta for o único peixe que servem, as pessoas se vangloriam de ter as melhores. "O valor daquilo que se possui aumenta quando se tem pouco? Ele sente uma fisgada no coração. Eu também quero acreditar que aquilo que possuo não tem igual", pensa ele com tristeza.

– Bom, acho que já está na hora de tomar *raki* – diz alegremente o cunhado, antes de chamar o homem: Traga *raki*, mas que seja da nossa região, se possível.
A bebida que chega na garrafa tem uma cor amarelada.
– Ele fica assim pela dupla destilação. Aconselho a não acrescentar água. Primeiro experimente puro.
Ömer prova o peixe. Está realmente delicioso, a carne é mais branca do que todas as trutas que já comeu. Toma um gole da bebida, que desce queimando de leve sua garganta. Ele confessa a si que esperava algo mais forte, de odor mais pronunciado. "Nós sempre achamos que o nosso peixe e a nossa bebida são melhores que os dos outros. Mesmo fingindo que gostamos, nossos elogios são hipócritas, são feitos unicamente por delicadeza, por simpatia e amizade. Mas, no fundo, nossos cumprimentos rescendem a desprezo."
Ele começa a entender de onde vêm a distância, a raiva secreta e a revolta aberta que são permanentes em Jiyan, mesmo em seus momentos de maior intimidade.
O peixe, o *raki*, a água da nascente... tudo tem um sabor paradisíaco. Os pastéis foram passados na manteiga e têm um cheiro maravilhoso. O murmúrio sem-fim das folhas dos choupos se transforma em canção, pequenos abelheiros desafiam os corvos. Os cabelos rebeldes de Jiyan ondulam ao sabor dos movimentos de sua cabeça enquanto ela fala. Ömer Eren compreende que sem perceber a beleza de Soğukpınar, sem provar sua água benfazeja e sem estar apaixonado por Jiyan seria impossível para ele dizer "eu conheço e amo este lugar", pois essas seriam palavras superficiais. "Eu poderia passar o resto da vida aqui, à beira deste riacho, ouvindo a melodia dos choupos, acariciando o cabelo de Jiyan. Na primavera, quando a neve derrete e as campânulas se abrem nos prados verdejantes; no calor do verão, procurando um lugar fresco; quando as folhas das árvores

tomam as cores da melancolia e voam no outono; no inverno, quando os lobos descem com as primeiras neves, eu ficaria ao lado da lareira que acenderia na cabana. O resto da vida... não é muito para um homem com mais de 50 anos. Eu vou ficar aqui. Não um outro, não um estranho, apenas eu mesmo, Ömer Eren."

*

Naquele dia, quando ele voltou para o hotel no final da tarde, um tanto cansado, mas com o coração leve como há tempos não sentia, ele afagou o gato gordo que dormia na poltrona velha da recepção.

– Qual é o nome dele? – perguntou ao rapaz que estava no plantão noturno.

– Virik – respondeu ele levantando os ombros, um meio sorriso.

– O que quer dizer Virik?

– Eu não sei, *abi*. É só um nome de gato.

Enquanto afugentava o bichano com a vassoura, ele se lembrou de que tinha um recado para Ömer:

– O comandante mandou um recado. Parece que não conseguiram falar com o senhor por telefone, sei lá. O recado está no balcão da recepção, embaixo dos registros.

Depois, aproximando-se de Ömer, ele esticou o pescoço e cochichou em seu ouvido:

– Muitas pessoas andam procurando o senhor. Tanto civis quanto militares.

– O que responde quando fazem perguntas?

– Que está escrevendo no seu quarto.

– Mesmo quando não estou?

– Sim... Como vão saber que não? Se subirem para verificar, posso dizer que saiu e eu não vi.

– Por que responde isso?

O rapaz ergue os ombros:

– Porque é amigo de Jiyan *abla*. Aqui, desconfiamos dos estranhos. Mas não quero que se encrenque.

Ömer abriu o envelope. Dessa vez, a mensagem do comandante não era um convite para um bate-papo, mas uma carta oficial. O comandante solicitava que ele passasse no seu escritório no dia seguinte, por volta do meio-dia. "Visivelmente, em razão da identidade de Ömer Eren e da ligação que nascera entre os dois, o comandante tinha preferido não confiar a entrevista ou o interrogatório a outra unidade, cuidando ele mesmo da questão", ele pensou. "Estou aqui há tempo demais para não atrair a atenção", deduz. "Mas cheguei só há umas três semanas. Ele enfiou o envelope no bolso da calça e foi para seu quarto."

Estava um calor sufocante dentro do cômodo. Ele puxou as cortinas e abriu a janela. Tirou os sapatos empoeirados e deitou vestido na cama. Quando acordou, passava da meia-noite. Estava com dor de cabeça, a boca pastosa e seca. Estava péssimo. "O *raki* me fez mal", ele diz para si mesmo. "Mas estava tão gostoso à beira da água, com aquela bebida doce descendo goela abaixo!" Ele esvazia no copo o resto da garrafa de água que estava na mesa diante da janela e procura os analgésicos que comprara de Jiyan na noite de sua chegada à cidade. Ele vasculha minuciosamente os bolsos da calça, da mala e nas gavetas onde poderia tê-los guardado, embora tivesse certeza de que não o tinha feito. Ele não precisou dos analgésicos depois daquela noite. "Jiyan me deu um copo de água e depois que tomei os comprimidos talvez tenha deixado a caixa no balcão da farmácia", pensa. Lava o rosto na pia. Precisava de água gelada, mas a que saía da torneira estava morna. Resolve descer até a recepção para pedir água e mandar o porteiro da noite buscar analgésicos numa das duas farmácias do centro – e de toda a cidade – que estivesse de plantão.

O rapaz dorme com a cabeça pousada no balcão. Ömer prefere não acordá-lo. Ele pensa ouvir barulho na cozinha. Vai até lá, esperando encontrar alguém a quem pudesse pedir água e que desse um pulo na farmácia. Vırik sai correndo da cozinha e desaparece embaixo de uma poltrona do saguão. Ömer aperta o interruptor perto da porta. Uma luz amarela e fraca ilumina o cômodo que mal parece uma cozinha. Quando chega perto da geladeira, ele percebe que a janela que dá para a rua adjacente está aberta. Devem deixá-la aberta para arejar, mas isso é uma grande imprudência por aqui! Nisso, uma sombra passa pela janela. Ele fica arrepiado, depois se irrita com isso, com ele mesmo, com a insegurança dessa cidade e as sombras que pairam sobre ela. "Eu quero viver sem temer ver homens encapuzados entrarem na minha casa no meio a noite e me levar sei lá onde; sem ter medo de levar uma bala na nuca numa esquina; sem recear perder as pessoas que amo ou viver com elas no ódio e na hostilidade. É a única coisa que desejo, que nós desejamos", tinha dito Jiyan. "E nas noites de verão, nas ruas iluminadas, repletas de pessoas conversando sentadas diante de suas portas, eu quero poder passear despreocupada, leve como um pássaro, sem nenhum traço de medo no coração." Ele se lembra dessas palavras e as compreende.

Ele pega uma garrafa de água na geladeira e, mesmo não sendo problema dele, fecha a janela. Ele não põe a cabeça para fora quando faz isso, se protege atrás da parede. Dessa vez, ele ri de si mesmo. "Isso é o que eu chamo 'se adaptar ao ambiente'. Se alguém me visse, daria risada." Ele sai da cozinha sem apagar a luz. O jovem da recepção continua profundamente adormecido. O gato espera a porta de vidro do hotel se abrir para ele. Vendo Ömer, ele começa a miar e se esfregar em suas pernas. "Você quer sair? Então venha, Vırik." Ele gostou de chamá-lo pelo nome. Vırik não era mais um gato qualquer, era um gato que ele conhecia e o gato o conhecia. Era como se esses laços de familiaridade atenuassem o sentimento de ser um estranho.

Ele tenta abrir a porta para deixar Vırik sair quando o rapaz da recepção acorda sobressaltado. Ömer olha e vê uma arma aparecer sobre o balcão. Com o pé, ele afasta Vırik, que começou miar raivosamente.

– Calma. Você estava dormindo, eu não quis acordá-lo. Eu desci para buscar água. O gato quer sair.

– Deixe ele sair, *abi*. Espere, eu já abro.

Enquanto ele abre a porta e solta o gato, para um instante no lugar e então fecha a porta precipitadamente, resmungando alguma coisa em curdo. Ömer não entendeu o que ele disse, mas, pelo tom da voz, está claro que foi um xingamento.

– Aconteceu alguma coisa?

– Não, *abi*, volte para o seu quarto. Eles investiram de novo contra o centro. Estão perto da farmácia.

Ömer se lança para a porta.

– Não abra, *abi*, volte para seu quarto. Isso não é problema seu.

– Como não é problema meu? Eu não sirvo pra nada, quem sabe eu não existo! Por acaso este lugar não está no meu país? Se está acontecendo alguma merda aqui, é mais problema meu do que seu.

O rapaz fica rígido diante da porta, sem mexer um músculo. Com um sotaque oriental, ele responde sem se mover, enfatizando cada palavra:

– Eu sou responsável pela sua segurança.

"Você diz isso, mas não faz cinco minutos estava dormindo pesado. Se eu tivesse saído, nem teria percebido", pensa Ömer consigo mesmo.

– É verdade, também é seu país. Mas não conhece a região. Nós lutamos e você é o árbitro. Se o árbitro for atingido, a repressão só vai aumentar. É melhor ficar na retaguarda.

– Eu não posso. Lá é a farmácia de Jiyan *abla*, minha amiga está lá.
– Nossa irmã Jiyan sabe como cuidar deles. Ela já viu de tudo. Morte, sangue, opressão... ela conhece tudo. Não vai lhe acontecer nada. Ninguém se atreverá a tocar nela. Aliás, os homens não vieram só por ela. Eles atacaram o mercado e a farmácia ao mesmo tempo.
– Mesmo assim eu vou dar uma olhada. Eles vão ficar com medo se me virem.
– Ninguém tem medo de você aqui! Depois que o pegarem, vão começar dizendo que aqui não tem leis, não tem Constituição, nem Deus manda aqui. Deus não existe para ninguém aqui, nas montanhas ou nas planícies. Os homens com quem você bebeu e conversou somem na poeira e não tem ninguém para apoiá-lo.
– Então não fazemos nada, ficamos de pés e mãos atados! E se eu ligasse para o comandante?
– Não vai adiantar. De qualquer forma, ele está a par. Talvez o assunto esteja acima dele. É difícil dizer quem realmente manda por aqui.

Ömer se deixa cair na poltrona perto da porta. Ele constata que as pontadas nas suas têmporas tinham passado. Como o ditado: "Um prego arranca o outro". Anos atrás, ele não lembra se foi quando saíram para colar cartazes ou num protesto da classe trabalhadora, eles foram presos e levados para a delegacia. Ali disseram para ele: "Nem o filho de Deus pode tirar você daqui. Pode começar a contar o que sabe. Fale da organização". "É horrível esquecer... Os anos passam, nossa vida muda, ninguém mais nos interroga, nós passamos para o outro lado e nos esquecemos. O medo e a opressão se distanciam das esferas pelas quais circulamos, porque somos indivíduos perfeitamente conformes e respeitamos a ordem, somos engrenagens do sistema que esmaga e destrói os homens. Como disse o rapaz, você só pode ser um árbitro. Aqui, a justiça, o direito e até mesmo Deus há muito tempo foram sacrificados no altar dos crimes não elucidados."

– Telefone para a farmácia para ver.

– Não dá, o telefone está grampeado. É impossível chamar daqui.

O celular! Por que não pensei nisso antes? Felizmente, Ömer estava com ele no bolso traseiro da calça. Ele procura o número de Jiyan na lista de contatos e ouve, o coração disparado: "O número chamado não está disponível no momento. Por favor, ligue mais tarde..." Desesperado, ele consulta sua caixa de entrada. Duas mensagens novas. A primeira era de Elif; ele não perde tempo lendo-a e passa para a segunda. Era de Jiyan: "Não se preocupe, controle de rotina. Eu ligo mais tarde".

Ele afunda mais na poltrona, se encolhe. Com o canto do olho ele observa o porteiro guardando a arma embaixo do balcão da recepção.

– Enquanto você dormia, eu entrei na cozinha e encontrei a janela aberta – diz só para irritar o garoto.

– Que estranho, eu fechei tudo – responde o rapaz com teimosia.

Ele pega a arma que tinha guardado. Ao se dirigir para a cozinha, volta-se para Ömer e pergunta, com cara de criança pega em falta:

– Está me enganando porque ficou bravo comigo, não é? É sério que a janela estava aberta?

– É, estou com raiva, mas a janela do fundo estava aberta. Eu mesmo a fechei.

Ele vê a sombra do medo passar pelo rosto do rapaz e fica com pena:

– O gato poderia abri-la, se o trinco estivesse meio levantado. Aliás, ele estava na cozinha, saiu correndo quando eu abri a porta.

– Mesmo assim, vou verificar. Eles podem jogar alguma coisa pra dentro.
– Que tipo de coisa?
– Há quatro ou cinco anos, duas vezes eles jogaram coquetéis Molotov, explosivos, sei lá o quê. Eu ainda não estava trabalhando aqui. Depois disso, Deus seja louvado, a coisa não se repetiu. Mas as coisas estão piorando, nunca se sabe... Eles podem jogar outra coisa, contrabando, cocaína. Depois fazem uma batida e extorquem dinheiro...
– Quem?
– Todos. Como acha que as pessoas se viram? Aqui tem emprego, fábricas? O exército e o Estado não compram nada dos comerciantes locais, nem um pote de mel, a gente se vira como pode. O povo vive na miséria. – Ele continua em voz baixa: – O tráfico de drogas, principalmente, é bom pra todo mundo. Jiyan *abla* não mexe com essas coisas. É por isso que eles não param de dar batidas no mercado e na farmácia, pra controlar. Eles não acham nada e vão embora.

Ömer não fala nada, contentando-se em observar pela porta aberta o rapaz que revista meticulosamente a cozinha.

– Aparentemente não tem nada – diz o garoto.

Ele vai até a porta da frente e olha para fora.

– Eles não virão para este lado, vão mais para o centro. Espere um pouco mais para ligar para Jiyan *abla*, até a tensão diminuir. Para ela não será bom que ligue em seguida. As coisas acabam se arranjando. Não há nada a fazer.

"A dois passos daqui Jiyan está em dificuldades, quem sabe em perigo. E eu, eu não posso fazer nada, não posso ir ajudá-la, estou totalmente impotente. Esse moleque me dá conselhos, me diz o que posso ou não fazer. Não sou útil a ninguém. Sou incapaz de levar ajuda às duas mulheres que amo. Belo marido e amante eu sou."

Ele afunda na poltrona velha e rasgada e começa a mexer no celular. Tinha mensagens novas na caixa. "Por que eu não desligo o celular de uma vez por todas? Por que não tiro o *chip* e me livro deste aparelho?" Indeciso e a contragosto, além de um tanto apreensivo, ele abre a mensagem de Elif: "Não consigo ligar para você. Estou com o menino. Me liga". Ele olha a data. A mensagem deve ter chegado na véspera, quando ele estava em Soğukpınar. De súbito, ele se sente destruído, à deriva. Sem força, sem resistência, sem vontade, sem eira nem beira. Além do purgatório, no vácuo.

"Eu fui caindo lentamente nesse vazio, de tanto me consumir e renunciar a mim mesmo. Enquanto eu escrevia pensando na satisfação da clientela, contando o número de exemplares vendidos, medindo o comprimento das filas de admiradores, na maioria do sexo feminino, esperando uma dedicatória... E depois veio a pergunta: quem eu era na realidade? O que eu tinha de tão precioso que já esgotei? 'Eu estou com o menino', dizia a mensagem de Elif. O menino... O filho que fugiu da violência, da crueldade da vida, da selvageria do mundo dos adultos, o filho ao qual eu renunciei, que considerei um fraco porque ele sonhava levar uma vida pequena e pacata. Meu filho ferido, que foi se refugiar numa ilha distante. De quais grandes valores eu me arvorava defensor ao acusá-lo de não ser valoroso? Que coragem eu possuía quando joguei na cara dele sua falta de audácia?"

Ele tem a impressão de estar vendo um filme ruim, sem pé nem cabeça, mas que não consegue deixar de assistir. Cenário, tempo, lugar, atores... tudo é estranho e irreal. Ele poderia ir embora, nada o obriga a ficar vendo até o fim! Mas as portas do cinema estão fechadas. Com as luzes apagadas, o lanterninha não está lá para ajudar os espectadores. Ömer entra de novo na caixa de mensagens e relê a mensagem de Elif. Ele não podia ligar para ela a essa hora, iria acordá-la. Ele pensa que ficaria aliviado se ouvisse a voz da mulher. Ele redige uma resposta breve: "Recebi sua mensagem tarde, eu ligo amanhã cedo, querida".

Sente uma enorme vontade de chorar. O vigia noturno continua plantado diante da porta. Atrás das montanhas, no leste, o sol já estava nascendo. O céu está avermelhado daquele lado.

– Está clareando.

– Ainda não – responde o rapaz em voz baixa. – Está ocorrendo uma operação. A vermelhidão que está vendo são as montanhas em chamas.

*

Ele devia voltar para o quarto e tentar dormir um pouco. Não estava em condições de pensar claramente. A que horas mesmo o comandante queria vê-lo? Ao meio-dia, se possível. Ainda tem bastante tempo. Além do mais, não faz sentido obedecer cegamente às ordens e sair de madrugada para bater continência.

– Vou subir. Me acorde às dez horas, se eu não tiver me levantado.

– Direi ao meu colega do dia. Descanse, eu aviso se acontecer alguma coisa.

"O que pode acontecer?", pensa ele. Esse curdo sente prazer em me assustar e me alarmar.

Ele sobe lentamente a escada, contando as manchas do tapete cor de vinho, eterno sinal de luxo em todos os hotéis provincianos. Exatamente trinta e duas manchas grandes. A pessoa cisma com qualquer coisa quando está cansada e tensa. O corredor dos quartos está escuro e abafado. Sua dor de cabeça voltou. Quando gira a maçaneta da porta, ele lembra que não a tinha trancado quando saiu. Ele suspende o gesto, com vergonha e raiva por ter ficado com medo. "Você ficou mesmo um molenga, Ömer Eren, igual àqueles estrangeiros que têm medo de tudo! Até parece que sempre viveu no bem-bom, que nunca passou por perigo. Já esqueceu os soldados que derrubaram a porta da sua casa a pontapés; dos gritos que ouvia da cela onde foi jogado de olhos vendados e onde esperou sua vez de ser torturado; da sua juventude passada na clandestinidade para não ser capturado... parece que esqueceu tudo. Não, eu não esqueci, eu não mudei, eu não releguei meu passado ao esquecimento. Mas aqui é diferente. Estou num ambiente estranho. Antigamente, eu sabia de onde vinham a ameaça e o perigo, sabia contra o que e contra quem eu lutava. Aqui, eu não sei nada, não compreendo nada. E nós tememos aquilo que não conhecemos."

Ele tinha deixado a luz acesa. Percebe que a janela está aberta, pelo ar fresco da aurora que entra no quarto. Ele treme. Dirige-se para a janela para fechá-la, quando seu olhar cai sobre o envelope do Estado-Maior que ele tinha deixado na mesinha. Sobre o envelope está uma folha de papel quadriculado tirado de um bloco. Ele tem certeza de que este papel não é dele e não estava lá antes. Ele sempre detestara cadernos quadriculados, nunca os usava; talvez porque os quadradinhos lhe lembrassem as lições de matemática, o pesadelo de sua infância. Ele ergue o papel e lê as duas linhas escritas: "Não se meta nos nossos assuntos, fique longe da farmacêutica e volte para a sua casa". "Minha casa, meu país... onde ficam? Assuntos de quem? E quem são vocês? Quem sou eu? Quem é a farmacêutica? Quando este papel veio parar aqui? Quem o trouxe?"

Ele conclui que, dentro de algumas horas, ouvirá coisas semelhantes da parte do comandante. "Aqui, quem não toma partido, é impiedosamente descartado", tinha dito Jiyan. "Eu tento não ficar do lado de quem usa armas e, ao mesmo tempo, tento não ficar isolada. Simplesmente tento estar do lado humano e da vida. Isso é muito difícil. Se eu não tivesse o apoio do meu clã, se não fosse mulher, não poderia sustentar essa posição."

"Quem quer que eu fique longe da farmacêutica? Como minha presença incomoda? No final das contas, eu não passo de um escritor buscando inspiração nessa região. Os guerrilheiros e o governo têm coisa melhor a fazer do que se preocupar comigo. Sobra o clã. Também pode ser um trote da garotada. Pode ter sido o moleque da recepção, pra me meter medo e se divertir."

Ele começara a aprender que nessa terra nenhum problema tinha uma resposta clara, inequívoca, categórica. A sombra das montanhas, as chamas dos incêndios, a cor do sangue, a intensidade da violência apagavam todas as verdades e tornavam as respostas vagas e incertas. "Aqui, cada coisa era diferente do que parecia ser, cada coisa parecia diferente do que era. Até o rosto e a identidade de Jiyan. Talvez fosse o contrário, tudo era perfeitamente claro, límpido e elementar. Talvez não houvesse mistério algum nem aspectos secretos e que, com nosso olhar, nosso exotismo de estrangeiros, fôssemos nós, fosse eu, a descrever este cenário complicado."

Ele se estende na cama, surpreso com sua calma e placidez. Seu medo se dissipara. "Que estranho e agradável é não estar angustiado!" A sensação de ter superado o incidente que foi se impondo. Seria pelo desamparo? Pode ser que eu me adapte pouco a pouco ao lugar. Suas pálpebras, seu cérebro e seu coração ficam pesados. Ele cai no sono. Se não o tivessem acordado às dez horas em ponto, ele teria dormido até a noite.

Sem pressa, ele se barbeia e se veste, enquanto seu pensamento está em Jiyan e não no que o comandante teria a lhe dizer. Os cabelos de Jiyan, dóceis na rua e indomáveis na cama; o rosto de Jiyan, cuja realidade, flutuante e inatingível, lhe escapava; a raiva de Jiyan, sua revolta, seu orgulho e sua abnegação; o segredo, o mistério de Jiyan. Essa Jiyan que não era dele nem quando ele a possuía, que não se abandonava nem quando ela gemia de prazer e que pertencia a outro mundo, a outro homem.

Na rua, ele anda de propósito na calçada da Farmácia Hayat. Na altura da farmácia, ele refreia a vontade de abrir a porta e apenas olha para dentro. Jiyan não está. Sua assistente está arrumando as prateleiras. Ele atravessa lentamente a rua do mercado, como se desafiasse inimigos invisíveis. Dois cachorros deitados na frente do açougue abanam o rabo sem sair do lugar. Sentado no tamborete de palha que tinha posto na calçada, o barbeiro sorve seu chá e sorri amigavelmente para ele. Ao passar diante da *Ian house*, Ömer diminui o passo. Ao vê-lo, um dos garotos que estavam conversando na porta se separa do grupo e se aproxima dele. Com uma linguagem respeitosa e bem oriental, ele diz que não há livrarias na cidade e que eles ficariam muito felizes se o escritor lhes enviasse alguns livros. Depois ele acrescenta: "Escreva sobre nós também, nossa voz não chega até vocês, nossa língua não é suficiente. Como é escritor, seja a nossa voz, nossa língua". Ömer promete mandar alguns livros, mas não que será o porta-voz deles. Quando passa pelo fotógrafo, duas moças em roupas tradicionais saem rindo da loja. Mais adiante, seu olhar é atraído pelos jarros alinhados nas prateleiras do vendedor de mel onde se achava de tudo, de cereais a cebolas e batatas. O mel lhe dá água na boca: ele precisa comprar um pote na volta. O cachorro de pelo branco com manchas amarelas que o seguia toda vez que ele passava pelo mercado vai atrás dele até o fim da rua. Um jipe militar passa, levantando da terra batida uma nuvem de poeira. Não querendo se aventurar mais, o cachorro volta com o rabo entre as pernas, como se tivesse medo de alguma coisa. A rua deserta e poeirenta vira uma ladeira na zona militar. O meio-fio é bordado de margaridas amarelas decididas a vencer o pó. Ele colhe uma. No primeiro posto de controle, ele só tem de dar seu nome. Eles já o conheciam e não pedem para ver seus documentos. Já no prédio principal, ele tem de mostrá-los e também a carta de convocação do comandante aos soldados postados à entrada. Após um breve telefonema, eles dizem: "O comandante está esperando". Ele se lembra da primeira vez que passara por esta porta. O tom lhe parecera menos frio e mais amigável. "Estou imaginando coisas, é o protocolo de sempre!"

O comandante estava sozinho. Ponderado e respeitoso como de costume, ele se levanta, estende a mão e indica uma cadeira. Ömer recorda que no primeiro dia o comandante fora ao seu encontro e que só depois de convidá-lo a sentar é que voltou para a sua mesa. Atitude de dono da casa acolhendo um convidado ilustre.

Contrariamente ao que supunha, a troca de delicadezas não se prolonga. O café foi pedido e o que devia ser dito o foi sem demora, na "linguagem direta dos militares", para usar o termo do comandante. Ele estava ali há bastante tempo, tinha tido todas as facilidades para conhecer a região, sua população e observar os problemas locais.

– Fique certo de que é o primeiro civil a se beneficiar de tão grande margem de liberdade. Você é um dos nossos maiores escritores e nós não duvidamos de seu amor pela pátria. Nós queríamos que constatasse a situação com seus próprios olhos e a analisasse – disse o comandante. Naturalmente era seu dever oferecer todas essas possibilidades aos intelectuais de primeira linha do país, o exército e o governo turcos agradeciam que eles se dessem ao trabalho de se locomover até lá. – Porém, como informou a mídia, a região está passando por uma nova fase de tensões. A decisão de cessar-fogo não passa de uma tática costumeira. Segundo certas fontes fidedignas, o terrorismo separatista se prepara para passar ao ataque e em tais períodos – ao dizer isso, o comandante acha por bem abaixar a voz –, os rastros dos cavalos se confundem com os dos cães, nunca se sabe de que lado ou forma virão as provocações. Para sua própria segurança, seria melhor ele deixar o quanto antes a região.

Por um breve instante, Ömer pensa em lhe contar sobre o bilhete que tinham deixado em seu quarto: "Não é o único que me pede para partir". Mas lembrando da frase "os rastros dos cavalos se confundem com os dos cães", ele fica quieto.

– É uma ordem, meu comandante?
– Digamos que é um pedido e um conselho de amigo.
– Entendo.
– O que vou dizer agora é por pura amizade. Confio na sua discrição. Deve ouvir isso da minha boca.

"Não é obrigado a falar", pensa Ömer. Estaria com medo do que ia ouvir ou seria desconfiança da sinceridade do comandante? Ele não sabe.

– Estou ouvindo – contenta-se em responder.
– Não me entenda mal. Eu não gostaria que interpretasse isso como uma intrusão da minha parte em sua vida particular. Aliás, podemos estar enganados. Mas eu gostaria de alertá-lo sobre a farmacêutica. Nós temos conhecimento das coisas, às vezes sobre assuntos indesejáveis e que tomam proporções que preferiríamos evitar. E nos sentimos esmagados sob o peso de tudo o que ouvimos.

Ele faz uma pausa, como se esperasse aprovação para continuar. No espaço de segundos, Ömer pensa em agradecer, levantar-se e ir embora. Mas a curiosidade vence a razão.

– Eu não entendo o que possa pesar tanto sobre você.
– Jiyan Hanım é uma mulher à parte. Para todos, inclusive para a inteligência, ela é um enigma. Seus segredos estão escondidos na profundeza dessas terras. Eu juro pela minha honra: não conseguimos saber para quem ela trabalha nem determinar claramente quem são seus contatos, tanto aqui quanto no

exterior. É de se pensar que ela é protegida por uma mão invisível. Depois que os combates na região se intensificaram, as relações entre os clãs passaram a ser de uma complexidade inextricável. Não posso fingir que conhecemos realmente nem as tribos que colaboram conosco com o *status* de protetores de aldeias. A proteção do clã atrás do qual se abriga a farmacêutica não é pouca coisa, mas isso não explica tudo. Além do mais, os laços tribais estão se distendendo pouco a pouco. Quando os clãs se metem na política, eles perdem sua unidade e seu antigo poder. Sempre se fala do "governo profundo", mas aqui é um poço sem fundo, a estrutura é tal que é impossível saber quem dá as cartas.

Ele se interrompe de novo, os olhos mirando o vazio para evitar o olhar de Ömer. Parece estar sopesando o que está prestes a dizer. Depois, como se tomasse uma decisão súbita, ele ergue a cabeça e retoma a palavra, olhando seu interlocutor direto nos olhos:

— Ninguém aqui se recorda do nascimento ou da infância dessa mulher. Ela parece ter surgido do nada aos dezesseis ou dezessete anos. Depois ficou estudando um tempo no exterior. Ela chama de mãe todas as esposas do pai. Aquela que aparece como mãe dela nos registros oficiais, se é que é mesmo sua mãe, é falecida. Não sabemos nada sobre ela.

— Ela pode ser adotada. Ou talvez tenha entrado com a mãe na família pela tradição do *berdel*[35]. Dizem que tem gente nessa região que sequer sabe quantos filhos tem, nem o nome deles.

Mal pronuncia estas palavras e Ömer sente arrependimento e vergonha. "Eu disse 'nessa região' brandindo minha identidade de turco branco[36]. Essas terras estranhas nas quais pensa-

---

[35] Troca de meninas de "valor igual", que permite às famílias evitar o pagamento do preço pago por uma esposa. (N. T.)
[36] Termo para designar a elite urbana, instruída e geralmente laica. (N. T.)

mos encontrar toda espécie de problemas! Eu usei a linguagem do comandante e traí Jiyan. Me deixei levar pelo discurso dele, ao invés de mandá-lo se calar."

– Nós saberíamos. Aqui, por costume, os laços desse tipo são de conhecimento geral. Seria um bom assunto para você. Os romances usam muito esse tipo de história, que nem parece plausível quando é lida, não é mesmo?

– Eu agradeço a sugestão do tema, mas tem uma coisa que não consigo entender. Admitindo que todas essas hipóteses sejam verdadeiras, que bem faria ao governo se ela fosse filha de fulana ou beltrana? Colocando de outra maneira, que problema isso traz, do ponto de vista político? E o que eu tenho a ver com ele?

– Digamos que seja mais uma questão de perigo, não um problema. O marido dessa senhora, pelas minhas conjecturas, foi assassinado por saber de certas verdades. Sua mulher não soube ou não pôde impedir essa execução. Pelo menos ela se calou.

O emprego do termo "senhora" irrita ainda mais Ömer. Na cultura machista onde a palavra mulher é insultante e aviltante, o termo era falsamente respeitoso.

– Acho tudo isso muito confuso. São tantas as lendas referentes a Jiyan Hanım... Qual é o fundamento dessa informação?

– Creio que devo ser claro. Não estou afirmando que nossa farmacêutica mandou assassinar o marido. Alguns pensam assim, mas não podemos condenar sem prova. Estou dizendo apenas que ela não teve como impedir o assassinato do marido e, principalmente, que ela não denunciou os autores quando até ela mesma os conhecia. E se ela não fez isso, foi por...

– Eu posso afirmar que ela ainda ama o marido, que não consegue esquecê-lo.

– É verdade. Pelo que ouvi falar, ele era um representante importante da causa curda. É autor de uma série de livros e artigos. Fez o doutorado na França e morou muitos anos na Europa. Na Suécia, creio. Dizem que ele teve grande influência na evolução da esposa. Eles tinham mais de vinte anos de diferença de idade. É verdade que ela não o esqueceu. Mas isso não é suficiente para explicar tudo. Eu não me aprofundei muito no assunto, mas, pelos relatórios que li, o marido era um nacionalista curdo, contra a violência. Eu sou militar. Os aspectos que me dizem respeito nesse assunto são a guerra e a segurança. Guardo comigo as opiniões e considerações políticas. A única coisa que posso dizer é que alguém como ele era alvo dos falcões de toda facção da região.

Ömer não queria escutar o resto nem o comandante queria continuar. A conversa tinha chegado ao fim.

– Eu espero não tê-lo aborrecido. Minha intenção foi alertá-lo e protegê-lo – diz o comandante num tom muito amigável. – Talvez você tenha razão em um ponto. Nós temos muitas informações, como eu disse. Às vezes, algumas visam a nos induzir ao erro, ou seja, é desinformação. Quem conhece a verdade ou, para ser mais preciso, quem planeja os fatos que nos são apresentados como autênticos, quem está por trás? Eu também tenho meus momentos de dúvida. Mas eu sou militar, não posso me perder em conjecturas sobre os motivos e os direitos de um e de outro. A guerra e o ofício de militar não comportam tais interrogações. Esta é uma conversa não entre o comandante e o escritor, mas entre dois amigos. Conto com a sua compreensão.

– Obrigado por sua confiança. Não se preocupe, o que conversamos não sairá daqui, com certeza. E, se quer saber, isso é muito complicado para um romance. Nós, romancistas, não gostamos de tramas muito enroladas. Deixamos isso para os autores de ficção policial, aos maus escritores que baseiam seus escritos nas intrigas e teorias da conspiração. A verdade em relação à Jiyan Hanım pode ser mais simples e corriqueira do que levam a pensar as suposições a respeito dela. Mas eu agradeço pela informação e pela confiança. Tudo o que me disse ficará entre nós, fique tranquilo. Você está certo, a verdade é monopólio de uns poucos, o resto é manipulado.

Os dois homens da mesma idade trocam um aperto de mãos afetuoso. É uma despedida sem-cerimônia, mas calorosa. Nenhum dos dois a esqueceria. Houve uma corrente de sentimentos entre eles, de homem a homem, de um ser humano a outro.

Ömer sai pela porta do quartel cercado de arame farpado, de torres de observação e alojamentos. Na estrada, ele para um pouco no alto da ladeira para contemplar a cidade cinzenta e empoeirada que se estendia abaixo. Casas maltratadas de telhado plano, prédios administrativos de estilo uniforme, escolas, alguns barracos de zinco cintilando ao sol, minaretes e a rua do mercado que, vista dali, parece miserável e caótica. E, depois, os choupos... Fileiras de choupos sobre cujos galhos se empoleiram os corvos. Ele volta os olhos para as montanhas contrastando com a miséria da cidade. Montanhas com picos cobertos de neve branca, encostas verdejantes, desfiladeiros por onde descem cascatas. Ele se lembra das palavras de Mahmut: "Nós olhamos para as montanhas, nós as escutamos. É assim desde sempre, desde a época de nossos ancestrais. A cidade é a escravidão, a montanha é a liberdade... Nós acreditamos nisso".

Ele sente uma fisgada no coração ao pensar em Mahmut. "O que eles estarão fazendo? O que será deles? Serviu para alguma coisa eu ter estendido minha mão a eles? Ao abrigar Mahmut e Zelal sob minhas asas, que bem posso ter feito e em qual medida? Como podemos salvar as pessoas? Quando eu era jovem, eu não acreditava na libertação individual. Não é matando mosquito por mosquito que se erradica a malária, dizíamos. Salvar as pessoas? Então, quem virá me salvar?" Ele dá um passo e desce a ladeira, envolto num turbilhão de perguntas sem resposta. Sentindo uma angústia contida ao pensar em Jiyan, impaciente para encontrá-la. Esforçando-se para não pensar em Elif, ele entra na cidade.

A LEVE TRISTEZA DE MATAR UM CAMUNDONGO

Um leve espasmo no peito. Em seu coração, o eco do *iik* abafado do animal de laboratório na hora em que ele entrega a alma. "A gente se acostuma. Depois de um tempo, nossa vítima passa a ser como um brinquedo de borracha. Camundongo, cobaia, às vezes um gato... Uma vida à nossa mercê, submetida à nossa vontade e ao nosso prazer. Somos Deus. A alminha em nossas mãos não entende de onde vem a morte. Com o medo, com a reação da vida diante da morte, ela resiste com todas as suas forças. E toda sua força é esse fraco *iik*. A voz humana é ligeiramente mais forte que a do camundongo. Às vezes, se torna um grito. A voz, mesmo um grito, não consegue resistir nem triunfar sobre a morte. Não consegue resistir? Não consegue triunfar?"

No seu quarto de hotel em Copenhague, enquanto faz as últimas correções na palestra que dará em Gotemburgo dentro de dois dias, Elif reflete sobre esta frase: "A voz, mesmo um grito, não consegue resistir nem triunfar sobre a morte". Há algo de incômodo neste enunciado. Algo de sentencioso e simplificador, que reduz a vida e a morte a uma única dimensão. "Se as dezenas de cobaias, centenas de animais de laboratório se puserem a gritar juntas, se elas se unirem para resistir a seus executores, poderiam impedir, ou ao menos retardar, sua morte. Ganhariam um adiamento. Viveriam mais uns instantes... Por quê? Para quê? De que adianta a vida de um camundongo se prolongar por algumas horas? Qual o sentido da vida de um camundongo? E mais umas horas, mais alguns dias ou até mesmo anos na vida de um ser humano, para que serve isso? Qual o sentido da vida do ser humano, tirando o fato de que quem faz esta pergunta é ele mesmo e não o camundongo?"

"Eis a questão", pensa Elif. À força de tergiversar e andar em círculos, ela sempre volta à famosa pergunta feita por Hamlet, segurando um crânio na mão: *To be or not to be*. "Quando você se questiona sobre o sentido da vida de um camundongo, a morte que inflige a ele por um objetivo superior ganha legitimidade. Após se perguntar: 'Qual o sentido da vida de um camundongo?', nada impede a pergunta seguinte: 'Qual o sentido da vida de um ser humano?'. Matar um camundongo, matar um homem... Intelectualmente falando, dar o passo talvez não seja tão difícil quanto se crê. Se a morte é definida como o evento que põe termo à existência de um ser vivo, então a diferença é quantitativa, não qualitativa. Em nome de um propósito superior, tido como benéfico para a humanidade inteira, você pode avalizar a morte de muitos indivíduos. Ao dizer 'eu vou salvar o mundo' você pode matar metade da humanidade. Pelo país, pela nação e a pátria, você corre o risco de morrer e matar. Em nome de crenças e ideologias, você pode tirar a vida humana. Para encontrar a cura para uma doença mortal, você pode sacrificar muitos seres, homens ou animais. Que grande ideal ou causa justifica a morte, a destruição de outros seres vivos? Pode uma meta justa legitimar a violência? Qual é a medida do bem e do certo? Quem determina essa medida? Então, quem detém a verdade? São perguntas que ocupam a filosofia e a ética há milhares de anos..."

"Eu não sou socióloga nem psicóloga", pensa Elif. Só que na maioria dos encontros científicos dos quais ela participa, notadamente os centrados na ética científica, a problemática do "comportamento humano em face da violência que alimenta a revolução tecnológica contemporânea" invariavelmente entra no debate.

"Da violência 'inocente' da criança que pisoteia a grama e os canteiros de flores, que amarra panelas no rabo de gatos ou tortura um vira-lata à violência do pesquisador que mata cobaias 'em nome da ciência'; da violência do homem que bate no cachorro, no filho e na mulher que ele ama à violência legalizada e legitimada da pena de morte, da política e da guerra; da violência planejada e organizada que envolve o mundo inteiro à violência cotidiana, todas as formas de violência, todas as suas manifestações precisam ser analisadas. É um ponto sobre o qual ninguém duvida e todos concordam. E depois? De que serve expor e descrever a violência em todas as suas facetas se não são encontradas soluções para acabar com ela? Não foi Marx quem disse: 'Os filósofos interpretaram o mundo, agora é preciso mudá-lo'? Nossa geração se alimentou do marxismo e mesmo não o tendo estudado a fundo conhecíamos de cabeça as citações mais importantes." Por uma fração de segundo, ela sonha terminar a palestra fazendo referência a Marx. Por exemplo, com uma frase do tipo: "Até aqui nós nos contentamos em explicar os resultados assustadores e antiéticos que a evolução descontrolada da tecnologia genética pode causar, mas agora precisamos criar soluções para eliminá-los". Ela se detém neste ponto. "Hoje em dia, Marx não está mais de vento em popa nos meios científicos. Uma referência a ele pode me fazer perder prestígio", pensa Elif. "Mas como vou concluir?" De repente, ela se sente uma incompetente. Nenhuma sugestão de conclusão lhe vem à cabeça, exceto os gritos de protesto dos camundongos. Uma brincadeira ingênua que apimentaria um pouco os debates.

Toda vez que ela pensa em Deniz, é sempre com uma leve tristeza que se cola à sua pele. "Nossa insistência em encontrar nele nossas próprias verdades, a condená-lo a ser bem-sucedido, a ser forte e nos superar não foi também uma forma de violência? Quando falamos em violência, pensamos unicamente em guerras, bombas, minas, na morte que não distingue homens, mulheres e crianças. Mas, na verdade, todos nós alimentamos a fonte da violência. Eu, matando animais de laboratório; outro, ao intervir nos embriões; aquele que busca inventar a arma de destruição em massa de maior potência, quem filosofa sobre a violência, quem se utiliza do poder, todos nós alimentamos continuamente a violência. Deniz encontrou solução na fuga. Fotografar a violência, o sofrimento e o desespero dos homens lhe parecia cumplicidade e ele se negou a continuar. Nós o tratamos como um desertor da vida! Este filho que tentamos apagar do coração porque o acusávamos de ser um fraco talvez fosse, no fundo, o mais coerente, o mais forte e o mais digno de nós três; nosso filho foi para longe de nós, das dores e da violência deste mundo, nosso filho buscou refúgio numa ilha estrangeira, na lembrança de sua esposa morta, no amor de seu filhinho e no seu desespero."

Ela esperava que Deniz telefonasse ou pelo menos deixasse uma mensagem no celular quando não a encontrou na ilha ao voltar do concurso de pesca. "Talvez ele tenha ficado chateado porque não o esperei, pode não ter tido coragem de ligar. Nós vivemos em mundos muito diferentes. De certa forma, a distância ajuda a recuperar a nossa relação. Se ficássemos juntos mais três ou quatro dias, com certeza iríamos nos magoar, rompendo o frágil laço afetivo que pensamos ter criado." Apesar de tudo, ela teria adorado receber uma ligação do filho. Talvez as discussões sejam melhores que o silêncio. Mesmo quando as brigas são contínuas, existe proximidade e comunicação.

"Lá fora, o tempo está chuvoso e frio. E dizer que estamos entrando no mês de julho, no início do verão!" Elif adora o sol e o azul cintilante das águas. Um traço característico do signo de câncer. Ela tinha lido isso no horóscopo de uma revista feminina. Aparentemente, os cancerianos não vivem sem água. Ela é tomada pela melancolia. "Teria sido melhor eu ficar na ilha ou então ter voltado diretamente a Istambul, sem participar dessa segunda reunião, que nem é tão importante. O simpósio de Copenhague é que realmente conta, todos os maiores nomes da comunidade científica estavam ali. E eu consegui o que queria. Não tinha necessidade alguma de vir para a reunião de Gotemburgo. Valeu a pena vir só para encontrar três ou quatro pessoas e conhecer alguns novos colegas? Por que sempre quero mais? Por que vivo me metendo em situações difíceis? Isso também é uma forma de violência que eu exerço sobre mim mesma."

Ela desliga o *notebook*. "Chega, não precisa ficar perfeito! A maioria das apresentações dos outros não será mais do que uma sopa inconsistente. Essas mulheres e esses homens pedantes e seguros de si mesmos dão a impressão de estar fazendo turismo. Exceto por dois ou três cientistas brilhantes, o resto só tem visões superficiais e estereotipadas. Com nosso complexo de inferioridade em relação ao Ocidente, nós lhes damos mais importância do que realmente possuem. E eles, com aquela arrogância de ocidentais, me observam com curiosidade, dizendo: 'Vejamos o que esta turca tem a mostrar'. Na realidade, eles prestam mais atenção à minha indumentária, ao fato de não usar véu e à qualidade do meu inglês do que no conteúdo da minha fala."

O que ela não suportava nesse tipo de reunião científica internacional era ver apresentações que ela considerava "apenas palatáveis" receberem uma chuva de elogios por parte dos estrangeiros. "Sua apresentação estava formidável, senhora Eren. Para falar a verdade, não sabíamos que havia um meio científico tão desenvolvido assim na Turquia." Ou então: "Com certeza levou a cabo essas experiências em algum instituto de pesquisas nos Estados Unidos". Ou ainda: "Quero lhe dar os parabéns. A senhora é a prova viva de que o indivíduo pode superar seu próprio meio". E até quando diziam "Ah, mas fala perfeitamente o idioma!", quando ela era obrigada a se exprimir em seu alemão sofrível. "Pois é, até os macacos podem dançar! Bravo, bravo, bravo... Nesse tipo de reunião em que você é coberta de elogios, onde é objeto de atenção e de uma discriminação positiva, você sente a força que os outros fazem para não se sentirem superiores. O comportamento é igual com negros ou asiáticos. Mas tudo isso só serve para deixar a pessoa se sentindo pior ainda."

"Acho que estou sendo injusta. Sou a prova da suscetibilidade excessiva das pessoas de países em desenvolvimento. Porque nessas reuniões os orientais e alguns representantes do Mediterrâneo imediatamente se agrupam. Nós nos sentimos mais próximos. Seja como for, está quase acabando. Em poucos dias estarei em Istambul."

Normalmente, ela gosta de pernoitar em hotéis bons no estrangeiro, mas hoje este quarto está sufocando Elif. Algo a incomoda, algo não resolvido, como em suspenso, que gera uma angústia difusa, um sentimento de que está faltando algo. Talvez fosse bom, apesar da chuva, dar uma volta, sentar em algum lugar para tomar um vinho. Era isso que eles faziam quando moravam aqui. Ömer adorava o clima chuvoso e enevoado do norte. "É o tempo ideal para essas regiões. Mar, sol, calor... isso é bom no nosso país", dizia ele. E acrescentava: "O tempo no norte não é muito bom para os cancerianos, mas os aquarianos adoram".

De repente ela se lembra: "Hoje é meu aniversário". Não teria lembrado se não estivesse pensando em signos astrológicos. "Ömer esquece muita coisa, mas jamais o meu aniversário. Ela consulta o celular. Três novas mensagens. Com o coração batendo forte, ela aperta as teclas do telefone. Tomara que Ömer tenha enviado uma palavrinha, por mais breve que seja. Nenhuma mensagem de Ömer ou Deniz. Com uma ponta de esperança, ela verifica a lista de chamadas não atendidas. Nenhuma. Que impaciência a minha! O dia ainda não acabou, tenho a noite toda pela frente. Os aniversários vão até a meia-noite."

Ela olha pela janela. Lá fora, uma chuvinha de verão, fina e penetrante, cai sem parar. "Hoje faço 53 anos. Estou em Copenhague. Sou professora de bioquímica. Sou candidata ao prêmio de Cientista do Ano. Mesmo não sendo o Nobel, essa recompensa não é de jogar fora. Estou olhando pela janela de um quarto de hotel em Copenhague. Está chovendo. O tempo está escuro e enevoado. As luzes da rua estão acesas, apesar de faltar algumas horas para o anoitecer. Está tudo bem, não me falta nada, mas estou angustiada. Chove. Sou casada, tenho um filho. Sou a esposa do romancista Ömer Eren. Meu filho se chama Deniz. Ele mora numa ilhota da Noruega. Chove, os pingos escorrem pela vidraça. Tenho um neto, o pequeno Björn. Não tenho nora, ela morreu em Istambul. Diante das tulipas vermelhas, tendo como pano de fundo as magníficas cúpulas e os elegantes minaretes da Mesquita Azul. Seu sangue espirrou nas tulipas e se espalhou pelo asfalto, seus membros foram arrancados e voaram pelos ares. Chove. Uma chuva pura e calma. Eu estou casada com Ömer há vinte e sete anos. Jamais trai meu marido. Nunca senti necessidade disso. Faz tempo que não nos vemos. Isso é normal: nosso trabalho, nosso tipo de atividade e os círculos que frequentamos são diferentes. Mas ninguém pode dizer que não nos amamos ou que estamos afastados, não! Começo de julho e está chovendo. Esse é o clima no norte! Ninguém se lembrou do meu aniversário. Estou sozinha. Chove em Copenhague."

Ela envia um texto curto para Ömer. "Hoje é meu aniversário. Beijo." Ela podia tentar ligar para ele. Mas não, jurou não telefonar para ele antes que ele o faça. Ela mantém a promessa. Depois lembra que anotou em algum lugar o número de um biofísico que tinha demonstrado um interesse real por sua palestra no simpósio de Copenhague. "Nós conduzimos o mesmo tipo de pesquisa, podíamos partilhar nossas experiências", dissera ele. O homem, um inglês, trabalhava aqui, em um instituto de bioquímica ou engenharia genética. Ele lhe dera o número de seu telefone para que ela ligasse se tivesse tempo. Era um homem agradável de 40 ou 45 anos, um ar inteligente.

Ela encontra o número na agenda do seu celular. Então o tinha gravado. Aperta a tecla de chamada. Por um momento, teme que ele não atenda. Sabe que se não falar com ele agora ela não chamará de novo. Ele não demora para atender.

– É a professora Elif Eren, da Turquia. Estou em Copenhague esta noite. Se ainda quiser compartilhar nossos conhecimentos e nossas experiências, podíamos nos encontrar.

– Para mim isso é obrigatório. Quando e onde passo para buscá-la?

Elif dá o endereço do hotel.

– Eu estarei pronta em uma hora.

Ela desliga totalmente o celular. "Se alguém ligar, só poderá deixar uma mensagem. Eu não vou passar a noite esperando que Ömer ou Deniz resolvam me telefonar! Ao invés de passar o tempo sozinha me remoendo, prefiro conversar com alguém que entende o que eu faço. E vou festejar meu aniversário com uma boa taça de vinho – por que me contentar com vinho? Não, vou tomar champanhe."

Ela decide se mimar e se valorizar. "As pessoas dão o quanto você pede. Principalmente os homens. Eu me fiz de forte, de autossuficiente, nunca exigi nada de ninguém, nem do meu marido. Quem não chora não mama. Tem gente que sabe como obter a atenção dos outros. Eu nunca fui assim. Sim, vai ser champanhe e, ainda por cima, o melhor champanhe francês! E amanhã de manhã vou me dar de presente a bolsa e a blusa que vi na vitrine daquele estilista famoso."

Ela tira do armário a blusa de seda lilás e a calça preta que a deixa mais magra ainda e as joga em cima da cama. "Essas peças vão bem com minha jaqueta roxa. Preciso estar chique no meu aniversário." Essa será a primeira vez que ela passa a data sem Ömer, sem receber flores da parte dele. Tempos atrás, quando eles ainda eram estudantes sem um tostão, Ömer lhe levava rosas e cravos que colhia nos jardins. Nos primeiros anos de casados, um buquê elegante que ele mandava a florista fazer, junto com um disco ou um livro que ela queria muito. E, nos últimos anos, orquídeas ou plantas tropicais caras encomendadas por telefone, uma joia de valor – normalmente um anel criado por um joalheiro da moda. "À medida que o nosso relacionamento esfriava, mais aumentava o preço das flores e dos outros presentes. Será que posso traduzir em fórmula a proporção inversa entre o amor e os presentes?"

Com um sorriso amargo nos lábios, ela entra embaixo do chuveiro. Ficar sob a água quente por um tempo lhe fará bem.

Ela seca os cabelos e se maquia – levemente, como de hábito – com o maior cuidado. "Tenho de estar bonita no meu aniversário! Ainda mais saindo com um homem... 'Saindo com um homem...'." Não é a ideia, mas a expressão que parece estranha. Ela gosta do seu reflexo no espelho. Desde a adolescência que o lilás, o malva e o roxo são suas cores preferidas. Mesmo não sendo de prestar muita atenção, Ömer sabia disso. Esta blusa de seda lilás foi ele quem me trouxe da China.

Com a jaqueta no braço, ela se dirige para a escada. Não precisa usar o elevador para descer dois andares. Elif não gosta de elevadores. "Basta uma pane ou falta de eletricidade para ficar confinada dentro deles." Só de pensar nisso ela fica com palpitação.

No *lobby* decorado com móveis refinados de teca natural, seu colega inglês a espera folheando um jornal.

– Está muito chique – diz ele à guisa de cumprimento. " É impossível encontrar lugar para estacionar a essa hora. Tive de deixar o carro num estacionamento bem longe daqui. Não vou fazer você andar até lá e deixar a chuva estragar sua elegância. Vamos pegar um táxi.

Ele pede para a recepcionista chamar um táxi e vão esperar diante da porta giratória do hotel. A chuva cai suavemente, mas sem parar. O homem está bem vestido: nem muito chique nem desleixado. A medida exata entre estiloso e descontraído. Ele traz um guarda-chuva grande na mão. "Os ingleses sempre têm um, foi o que aprendemos no primário."

Ao ver que Elif está olhando seu guarda-chuva, ele sorri:

– Está pensando que sou um inglês típico, não é? Na Inglaterra chove todos os dias. Ninguém sai sem guarda-chuva. A metade dos homens é de homossexuais e a metade das mulheres, frígidas. Jamais perdemos a hora do chá. Todo mundo bebe uísque escocês e à noite vai aos *pubs*. Os ingleses têm um humor característico etc. etc. Já vou avisando: nada disso se aplica a mim.

Então, o que se aplica? Era o que Elif ia perguntar, mas resolve dizer:

– Sim. Sabe, cada país tem sua cota de clichês. Ignoro por qual estranha razão adoramos colocar rótulos nas pessoas.

– É porque isso facilita a nossa tarefa. É como nossos experimentos de laboratório. Se pensarmos na individualidade de cada cobaia, seremos incapazes de levar a termo as experiências.

O táxi para na frente do hotel. O homem abre o guarda-chuva e o segura acima da cabeça de Elif. Ele a ajuda a entrar no carro antes de o taxista ter tempo de abrir a porta.

– O clichê que diz que os ingleses são cavalheiros não está errado – diz Elif em agradecimento.

O motorista espera que eles indiquem um endereço.

– Em que tipo de lugar você quer ir? – pergunta seu colega britânico. – Eu conheço bem a cidade. E sou bom de garfo. Eis mais um estereótipo. Dizem que o menor livro do mundo tem o título *Culinária inglesa*...

– Hoje é meu aniversário. É meu convidado e não aceito discutir o assunto. Quanto à escolha de lugar, deixo que você decida. Pode ser qualquer um onde se coma bem e tenha um bom champanhe. Um local calmo, onde dê para conversar.

O homem dá um endereço para o taxista, que acelera.

– Eu conheço um excelente restaurante francês, *Le Coq Rouge*. A maioria dos restaurantes franceses no exterior tem esse nome, o galo vermelho. Mas ainda é cedo. Nem escureceu ainda. Primeiro vou levá-la a um *pub* escandinavo. Ali reservaremos uma mesa no *Coq Rouge*.

"Ainda bem que pensei no meu colega inglês", pensa Elif. "Porque eu não ia aguentar passar a noite sozinha naquele quarto de hotel. Ele é simpático, espirituoso, natural, cortês. E ainda temos assuntos em comum para discutir. A noite só poderá ser boa. Então, por que esse mal-estar, essa sensação de culpa? Tenho a impressão de estar ouvindo um toque longo de telefone." Ela abre a bolsa, mas lembra que deixou o celular no hotel. "Eu desliguei pra que ninguém pudesse chamar, mas depois eu o liguei de novo. Por quê? Não, eu não esqueci, eu deixei o aparelho de propósito para não ter de me preocupar com ninguém. Seja honesta com você, Elif! Você tomou precauções para o caso de Ömer não ligar. Você ia ficar esperando a ligação dele, ia passar a noite assim. Eu não devia ter deixado o celular no hotel. Mas também não posso pedir que ele faça meia-volta com o pretexto de ter esquecido meu telefone, seria uma indelicadeza. Bom, quem quiser que ligue. E, se não me encontrarem, pior pra eles, que aprendam a lição."

Quando descem do táxi diante do bar, eles veem que a chuva passou. Um odor marinho flutua no ar. O céu está de um cinzento leitoso, as nuvens se movem lentamente. Elif olha para seu relógio. Passa das sete e meia. Deve ser nove e meia na Turquia. Com uma delicadeza natural e sem ostentação, o homem segura a porta para ela entrar primeiro. Depois, pousando levemente a mão nas costas dela, ele a encaminha para uma mesa livre a um canto do salão. Ao se sentar na cadeira que ele puxou para ela, Elif decide deixar de lado preocupações e incertezas e aproveitar a noitada. "Deixe as coisas seguirem seu curso, pare de reprimir suas emoções, viva como bem entender. Se você se aborrecer, volte ao hotel. E, se a noite estiver divertida, basta ficar. Beba e coma à vontade. Afinal, você não vai engordar em uma noite. Pelo menos uma vez na vida esqueça a cabeça e siga seu coração. Se o homem for agradável, prolongue a noite. Caso contrário, diga que está cansada. Simplifique as coisas, deixe a vida te levar."

A voz do homem a tira de seus pensamentos:

– O que vai tomar? Tem boas cervejas aqui.

– Vou começar pelo vinho, para evitar misturar. Vinho tinto, mas seco, por favor, porque às vezes em alguns países servem vinho doce.

O garçom anota o pedido deles. O inglês vai logo dizendo:

– Na sua palestra você mencionou suas últimas experiências sem entrar em detalhes, visto que o assunto era sobre dimensões éticas e a aceitabilidade da engenharia genética. As minhas pesquisas são similares às suas, eu creio. Foi por isso que quis conversar com você.

"Um verdadeiro inglês", ela diz para si mesma. "Este homem está mesmo decidido a falar em ciência. Mas é claro... Meu Deus, o que eu estava esperando?"

*

Ömer estava na farmácia esperando notícias de Jiyan quando recebeu a mensagem de Elif. Ele nem ficou confuso, porque já estava nesse estado. Ele simplesmente lembrou que era 13 de julho. E não pensou em responder. O que poderia escrever ou dizer para Elif?

Estava sendo seguido de perto, estava com problemas, devia partir o quanto antes... e estava pouco ligando. Depois de sair do gabinete do comandante, foi diretamente para a farmácia: para ver Jiyan, para tocar Jiyan, para falar e ficar calado com Jiyan. Para entrar no mundo dela, não para desvendar seus segredos, e sim para fazer parte dele. A beleza magnética de Jiyan não vinha do que ela revelava, mas do que ela escondia. Com sua inteligência demoníaca, sua perturbadora feminilidade e sua excessiva autoconfiança, ela parecia dizer: "Eu dissimulo bem as coisas às quais você jamais terá acesso. E, quanto menos conseguir me decifrar, mais se ligará a mim". Exatamente como essas terras, seus rios e suas montanhas.

Ömer Eren sentia que a poesia dessas terras de um cinzento amarelado, dessas colinas nuas e dessas montanhas escarpadas emanava não daquilo que elas deixavam à vista, mas do que ocultavam. Agora ele entendia a frase de Saint-Exupéry: "'O que embeleza o deserto é o poço que ele esconde em algum lugar'. O que embeleza essas terras, essas montanhas e esse povo é a 'voz' que ressoa neles. A beleza de Jiyan está nos seus segredos e não no que ela oferece".

Ela não estava na farmácia.

– Jiyan *abla* vai chegar tarde, talvez ela nem venha hoje – tinha dito a jovem assistente, de maneira relutante.

– Você quer dizer depois que a farmácia fechar?

– Eu não sei de nada. Ela só me disse para não esperar por ela.

– Eu preciso muito encontrá-la. O telefone dela está desligado, ela não está em casa nem na farmácia.

– Ela deve ter ido a algum lugar. Atividade é o que não falta para ela.
– Você a viu de manhã? Ela está bem? Deram uma batida ontem à noite. Não aconteceu nada de grave, aconteceu?
– Oh, eles vêm sempre revistar a farmácia e o mercado. Não se sabe bem o que procuram. Não acham nada e vão embora. Estamos acostumados. Jiyan *abla* está bem, pode deixar. Ela vai chegar quando tiver de chegar. As pessoas têm coisas a fazer, vão a outros lugares, não? Elas não são obrigadas a nos manter a par de tudo o que fazem!

"Maldita menina! Ela está gozando da minha cara, abertamente. 'Ela vai chegar quando tiver de chegar'! Ao mesmo tempo, ela tem razão. As pessoas têm obrigações, visitas a fazer. Um doente, amigos... Estou me preocupando bestamente. Mas, depois dos incidentes desta noite, ela não partiria sem me dar notícias. Ela teria telefonado, enviado uma palavra que fosse. Ela deve saber que estou preocupado." Ele pensou no advogado que o levou à casa das lamentações. "Ainda bem que peguei o número dele. Talvez ele saiba. O advogado não estava no escritório. Um estagiário informou que por necessidades de um processo ele não estaria na cidade hoje. Ömer apelou de novo para a assistente da Jiyan.

– Escute, mocinha, Jiyan Hanım deixou algum recado para mim? Repito, tenho de resolver um assunto com ela. Tenho uma informação muito importante para passar a ela. Preciso vê-la imediatamente. Tem alguém que possa me dizer onde ela está? Onde posso encontrar a família dela, amigos ou conhecidos?

– Deixe de se preocupar tanto, senhor. Não se preocupe. Ela vai chegar. Se quiser, vá perguntar ao comandante, ao prefeito, talvez esses seus amigos saibam. São eles é que seguem as pessoas, como é que eu vou saber?

Ömer se perguntou o que poderia se ocultar nas frases cheias de subentendidos da garota. "Seus amigos", ela disse. "O que significa que o comandante, o prefeito e eu estamos no mesmo saco. 'O governo da República da Turquia', segundo o povo daqui. Para ela, eu sou um estrangeiro do Ocidente. E parece que ela quer proteger Jiyan desse estrangeiro perigoso. Por que eles são tão desconfiados? Dizem que os caminhos do coração levam ao encontro do outro, mas nem sempre isso é verdade." Ele não encontra o caminho, não sabe como alcançá-lo.

Ele tenta apelar para o ponto fraco da menina: sua fidelidade a Jiyan.

– A notícia que tenho para ela é da mais alta importância. Se você sabe alguma coisa, me diga. Porque se algo ruim acontecer com Jiyan você será a responsável.

A moça parece se entristecer. Com os olhos fixos no balcão, ela fala:

– Por que não nos deixa em paz? Turcos, estrangeiros... vocês chegam de repente, vão embora logo e nós ficamos com os problemas. Toda vez que vem gente de fora, acontecem os incidentes, as operações são retomadas. Aqui, tentamos simplesmente viver. Estamos acostumados. Podemos nos virar sozinhos. Não adianta vir para piorar as coisas. Se você é amigo da Jiyan, mais motivo ainda para deixá-la em paz.

Um grupo de clientes entra na farmácia. Aparentemente, estão vindo do campo. Uma mulher jovem com roupa tradicional tenta acalmar o bebê de alguns meses que não para de chorar em seus braços. Ao seu lado, uma mulher mais velha – sogra, mãe, primeira esposa? – usando um chapéu de feltro e exibindo as cinco peças de ouro do *beşibiryerde*. A beleza de seus olhos verdes, sua maneira de falar e sua voz de timbre imperioso surpreendem Ömer. "Deve ser de uma família poderosa", ele pensa. O homem que as acompanha estende uns papéis para a assistente da farmácia. O ordenança, sem dúvida. O olhar de Ömer foi atraído pelo Mercedes preto estacionado diante da loja. Lá se vai mais uma visão estereotipada do sudeste! Depois de algumas palavras em curdo, às quais seu ouvido tinha começado a se habituar, ele percebe que eles pediram notícias de Jiyan, deixando seus cumprimentos. "Quem sabe, devia ser uma família influente de outro clã. Se eu perguntar para esta garota, ela vai continuar sendo cabeça-dura e não vai me contar nada." Depois que os clientes saem e os dois ficam sozinhos de novo, Ömer pressiona a menina:

– Eu não vou sair daqui até Jiyan voltar.

– Faça como quiser. Mas vou fechar a loja às dezenove horas. Pode esperar a noite toda.

Depois disso ela não abriu mais a boca e se ocupou atendendo os clientes.

Quando tentou pela vigésima vez ligar para Jiyan, Ömer se lembrou da mensagem da Elif. Em outras circunstâncias, ele teria ficado triste e confuso por ter se esquecido do aniversário dela e teria tentado consertar a situação. Mas hoje ele não estava em condições de se preocupar com isso. A única coisa que lhe importava era encontrar Jiyan ou ter alguma notícia dela.

– Bom, eu volto antes das sete horas. Se nesse meio tempo você falar com Jiyan pelo telefone, peça para ela me ligar, por favor. Eu estou com o celular.

"Talvez a garota não saiba mesmo onde está Jiyan. Afinal, ela não tem obrigação de manter a moça informada de seus mínimos gestos! Ela só avisou que voltaria tarde e não tinha motivo para dizer mais do que isso." Com passo indeciso, ele toma o caminho do hotel. "Quem sabe ela deixou recado na recepção. Como ela iria adivinhar que eu iria esperá-la na farmácia?"

Ele estava certo.

O recepcionista velho aponta para alguém dormindo na poltrona no canto mais escuro do *lobby*:

— Ele trouxe notícias da farmacêutica. Está esperando há um tempão. *Yazar hatîn!* O escritor chegou.

O homem que se levanta da poltrona e vai até Ömer é alto. Ele não é muito jovem. É musculoso e bonito. Seu semblante tem algo de ocidental, seja pela expressão ou pelos traços, parece estrangeiro. Está vestindo uma camisa branca larga, as mangas enroladas na altura do cotovelo e uma calça confortável de cor escura. Dá para notar a arma que ele leva no bolso. A intenção parece ser mostrá-la e não escondê-la.

— Eu vim pegá-lo para irmos até Jiyan Hanım. Ela disse: "Se tiver tempo e vontade".

Ömer hesita por um instante. "Quem é este homem? Ele não tem jeito de motorista, nem de guarda-costas ou de serviçal. Por que Jiyan mandou este sujeito ao invés de me telefonar? Como posso me fiar num desconhecido?"

Como se esperasse ajuda, ele se vira para o recepcionista, de quem estava se tornando amigo, e o interroga com o olhar.

— Ele é amigo da farmacêutica, é de confiança. Se ela pediu para que vá com ele, deve ir.

— Jiyan não está na cidade? Eu liguei o dia inteiro para ela, sem conseguir.

— Ela está no campo. Perto das montanhas — diz ele mostrando a direção com a mão. O telefone não funciona.

"A aventura vai começar", pensa Ömer. A cena poderia ser o *trailer* de um filme sobre a região. Um homem misterioso e armado aparece para levar o escritor apaixonado para um local desconhecido entre as montanhas. O escritor terá a coragem de ir? 'A voz das sereias', disse o prefeito no primeiro encontro deles. Não foi para ouvir essa voz que vim para cá? Não estou atrás da voz que poderá me devolver a palavra que perdi?"

Ele irá. A história que começou no terminal rodoviário da capital com um grito escreverá a si mesma, passo a passo. E chegará ao fim. Dessa vez, não será o escritor todo-poderoso quem decide a sorte de seus personagens e brinca com eles feito gato e rato. Não será ele a escrever a história. A história o escreverá.

– Espere 5 minutos, o tempo de eu trocar de camisa no meu quarto.

O homem pousa a mão direita sobre o coração, um gesto elegante que quer dizer: "Às suas ordens". "Mais uma cena de filme", pensa Ömer ao se dirigir para a escada. O gesto não era natural, parecia trabalhado, adquirido por imitação. "Por que não consigo ver as coisas que acontecem aqui como na vida real? Por que transformo tudo em cenário, em filme, em aventura surrealista, em poesia? Tudo isso é o cotidiano desse lugar... A realidade de terras outras, de outro povo, outra gente sempre nos deixa a impressão de um conto de fadas?"

– Ele está esperando lá fora – diz o recepcionista a Ömer, quando ele volta. – Ele é amigo de Jiyan Hanım. Vá. Quando a nossa Jiyan Hanım nos manda chamar, é impossível não ir. E as nossas montanhas ficam lindas nesta estação.

Ao passar pela porta do hotel, sua mente se detém nas palavras do velho: "'Nossas montanhas'. Mahmut também falava 'nossas montanhas', Jiyan também e o pai de Mahmut e todos os outros. Como se as montanhas fossem o que eles tinham de mais belo e precioso. Refúgio da esperança, espíritos protetores... Será por isso que incendeiam as montanhas, para aniquilar a esperança? Ou é ao contrário, para permitir que a esperança renasça? E como o funcionário do hotel sabe para onde vamos? O povo daqui sabe tudo e fala nada!".

Um jipe preto está parado diante da porta. Um veículo que parece escarnecer da miséria do lugar, semelhante àqueles que surpreenderam Ömer no dia de sua chegada, ao ver que eram em tão grande número. Assim que viu Ömer na rua, o homem saiu detrás do volante e foi abrir a porta da frente para ele.

– Aqui ficará mais confortável. Temos mais de uma hora de viagem. Se a estrada não estiver fechada, é claro.

Ömer não pergunta aonde vão. "Vamos até Jiyan. Para longe dessa cidade afônica, encolhida em si mesma e encurralada, eu vou procurá-la em sua própria terra, no lugar onde residem sua realidade e sua lenda." Ele se lembra da última mensagem de Elif. "Hoje é o aniversário da minha mulher e é a primeira vez em anos que eu esqueço. Tenho de ligar logo para ela. Depois que entrarmos pelos desfiladeiros e vales, o telefone não vai mais ter sinal. Basta falar com ela espontaneamente, do jeito que sair, sem pensar com antecedência no que dizer, sem ficar procurando desculpas. Elif é a minha realidade, meu caderno de lembranças, uma parte de mim; Jiyan é minha lenda, meu conto, minha miragem no deserto das palavras perdidas."

Ele pressiona as teclas do telefone, que toca e toca. "Se o celular dela estivesse desligado, entraria uma mensagem de voz: 'O número que você chamou...'. Ou ela o esqueceu em algum lugar ou não quer atender." Ele consulta o relógio. "Deve ser umas sete horas lá. Quem sabe ela saiu para jantar ou talvez a reunião tenha se prolongado."

"Suas eternas e enfadonhas reuniões científicas onde nenhum orador ouve o outro, onde todo mundo adora se exibir na hora dos debates!" Ele pensa em mandar uma mensagem, mas acaba desistindo. "O que tenho para contar não cabe em poucas palavras." Aliás, ele não tem o que dizer. Agora, na estrada que acompanha os meandros de um rio caudaloso, atravessando gargantas estreitas e postos militares, ele se dirige para as montanhas cujos picos cobertos de neve estão avermelhados sob os raios do sol poente.

– As montanhas das redondezas chegam a mais de três mil metros. Esta que está à nossa frente tem 3.500 metros. Nunca foi vista sem neve. No dia em que as neves do monte Mor derreterem, o fim do mundo estará próximo, dizem as pessoas da região. Elas acham que a montanha as protege e que possui poderes sobrenaturais.

Ömer se espanta com a clareza e a correção com que o homem se exprime. "Parece que aprendeu o turco como segunda língua, mas ele fala de maneira límpida e sem erros. Com uma entonação que lembra o sotaque dos estrangeiros ocidentais. Ele é amigo da nossa Jiyan, tinha dito o velho do hotel. Um parente, um protetor... ou o quê?"

– As neves do monte Mor começaram a derreter – diz o homem. – O gelo não se desfaz facilmente, mas o aquecimento global se faz sentir em nossas terras.

Depois, notando a curiosidade de Ömer, ele acrescenta:

– Eu o conheço, Ömer *bey*, mas ainda não me apresentei. Eu não queria fazê-lo diante do empregado do hotel. Por aqui, as palavras são logo deturpadas. E não é necessário que todo mundo saiba de tudo. Às vezes, o saber é uma faca de dois gumes. Eu me chamo Diyar. Sou parente de Jiyan Hanım. Mais precisamente sou o filho do marido assassinado.

– Eu não sabia – gagueja Ömer. – A única coisa que ela me disse foi que seu marido tinha sido morto.

– Eu sei, ela não gosta de falar no assunto. Ela amava muitíssimo meu pai e ele também a amava. O casamento deles durou só cinco anos. Foi o pior período dessa guerra suja que não termina nunca.

Ele se cala. Tal e qual um contador profissional de histórias, ele se interrompe no momento mais excitante. Ömer pressente que Diyar está a par de sua relação com Jiyan e tenta lhe passar uma mensagem. Não querendo ser o primeiro a retomar a palavra, ele finge estar absorvido na contemplação dos reflexos solares nas águas e nos rochedos.

– Este lugar é enfeitiçado, não acha? Toda vez que vejo o pôr do sol nas montanhas tenho a impressão de estar num país encantado. Estas paisagens são uma das razões para eu ter vindo para cá e não conseguir mais sair.

– Você não é daqui?

– Eu não sei onde estão as raízes da pessoa. É o lugar onde ela nasceu, onde cresceu, para onde voltou? Eu não sei dizer.

– E para onde você voltou então?

– Para cá, acho. A leste do leste.

– De onde tirou essas palavras? Desculpe, mas é uma expressão que eu também uso... Ela não é minha, peguei emprestada, mas não lembro de onde.

– Meu pai falava assim. Em um livro dele definiu esta região como "o extremo leste do leste".

– Os livros do seu pai...

– Sim, ele escreveu vários. Sobre a língua curda, sobre a história e a literatura curdas. Já deve ter ouvido falar nele.

Ömer se lembra do nome que ele menciona. Aliás, tinha ouvido falar nele durante sua juventude.

– Jiyan não lhe falou o nome do meu pai?

– Não. Na verdade, não tocamos em assuntos pessoais. Falamos principalmente da região, do povo daqui... Eu queria escrever alguma coisa e...

– Todo ocidental bem-intencionado deseja escrever sobre esta região. Eu nasci em Diyarbakır, mas cresci na Suécia. Sou da geração da diáspora curda dos anos 1980. Na Suécia, quem pretende ser um intelectual se interessa por nossa região, pelos curdos e o Curdistão. Alguns, unicamente por uma questão de consciência, pelos direitos humanos, para pagar sua dívida pela prosperidade do Ocidente. Outros, para orientar o jogo do equilíbrio de forças na região. Mas cada um escreve em função daquilo que vê. E ainda dão conselhos. Não apenas os suecos, claro, falo de todos os ocidentais. Não me leve a mal, não estava me referindo ao senhor. Mas para escrever sobre essas regiões é preciso captar sua alma. Cheguei há quatro ou cinco anos, é aqui que estão minhas raízes, mas nem assim posso afirmar que compreendi estas terras.

– Me perdoe por perguntar, mas você abordou o assunto. Seu pai e Jiyan... Foi na Suécia que... Eu não entendi direito, é meio complicado. Sua mãe era sueca?

– Não é complicado. Na verdade, é bem mais simples do que as histórias dos seus romances. Minha mãe é de Diyarbakır. Meu pai é daqui. Eu nasci em Diyarbakır. Em 1980, com a chegada dos militares ao poder depois do golpe de Estado, Diyarbakır e todo o leste viraram um inferno. Nossa família foi forçada a fugir, eles emigraram para a Suécia como refugiados políticos. Eu estava com 5 ou 6 anos, lembro do avião chegando lá. Era a primeira vez que eu andava de avião.

– E depois, como seu pai conheceu Jiyan?

– É uma história de amor. Nessa época eu tinha uns 20 anos. Jiyan foi visitar o irmão dela na Suécia. Nossas famílias se frequentavam. Foi na casa deles que meu pai conheceu Jiyan por acaso. Ele estava com mais de 50 anos. E Jiyan – não sei se é muito útil contar isso – era jovem e muito atraente. Meu pai não era mulherengo, não vá ter falsas ideias. Ele ainda estava casado com a minha mãe. E na Suécia mulher bonita é o que não falta! Só que meu pai só tinha olhos para suas obras e suas pesquisas. Quanto a Jiyan, principalmente naquela idade, ela era muito mais do que uma mulher bonita. Agora eu entendo melhor. Na época, meu negócio ainda eram as loiras nórdicas. "A essência, o coração, o mistério e a revolta do meu país parecem se condensar nessa mulher. Jiyan é mais que bonita, ela é um país. O país do qual eu fui banido, o país que deixei e do qual sinto saudade", disse meu pai. Achei essa frase romântica demais. E fiquei bravo porque ele se separou da minha mãe. Agora, compreendo o que ele quis dizer.

Ele fica em silêncio um momento.

– Eu não devia ter contado tudo isso, já que ela não disse nada...

Eles saem do vale e entram num caminho de terra. Os últimos raios do sol dardejam suas flechas de luz sobre as montanhas. As rochas de granito a refletem como se fossem espelhos.

– Estamos quase chegando – diz o rapaz. Tem um "posto" a um quilômetro. Se chegarmos antes do anoitecer, poderemos passar. Depois eles fecham a estrada. Ainda não evacuaram completamente os lugares. Oficialmente, essa ainda não é uma zona proibida, mas de fato é, por causa do aumento na tensão e as últimas operações.

Os dias são longos, eles chegam ao posto de controle antes do crepúsculo. Uma longa espera. Documentos, abra o porta-malas, de onde vieram, para onde vão... Perguntas feitas com uma voz dura, imperiosa. Ömer já aprendeu a ficar quieto nessas situações, a entregar seus documentos e a ficar na sua. As pessoas locais já conhecem de cor as perguntas, as respostas, os gestos, as mímicas, quando se calar e quando falar, como atores de uma peça de teatro bem ensaiada.

A ordem dada pelo comandante do posto – um suboficial ou sargento – com um tom autoritário, com ares de general: "Pode ir. Na próxima vez que chegar tão tarde, eu não vou deixar passar. Adiante!". O avanço caótico do 4 x 4 blindado pela estrada cada vez mais esburacada e cheia de pedras. Um bosque que surge entre as rochas após uma curva.

– Chegamos!

*

Elif estava bem alegre quando voltou para o hotel. Foi uma noite regada a champanhe do começo ao fim, intermediada pelos melhores vinhos franceses. O restaurante *Le Coq Rouge* era excelente para os padrões nórdicos. Seu colega inglês sabia comer bem. E suas qualidades não paravam aí. O domínio que tinha em sua área de especialização era notável. Eles passaram metade da noite falando de suas pesquisas, dos últimos avanços da genética e dos decorrentes problemas éticos. Algo que ela apreciou muito nesse homem foi que ele falava de igual para igual, sem se prender ao mote "Ah, é incrível uma mulher turca ter esse trabalho!"

Enquanto tirava a calça e a blusa lilás, seu olhar se deteve no grande espelho da porta do armário. Ela tirou a meia-calça especial que achata a barriga, deixando a silhueta mais delgada, o sutiã de bojo que aumenta e levanta os seios. Examinou seu corpo com olhos imparciais. "Nada mal, está ótima para 53 anos. 'Minha mulher firme como uma rocha'", dizia Ömer enquanto faziam amor. As palavras, as carícias, o contato de Ömer lhe causavam uma volúpia ainda maior do que o prazer carnal do ato sexual. "Você faz amor com a cabeça", disse Ömer uma vez. Ela não soube dizer se era uma crítica ou um elogio. "Ömer conhecia mulheres que fazem amor unicamente com o corpo, dando rédea solta ao instinto com um furor quase animal", pensou ela, e seu estômago se contraiu à ideia de ser comparada com outras.

Há quanto tempo não transamos? Um mês? Dois meses? Não mais que isso. Ömer tinha voltado do Salão do Livro onde ele teve uma sessão de autógrafos. Antigamente, quando comparecia a esse tipo de evento, ele voltava de avião no mesmo dia e, quando insistiam para ficar, ele explicava: "Preciso trabalhar, meu editor está esperando um livro meu". E com esse pretexto, ele ia embora logo. Mas nesse Salão do Livro ele tinha ficado quase uma semana. Porque não tinha o que fazer quando voltasse. Elif sabia que ele estava com um bloqueio, atacado por uma grave pane de escritor. Ela achava que tinha sido por esse motivo que ele tinha decidido ir para o Oriente, em busca de novas fontes de inspiração.

– Você ficou bastante desta vez – ela tinha dito em tom reprovador.

– É verdade, querida, bastante. Senti sua falta.

E eles fizeram amor. Como antigamente, no sofá, no escuro. Uma relação calma, confiante, sem surpresas, cada um reconhecendo totalmente o corpo do outro, seus pontos sensíveis e seus desejos.

Ao se contemplar nua no espelho, ela sente crescer um desejo que não sentia há muito tempo. Tem a sensação de algo inacabado, de frustração, como o ato do amor interrompido antes do orgasmo. O gosto amargo da traição não consumada, um sentimento de vergonha mesclado à humilhação diante do vazio de um crime premeditado e não cometido...

"Por que saí com o inglês? Eu queria falar só de trabalho? E o capricho nas roupas? Do sutiã à blusa de seda, não foi tudo escolhido para valorizar minha feminilidade e excitá-lo? Cheguei até a pensar em usar um *top* de jérsei de algodão. Sem sutiã com bojo. Para deixar meus mamilos aparecerem, eles não estão nada mal para a minha idade. Por que desisti no último minuto? Para bancar a oriental misteriosa, não é? Você é turca, o cara deve ter visto em você algo que não vê nas outras: um toque de pudor, uma pitada de timidez, ar de inocente. Que método pobre para incitar alguém a morder a isca, não acha?"

"Por que agiu assim?" Ela articula a pergunta sem se afastar do espelho. Pelo hábito contraído ao longo de suas experiências científicas, ela se faz a pergunta como se fosse o objeto e não o sujeito, como se analisasse o comportamento de uma cobaia. "Não, não foi por necessidade sensual, uma pulsão física, um desejo irreprimível. Se fosse esse o caso, teria sido saudável, natural, compreensível e perfeitamente respeitável. Uma espécie de manifesto da liberação sexual feminina. Porém não era nada disso. Eu quis punir Ömer, porque não aguento a ideia de nossos caminhos se separarem cada vez mais, porque ele deixou pra lá, porque sinto que ele me considera sua propriedade por direito adquirido. Ele nem sequer se lembrou do meu aniversário, nem telefonou. Foi por isso que liguei para o inglês. Podia ter ligado para qualquer um. Mas nessa cidade esse colega era a única carta que eu tinha na manga. Ele era o mais acessível, o mais inofensivo, o mais simples. Vingança e traição. Tema bem conhecido dos melodramas."

Se ela estivesse perdidamente enamorada de alguém, se tivesse jogado tudo para o alto para seguir seu amor, ela não teria perdido sua autoestima. "O amor faz a gente perdoar muitas coisas. Chega um momento em que a consciência se inclina e tira o chapéu para a traição. Quanto à minha história, ela se assemelha um pouco à da moça pobre abandonada grávida pelo homem amado e que se prostitui para se vingar."

De repente, ela sente vergonha de sua nudez refletida no espelho. Ela não quer se ver. Sua impressão é de que foi violada e emporcalhada com a seiva do homem. Ela corre para o chuveiro. Ela precisa se lavar, se purificar. E meu coração? Como aliviá-lo? Ela se coloca sob o jato de água gelada. Sente frio, treme, mas o banho a acalma. À medida que a água fria fustiga seus ombros, seu peito e seu rosto, ela reencontra a confiança. Começa a rir. O que foi que o inglês disse no fim da noite?

– Eu bem que disse para não dar importância às ideias estereotipadas sobre os ingleses. Sabe, aquilo de que a metade dos homens é de homossexuais, a hora do chá é sagrada, eles vão ao *pub*, são cavalheiros, são frios, não entendem nada de gastronomia, adoram a rainha, sempre carregam um guarda-chuva etc. Claro que, às vezes, há uma parte de verdade nesses clichês. Por exemplo, eu pertenço à metade dos homens cuja preferência não inclui as mulheres. Caso contrário, não a deixaria escapar!

"Ele percebeu que eu estava a fim dele. Viu que minha proposta de discutir pesquisas entre colegas não passava de desculpa e me rejeitou educadamente. Talvez fosse a verdade ou talvez fosse uma maneira polida de se esquivar. Ele evitou que eu traísse meu marido. Se não, agora eu estaria deitada como uma múmia nos braços desse homem, um gosto amargo na boca e um profundo remorso no coração."

Enquanto se seca com a toalha macia do hotel, ela se pergunta onde começa a fronteira da traição. "Quando você dorme com alguém ou quando pensa em fazer isso e manifesta claramente sua intenção? E onde começa a violência? Quando você mata um camundongo, quando se torna uma bomba humana e destrói vidas em nome das suas crenças?"

Antes de se deitar, ela toma um tranquilizante para facilitar o sono. Ela só os usa raramente. Trata-se de um produto fitoterápico chinês que não cria dependência. Quando ela tira a colcha, seu celular cai no chão. Claro... eu o tinha deixado na cama, como é que fui me esquecer? Ao ligá-lo antes de colocá-lo sobre a mesa, ela verifica as chamadas não atendidas.

Há duas delas. Uma da Turquia, mas ela não sabe de quem. A outra é de Ömer. "Então ele ligou! Oba, ele ligou! O telefone deve ter tocado um tempão. Várias vezes, quem sabe. Ninguém atendeu. Será que ficou preocupado? Tentou adivinhar onde eu estava? Vai ligar de novo? Lá agora são duas horas da manhã. Muito tarde. E daí? Se estiver dormindo, vai acordar. O dia de hoje é importante." Ela aperta a tecla de chamada. "'O número que você chamou encontra-se indisponível no momento.' Ele deve estar em local sem sinal ou então desligou o aparelho. Eu ligo amanhã. Ömer também vai ligar de novo." Ela é invadida por uma mescla de vergonha e remorso. "Devo minha fidelidade às preferências sexuais do meu colega inglês. Como tudo é frágil e sensível."

Em seguida, ela consulta a caixa de mensagens. A última vem do inglês. Deve tê-la mandado assim que o táxi a deixou no hotel: "O que eu disse sobre minha orientação sexual é verdade. Você é uma mulher muito bonita. Eu teria adorado me apaixonar por você". Ela sorri. "O clichê de que os ingleses são cavalheiros é totalmente verdadeiro."

A outra mensagem é do Deniz. Imagine, ele também lembrou o meu aniversário. Eu sou mesmo uma mulher caprichosa. Mas não, não é para lhe dar os parabéns. "Mamãe, puseram fogo na Gasthaus. Me ligue neste número assim que puder."

"Como assim, puseram fogo na Gasthaus?" Ela não entende de imediato o que significam essas palavras. Depois, pedaço por pedaço, uma fotografia ressurge das profundezas da sua memória e se reconstitui diante dos seus olhos. Os sons, as cores, as formas se completam. A imagem se transforma numa foto do grupo de *skinheads* de moto, reunidos em um canto do cais onde estava acontecendo o festival do peixe na ilha do Deniz. "Quando eu voltei para a pousada para pegar minhas coisas, as portas estavam abertas como sempre. Quando saí, o cachorro latia sem parar. Tive a impressão de que havia alguém ali, mas não vi ninguém. Eu me admirei com a inquietação do cachorro. Björn! Onde estava Björn naquela hora? Não, ele não estava na Gasthaus, não tinha ido comigo. Estava na festa, com os avós. Não parava de circular com o carro que lhe dei de presente."

Ela tecla o número que Deniz lhe deixou. Seus dedos tremem. "Deniz não tem celular, portanto o número deve ser de um amigo. É meio tarde, não é? Ah, que se dane!"

Ele atende no ato: "Mamãe", diz Deniz. É a voz que ele tinha quando era pequeno e adoecia. Lágrimas correm pelo seu rosto. Ela chora em silêncio, não pela Gasthaus incendiada ou pela triste notícia que vai ouvir, mas por causa desse "mamãe", dessa voz de criança desesperada.

– O que foi, gatinho? É verdade?

– A casa foi queimada no dia da sua partida. Puseram fogo. Voltamos do concurso porque vimos as chamas. O capitão disse que viram você saindo da ilha. Sabe, os suspeitos são os neonazistas motoqueiros.

– O menino, como ele está? Björn? E o avô, a avó? E você, como está?

– Agora todo mundo está bem, um pouco melhor, digamos. Só Kurt, nosso cachorro que não conseguiu escapar. Ele estava preso. Estava todo mundo na festa e eles aproveitaram para botar fogo na casa. Björn está muito triste, embora não compreenda exatamente o que está acontecendo. Ele diz que o diabo nos castigou porque tiramos a princesa Ulla das garras dele. Ele acredita piamente que você é a princesa Ulla que mudou de roupa e de aparência.

– E você, meu filho, como está? Como está o meu gatinho?

"Fazia muito tempo que eu não o chamava de 'gatinho'. Ele se aconchegou de novo em mim, como no tempo em que éramos felizes. Pode-se dizer que reencontrei meu filho perdido."

– Eu estou bem, estou ótimo, mamãe.

Elif desata a soluçar. "Eu conheço esse 'eu estou bem, estou ótimo'. Seu desespero, sua solidão, seus medos... Meu filho desertor, que partiu para se esconder numa ilha longínqua e estrangeira. Meu filho abatido mais uma vez no refúgio onde foi se abrigar."

– Precisamos nos ver agora mesmo, Deniz. O mais tardar, amanhã de manhã. Vou para Oslo ou Bergen no primeiro avião,

alugo um carro e vou direto até aí. Ou então você vem para cá, você e Björn. Mas imediatamente!
Ela sufoca com os soluços. Ela não vê necessidade de esconder do filho o seu choro.
– Não chore, mamãe gato. Por favor, não chore. Acho melhor você não vir. O pessoal daqui pode reagir mal. Se eu sair bem cedo amanhã, Björn e eu podemos estar em Copenhague no final da tarde.
Silêncio.
– Mamãe, você se lembra do desertor desconhecido? Ele escreveu um poema: "Não existe lugar a não ser você mesmo, a violência do momento te apanha não importa onde".
– Eu me lembro.
Ela dá o endereço do hotel para Deniz.
– Não vou sair daqui. Vou ficar esperando vocês.
Ela liga para Ömer. Uma e outra vez. "O número chamado não está disponível no momento."

*

O número chamado não está disponível no momento. O número chamado está isolado no verde das montanhas. Fora da área dos telefones, fora do tempo, do mundo e de seu próprio destino.

O lugar que o rapaz indicou ao dizer "Chegamos!" devia ser o famoso esconderijo de Jiyan. A casa do pai dela, a "mansão" da qual ela falou com nostalgia antes de se corrigir, um tanto envergonhada pela arrogância do termo: "É assim que as pessoas daqui chamam as grandes moradias de pessoas importantes".

"Ela disse que a aldeia tinha sido evacuada e se queixou de não poder voltar para lá. Talvez eu não esteja me lembrando direito, quem sabe ela tenha dito que não tinha vontade de voltar ali depois da evacuação da aldeia."

Ao descer do jipe, Ömer lança um rápido olhar aos arredores. Casas em ruínas, cabanas abandonadas no flanco da montanha, as paredes cor mostarda se misturando à terra amarelada. No ponto onde termina o caminho por onde vieram, entre árvores e arbustos, dominando a aldeia com sua silhueta senhorial, surge a casa do pai de Jiyan. Como uma porta ou uma passagem secreta que se abre para o vilarejo.

Cães grandes os cercam mostrando os dentes. Ömer fica pregado no lugar, algo que aprendeu na infância. Se você vir um cachorro feroz, pare e não se mexa. Dois homens com porretes e revólver na cintura – devem ser guarda-costas – surgem de trás da cerca de amoras silvestres e espinhos. Eles espantam os cachorros.

– Aqui confiamos mais nos cachorros do que nos homens que garantem a nossa proteção – diz Diyar. – Os cães não pensam nada. Para eles, um estranho é um estranho, mas com as pessoas nunca se sabe. Jiyan confiava cegamente em nossos homens. Se não confiasse tanto, meu pai ainda poderia estar vivo.

"O que ele quer dizer com isso?" Relembra as palavras do comandante: "Não estou afirmando que nossa farmacêutica mandou assassinar o marido. Alguns pensam assim, mas não podemos condenar sem prova. Estou dizendo apenas que ela não teve como impedir o assassinato do marido e, principalmente, que ela não denunciou os autores quando até ela mesma os conhecia".

Quando ia perguntar a Diyar o que ele quis dizer, Ömer avistou Jiyan encostada contra um dos pilares da varanda que corria por toda a fachada da casa de madeira e pedra. Ao invés de descer alguns degraus para vir ao encontro deles, ela se mantém imóvel e espera que eles se aproximem. "Deve ser o costume daqui. A senhora, a patroa, pouco importa como chamam, não vem ao encontro de seus hóspedes, eles é que vão até ela, por respeito. Na cidade ela faz vista grossa aos costumes, mas aqui, em suas terras, no seu reino, na casa abandonada do pai, ela os aplica segundo a tradição."

– Já estava ficando preocupada – diz ela apertando a mão dele.

– Vamos conversar sobre quem ficou mais preocupado. Como deixou de me dar notícias depois dos incidentes desta noite?

Ela pega a mão dele entre as dela:

– Eu explico. Eu precisava sair da cidade por alguns dias e ficar sozinha aqui.

Ela estava vestida à maneira das mulheres locais. Uma saia verde comprida, uma túnica vermelha, solta e aberta na frente e, por baixo, uma blusa amarelo limão. Vermelho, verde, amarelo!

– Estamos em uma zona liberada ou o quê? Parece que você vestiu a bandeira.

Ela dá um sorriso triste que acentua a covinha no canto direito de seus lábios. "Que falta me fez esse sorriso, essa covinha, esse cabelo, esse rosto. Não foi uma saudade de uns poucos dias, mas o pânico de jamais revê-los."

– Na primavera, quando os prados verdes são cobertos pelo amarelo das margaridas e o vermelho das papoulas, não precisamos de uma bandeira de tecido – responde ela, enquanto entram na casa.

Ömer procura Diyar com o olhar. Ele não está em parte alguma, desapareceu sem um ruído. Como se a terra tivesse se aberto e o engolido. Um dos cachorros que antes estava rosnando os segue abanando alegremente a cauda. Deve ter sentido que a dona não corria perigo e se acalmou. Ömer desaba num dos almofadões no chão. Seu cansaço é tal, que ele gostaria de deitar a cabeça nas pernas de Jyan e dormir. Ela se sentou à boa distância dele. A pulseira de prata que ela tem no tornozelo direito atrai a atenção de Ömer. Esse tornozelo fino e delicado que ele tem vontade de acariciar. Não por desejo carnal, mas por devoção estética, como se ela fosse a estátua de uma deusa.

– Este é o meu refúgio – ela fala. Eu lhe falei desta casa.

Ömer fica em silêncio.

– Fui autorizada a usá-la de vez em quando – eles fecham os olhos. – Naturalmente, isso é um privilégio. Na verdade, não podem me proibir, legalmente falando. De qualquer forma, aqui as leis estão inoperantes, só as situações extraordinárias são a regra. Aliás, eles não têm interesse em proibir. Fica mais fácil vigiar a mim e a todos os que circulam por aqui. Atrás de nós, montanhas escarpadas. Ninguém consegue subir, exceto os guerrilheiros, os comandos das montanhas e as cabras. Na frente, a estrada por onde chegou, que está sob o total controle do exército.

Ömer continua em silêncio.

– O meio é árido. Mas a nossa aldeia é um verdadeiro oásis. Para ser mais exata, era mesmo, antes de ser abandonada. Temos uma nascente um pouco adiante. A água corre nessa direção, depois continua por baixo da terra. Dizem que ela vai dar no grande rio.

Ömer mantém silêncio.

– Está zangado porque eu não telefonei? Não era a melhor coisa a fazer. Eu sei que foi falar com o comandante. Consigo imaginar o que ele disse. Deve ter falado das suspeitas e rumores a meu respeito... Deve ter dito que estava na hora de você ir embora. Os outros também querem a sua partida. Todo mundo daqui teme os estranhos. Mesmo sendo inimigos uns dos outros, nós nos conhecemos, mas o estranho sempre representa um perigo. Os que não param de lutar entre si se unem contra o estranho. E também não esqueça que sou uma "mercadoria" do lugar. Eles não gostam de partilhar o que é deles.

Ela sorri, sempre com o mesmo ar triste.

"Hoje, alguma coisa nela não está combinando. Ela está diferente. Parece que perdeu sua vivacidade, sua raiva, sua revolta e sua chama interior. A Jiyan rebelde teria dado lugar a uma Jiyan resignada. Acho que estou imaginando isso", ele pensa. "Lá estou eu querendo escrever uma história à minha moda. Eu inventei uma Jiyan e agora estou querendo dar um fim a ela."

– Quem é Diyar? – ele pergunta de repente. – De onde saiu essa história de enteado? Desde quando ele existe? A morte do seu marido, o resto... você não me contou nada. Você se trancou no silêncio assumindo ares de mistério.

Ele se dá conta de que está gritando, que sua voz repercute de uma parede à outra. Vê que está com ciúme do marido defunto, de Diyar, do advogado, de suas saídas secretas, desta casa, dessas terras estranhas, das mulheres que a beijam e abraçam quando a veem, desse povo que fala a mesma língua e até do comandante. Eles são uma redoma, um ovo em cujo interior eles brigam entre si. "E para mim é impossível quebrar essa casca e entrar nela. Só posso pegar o ovo na mão e ficar olhando, nada mais!"

– As histórias do comandante aparentemente surtiram efeito.

Dessa vez, a malícia substitui a tristeza. Mal se vê seu rosto na penumbra.

– Nada do que ele disse produziu algum efeito. A única coisa que me influencia é o que vi e o que não pude ver, é o que senti ou não. Quando estendo a mão, creio tocar uma realidade tangível, mas vejo que não passa de vento.

Ele é invadido por uma profunda lassidão. "Eu vim para cá em busca da palavra perdida. Eu vim para entender com o coração aquilo que a razão não consegue compreender. Agora, Jiyan me deixa no ostracismo. Todos, todo mundo se une contra o estranho."

– Eu queria explicar, queria dizer que não existe segredo, que tudo é de uma terrível banalidade, correndo o risco de decepcionar você. Por isso quis conversar. Eu me sinto bem nesse lugar calmo. Achei que aqui estaria mais à vontade para lhe contar certas coisas. Não temos nem telefone. Por isso pedi que viesse até aqui. Eu queria lhe mostrar a casa e o jardim que minha família tanto amava. Pensei que este ambiente agradaria ao romancista... E o motivo para eu não ter ido à farmácia hoje é muito simples. Eu não fechei o olho esta noite, estou cansadíssima. Aqui eu poderia dormir, descansar e me recuperar um pouco sem ser incomodada ou requisitada por obrigações fúteis. Diyar é falastrão, tenho certeza de que ele lhe contou um monte de coisas. Ele é um curdo sueco, ou talvez seja mais justo dizer que é um sueco de origem curda. Ele também quer se tornar um nativo puro. Quanto a saber por quê, isso é outra coisa. Podemos falar sobre isso, se quiser. Eu qualifico isso de "neo-orientalismo". Meu marido, o pai de Diyar, é quem falava assim. E quero deixar claro: além do fato de ele ser filho do meu falecido marido e de algumas atividades sociais que desempenhamos juntos, não há nenhuma outra ligação entre nós. Desculpe se o desapontei, Ömer Eren. Mas não conte comigo para a sua visão de "Oriente misterioso".

Ömer percebe que sua cólera foi embora, que ele está calmo de novo. E envergonhado. "Essa minha atitude de ofendido, minhas interpretações sobre a minha chamada condição de 'estranheza' e 'ostracismo'... tudo isso se deve ao meu ciúme, ao medo de perdê-la. É simples assim."

A luz pálida do dia que está terminando entra pela porta que dá para a varanda. Logo a escuridão vai invadir o ambiente. Jiyan acenderá um lampião. Uma luz cálida e fraca é o que convém a este lugar. Ele sai de onde está para se sentar perto de Jiyan. Ele desfaz o cabelo dela que se espalha como uma cascata caindo pela rocha. Ele afaga suavemente a pulseira no tornozelo dela. Passeia os dedos não sobre sua pele, mas sobre as miçangas da tornozeleira. Nesse momento, ele não deseja a mulher que desde seu primeiro encontro na farmácia – "Boa noite, o que deseja?" – era a encarnação da paixão. Como se tivesse perdido ou superado a sensualidade.

– Você não é obrigada a falar – ele diz com doçura. – Não diga nada, deixe as coisas como estão. Vamos escrever a história como bem entendermos.

Jiyan esconde o pé descalço sob a ampla saia:

– Não existem segredos, você que os inventa. A visão de um "Oriente misterioso", a imagem fantasiosa da mulher do harém, as odaliscas e concubinas, que se estendem até a mulher curda, até a mim... Os segredos estão na cabeça de vocês: na do comandante, dos espiões, do prefeito e até na tua, Ömer Eren.

É a primeira vez que ela usa o "tu". Só que ele expressa mais raiva que intimidade. Isso o magoa, mas ele não responde.

– Não existe ordem do dia secreta, mistério nem palavras ocultas. Eu sei o que o comandante contou. Quantas vezes não pensei em ir vê-lo, para falar com ele pessoalmente. Não que eu espere qualquer coisa ou queira me proteger. Mas simplesmente para que ele saiba, para que compreenda. Talvez ele compreendesse. Eu ainda tenho fé na humanidade e na palavra. Ele compreenderia, mas não poderia fazer nada. Sinto muito pelo comandante, mas não é como ele pensa que é, não existem segredos do lado dos meus pais. E, se existissem, ninguém teria nada a ver com isso! É simples. Minha mãe morreu quando eu era bem pequena. Ela era de um ramo sírio da tribo. Por isso que pareço mais árabe do que curda. Quanto ao meu pai... Os intelectuais turcos creem saber o que aconteceu aqui nos anos 1980, mas não sabem, não poderiam saber. Meu pai passou um tempo na prisão de Diyarbakır. Ele não fazia política. Hoje seria até visto como favorável ao governo. Isso não impediu que ele fosse parar atrás das grades. Ele conseguiu passar um recado para nós: "Fomos submetidos a toda espécie de tortura e opressão. Quem sabe quais atrocidades estão por vir. Não fiquem aí". A família ficou com medo e preferiu emigrar. Até meu pai ser solto e voltar para as nossas terras, não vi mais essas paragens. Passei toda a minha vida escolar como interna e cursei a faculdade em Ancara.

Ömer observa a transformação que se opera na língua de Jiyan no final de sua narrativa. Seu turco floreado e épico vai dando lugar à entonação brusca do sotaque oriental, às expressões regionais. Sem perceber, está quase falando sua língua materna, o curdo.

– Eu vou lhe contar o essencial do que quer saber. Eu tinha 23 anos quando conheci meu marido. Tinha ido visitar meu irmão na Suécia. Foi na casa dele que o conheci. Ele me amava loucamente. Tinha quase a idade do meu pai. E eu, eu tinha por ele um amor infinito, incomensurável. Era um amor impossível, mas aconteceu. A epopeia sentimental que os *dengjeb* não contaram, fomos nós que escrevemos ao vivo.

"Não conte mais nada. Vamos ficar em silêncio. Vamos sair para a noite insondável, vamos ouvir a vila abandonada se calar." Ele pensou ter pronunciado estas palavras, mas sabe que sua voz não emitiu o menor som.

– Foi ele quem me ensinou que para ser daqui não bastava viver neste lugar. Ele me ensinou a ver com os olhos daqui, ensinou minha história, minha língua, minha identidade. Ele me ensinou a amar estes lugares e a estar em paz com minha identidade. Nesse processo de reconciliação, ele me ensinou a importância de não nutrir a animosidade em relação a outras etnias, de não me transformar em tirana para justificar a nossa opressão. Ele me ensinou a esperança, a colocar em palavras o que eu sentia, mas não conhecia, o que eu sabia, mas não conseguia expressar. Ele me disse: "Vamos escolher a via mais difícil. Não ficaremos mais do lado da opressão, mas do lado humano e da vida. Ser oprimido não autoriza a se tornar opressor". Eu o amei muito.

"Eis mais um dos mais antigos temas dos romances", pensa Ömer: "o dos amantes separados pela morte... Você pode lutar contra tudo e contra todos, mas não tem como rivalizar com um morto. Os sentimentos que o tempo consegue aplacar ou banalizar são intensificados e fortalecidos pela morte. Você se vê obrigado a se contentar com o lugar que o morto deixou vago."

– Nós morávamos nesta casa. Ele não saía daqui, passava o tempo todo trabalhando. Eu ia para a cidade e voltava. Ele não tinha medo. "Eu não faço mal a ninguém, ninguém me fará mal", dizia. Ali era o escritório dele. Está tudo como ele deixou. Seus últimos textos tratavam da paz. "Nós sempre abordamos a paz do ponto de vista político. Daqui em diante, devemos fundamentar nossa abordagem sobre a consciência." Ele estava preparando uma obra detalhada com este tema. Uma espécie de manifesto. Era o quinto ano do nosso casamento. Ele estava sozinho em casa. Dois homens do nosso clã, em quem eu tinha absoluta confiança, estavam com ele. Eu estava na farmácia, tinha plantão naquela noite. Na manhã seguinte, eu soube que ele tinha sido morto.

Ela se interrompe e levanta para acender um dos lampiões a gás pousados sobre a mesa baixa, perto da porta entreaberta.

– Eu adoro estes lampiões – diz ela. – Existem modelos mais elaborados, mas eu prefiro estes.

O cheiro de gás, que lembra dias do passado, preenche a sala. Ela controla a mecha. A luz pálida ilumina seu rosto.

— No tempo do meu pai havia um gerador, tínhamos eletricidade. Ele sumiu junto com outras coisas quando a aldeia foi evacuada.

Ele encontra coragem, enfim, para fazer a pergunta que queima seus lábios:

— Como ele foi morto? Você falou em crime não solucionado. Por que falam que você está envolvida?

— Ele foi abatido dentro desta casa. A pistola que meu pai me deu para me defender desapareceu. Aliás, eu nunca a tinha usado. Além disso, meus dois homens de confiança fugiram. Eu acho que levaram a arma. Um deles foi rastreado dois anos depois, bem longe daqui. Quanto ao outro, nunca mais se ouviu falar nele. O assassinato ficou sem solução, mais um... O clã foi responsabilizado porque a bala que atingiu o meu marido na nuca partiu da minha arma, que estava desaparecida. Todo mundo sabia que eu estava de plantão na farmácia naquela noite. O tribunal ficou cheio de gente que foi testemunhar. Portanto, havia quem tivesse interesse em criar dúvidas. Uma desculpa para fazer chantagem: "Se ultrapassar o limite, nós te pegamos!"

— Mas você nunca investigou o caso?

— Nós tentamos. Mas o caso tinha diversos interesses políticos. Os últimos escritos do meu marido não serviam a nenhum partido que detinha as armas. Suas propostas para uma solução pacífica não agradavam quem lucrava com a guerra. Além disso, ele era uma figura respeitada na região, começava a ter influência sobre os chefes rebeldes. Ele sonhava com uma sociedade na qual a paz seria apenas uma palavra nos textos e nos discursos.

— Eu posso ler esses escritos?

— Apesar de ter um turco impecável, ele escrevia em curdo, para que nossa língua pudesse evoluir e ter seu espaço. Eu os traduziria para você, se tivéssemos tempo.

– O que quer dizer com "se tivéssemos tempo"? Eu tenho todo o tempo do mundo. Mesmo com o comandante e um bando de aves de mau agouro me dizendo que preciso dar o fora porque já fiquei tempo demais, eu não vou a parte alguma. Eu não vou deixá-la, não vou sair daqui.

– Eu não seria assim tão categórica. Às vezes somos obrigados a partir contra a nossa vontade.

– O que significa isso? O que está tentando me dizer?

– Você está procurando o mistério oculto por trás das aparências, a voz sob os sons. Está convencido de que aqui encontrará o que perdeu. Você me disse isso. Mas só que não temos segredos, nem vozes misteriosas, nem palavras escondidas. Nem estas terras nem eu! Tudo aqui é de uma evidência gritante. Cidadãos comuns, um sudeste comum, uma mulher curda comum... tão banais quando despidos do véu de mistério que você nos atribuiu.

– Eu não estou atrás de segredos ou mistérios. Eu não amo os segredos, amo você. E vou ficar aqui, a seu lado. Quem poderá me impedir? Você vai traduzir os textos do seu marido e nós os reescreveremos juntos. Eu disse que vim procurar a palavra que perdi. A chave desta palavra talvez esteja entre as coisas que ele escreveu.

Jiyan se levanta. Sua tornozeleira tilinta de leve. Ela pega o lampião e para diante da porta de um cômodo.

– Venha, vou mostrar o escritório dele.

À luz fraca do lampião, Ömer distingue uma parede de livros. Depois um divã coberto por um *kilim* e uma mesa de trabalho com pilhas de papéis e cadernos.

– Ele trabalhava aqui. Eu não mexi em nada. Não adiantaria mesmo!

Ela abre uma gaveta da mesa e tira um caderno.

– Estes são os últimos textos de que lhe falei.

Ömer folheia o caderno grosso de capa dura. As páginas estão escritas à mão e em curdo.
– Preciso aprender esta língua.
Jiyan pega o caderno e o abre ao acaso. Ela lê, traduzindo para o turco:
"– As lendas são criadas por nós, porque precisamos de lendas e epopeias para nos exaltar. Ao nos envolvermos nas lendas, nós nos despimos da crueldade da vida e da nossa miséria. Ao nos identificarmos com nossas epopeias, superamos nossa mesquinhez e nos tornamos heróis. Todos os povos têm necessidade de heróis para não serem esmagados e humilhados, para poderem resistir. Os contos épicos dos nossos *dengbej* se confundem com as histórias de bandoleiros das montanhas. As montanhas de Dersim se encontram com as de Cudi. Em nossa área geográfica, as montanhas são o símbolo da revolta. A epopeia das montanhas é transmitida de geração em geração. E cada nova geração recria esta epopeia."
Ela pula algumas linhas e continua a leitura.
"– Mas se as lendas e os épicos se tornam o ópio do povo, e dos dirigentes, a revolta se transforma em opressão. Se fizermos do heroísmo a couraça da opressão, se o considerarmos irmão gêmeo da violência, lendas e epopeias se tingem de sangue. Agora, o problema consiste em retornar à inocência e ao humanismo dos nossos épicos de independência..." E por aí vai. Não sei se isso lhe diz alguma coisa.
– Eu acho que entendo. É uma mensagem de paz sem ser contestadora.
– Nos últimos tempos, ele dedicava toda sua força a um programa de paz que falava do homem e do direito à vida, tendo a vida e a humanidade como centro. Era muito difícil, naturalmente. A nossa realidade impossibilitava esses métodos de ação imitando Gandhi eram tão conciliadores que eram inaplicáveis. Agora que, após tantos anos os nossos continuam a ma-

tar e a morrer, compreendemos melhor ainda a que ponto ele tinha razão.

– Compreendem mesmo? Quem fala a língua da violência pode se reconhecer em outro idioma? Você acredita nisso?

– Acredito. Nós acreditamos. Nós conseguimos criar uma ramificação a partir das ideias dele, uma veia irrigada por sua mente e seu coração. Eu, Diyar, nosso amigo advogado, outros que você conhece ou não, nós arriscamos a paz.

– Arriscam a paz?

– Sim, arriscamos a paz! Era esse o título que ele queria dar a este texto: *O risco da paz*. Tanto no ocidente quanto aqui temos esta palavra na boca constantemente. Reuniões pela paz, associações pacifistas, marchas da paz... Cada um tem um entendimento da paz e quer que o outro lado abdique da sua forma de paz. Porque a concebemos unicamente segundo as dimensões militares e sociais. Esquecemos a dimensão da consciência humana.

– Porque são conceitos abstratos.

– Está enganado. Não há nada de mais concreto que a consciência humana! Mas arriscar-se pela paz tem um preço. Ninguém está preparado para pagar o preço mais alto. Às vezes, esse preço é a morte, mas também pode ser visto como rendição. O estado de guerra, para quem está engajado nele, torna-se um meio de vida, um hábito difícil de renunciar. Como se não houvesse outra maneira de viver. Tome, fique com o caderno. Vai encontrar algumas reflexões sobre o assunto. Eu fiz uma cópia dele, porque ia traduzi-lo. Quando tiver aprendido o curdo, pode traduzi-lo sozinho ou pedir que alguém o faça.

Enquanto ela junta a papelada para guardá-la na gaveta, um camundongo aparece aos seus pés. Ömer faz um gesto para matá-lo.

– Pare, pare! Não encoste nele – diz ela em voz baixa. – Deixe ele ir. Veja o que está escrito nas primeiras linhas: "A violência pode começar quando se mata uma corça. Em seguida, perdemos a noção de limite. E nos olhos da corça moribunda restam apenas tristeza e espanto".

Sobre Mahmut, Zelal e o destino...

Enquanto Zelal se consumia de melancolia pelos mares que ela jamais vira, Mahmut sonhava com a cidade grande condenada perpetuamente a esconder e ajudar pessoas procuradas. Para Zelal, o mar era sinônimo de evasão e liberdade; para Mahmut, era a cidade grande que dissimulava em seu seio aqueles que nela se refugiavam. Naquela noite, se uma bala perdida não tivesse matado Hevi e desfeito seus sonhos em pleno voo, eles já teriam chegado ao seu destino.

Ao sair do hospital, enquanto caminha perdido em seus pensamentos, ele rememora aquela noite terrível, incapaz de decidir se o acontecido foi uma maldição divina, uma peça do diabo ou uma graça do Senhor todo-poderoso e misericordioso, tocado pela pureza de seus corações.

Ele tinha feito uma loucura. Se estivesse sozinho, tudo bem... mas Zelal e ele, juntos, fizeram uma grande loucura.

A loucura não foi fugir das montanhas. Não era raro alguém dos quadros da guerrilha empreender a fuga, principalmente novos recrutas. Nos primeiros dias após a sua chegada, Mahmut tinha testemunhado a execução de um guerrilheiro bem jovem surpreendido tentando fugir em pleno combate na montanha – "exatamente como eu fiz". Para ele, se o tratamento não fosse tão rígido, não sobraria um homem para lutar. Falar em disciplina de ferro não adiantava, ela tinha de ser aplicada para ser dissuasiva. Mas a vista daquela execução lhe parecera insustentável: os olhos do garoto arregalados de terror, seu choro, suas súplicas para ser poupado, seus gritos chamando a mãe, a dureza implacável dos que deram a ordem para atirar, a ferocidade dos executores e, acima de tudo, a aura de heróis que possuíam... "Nessa época, eu ainda era novato, com o fervor intacto, uma parte ativa da lenda, um herói anônimo do exército de libertação. Hoje, também sou um desertor."

A atitude em relação aos desertores mudava de acordo com o período. Às vezes era mais dura, às vezes, amolecia. Também acontecia de fecharem os olhos para fingir que nada estava acontecendo. Mas havia um meio de fugir. "Se antes você se entregava às forças de Barzani, agora é só se refugiar nas aldeias protegidas ou se entregar na delegacia mais próxima. Alguns fugitivos desaparecem sem deixar rastro. Dizem que muitos deles circulam pelas ruas de Istambul e Izmir. Se nenhuma condenação pesar contra você, se não estiver sendo perseguido pelo governo, se ninguém soltou seu nome durante o interrogatório, o melhor é você se render de uma vez. Com um pouco de sorte, salva sua vida, é julgado e recebe uma pena leve. E, se ainda virar delator, as coisas voltam para os trilhos.

"As coisas voltam para os trilhos, mas você descarrila", ele pensa. "Quem se torna informante tem de denunciar os companheiros, revelar seus esconderijos e seus planos, exterminá-los até. E nem pensar em inventar qualquer coisa. O Estado não é idiota, não dá para brincar com ele. Não mesmo. Ele começa testando você, para ver se você é capaz mesmo de trair seu povo e seus camaradas. Mesmo que você seja aprovado, seus novos patrões ainda não confiarão em você. Quem trai uma vez, trairá de novo. O delator é um homem pego numa cilada, um vendido que denuncia os camaradas pra salvar a própria pele. E quem vende os amigos não venderá também o chefe quando se sentir ameaçado? O governo conhece a resposta melhor do que ninguém."

O coração inquieto, a alma atormentada, Mahmut perambula entre a multidão. "Eu nunca poderia me render. E ainda bem que não o fiz. Eu escolhi o caminho mais difícil e mais improvável, mas não me transformei em traidor. Eu fugi da guerrilha, das montanhas, do governo, de todos. Acrescente Zelal, que fugiu da morte, e a conta está feita. A verdadeira loucura foi fugir estando ferido e com Zelal carregando Hevi na barriga. O que nos aconteceu naquela noite foi mais uma dádiva do destino. Se a maldita bala perdida não tivesse se alojado na barriga da Zelal, como o escritor iria nos notar? Sem o escritor, nós estaríamos na maior encrenca. Dizem que tudo tem seu lado bom e ruim. Talvez seja verdade."

Sua mãe dizia que há males que vêm para bem. Quando eles ainda moravam na aldeia, quando tinham um rebanho e o lobo pegava algum deles, ela dizia: "E se o lobo mau tivesse aparecido para vocês? Melhor ele ter levado um carneiro do que um dos meus filhos". Quando seu irmão mais velho partiu para as montanhas, sua mãe lhe disse: "Vamos considerar isso como uma bênção e vamos agradecer. E se tivessem vindo matar você, se eu tivesse encontrado o cadáver do meu filhinho crivado de balas?". Quando fugiram da aldeia e viram de longe o incêndio, com os olhos cheios de lágrimas, ela tinha cantado as lamentações fúnebres, como se fosse para um parente amado. E ela repetiu: "Há males que vêm para bem. E se a aldeia tivesse queimado quando estávamos lá?". Seu pai não soube se devia dar risada ou ficar triste. Quando eles foram para a cidade e passaram a morar num casebre de paredes precárias e plástico no lugar de vidraças: "Agradeçamos a Deus por termos um telhado". Pela primeira vez, seu pai explodiu: "Chega, mulher! Quanto mais você agradece, mais a nossa situação piora".

"Há males que vêm para bem. Ao preço da morte de Hevi antes mesmo de seu nascimento, podemos ter salvado a nossa vida. A roda do destino pode ter girado a nosso favor. Nosso escritor veio nos ajudar e vai continuar ajudando. Um emprego numa cidadezinha costeira, uma lojinha para vender bugigangas... quem sabe até uma loja de tapetes... Os *kilims* da nossa região estão na moda, os estrangeiros adoram. No verão, sobra trabalho com a chegada dos turistas. Aos poucos vamos aumentando nosso negócio. Zelal não vai trabalhar, vai cuidar das crianças. Mas às vezes pode ir cuidar da contabilidade da loja."

Levado por esses sonhos, ele segue a multidão com um sorriso infantil, um ar quase idiota no rosto. O escritor tinha dito para não se aventurar pela cidade, mas ele não está com vontade de voltar logo. A casa é bonita, confortável, coisa de gente rica. Mas vai ficar melhor ainda quando sua bem-amada Zelal estiver lá. Até o paraíso é indiferente a um coração solitário. De que serve a beleza se não puder compartilhá-la com seu amor?

Não faz mal ele voltar tarde. Ninguém o espera. Se Zelal estivesse lá, aí seria diferente: ele iria correndo. Voltar mais tarde é melhor, tem menos gente nos ônibus. E é mais seguro subir a ladeira no escuro do que em plena luz do dia. Pode ter gente curiosa espiando.

Ele percorreu devagar a avenida que dava para uma das praças principais da cidade. Fileiras de lojas, butiques da moda com roupas femininas nas vitrines. "Quando Zelal sarar, ela precisa comprar roupas bonitas. Esta aqui ficará linda na minha mulherzinha. Vai parecer uma rainha da beleza. Será que vou sentir ciúme? Francamente, Mahmut, que ideia! Só faltava o ciúme!"

Ele passou pelos restaurantes de *kebab* e *lachmacun* exalando um cheiro de carne gorda grelhada que era de dar água na boca. Casa de *Kebab Dersim*, Churrascaria *Urfa*, *Munzur Büfe*, *Quibe cru de Komegene*... "Os pratos, os cheiros e os nomes lá de casa estão por toda parte. Os curdos invadiram o Ocidente, conquistaram até a capital, imagine só!" Feliz, ele se põe a rir e depois se reprime. "Assim vão achar que sou doido." Ele tem vontade de comer um *kebab*. Bem picante, cheio de cebola e tomate, e um *ayran* para acompanhar. Ele não sabia há quanto tempo estava sem comer. "Como se antes eu comesse todo dia! Quantas vezes entrei num restaurante?" Quando ele era criança eles comiam carne. Alguns animais eram reservados para consumo próprio. Sua mãe dourava bem a carne. Como não tinham legumes frescos, tomates e pimentões verdes para acompanhar, ela fritava cebola. Às vezes, assava batatas nas cinzas do fogão. As crianças faziam a festa.

"Durante toda a minha vida devo ter ido duas vezes num vendedor de *kebab*. A primeira eu era criança, tínhamos acabado de abandonar a aldeia e tentávamos nos acostumar ao casebre. Nós o chamávamos de 'casa de lixo', não por desprezá-lo, mas porque era feito de materiais recuperados do lixo." Nessa época, afora a mãe dele, todos os membros da família reviravam as lixeiras. Antes do amanhecer, os moradores da favela, grandes e pequenos, iam para os bairros residenciais dos ricos. Um belo dia, o irmão mais velho declarou: "Agora chega, eu não vou mais catar lixo, me mata fazer essa coisa". Seu pai não disse uma palavra. Com o olhar fixo no nada, ele guardou silêncio. Quando sua mãe o repreendeu por não ter dado uma bronca no filho, ele respondeu simplesmente: "É demais para o garoto. Para mim e para os pequenos não faz diferença, mas ele tem vergonha de revirar o lixo".

"Não fazia diferença para os pequenos? Pra mim fazia. As lixeiras fediam, eu tinha de tapar com lenço o nariz e a boca. E tinha pavor de ser visto pelos colegas de escola, eu tinha a impressão de ser ladrão. Depois daquela explosão, meu irmão mais velho sumiu de casa dois dias e, quando voltou, foi para informar que ia para as montanhas. Minha mãe chorou. Com voz tímida, meu pai lhe disse: 'Não vá, meu filho', mas não insistiu mais. Se ele tivesse ficado, não teria outro futuro a não ser catar lixo."

E era a revirar lixeiras que Mahmut devia seu primeiro *kebab*. Naquela manhã, ele não tinha saído de madrugada. Estava dormindo a sono solto e sua mãe não teve coragem de acordá-lo. Durante o dia, enquanto mexia nas lixeiras na frente de um restaurante do mercado, o cheiro de carne suplantou o fedor dos restos. Ele parou um pouco. Deixando a sacola no chão, a cabeça virada para a porta aberta do restaurante, olhos fechados, aspirou profundamente aquele cheiro delicioso. Não estava com muita fome. De manhã, sua mãe tinha lhe dado um pão e uma cebola. Mas aquele cheiro era uma perdição! Era irresistível, mesmo que tivesse comido uma dúzia de pães. "Menino", ele ouviu atrás dele. Uma mão pousou no seu ombro. Mahmut ficou apavorado. E se a polícia o levasse? Quando vinham estrangeiros ou delegações de Estado à cidade, eles arrebanhavam os mendigos e os camelôs e os levavam para a delegacia. Ele ficou petrificado no lugar.

– Venha comer um *kebab* – disse o homem.

– Não, eu não quero – murmurou Mahmut, pronto para sair correndo.

– Venha, não tenha medo – insistiu o homem. – Quando tinha a sua idade, eu também adorava *kebab*. Mas não podia comer porque não tínhamos dinheiro. Este *kebab* daqui é danado de bom, também quero um. Venha, não faça cerimônia!

Por fim, Mahmut encontrou coragem para se voltar para o homem e olhá-lo. Tinha uns 50 anos e seu jeito de falar mostrava que não era dali, se expressava como gente da cidade grande. "Ele está mentindo para não me humilhar. Este homem com certeza não é daqueles que foram tão pobres na infância que não podiam comer um *kebab*", ele pensou.

– Então você também foi catador de lixo? – sondou ele com sua lógica infantil.

– Não, não fui, fazia outras coisas. Mas eu conheço bem o cheiro do *kebab* – respondeu ele sorrindo. Em seguida, sem lhe dar chance de recusar, ele o pegou pelo braço e entrou no restaurante.

Mahmut sorriu com essas lembranças e se dirigiu para o restaurante. "Eu que vou pagar por esse *kebab*. Está certo que tenho de ser parcimonioso com o dinheiro que o escritor me deixou, vou guardá-lo para quando Zelal estiver melhor. Mas eu bem que tenho o direito de comer uma porção de *kebab*!"

A segunda vez que ele comeu *kebab* foi com seu pai, quando anunciou que tinha passado no exame de admissão à faculdade. "Você mereceu! Vamos comer um *kebab* entre pai e filho, que tal? Quando você for médico, você é quem convidará seus pais e toda a família com seu primeiro salário." Mahmut se lembrava de ter ficado na primeira porção, para não gastar muito. Para cobrir os custos do cursinho particular, da matrícula na universidade, roupas, despesas miúdas, tudo seria pago com o dinheiro ganho com o lixo, dos bicos que seu pai fazia como pedreiro, no trabalho de faxineira da sua mãe e com o dinheiro que ele ganhava trabalhando à noite num hotel. E ainda tinha o dinheiro para o *kebab*.

Toda vez que ele se lembrava daquele dia, seu coração ardia como brasa. A alegria estampada no rosto envelhecido de seu pai, a felicidade e a esperança de poder mandar o filho fazer o curso superior: "Meu filho será um homem, ele não irá para as montanhas, ele será médico, tratará de doentes e ganhará dinheiro". Para Mahmut, era o orgulho de realizar os sonhos do pai, de ser um bom filho, sentir que tinha chegado lá. E depois... ele decidiu comer o terceiro *kebab* de sua vida. Com passo resoluto, ele foi para a porta do restaurante.

O lugar era mais modesto que os vizinhos e só dispunha de umas poucas mesas. "Em lugares assim, a cozinha geralmente é mais caprichada", pensou Mahmut contente com sua escolha. À mesa do fundo, ao lado dos fornos, dois homens comiam depressa, sem falar ou levantar o nariz do prato. Para não sufocar com o cheiro, ele sentou perto da porta.

– *Kebab* de Adana ou Urfa? – perguntou o garçom raquítico que circulava pela sala.

– Um de Adana – respondeu Mahmut, sem se atrever a perguntar qual era a diferença entre os dois. E um *ayran*.

De um lado, o calor da grelha; do outro, o calor do verão. Apesar dos ventiladores ligados, o salão estava abafado. A porta dos fundos estava aberta, mas não refrescava nada, só deixava entrar a fornalha do exterior. Ainda bem que a garrafa de água sobre a mesa estava gelada. Ele tomou dois copos seguidos e a água gelada lhe fez bem. Enquanto esperava seu prato, ele ficou observando as idas e vindas diante da porta. Quando Zelal estivesse de pé, eles também passeariam pela cidade de braços dados. Sentariam em um café, num desses lugares chiques e cheios de gente, com mesas na calçada cercadas de jardineiras. Eles tomariam sorvete e conversariam sobre coisas alegres.

Um funcionário ligou o televisor pequeno na parede à direita da porta, bem na frente da mesa de Mahmut.

– Vamos ver os resultados dos jogos. Os malditos venceram nosso time de novo. Vamos ser rebaixados. O homem diz isso com raiva.

Mahmut não se preocupou em saber quem eram os malditos e nem a quem tinham derrotado. Quando seu *kebab* chegou, estava na hora do noticiário. "Notícia de última hora: o terrorismo separatista está atingindo nossos balneários. Com o início da temporada de turismo, a violência terrorista ganha o litoral. Três pessoas, das quais duas eram estrangeiras, morreram com a explosão de uma bomba. Há dois feridos em estado grave e muitos com ferimentos leves. Voltaremos com uma cobertura maior sobre o incidente com nossos correspondentes locais, mas estas são as primeiras imagens do atentado. Atenção, apesar de certas partes estarem borradas, elas podem ser fortes demais para os nossos telespectadores jovens..."

Corpos desmembrados pelo chão, membros separados dos corpos... Partes borradas que não mascaram o horror dessas imagens de carnificina. Gritos, gemidos dos feridos. Manchas de sangue sobre o asfalto e na vegetação circundante. Pessoas desamparadas e apavoradas correndo para todos os lados. Um ônibus em chamas... Sangue, incêndio, sangue, morte, dor, sangue, sangue...

– Malditos! – vociferou de novo o funcionário. – Eles tinham é que ficar na mão do povo pra verem o que acontece. Se eu estivesse lá, teria acabado com esses canalhas...

Mahmut se arrepiou até o último fio de cabelo. A despeito do calor, um suor frio percorreu seu corpo. Ele abriu um botão da camisa. A bela apresentadora já tinha passado para as notícias internacionais. Com uma contração no rosto que revelava suas covinhas ela dava as notícias do mundo: "No Iraque, após o atentado suicida de ontem contra um santuário xiita, uma bomba explodiu em uma mesquita sunita na hora da prece, deixando pelo menos nove mortos e numerosos feridos. Depois, um ataque suicida em Israel num ponto de ônibus diante de uma escola. As primeiras estimativas dão conta de que três alunos perderam a vida e pelo menos dez estão em estado grave... O Hamas reivindica a autoria do ataque. No Líbano também continua a violência. Ontem à noite, o país foi novamente sacudido por um atentado...".

– Desligue isso! – gritou Mahmut, espantando-se com a altura da própria voz.

– Isso mesmo, desligue! – apoiou um dos homens da mesa do fundo.

– Malditos – repetiu o funcionário, sem que se soubesse exatamente a quem o insulto era dirigido. – O mundo está um caos, meus amigos. Ai deles se caírem nas minhas mãos. Não vou nem querer saber se são filhos de Deus. Os nossos também mereciam ser enforcados, sem fazer diferença entre terrorista e camponês. É tudo gente da mesma laia.

– Já chega – disse Mahmut com voz calma e firme. – Já estamos com a cabeça fervendo por causa do calor, não precisamos ficar ouvindo você...

Percebendo que seu funcionário tinha exagerado, o dono interveio:

– Cale a boca! Todo mundo já está nervoso!

Mahmut olhou para o prato à sua frente. Os rolinhos de carne no espeto, a salada de feijão com cebola, o arroz... tudo aquilo lhe dava náuseas. Ele estava sem o menor apetite. Sua impressão era de que tinha uma pedra entalada na garganta, ele não conseguia respirar. Ele encheu o copo com mais água e deu goles pequenos. Não, por mais que se esforçasse, não conseguia engolir. Então esse não seria o terceiro *kebab* da sua vida. Quando ele estava para chamar o garçom para pedir a conta e ir embora, seu olhar foi atraído para o homem que entrava.

Não era totalmente desconhecido, ele se lembrava daquele rosto. Tenho a impressão de que já o vi em algum lugar. Mahmut suou frio de novo. Ele pensou nos dois estranhos do ponto de ônibus quando ele estava indo para o hospital. Ele tremeu de medo como um animal acuado.

O homem perscrutou o salão com seus olhos de ave de rapina e se dirigiu diretamente para a mesa de Mahmut. Puxou uma cadeira e se sentou sem ser convidado ou pedir licença.

– E aí, *heval*? Como você está, camarada Mazlum? – perguntou ele, como se fosse um velho companheiro de regimento reencontrando após muitos anos um colega.

*

Mazlum[37], esse era seu codinome. Um nome bonito que evoca humildade. Fazia pouco mais de dois meses que ele tinha abandonado o nome de Mazlum para retomar o seu, Mahmut. Já tinha quase se esquecido dele. Apagamos da memória o que não queremos lembrar.

– Deve estar me confundindo com alguém, irmão. Meu nome é Mahmut.

Ele quer ganhar tempo para tentar saber quem é o homem.

– Tanto faz se você se chama Mazlum ou Mahmut. Para nós é a mesma coisa, desde que seja você. Rapaz! Me traz uma porção e meia de *kebab* Urfa e uma Coca – pede e depois, olhando para o prato de Mahmut: – Você não comeu nada. O que foi, perdeu o apetite?

Mahmut se cala. Ele não pode responder: "A televisão tirou meu apetite e eu quero que você desapareça". Ele esboça um gesto para se levantar. O homem pousa a mão no joelho dele e o segura com um punho de ferro.

– *Hele bise, me hin du-sê qise ne kirî ye, ma tu kûderê ve dicî?* – Espere um pouco, aonde vai com essa pressa, sem ao menos trocar duas palavras?

Nesse momento, Mahmut percebe que estão falando em curdo. Se ele conhece meu codinome, deve ser da facção. Significa que estão atrás de mim. Não, impossível! Deve ser uma coincidência, eu não era tão importante assim para mandarem me procurar. Dizem que nunca seguem ninguém. A coisa não é na base do voluntariado? Mas mesmo assim...

Para não deixar transparecer sua inquietude, ele mexe com o garfo na comida do prato. Pega um pedacinho e o leva à boca.

---

37 Em turco, quer dizer oprimido, injustiçado. (N. T.)

O *kebab* esfriou, apesar do calor. Ele quer vomitar. Reunindo coragem, ele pergunta:
— De onde nos conhecemos? Da escola? É evidente que é da região.
— De uma espécie de escola, efetivamente.
Ele sente que o homem está gostando de brincar de gato e rato.
— Não me lembro de você — diz ele com nervosismo. — Você errou de endereço. Não tenho tempo a perder. Sinto muito. Irmão, traga a conta depressa!
— Sente-se — replica o homem. — Pare com esse fingimento. — Sob a mesa, ele pisa no pé de Mahmut. Ele o vê acariciar a arma que está apoiada sobre a outra perna.
— O que quer de mim? — Dessa vez a pergunta é em turco.
— Um servicinho. Se trabalhar direito, depois pode viver onde quiser com a sua noiva. — *Paşê ligel dergîstiya xwe tu çawa dixwezi tu jê wesa biji* .

Mahmut fica petrificado, literalmente gelado. O homem disse "noiva", então ele sabe de tudo. Ele sabe seu codinome e sobre sua fuga, que não é tão grave, mas ele conhece Zelal. Então eles foram seguidos. Por quem? Se fosse o governo... "Quando o Estado suspeita de você ou recebe uma denúncia, ele o coloca sob vigilância e, se você for um peixe grande, vai preso. Mas o governo não se interessa por garotas. A organização? Aparentemente, o sujeito a conhece. Ele não soltou o nome de Mazlum por acaso. Mas algo não combina, ele não tem cara de ser da facção." Mesmo sem se conhecer, os camaradas se reconhecem. Pela sua postura, pelo modo de falar, por uma inflexão de voz... Não dá para ter cem por cento de certeza, é claro. Nos últimos anos, já não havia a mesma unidade e a mesma coerência nos quadros da organização.
— Os dirigentes sabiam que você estava confuso e com um problema de posicionamento. Quando a pessoa começa a ter

dúvidas na cabeça, é fácil passar para o outro lado, é coisa de momento. Sua fuga não foi surpresa.

– Eu não fugi. Eu fui ferido, ainda estou com o braço ruim. Fui ferido e rolei colina abaixo. Não tinha como voltar e, se tivesse voltado, não iria encontrar os companheiros. E ninguém foi me procurar no local onde fui ferido.

Mal essas palavras saíram de sua boca e ele compreendeu que tinha cometido um erro imperdoável. Ele podia ter continuado a fingir que não era Mazlum. Era evidente que seu interlocutor não o conhecia diretamente. O outro homem que estava no ponto do ônibus é que devia ser da organização ou talvez fosse um delator. Mas que besteira a minha, nem um inimigo meu faria melhor. Não tem mais jeito. A única coisa que posso fazer é tentar fugir, correndo o risco de ser baleado.

– Uma história bonita. Pode ser verdadeira em alguns pontos, mas não é crível. Nesse gênero de situação, não deixam o cara vivo, sabe disso melhor que eu. Mas, pelas informações que temos, você não se rendeu, não virou delator. É por isso que tem uma última chance. Ela é do seu interesse.

"Tenho uma última chance. Eu tive a oportunidade de estudar para ser médico, não deu em nada; as montanhas foram uma oportunidade, não deu em nada; fugir foi uma ocasião para construir uma vida nova com Zelal, não deu em nada; o acidente de Zelal foi uma oportunidade de conhecer o escritor e, aparentemente, não vai mais servir para nada. E agora parece que vou ter minha última oportunidade."

– Uma última chance para se redimir, uma espécie de autocrítica. Só que um exercício prático. A liderança acha que você ainda é um elemento recuperável.

"Um elemento", é? É o termo empregado para os camaradas que já não são vistos como tal e que estão marcados para serem eliminados na primeira oportunidade. Como se fosse possível recuperar um elemento!

Ele está num beco sem saída, sem esperança nem solução. Ele sente o abatimento, não tem forças para resistir. Pergunta, por simples curiosidade:

– Há quanto tempo estão na minha cola?

– Não sei, acabam de me passar o serviço. Na verdade, uns caras estavam seguindo a garota por uma questão de honra. O irmão dela era da guerrilha e virou delator. É um pouco complicado, como pode ver. A organização está atrás de você, o irmão da garota está atrás dela e o governo está atrás de todo mundo. A história é essa.

– Eu não quero mais – murmura Mahmut. – Eu quero viver tranquilamente, bem longe de tudo. Pode me chamar de fraco, de medroso, pode pensar que não sirvo para a resistência. Você mesmo disse que não sou traidor, que não virei delator. Eu só quero ir embora e seguir o meu caminho.

– Não, não é tão simples. Não te disseram que a entrada era gratuita, mas a saída não era?

Mahmut nota que ele acaricia ostensivamente a arma.

– Entre palavras e atos há um grande fosso. Além do mais, a entrada não é gratuita, você paga um preço alto, paga com a vida.

E se ele levantasse de repente, mandasse a cadeira na cabeça do outro e saísse correndo... o sujeito sacaria a arma? Está cheio de gente na rua. Ele teria coragem de atirar? Desesperado, para ganhar tempo e por estar curioso, ele pergunta:

– O que quer de mim?

No ato, ele se arrepende dessa pergunta. Isso é entabular uma negociação, ele vai se aproveitar disso.

– Um serviço que não é estranho a você. Uma pequena explosão. Quase risco zero, comando a distância.

Mahmut o observa. Ele nunca o viu, mas tem a impressão de conhecê-lo. De onde? Das montanhas não é, disso ele tem certeza. Então de onde? Ele não se lembra. Ele falou "um serviço que não é estranho a você". Se ele fosse da organização, saberia que não é o caso dele. Não falta gente para esse tipo de trabalho. E desde quando exercem pressão para esse gênero de ação urbana?

– Eu conheço a montanha, mas isso eu nunca fiz – responde ele. – Além do mais, não aceito que se matem inocentes sem lutar cara a cara.

– Quieto! – replica o homem com tom imperioso. – Você negocia como uma *top model* a quem vieram propor um desfile. Essa coisa tem de ser feita. As instruções foram dadas. Nos últimos tempos, as cidades foram deixadas de lado com o pretexto do cessar-fogo. Qual foi o resultado dessa trégua? A República da Turquia conduz uma operação atrás da outra. Exceto por uns poucos gatos pingados colaboracionistas, ninguém acredita no cessar-fogo nem na paz. Não que faltem colaboracionistas entre nossas fileiras, que falam de solução pacífica, de fraternidade... É só anunciar um cessar-fogo que o exército vem te bombardear, te caçar como um coelho e oprimir o povo. Esses malditos pacifistas terão o que merecem.

Uma pequena explosão... Risco quase zero, a distância... E se fosse um atentado suicida? Eu diria não de cara.

Como se lesse seus pensamentos, o homem prossegue:

– Olha, não estamos falando de um atentado suicida. A organização toma precauções para proteger a vida dos seus homens. Você aperta um botão de longe, uma tecla de telefone... clique... e pronto.

As imagens na tela: mortos, feridos, crianças ensanguentadas, cadáveres de homens, mulheres, jovens, velhos... corpos destroçados, pernas e braços arrancados... Sangue, sangue, sangue... A organização se preocupa em preservar a vida de seus homens e recorre não a homens-bomba, mas ao controle remoto. A vida dos militantes, a vida dos dirigentes, a vida dos comandantes... a vida das pessoas... a vida da nora do escritor, cujos membros não foram todos encontrados... a vida do filho dele, ferido e fugindo do mundo.

"O que eu fiz? O que eu esperava um segundo atrás, que cálculo eu fiz? A ideia de que poderiam me propor um ataque suicida não me passou pela cabeça? Eu não pesei os prós e os contras? Isso quer dizer que eu concordava com a outra operação, a que o homem descreveu dizendo que era só apertar um botão. Em um atentado suicida, existe a noção de sacrifício, de crença na causa. Uma crença tão enraizada que você sacrifica sua vida por ela. Numa operação 'clique', você só mata inocentes. A única diferença será um morto a mais ou a menos; só que essa vida a mais ou a menos é a sua, é a sua alminha querida."

— Acrescente um bom molho de tomate com manteiga... — está dizendo o homem ao garçom que trouxe seu *kebab*.

Eles ficam em silêncio até o garçom voltar. Quando ele serve o molho no prato, cai um pouco em cima da mesa. Uma mancha vermelha se espalha pela fórmica branca, como sangue coagulado. Mahmut olha fixamente para a mancha de sangue que cresce, cresce... que cobre a mesa inteira, cobre a terra e o céu. O sangue corre abundantemente pela tela da televisão e escorre pelo rosto do homem à sua frente. Seus pés patinam no sangue. O sangue sobe, chega quase até sua garganta, ele vai se afogar no sangue...

Ele volta a si ao ouvir a voz do homem. O garçom está inclinado sobre ele, umedecendo seu rosto com água-de-colônia e tentando lhe dar de beber. A água escorreu pelo seu rosto, molhou sua camisa, o cheiro forte da água-de-colônia misturado ao molho de tomate o deixa nauseado.

– Não foi nada – diz o homem em turco. – O amigo aqui já estava indisposto, ele nem tocou na comida. E com esse calor... Não foi nada, já passou. Vamos deixá-lo se recuperar um pouco e depois eu o levo para casa.

Com o peito apertado, Mahmut olha fixamente para a mesa. Nenhuma mancha vermelha. O tampo de fórmica é branco como sal, só tem uns arranhões de faca... "O garçom deve ter limpado em seguida. Eu tive um pesadelo. Não tem sangue nem desconhecido."

Mas o desconhecido está ali, à sua frente. Está sorrindo ou rindo de escárnio. Depende da interpretação.

– Por acaso você não suporta ver sangue? – ele pergunta em um tom totalmente desprovido de ironia ou animosidade.

Mahmut se cala. Eu achava que suportava, mas agora não mais. Quem sabe com isso o homem vai embora. Com esforço, ele diz:

– Há muito sangue. Muito sangue, muito sofrimento no mundo. Você tem razão, eu não suporto. Me deixe em paz, deixe eu ir embora. Eu vou sumir de circulação, não vou criar problemas. Nem ao governo, nem à organização, nem aos *heval*... Vocês já viram que até agora eu não fiz nada de errado. Eu não sou um traidor.

– Você é um molenga! É incrível recrutarem tipos como você para atuar nas montanhas! Só que a decisão não é minha. Controle-se, tome um pouco de água. A pessoa não nasce traidora, ela se torna uma. Quando você começa a criticar a causa, os dirigentes e o sangue derramado, você está na pior. O sangue corre, não tem discussão. Se está melhor, vamos. Estamos dando um espetáculo.

O homem acerta a conta no fundo do restaurante. Mahmut não tem força para levantar, está grudado na cadeira. Se sua cabeça não estivesse girando, ele daria no pé e se misturaria à multidão. Ele esboça um movimento de fuga, mas precisa se apoiar na porta para não cair. O homem o segura pelo braço, como se fosse seu amigo ou seu irmão.

– Já vai passar, vamos para um lugar tranquilo.

Eles pegam um táxi e entram em um parque grande onde há cafés ao ar livre. Durante todo o trajeto, Mahmut se apoia no homem. Suas pernas estão bambas, como se todo o sangue tivesse sido retirado das veias. Ele remexe na sua parca bagagem de três semestres de medicina. "A fadiga, o estresse, o nervoso... devo ter tido uma queda de pressão. Meu ferimento aparentemente melhorou, mas posso estar com uma inflamação ou hemorragia interna. Falta de ferro, anemia, traumatismo cerebral, tudo é possível. Tudo por causa de um *kebab*! Nunca mais vou comer um na vida."

Eles entram numa casa de chá cercada de plantas e se instalam perto do tanque com um chafariz. O homem pede um chá e uma infusão de menta fresca com limão para Mahmut: "Capriche na menta e no limão, nosso amigo não está se sentindo bem".

"Olha só para o meu estado. Pareço um moleque que levou uma bronca e está encolhido no canto. Confio no meu carrasco e quase imploro por piedade!" Mahmut sente que está melhorando pouco a pouco. Ele toma um gole da infusão, ela lhe faz bem.

– O calor me fez mal – ele diz. Depois, por uma obscura razão, ele começa a mentir: – Eu já tinha comido uma porção de *kebab* antes de você chegar e com esse calor deve ter pesado no meu estômago.

– Sim, é difícil de digerir.

Os dois sabem que o que pesa no estômago é a realidade mortal escondida por trás dessa troca de banalidades.

– A escravidão, a opressão e tudo o que nosso povo tem sofrido também é duro de digerir. Se não fosse tão difícil de suportar, por que tanta gente – homens, mulheres, jovens e velhos –, iria para as montanhas? Nem você teria ido para a resistência, eu menos ainda. Ninguém quer matar nem morrer. A guerra não acabou. Ela continua em todas as frentes. A organização precisa de você, como você precisa dela, pelo menos para se inocentar. Você sabe o que dizem: "A honra da organização é a sua honra. Se você perdeu sua honra, não é mais nada, é um verme".

Uma velha fórmula decorada. Palavras sedutoras que servem de lisonja à alma do militante, lhe dão força e coragem. Palavras que, pronunciadas com convicção, o enobrecem e lembram que você é um ser humano. É verdade o que ele disse.

Por que motivo tantas pessoas pegariam o caminho das montanhas? Discursos, promessas e glórias... Isso basta para arrancar tanta gente de suas famílias, sua vida, sua escola e empurrá-las para uma aventura que terminará com a morte?

O homem tem razão em tudo o que diz. Suas palavras soam verdadeiras, mas mesmo assim algo não se encaixa " mas o quê? Ele mexe o chá. Mahmut ouve o tilintar da colher contra o copo. No momento, ele não sente nem pavor, nem medo nem a sensação de estar encurralado; ele experimenta uma curiosa placidez, uma tristeza profunda e um remorso estranho, não pelo que fez, mas por estar vivo.

– Ache outro para a operação. Eu volto para as montanhas se for preciso. Além disso, eu nunca vi essas coisas serem feitas assim. Eu não sei quem você é ou de onde saiu. E duvido que as ordens para uma ação sejam dadas desse jeito.

– Então eu preciso mostrar minha identidade à "vossa senhoria"? Até parece que pode ir para as montanhas para passar o verão e voltar quando bem entender. Não é tão simples quanto pensa, meu rapaz. Bom, fale pouco, mas fale bem. A organização está oferecendo uma última chance para você se retratar, uma oportunidade de continuar vivo. Tem uma porção de voluntários para esse tipo de serviço, camaradas de confiança que não traíram seu povo e que esperam o sinal para passar à ação. A decisão é sua. Mas saiba que a vida da garota também depende dessa decisão.

– Ela não tem nada a ver com a organização – responde ele com um tom neutro, fazendo força para mascarar seu pânico.

– O irmão dela descobriu a localização de vocês. Ou seja, a garota está em nossas mãos.

– Ele é um delator, não vai encostar em Zelal. Um homem que combateu nas montanhas pela organização não vai se sujeitar à tradição usando o pretexto de que se tornou um delator.

– Você é ingênuo, *heval* – diz o homem com uma simpatia inesperada na voz. – As tradições e as crenças são arraigadas em nós, não podemos tirá-las como trocamos de camisa. Gostando ou não, se a honra exige que se mate, pois bem, matamos! Além disso, o que é um delator? Um sujeito que deve, ao mesmo tempo, ser útil à organização e ao governo se quiser permanecer vivo. Uma última coisa: se tomar a decisão certa, nós impediremos que algo ruim aconteça à sua noiva. Somos devedores um do outro. Encontrando a moça graças ao irmão dela, também topamos com você.

Mahmut tenta calcular que conduta deve adotar. Deve fingir que aceitou e tentar fugir com Zelal? "Como, ir para onde? Como se esses homens fossem idiotas! Se escapar de um, o outro pega. Quem me garante que eles a deixarão viver se eu explodir a tal bomba? E, se o cara resolver aplicar a tradição, não estou em posição de dar queixa na polícia! O que será de Zelal se eu for preso? E mesmo que nós dois passemos pelas malhas da rede, como vamos viver com o sangue de tantos inocentes em nossa consciência? Ah, nosso irmão escritor! Por que você partiu? Por que nós dissemos para você procurar a palavra na nossa região? Você encontrará a palavra, escreverá livros... a troco de que no meio de tanto sangue e sofrimento? A palavra não estava tão longe assim. Olha, ela está aqui! E eu não sabia."

Ele fica calado e o homem também. Mais um chá, outra infusão de menta com limão. No tanque, peixes vermelhos nadam em zigue-zague. Mahmut os contempla, a cabeça vazia. Depois de um longo silêncio, ele acaba perguntando:

– A moça ficará mesmo em segurança?

– Se fizer o serviço direito, você a receberá. Você não deve ter problemas, mas, caso haja algum imprevisto, diga a quem devemos entregá-la sã e salva.

– Anote o número. Se alguma coisa me acontecer, devem informar o escritor Ömer Eren.

Bastou ele ditar o número para morder a língua. Eu não tinha nada que meter o escritor nessa história. Justo ele, que foi tão bom para nós. E como eu retribuo? Eu o envolvo nessa coisa suja e o ponho em perigo.

– Você se dá com escritores, é?

– Quando Zelal foi ferida no terminal rodoviário, ele cuidou de nós. Sem se preocupar em saber quem éramos. É uma pessoa muito boa. Eu não gostaria que acontecesse nada com ele. De qualquer maneira, ele não está aqui agora.

"A sorte foi lançada", ele pensa. "Aceitei o serviço. Antes falávamos 'dever' e não 'serviço'. Ele sente uma agulhada no coração com essa lembrança. Se ao menos eu conseguisse dizer que é um dever ao qual me sacrifico pela liberdade do meu povo, por uma causa justa. Ele mergulha na contemplação dos peixes vermelhos que ondulam pelo tanque. Eles não param de nadar em círculos nessa água ridiculamente baixa. Prisioneiros, acuados, impotentes, mas eles não sabem. Quanto a mim, eu sei perfeitamente.

Sua cabeça parece adormecida. É a mesma sensação de formigamento de quando se perde muito sangue. O mesmo estado de sonolência.

– Onde e quando é para fazer? – ele pergunta para acabar logo com aquilo.

O homem lhe estende um telefone celular rosa. Último modelo, pequeno e feminino.

– Vamos ligar neste telefone. Será informado sobre o local, a hora e outros detalhes. Este aparelho é zero quilômetro, o cartão SIM também. Não o use em hipótese alguma, nem antes nem depois da operação. Assim que finalizar o serviço, destrua-o. Não se preocupe, vão entrar em contato logo.

Mahmut põe o telefone dentro do bolso com a mão tremendo. Igual a quando ele prestou o juramento de guerrilheiro e recebeu sua arma. A diferença é que agora ele treme de medo, naquela ocasião ele tremia de emoção e orgulho.

Ele observa o homem de novo. Seu rosto lhe é familiar, muito familiar e, ainda assim, estranho. Ele é oriental, não resta dúvida. É curdo, mas Mahmut não o conhece, nem da organização nem do acampamento nem das montanhas. "Em sua atitude, sua maneira de ser, tem alguma coisa que o deixa diferente dos 'nossos'." Ele não consegue dizer o que é. Mas que tem alguma coisa errada tem.

– Por que eu? Como vão poder confiar em mim? Desde quando a organização força um elemento que fugiu a conduzir uma operação? E se, ao sair daqui, eu for diretamente para a polícia e contar tudo?

– Você não vai fazer isso, não pode. Você não tem como delatar nada, *heval*. Não esqueça que a moça está em nossas mãos. Se você der uma de esperto, soltamos o irmão em cima dela. Quanto a saber se a ação é conduzida por coação, quem a comanda e por que, isso eu não sei. Eu me limitei a transmitir as ordens que recebi, só isso. Bom, vamos indo. Vá na frente.

*

"A garota que está nas suas mãos é a minha Zelal. Minha mulher, minha amada. A mãe de Hevi, das esperanças mortas antes que tenham visto o dia. A sua fada dos bosques, seu gênio das montanhas, aquela que encantava sua história, ele que foi acalentado com as narrações das lendas das montanhas. A moça que está nas suas mãos conhecia os números. Conhece o que significam amor, morte e dor. Ela se consome de melancolia pelo mar que nunca viu, deseja ardentemente alcançar suas margens. Num quarto de hospital, acamada ao lado de uma velha rabugenta, a moça que está nas suas mãos aguarda a hora da visita e espera minha chegada para se refugiar em meu peito, para aliviar seu coração. A moça que está nas suas mãos..."

Ele atravessou lentamente o parque repleto de árvores, lagos, lanchonetes, casas de chá e chegou à avenida, não tinha conseguido sair totalmente de seu estranho estado de sonolência e letargia. Não estava com pressa. Os solitários odeiam as pessoas que tenham algo a fazer, alguém esperando por elas ou um destino qualquer. Não procurou ver se estava sendo seguido. O que ele tinha a temer ou esconder? Ele foi incapaz de pensar o que faria, mas pensava em Zelal. Em seu corpo, seu ardor, sua vivacidade de espírito, sua maneira de colar em seu peito como um bebê. Pensava na história mítica que eles viveram num recanto arborizado aos pés da montanha. Nesse épico romântico que ele não parava de contar para si mesmo uma e outra vez e que sempre evoluía um pouco mais.

"Vamos ficar aqui neste bosque e na montanha", tinha dito Zelal um dia. Vamos viver aqui até o fim dos nossos dias. Como o primeiro homem e a primeira mulher. Só nós dois, como as corças, os coelhos, os pássaros."

– Eles vão nos descobrir.
– Que seja. Mas até lá teremos uma vida linda.

– Por enquanto, sim, mas quando a fome se fizer sentir, quando vier o frio...
– Ah, nós damos um jeito. De que adianta viver cem anos se é para viver como prisioneiro, sem amor, sem luz e sem emoção?
– Por que a emoção do nosso amor iria diminuir, meu bem? Por que viveríamos como prisioneiros?
– De qualquer forma, é um milagre ainda estarmos vivos. Se meu pai não tivesse tido piedade de mim me deixando partir e se a bala que te feriu no ombro tivesse acertado sua cabeça, estaríamos mortos a essa hora. Então o que temos a perder?

Sua amada falava assim. Suas palavras laceravam seu coração. Ele sabia que sua mulher estava disfarçando, que estava cheia de vida e desejava tudo, exceto morrer.

– E o que será de Hevi se algo te acontecer? – ele perguntou brincando com o ponto fraco dela.

Eles acreditavam no milagre de Hevi. Como Cristo, ele era o filho que Deus enviara para a Terra para que nela reinasse a paz. Eles não tinham o direito de fazer-lhe mal.

Depois, descemos das montanhas. Para ir até o mar, para que Hevi crescesse sem medo. E então o mataram. O emissário de Deus para a paz foi eliminado por uma bala perdida. Agora...

Com o coração repleto de lembranças dessa época idílica, Mahmut percorreu a avenida que acompanhava o parque.

Os dias estavam longos, os primeiros dias de verão... Incomodadas com o calor, as pessoas se abanavam. As ruas, os parques e as praças enxameavam de gente. Um fluxo ininterrupto de carros, ônibus, vans, enchia as ruas... Ele continuou a perambular por esta vasta avenida que ele não conhecia, sequer sabia em qual lado da cidade estava, sem lenço, sem documento e sem destino.

Ele cruzou com gente de todas as idades e todos os níveis, homens, mulheres com ou sem véu, sozinhas, em grupo, dando-

-se as mãos ou abraçadas. Casais jovens, casais com filhos. Mendigos, moleques de rua vendendo lenços e goma de mascar, soldados uniformizados, senhores bem-vestidos, moças de jeans de barriga à mostra, mulheres usando echarpes, mulheres pobres e mal trajadas, damas muito chiques. Ele viu passar o povinho das favelas e dos bairros com esgoto a céu aberto, para tomarem um pouco de ar, dando-se ao luxo de desfrutar um sorvete, um *ayran*... Mahmut caminhou pelo coração desta multidão. Ele se deixou levar por ela com a confiança de que era igual a todo mundo, com a profunda nostalgia de ser um entre eles. Ele se esforçou para esquecer a armadilha na qual ele se debatia. Seu espírito se ocupou com a contemplação do espetáculo que os passantes ofereciam. Todos diferentes, todos humanos, cada um em seu próprio mundo. "Se um deles me olhasse e se perguntasse "quem eu sou, o que faço, saberia adivinhar minha situação? Não, ninguém sabe nada dos outros pela aparência. Não podemos saber o que o outro esconde dentro dele."

Mahmut avançava em passo lento na avenida de calçadas largas. Ele foi dar numa praça grande que tinha uma fonte no centro. Os bancos ao redor da fonte estavam ocupados. Quem não achava lugar, se sentava na beirada da fonte e no gramado. As crianças brincavam alegremente na água e, soltando gritos, se divertiam evitando os jatos de água do chafariz. Mahmut ficou ali, observando. Sem se perturbar com as gotas que de vez em quando caíam sobre ele, porque elas traziam uma agradável sensação de frescor. Ele se absteve de pensar no que tinha acontecido e no que iria ocorrer. Ele se concentrou em observar a fonte, as crianças e os jatos d'água. Ele imaginou Zelal e Hevi ao seu lado.

"Se Zelal estivesse comigo, estaríamos abraçados como aquele casalzinho sentado no banco da frente, olharíamos para a água, as crianças e as pessoas. Tomaríamos sorvete e Zelal estaria alegre. Hevi entraria no tanque com as outras crianças.

Sua mãe ficaria aflita, com medo de que ele caísse dentro da água. Um coitado qualquer nos olharia com a mesma inveja que estou sentindo agora."

Bem perto dele, um menininho se inclina perigosamente sobre a água. Para não deixá-lo cair, Mahmut o segura pela cintura da calça. O pequeno reclama: "Me larga, tio!" O pai do menino chega, agradece a Mahmut e, levando o filho pela mão, o afasta da fonte. "Como este homem poderia saber que eu tenho uma arma fatal no bolso, que amanhã – amanhã? Pode ser agora, aqui – eu poderia matar o pai, a mãe e o filho?" Ele agradeceu a Azrail, o anjo da morte.

O dia está terminando. A praça esvazia. Luzes coloridas iluminam os jatos d'água. As gotículas pairam no ar antes de cairem sobre as pessoas sentadas à beira da fonte. De onde Mahmut está sentado, ele pode ver a cidade de Ancara se destacando contra o céu azul que vai ficando mais escuro. Uma bandeira imensa flutua no alto. O telefone que o homem lhe deu pesa no bolso da sua camisa. "Ele pode tocar agora. Se eu o desligasse ou não atendesse quando ligarem... 'A moça está nas nossas mãos... A moça está nas nossas mãos...' Desde quando estão nos seguindo? E, acima de tudo, quem são nossos perseguidores? Eles sabem que Zelal está no hospital? Ou apenas sabem da existência dela e a usam para fazer chantagem?" Ele tem a sensação de que a contagem regressiva está chegando ao zero. 6... 5... 4... 3... 2...

Eu preciso ligar para o escritor. Por que não faço isso? Por que não tenho coragem de usar o telefone? Ora! Ele sente que um torno está comprimindo seu peito. Ele pega o celular que Ömer lhe tinha dado e tecla o número devagar. "Ele me disse para ligar em caso de problemas. É agora ou nunca! Vou esperar estar no outro mundo para ligar? Não chama. Ou seu telefone está desligado ou não tem sinal." Mande um torpedo, ele lerá assim que o celular funcionar.

Ele redige a seguinte mensagem: "S.O.S. Situação crítica. Urgente".

Cinquentão, magro e com ar doentio, um homem se aproxima e senta perto dele.

– Pode chegar um pouco pra lá, amigo?

Mahmut estremece. "Será um deles? Será por contato direto e não por telefone que vão me dar instruções?" Ele se afasta um pouco.

– Já anoiteceu, mas continua quente – diz o homem em tom amigável.

Não adianta ter medo. Mahmut sente necessidade de falar com ele, de contar tudo. Falar, se livrar, se confessar, se libertar de sua solidão mortal.

– De fato, não refrescou nada – responde ele para continuar a conversa.

– De onde você é? Parece um pouco com o nosso povo.

Certo, mas que povo? "É loucura essa mania que as pessoas têm de tentar reconhecer a própria gente."

– Eu sou de Sivas – responde Mahmut, travestindo a realidade.

– De Sivas mesmo?

– Não, de Zara[38].

"De onde eu tirei isso? Ah, a memória! Nas montanhas, tinha um rapaz originário de Zara. Ele caiu em combate. Era muito jovem e inexperiente. Nós gostávamos de ouvi-lo falar da região dele, sentados em volta da fogueira."

– Não somos realmente do mesmo "país", mas somos vizinhos. Eu sou de Kemah. E já que o calor é parecido, eu sempre me pergunto o que vim fazer aqui. Só que em casa sempre tem um ventinho. Você também é exilado?

---

38 Vila a leste de Sivas. Kemah fica mais ao leste, perto de Erzincan. (N. T.)

— Não, eu vim estudar — responde Mahmut e, com estas palavras, ele sente uma pontada tão forte no coração que não está longe de se debulhar em lágrimas.

"Isso podia ser verdade. Se eu não tivesse sido suspenso do curso porque cantei em curdo, se não tivesse pulado a fogueira no *campus* pelo Newroz, se não tivesse peitado o segurança que nos apontou a arma ao verificar nosso documento de identidade na entrada porque eu ousei lhe dizer: 'Você já fez o controle conosco três vezes!'". Mentiras, quimeras... elas fazem bem. São um doce refúgio quando não podemos enfrentar a realidade. 'Eu vim estudar.' Como soam alegres estas palavras. E para que o prazer seja completo, eu deveria acrescentar: 'Faltam só dois anos para eu me formar como médico'."

Mas ele não diz. Esse tipo de mentira e ilusão pesa dentro dele. Ele se cala. O homem também. Vendo que a conversa não irá muito longe, ele levanta, o cumprimenta e sai em direção à avenida. Mahmut o observa enquanto ele se afasta. "Quem é ele, o que faz, o que pensa? Quais são suas mágoas, seus tormentos? O que passará pela sua cabeça no último momento, quando eu o matar com um simples aperto de botão?

Pare. Quem vai executar uma ação está proibido de pensar. É como no exército. O militar não procura entender o motivo, ele aplica as ordens sem discutir. É igual na guerrilha. Guerra e questionamento não combinam. "Mas eu, eu não faço a guerra, eu abdiquei da guerra, fugi dela. A guerra também tinha seus mitos e utopias para estimular as tropas, mas eu os rejeitei em bloco. Eu li histórias sobre heroínas, amazonas belas como o dia, lavando suas feridas e seus longos cabelos negros em rios de cristal; a lenda de comandantes devotados até a morte, agitando o estandarte da liberdade enquanto davam seu último suspiro, prestes a se sacrificar por um camarada soldado; eu fugi dos épicos heroicos, das narrativas lendárias das montanhas, dos mitos da libertação e dos libertadores. Essas representações lendárias, que se autoalimentam em uma espiral sem-fim, são transmitidas de geração a geração; elas instilam um sentimento de grandeza nos corações, colocam neles sua força e coragem e, ao fazer isso, elas são reforçadas. Nossas lendas nos preservam da crueza do raciocínio, fatal ao entusiasmo, e dos espinhos dolorosos da realidade. Nosso imaginário lendário nos serve de couraça. Ele permite a nossa regeneração, nos traz uma auréola de grandeza. Provando nossas epopeias, nos tornamos heroicos. Até que a magia se rompa."

Ele percebe que está sentado ali há horas. Se alguém o estivesse seguindo, estaria desconfiado. Ele tenta ligar para o escritor mais uma vez. Ainda desligado. A noite avança, com uma brisa leve. Os jatos d'água diminuíram de intensidade e não projetam mais gotículas no ar. Ele precisa voltar para casa, precisa tentar falar com o escritor, precisa de uma solução. Uma solução para tirar Zelal do hospital antes do amanhecer. "Não, eu não posso voltar. Não posso passar a noite sozinho naquela casa estranha. Mahmut, você está exagerando! Só vai ter de apertar um botão, clique, e pronto! Se você fosse motorista de ônibus e matasse todos os passageiros num acidente, não seria a mesma coisa? Então, um botão, um clique, só isso. Nada vem de graça na vida. Já que você quer viver numa boa com a sua mulher, saiba que essa felicidade tem um preço."

Mahmut sonha com a vida que teria se tivesse nascido em outros tempos, outro lugar. Ele era pequeno quando fez essa pergunta ao professor: "Se eu tivesse nascido num lugar que não a aldeia, na cidade grande, por exemplo, se meu pai fosse, sei lá, paxá ou chefe de polícia, eu seria igual ao que sou?". Ao que o mestre respondeu com gentileza: "Não, Mamudo. Nesse caso, você teria nascido Mahmut, filho de paxá. De onde vêm essas perguntas? Você é um menino muito engraçado".

"Quem decide o local de nascimento da pessoa, quem será seu pai? Deus? Este Deus justo, que protege e perdoa? Eu era um menino engraçado, é verdade. Eu fazia perguntas demais. Não foi por perguntar tanto que eu fui para as montanhas? E não foi por isso também que eu fugi de lá? E agora, não é por me fazer perguntas que estou hesitando? Deus não gosta de quem faz perguntas, dizia o professor de religião. O pessoal da organização também não gosta. Eles dão a impressão de que sim. Preocupados em mostrar que a organização é portadora de valores democráticos, os dirigentes estimulam o debate. Porém no compartimento secreto de sua consciência, em um recanto de seu espírito, eles julgam perigosos aqueles que fazem perguntas, os que um belo dia se arriscam a criticar os líderes e a causa. Quem questiona perde suas convicções e sua fé. E, quanto menos acreditar, mais as perguntas se multiplicarão. As mãos de quem questiona tremem ao pegar em armas. Pois, veja só, minhas mãos estão tremendo. E vão tremer mais ainda quando eu receber o sinal.

"A moça que está nas suas mãos está deitada em um leito de hospital. Sozinha, indefesa, desamparada. Ela só pode contar comigo. E eu estou aqui, perdido em divagações vãs sentado na beirada de uma fonte. A me fazer perguntas sobre a morte e a sobrevida de Zelal. Se o homem tivesse proposto a vida de Zelal em troca da minha, teria sido fácil. De quantas vidas eu precisarei para poupar a de Zelal, isso eu não sei. Quando eu apertar o botão, clique... quantas vidas serão ceifadas? Será mais fácil se eu não vir os indivíduos, os corpos carbonizados. A exemplo do piloto de guerra que não faz mal a uma mosca, mas que solta sua bomba em cima da metrópole imensa. Eu nem sei onde vão colocar a engenhoca. Numa esquina pouco frequentada, no lugar mais populoso, no centro da cidade, no metrô? Eu não sei nada. Eu só tenho de ir ao lugar que me for indicado e apertar uma tecla deste lindo aparelho celular cor-de-rosa. Não é muito complicado. A vida da Zelal bem que vale isso. E nosso Hevi, não valia a pena? Um mero clique contra uma vida tranquila e feliz até o final de nossos dias em uma vila costeira...

"E se alguma coisa sair errada? Que nada, não tem por quê."

O céu noturno é de um azul-marinho profundo, mas as luzes da cidade apagam as estrelas. Na aldeia nas montanhas, quando eles se deitavam de costas para olhar o céu nas noites sem lua, as estrelas eram tão numerosas que confundiam a cabeça. "Deitados encostados um ao outro, Zelal e eu contemplávamos o véu estrelado. Ela dizia: 'Olha a estrela da noite. Quando a noite virar dia, ela vai aparecer do outro lado e vai ser a estrela da manhã'. 'Onde aprendeu isso?', eu perguntava admirado. 'Com meu professor.' Aqui, você mal distingue as estrelas, mas a estrela da noite está visível, é a mais brilhante."

Ele está para levantar quando um cachorrinho aparece a seus pés. Seu pelo branco é macio e ele tem uma coleira de couro vermelha. Ele se aproxima de maneira familiar, abanando o rabo. Ele se levanta sobre as patas traseiras e lambe as mãos de Mahmut, que o afaga. Ele sente na mão o calor do animal, seu contentamento com o carinho e a maciez de sua pelagem. De repente, lágrimas mornas rolam por seu rosto. As lágrimas inesperadas o deixam atônito. "Estou chorando. Nem sei há quantos anos eu não choro! Chorei quando soube que tínhamos perdido Hevi e agora."

Uma moça grita pelo cachorro. Ela o abraça com amor, como se ele fosse uma criança.

– Desculpe se ele o incomodou. É um bom cachorro, faz isso porque é muito afetuoso...

– Não faz mal. Não me incomodou em nada. Eu adoro cachorros.

Para que a jovem não perceba suas lágrimas, ele mantém a cabeça abaixada e vê os dois se afastando. A vivacidade do cãozinho, seu calor, sua alegria e afeição, ele não para de abanar o rabo... A praça está mais vazia, mas continua animada. Camelôs, moleques vendendo bugigangas variadas dispostas em tabuleiros que eles trazem presos por uma correia ao pescoço deram lugar aos vendedores de piões, de bolas fluorescentes que brilham como pirilampos na noite e tiaras com antenas arrematadas por borboletas. Tendo na cabeça uma dessas coroas fosforescentes, uma garotinha vem correndo até a beira do tanque. "Olha, tio, eu virei uma borboleta", ela grita alvoroçada, antes de se debruçar na beirada. A tiara cai na água. Mahmut mergulha a mão para recuperá-la e a devolve para a menina. Os pais chegam aflitos e Mahmut ouve a reprimenda deles, enquanto a levam dali pelo braço: "Já dissemos para não falar com estranhos!"

"Eles estão certos, têm toda razão. As crianças não devem falar com desconhecidos, não devem nem chegar perto. Os estranhos escondem armas mortais no bolso. Principalmente esses de tipo oriental, esses curdos, esses árabes, esses terroristas. Eu tenho cara do quê?" Ele tenta se ver por fora. Não tem nada de assustador. Cara de oriental, vá lá, mas não assustadora. Sem a barba, teria até um ar meigo. "Tenho uma bomba-relógio no bolso. Ninguém diria isso pela minha cara."

"Pela minha cara... Pela minha cara..." A cara do homem aparece diante de seus olhos. Ele então se conscientiza de que, desde o instante que ele surgiu no restaurante, Mahmut não parava de se perguntar de onde conhecia o sujeito. Através dos labirintos secretos da sua memória, o rosto da Zelal sobe à superfície de sua consciência e gruda em sua retina. Como duas fotos sobrepostas, o rosto do homem é como o negativo da imagem de Zelal. Ele se lembra das palavras dela: "Enquanto eu tenho a pele clara, meu irmão Mesut é moreno, mas mesmo assim nos acham parecidos. Minha mãe dizia que eu era a cópia de Mesut".

Mahmut solta uma exclamação abafada, algo como um "aiii" ou "uii": "Delator! *Xayin!*"

Agora ele entende por que o desconhecido lhe parecia familiar, por que lhe lembrava os companheiros, e é invadido por uma suspeita indefinível. Ele queria que eu cometesse um atentado. Além da mortandade de mártires, de atentados suicidas em zonas turísticas, uma explosão horrível na capital! O último elo da cadeia de pretextos para caírem em cima de nós... A irrepreensível ascensão do delator, o maior presente que ele poderia ganhar de seus donos: um rosto novo, quem sabe uma vida nova. Mas que droga! Quem ordena e dirige as operações? Quem lucra com o crime?

Ele está ao mesmo tempo estupefato e aliviado. "Eles me encontraram porque estavam perseguindo Zelal, mas para eles ela não passa de um pretexto, a meta deles é me pegar. Mesut não pode fazer mal a ela. Ao dizer que a moça estava na mão deles, ele queria me obrigar a fazer o trabalho sujo. Pois vejamos..."

Ele verifica o entorno uma última vez. Ninguém presta atenção nele, está cada um cuidando da própria vida, de seu próprio sonho de uma noite de verão. Com a mão direita, ele pega o celular dentro do bolso esquerdo da camisa. O aparelho some dentro da sua mão. Fazendo de conta que está brincando com a água, ele joga o telefone dentro do tanque. Amanhã de manhã alguém vai vê-lo e vai pescá-lo. Vai pensar que alguma mulher o deixou cair ali.

Mahmut levanta e caminha com passos decididos. Ele para um táxi e dá ao motorista o nome do hospital. "A porta principal é bem guardada a essa hora. A entrada do pronto-socorro está sempre aberta." Dali, ele achará um meio de chegar ao andar onde está Zelal. Se não o deixarem entrar, ele pode se esconder num canto do jardim e esperar que amanheça.

Mas esta noite ou amanhã bem cedo, ele levará Zelal. Ele tentará encontrar o escritor. "O homem não morreu, que diabo,

não foi engolido pela terra. Ele vai acabar ligando o telefone."
Caso isso não aconteça e eles voltem a estar sozinhos no mundo... sua única opção será pôr o pé na estrada de novo, deixando mil e um dissabores atrás deles. Depois... Não tem depois, ele não sabe como será o amanhã.

*

Ela acordou como se alguém a tivesse arrancado do sono. Ela pensou ter ouvido uma voz familiar. Uma voz masculina. Seu pai, seu irmão... alguém a tinha chamado. Não era Mahmut. Ela teria reconhecido sua voz imediatamente.

Ela tenta habituar os olhos à escuridão. Normalmente, sua vizinha de leito sempre deixa uma luz acesa até de manhã, mas esta noite o quarto está mergulhado no breu. Devo ter sonhado. Ela tenta se lembrar do sonho.

Foi um sonho ruim, pois há dias ela só tem pesadelos. Ela olhava para a aldeia de um morro alto. A noite estava negra. Um cachorro mordia sua saia e a puxava, rosnando. Talvez fosse um lobo. Em todo caso, era um animal selvagem e assustador. Ao se debater para espantá-lo, ela caiu no chão e viu a bocarra do bicho, cheia de dentes afiados, sobre seu rosto. Ela quis gritar, mas não conseguia emitir um único som. Ela tinha ouvido uma voz pelos lados da aldeia. Talvez tenha sido essa voz que me acordou.

Zelal percorre o quarto com o olhar. A outra mulher dorme e ronca suavemente. O quarto está fechado. Mas a janela ficou entreaberta para deixar o ar passar. Da cama, ela vislumbra o céu e a copa das árvores do jardim. Está quase amanhecendo. Há uma luminosidade avermelhada no leste.

Desde que a colocaram perto da janela, ela pode contemplar o céu, as nuvens, as estrelas e os pássaros pousados nos galhos mais altos das árvores. "Hoje, à luz do dia, vou ficar olhando a paisagem e o dia vai passar mais depressa até a visita de Mahmut. Ainda bem que inverteram nossos lugares, está muito melhor aqui; pelo menos, posso ver os pássaros e as estrelas." Seus pensamentos vão para a velha senhora que dorme na cama ao lado. Sua respiração é entrecortada. "Ela era uma verdadeira megera e mudou de um golpe só! Quando viu o tamanho do meu medo, ela ficou mais contida. Quem sabe ficou envergonhada com seu comportamento. Quando você tem consciência, é capaz de sentir a dor alheia, de dar provas de empatia. Uma vez que provamos esse sentimento, fica difícil fazer mal a alguém. O que significa que esta mulher tem consciência."

A esta hora, a aldeia e as montanhas estão mergulhadas na mais absoluta treva. "Quando queremos botar medo nas crianças, ameaçamos deixá-las lá fora, no escuro. A vermelhidão da aurora anuncia o fim do pavor. Aqui, as luzes da cidade não autorizam a passagem da mínima sombra noturna."

"A aurora nas montanhas... Meu homem e eu acordávamos abraçados. Esperávamos a aurora despontar, ouvindo o canto da nascente. Nossas provisões tinham acabado, só nos restavam alguns torrões de açúcar. Nada tínhamos a não ser ervas e pássaros para comer! Fazíamos amor com as primeiras luzes do dia iluminando nossos corpos enlaçados. Cada vez que nos amávamos, a criança dentro de mim se multiplicava. Dizíamos que ela se transformaria em cem, em mil crianças. Sentíamos fome e o bebê também. Não podíamos comprar pão, leite e víveres dos aldeões como antigamente. Por medo ou lassidão, eles batiam a porta no nosso nariz. Poderiam até nos denunciar, se insistíssemos. O perigo rondava o lugar. Mais ainda sobre nossas cabeças. Mahmut se aventurava por perto para procurar algo de comer. Eu colhia morangos silvestres. Acendíamos uma fogueira pequena para cozinhar pássaros ou peixes. Depois íamos nos banhar na nascente. A água era gelada, revigorante para o corpo e para o coração. Na minha infância, eu adorava ouvir e contar histórias. A velha contadora da aldeia dizia que me cederia seu lugar antes que me ensinassem outra língua e os dois idiomas se confundissem. Talvez eu pudesse ter sido uma espécie de *dengbej* feminino. Eu adorava os contos porque o universo deles é mais bonito e mais feliz que o mundo real; os amantes encontram a felicidade, os maus são castigados e os bons, recompensados. Mas agora eu não tinha mais necessidade dos contos de fadas. No nosso esconderijo no fundo do bosque, eu vivia a história mais linda que jamais foi contada."

Zelal sabia que os contos não duravam eternamente e que, na vida de verdade, nem sempre se alcançava a felicidade, nem no final. Mas o amor que lhes foi dado viver só podia acabar bem, era tão grande quanto a história do príncipe heroico que foi socorrer a princesa, arrancando-a das garras de gigantes monstruosos.

Ela pensou no quanto amava seu homem. Ela sentiu o amor de Mahmut percorrer o seu corpo, da raiz dos cabelos até seus recônditos mais íntimos. "Pouco importa como vai terminar, mas é bom ter esse amor", pensa. "A quantas criaturas Deus concede um amor assim? Naquela noite, se eu não tivesse me afastado da aldeia para procurar o carneiro preto entre as rochas, se aqueles homens não tivessem me violentado, se meu pai não tivesse tido pena de mim e se arriscado me deixando escapar, eu nunca teria encontrado Mahmut." Zelal se espantou com a estranheza do destino. Aquela noite foi bendita. Ela deu graças a Deus pelo que lhe acontecera. E a esperança começou a luzir. Logo estarei curada e poderei sair daqui. Nós iremos até o mar. Eu gerarei novas esperanças.

Ela ouviu a porta se abrir mansamente. Virou a cabeça naquela direção para tentar ver quem estava entrando. Ela se lembrou que a enfermeira Eylem estava de plantão. E, mesmo não sendo chamada, ela não deixava de passar para ver todos os seus doentes. "Ela olha as pessoas dentro dos olhos e vê imediatamente em que estado estão. Ela nunca perguntou o que Mahmut era de mim, quem nós éramos, qual era o nosso problema... Ela não é de falar muito, aliás, mas nos compreendeu com os olhos e os ouvidos do coração." Zelal percebeu vagamente a silhueta no vão da porta. Não era a enfermeira Eylem. Era um homem, grande e de ombros largos. Depois ela ouviu um barulho abafado. O detonar de uma arma equipada com silenciador ou embrulhada em panos. Por um instante, ela pensou que o barulho vinha de fora, do jardim do hospital. Mais dois estampidos foram ouvidos. Em seguida, o gemido angustiado da velha senhora. Uma confusão na porta. Clamores, xingamentos, outro tiro. Barulho de passos – botinas pesadas – correndo pelo corredor. Uma voz familiar no seu ouvido. Na sua mente, um rosto conhecido emergindo da sombra e atiçando sua memória: Kekê Mesûd!

Alarmes tocando, passos em disparada, luzes que se acendem umas após as outras. Funcionários, médicos, enfermeiras e seguranças enchendo o quarto, mas era tarde.

Ela viu que a pessoa caída ao chão era a enfermeira Eylem e a ouviu gemer: "Não é nada, fui ferida na perna". O sangue que escorria da cabeça e do peito da sua vizinha de quarto maculava os lençóis brancos. Ela viu a enfermeira ser colocada numa maca. O cadáver da paciente sendo levado com a cama. Pela porta aberta, ela viu pessoas agrupadas no corredor, petrificadas de estupor e medo: médicos, doentes, auxiliares, serventes... Tudo se passou como se Zelal não estivesse no quarto, como se sua cama estivesse vazia. "Deve ser 5h30", ela pensou. "O dia está começando, eu estou viva, minha companheira de quarto não verá mais o sol."

Ela afundou na cama. Ela queria se fundir e desaparecer na brancura dos lençóis. As faxineiras entraram com baldes e vassouras. Por uma fresta do tecido que ela tinha subido até a altura dos olhos, ela as observou. "Tem de ter o sono bem pesado pra não acordar com tamanha confusão!", foi o comentário de uma delas. Zelal se encolheu mais ainda. As coisas não ficariam nisso. Policiais, seguranças e médicos não demorariam a desfilar pelo quarto fazendo-lhe perguntas. "Eu estou surda e muda", ela pensa. "Eu não ouvi nada, não consigo mais falar. Ninguém vai arrancar uma palavra de mim."

Ela pensou na sua vizinha. Teria ela tido uma intuição? Será que foi tão azeda no começo porque sabia que eu iria causar sua morte? Se ela não tivesse sugerido a troca de lugar para eu não sentir mais medo, a esta hora eu é que estaria morta. Quando eu disse que tinha visto uma pessoa à porta, ela não acreditou em mim. Ela respondeu: "Todo mundo que passa por aqui dá uma olhada para dentro do quarto. Com esse calor, íamos sufocar se a porta ficasse fechada". "Mas eu vi bem, era o meu irmão Mesut. A morte em pessoa. Era ele no meu pesadelo. Foi por causa dele que eu gritei dormindo. Eu o vi, ele tinha o semblante do diabo. O que eu vi à porta era o diabo que assumiu a aparência do meu irmão Mesut, esse irmão que me pegava no colo, que me punha sobre os ombros para atravessar o riacho na cheia quando íamos para a escola, que me apelidava de 'olhos celestes', 'irmãzinha de cabelos dourados', que cuidava de mim, que me protegia, que rugia feito um tigre se um dos meninos encostasse em um fio do meu cabelo."

No dia em que ele voltou para a aldeia com os dois homens mal encarados, ela compreendeu que ele tinha caído nas garras do diabo. Sua voz já não era a mesma, nem seu olhar. O diabo arrancara seu coração e o levara. E depois tomara posse de seu corpo. Seu infeliz irmão se tornara um informante, um delator diabólico.

"Kekê Mesûd era único. Era, corajoso, intrépido, às vezes um pouco feroz. Ele tinha um jeito de torcer o pescoço das galinhas que me fazia tremer. Mas era um anjo com minha mãe e comigo. Respeitava fielmente os ancestrais e as tradições. Amava igualmente a família dos meus tios. Quando eles se tornaram protetores e meu pai saiu da aldeia, eles pediram para Mesut ficar com eles; meu pai não se opôs. Nessa época, o bigode do meu irmão não passava de uma penugem."

Zelal lembrou a noite quando investiram contra a aldeia e levaram os homens nos jipes militares, sob uma chuva de xingamentos, ordens e gritos. Só tinham deixado o avô, velho demais para se aguentar nas pernas. Mas lhe deram uma rasteira para ver se era verdade mesmo que ele não andava bem. Seu pai e Mesut tinham ido com os outros. O pai voltou três dias depois. O rosto inchado e machucado. Ele quase não abriu a boca, apenas disse: "Eles vieram porque damos abrigo à resistência. É proibido dar pão ou o que seja para quem bater à nossa porta, mesmo que seja um irmão". Sua mãe tinha pedido notícias de Mesut, aos prantos. "Ele voltará em alguns dias. Pare de chorar assim, mulher, eu já disse que ele vai voltar. Ele não tem ligação nenhuma com a resistência, eles vão soltá-lo, fique tranquila."

"Meu pai tinha adivinhado certo. Alguns dias depois, Mesut estava de volta. Em estado lamentável. Ele ficou dias encolhido num canto da granja, sem comer, sem beber, sem falar. Surdo às exortações do pai e às súplicas da mãe, desesperada para que ele tomasse uma sopa. 'Ele está destruído. Sabe-se lá o que fizeram ao menino, ele perdeu a razão', diziam eles. Até chamaram um *Hoca* para orar, mas em vão. Depois, uma manhã, eu fui falar com ele. 'Kekê Mesûd!' Ele não respondeu. 'Quem o deixou neste estado, o que fizeram a você?' Ele ficou quieto. Eu quis fazer um carinho nele. Ele me repeliu brutalmente. Era a primeira vez que isso acontecia. 'Kekê Mesûd está morto', ele disse. Sua voz tinha mudado, seu rosto tinha mudado, tudo nele tinha mudado. De fato, ele estava morto. Nunca ouvimos de sua boca o que lhe tinham feito. Meu pai perguntou a outros rapazes que também tinham voltado: 'Caíram principalmente em cima dele, sabe-se lá por quê. Queriam que ele revelasse o esconderijo de algumas pessoas, mas ele não disse nada. Quando ameaçaram pegar a mãe e a irmã dele, então ele falou. E para que ele falasse mais ainda, foi torturado, espancado. E ainda fizeram o que há de pior, enfiaram-lhe um cacete por trás... É o que dizem, mas se é verdade ou não...' Eu não sei o que meu irmão teria para contar. Ele era um mero camponês que vivia no campo, entre animais. 'O professor diz que ele pode se tornar professor nas grandes escolas', repetia meu pai. Mas não puderam mandá-lo estudar e ele ficou na aldeia. Por mim, ele não sabia nada da guerrilha nas montanhas nem da organização. Um belo dia, ele saiu da granja e nos disse: 'Vou partir para as montanhas, esqueçam de mim'. Chorando, minha mãe preparou provisões, que ele não levou. Num final de tarde, nós o vimos se afastar da aldeia, suas costas diminuindo, diminuindo até desaparecer atrás das rochas. Eu acho que o diabo já tinha entrado nele bem antes de ele se tornar um informante, desde o dia da sua volta para a aldeia, após sua estada na delegacia. O diabo são os homens maus que deixam ele tomar conta de suas cabeças e seus corpos. Mas naquele momento nós não sabíamos disso."

Já tinha terminado o chamado à prece. O dia já ia longe. Zelal estava deitada, escondida sob os lençóis. Tinha um guarda uniformizado à porta do quarto. Um médico jovem, amigo da enfermeira Eylem, entrou acompanhado de um civil que ela não conhecia. O policial fez uma saudação. Deve ser alguém importante. O homem estava uma fera, gritando com todo mundo:

– Não deviam ter tirado a cama da vítima antes do início da investigação. Até as manchas de sangue foram eliminadas!
Seu olhar cai sobre a cama de Zelal:
– Vocês tinham de ter transferido esta paciente para outro quarto. Prepare um dossiê sobre ela. Vamos tomar seu depoimento, pois é a única testemunha ocular.
– É uma moça que foi ferida à bala, uma bala perdida. Estava grávida e perdeu o bebê no acidente. Aliás, ela ainda não superou o choque. E com mais esse incidente... não creio que ela esteja em condição de depor, senhor diretor.
"Ele está tentando me proteger", pensa Zelal. "Ele é amigo da enfermeira Eylem. Eles nos conhecem, sabem que precisam me proteger. Vai ver o escritor falou alguma coisa para eles."
– Claro que é o senhor que sabe qual é o estado de saúde dos pacientes. Mas precisamos do seu depoimento o mais rápido possível.
– Nós o informaremos assim que ela melhorar, senhor.
Eles se aproximam da cama. O homem ergue o lençol que Zelal puxou sobre a cabeça. Quando vê aqueles olhos de um azul límpido, ele se admira.
– Ela é muito jovem, quase uma criança. Estimo melhoras, minha filha. Como você está? Conte o que você viu. Não precisa ter medo, não tem nada a ver com você. Pode confiar no governo, estamos aqui para protegê-la.
Zelal fica quieta. Ela está surda e muda. Mesmo que me matem, não vou abrir a boca. Eu não vi nada, não ouvi nada. Não tem como ser testemunha de um pesadelo. Eu vi a cara do diabo, eu vi sangue, isso é tudo. Ela olha para o homem com um olhar vazio. Ele se vira de costas.
– Ela está realmente em estado de choque, a infeliz.
Torrentes de sangue correm diante de seus olhos. O riacho do caminho da escola é de sangue. Seu irmão Mesut a carrega

nas costas para ajudá-la a atravessar o rio de sangue. A água da nascente do amor nas montanhas virou sangue, Hevi nada no sangue. O sangue do ferimento de Mahmut escorre pelo chão da gruta. O sangue da velha senhora, morta em seu lugar porque queria que ela não sentisse mais medo, transforma o lençol branco numa bandeira vermelha. Zelal está nauseada, sua cabeça gira. Ela quer chamar o médico que está saindo. Ela quer pedir que ele avise Mahmut, que diga para ele fugir. Ela confia no médico. É o amigo da enfermeira Eylem. Ela chama o médico com todas as suas forças, mas sua voz não sai. Ela tenta de novo. Eu não quero mais brincar de surda-muda, preciso falar algumas coisas para o doutor. Ela grita: "Doutor *abi*!" Sai um fiapo de voz de sua garganta. O médico se afasta para deixar o desconhecido passar e, quando está para sair, ele volta para trás:

– O que foi? Quer me dizer alguma coisa?

Ela acena afirmativamente com a cabeça, várias vezes. Sua voz não sai, ela não tem voz para dar corpo às suas palavras.

O homem se inclina sobre ela. Ela aponta com o dedo o bolso do jaleco dele. O médico não entende o que ela quer. Zelal se senta e pega a esferográfica que está no bolso dele. Com muito esforço, ela escreve num pedaço do lençol: "foi meu irmão Mesut. Mahmut precisa fugir". Depois ela se recosta na cama.

Após verificar com o canto do olho se ninguém estava vendo, o médico tira o lençol e o amassa como uma bola, antes de jogá-lo embaixo da cama. "Tem de trocar o lençol desta paciente", diz ele para a faxineira que apareceu à soleira da porta.

Ela se volta para Zelal e mergulha o olhar dentro de seus olhos azuis. Ele faz um sinal de aprovação com a cabeça e encosta a mão na testa dela.

– Não se preocupe. Você perdeu a fala porque piorou. Logo vai recuperá-la. Por agora, é melhor continuar como está.

Ele lhe brinda com um sorriso e uma piscada de cumplicidade.

Zelal pega os dedos do médico e os leva até seus lábios. Ela os beija com respeito, em reconhecimento. A pessoa pode ser tocada pelo coração da outra, tinha dito Mahmut. Viu, é verdade.

Ela fecha os olhos. Sozinha, desarmada, muda, uma garota em um quarto de hospital, numa cidade, num mundo que ela não conhece. Agora, nem por Mahmut ela espera. Mahmut, seu único apoio neste mundo imenso. Mas que ele não venha, ele tem de fugir! Ela não quer que ele seja preso, que ponha a vida em perigo! Ela inventa uma história. Um conto de fadas onde os inimigos fazem as pazes, onde os amantes se reúnem, onde se morre de velhice, onde o nascimento é a consagração da vida, onde as águas dos rios são de um azul límpido e não da cor do sangue, onde as pessoas se dão as mãos ao invés de se matarem. "Já que é escritor, conte uma história que termine bem", ela tinha dito a Ömer Eren. Será que o nosso escritor conseguiu escutar o murmúrio da voz e encontrou a palavra que buscava? Ele trará essa palavra quando voltar? Surgirá ele de novo como Hızır, igual àquela noite no terminal?

Os gatos sempre voltam para casa

Sentada a um canto do saguão, perto da recepção, Elif teve vontade de sair correndo para o homem e o menino que passavam pela porta giratória do hotel. Ela não conseguiu se levantar e afundou na poltrona. Não pregara o olho a noite toda. Incapaz de continuar encerrada dentro do quarto, ansiosa e exausta, ela tinha passado o dia andando pela cidade. Depois a espera interminável sob o olhar inquisitivo da recepcionista, tomando café e fumando um cigarro atrás do outro. Enfim, depois que Deniz a informara que eles estavam em Helsingor e que chegariam no máximo em uma hora, esses 60 minutos lhe pareceram uma eternidade...

Deniz segurava a mão do menino. Frágil como um feixe de palha, seu filho loirinho trazia às costas uma mochila enorme, quase tão grande quanto ele. Já Deniz estava com uma mochila média. Elif se recompôs para ir ao encontro deles, para abraçá-los e beijá-los. Desta vez ela conseguiu.

Eles deviam estar mortos de cansaço. Quem sabe que caminho fizeram? Um longo trajeto pelo mar, depois a estrada, com um monte de baldeações... Por que eu não pensei em mandar uma passagem de avião, para um voo direto de Oslo ou Bergen? Isso teria evitado essa viagem tão longa. Quando ela encosta o rosto no ombro do filho e coloca a mão na cabeça de Björn, ela se espanta com seu próprio estado de fraqueza. Ela adoraria deixar as lágrimas correrem livres, chorar sem constrangimento. Mas só consegue fazer "Miau... miauuuu". E depois:

– Vocês estão cansados, principalmente Björn. Ele precisa descansar. Vamos subir para o quarto.

A reserva já tinha sido feita. Quando lhe perguntaram por quantas noites, ela respondeu que não sabia. E hesita em perguntar para Deniz. Tem receio da resposta. O volume das mochilas de pai e filho é uma promessa de esperança. Mas esse não é o momento de pensar nisso. O essencial agora é eles estarem ali, sãos e salvos diante dela.

Enquanto eles pegam a chave na recepção, Björn fala sem parar, tentando explicar alguma coisa. Deniz traduz as palavras do menino:

– Ele diz que o diabo está furioso conosco, que ele queimou nossa casa e que não nos quer mais na ilha.

– Não tenha medo, Björn. Eu também estou zangada com o diabo. Nós vamos queimar o castelo dele. Ele não poderá mais ficar na ilha. Eu conheço lugares muito bonitos aonde o diabo não pode ir, nós vamos para lá juntos.

Ao se dirigirem para o elevador, Deniz relata em poucas palavras a Björn o que a avó disse. Elif percebe que ele não traduziu tudo.

– Existe algum lugar inacessível ao diabo, mamãe? Você acredita nisso? "A violência do século está em toda parte", escreveu o desertor desconhecido.

O que ela percebe na voz de Deniz está além do cansaço ou da depressão. Ele parece exaurido. Como se dissesse: "Leve a mim e ao menino com você, faça como quiser. Eu cheguei ao meu limite, desisto". Como se ele se livrasse de seu fardo: "Não tenho mais forças para esse peso, carregue você ou deixe no chão, você que sabe".

Quando mãe e filho conversavam tomando um conhaque, depois que Björn comeu alguns biscoitos e adormeceu, ele disse:

– Eu adoraria ser mais forte para me lançar na batalha, para ser capaz de suportar não só o meu fardo, mas todo o peso do mundo. Eu adoraria enfrentar mares bravios, não sentir a necessidade de buscar refúgio em portos seguros. É possível se afogar em um copo de água. Quem se afoga em pleno mar ao menos goza da estima e consideração dos outros; você se afoga, sim, mas dignamente.

A conversa de início foi hesitante, contida. Eles se avaliavam como dois adversários, cuidando para não desvendar seu jogo, retardando o momento de fazer as perguntas cujas respostas não estavam preparados para ouvir. Estavam prudentes, à espreita. Era como se tivessem diante de si um papel, uma tela em branco onde traçavam seu destino comum, com circunspecção, sopesando cada palavra. Pois cada uma que saía de suas bocas era registrada de maneira indelével sobre o ato deliberativo referente ao futuro deles. Reunindo toda sua coragem, Elif perguntou:

– O que aconteceu na ilha?

A pergunta pareceu flutuar alguns segundos no ar.

Eles voltavam do concurso de pesca, alegres por terem realmente apanhado um peixe enorme, quando viram ao longe o clarão de um incêndio. Se as chamas tivessem ido para oeste e não para leste, eles teriam confundido o tom avermelhado do céu com o pôr do sol e teriam contemplado a beleza do horizonte violáceo. Os pescadores da ilha, que conheciam bem o céu e o mar, eram testemunhas de um milagre. O sol resplandecia ao nascer e ao se pôr, deixando escarlate todo o horizonte. Quem tinha dado o alarme? Se gritaram ou murmuraram, Deniz não se lembra. Ele se recorda apenas do termo "incêndio". E de sua própria voz dizendo: "A Gasthaus está em chamas". Se os outros ouviram ou não, ele não sabe.

Eles estavam a algumas milhas da ilha, se aproximando pelo norte. Era impossível divisar a casa do local onde estavam. Mas, com uma intuição infalível, Deniz viu no ato que o incêndio era lá. "Parece que é para os lados da pousada. A leste, onde ficam os rochedos e a sua casa. Tem razão", corroborou o pescador Jan. Ele pegou o binóculo para ver melhor. "Meu santo, é mesmo a pousada que está pegando fogo." "Então aconteceu uma coisa estranha, mas positiva. Foi como se meu cérebro estivesse vazio. Eu via, observava tudo, mas não conseguia pensar ou sentir qualquer coisa. Eu me escondi atrás da minha carapaça de indiferença, eu me curvei dentro da minha alma, no famoso 'buraco negro'. Isso já tinha me acontecido diversas vezes. Nessas horas, eu ficava insensível, imperturbável, eu dava mostras de possuir o maior sangue-frio. Dessa vez também fui de uma calma olímpica enquanto atracávamos. Björn era minha única preocupação.

"Interrompidas bruscamente, as festividades deram lugar a uma atmosfera de devastação: estupor, cadáveres de garrafas, redes decoradas com peixes e sereias, barracas abandonadas, alegria cancelada, música parada, o carro vermelho de Björn no meio da multidão com roupa de festa... Todos juntos na praça do cais esperando o retorno dos barcos que se fizeram ao largo. Não mais para entregar-lhes o prêmio do concurso, mas para informar do sinistro.

"Jan e eu saltamos do barco. Eu atravessei o cais e me encaminhei para a multidão reunida na praça. Eu não via as pessoas da ilha como indivíduos, mas como um muro compacto à minha frente, um aglomerado mais negro que a noite. Não estavam com cara de amigos. E, se estavam ali, não era para compartilhar o azar, mas para fazer frente à maldição do estrangeiro. Foi assim que eu senti. Eu na frente, Jan nos meus calcanhares, já estávamos quase na ponta do embarcadouro quando um cometinha loiro se desligou da multidão para correr na minha direção e pular nos meus braços dizendo 'papai'. Então eu comecei a chorar."

– E o avô? A avó?

– Não tinha ninguém em casa quando puseram fogo na Gasthaus. Aconteceu poucas horas depois que você foi embora, enquanto todo mundo estava dançando e se divertindo. Sabe, eles nunca trancam as portas. Não foi difícil para os bandidos entrarem. Aliás, nem precisavam entrar para incendiar a casa. Uns verdadeiros selvagens, ataram fogo até na casa do cachorro. Sem se preocupar que Kurt estava preso na coleira e seria queimado vivo.

– A casa ficou totalmente destruída com o incêndio?

– Não completamente. A ilha tem uma boa equipe de bombeiros. Nós trabalhávamos regularmente com eles como voluntários. Eles chegaram rapidamente no local. A ala norte da casa queimou toda, quer dizer, a parte onde ficava o meu quarto – o do velho poeta. A cozinha, o quarto que você ocupou e a ala que dá para o mar continuam em pé.

– Encontraram os incendiários? Aqueles motoqueiros *skinheads* de cara me pareceram suspeitos.
– Eles foram presos. Parece que disseram que queriam dar uma lição no estrangeiro e não acharam que o incêndio ia se propagar.
– Tudo isso por minha causa – diz Elif. – Se eu não tivesse ido para a ilha, se não tivesse aparecido na festa e dado um show com Björn, esses malditos nazistas não teriam motivos para se exaltar, talvez nada disso tivesse acontecido. Eu destruí seu último refúgio. Nem lá eu te deixei em paz.
– Não diga bobagens, mamãe. Não tem nenhuma relação com você. O que mais dói é que a maldade chegou até lá. Os ilhéus estão com medo. E, quando sentem medo, as pessoas se tornam duras e hostis. Em dois ou três dias, a ilha mudou de cara. A magia se foi. Acabaram-se a bondade e a inocência. A última fortaleza caiu, mas a culpa não é sua.

Ela arrisca a pergunta, temendo a resposta:
– Vai voltar para a ilha?
– Eu não vim até aqui para voltar para lá. Se eu fosse sozinho, até poderia pensar, mas com Björn... não quero sacrificá-lo. Eu queria para ele um lugar ao abrigo do medo, da animosidade, da tensão e da violência. Não consegui. Provavelmente, você e meu pai tinham razão. Não há para onde fugir. Acho que foi por entender isso que o velho poeta da ilha pôs fim aos seus dias.

Elif se lembra dos cadernos de anotações, dos poemas manuscritos do velho, dos textos de Deniz que ela folheara no quarto dele, bem como das fotos no CD guardado numa gaveta e destinado a Björn "quando ele for grande". Tudo deve ter sido incinerado no incêndio.

O fato de ter visto as coisas dele pesam em seu coração. Ela precisa partilhar esse peso com o filho, ou ele ficará insuportável.

— Eu preciso te contar uma coisa. Eu folheei os cadernos que estavam na sua mesa. Me perdoe. Sabe, eu jamais fiz isso, nem quando você era criança. Eu sempre me proibi de mexer nas suas coisas. Mas naquele dia, antes de deixar a ilha, quando passei na frente do seu quarto, a porta estava entreaberta e eu entrei. Na verdade, eu queria compreendê-lo melhor. Dei uma olhada nos cadernos que estavam sobre a mesa, li algumas linhas do que você escreveu. E também os textos e poemas do velho. Depois, eu vi o CD na gaveta e a curiosidade foi mais forte, não consegui resistir. O diabo me tentou, como dizem. Eu vi as fotos, aquelas que você queria mostrar a Björn mais tarde. Para mim, as quatro fotos são como um resumo condensado não apenas da sua dor, mas do sofrimento de todos nós, do destino da humanidade inteira.

Um silêncio pesado se interpõe entre eles.

— Queimou tudo e tanto melhor — diz Denis. — Com um fardo tão grande, seria impossível dar um passo. Eu não conseguiria recomeçar nada se tudo aquilo não fosse anulado e apagado. Pena que não dá para pôr fogo na minha memória. Pensando nisso agora, eu acho que não tinha o direito de sobrecarregar os ombros do Björn com esse fardo sangrento. Felizmente tudo aquilo virou fumaça.

Ele falou em dar um passo, em recomeçar... Elif se mantém em silêncio, um tanto inquieta diante da onda de esperança, de alegria e regozijo egoísta que cresce dentro dela. Os dois contemplam o menino perdido no meio da cama grande demais para ele. Ambos sentem o coração se enternecer ao vê-lo tão pequeno, tão vulnerável. Sentem que precisam protegê-lo contra todos os desastres deste mundo. E, sem saber, rememoram ao mesmo tempo a mesma foto — a imagem do pai ferido, prisioneiro atrás do arame farpado, a cabeça metida num saco de pano preto e apertando desesperadamente o filho contra o peito.

– Você acha que existe alguma coisa que eu possa fazer no "mundo dos homens", mamãe? Eu preciso criar Björn, sou responsável por ele.

"Nós o criaremos juntos, todos nós somos responsáveis por ele", ia responder Elif, mas guardou essas palavras. Por receio de ferir e alarmar Deniz.

– Mas é lógico! Com a bagagem que tem e suas qualidades, não há o que não possa fazer. Bastar querer.

– Eu fiquei pensando durante a viagem toda. Na pior das hipóteses, posso fazer fotos gastronômicas. Você sabia que existe essa profissão? É melhor fotografar pratos e mesas de banquetes do que a violência e a selvageria.

– O filho de um amigo meu trabalha com isso. Foi através dele que fiquei sabendo que existe esse ramo da fotografia. E parece que não pagam mal.

– Sim, com certeza. Dá para ganhar a vida.

Ela não aguenta esse tom de resignação que aflora na voz dele. Mas que bela mãe eu sou! Agora que meu filho se prepara para levar uma vida normal, para garantir a subsistência do filho como bom pai de família, eu fico perturbada.

– Tudo tem solução, não se preocupe – ela diz. – Você disse que seu pai e eu tínhamos razão, que não há para onde fugir. Sabe, mesmo que não seja no mundo, o homem sempre dispõe de um recanto secreto dentro dele. No dia em que não restar um único lugar onde se refugiar, o mundo dos homens chegará ao fim. O último refúgio pode ser o nosso coração, a nossa terra. Está na hora de voltar para casa, gatinho. Também sinto falta de casa. Mesmo que estejam muito, muito longe da casa deles, os gatos se desdobram para reencontrar o caminho. E, cedo ou tarde, se nada lhes acontecer, os gatos acabam voltando para casa.

*

Num canto do jardim do hospital, longe dos olhares, ele está deitado em um banco. A cabeça girando, as pálpebras pesadas, sentindo náuseas. Ele ouve a sirene das ambulâncias e dos carros de polícia. Não sabe quando nem como chegou aqui. Aliás, não sabe bem onde está. Talvez esteja entocado num buraco da montanha, ferido na cabeça, na barriga, nos olhos. Ele tenta se levantar e sente vertigem, começa a vomitar tossindo. Isso o alivia um pouco. Ele se livra lentamente dos vapores do álcool, cujo odor sufocante invadiu suas narinas. Ele olha ao seu redor. Na penumbra, ele reconhece o prédio do hospital. Alguns médicos e enfermeiras vestidos de branco, azul ou verde passam ao longe depois do turno da noite. Só então Mahmut cai em si. "O que eu fui fazer?" É sua primeira grande bebedeira. Parece que todos os jovens sabem como é isso. "Não os nossos, porque lá em casa não se bebe; nem na cidade, nem nas montanhas. Você escolheu o momento perfeito para isso! Francamente, Mahmut, você merece, e muito, todas as merdas que te acontecem. Você é um idiota. Achou mesmo que era uma boa descer do táxi na metade do caminho pra entrar no primeiro boteco que vendia bebida? É assim que você achava que ia se livrar dos caras que estão no seu rastro e impedir que chegassem ao hospital? É assim que ia proteger a Zelal? Você é um zero à esquerda, Mahmut. Um traidor, isso que você é! Uma besta quadrada! Talvez você não tenha visto as cervejarias com ares de restaurante ao longo da rua que leva ao hospital. Quantas vezes você passou na frente delas, quantas vezes deu uma espiada curiosa no interior delas? Você tinha de descer do táxi pra se evadir?"

Ele começa a xingar ele mesmo, a vida, as montanhas, o destino, tudo e todos. *"Nizamin çi ji dîya bikim !* – Filho da…!"

Ele teve vontade de beber? Não, ele só quis parar um pouco. Seus planos para tirar Zelal do hospital e levá-la para a casa emprestada pelo escritor não eram tão fáceis de pôr em prática. Ele tinha de levar em conta a senhora que dividia o quarto com Zelal, o pessoal do hospital, os médicos e enfermeiras que circulavam pelos corredores, os vigias postados na entrada. Ele precisava encontrar um táxi. Zelal tinha de estar em condições de andar até lá fora. Se conseguissem entrar no táxi, seria uma grande imprudência ir diretamente para casa. Eles teriam de descer antes. De jeito nenhum o taxista poderia conhecer o endereço deles. Depois ele teria de carregar Zelal. "Ah, isso não é grande coisa, Zelal é leve como uma pluma."

Com todos esses pensamentos revirando em sua cabeça, ele só quis parar um pouco para refletir melhor, para retomar as forças e organizar as ideias. Além do mais, se estiver sendo seguido, vai ser mais fácil perceber se estiver bebendo alguma coisa por aí.

"Uma cerveja", ele pediu ao sentar numa mesa dos fundos. A bebida mais conhecida era a cerveja. Além de ser a mais fraca e inofensiva. "Posso servir uma vodca?", perguntou o garçom depois da segunda cerveja. Ele concordou. Mais para se adaptar aos costumes do que por vontade, para poder ficar mais tempo ali. Quando sua cabeça começou a ficar enevoada, ele achou a sensação agradável: ele se sentia bem, mais relaxado. Se as pessoas tomam isso é porque essa bebida tem seus méritos. Quando ele saiu de lá? Como chegou ao hospital, como fez para entrar no jardim? Ele não se lembra de nada. Ele tinha ido até o pronto--socorro e quem o atendeu, pensando que ele estava doente, dado o seu estado, permitiu sua entrada. Ele tinha vagado pelos corredores, sem dúvida esperando dar com a escada que levaria ao andar da Zelal. Ele não a encontrou e, por estar passando mal, foi para o jardim – ele não se lembra como nem quando.

Agora ele recupera a sobriedade pouco a pouco. Está com uma enxaqueca atroz, as têmporas doloridas. A camisa molhada de suor está colada à sua pele, ele fede. Seu próprio odor o desagrada. De onde está, ele não vê muito bem, mas percebe uma grande agitação à porta do hospital. Uma viatura da polícia entra no passeio, misturando-se às ambulâncias e ao concerto das sirenes. "O que está acontecendo? Que horas são? Acabei de ouvir o chamado à prece, deve ser perto das seis horas. Estou atrasado. É tarde demais para Zelal! Agora todo mundo já acordou. Com essa balbúrdia e todos esses tiras na frente do hospital, como vou conseguir sumir com ela?"

Ele gostaria de se lavar, de jogar água fria no rosto. Nas montanhas, quando um novo dia começava, Zelal e ele corriam até a nascente escondida pelas árvores e arbustos. Eles se lavavam na água fresca que saía da pedra. Zelal punha água na palma da mão junto com uma flor silvestre e bebia assim. Eles acreditavam que a água cristalina jorrava só para eles. "Eu conheço bem este lugar. Antigamente essa nascente não existia. A água perfurou a rocha para nós, para podermos matar nossa sede, abençoar o nosso amor e nos purificar dos nossos pecados", dizia Mahmut. Ele se considerava um Ferhat[39]. "Nas montanhas eu era um herói lendário, era forte. Aqui, o que eu sou? Um porco bêbado, um rato que não sabe proteger a amada e nem a mim mesmo. Um coitado cuja única esperança repousa em um escritor estrangeiro de quem eu sei quase nada, ignoro onde ele está ou se voltará. Um miserável que naufraga com duas cervejas e três vodcas quando deveria salvar meu amor."

Numa visita que fez a Zelal, ele tinha se perdido no labirinto de corredores do hospital e foi parar no segundo subso-

---

[39] Refere-se à lenda de Ferhat e Shirin. Na versão turca, por amor a Shirin, Ferhat aceita o desafio do sultão em troca da mão da princesa: perfurar uma montanha para levar água até o palácio. (N. T.)

lo, numa espécie de garagem ou depósito. Ele lembra que tinha uma porta no alto de uma escada que levava ao jardim. Ele tinha visto uma torneira e uma mangueira. "Primeiro eu preciso achar esse lugar para me refrescar. Meu corpo está queimando, estou com febre, estou doente." Ele toma seu pulso. "É, estou com febre mesmo." Ele recorda seus dias de faculdade. "Eu poderia ter me tornado médico para me pavonear com meu jaleco pelo hospital, me dedicar a aliviar a dor dos outros, encontrar remédio para seus males." Ele se dirige devagar para o fundo do jardim. A mangueira não está lá, mas ele vê a torneira. Com a mão em concha sob o fio de água, ele mata a sede. Ainda com o frescor da noite, a água diminui o martelar do seu coração. Ele tira a camisa, lava a nuca e os braços. Ele se sente melhor.

Agora ele pode ir até o quarto da Zelal. Apesar de ser bem cedo, tem muita gente na porta principal, é impossível ir por ali. Não vão deixar ele entrar antes da hora das visitas. É melhor tentar pelo depósito. Ele desce a escada escura e estreita. A porta está aberta. Não tem ninguém por ali. Ele vai acabar achando o bloco C3. "Eu preciso chegar até Zelal antes que seja tarde demais. De qualquer forma, eu já estou atrasado. Já podíamos estar dentro de um táxi se eu não tivesse me embebedado como um gambá." Ele avança pelo corredor comprido mergulhado numa quase penumbra. Ele vê uma escada e começa a subir os degraus. Dois andares e estou no térreo. E quando chegar ao elevador, aí será fácil.

Ele empurra portas envidraçadas, atravessa corredores escuros, passa por outras portas, outros corredores... Sobe e desce um monte de escadas. Quando Zelal foi transferida da terapia intensiva para o quarto, ele também tinha se perdido. Para ele, foi como estar em um pesadelo do qual ele acordou gritando. O hospital era um labirinto enorme.

Enquanto tentava chegar ao térreo, ele percebeu que estava diante do bloco C3. Apesar da claridade do dia, todas as lâmpadas do corredor estavam acesas e reinava um silêncio impressionante. Alguns homens de uniforme estavam postados à porta de Zelal e escreviam alguma coisa nos papéis que tinham nas mãos. Foi aí que Mahmut entendeu tudo e precisou se apoiar na parede para não cair. "Como não pensei nisso? Como não pensei que eles iam chegar antes de mim para acertar as contas? 'A moça está nas nossas mãos', disse o homem." Ele não acreditou, achou que fosse blefe. Achou que se o sujeito era mesmo o irmão delator da Zelal ele não teria coragem de assassinar a própria irmã.

Ele avançou para o quarto. Os homens postados no corredor o detiveram antes que chegasse à porta.

– Estou com um doente neste quarto – ele diz.

– Quem é o paciente? Mostre seus documentos.

Mahmut pega a carteira de identidade.

– É minha mulher, ela se chama Zelal e foi operada. Ontem ela estava neste quarto.

Os homens parecem hesitar um instante, não sabendo se devem ter pena dele ou levá-lo dali. "Podem me bater, podem me prender, podem me matar!" Mahmut estava pouco ligando para o que podia lhe acontecer. Ele olhou para dentro do quarto. Ele estava totalmente vazio. Não tinha mais nada: nem a cama da Zelal nem a da senhora. Pelo cheiro de desinfetante, dava para ver claramente que o chão tinha sido lavado.

– Ela estava na cama perto da porta. A última vez que a vi foi ontem à tarde. Ela estava bem, ia ter alta logo.

– Você disse que era...

– Minha mulher, a mãe do nosso filho que morreu, minha Zelal.

– Vamos até a sala dos médicos, nosso chefe está lá.

– O que houve com a Zelal? O que fizeram com ela? O ferimento dela abriu?
– Ela não tem nada. Venha conosco.
Eles passam outra vez por portas, corredores, escadas.
Um dos homens pegava de leve seu braço. Mahmut não sabia se era para impedir que ele caísse ou que fugisse. Ele caminhava ao lado deles, dócil e silencioso. Ele não ligava para o que fizessem com ele. Pouco lhe importava que o jogassem na prisão. Não valia a pena resistir, se debater, fugir. De que adiantava se ele não tinha mais Zelal, não tinha uma existência, filhos para nascer, mares a serem vistos?
Eles o fizeram entrar numa sala e ele se reanimou um pouco ao ver o jovem médico de feições familiares.
– Nós o pegamos na porta do quarto onde ocorreu o incidente. Mahmut Bozlak, segundo sua carteira de identidade. Ele disse que a tal Zelal é mulher dele.
– O que está fazendo aqui a esta hora? Não é meio cedo para visitas? – perguntou o homem que os outros apresentaram como chefe.
– Eu passo todas as noites no jardim para ficar perto da doente. Esta noite também dormi lá. Ouvi barulho de manhã cedo e fiquei preocupado.
– Fique calmo, ela está bem – disse o médico antes de se virar para o chefe: – Eu o conheço, é o marido da paciente. Desde que ela foi hospitalizada, ele não sai daqui. Eles são protegidos de um escritor famoso. O nome dele certamente lhe dirá alguma coisa: Ömer Eren.
– Sente-se – diz o chefe com voz dura, habituada a dar ordens. – A sua doente está bem, mas parece que está em estado de choque e não consegue falar. Não pudemos tomar seu depoimento. Talvez você possa nos ajudar. Vocês têm inimigos, adversários, alguém que queira machucá-los? Mataram a

velha que dividia o quarto com ela, mas, a meu ver, o alvo não era ela.

– Não temos inimigos – responde Mahmut em tom firme. Depois, pergunta ao médico: – Eu posso vê-la?

– Nós a trocamos de quarto. Por enquanto, é preferível que ninguém saiba onde ela está. Nem você. Eu garanto que ela está bem. Só está com medo, está em estado de choque. O melhor remédio é o sono. E ela está dormindo agora.

– Por favor, me dê permissão para esperar aqui, para poder vê-la assim que ela acordar. Aliás, não estou em condições de ir embora. Estou com febre, não me sinto nada bem.

"Sabe, eu também estudei medicina por três semestres", ele tem vontade de acrescentar, mas prefere guardar essas palavras para si. Se eles tiverem a ideia de aprofundar o inquérito, é melhor bancar o pobre camponês ignorante, fazer o papel de vítima...

– Venha comigo – diz o médico. – Você realmente não está com uma cara boa, eu vou lhe dar um remédio. O senhor permite, diretor?

– Por favor, faça isso. É o que exige o juramento de Hipócrates. Vamos instaurar um inquérito adequado. Como conhece este senhor, terminamos com ele depois.

Eles entram na sala ao lado, que servia de almoxarifado.

– Nossa jovem paciente – ela se chama Zelal, não é? – me pediu para lhe transmitir uma mensagem em código: "Foi Mesut. Mahmut deve fugir".

Seu tom tinha algo de irônico, principalmente ao usar as palavras "mensagem em código", mas ao mesmo tempo tinha um ar de cumplicidade.

– Eu posso tirá-la do hospital?

– Não, não pode. Primeiro, porque o estado de saúde dela não permite. Depois, porque ela está em segurança aqui. Nós

tomamos sérias medidas de precaução. O hospital precisa manter sua reputação. O que aconteceu hoje foi que aquela velha senhora foi morta no lugar da moça. Quem é Mesut?
– O irmão mais velho dela... Esta conversa vai ficar entre nós?
– Sim, com certeza.
– Isso tem ligação com um crime de honra. Conheci Zelal quando ela estava em fuga. Fugimos juntos. Achamos que aqui estaríamos seguros. Mas aparentemente eles conseguiram localizá-la. E essa pobre senhora que morreu no lugar da Zelal! Não dá para prever o destino.
– A paciente foi morta e a enfermeira Eylem foi ferida. Ela é minha noiva. A violência anda à solta e sempre ataca inocentes. Pegue, tome isto. Você está com uma febre muito alta, assim vai adoecer. Depois você vai responder às perguntas do oficial que está esperando. Dê a ele um endereço que possa ser verificado, se tiver um, e vá descansar alguns dias em um local seguro.
– Obrigado. Sabe, eu estudei medicina. Não por muito tempo, apenas três semestres. Mas precisei parar. Tenho um pedido a lhe fazer. Se alguma coisa acontecer comigo, peço que confie Zelal a Ömer Eren. Como o senhor mesmo disse, ele é nosso protetor. Não imagine coisas diferentes. É uma história um pouco complicada, mas, resumindo, quando Zelal foi atingida pela bala perdida no terminal de ônibus, o escritor estava lá. Ele se comoveu com a nossa situação e nos ofereceu ajuda. Ele pediu que Zelal fosse trazida para este hospital e cuidou da internação dela. Acho que foi um gesto humanitário. No momento, estamos em apuros e Ömer *bey* é o nosso único esteio. Ele não está na cidade, mas deve voltar logo. Vou lhe dar o número do telefone dele.
– Muito bem, entendi. Você também, faça de conta que esta conversa nunca existiu. Não diga nada a ninguém. As coisas já estão bem complicadas.

Mahmut já estava saindo quando o médico o reteve pelo braço:

– Eu não sei quem você é, o que faz e não me diz respeito. Mas fiquei comovido com a inocência da garota, com a confiança ingênua dela em relação a mim. Às vezes, eu creio que a inocência é a arma mais poderosa que existe.

*

– A ponte do Zap! – gritou o motorista quando passaram pelos pilares da ponte arruinada.

Então era o mesmo motorista da ida. "Ele me reconheceu, e isso foi uma espécie de saudação ao passageiro interessado em ruínas. Ele nem olha para os restos da ponte que, anos antes, eles tinham construído transportando pedras, cantando marchas, conversando a noite toda sobre fraternidade dos povos e solidariedade revolucionária. Aliás, a nossa ponte não era aqui." Mas, para agradar o motorista, ele solta um sonoro "Obrigado!". Sem saber do que os dois estão falando, os outros passageiros não prestam atenção.

Já que foi demolida, que importância tem se a ponte da fraternidade é aqui ou trinta quilômetros adiante? Mesmo assim, o fato de o motorista ter se lembrado dele aquece seu coração. É uma pequena vitória sobre a impiedosa erosão da memória.

Com a cabeça apoiada na janela, ele fecha os olhos e olha para dentro de si mesmo ao invés de contemplar a paisagem que desfila atrás das janelas do ônibus sem ar condicionado, com o ar pesado e sufocante, que avança penosamente pela estrada. Na ida, algumas semanas antes – um mês? –, ele tentava se impregnar de tudo o que via, até o mínimo detalhe. O cinza-amarelado da terra, a beleza dos rochedos escarpados, os picos nevados, os meandros do rio, as pastagens e os estábulos abandonados, as campinas verdes salpicadas de margaridas e papoulas, os soldados retirando minas do caminho, a impressionante profundidade dos desfiladeiros, as fortificações militares, os postos de controle, as lanchonetes onde faziam paradas, uma flor silvestre saindo da rocha árida, os cabritos saltando de pedra em pedra nos flancos das montanhas, o céu avermelhado do ocaso. Ele tentava registrar tudo, gravar tudo na memória e no coração.

Agora, ele não quer mais olhar, ver, saber. Quer apenas recordar. Não de imediato; para lembrar, é necessária a força curativa do tempo. E, pelo tempo que lhe resta, ele quer se lembrar, deixar as lembranças se destilarem lentamente em suas veias para que possa se impregnar delas e se transformar nessas recordações. É tudo muito recente e tão pungente que ele só pode tentar compreender, aceitar e assimilar.

"Eu volto no mesmo ônibus que me trouxe. Acaso, destino, sinal portador de um sentido oculto? Numa localidade onde há apenas duas empresas de transporte, uma simples coincidência que não merece maior consideração. Apesar de tudo, isso pede uma explicação. Passamos pela mesma estrada. De qualquer forma, não tem outra. As mesmas montanhas, os mesmos cursos d'água, as mesmas gargantas, os mesmos vales. Estão nos parando mais do que na vinda; os controles são mais demorados, as revistas são mais rudes. Precipício de um lado e montanha do outro, seguimos pela estrada que corta o vale, na esteira dos tanques, dos comboios militares e dos soldados que estão indo para a fronteira, atrasos por termos de estacionar para dar prioridade a eles, de diminuir a velocidade nos postos de controle fortificados com metralhadoras e arame farpado.

"Eu volto de onde venho tomando as estradas pelas quais vim. Para chegar ao ponto de partida e completar o círculo. Quando este se fechar, eu poderia parar e refletir. Por que percorrer tanta distância para voltar ao mesmo ponto? Esta pergunta eu não farei. Pois, uma vez terminado o périplo, o ponto de partida se tornará o ponto de chegada. E eu serei a soma de todas as vias percorridas."

O mais difícil foi subir no ônibus. Ele achava que jamais conseguiria. No momento, a cabeça apoiada contra a janela, olhos semicerrados, deixando-se levar pelo torpor doce do relaxamento da tensão, o estado de embotamento que se apossa dele quase chega a ser felicidade...

Com Diyar ao volante do jipe, Jiyan e ele puderam conversar até chegar à cidade. Após a longa noite passada na casa da aldeia, os três estavam cansados. Reunidos ao redor de uma mesa ao rés do chão, eles compartilharam um jantar frugal e não consumiram bebidas alcoólicas. Porque não tinha nessa casa rural, porque não estavam com vontade ou o quê? Jiyan preparara uma infusão que ela sempre tomava. Depois eles conversaram: sobre o país, a região, o mundo, tudo. Até bem tarde da noite, até a madrugada. Foi uma bela troca. Ele ficou surpreso por terem tantas coisas a se dizer. Agora, conversando como velhos amigos, sentados nos almofadões da sala, bebericando a infusão de menta e tília, ele via o quanto as palavras que eles tinham a se dizer e a ouvir eram comprimidas pelo torno de sua paixão por Jiyan.

Conversar com Jiyan como dois velhos amigos...

Na verdade, era isso que devia ter acontecido desde o instante em que ele chegou à cidade e entrou na farmácia. "E o que você fez, Ömer Eren? Por que sentiu a necessidade de inventar um tema de romance? Por que cedeu à sedução da sua heroína? A origem da palavra não residia no corpo de Jiyan, na sua insólita beleza oriental. Mas em tudo aquilo que faz de Jiyan o que ela é. Foi somente pela consequência que você a compreendeu pouco a pouco. Apesar de tudo, isso que você vivenciou foi o mais belo dos sentimentos. Uma das coisas raras, uma das belas coisas que, na hora de entregarmos nossa alma, dizemos ter tido a sorte de viver."

Naquela noite, quando estavam para sair do escritório do *Hoca* depois de ver seus livros e manuscritos, Jiyan ficou imóvel na soleira da porta e anunciou: "Chegou a hora de você partir. Não porque o comandante mandou ou outros sugeriram. Mas porque, daqui em diante, você não tem mais nada a fazer aqui. Porque tem gente à sua espera. Porque cada dia a mais que passar aqui corroerá em pouco tempo a beleza daquilo que vivemos plenamente".

"Foi para dizer isso e se despedir de mim que ela me pediu para vir aqui", pensara Ömer, ficando em silêncio. "Ela deve ter pensado que, neste lugar misterioso e encantado, principalmente neste 'escritório-santuário', seria mais fácil assinar nossa ata de separação.

– O que significou a nossa relação para você? – ele perguntou simplesmente.

– Eu não pensei nisso. O amor tem algum sentido? Foi um sentimento passional, entusiasmado, inolvidável que saciou meu coração e meu corpo sedentos. Estou feliz por tê-lo vivido e um pouco triste também. A tristeza que sentimos quando as coisas boas chegam ao fim.

– Isso podia muito bem durar. É você que quer terminar, minha mulher, sem me dar opção de voto.

– Você tem razão, eu quero que termine.

– Mas por quê? Por que temos de nos separar se isso a deixa triste?

– Lembra o que a raposa disse para o Pequeno Príncipe: "Com certeza eu vou chorar. Mas terei ganhado, por causa da cor do trigo..." Você que me fez ler e amar *O Pequeno Príncipe*, Ömer Eren. Eu entendi o livro com todo meu coração. Ao voltar para seu planeta longínquo, o Pequeno Príncipe oferece todas as estrelas ao piloto, não é? Depois uma delas sorrirá para ele e será como se todas as estrelas sorrissem para seu amigo. Proponho um jogo: quando você estiver em casa e pensar nesse lugar, aos seus olhos todo o Oriente assumirá meus traços. Ao sonhar que eu tento fazer a minha pequena parcela, é no fundo do seu coração que você sentirá o que se passa nesses rincões. Ultrapassando o limite da consciência moral e política do intelectual turco ocidental, seu interesse por essas terras se transformará em uma relação amorosa, em um laço afetivo, ou seja, naquilo que deve ser. Como o Pequeno Príncipe com suas estrelas sorridentes, eu também terei oferecido a você as montanhas amorosas, os rochedos enamorados e as aldeias cujo coração faz bater o de Jiyan.

– Pouco me importam a terra, as montanhas e as aldeias. Eu quero você. É o coração de Jiyan que eu quero ouvir bater, não o das aldeias.

– Só aqui o coração de Jiyan pode bater. É aqui que mora sua beleza, livre e distante. É por isso que ela suscitou seu interesse, é por isso que você a amou. Porque eu pertenço a este lugar.

Ela se interrompeu um instante e depois, brincando com as mechas do cabelo, acrescentou:

– Você disse que veio procurar a palavra perdida. Na hora, eu não entendi. Mas agora eu sei que você encontrou a palavra que procurava. Agora será mais fácil voltar.

"Encontrei realmente a palavra? O que ela sabe?"

– Então precisamos pôr um ponto-final em tudo o que vivemos? Como se fosse uma relação banal entre homem e mulher? Você diz que eu encontrei a palavra, eu não tenho certeza. Mesmo que a tenha encontrado, de que ela me servirá se não puder ser dirigida a você?

– Ela falará não apenas de mim, mas de todos nós. Uma palavra dedicada unicamente a uma mulher se esvazia. Não foi esse vazio que você arrastou até aqui? Você falou em pôr um ponto-final em tudo o que vivemos. Para mim, o que vivemos foi um parêntese. Um parêntese que aclara e dá todo sentido às frases que formulamos, que as torna inteligíveis e lhes outorga outra dimensão. Não colocaremos um ponto-final, colocaremos apenas um parêntese.

– Eu te amo. Eu queria que esse parêntese durasse até o fim do livro.

– Eu também amo você, imensamente. Fecha parêntese, a história continua.

No escritório, eles falaram da vida como se decidissem o cardápio do jantar, ou de quem se encarregaria dos livros que precisavam ser selecionados e levados.

Eles ouviram os latidos do cachorro e barulhos de passos.

– Diyar chegou – disse Jiyan.

Eles saíram do escritório e fecharam a porta devagar.

– As coisas parecem estar esquentando. Estão preparando operações. Pediram para sairmos da região amanhã cedo – disse Diyar com uma indiferença fingida.

Eles combinaram a hora para descer para a cidade e as medidas de segurança que seriam necessárias.

– Ainda bem que vim uma última vez a esta casa. Não poderemos pôr os pés nela tão cedo – disse Jiyan. – Estou com um pressentimento estranho. Não podemos deixar os cadernos, os objetos pessoais e tudo o que é preciso para nós no escritório do *Hoca*, nada pode acontecer a eles.

Depois eles passaram a debater o desenrolar político na região. Estavam se encaminhando para um período que dificultaria qualquer solução pacífica. Os conflitos de interesses e o equilíbrio de forças antagonistas, as novas dificuldades causadas pela expansão do problema além das fronteiras da Turquia contribuíam para solapar toda a esperança de uma solução. Na linguagem vibrante de paixão e emoção que impressionara Ömer desde o começo, Jiyan sustentou que não era preciso usar como pretexto essa situação extraordinária para modificar ou adiar o programa e os projetos deles. Ela fazia questão absoluta de manter encontros nas casas de lamentação entre as famílias dos soldados e dos rebeldes mortos em combate, ou pelo menos suas mães. Para ela, essas ações de luto comum eram extremamente importantes e era preciso realizar o projeto a qualquer preço.

– De tanto dizer que é cedo demais, que a hora não é boa, nós fomos adiando. Mas quando virá a paz a este país? Quando? Diga! – perguntou ela com raiva.

Ela também não tinha intenção de renunciar ao festival cultural que planejava há um ano e à sua campanha das mulheres contra as minas. Ela discutiu, debateu e repetiu que, mesmo sozinha, faria tudo o que pudesse para concretizá-los. "Eles querem nos desencorajar, querem nos ver desistir, mas não podemos lhes dar esse prazer", disse ela.

No rosto da mulher jovem, Ömer percebeu as marcas de cansaço nas quais ele nunca tinha reparado até então. Ele viu uma sombra de tristeza. "Ela vai ficar aqui lutando. As marcas só irão se acentuar no seu rosto bonito. Ela recordará os parênteses de romances de sua vida. Um deles será o do nosso amor, nossa paixão. E um belo dia o livro vai se acabar. Porque a história terá chegado ao fim. Ou então", ele tremeu com essa ideia, "uma bala, um crime não resolvido, uma mina, uma explosão pérfida... e o livro cairá por terra antes que a história tenha terminado."

Numa hora avançada da noite, ela se retirou dizendo:

– Diyar vai mostrar seu quarto. Eu vou preparar os livros, os cadernos e as coisas que quero levar.

Repensando agora, ele não consegue acreditar na realidade de um fim como esse. Aliás, ele não acredita que possa ter um fim com Jiyan. É um começo! Sim, um começo. O início de uma palavra nova. Uma palavra triste e dolorosa, sem dúvida, mas uma palavra orientada para o futuro e que toca o coração humano.

Quando eles chegaram à cidade, depois de passar pelo arco com a inscrição "Um só país, uma só língua, uma só bandeira", Diyar parou o jipe diante do hotel Yıldız. Eles sequer desceram do veículo para se despedirem. Jiyan estendeu a mão: sua mão fina e elegante com os dedos ornados de anéis. Ömer se inclinou para beijá-la.

– Cuide-se – ele disse. Obrigado pelo caderno. Vou aprender a língua, serei um aluno aplicado.

– Adeus.

– Adeus.

Agora, enquanto volta às estradas pelas quais veio, ele repensa em tudo. "Adeus, adeus", ele não se cansa de repetir.

Sua caixa de mensagens está cheia. Ele quase esquecera a existência do seu celular. "Há quanto tempo não ligo esse aparelho? Eu até que podia passar sem ele. E se eu o deixasse desligado? Ou o jogasse na lixeira? Eu já devia ter feito isso desde que saí pelas estradas para encontrar a palavra na esteira de um grito. Eu devia ter derrubado as pontes, eu não consegui."

A mensagem da Elif era desta manhã: "Você ainda está fora de área. Amanhã volto com Deniz e Björn". De Mahmut, eram cinco mensagens. A última tinha chegado no meio da noite. "S.O.S. Situação crítica." E a enviada por Jiyan era recente: "Agora que você encontrou a palavra, seja a nossa voz".

Ele nem se dá ao trabalho de verificar as outras mensagens ou as chamadas não atendidas.

No quarto 204 do Hotel Yıldız, enquanto junta seus poucos objetos, Ömer tem um acesso de riso.

"Volto com Deniz e Björn...". "S.O.S. situação crítica...". "Seja a nossa voz...", repete em voz alta. Ele ri e ri... chora de rir. Ele chora, chora de soluçar. A leste do leste, em um quarto de hotel, em uma cidade sobressaltada, o ouvido voltado para os sons dos combates que ressoam a distância, a vibração dos helicópteros e dos tanques que atravessam a cidade em direção às montanhas, Ömer Eren põe a cabeça entre as mãos e chora sem conseguir parar.

Depois, ele lava o rosto na pia do banheiro, sem se olhar no espelho. Ele sabe que sua barba cresceu, que tem bolsas sob os olhos; tem medo do próprio rosto. Ele precisa de um analgésico ou de um bom revigorante. "E se eu passasse na Farmácia Hayat e uma mulher com uma voz que parece se misturar aos seus cabelos negros me dissesse: 'Boa noite, o que deseja?'. E se voltássemos ao começo do filme? E se dessa vez eu fizesse melhor o meu papel? E se eu dissesse: 'Teus olhos são um país, tua voz é a voz dessas terras...'."

Ele enfia o caderno que Jiyan lhe dera na mala. Sentado na beirada da cama, ele olha ao redor para ver se não esqueceu nada. Ele envia a mesma mensagem para Elif e Mahmut: "Estou chegando". Ele não responde a Jiyan. De qualquer forma, ela não espera resposta. Após uma última olhada no quarto, ele desce contando cada mancha do tapete cor de vinho. Seu ônibus vai partir logo. Ele precisa se apressar. Se chegar a tempo, poderá pegar o avião da noite para Ancara. Se chegar a tempo, vai procurar Mahmut e Zelal. Se chegar a tempo, vai pegar o avião para Istambul. Se chegar a tempo, poderá reencontrar seu filho perdido. Se chegar a tempo, poderá agarrar a chance de uma vida nova. Se chegar a tempo...

O funcionário velho do hotel está com problemas para fechar sua conta:

– Quantas noites falta acertar? Tem algum extra? – E depois, com voz triste – Então vai nos deixar, *beg*. Faz bem em partir. A situação aqui está se complicando de novo. Nós nos acostumamos com você. Não nos esqueça.

Virik está no lugar de costume, perto da porta; ele se lambe, o focinho voltado para o sol. Ao sair, Ömer o acaricia com a ponta do pé. Ele olha para o outro lado da rua e vê a Farmácia Hayat. Mesmo sendo um carinho com o pé, o gato gosta. Ele se esfrega nas pernas da sua calça. O recepcionista sai na calçada para se despedir dele.

– Espere, vou chamar um carro. Não vá andando até o terminal – diz ele fazendo sinal para um táxi parado diante do hotel.

Ömer não se opõe. Ele tem de partir já, sem nem ao menos se despedir. Ele não pode se deixar seduzir pela voz das sereias. E nesse momento não é a voz das sereias que é ouvida na cidade, mas o barulho dos tanques.

"A ponte do Zap", gritou o motorista, mostrando a ele a ponte que assombrava seus sonhos. Cruzamos com comboios militares. Paramos, eles nos pararam. Documentos, abra a mala, de onde vem, aonde vai... Estrada aberta, estrada interditada, as montanhas estão sempre lindas, a terra sempre tem a cor cinza-amarelada e o rio Zap continua fluindo como sempre.

"Graças a uma desistência, tenho a chance de pegar um lugar no avião. Assim que chego, ligo para Mahmut. Ele me espera no jardim do hospital. Ele me bombardeia com um fluxo de palavras com tanta rapidez que a única coisa que entendo é que quiseram matar Zelal e que outra mulher morreu no lugar dela. Corro para ver a equipe médica e o médico-chefe, vou ver a polícia, vou ver amigos influentes, vou ver Mahmut no esconderijo... Penso na minha casa, em Deniz, em Elif... Não sei onde estou. Ligo para Elif: 'Já voltei de viagem. Tenho de ficar em Ancara para resolver um assunto importante, volto assim que estiver tudo certo'. Eu não sei como resolver esse assunto. Zelal olha fixo para nós com seus grandes olhos azuis. Ela está se recuperando do choque, diz o médico. Eu vou te levar para perto do mar, recupere-se logo, eu lhe digo. Encontro um local mais seguro para Mahmut se esconder. Não sei como fiz tudo isso. Só sei que devia fazer, que tinha responsabilidades em relação a eles.

"Algum tempo depois, numa noite, eu me vejo de novo no terminal rodoviário da capital. Correndo de um lado para outro para ajeitar isso ou aquilo, acabei perdendo o último avião. Não posso esperar até amanhã. Nunca mais posso esperar. Preciso pegar a estrada esta noite. Compro cigarro, um isqueiro e água mineral. Não tenho uma gota de álcool no sangue. Estou com a mente clara. Mas estou cansado como nunca estive na vida, a ponto de poder dormir em pé. De qual plataforma meu ônibus sai? Era a 10? Eu vou até lá. Para poder me acomodar e dormir o mais rápido possível.

A mulher está lá, no mesmo lugar. O mesmo chapéu estranho na cabeça, a mesma calça clara, sentada num dos bancos da plataforma 8. É mais que um sonho, que um pesadelo, é uma verdadeira alucinação. Uma rebelião do sistema nervoso. Eu não vou mudar de caminho, não vou desviar. Vou em sua direção.

– Eu não fugi do leste. Eu não estava entre os que fugiram pelo Danúbio. E não vi a criança. A noiva húngara foi procurar os candelabros. É tudo mentira, eu não colaborei com eles. Viu a criança, senhor?

– Não, não vi.

Penso em deixá-la falar. Sinto de novo o sofrimento profundo que a importuna.

– Onde estamos, senhor? Eles deviam me mandar para o Ocidente. A criança devia vir me encontrar. Que lugar é este? Espero a criança há anos. Será que errei de lugar?

– Não, está no lugar certo. A criança virá. Todas as crianças perdidas voltarão.

"Sinto vontade de abraçá-la e chorar. Chorar por aqueles que, vindos do Oriente ou do Ocidente, se perdem no caminho;

pelas crianças que não chegam, os barcos que não pegamos, os sonhos que não se realizam; por nossa juventude que não voltará; por nosso presente em chamas, por nosso passado cujas cinzas pisoteamos. Pelas casas de lamentação, pelas aldeias incendiadas, as crianças perdidas, as crianças mortas, as crianças que não puderam nascer; pelos desertores desconhecidos, pelos desertores da vida... eu quero verter lágrimas soltando gritos no ar."

*

Eu procurava uma palavra, ouvi uma voz.
Parti para longe na esteira de um grito.
A voz que eu ouvi, eu não sabia que era o grito de dor que nasce da violência.
E ao seguir esse grito, reencontrei a palavra.
Doravante, tenho uma palavra a dizer.

Coleção
Gesto Literário

– AS PRECES SÃO IMUTÁVEIS
Tuna Kiremitçi

– VALORES DE FAMÍLIA
Abha Dawesar
Lançamento

– PALAVRA PERDIDA
Oya Baydar
Lançamento

– A CONCUBINA
Gui Irepoğlu
Próximo lançamento

– UM GOLPE DE SORTE
Reha Çamuroğlu
Próximo lançamento

Um selo da Sá Editora
www.saeditora.com.br

Esta obra foi composta por Eveline Albuquerque
em Palatino e impressa em papel off-set 75g/m^2
pela Graphium Gráfica e Editora para a
Sá Editora em maio de 2011.